Adriana Popescu
Goldene Zeiten im Gepäck

Adriana Popescu

Goldene ZEITEN im GEPÄCK

Roman

PIPER

Mehr über unsere Autoren und Bücher:
www.piper.de

Wenn Ihnen dieser Roman gefallen hat, schreiben Sie uns unter Nennung des Titels »Goldene Zeiten im Gepäck« an *empfehlungen@piper.de*, und wir empfehlen Ihnen gerne vergleichbare Bücher.

Von Adriana Popescu liegen im Piper Verlag vor:
Lieblingsmomente
Lieblingsgefühle
Versehentlich verliebt
Ewig und eins
Goldene Zeiten im Gepäck

FSC
www.fsc.org
MIX
Papier aus verantwortungsvollen Quellen
FSC® C083411

ISBN 978-3-492-06084-4
3. Auflage 2021

Satz: Kösel Media GmbH, Krugzell
Gesetzt aus der Filosofia
Druck und Bindung: CPI books GmbH, Leck
Printed in the EU

Für Măiţa, Nicoleta und Alina.
Für immer. Und alles danach.

KAPITEL EINS

Karla

Stuttgart, 1. August 2017, 09:30 Uhr

Zimmernummer elf.

Obwohl ich das hier schon seit knapp einem halben Jahr mache, schlägt mir das Herz noch immer so hektisch in der Brust, als wäre es das erste Mal. Tief durchatmen, anklopfen, entspannt wirken.

In Filmen öffnet sich die Tür in solchen Szenen immer sofort, aber in der Realität warte ich. Und warte ich. Und warte ich. Die schlurfenden Schritte auf der anderen Seite der braunen Holztür sind unerträglich langsam. Nervös werfe ich einen Blick den hellen Flur hinab, aber weit und breit ist niemand zu sehen.

»Moment noch. Bin gleich da.«

Der tiefe Bariton, der gefiltert durch das Holz zu mir dringt, lügt, denn es vergehen weitere Ewigkeiten, bis Herr Römer mir endlich öffnet. Doch dann steht er da, in seinem karierten Tweedjackett, der beigen Cordhose, dem gänzlich ergrauten, sauberen Kurzhaarschnitt und mit einem strahlenden Dritte-Zähne-Lächeln, das dezent nach Kräuterbonbons riecht.

»Frau Metuschke, da sind Sie ja endlich.«

Er klingt erleichtert, und ich verkneife mir einen Kommentar darüber, dass ich hier schon länger warte und kurz davor war, mir einen Kaffee zu holen. Stattdessen versuche ich, die Dinge ein wenig zu beschleunigen.

»Haben Sie das Geld?«

Er nickt verschwörerisch und greift in die Innentasche des Jacketts, zieht ein kleines Bündel Geldscheine hervor und beginnt – in Zeitlupe – die Scheine abzuzählen. Manchmal frage ich mich, ob die alten Leute hier einfach verdrängen, dass sie nicht mehr allzu lange zu leben haben.

»Stimmt so.«

Herr Römer zwinkert mir zu. Das Trinkgeld ist höher als nötig. Kurz wirft mein schlechtes Gewissen meinem Großhirn einen vorwurfsvollen Blick zu, was ich jetzt wirklich nicht gebrauchen kann. Den Gewissensblick, nicht das Großhirn – denn ohne das bin ich aufgeschmissen. Ohne das Geld allerdings auch.

»Für Ihre Mühen.«

Ach, was soll's! Ich nehme das Geld und reiche ihm eine kleine Plastiktüte mit vierzehn fein säuberlich gedrehten Zigaretten. Römers Lächeln wird noch breiter, als er sie annimmt und dorthin verschwinden lässt, wo das Geld herkam.

»Danke, Herr Römer.«

»Ich habe zu danken. Seit gestern ist es nämlich wieder richtig schlimm geworden, wissen Sie?«

Er massiert seine knochigen Finger und sieht mich ernst an, aber ich habe heute einfach keine Zeit für Kaffee, Kekse und Krankengeschichten. Ich muss weiter.

»Nächste Woche, gleiche Zeit?«

Römer nickt und tippt sich an die Nase wie Paul Newman und Robert Redford im Film *Der Clou.* Weil ich nicht so sein will, tue ich es ihm gleich. Gut möglich, dass diese Unterhaltung das Highlight seines Tages ist. Wer weiß? Ich habe jedenfalls noch nie mitbekommen, dass ihn hier irgendwer besucht. Außer mir.

Bevor jemand etwas von unserem kleinen Deal mitbekommt, verabschiede ich mich und marschiere den Flur entlang in Richtung Aufzug. Das Quietschen meiner Billigplastik-Crocs auf dem polierten Linoleumfußboden unterstreicht dabei jeden meiner schnellen Schritte, während meine weiße Stoffhose mit dem zugehörigen weißen Männershirt dank des verboten hohen Polyesteranteils fröhlich um die Wette knistert. Nein, zu überhören bin ich in der vormittäglichen Stille des Seniorenheims leider nicht.

Aus der Ferne und mit hoher Dioptrie wirke ich sogar wie eine kompetente Pflegekraft. Aber weit gefehlt. Ich bin weder kompetent noch eine echte Pflegekraft. Ich bin Karla Metuschke, unausgebildete Pflegehelferin und selbstständige Teilzeitdealerin. Ich weiß, das klingt ebenso absurd wie abwegig, entspricht aber leider genau meiner Realität.

»Frau Metuschke!«

Die schrille Stimme gehört meiner Chefin Martha Geiger, der Bereichsleiterin unserer Station. Sie erwischt mich genau in dem Moment, als ich in den offenen Aufzug verschwinden will. Verdammt. Gnadenlos schließt sich die Tür vor mir, während ich mich langsam zu meiner Vorgesetzten umdrehe.

»Wieso sind Sie nicht längst im Gewächshaus und bereiten die Pflanzen für den Kurs vor?«

Wenn ich ihr diese Frage wahrheitsgemäß beantworten würde, hätte ich a) die Polizei am Hals und b) keinen Job mehr. Also versuche ich mich stattdessen an einem freundlichen Lächeln.

»Bin gerade auf dem Weg.«

»Das will ich auch schwer hoffen. Ach, und achten Sie heute bitte darauf, dass Sie nicht wieder zu spät mit Ihrer Mittagsrunde fertig werden. Es ist wirklich wunderbar, dass Sie so viel Interesse an den Bewohnern zeigen, aber wir haben auch einen Zeitplan, der eingehalten werden will. Ja?«

»Ja. Klar. Mache ich.«

Warum wir nicht einfach ein bisschen mehr Zeit für ein bisschen mehr »Interesse an den Bewohnern« in den Zeitplan aufnehmen, frage ich lieber nicht, denn ich bin hier, um zu arbeiten, nicht um Fragen zu stellen. Das hat mir Frau Geiger von Anfang an klar zu verstehen gegeben.

»Und wenn wir schon dabei sind …«

Ich blende das, was die Geiger herunterleiert, aus und beobachte stattdessen interessiert, wie ihr blonder Damenbart beim

Sprechen hin und her wippt. Denn ich weiß genau, was sie sagt, und ich kann es nicht mehr hören.

Seit gut einem Jahr bin ich jetzt als Pflegehelferin in der Seniorenresidenz *Schattige Pinie* im wunderschönen Stuttgarter Süden angestellt und erledige jede Arbeit, die mir zugeteilt wird. Meistens helfe ich den Bewohnern einfach nur bei so alltäglichen Dingen wie Waschen, Anziehen oder beim Essen, und natürlich muss ich das alles als unausgebildete Hilfskraft ohne Tariflohn fein säuberlich dokumentieren, damit das ausgebildete Pflegepersonal weiß, wie viel Tee Herr Römer oder Frau Zimmermann heute getrunken hat. Manchmal schummle ich meinen Alten ein paar Milliliter mehr auf das Krankenblatt, damit sie keinen Ärger mit den echten Pflegerinnen bekommen. Deswegen ist noch keiner gestorben, aber es entschärft die Situation für die alten Leute ungemein.

Jetzt bin ich also hier als feste Aushilfe gestrandet und erledige die Aufgaben, die mir aufgetragen werden. In der Patientenbetreuung und neuerdings auch als Hüterin des Gewächshauses. Zum einen bedeutet das, dass ich einmal in der Woche einen Kurs geben muss, in dem ich den Senioren etwas über die Schönheit der Fauna erkläre, damit sie geistig fit und agil bleiben, zum anderen hat es irgendwie dazu geführt, dass ich zur Kleinanbauerin von Marihuana geworden bin, und der kleine Rest meiner letzten Ernte befindet sich gerade neben einem Bündel Geldscheinen in meiner Brusttasche – wie mir siedend heiß einfällt. Mein Herz beginnt wieder, wie wild zu schlagen.

Umso wichtiger ist es jetzt, dass ich nicht negativ auffalle, und – wenn wir schon dabei sind – auch nicht positiv. Wirklich zu gelingen scheint es mir aber nicht, denn Geigers Lippen sind inzwischen quasi nicht mehr existent. Vielmehr bilden sie einen feinen, strengen Bleistiftstrich in ihrem runden Gesicht, das von dünnen, blonden Haaren eingerahmt wird. Ich sollte schleunigst von hier verschwinden.

»… muss man dann einfach kürzen. Ich hoffe, Sie verstehen

mich da nicht falsch. Es ist ja auch in Ihrem Interesse, nicht wahr?«

Geiger sieht mich fragend an und scheint mit ihrem Monolog am Ende.

»Ja, verstanden. Dann ... gehe ich mal. Schnell.«

»Tun Sie das.«

Hektisch drücke ich mehrmals den Fahrstuhlknopf neben mir, und als sich die Tür endlich öffnet, hetze ich aus Geigers Blickfeld und atme tief durch. Dieser kleinkriminelle Nebenjob ist nicht gut für meine Nerven und mein Herz.

Das größte Risiko dabei ist aber nicht einmal, dass ich *in flagranti* von Geiger beim Dealen erwischt werde, sondern eher, dass die Senioren sich verplappern. Denn sie tratschen gerne. Vor allem über Themen, über die man im Allgemeinen zu schweigen hat. Wie zum Beispiel die eigenen Gebrechen und Körperausscheidungen oder eben den Kauf und Konsum von illegalen Drogen.

Gerade als sich die Fahrstuhltür endlich schließen will, schlüpft die alte Frau Kaiser zu mir ins Innere. Wunderbar. Die hat mir gerade noch gefehlt.

Die *Schattige Pinie* fährt ja wirklich jede Menge sonderbarer Charaktere auf. Angefangen bei Herrn Römer, der als ehemaliger Universitätsprofessor noch immer viel Wert auf sein Äußeres legt und sich gerne mal einen Joint reinpfeift, über die schwerhörige Frau Zimmermann, die fast täglich vergisst, ihr Hörgerät einzuschalten, bis hin zu Frau Kaiser, die erst seit Kurzem hier ist und mir gerade ein knappes Nicken zuwirft.

Man sieht es ihr nicht auf den ersten Blick an, aber irgendetwas stimmt nicht mit ihr. Wie jeden Tag ist sie auch heute wieder so schick gekleidet, als würde sie auf royalen Besuch – oder ein erstklassiges Date – warten. Sie trägt eine schlichte, aber sicherlich teure schwarze Stoffhose, eine cremefarbene Seidenbluse, an der eine edle, silberne Brosche hängt, dazu passende Perlenohrringe und einen Hauch von Lippenstift. Ein süßlicher, aber unaufdringlicher Duft lässt mich wissen, dass sie nicht auf ein paar Spritzer Parfüm verzichtet hat. Dazu sind ihre hellgrauen Locken wie immer perfekt frisiert. Trotzdem stimmt etwas nicht mit ihr. Ich weiß nicht genau, was es ist, aber gerade diese adrette Harmlosigkeit macht mich misstrauisch. Und die Tatsache, dass sie mir in letzter Zeit ständig über den Weg läuft – rein zufällig natürlich. Hin und wieder will sie auch etwas von mir, ein frisches Handtuch oder eine Extraportion Nachtisch, aber meistens ist sie einfach nur in meiner Nähe. Ich drehe mich um, und da steht sie. Auch wenn es vielleicht paranoid klingen mag, habe ich seit Längerem das Gefühl, dass sie mich irgendwie … beobachtet. So wie jetzt. Sie starrt mich förmlich an. Über die verspiegelte Fahrstuhltür hinweg. Mal sehen, wer als Erste blinzelt.

Ich vermute außerdem, dass sie heimlich eine Visagistin beschäftigt. Wie sonst kann sie zu jeder Tages- und Nachtzeit – und jenseits der siebzig – so viel gepflegter aussehen als ich? Plötzlich bin ich fast froh, dass wir gerade diesen absurden Starrwettbewerb am Laufen haben, denn auf den Anblick des ernüchternden Bildes meiner selbst kann ich gut verzichten: den schief geschnittenen Pony meiner braunen, schulterlangen Haare, denen jeder Glanz fehlt, die tiefen Ringe unter meinen dunkelbraunen Augen und die für den Sommer unnatürlich blasse Haut. Noch dazu überragt mich die Seniorin um fast einen Kopf. Gut, ich bin zugegebenermaßen ziemlich klein, aber die Kaiser ist für ihr Alter und im Vergleich zu den anderen Heimbewohnerinnen trotzdem wirklich groß. Mindestens einen Meter fünfundsiebzig. Vielleicht hat aber auch ihre ungewöhnlich aufrechte Körperhaltung etwas mit ihrer imposanten Erscheinung zu tun. Jedenfalls komme ich mir neben ihr noch kleiner und grauer vor als sonst schon.

»Sie sehen müde aus, Frau Metuschke.«

»Ich sehe nicht nur so aus.«

»Viel Stress?«

»Allerdings.«

Kaiser versucht sich heute also an Small Talk. Das ist neu. Ich halte meine Antworten trotzdem bewusst knapp, solange ich nicht weiß, worauf dieses Gespräch hinauslaufen soll.

»Sie haben ja auch einen furchtbar stressigen Job.«

Haha. Sehr witzig. Wenn sie wüsste! Moment. Kaiser lächelt mich vielsagend über den Aufzugspiegel hinweg an. Weiß sie mehr?

»Verraten Sie mir mal, Frau Metuschke …«

Plötzlich wird mir ganz heiß, und mein Herz beginnt schon wieder zu rasen, was zu wildem Blinzeln meinerseits führt. Außerdem brennen meine übermüdeten Augen inzwischen wie Feuer.

»… wie geht es eigentlich meiner Guzmania?«

Ich atme erleichtert aus. Darauf will sie also hinaus.

Vor einigen Tagen hat sie mir eine etwas vertrocknete Pflanze mit der Aufforderung überreicht, mich um sie zu kümmern, sie wieder aufzupäppeln und ihr tägliche Berichte über ihre Entwicklung zu geben. Aufgepäppelt habe ich das eigenwillige Tropengewächs, Berichte habe ich allerdings nicht geliefert.

»Sie meinen Selena?«

»Wer ist denn bitte schön Selena?«

»Na, Ihre Pflanze. Ich habe mir erlaubt, Ihrer Guzmania einen Namen zu verpassen.«

Sie zieht eine Augenbraue in die Höhe und wirft mir erneut einen vielsagenden Blick zu, der von Respekt für meine Hingabe bis hin zu »Sind Sie bescheuert, Metuschke!« alles bedeuten kann.

»Wie Sie meinen. Also, wie geht es meiner Selena?«

»Bestens. Blüht und gedeiht.«

Kaiser scheint trotzdem nicht ganz zufrieden.

»Was denn? Das wollten Sie doch, oder? Deswegen haben Sie mir das halb tote Ding doch angeschleppt. Damit ich es rette.«

»In der Tat, und das haben Sie.«

Plötzlich hellt sich ihre Miene etwas auf. Allerdings auf eine

Art und Weise, die mir nicht wirklich gefällt. Sie hat plötzlich eher etwas von einem Haifisch kurz vor dem Angriff.

»Dann stimmt es also, was man über Sie sagt.«

»Was stimmt? Und was sagt man über mich?«

Mein ganzer Körper spannt sich mit einem Mal wieder an.

»Die Gerüchte hier im Haus besagen, Sie hätten einen ... grünen Daumen.«

Kaiser gehört nicht zu meinen Kunden, ergo sollte sie auch nichts über mein zweites Standbein – oder meinen grünen Daumen – wissen. Mich beschleicht aber immer mehr das Gefühl, dass sie vielleicht doch von meiner zusätzlichen Einnahmequelle weiß. Oder ... will Sie vielleicht sogar in den Kreis meiner Kunden aufgenommen werden?

»Na ja, klar habe ich einen grünen Daumen. Ich bin ja auch für das ... Gewächshaus zuständig.«

Zugegebenermaßen wollte ich, als ich die Aufgabe übernommen habe, einfach eine Möglichkeit haben, ab und zu mal ungestört eine Zigarette zu rauchen. Über Pflanzen wusste ich gerade einmal, dass man sie gießen und düngen sollte. Zu meiner eigenen Überraschung bin ich aber tatsächlich ganz gut im Umgang mit Pflanzen – sei es Kohlrabi oder Hanf.

Frau Kaiser sieht mich noch immer eindringlich an.

Da öffnet sich plötzlich die Fahrstuhltür, und Frau Zimmermann betritt den engen Lift. Die zierliche, weißhaarige Frau stellt sich lächelnd neben mich.

»GUTEN MORGEN, FRAU METUSCHKE.«

Auch heute hat sie ihr Hörgerät nicht eingeschaltet, denn sie schmettert mir ihre Begrüßung entgegen.

»Guten Morgen, Frau Zimmermann.«

Sie lehnt sich etwas zu mir herüber.

»HABEN SIE FÜR MICH DIE ZWEI ZIGARETTEN, DIE ICH BESTELLT HABE?«

Ich starre Frau Zimmermann fassungslos an, und die beiden Joints in meiner Brusttasche fühlen sich mit einem Mal tonnenschwer an. Doch die alte Dame lächelt mich nur selig an, und ihre hellgrauen Augen funkeln ein kleines bisschen gegen die wachsende Trübheit. Es fällt mir schwer, wütend auf sie zu sein, selbst jetzt, da wir eine interessierte Zuhörerin haben.

»Ich wusste gar nicht, dass Sie rauchen, Dorothea.« Kaiser lächelt die alte Frau freundlich an. Diese winkt nur ab.

»NUR VOR DEM ZUBETTGEHEN. ICH SCHLAFE VIEL BESSER, SEITDEM FRAU METUSCHKE MIR IHRE ZIGARETTEN GIBT.«

Großartig. Spätestens jetzt dürfte Frau Kaiser ein Licht aufgehen, und wenn Frau Zimmermann noch etwas lauter brüllt, wird es auch die Geiger in ihrem Büro drei Stockwerke über uns hören.

»Frau Metuschke, Sie sollten keine Zigaretten an alte Damen verteilen.«

Kaisers Blick und ihr Ton sind nicht wirklich tadelnd, eher wissend. Dann wendet sie sich wieder an Frau Zimmermann.

»Und nur zur Sicherheit: Rauchen ist tödlich.«

»ACH WAS, DAS LEBEN IST TÖDLICH.«

Zimmermann kichert über ihren eigenen Witz, während ich Kaiser genau beobachte. Sie lässt sich nicht in die Karten schauen, behält eine gewisse Distanz und hat doch immer diesen glasklaren Blick, den einige Bewohner hier vermissen lassen.

Zu meiner Erleichterung erreichen wir das Erdgeschoss, bevor Zimmermann noch mehr herausposaunen kann, und die Tür öffnet sich. Kaiser verlässt als Erste den Fahrstuhl, allerdings nicht, ohne mir noch einmal einen seltsamen Blick aus ihren klaren blauen Augen zuzuwerfen. Diese Seniorin macht mich nervös, und ich weiß noch immer nicht, ob sie eine Kundin werden oder mich verpfeifen will.

Frau Zimmermann hakt sich bei mir unter, und wir gehen langsam – sehr langsam – den Gang entlang.

»KOMISCHE FRAU, DIESE KAISER. NICHT WAHR?«

Die Zimmermann riecht nach einer Mischung aus Pulmoll-Bonbons und Jasmin, während sie mir die Frage ins Gesicht schmettert.

»Allerdings.«

»ABER ICH MAG SIE. LEIDER WIRD SIE UNS BALD SCHON VERLASSEN. ES SIEHT NICHT GUT BEI IHR AUS.«

»Wieso? Was hat sie denn?«

Ich wusste nicht, dass Frau Kaiser krank ist. Sie wirkt gar nicht so, als würde sie in nächster Zeit einen Abgang machen.

»NEIN, SIE HAT NICHTS. SIE HAT NUR ERFAHREN, DASS SIE VERLEGT WIRD.«

»Verlegt? Wohin denn?«

»IN DIE *SONNENWENDE*. DAS IST EIN PSYCHIATRISCHES SANATORIUM IN DER NÄHE VON ROSTOCK.«

»In eine Klapse? Wow. Aber warum denn? Sie wirkt auf mich eigentlich ziemlich klar.«

»JA, ABER SIE HATTE WOHL VOR IHRER EINLIEFERUNG HIER EINE ART ... EPISODE ZU HAUSE.«

»Ach, was für eine Episode?«

»ES HEISST, NACH DEM TOD IHRES MANNES HABE SIE EINEN ZUSAMMENBRUCH ERLITTEN. DAS HAUS WAR IN EINEM TOTALEN CHAOS, ÜBERALL MÜLL, UND GEGESSEN HAT SIE AUCH NICHT MEHR RICHTIG. SO ETWAS PASSIERT, WENN JEMAND, DEN MAN GERNHAT, ÜBERRASCHEND STIRBT.«

Sie tätschelt meinen Arm, an dem sie noch immer hängt, während ich sie ins Freie führe.

Um diese Uhrzeit gönnt sie sich gerne eine kleine Pause in einem Liegestuhl auf der Terrasse zum Garten hin, das Gesicht in der Sonne. Ich achte darauf, dass sie eine angenehme Sitzposition hat, und stelle ihr die Lehne so ein, wie sie es am liebsten hat. Dann gehe ich neben ihr in die Hocke.

»Nach meinem Kurs hole ich Sie ab, okay?«

Sie nickt zufrieden, und ich greife nach einem kurzen Rundumblick in meine Brusttasche. Nachdem ich mich vergewissert habe, dass wir alleine sind und niemand uns beobachtet, ziehe ich die zwei selbst gedrehten Zigaretten hervor und schiebe sie ihr unauffällig in die Hand.

»Für Sie.«

Ihr Lächeln wächst und wirft noch mehr Falten in ihrem freundlichen Gesicht.

»ACH, KARLA, AUF SIE IST EBEN VERLASS. ICH GEBE IHNEN DAS GELD DANN SPÄTER, JA?«

Ich zucke kurz zusammen und bin froh, dass wir die einzigen Gäste auf der Sonnenterrasse sind.

»Keine Sorge, das hat keine Eile.«

»DANKE, LIEBES. DIE *PINIE* KANN FROH SEIN, JEMANDEN WIE SIE ZU HABEN. SIE SIND WIRKLICH DIE BESTE.«

Zimmermann tätschelt mir liebevoll die Wange.

Ich richte mich schnell auf und lächle ihr noch einmal freundlich zu, bevor ich mich wegdrehe, damit sie die Tränen nicht sehen kann, die plötzlich und vollkommen unerwartet in meine Augen drängen.

»Sie haben ja keine Ahnung, wie falsch sie da liegen.«

Ich habe es nur gemurmelt, aber trotzdem höre ich hinter mir das leise Quietschen des Gartenstuhls.

»Nein, Karla, Sie können nur nicht sehen, wie richtig ich liege.«

Es überrascht mich, dass Zimmermann plötzlich in einem normalen Gesprächston mit mir spricht. Vielleicht hört sie doch besser, als wir alle denken.

Allerdings nur dann, wenn sie will.

KAPITEL ZWEI

Karla

Stuttgart, 1. August 2017, 10:00 Uhr

Die weitläufige Gartenanlage der *Schattigen Pinie* ist überaus gepflegt, die Bäume und Büsche werden regelmäßig getrimmt, der Rasen gemäht, und ich wette, selbst Tiger Woods könnte hier ein veritables Golfturnier spielen, falls es ihn mal ins beschauliche Stuttgart verschlägt. Die Rosenbüsche haben Preise gewonnen, der Ententeich hat eine bessere Qualität als das hiesige Trinkwasser, und nichts von all dem ist mein Verdienst. Mir wurde lediglich der Schlüssel zum alten Gewächshaus und die alleinige Verantwortung dafür übergeben. Das ungeliebte Stiefkind der Gartenanlage, vergessen hinter großen Bäumen am Ende des Parks beim Notausgang. Dort soll ich Tomaten anpflanzen, ein bisschen Salat, gerne auch Kohlrabi, Karotten, Gurken und alles, was sich sonst noch anbietet und den Herrschaften, die zu meinem wöchentlichen Botanikkurs kommen, bei der Ernte Freude bringen könnte. Ich bin selbst davon überrascht, wie gut hier alles wächst und gedeiht. Weniger überrascht bin ich allerdings davon, dass daraus nichts Gutes werden konnte.

Andererseits fielen im Übergabegespräch vor einem halben Jahr auch nicht die Worte »Bauen Sie unter keinen Umständen Marihuana an!«, und den Senioren bringen meine selbst gedrehten Zigaretten Freude. Somit halte ich mich streng genommen an die vorgegebenen Regeln. Außerdem ist es auch eher ein Versehen als eine geplante Kriminellenlaufbahn, wenn ich ehrlich bin. Die Aushilfe, die sich vor mir um das Gewächshaus gekümmert hat, ist offenbar von einem auf den anderen Tag verschwunden – und hat ein kümmerliches Pflänzchen hinterlassen, das beinahe im Kompost gelandet wäre, wenn mir die sonderbare Form der Blätter nicht so bekannt vorgekommen wäre. Diesem traurigen Überbleibsel hat, wie sich herausgestellt hat, die Braunerde besonders gutgetan. Seitdem wächst und gedeiht es unter meinen Augen und hat auch schon Ableger bekommen, die noch besser wachsen als erwartet. Bevor ich wusste, wie mir geschieht, hatte ich Eins-a-Marihuana zur Hand. Als Herr Römer dann eines Tages beim Abendessen über die starken Beschwerden seiner rheumatoiden Arthritis geschimpft und die Politik verflucht hat, weil sie ihm bürokratische Steine von der Größe eines Hochhauses in den Weg legt und er nicht an das schmerzlindernde Marihuana herankommt, hatte ich eine Idee, die ich bald auch in die Tat umsetzte. Herrn Römer ging es daraufhin sofort besser. Kurz darauf habe ich erfahren, dass Frau Zimmermann an extremen Schlafstörungen leidet, die man – laut Herrn Römer – mit Marihuana ebenfalls zumindest ein bisschen lindern könnte. Also habe ich auch sie mit Marihuana versorgt. Der beruhigende Effekt war tatsächlich überraschend gut, was wohl auf die Erweiterung der Arterien durch die Wirkung des Tetrahydrocannabinols zurückzuführen ist. Dadurch wird nicht nur der Blutdruck gesenkt, sondern auch die Körpertemperatur. Frau Zimmermann schläft, seit sie abends meine »Zigaretten« raucht, jedenfalls deutlich besser und gewinnt beim Rommé wieder häufiger gegen die bösartige Mayer. Beides Tatsachen, die mir durchaus gefallen. Es hat dann auch nicht lange gedauert, bis ich herausgefunden habe, welche Patienten noch als potenzielle Kunden infrage kommen. Chronische Schmerzen, Appetitlosigkeit, Kopfschmerzen, Tinnitus … Ein Altersheim schien plötzlich wie das natürliche Biotop für den Konsum von Marihuana, und meine Kundenzahl stieg schnell.

Natürlich weiß ich, dass der Handel mit Rauschmitteln nicht zwingend legal ist und dass ich eigentlich kein Geld von den Alten nehmen sollte. Senioren können allerdings ganz schön hartnäckig sein. Geschenkt wollen sie schon mal gar nichts! Sie bestehen regelrecht darauf, mir Geld zu geben. Sonderbare Generation. Nur Frau Zimmermann lässt mich ihr ab und an etwas schenken. Allerdings auch nur, weil sie, wenn sie nicht sofort bezahlt, meistens vergisst, mir die Beträge später auszuhändigen. Hinzu kommt, dass ich die Kohle gut gebrauchen kann. Ich habe es noch nicht übers Herz gebracht, aus meiner alten Dreizimmerwohnung auszuziehen und in eine kleinere, meinen neuen finanziellen Verhältnissen als Aushilfe angemessenere Bleibe zu wechseln. So weit bin ich selbst nach einem Jahr noch nicht, und der Rauschgifthandel gewährt mir noch eine gewisse Gnadenfrist.

Jetzt stehe ich jedenfalls mit einer tonnenschweren, uralten Blechgießkanne im Gewächshaus und wässere meine Einnahmequelle, die in zwei Blumenkisten hinter den Tomatensträuchern und den Erbsenranken versteckt steht. Dabei rauche ich genüsslich eine – ganz gewöhnliche – Zigarette und bin fast ein bisschen stolz auf mein Werk. Das sind die seltenen Momente, in denen ich beinahe zufrieden mit meinem ansonsten komplett verkorksten Leben bin.

»Frau Metuschke? Sind Sie da drinnen?«

Die Kaiser! Ertappt lasse ich die Zigarette fallen und trete sie hektisch mit den klobigen Crocs aus. Ich will den Rauch auspusten und gleichzeitig antworten, wobei ich mich, wie ein Anfänger an seiner ersten Zigarette, verschlucke und fürchterlich zu husten beginne.

Bevor die Person, die zu der Stimme gehört, in mein heiliges Reich treten kann, schleife ich die Gießkanne schnell in Richtung Ausgang und versuche mich an einem entspannten Lächeln, als ich die Tür des Gewächshauses öffne.

Und da steht sie.

»Frau Kaiser, Sie sind ein bisschen früh dran. Der Kurs beginnt erst in einer Viertelstunde.«

Kaiser hat noch nie an einem meiner Kurse teilgenommen.

Meistens bleibt sie für sich, und außer zu ihrer morgendlichen Dehn- und Stretchingrunde verirrt sie sich recht selten nach draußen.

»Ich weiß. Deshalb bin ich auch nicht hier. Ich würde mich einfach gerne selber vom Zustand meiner Guzmania überzeugen.«

Sie deutet an mir vorbei ins Innere des Gewächshauses und will schon einen Schritt hinein machen, als ich mich vor ihr aufbaue und mich ihr in den Weg stelle – was bei meiner Körpergröße, mit der ich höchstens Kylie Minogue beeindrucken kann, gar nicht so einfach ist.

»Warten Sie hier, ich hole sie schnell.«

»Ich könnte doch auch …«

»Nein! Warten Sie hier. Da drinnen … ist es viel zu schwül für Sie.«

Bevor sie etwas darauf erwidern kann, hechte ich los, schleudere die Tür zu und suche nach der Pflanze im blassrosa Übertopf mit aufgemalten Herzen, den ich auf einem der Tische abgestellt habe. Es war nicht einfach, die etwas eigenwillige Blume aufzupäppeln. Das Markanteste an dieser tropischen Zimmerpflanze sind eindeutig die leuchtend gelben, trichterförmigen Hochblätter, die sich mittig hervorrecken und entfernt an eine sehr schlanke Ananas erinnern. Ich bringe sie nicht ohne Stolz zur Kaiser, die zu meiner Erleichterung artig vor dem Gewächshaus gewartet hat.

»Voilà! Da haben wir das gute Stück.«

Sie betrachtet Selena eingehend, als würde sie irgendwo einen Fehler erwarten.

»Das ist beeindruckend, Frau Metuschke.«

»Wenn man sie richtig gießt, ein bisschen mit ihr redet …«

Kaiser nimmt mir die Pflanze aus der Hand, hebt sie prüfend gegen das Licht und sucht noch immer nach etwas, das sie an meiner Arbeit bemängeln kann, was mich langsam wütend werden lässt.

»Was passt Ihnen denn jetzt wieder nicht?«

»Gar nichts. Ich bin nur angenehm überrascht, dass Sie sich so gut um die Pflanze gekümmert haben. Das hatte ich gar nicht erwartet.«

»Danke sehr! Ich nehme meinen Job als Aushilfsgärtnerin eben sehr ernst.«

»Nun, ich habe zu danken. Die Guzmania ist wie neu. Ich werde sie als Erinnerung an die *Pinie* mitnehmen.«

»Stimmt. Sie ziehen um, an die Ostsee, nicht wahr?«

»Ich ziehe nicht um. Ich werde dorthin transferiert. Gegen meinen Willen, wie ich betonen möchte. Ich habe neuerdings einen Vormund, weil mein ›emotionaler Zusammenbruch‹ …«

Noch nie habe ich so perfekt ausgesprochene Anführungszeichen gehört.

»… sie davon überzeugt hat, dass ich wohl nicht mehr alleine für mich sorgen kann.«

Ich mustere sie eingehend, aber so resolut, wie sie gerade vor mir steht, würde ich ihr absolut zutrauen, einen hohen Kredit bei einer Bank zu bekommen.

»Wie dem auch sei …«

Da ändert sich plötzlich etwas an ihrem Blick, und mir wird sofort mulmig zumute.

»Um ehrlich zu sein: Ich bin eigentlich wegen etwas ganz anderem hier.«

Warum überrascht mich das nicht?

»Es heißt, wenn man ein Problem hat, solle man sich an Sie wenden.«

»An mich?«

Dieser Ruf, so schmeichelhaft er auch sein mag, sollte noch einmal gründlich auf den Prüfstand gestellt werden.

»Sie helfen hier jeden Tag so vielen Heimbewohnern. Können Sie mir denn auch helfen, Frau Metuschke?«

Langsam dämmert es mir, und ich entspanne mich etwas. Sie will also doch einfach nur Drogen bei mir kaufen. Na, das hätte sie auch leichter haben können. Dazu hätte sie mich nicht auf Schritt und Tritt verfolgen und mir damit Paranoiaattacken bescheren müssen.

»Nun, das kommt ganz darauf an. Was brauchen Sie denn?«

Ich lächle sie an, während Kaiser mich abermals einer ziemlich genauen Musterung unterzieht.

»Haben Sie ein Auto?«

Verdutzt halte ich inne.

»Ein Auto?«

»Ja, ein Auto. Haben Sie eines?«

»Ja, warum?«

»Was für eines?«

»Einen roten Renault 4 GTL.«

»Hm. Baujahr?«

»1984.«

»Wie bitte?!«

»Hey, das ist ein Klassiker.«

»Fährt er denn?«

»Es handelt sich um eine *Sie*.«

Kaiser wedelt diesen Einwurf mit der Hand beiseite und wiederholt ihre Frage.

»Ja, sie fährt wie eine Eins.«

»Familie?«

»Ich?«

»Ja.«

»Ähm, klar. Oder glauben Sie, ich wäre aus einem Ei geschlüpft?«

»Ich meine, ob Sie eine eigene Familie haben.«

»Nein, habe ich nicht.«

»Freund?«

»Nein.«

»Freundin?«

»Auch nicht.«

»Kinder?«

»Nein.«

»Haustiere?«

»Nein. Allerdings habe ich schon eine Weile nicht mehr ins Gemüsefach meines Kühlschranks geschaut. Da könnte inzwischen was leben.«

»Humor, das mag ich.«

»Das freut mich.«

So langsam wird sie mir doch wieder etwas unheimlich. Möglich, dass der Umzug an die Ostsee gar keine so blöde Idee ist.

»Was wollen Sie jetzt eigentlich von mir?«

»Vorerst nichts. Sie kommen in die engere Auswahl.«

Sie nickt freundlich, dreht sich um und lässt mich mit der Blume und einer ganzen Reihe unbeantworteter Fragen zurück.

KAPITEL DREI

Karla

Stuttgart, 1. August 2017, 11:30 Uhr

Nach einem – für meine Verhältnisse – erfolgreichen Kurs zum Thema »Wie wässere ich Tomaten richtig« mit immerhin vier Teilnehmern komme ich zurück auf die inzwischen recht gut besuchte Terrasse, wo Frau Zimmermann noch immer in ihrem Gartenstuhl döst und die Sonne genießt. Manchmal, so habe ich den Eindruck, schaltet sie ihr Hörgerät absichtlich ab, um sich nicht dem ganzen Getratsche der übrigen Heimbewohner aussetzen zu müssen und sich in eine eigene, friedlichere Welt zurückzuziehen. Ich beneide sie um dieses Feature. Ebenso wie um das kleine Nickerchen, aus dem ich sie jetzt reißen muss. Aber wenn sie rechtzeitig zu ihrer Rommé-Runde erscheinen will, muss sie langsam, aber sicher in die Gänge kommen.

»Frau Zimmermann, es ist Zeit fürs Kartenspielen.«

Ich sage es in einem möglichst ruhigen Tonfall, um sie nicht zu erschrecken, bis mir einfällt, dass sie mich vielleicht nicht hören kann. Also gehe ich neben der alten Dame in die Hocke und stupse sie sanft an der Schulter an.

»Frau Zimmermann, Ihre Rommé-Runde fängt gleich an.«

Aber ihre Augen bleiben geschlossen.

An manchen Tagen sehen einige der Bewohner so zerbrechlich aus, als wären sie aus Glas. Nicht alle. Die Kaiser, zum Beispiel, ist robust wie ein Mammutbaum, aber Frau Zimmermann wirkt, als könne sie bei einer unbedachten Bewegung in tausend Splitter zerspringen.

»Frau Zimmermann, die Rommé-Runde …«

So tief und fest, wie sie jetzt schläft, werde ich das Gefühl nicht los, dass sie meine Zigaretten bereits still und heimlich hier auf der Terrasse geraucht hat. Ich lege meine Hand auf ihre und bemerke, dass die Haut ziemlich kühl ist, wenn man bedenkt, dass sie schon eine ganze Weile in der warmen Vormittagssonne brutzelt.

Sie sieht so friedlich aus.

Zu friedlich!

Irgendeine Zelle meines Körpers drückt den Alarmknopf, denn mein Herz beginnt zu rasen, als müsse es eine neue persönliche Bestzeit aufstellen. Ich schließe meine Finger um Zimmermanns zartes Handgelenk und versuche, einen Puls zu erfühlen, finde ihn aber nicht.

»Frau Zimmermann?«

Ich stehe schnell auf und beuge mich mit dem Ohr über ihren Mund und die Nase. Keine Atmung.

»Frau Zimmermann!«

Die schrille Stimme, die in meinen Ohren schallt, ist meine eigene, als ich die tief schlummernde Frau an der Schulter rüttle – etwas heftiger als zuvor, was dennoch keine Wirkung zeigt.

»Hilfe! Hilfe! Ich glaube, ich brauche hier Hilfe!«

Eine Ärztin oder eine ausgebildete Pflegekraft würde jetzt wissen, was zu tun ist, aber ich werde einfach nur panisch und sehe mich hektisch nach Hilfe um.

»Nein, nein, nein, nicht sterben!«

Während die Heimbewohner um mich herum ebenfalls in Aufregung geraten, sitzt Dorothea Zimmermann weiterhin einfach da, egal, wie laut ich rufe oder wie kräftig ich sie schüttle. Sie hat ein entspanntes Lächeln auf den Lippen, die Augen noch immer geschlossen und das Hörgerät ausgeschaltet.

Diesmal wohl für immer.

Ich verstumme und sehe mir meine Lieblings-Heimbewohnerin noch ein letztes Mal an. Mein Blick streift dabei zwei selbst gedrehte Zigaretten, die aus ihrer Hosentasche lugen – und mir wird plötzlich eiskalt. Ohne nachzudenken, greife ich schnell nach ihnen und lasse sie möglichst unauffällig in meiner Brusttasche verschwinden. Als ich mich danach kurz umsehe, ob mich jemand dabei beobachtet hat, trifft mein Blick auf den von Frau Kaiser. Verdammt. Sie hat es gesehen. Sie macht zu meiner Überraschung aber keinerlei Anstalten, Alarm zu schlagen. Vielmehr dreht sie sich wortlos zur Seite und geht.

»Frau Metuschke! Machen Sie endlich Platz da!«

»Was?«

»Los, aus dem Weg!«

Das verstehe ich viel zu spät. Nämlich erst, als zwei Pflegerinnen und ein Arzt mich unsanft zur Seite schieben, so als hätte ich in diesem Theaterstück nichts mehr zu suchen. Die durch mich ausgelöste Hektik legt sich, und die Handgriffe bekommen bei ihnen sofort viel mehr System. Es sieht so professionell aus, wie sie den Puls, die Atmung, die Reflexe prüfen. Um diese Ruhe beneide ich alle Beteiligten, um die schnelle Reaktion und auch ein bisschen um ihr Verständnis der Situation. Diese Leute wissen, was sie tun. Das erkennt man sofort. Ein abschließendes kurzes Kopfschütteln ist alles, was es braucht. Sofort kehrt wieder Ruhe ein.

Überall, nur nicht bei mir.

Es ist nicht das erste Mal, dass ich einen toten Menschen sehe. Aber ich weiß trotzdem, dass ich diesen Anblick nicht vergessen werde, denn es ist die erste Tote, deren Namen und Lebensgeschichte ich kenne. Die erste, die mir am Herzen liegt.

»Wenn man bedenkt, dass sie jahrelang an extremen Schlafstörungen litt, ist es fast ironisch, dass sie jetzt einfach eingeschlafen ist.«

Geiger stellt sich zu mir, und ich muss keinen besonders frischen Eindruck machen, denn sie legt mir sorgenvoll die Hand auf die Schulter und sieht mich ernst an.

»Alles in Ordnung mit Ihnen?«

Ich nicke benommen.

»Sie dürfen sich das nicht so zu Herzen nehmen. So ist das manchmal in Seniorenheimen. Frau Zimmermann war achtundachtzig Jahre alt, da passiert so was durchaus.«

War. Sie benutzt bereits die Vergangenheitsform.

»Meine Güte, Sie sehen ganz blass aus. Geht es Ihnen wirklich gut?«

Vermutlich nicke ich wieder, aber so genau weiß ich das nicht, weil sich alles ein bisschen taub anfühlt.

»So sehen Sie aber nicht aus. Sie sollten sich lieber irgendwo hinsetzen und vielleicht einen Schluck Wasser trinken. Gönnen Sie sich eine kleine Pause, Karla.«

Geiger hält eigentlich nichts von Pausen, und sie nennt mich sonst auch nie bei meinem Vornamen. Ich bin immer nur Metuschke. Jetzt bin ich Karla und fühle mich dadurch plötzlich wie ein kleines Kind.

Ein letztes Mal sehe ich zu Frau Zimmermann, die noch immer lächelt und so friedlich aussieht. Bevor ich zu weinen anfange, verlasse ich lieber die Bühne. Eine besonders große Hilfe bin ich hier ohnehin nicht.

Siehst du, Karla? Du hast mal wieder auf ganzer Linie versagt! Genau deswegen bist du jetzt hier. Als nutzlose Hilfskraft. Und nicht mehr. Du wirst nie mehr sein.

Meine Schritte führen mich weg von der Terrasse, wo es gespenstisch still geworden ist, über den feinen Kiesweg hin bis ans Ende der Anlage, zurück zu meinem Gewächshaus.

Ich brauche eine Zigarette.

Dringend.

Du bist wirklich ein hoffnungsloser Fall!

Mit zittrigen Händen zünde ich mir eine Zigarette an und nehme einen tiefen Zug.

Sie alle hatten recht. Er hatte recht. Und du weißt es genau. Es war lächerlich zu glauben, du könntest mehr sein.

Ich schließe die Tür des Gewächshauses hinter mir und lasse mich erschöpft daran hinabgleiten. Es ist alles so …

»Frau Metuschke, sind Sie da drinnen? Ich habe noch einige Fragen.«

Auch das noch. Die Kaiser. Auf sie und ihre verrückten Fragen habe ich jetzt wirklich keine Lust. Wenn ich mich still verhalte, denkt sie vielleicht, dass ich nicht da bin, und geht wieder.

»Frau Metuschke, seien Sie nicht lächerlich. Ich weiß, dass Sie da drin sind. Ich kann Ihre Zigarette riechen.«

Mist.

»Jetzt nicht, ich habe zu tun!«

Schnell sperre ich die Tür von innen ab.

»Unsinn. Nur noch ein paar Kleinigkeiten.«

Ja, die Kleinigkeiten kann ich mir schon vorstellen, nachdem sie mich dabei erwischt hat, wie ich einer Toten zwei Joints aus der Hosentasche stehle. Dafür habe ich jetzt aber keinen Nerv. Kann sie mir nicht mal ein paar Minuten gönnen, in denen ich um Frau Zimmermann trauern darf?

»Hauen Sie ab!«

»Haben Sie Punkte in Flensburg?«

Was? Diese Frau treibt mich noch in den Wahnsinn.

»Und falls ja, wie viele?«

»Haben Sie nicht mitgekriegt, dass Frau Zimmermann gerade gestorben ist? Da fragen Sie allen Ernstes nach Punkten in Flensburg?«

Ich kann ihre Silhouette durch das geriffelte Glas der Scheibe über mir sehen. Wie sie dasteht, einen Block oder etwas Ähnliches in der Hand.

»Genau genommen frage ich nach Ihren potenziellen Verkehrsvergehen.«

»Lässt Sie der plötzliche Tod einer Mitbewohnerin wirklich kalt?«

»Nun, mit Ende achtzig kann man wohl kaum von ›plötzlich‹ sprechen.«

Es überrascht mich, wie nüchtern sie mit der Situation umgeht. Liegt das am Alter oder daran, dass diese Frau sich ein Herz aus Beton hat gießen lassen?

»Wenn Ihnen das lieber ist, kann ich zu Frau Geiger gehen und ihr von dem erzählen, was sich in Ihrer Brusttasche befindet.«

Na, wunderbar. Jetzt also doch. Ich erhebe mich zögerlich, sperre die Tür wieder auf, öffne sie einen Spalt und sehe in ein freundlich lächelndes Gesicht, das jegliche Spuren von Mitgefühl gänzlich vermissen lässt.

»Zimmermann geht Ihnen am Arsch vorbei, oder?«

»Nein.«

»Doch.«

»Ganz im Gegenteil. Ihr Ableben hat mir die Dringlichkeit meines Unterfangens endgültig vor Augen geführt.«

»Was für ein Unterfangen?«

»Dazu kommen wir später. Zuerst beantworten Sie mir bitte meine Frage.«

Kaiser erinnert mit ihrem kleinen Schreibblock an eine überambitionierte Klatschreporterin, die gerade an einem frischen Tatort eingetroffen ist.

»Also, wie viele Punkte haben Sie in Flensburg?«

»Zwei.«

»Tatsächlich. Zwei gleich? Wegen?«

»Zu schnellen Fahrens.«

»Sehr gut, sehr gut.«

Sie lächelt noch immer, ich schüttle den Kopf.

»War es das dann?«

»Im Großen und Ganzen.«

»Dann entschuldigen Sie mich jetzt bitte, ich möchte gerne alleine sein.«

Damit lasse ich sie stehen und gehe tiefer in das Gewächshaus. Aber Kaiser wäre nicht Kaiser, wenn sie mir nicht folgen würde. Sie ist wie eine dieser Erkältungen, die man einfach nicht mehr loswird.

»Hören Sie. Warten Sie, Frau Metuschke! Sie wollten sich noch verabschieden, habe ich recht?«

»Wie bitte?«

Ich gebe mir große Mühe, mich formatfüllend vor ihr aufzustellen, um ihren Blick in eine gewisse Ecke des Gewächshauses zu verhindern, und wieder wünschte ich mir, mit zehn Zentimetern mehr Körpergröße gesegnet zu sein.

»Sie wurden um ein letztes Lebewohl betrogen, und das nagt jetzt an Ihnen. Habe ich recht?«

Kaiser trifft mit ihrer nüchternen Aussage tatsächlich einen überraschend wunden Punkt. Ich kannte Frau Zimmermann erst seit einem Jahr, und die Geiger hat mir von Anfang an eingebläut, mich emotional nicht zu sehr auf die Patienten einzulassen, aber die alte Dame ist mir irgendwie trotzdem ans Herz gewachsen. Und ja, ich hätte mich wirklich gerne von ihr verabschiedet.

Da ich nicht antworte, spricht Kaiser ungerührt weiter.

»Wissen Sie, mein Mann ist eines Tages bei der Gartenarbeit einfach umgefallen. Ich habe ihm Eistee in der Küche gemacht, und als ich mit der Karaffe auf die Veranda kam, lag er neben der Heckenschere.«

Sie sieht mich ernst an, und ich bin über ihre Offenheit ein wenig erstaunt. Auch darüber, in welch gefasstem Tonfall sie vom Ableben ihres Mannes spricht.

»Ich konnte mich nicht verabschieden. Er war von heute auf morgen einfach nicht mehr da. All die Streitereien und Diskussionen über Nichtigkeiten, die wir zuvor in unserem gemeinsamen Leben geführt haben, konnte ich mir verzeihen. Nur dieses eine letzte Adieu, das hängt mir nach. Es ist so wichtig, sich anständig zu verabschieden.«

Sie sagt es, als ginge es um so etwas Banales wie die Notwendigkeit, sich vor dem Essen die Hände zu waschen.

»Wann ist Ihr Mann denn gestorben?«

»Vor drei Monaten. Wir waren knapp sechzig Jahre verheiratet.«

Das ist ein ganzes Leben. Das ist eine halbe Ewigkeit.

»Und jetzt bin ich ... hier.«

Sie seufzt und macht eine Handbewegung, die dieses Gewächshaus ebenso umfasst wie die ganze *Schattige Pinie* und vielleicht auch ihr Leben.

»Und bald in der *Sonnenwende.* Endstation Irrenhaus. Warten auf den Tod.«

Mit nur zwei Schritten ist sie bei mir. Ich zucke kurz zusammen, als sie mir an die Schultern fasst und mir direkt in die Augen sieht.

»Und genau deswegen brauche ich Sie.«

Vielleicht ist es doch keine so gute Idee, mit Kaiser zwischen Erbsen und Hanfpflanzen über den Tod und letzte Abschiede zu reden. Immerhin stehe ich hier in einem abgelegenen Gewächshaus alleine mit einer wildfremden Seniorin, die mich seit einiger Zeit verfolgt und demnächst in die Klapse eingeliefert wird.

»Sie sind meine letzte Hoffnung.«

Spätestens jetzt ist es nicht mehr nur etwas unheimlich, sondern wird absurd.

»Frau Metuschke, ich muss hier weg.«

Und es wird immer besser. Ich spüre, wie sich in mir ein leicht irres Lachen seinen Weg nach oben bahnt. Die *Sonnenwende* ist definitiv keine so schlechte Idee.

»So, so, Frau Kaiser. Sie müssen also weg? Wissen Sie, was? Das begrüße ich sogar. Tun Sie sich keinen Zwang an. Soll ich den Hinterausgang für Sie offen lassen?«

»Nein. Ich muss ganz weg.«

Oh. Das klingt jetzt doch etwas zu endgültig. Ich mache einen Schritt weg von ihr.

»Moment. Bitten Sie mich gerade um Sterbehilfe?«

»Nein. Um Lebenshilfe!«

»Was?«

»Ich muss noch etwas erledigen.«

»Was denn?«

»Eine kleine Reise.«

Und schon sind wir zurück in Absurdistan, und ich habe langsam genug davon.

»Ich glaube, Sie sollten das lieber mit Frau Geiger besprechen, sie kann Sie …«

»Unsinn. Sie wissen genau, dass das nicht geht.«

Kaiser wirkt plötzlich wieder so beherrscht und klar bei Verstand wie eh und je. Dennoch ergibt das eben Gesagte keinen Sinn.

»Und Sie fahren mich.«

Das ergibt noch viel weniger Sinn als alles davor, und ich höre mich auflachen.

»Ich? Soll Sie irgendwo hinfahren?«

»Ja. Sie haben einen Wagen, und Sie fahren zu schnell. Sie sind die perfekte Komplizin.«

»Komplizin?«

»So sagt man das doch, oder? Eine Komplizin für den Roadtrip.«

»Den Roadtrip?!«

Ich klinge wie eine umgekehrte Souffleuse. Anstatt ihr die Dinge vorzusagen, plappere ich alles nach und finde trotzdem immer noch keinen Sinn hinter ihren Worten.

»Wir müssen schnell los, bevor sie mich in die *Sonnenwende* abschieben und dort für immer ruhigstellen.«

Okay, jetzt reicht es. Ich glaube fast, sie meint das ernst.

»Hören Sie mal, ich denke nicht, dass Frau Geiger …«

»Genau! Deshalb darf sie nichts davon erfahren!«

»Erleiden Sie hier gerade einen Schlaganfall? Oder eine weitere … Episode?«

»Seien Sie nicht albern, Frau Metuschke!«

»Ich soll nicht albern sein? Hören Sie sich eigentlich selbst zu?«

Damit schiebe ich sie nicht ganz so sanft in Richtung Ausgang, bevor sie noch mehr Unfug erzählt – oder mehr sieht, als sie sollte.

»Heute um Mitternacht, Frau Metuschke. Am besten, wir treffen uns am Hinterausgang hier beim Gewächshaus! Ich warte draußen an der Bushaltestelle auf Sie.«

»Vergessen Sie es. Ich fahre Sie doch nicht einfach so mitten in der Nacht spazieren!«

»Doch, das werden Sie.«

»Kann es sein, dass Sie immer ›ja‹ verstehen, wenn ich ›nein‹ sage?«

»Nein. Also bleibt es beim Ja?«

»Rufen Sie sich ein Taxi!«

»Frau Metuschke …«

»Nein!«

Ich greife nach dem blassrosa Topf mit Selena und drücke ihn ihr in die Hände.

»Die gehört Ihnen. Nehmen Sie sie, und gehen Sie. Jetzt.«

»Ist ›nein‹ Ihr letztes Wort?«

»Ja.«

Damit schiebe ich sie ins Freie. Ich will gerade wieder die Tür zum Gewächshaus schließen, als sie einen Fuß dazwischenstellt.

»Erlauben Sie mir noch eine Frage?«

»Was ist denn jetzt noch?«

»Um welches Gemüse handelt es sich dahinten links bei den Tomaten?«

Verdammt!

»Da sind … Bohnenranken.«

Ich wette, sie kann meine Panik durch die halb geschlossene Tür hindurch riechen wie ein Bluthund.

»Für mich sieht es aus wie Hanf. Laut Betäubungsmittelgesetz § 30 wird das Strafmaß auf mindestens zwei Jahre Freiheitsstrafe erhöht, wenn Anbau, Herstellung oder Handel bandenmäßig oder die Handlungsweisen des § 29 BtMG gewerbsmäßig betrieben werden.«

Schnell öffne ich die Tür und ziehe sie zurück zu mir ins Gewächshaus.

»Seien Sie still! Sie reden Unsinn.«

»Nein, ich habe recherchiert.«

»Ich würde sagen, Sie haben zu viel Zeit.«

»Nicht mehr so viel.«

»Sterben Sie etwa?«

Zugegeben, ein etwas gemeiner Hoffnungsschimmer, den ich am Horizont erahne.

»Nicht so bald, wie Sie es sich vielleicht wünschen.«

»Wie ärgerlich. Aber wissen Sie, was? Ihre Recherchen können Sie sich an den Hut stecken. Sie haben offiziell einen Sprung in der Schüssel. Ich wäre mir an Ihrer Stelle also nicht so sicher, dass irgendwer Ihre Wahnsinnsgeschichte glaubt. Und bis Sie zu Geiger gehumpelt sind, um mich zu verpfeifen, habe ich die Pflanzen längst über alle Berge gebracht.«

Die Raumtemperatur sinkt. Kaiser verengt die Augen und beugt sich zu mir vor.

»So ein Humbug. Ich bin topfit! Aber es geht hier nicht um mich, sondern um Sie – und Sie wollen doch nicht ins Gefängnis, oder?«

Irgendwo habe ich mal gelesen, dass man sich im Notfall einfach stur und dumm stellen soll. Eine Taktik, die mir jetzt sehr gelegen kommt.

»Warum sollte ich denn ins Gefängnis? Wegen Erbsen und Tomaten?«

»Nein, wegen Römer, Zimmermann, Flörchinger, Häberlin, Kabitzke ...«

Sie zählt nicht einfach nur Bewohner der *Schattigen Pinie* auf, nein, sie nennt alle meine Kunden, und ich spüre, wie mit jedem Namen mehr Blut aus meinem Kopf schwindet. Sie hat wirklich recherchiert.

»Sie sind eine Drogendealerin, Karla.«

Mein Lachen hallt hohl und unsicher im Gewächshaus wider.

»Um es mit Ihren Worten zu sagen: So ein Humbug!«

»Die Blumenkisten im Gewächshaus sollten belastend genug

sein. Und machen Sie sich da keine Hoffnungen: Ich habe Fotos davon. Außer Ihnen hat niemand einen Schlüssel zum Gewächshaus, oder?«

Verdammt, verdammt, verdammt!

»Wie sind Sie überhaupt hier … Whatever. Was wollen Sie, Kaiser?«

»Sie haben offensichtlich nicht aufmerksam genug zugehört. Ich will einen Roadtrip. Mit Ihnen.«

»Das ist doch Wahnsinn! Und wieso ausgerechnet mit mir?«

Kaiser zuckt lässig die Schultern.

»Sie haben keine Familie, keinen Partner, keine Haustiere. Niemand wird Sie vermissen.«

Autsch. Das ist ein unfairer Treffer unterhalb der Gürtellinie. Na gut, sie nimmt sich also das Recht heraus, so über mich und mein Leben zu sprechen. Das Spiel beherrsche ich zum Glück ebenfalls.

»Sagt die Verrückte, die demnächst in ein Sanatorium im Nirgendwo abgeschoben wird, um sie vollends zu vergessen.«

Sie gibt sich Mühe, meine Worte an sich abprallen zu lassen, aber ich weiß, dass das gesessen hat. Gut so. Es kostet sie offensichtlich viel Selbstbeherrschung, aber sie spricht ruhig und besonnen weiter.

»Frau Metuschke, ich brauche Ihre Hilfe. Ich habe sonst niemanden. Mein Mann ist verstorben, wie Sie wissen.«

»Haben Sie keine Freunde? Oder Kinder? Was ist mit denen? Können die nicht Taxi für Sie spielen?«

Jetzt wackelt ihr Emotionsgerüst gewaltig, doch sie fängt sich schnell wieder.

»Unsere Ehe blieb kinderlos, und in meinem Alter … Ich habe niemanden mehr, den ich sonst fragen kann.«

Ihr Blick löst plötzlich etwas in mir aus, das sich verdammt nach Mitleid anfühlt. Aber ich darf jetzt nicht einknicken. Außerdem bin ich noch immer wütend, dass sie mir so die Pistole auf die Brust setzt.

»Also erpressen Sie mich einfach. Haben Sie sich mal überlegt, dass Sie vielleicht genau wegen solcher Aktionen jetzt alleine dastehen?«

»Ich bitte Sie, Karla. Ich erpresse Sie doch nicht. Ich ... liefere Ihnen lediglich eine Entscheidungshilfe.«

»Sie erpressen mich!«

»Von mir aus. Aber so, wie Sie es sagen, klingt es wie etwas Schlimmes.«

»Weil es etwas Schlimmes ist! Ich lasse das nicht mit mir machen. Was ist, wenn ich mich der Heimleitung stelle?«

»Zwei Jahre Freiheitsstrafe. Das wird keine sehr schöne Zeit. Aber natürlich schreibe ich Ihnen Briefe ins Gefängnis.«

Sie lächelt so kühl wie ein Yeti im Sommerurlaub.

Kurz gehe ich meine Optionen durch: Auf ihre Erpressung eingehen kommt nicht infrage. Mich der Heimleitung stellen auch nicht. Der Heimleitung wegen des Fluchtplans Bescheid geben geht nicht wegen der Fotos, die Kaiser angeblich von meinen Pflanzen gemacht hat. Mist. Es nervt mich, dass sie mich in der Hand hat und das auch weiß. Mit triumphierendem Lächeln spricht sie weiter.

»Heute um Mitternacht. Vergessen Sie Ihren Reisepass nicht. Ich möchte keinen Ärger an der Grenze.«

»An der Grenze?!«

»Ja.«

»Welche Grenze? Wo soll es denn hingehen?«

»Zu Freunden.«

»Zu welchen Freunden? Ich dachte, Sie haben keine.«

»Ich habe Freunde. Nur nicht hier in Stuttgart.«

»Und wo wohnen Ihre Freunde?«

»Das sage ich Ihnen, wenn es so weit ist.«

»Und Sie glauben, ich lasse mich darauf ein.«

»Sie haben keine Wahl.«

Wir starren uns an. Wer zuerst wegsieht, hat verloren. Sie besteht unbedingt auf ihrem Willen, ich auf meine Freiheit. Ein

Unentschieden wird es nicht geben. Dummerweise hat sie die besseren Druckmittel. Also sehe ich weg – und sie gewinnt.

»Sie sehen etwas blass aus, Karla. Vielleicht brauchen Sie ein paar Tage Urlaub. Gehen Sie zu Geiger, und reichen Sie, sagen wir, eine Woche Urlaub ein. Das sollte für unser Vorhaben reichen.«

»Eine Woche?! Frau Kaiser, wo wohnen Ihre Freunde?«

»Nicht weit weg, aber beantragen Sie trotzdem eine Woche. Das ist unauffälliger.«

Ich kann nicht garantieren, dass wir beide diese Woche überleben werden. Entweder ich erdrossle sie, oder sie bringt mich ins Grab.

»Unter den gegebenen Umständen sollte das kein Problem sein. Dorotheas Dahinscheiden hat Sie sehr mitgenommen.«

Sie denkt an alles, das muss man ihr lassen. Es ist ein perfider Plan, gereift im Gehirn einer auf den ersten Blick harmlos aussehenden Seniorin.

»Was, wenn ich heute um Mitternacht nicht da bin?«

»Dann verpassen Sie ein großes Abenteuer.«

»Darauf verzichte ich gerne. Sie müssen mir schon einen besseren Grund nennen. Warum wollen Sie diese Reise machen?«

Regungslos steht sie da, sieht zu mir, holt tief Luft und zerstört meine Wut mit einem einfachen Satz.

»Weil ich schon über sechzig Jahre zu spät bin.«

KAPITEL VIER

Elisabeth

Melbourne, 21. November 1956

»Wo willst du hin?«

Marie bleibt ertappt an der Tür stehen, dreht sich zögerlich zu mir um und starrt durch die nur schwach vom Mond erhellte Dunkelheit des Zimmers zu mir.

»Ich … Äh …«

Sie sucht eine Ausrede, und sie sucht zu langsam. Für gewöhnlich kommen ihre erfundenen Geschichten wie aus der Pistole geschossen, aber heute Nacht ist sie erstaunlich schlecht vorbereitet.

»Ich muss noch mal los.«

»Es ist nach elf. Wo willst du denn um diese Uhrzeit noch hin? Wir müssen morgen früh schwimmen.«

Jetzt setze ich mich auf und mache mir Sorgen, weil Marie dazu neigt, sich in Schwierigkeiten zu bringen.

»Elli, bitte.«

Sie will mich nicht anlügen, was ich ihr hoch anrechne, stattdessen kommt sie wieder einen Schritt ins Zimmer, sucht meinen Blick und findet ihn erst, als ich die kleine Nachttischlampe einschalte.

»Du verrätst mich doch nicht, oder?«

»Kommt darauf an, wo du hinwillst.«

Ich sehe, wie sie kurz mit sich ringt, dann gibt sie auf.

»Es gibt noch eine heimliche Fete bei den Ungarinnen, eine *Party*, und es heißt, dass auch Jungs eingeladen sind!«

»Aber es ist doch schon so spät.«

»Deswegen ja auch *heimlich*.«

Maries helle Augen blitzen vor lauter Vorfreude auf, und jetzt erst fällt mir auf, dass sie sogar etwas Lippenstift aufgetragen und sich ihre schulterlangen blonden Locken wie ihr großes Vorbild Marilyn Monroe frisiert hat. Dazu trägt sie einen roten, wadenlangen, weit ausgestellten Rock und eine eng anliegende helle Bluse.

»Eine *Party*, ja?«

Ein merkwürdiges Gefühl macht sich in meinem Magen breit. Ein vertrautes, bitteres Gefühl.

»Ja, und ich hoffe, dass dieser große Italiener auch da ist.«

Natürlich geht es um den großen Italiener, den Marie heute Vormittag gesehen hat, als wir zur Schwimmhalle gegangen sind. Ob sich die Mitglieder des Internationalen Olympischen Komitees darüber bewusst waren, dass so etwas passieren kann, als sie beschlossen haben, das erste Mal Männer und Frauen zusammen trainieren zu lassen? Ich fürchte nicht.

»Marie, der ist mindestens zehn Jahre älter als du!«

Sie zuckt die Schultern, als wäre das nur ein kosmetischer Fehler auf dem Papier.

»Ich will ihn doch nur anschauen! Wo denkst du hin?!«

Maries Lächeln wirkt immer etwas verliebt, dabei hat sie mit ihren siebzehn Jahren noch nie einen Jungen geküsst.

»Also, du verrätst mich nicht, ja?«

»Natürlich nicht. Aber pass gut auf dich auf.«

Sie stürmt auf mich zu, umarmt mich und drückt mir einen Kuss auf die Wange.

»Freilich! Und danke, ich bleibe auch nicht zu lange fort!«

Damit ist sie fast schon wieder an der Tür, als ihr noch etwas einfällt und sie zu mir zurücksieht. Wieder ist da dieses abenteuerlustige Funkeln in ihrem Blick.

»Oder willst du mitkommen?«

Ich lache leise auf und schüttle entschlossen den Kopf.

»Nein. Ich habe nicht vor, morgen übermüdet vom Startblock zu fallen.«

»Sicher?«

»Ja. Sicher. Außerdem bin ich nicht mal eingeladen.«

Das klingt so bitter, wie die Worte auf meiner Zunge schmecken. Ich werde nie eingeladen, weil sie meine Antwort kennen. Ich gehöre zu den Besten der Besten. Ich habe keine Zeit, zu feiern.

»Na, Dummerchen, *ich* lade dich ja jetzt ein. Komm mit!«

Sie klingt dabei so hoffnungsvoll, dass ich fast versucht bin, eine Zusage zu geben, nur damit ich nicht den enttäuschten Hundeblick sehen muss, der unweigerlich folgen wird.

»Ich verzichte. Aber danke.«

»Mensch, Elli. Irgendwann musst du mal mitkommen.«

»Das geht nicht. Deswegen sind wir nicht hier. Wir haben eine Aufgabe zu erfüllen, und das wird uns nicht gelingen, wenn wir uns die Nächte mit schönen Italienern vertreiben. Ich will Gold.«

»Ich doch auch, aber du bist siebzehn, und unsere Eltern sind am anderen Ende der Welt. Das ist die Chance unseres Lebens.«

Kurz ist da wieder dieser Anflug von einem Kribbeln in meinem Bauch, aber wie immer gewinnt die Vernunft. Ich schalte die Nachttischlampe wieder aus.

»Komm nicht zu spät, ja?«

Sie antwortet nicht, sondern schlüpft lautlos aus dem Zimmer und schließt die Tür. Ich bleibe liegen und lausche in die Dunkelheit, aber Marie ist die Meisterin der geräuschlosen Flucht – so oft, wie sie sich in den Trainingslagern zu Hause rausschleicht und nicht erwischt wird. Das ist bestimmt rekordverdächtig.

Ich schließe die Augen und fange an zu zählen. Rückwärts von zweihundert. Meistens schlafe ich ein, bevor ich bei hundertsiebzig bin.

Doch diesmal bin ich auch bei einhundertvierunddreißig noch hellwach. Dabei war ich bis eben noch hundemüde. Bis Marie gegangen ist. Auf eine Party am anderen Ende der Welt. Auf die ich nicht gehen werde. Sicher nicht. Also weiter.

Einhundertdreiunddreißig.

Was soll ich schon verpassen? Jungs? Musik?

Einhundertzweiunddreißig.

Was ich sicherlich verpassen werde, wenn ich jetzt gehe, ist eine neue Bestzeit. Und eine Goldmedaille.

Einhunderteinund...

Wir sind nicht zum Feiern hier. Das weiß Marie. Das wissen wir alle. Wir sind hier, um zu gewinnen.

Ich rolle mich auf die Seite und starre auf das leere Bett mir gegenüber, das ich in der Dunkelheit nur schemenhaft ausmachen kann.

Einhunderteinund... Wo war ich?

Na, toll. Jetzt bin ich wach. Kurz entschlossen schlage ich die dünne Bettdecke zur Seite und setze mich auf. An Schlafen ist jetzt erst mal nicht mehr zu denken. Vielleicht ... hilft ein Glas Wasser. Oder ein kurzer Spaziergang an der frischen Luft. Oder ... Nein. Das ist eine ganz miese Idee. Hinlegen, weiterzählen, schlafen und morgen mit neuer Kraft loslegen. Andererseits beginnt das Training morgen erst um acht Uhr. Wegen des anstrengenden Flugs rund um die Welt dürfen wir etwas länger schlafen.

Zu Hause wäre es jetzt Mittag. Vielleicht bin ich deshalb so hellwach. Und wenn ich ohnehin schon wach bin, könnte ich ja auch ... Nein. Andererseits. Ich könnte einfach einen kleinen Spaziergang machen. Ich muss ja nicht zu den Ungarinnen gehen. Ja, das ist eine gute Idee. Die frische Nachtluft wird mir guttun.

Schnell ziehe ich mich um, schlüpfe in meinen dunkelblauen Trainingsanzug und schleiche zur Tür. Mein Herz schlägt wild, als ich auf den menschenleeren Flur unserer kleinen Wohnanlage auf einem mir völlig fremden Kontinent spähe.

Und dann gehe ich los.

KAPITEL FÜNF

Karla

Stuttgart, 1. August 2017, 23:50 Uhr

Die analoge Uhr in meinem Wagen zeigt an, dass ich noch genau zehn Minuten habe, um aus dieser Sache rauszukommen. Aber mir fällt einfach kein Fluchtplan ein, der nicht damit endet, dass ich im Gefängnis sitze – sei es wegen Drogenhandels oder Mordes. Also schalte ich einen Gang hoch und sehe kurz zu der kleinen hawaiianischen Hulafigur mit Kokosnussbikinioberteil, rotem Bastkleid und bunter Blumenkette, die auf dem Armaturenbrett klebt und der dieser Wagen seinen Namen verdankt: Lola.

»Na, hast du eine Idee, wie wir uns vor dieser kleinen Spritztour jetzt noch drücken können?«

»Na, hast du eine Idee, wie wir uns vor dieser kleinen Spritztour jetzt noch drücken können?«

Sie strahlt mich zufrieden hüftschwingend an.

»Nichts? Keine Idee?«

Kurz meine ich, sie würde mir aufmunternd zuzwinkern.

»Was? Du willst dich gar nicht drücken?«

Lolas Hüftschwung scheint einen Zahn zuzulegen.

»Verräterin. Hör auf damit!«

Doch Lola wackelt fröhlich weiter vor sich hin.

»Lass das! Ich kann das nicht wirklich machen. Das ist doch verrückt. Und wahrscheinlich kriminell. Und was ist, wenn sie morgen früh merken, dass die Kaiser fehlt, und die Polizei rufen? Wenn sie eins und eins zusammenzählen? Wenn wir von Interpol steckbrieflich gesucht werden? Na, was machen wir dann?«

Darauf hat Lola natürlich keine Antwort, aber was kann man schon von einem hawaiianischen Urlaubsmitbringsel erwarten?

Als ich drei Minuten später die schwach beleuchtete Bushaltestelle vor mir sehe, bleibe ich in einiger Entfernung am Straßenrand stehen, versteckt hinter einem wuchtigen Kastenwagen. Ich schubse die Hulatänzerin mit dem Finger an, und sofort schwingt sie wie wild die Hüften.

Dieser Wagen ist eigentlich schon zu alt für einen Roadtrip ins Ausland. Immerhin hat Lola bereits über dreißig Jahre auf dem Buckel und gilt damit offiziell als Oldtimer, auch wenn sie wirklich gut in Schuss ist. Ich hoffe, dass es nicht die letzte Reise für die alte Dame ist. Also für Lola, nicht für die Kaiser. Die kann von mir aus für immer bei ihren Freunden bleiben.

Abgesehen von Frau Geiger, habe ich niemandem Bescheid gegeben, dass ich in den »Urlaub« fahre. Sollte ich mich vielleicht doch noch irgendwo abmelden, wenn ich die nächsten paar Tage unauffindbar bin? Nur, um keinen unnötigen Verdacht oder eine Vermisstenanzeige bei der Polizei zu riskieren? Schnell hole ich mein Handy heraus, scrolle durch meine wenigen Kontakte und finde niemanden, bei dem ich mich abmelden müsste: mein Zahnarzt, mein Hausarzt, mein Sushi-Lieferdienst, die Zentrale der *Pinie*, längst verblasste Bekanntschaften aus einem anderen Leben. Meine Eltern würden wahrscheinlich eher misstrauisch werden, dass ich mich freiwillig bei ihnen melde, um sie an meinem Leben teilhaben zu lassen, und Geschwister habe ich keine. Frau Kaiser hat recht: Mich wird niemand vermissen.

Klack! Der Zeiger meiner Uhr springt lautstark auf die Zwölf, und ich zucke erschrocken zusammen.

Mitternacht.

Zeitgleich öffnet sich beim Seniorenheim das Gartentor, das ich nach Feierabend nicht abgeschlossen habe. Eine dunkel gekleidete Gestalt tritt in den schwachen Lichtkegel der Straßenlaterne. Die Kaiser. Unbewusst halte ich den Atem an, als würde ich darauf warten, dass die Geiger gleich hinter ihr herstürzen, die alte Dame überwältigen, sie zurück in die *Schattige Pinie* zerren und ihre Pläne damit ruinieren würde.

Aber niemand hält sie auf.

Stattdessen spaziert die Kaiser in aller Seelenruhe mit einem Koffer in der Hand und Selena unter dem Arm über die Straße auf die Haltestelle zu. Als würde sie auf den nächsten Bus warten, studiert sie den Abfahrtsplan und nimmt dann auf der Bank Platz. Heute Nacht trägt sie einen für sie vollkommen untypischen dunklen Jogginganzug, der sie wie einen in die Jahre gekommenen Ninja aussehen lässt, dazu rote Turnschuhe, die der einzige Farbklecks ihres Outfits sind. Wenn man von Selena mal absieht. Was will sie denn eigentlich mit der Pflanze?

Sie wirkt kein bisschen angespannt oder gestresst, als wäre sie felsenfest davon überzeugt, dass ich gleich um die Ecke biegen und sie an ihr Ziel kutschieren werde. Kopfschüttelnd beobachte ich, wie sie jetzt den Koffer öffnet und nach einer kleinen blauen Schatulle greift. Muss sie etwa erst noch den passenden Reiseschmuck anlegen? Nachdenklich betrachtet sie das Innere der kleinen Box, aus der irgendetwas Goldenes funkelt, bevor sie die Schachtel zuklappt, zurück in den Koffer schiebt und dafür ein kleines Sudokuheft herauszieht. Als wäre sie nicht auf der Flucht, fängt sie an, die Rätsel in aller Ruhe zu lösen. Kein panischer Blick auf die Uhr, während Sekunde um Sekunde verstreicht, kein hektischer Blick die Straße entlang. Es gibt nur sie selbst, den Koffer, Selena und das Sudokuheft. Und die feste Überzeugung, dass jemand sie an ihr Ziel fahren wird.

Ich drehe den Schlüssel im Zündschloss. Lola springt an und erwartet eine finale Entscheidung. Also tue ich das, was richtig ist, und fahre los. Bis Lola und ich neben der Bushaltestelle zum Stehen kommen.

»Wunderbar. Sie sind fast pünktlich.«

Während die Kaiser das sagt, sieht sie nicht einmal von ihrem Heft auf, sondern löst in aller Ruhe das Kästchen, an dem sie gerade rätselt, zu Ende. Dann hebt sie den Blick und deutet auf den Koffer.

»Helfen Sie mir damit? Der ist nämlich ziemlich schwer.«

»Ab zwei Kilo Übergepäck kostet es extra.«

»Keine Sorge, ich habe genug Geld bei mir.«

Etwas Stolz schwingt in ihrer Stimme.

»Das will ich aber auch schwer hoffen. Ich zahle nämlich keinen Cent.«

Dabei habe ich nicht mal die leiseste Ahnung, ob man dort, wo sie hinwill, überhaupt mit Euro und Cent bezahlt.

»Was ist? Helfen Sie mir jetzt mit meinem Gepäck?«

Ich öffne die Fahrertür und steige aus.

»Habe ich denn eine Wahl?«

Kaiser ist gerade dabei, den Koffer zu öffnen, um das Sudokuheft dort zu verstauen, als ich neben sie trete und einen Blick ins Innere werfe, wo zwischen ordentlich gefalteten Kleidungsstücken auch die blaue Schatulle liegt. Interessiert ziehe ich eine Augenbraue nach oben, aber bevor ich sie nach ihrem Erbschmuck fragen kann, knallt sie den Koffer zu.

»Ich wäre dann so weit.«

Ihr Ton macht deutlich, dass sie keine Fragen duldet, und ich schnappe mir den Griff und wuchte den Koffer zu Lola. Als ich den Kofferraum öffne und Kaisers Reiseausstattung darin verstaue, stellt sie sich plötzlich neben mich. Schnell schließe ich den Deckel wieder. Sie soll keinen Blick ins chaotische Heck meines Wagens werfen und Fragen stellen, auf die ich jetzt – und in Zukunft – keine Lust habe, zu antworten. Zu viel könnte sie verstehen, wenn sie den Inhalt genauer in Augenschein nähme. Das Unverfänglichste ist dabei noch meine dunkelgrüne Reisetasche mit Klamotten für eine Woche. Etwas anders sieht es mit den vielen leeren Dosen aus, die an ineinander verwirrten Schnüren hängen, und dem Pappschild, das zum Glück mit der Vorderseite nach unten daliegt. Ganz zu schweigen von den schneeweißen Pumps, die seit einem Jahr auf ihren großen Auftritt warten.

Kaiser will den Kofferraumdeckel gerade wieder anheben, um auch Selena ins Innere zu legen, als ich sie freundlich, aber bestimmt aufhalte.

»Wollen Sie Selena gleich umbringen? Die muss vorne rein, sonst geht sie uns ein.«

»Sieh einer an, Sie kümmern sich also wirklich um die arme Pflanze.«

»Lesen Sie da mal lieber nicht zu viel rein. Ich kann sie jederzeit am Straßenrand aussetzen, wenn sie Ärger macht.«

»Keine Sorge, Selena wird sich benehmen. Und? Sind Sie bereit für unser Abenteuer?«

Ich nehme ihr die Pflanze aus der Hand, öffne die Hintertür und schnalle sie auf dem Rücksitz fest, damit der Topf nicht verrutschen kann.

»Das ist nicht *unser* Abenteuer.«

Nachdem wir beide eingestiegen sind, wende ich mich mit möglichst autoritärer Miene meiner Beifahrerin zu.

»Zuerst die Formalitäten.«

Ich deute auf das Armaturenbrett und ernte einen irritierten Blick, der sowohl der hawaiianischen Tänzerin als auch mir gilt.

»Lola, das ist die Kaiser. Kaiser, Lola.«

»Sie wollen, dass ich mich einem Plastikpüppchen vorstelle?«

Kaiser sieht mich an, als wäre ich es, die reif für die *Sonnenwende* ist.

»Das ist kein Plastikpüppchen, das ist Lola, die Seele dieses Renaults.«

»Ihr Auto hat eine Hulaseele, und die hat einen Namen?«

»Ja! Haben Sie damit ein Problem?«

»Es sollte mich eigentlich auch nicht überraschen, immerhin haben Sie meine Pflanze ebenfalls auf einen Namen getauft.«

Sie wirft einen Blick nach hinten.

»Und angeschnallt ...«

Kaiser seufzt und stupst Lola an, die freundlich die Hüften schwingt.

»Niedlich. Waren Sie denn schon mal auf Hawaii?«

»Nein. Und bevor Sie fragen, ich ging auch nie durch San Francisco in zerrissenen Jeans.«

Sie hebt anerkennend eine Augenbraue, während ich mich ganz zu ihr drehe und mich an der strengsten Imitation von Frau Geiger bei einer ihrer Standpauken versuche, wobei ich sogar den Zeigefinger drohend in die Luft hebe.

»Was viel wichtiger ist: Es gibt ein paar sehr einfache, klare Regeln hier. Okay?«

Dabei gebe ich mir Mühe, so zu klingen, als hätte ich – und nicht sie – hier das Sagen.

»Soll ich meinen Block holen und mitschreiben? Oder glauben Sie, ich kann mir das alles merken?«

Ich sehe Sie kurz so streng wie möglich an.

»*Ich* entscheide, welche Musik gehört wird. *Ich* entscheide, welche Route wir fahren. *Ich* entscheide, wo wir anhalten.«

»Ihr Auto, Ihre Regeln.«

Das war leichter als gedacht. Zufrieden starte ich den Wagen und lege den ersten Gang ein. Dann schalte ich das Radio ein, denn die Kaiser soll gar nicht erst auf die Idee kommen, dass ich mich während der Fahrt mit ihr unterhalte. Aus meinem Lieblingssender ertönen sofort die ersten Akkorde eines angenehm unaufgeregten Songs, in dem ein Mann davon singt, dass er die ganze Welt für einen Moment vergisst, wenn er sich an die Schulter seiner Liebsten lehnt. Doch noch bevor ich hören kann, wie es weitergeht, dreht Kaiser meinem Radio mit einem leicht genervten Gesichtsausdruck den Saft ab.

Irritiert werfe ich ihr einen kurzen Blick zu.

»Hey! Was soll das? Ich sagte doch, ich suche die Musik aus!«

»Sie sagten auch, Sie entscheiden, welche Route wir fahren. Wohin soll's denn gehen?«

Mein Schweigen gleicht meiner wütenden Ahnungslosigkeit, allerdings bleibt mein Blick kurz am Straßenschild hängen, das den Weg Richtung Friedhof weist.

»Na, zum Glück haben Sie mich dabei. Wir fahren jetzt erst einmal auf die A8 Richtung München.«

»München?«

»Ja. Und könnten wir bitte gleich noch an einer Tankstelle anhalten? Ich müsste auf Toilette.«

Sie deutet auf mich.

»Und schnallen Sie sich gefälligst an, Metuschke.«

So viel also zu meinen Regeln.

KAPITEL SECHS

Karla

Irschenberg, 2. August 2017, 03:30 Uhr

Die Tomatenscheibe landet zwischen ihren Beinen auf dem Sitz und hinterlässt einen dunklen Fleck auf dem beigen Cordbezug.

»Ich sagte doch, bitte vorsichtig!«

Kurz nehme ich meinen Blick von der fast leeren Autobahn vor uns und sehe sie vorwurfsvoll an. Kaiser, die Soße schön über beide Backen verteilt, sieht schuldbewusst und kauend zu mir herüber. In ihrer Hand hält sie einen Big Mac, den wir für sie gerade beim Drive-in geholt haben und den sie jetzt mit leuchtenden Augen verputzt.

»'tschuldigum.«

Sie spricht mit vollem Mund, was ich nicht erwartet habe und fast ein bisschen sympathisch finde.

»Dieser Hamburger ist so gut! Das Heimessen ist eine Katastrophe, wie Sie wissen.«

Dazu nimmt sie einen geräuschvollen Schluck ihrer Cola durch den Strohhalm und atmet zufrieden aus.

»Der letzte Hamburger liegt eine gefühlte Ewigkeit zurück. Das war im Sommer 2006. Während der Fußball-WM. Mein Mann und ich waren gemeinsam bei der Übertragung des Deutschlandspiels gegen Portugal um den dritten Platz in einem Restaurant, das uns Freunde empfohlen hatten. Wir konnten während des Essens von unserem Tisch aus auf eine große Leinwand blicken, auf der das Spiel lief. Einfach fantastisch.«

Ich reibe meine brennenden Augen und unterdrücke ein Gähnen.

»Das heißt Public Viewing, und das ist keine gefühlte, sondern eine tatsächliche Ewigkeit her.«

Vor etwas mehr als einer halben Stunde haben wir München passiert, und die Uhr zeigt halb vier, was die sich hartnäckig anschleichende Müdigkeit erklärt. Das monotone Motorengeräusch tut sein Übriges, um mich langsam, aber sicher in den Schlaf zu wiegen. Zwar habe ich heute nach der Arbeit noch drei Stunden geschlafen, aber den eigenen Biorhythmus bringt das trotzdem nicht ganz aus dem Takt. Mein Körper sehnt sich nach einem Kopfkissen und einer Bettdecke.

»In meinem Alter rechnen wir wohl in anderen Ewigkeiten.«

Sie wischt den Tomatenfleck so gut wie möglich mit einer Serviette weg und packt den Müll in die braune Papiertüte im Fußraum des Renaults.

»Vielen Dank dafür, Frau Metuschke. Der hat wirklich köstlich geschmeckt.«

»Gerne. Sie schulden mir übrigens sieben Euro für den Spaß.«

»Die sollen Sie bekommen.«

»Das Schmerzensgeld dafür, dass ich beim Fahren keine Musik hören darf, rechne ich am Schluss der Reise dazu.«

»Musik lenkt nur ab.«

»Sie vielleicht, mich nicht. Mich macht sie glücklich, und vor allem hält sie mich wach.«

Damit beuge ich mich vor und stelle das schweigende Radio wieder an. Nach kurzer Sendersuche ertönt ein Oldie, den ich nicht kenne, aus Lolas ebenfalls in die Jahre gekommenen Lautsprechern. Aber mir ist alles lieber als das einschläfernde Motorengeräusch. Kaiser bewegt sich neben mir auf dem Sitz, und ich befürchte schon, dass sie das Radio gleich wieder abwürgt, aber zu meiner Überraschung justiert sie nur ihren Sicherheitsgurt nach und lässt das Radio weiterträllern.

»Sie mögen wohl keine Musik, was?«

»Doch, durchaus. Carl Perkins hier war nur nie mein Fall, aber Dean Martin zum Beispiel, den mag ich tatsächlich sehr gerne.«

Irritiert werfe ich ihr einen kurzen Blick zu. Ich hätte jetzt eher auf klassische Musik oder maximal auf Volksmusik getippt. Auf Dean Martin wäre ich im Leben nicht gekommen.

»Was haben wir damals zu seinen Liedern getanzt. Als wir noch jung waren.«

»Wirklich? Sie waren einmal jung? Wann war *das* denn? Gab es da schon elektrischen Strom?«

»Sie sind heute wirklich überaus witzig, Frau Metuschke.«

»Danke.«

Das war die längste Unterhaltung, die wir seit unserer Abfahrt aus Stuttgart geführt haben, und ich habe zu meiner Überraschung nicht das dringende Bedürfnis, die alte Dame zu erwürgen.

Gerade als ich denke, dass unser Gespräch beendet ist, dreht die Kaiser sich zu mir.

»Kennen Sie das? Man hört ein Lied im Radio, und es bringt sofort die verrücktesten Erinnerungen mit sich. Erinnerungen, die jahrzehntelang in einem geschlummert haben. Und plötzlich sind sie wieder da. Frisch wie der Morgentau. Erweckt von ein paar Noten und Gesang. Wissen Sie, was ich meine?«

Ja, das weiß ich nur zu gut, denn sofort höre ich die ersten Takte von *Dancing On My Own* von Robyn in meinem Kopf. *»Somebody said you got a new friend ...«* Dieser Song kommt nie alleine, sondern immer in Begleitung eines Kurzfilms, der in gestochen scharfen Bildern vor meinem inneren Auge abläuft. *»Does she love you better than I can?«* Ich als weibliche Hauptdarstellerin lehne im Türrahmen, trage ein weißes T-Shirt mit ausgeleiertem Kragen und dunkle Jeans. Ich erinnere mich deswegen so gut an dieses Outfit, weil ich es noch in der gleichen Nacht in den Müll geworfen habe. Und dann er, in der männlichen Hauptrolle, der nicht mal weiß, dass auch ich auf dieser Party bin. Wie er auf dem Fenstersims sitzt, lässig, mit einer Zigarette in der Hand, sich mit einer jungen Frau unterhält und dabei aus dem Fenster ascht.

»*I'm right over here, why can't you see me?*« Jedes Mal, wenn dieser Song im Radio läuft, erlebe ich diesen Moment wieder und wieder. Wie er langsam den Kopf dreht, mich sieht, wie sein Blick plötzlich leer wird und er mir knapp zunickt, als wären wir nur flüchtige Bekannte. »*I'm giving it my all, but I'm not the girl you're taking home.*« Als hätten wir keine gemeinsame Vergangenheit, die für einen 90-Minüter reicht. »*I keep dancing on my own.*« Als hätten wir uns nie …

»Karla?«

Kaisers Stimme stellt den Song in meinem Kopf aus.

»Alles in Ordnung bei Ihnen?«

»Ja.«

Schnell räuspere ich mich und schlucke diese schmerzhafte Erinnerung an dem fetten Kloß in meinem Hals vorbei herunter.

»Alles ist in bester Ordnung.«

Das steht auch auf dem Aufkleber am Spiegel in meinem Bad, damit ich mich jeden Morgen daran erinnere.

»Dann ist ja gut.«

Schnell greife ich nach dem Kaffee in der Getränkehalterung neben mir und teste die Temperatur. Trinkbar.

Wir fahren schweigend dahin, und *Knockin' on Heaven's Door* von Bob Dylan ertönt aus dem Radio. Bevor Kaiser weitere Fragen stellt, wechsle ich lieber schnell das Thema.

»Verraten Sie mir jetzt endlich, wohin die Reise geht und was der Grund dafür ist?«

»Nein.«

Die Kaiser starrt stoisch nach vorne. So schnell gebe ich diesmal allerdings nicht auf.

»Warum nicht?«

»Wenn ich es Ihnen erzähle, fahren Sie mich sicher nicht an mein Ziel.«

»Na, Sie könnten es mir erzählen und mich dann mit irgendetwas erpressen, damit ich sie trotzdem hinfahre. Auch gegen meinen Willen. Ach so, ganz vergessen, das tun Sie ja bereits.«

»Jetzt gönnen Sie mir doch diese letzte Reise und ein bisschen Spannung.«

»Letzte Reise? Sie sterben also doch?«

»Herrgott, Metuschke! Wieso denken alle Leute immer, man muss erst eine schreckliche Diagnose bekommen und dem Tod geweiht sein, um im Alter einen Roadtrip zu machen?«

»Weil wir das aus Filmen und Romanen so kennen.«

»Nun, mein Leben ist kein Roman. Mein Leben ist mein Leben.«

Sie dreht den Kopf zu mir, und ich wage es ebenfalls, meinen Blick von der inzwischen gänzlich leeren Autobahn abzuwenden.

»Und das ist noch lange nicht zu Ende.«

»Das würde ich Ihnen auch geraten haben. Wenn Sie mir unterwegs wegsterben, bringe ich Sie um!«

Einen kurzen, ernsten Moment sehen wir uns stumm an, dann beginnt Kaiser zu lächeln und stupst mich an der Schulter an. Ihr Gesicht verändert sich schlagartig: Es wirkt offener und fast sympathisch. War Elisabeth Kaiser etwa mal ein netter Mensch, der irgendwo hinter dieser faltigen, harten Schale versteckt ist?

»Ich wusste, Sie sind die richtige Wahl, Karla.«

»Ja, ich weiß, weil ich so *unglaublich* witzig bin. Die Tatsache, dass mich niemand vermissen würde, wenn ich weg bin, kommt erleichternd hinzu.«

Ich blicke wieder auf die Autobahn vor uns.

»Nein. Sie hatten einfach mehr *Pluspunkte* als die anderen.«

»Sie meinen meine Punkte in Flensburg?«

»Darüber hinaus haben Sie ein eigenes Auto, riechen nicht nach Schweiß und waren leicht zu erpressen. Außerdem haben meine Recherchen ergeben, dass Sie ein gutes Herz haben.«

Ich muss gestehen, dass ich nicht weiß, wie ich darauf reagieren soll. Ich spüre aber, wie meine Mundwinkel kurz zu einem halben Lächeln zucken.

»Und bis Österreich dürfen Sie gerne das Radio laufen lassen. Die Musikwahl bleibt Ihnen überlassen.«

»Bis Österreich? Es geht also nach Österreich?«

Ich blicke kurz zu ihr hinüber, und sie lächelt mich ertappt an.

»Na, wohin soll uns die A8 von hier aus denn sonst noch bringen?«

Stimmt. Darauf hatte ich noch gar nicht geachtet. Vielleicht ist es tatsächlich besser, wenn die Kaiser den Weg vorgibt.

Ich will gerade nach dem Regler greifen, um einen anderen, etwas aktuelleren Sender einzustellen, als ein neuer Song beginnt, und ich meine, die Stimme des Sängers zu erkennen.

»Ist das nicht Ihr Dean Martin?«

»*Memories Are Made of This.* Ja.«

Sie nickt, lauscht den ersten Klängen und sieht mit einem Schlag uralt aus – obwohl sie lächelt.

KAPITEL SIEBEN

Elisabeth

Melbourne, 21.November 1956

Die leise Jazzmusik und das Gemurmel von Menschen, die sich gedämpft unterhalten, locken mich an wie das Licht die Motte – und das, obwohl ich auf dem Weg durch das weitläufige olympische Dorf mit den vielen kleinen, hellen Häusern schon zweimal fast umgedreht wäre. Dann habe ich mir aber gedacht, dass ich, wenn ich ohnehin schon nicht schlafen kann, zumindest kurz auf diese Fete gehen könnte. Vielleicht würde ich dort ja die ungarische Weltklasseschwimmerin Éva Székely sehen, die bei den letzten Olympischen Spielen in Helsinki mit der neuen Schmetterlingstechnik den Wettbewerb über 200 Meter Brust gewonnen hat, mit jeweils olympischem Rekord im Halbfinale und im Finale! Oder vielleicht Valéria Gyenge, die für Ungarn Gold über 400 Meter Freistil errungen hat. Ich war plötzlich neugierig darauf geworden, wer von meinen großen Vorbildern noch da war. Jemand aus der amerikanischen Mannschaft? Oder sogar die Australierin Dawn Fraser, meine schärfste Konkurrentin? Es hat jedenfalls gereicht, um meine Neugierde über meine Vernunft siegen zu lassen, was mich direkt ins ungarische Lager geführt hat. Ich musste dabei immer wieder dem Schein der Taschenlampen ausweichen, die zu den vereinzelt patrouillierenden Wachmännern gehören, bevor ich mein Ziel erreicht habe: ein zweistöckiges Wohnhaus, aus dem jetzt gerade Licht und leise Musik dringen und vor dem einige Leute stehen und sich unterhalten.

Ich habe mich noch nicht ganz daran gewöhnt, dass es um diese Uhrzeit – und um diese Jahreszeit – noch immer knapp zwanzig Grad hat. Aber hier in Australien ist alles anders. Winter ist Sommer, die Nacht wird zum Tag, Athleten aus den verschiedensten Ländern und Kulturen wohnen zusammen in einem Dorf. Und ich gehe auf eine *Party*.

Etwas unbeholfen schiebe ich mich an den Leuten draußen vorbei ins Innere, wo ich die Treppe nach oben gehe, immer der Musik folgend. An der Tür zu einem der Wohnräume bleibe ich allerdings abrupt stehen, denn der Raum vor mir ist voller Menschen. Vieler Menschen. Vieler fremder Menschen. Vielleicht wäre es doch besser gewesen, mit Marie hierherzukommen. Etwas verloren sehe ich mich nach vertrauten Gesichtern um. Vergeblich. Sicher, die meisten sind Schwimmer, und von einigen habe ich bereits Fotos in Zeitschriften gesehen, gegen andere bin ich schon bei Turnieren angetreten, aber vorgestellt wurden wir einander nicht. Die Leute stehen eng beisammen, lachen und reden, und einige tanzen bereits. Dort drüben auf der Couch küsst sich ein Pärchen, und anders als ich tragen sie keine Trainingsanzüge, auf denen ein Aufnäher das jeweilige Herkunftsland verrät, sondern schwarze Rollkragenpullover und schwarze Hosen. Ich frage mich, ob sie zur selben Mannschaft gehören oder aus unterschiedlichen Ländern stammen – und ob das morgen früh alles noch eine Rolle spielt.

Marie kann ich jedenfalls nirgends entdecken, stattdessen kommt eine junge Frau mit dunkelblonden, schulterlangen Haaren auf mich zu und lächelt dabei. Sie trägt eine beige Caprihose und ein dünnes, dunkelrotes Oberteil.

»Hallo, schön, dass du da bist.«

Sie spricht mich nicht auf Englisch, sondern auf Deutsch mit leichtem Akzent an, was mich überrascht. Überrascht bin ich auch davon, dass sich jemand freut, mich hier zu sehen. Es dauert einen kurzen Moment, bis ich reagiere.

»Hallo.«

»Möchtest du etwas trinken? Wir haben echte Coca-Cola da.«

Stolz schwingt in ihrer Stimme mit, während ich schnell den Kopf schüttle.

»Danke, lieber nicht, sonst kann ich nicht schlafen.«

Die junge Frau legt den Kopf leicht schief, und ein einnehmendes Lächeln breitet sich auf ihren Lippen aus.

»Na, komm schon. Du schläfst doch sowieso nicht.«

Statt auf meine Reaktion zu warten, ruft sie einem jungen Mann etwas in einer mir fremden Sprache zu und bekommt eine kleine Glasflasche mit schwarzer Flüssigkeit gebracht, die sie mir gibt.

»Na, los. Wir sind nur ein Mal jung. Ich heiße übrigens Erna.«

Sie hat einen Akzent, den ich immer noch nicht zuordnen kann, da sie aber wohl zu den Gastgebern der Feier gehört, tippe ich einfach auf ungarische Wurzeln.

»Elisabeth.«

»Ich weiß. Ich bin zwar Fechterin, aber Elisabeth Lorenz aus Deutschland kenne ich trotzdem.«

Stimmt, meine Trainingsjacke – und meine Rolle als eine der Favoritinnen für Gold in 150 Meter Freistil. Schüchtern nehme ich einen kleinen Schluck, weil es unhöflich wäre, es nicht zu tun. Coca-Cola. Das sieht unser Trainer nicht besonders gerne, und es heißt sogar, im Ausland wäre der Zuckeranteil noch höher, aber trotzdem nippe ich ein weiteres Mal. Das süßliche, eiskalte Getränk schmeckt ganz anders als die Cola, die ich von zu Hause kenne. Es schmeckt überraschend gut, und ich will gleich noch einen Schluck nehmen, weiß aber, dass es so kurz vor dem Wettkampf dumm wäre, gar keinen Schlaf zu kriegen.

»Köstlich, nicht?«

Wieder nicke ich, diesmal nicht aus Höflichkeit, sondern weil es der Wahrheit entspricht.

»Bist du alleine hier? Du kannst dich zu uns setzen, wenn du willst.«

Sie deutet auf eine Gruppe, die auf ein paar Stühlen am anderen Ende des Zimmers zusammensitzt. Sofort erkenne ich dort Éva Székely *und* Valéria Gyenge und schüttle schnell den Kopf. Die beiden Schwimmerinnen von Weitem zu beobachten ist eine Sache, sich mit ihnen zu unterhalten eine ganz andere!

»Danke, aber ich muss nach meiner Freundin schauen. Marie Bogenheim. Hast du sie gesehen?«

»Ja. Marie ist draußen, Sterne gucken.«

Dabei zwinkert sie mir zu, und ich ahne, dass ich beim »Sternegucken« wohl nur stören würde.

»Verstehe.«

Außerdem kann ich mir schon denken, mit wem sie draußen ist. Sie wollte den Italiener doch nur ansehen!

»Willst du dich nicht doch zu uns setzen?«

Unsicher sehe ich erneut zu der Gruppe.

»Nein, danke. Ich ... sollte wirklich zurück.«

»Bist du sicher?«

»Ja.«

»Schade. Vielleicht das nächste Mal?«

Es wird noch mehrere dieser nächtlichen Veranstaltungen geben? Obwohl der Wettkampf bald losgeht und wir unsere ganze Kraft und Konzentration brauchen werden?

»Ich denke, lieber nicht, aber danke noch mal.«

Ich will ihr die Cola reichen, aber sie winkt lächelnd ab.

»Nimm die ruhig mit. Vielleicht brauchst du sie doch noch, um wach zu bleiben. Wer weiß.«

Mit einem Augenzwinkern dreht sie sich um und geht zu den anderen, die wirklich ein Teil dieser kleinen, geheimen Fete sind und nicht – wie ich – nur Zuschauer, die gar nicht hier sein sollten. Bevor mich noch jemand bemerkt, schleiche ich mich schnell wieder davon, und ich weiß nicht genau, wieso da schon wieder dieses Kribbeln in meinem Bauch ist. Vielleicht liegt es an der Cola?

Im Treppenhaus unterhalten sich einige Athleten auf Englisch und nicken mir zu, als ich mit schnellen Schritten vorbeigehe.

Vermutlich wissen auch sie, wer ich bin. Das war keine gute Idee. Wenn nur einer mich verrät, ist mir eine Standpauke sicher, was meinem Vater zu Hause gar nicht passen dürfte.

Als könnte er mich jetzt sehen, verstecke ich die Cola schnell hinter meinem Rücken, während ich die Stufen nach unten schleiche und wieder in die Nacht trete. Ein angenehm lauer Wind weht, und ich atme einen Moment tief durch. Möglich, dass das eben der kürzeste Fetenbesuch in der Geschichte der Fetenbesuche war, aber ich bin nicht hier, um zu feiern. Ich bin hier, um zu siegen.

Gerade, als ich mich auf den Weg zurück in unser Wohnheim machen will, höre ich Schritte. Viele Schritte. Eilige Schritte. Und dann biegen sie um die Ecke: zwei junge Männer in dunklen Trainingsanzügen und drei Mädchen, eine davon erkenne ich als Marie.

»Elli!? Schnell, sie kommen!«

Bevor ich weiß, was passiert, schnappt einer der Jungs meine Hand, und ich renne mit.

KAPITEL ACHT

Karla

Bad Reichenhall Süd, 2. August 2017,
05:00 Uhr

»Ich wette, die haben inzwischen schon Wind von Ihrem Verschwinden bekommen.«

Bemüht, die Vignette gut sichtbar an der Scheibe anzubringen, verrenke ich mir fast die Wirbelsäule, weil so ein alter Renault für vieles geeignet ist, aber sicher nicht für Dinge, die Bewegungsfreiheit erfordern. Jetzt keine falsche Bewegung. Und … und … geschafft! Erschöpft lasse ich mich zurück in den Sitz fallen.

Es ist gleich fünf Uhr morgens, und wir stehen an einer für diese Uhrzeit überraschend gut besuchten Tankstelle bei Bad Reichenhall, an der Grenze zu Österreich. Überall sind Urlauber, die es während der Sommerferien in den Süden zieht, und Autos, auf deren Rückbänken Kinder schlafen und in der Früh am Meer aufwachen. Und eben wir: eine Seniorin, die ihre Pflegerin entführt. Sommerferien, wie ich sie mir immer gewünscht habe.

Ich habe gerade einen süßlich duftenden Energydrink in einem Zug geleert, und jetzt, wo ich Lola mit einem Pickerl versehen habe, werde ich gleich noch eine zweite Dose öffnen. Im Shop der Tankstelle haben wir neben den Drinks und der obligatorischen Vignette auch alles besorgt, was uns für einen spontanen Roadtrip noch gefehlt hat: eine aktuelle Straßenkarte von Europa – darauf habe ich bestanden –, zwei Rettungswesten für den Notfall – darauf hat Frau Kaiser bestanden –, ein paar Snacks für unterwegs – auf die wir uns beide einigen konnten – und ein

Nackenhörnchen für die alte Dame, falls sie müde wird und unterwegs ein bisschen schlafen will.

Ich weiß nicht, ob es an dem Energydrink, an dem gerade absolvierten Morgensport oder daran liegt, dass es inzwischen dämmert, aber ich fühle mich plötzlich überraschend wach, und auch sonst ist alles bereit für die Weiterfahrt. Das Auto ist frisch betankt, Frau Kaiser war auf der Toilette, und Selena wurde mit dem Wasser für die Windschutzscheibe gegossen und hat wieder ihren Platz auf der Rückbank eingenommen.

»Unsinn, vor dem Ende des Frühstücks um acht Uhr dreißig wird niemand bemerken, dass ich fehle, und da sind wir buchstäblich schon über alle Berge. Ich bin in den letzten Wochen bewusst spät zum Frühstück erschienen, um uns einen möglichst großen Vorsprung zu sichern.«

»Sie überlassen nichts dem Zufall, oder?«

»Nach Möglichkeit nicht. Diese Reise ist zu wichtig.«

Damit schaut sie mich erwartungsvoll an.

»Können wir dann? Ihre Lola ist zwar hübsch anzusehen, aber leider nicht die Schnellste, und ich würde gerne noch in diesem Leben ankommen.«

»Tja, Frau Kaiser, es tut mir leid, aber mit dem Standard eines Luxusreisebusses kann ich leider nicht mithalten. Vielleicht wollen Sie ja spontan umbuchen? Ich wäre auch nicht gekränkt, falls Sie das befürchten.«

Ich deute auf einen großen weinroten Bus, der hier gerade eine Pause einlegt und eine Wagenladung Senioren mit voller Blase ausspuckt, die sich sofort wie Lemminge im Gänsemarsch in Richtung Toilette aufmachen.

»Papperlapapp! Bei Ihnen muss ich mich zumindest nicht mit nörgelnden Rentnern rumschlagen.«

»Nein, damit darf ich mich rumschlagen.«

»Ich muss doch sehr bitten, Frau Metuschke! Ich habe mich vielleicht ein-, zweimal beschwert, und das auch nur, weil Sie beim Spurwechsel nicht geblinkt haben.«

»Wir waren das einzige Fahrzeug auf der gesamten Autobahn.«

»Es hätte ein Reh aus dem Nichts auftauchen können.«

»Und wie hätte mein Blinkverhalten das Reh davon abgehalten, die Autobahn zu überqueren?«

»Vermutlich hätte es das arme Tier hinreichend irritiert, und es wäre gar nicht erst auf die Autobahn gelaufen.«

»Ist es so doch auch nicht.«

»Das war reines Glück.«

Ich stecke kopfschüttelnd den Schlüssel ins Zündschloss.

»Haben Sie eigentlich einen Führerschein, Frau Kaiser?«

»Natürlich nicht. Sonst hätte ich mir wohl kaum die Mühe gemacht, Sie zu erpressen, und einfach Ihren Wagen geklaut.«

»Na, sicher.«

»Sie glauben mir nicht? Nun gut: Sie lassen Ihren Autoschlüssel meist in der rechten oberen Ecke Ihres Spindes liegen, dessen Schlosskombination null, null, sieben lautet.«

Ich sehe sie erstaunt bis fassungslos an.

»Nicht sonderlich einfallsreich übrigens, Fräulein Bond.«

»Woher …«

»Sie sehen: Es wäre ein Leichtes gewesen, nach dem Mittagessen vorzugeben, dass ich mich etwas hinlegen möchte, und stattdessen mit Ihrem Auto zu türmen. Allerdings hätte ich dann viel weniger Vorsprung und womöglich die Polizei im Nacken gehabt, die genau gewusst hätte, in welchem Auto ich sitze. Außerdem kommen Sie so, wenn alles wie geplant läuft, vollkommen unbeschadet aus der Sache raus. Niemand ahnt, dass Sie etwas mit meiner Flucht zu tun haben.«

»Na wunderbar, welch ein Glück, dass Sie mich nur erpresst und nicht bestohlen haben. Danke dafür. Und als Tipp für Ihre nächste Erpressung: Bitten Sie Ihr Opfer vorher um ein paar Proberunden um den Block, dann sehen Sie, ob Ihnen Fahrstil und Auto auch wirklich zusagen.«

»Mein Gott, Sie sind aber nachtragend.«

»Wie bitte?«

»Sie reiten ganz schön auf dieser Erpressung herum.«

»Ich könnte auch sagen, Sie haben mich gekidnappt.«

»Lächerlich. Sie stellen sich ganz schön an.«

»Ich stelle mich an? Sie atmen jedes Mal hörbar aus, wenn ich überholen will.«

»Sie sind eben eine sehr nervöse Fahrerin. Das ist alles.«

Ich hebe die Hände und deute erneut in Richtung Bus, dessen Ziel ich nicht kenne, der mir aber eine nörgelnde Rentnerin im Ninja-Jogginganzug abnehmen könnte.

»Wenn Ihnen mein Fahrstil nicht gefällt, wäre jetzt der richtige Moment, um auszusteigen.«

Sie ignoriert meinen Vorschlag, legt sich das Nackenhörnchen um, schlägt die Straßenkarte auf und zückt ihren roten Marker.

»Also, wo sind wir? Hier. Bad Reichenhall. Ich würde sagen, wir halten uns an die übliche Route über Salzburg nach Wien.«

Ich werde sofort hellhörig.

»Nach Wien? Es geht also nach Wien?«

Sie nickt beiläufig.

»Ja. Über Salzburg. Was meinen Sie?«

»Ist das eine rhetorische Frage?«

»Selbstverständlich.«

Ich wusste es. Bisher hatte ich nicht mal bei der Auswahl der Schokolade ein echtes Mitspracherecht, warum also bei der Planung der Route?

»Leben Ihre Freunde in Wien?«

Kaiser zeichnet eine grobe Reiseroute quer durch die Straßenkarte ein, und ich bin mir nicht sicher, ob sie mich nicht gehört hat oder mich einfach nicht hören wollte.

»Erde an Kaiser!«

»Ja, wir besuchen dort jemanden.«

»Freunde?«

Sie drückt mit dem Marker so fest auf die Karte, dass die rote Farbe blutähnlich um die Stadt Wien ausläuft.

»Möglich.«

»Möglich? Was meinen Sie denn damit schon wieder?«

»Es ist zu lange her, um das sicher sagen zu können. Mein Mann hielt nicht viel von Reisen.«

»Man kann auch alleine reisen. Das wissen Sie, oder?«

Sie lächelt für den Bruchteil einer Sekunde.

»Heinrich hatte Angst, mir könne etwas passieren.«

»Unkraut vergeht nicht.«

Kaiser nickt, legt den Stift einen Moment zur Seite und blickt in die aufgehende Sonne vor uns.

»Er hat immer gesagt, ein Leben ohne mich wäre für ihn nicht vorstellbar, weil wir nur zu zweit funktionieren. Im Alter alleine zu sein, das war sein größter Albtraum. Er wollte immer vor mir gehen.«

Damit dreht sie sich zu mir, und ich sehe eine Witwe, keine gut gelaunte Roadtrip-Omi mehr. Meine Wut von eben ist wie weggeblasen.

»Es ist ihm gelungen.«

Und sie ist alleine zurückgeblieben.

»Funktionieren Sie denn ohne ihn?«

Kaiser zuckt hilf- und ahnungslos die Schultern.

»Ich lande im Altersheim mit Aussicht auf ein Sanatorium und entführe eine Pflegerin, um Freunde zu besuchen, bevor es zu spät ist. Beantwortet das Ihre Frage?«

»Heinrich hätte Sie davon abgehalten, nicht wahr?«

»Das hätte er.«

Plötzlich sind da doch noch tausend Fragen in meinem Kopf, der sich immer mehr wie ein großer Wattebausch auf meinen Schultern anfühlt.

Du bist auch nicht besser. Seit du alleine bist, geht es steil bergab.

»So, Frau Metuschke, jetzt aber los. Wer rastet, der rostet.«

Kaiser schaltet zurück in die Rolle der Erpresserin, so leicht, als würde sie einfach nur in einen anderen Gang wechseln, und reißt mich damit aus meinen sich rapide verdüsternden Gedanken.

»Sie haben Ihren Pass dabei, ja?«

»Ja, klar, aber brauche ich den wirklich für Österreich?«

»Nein. Aber sicher ist sicher. Also? Ihren Pass? Haben Sie den dabei?«

»Ja. Habe ich.«

Ich beobachte Kaiser, wie sie die Karte studiert, Markierungen einzeichnet und sicher wie mit Google Maps die Reise plant.

»Ja, ist alles noch so, wie ich es in Erinnerung habe. Sehr gut.«

»Sie kennen sich ja ziemlich gut aus.«

»Nein, aber ich starte nie gänzlich unvorbereitet in ein Abenteuer. Mein Motto. Frau Meyer hat mir ihren Diercke Weltatlas von 1975 geliehen.«

»Die Meyer hat Ihnen etwas geliehen? Freiwillig?«

Die Meyer ist eine bösartige alte Frau in der *Pinie,* von der ich nie im Leben gedacht hätte, dass sie anderen Menschen hilft.

»Nun ja, es war nicht ganz billig. Aber nötig.«

»Nicht schlecht. Haben Sie denn auch mit Planabweichungen gerechnet?«

»Karla, in meinem Alter rechnet man mit allem.«

Sie steckt die Kappe wieder auf den Marker und betrachtet zufrieden ihre Aufzeichnungen.

»Wir wollen ja keine unnötigen Komplikationen unterwegs.«

Komplikationen. Als hätten wir nicht einen Kofferraum voll davon mit dabei.

»Gut, dann mal los Richtung Salzburg. Oder müssen Sie noch was erledigen, bevor die Heimleitung uns die Polizei auf den Hals hetzt?«

Die Kaiser hält kurz inne und beginnt tatsächlich, sich wieder abzuschnallen.

»Jetzt, da Sie es ansprechen, würde ich gerne noch mal die Örtlichkeiten aufsuchen.«

Natürlich. Bei jeder Station muss die Kaiser mindestens zweimal aufs Klo.

»Und nur zur Sicherheit: Sollten Sie sich danach den Rentnern anschließen, wäre ich nicht traurig.«

Unvermittelt legt sie ihre Hand auf meine.

»Doch, Karla, das wären Sie.«

Ein freches Augenzwinkern als Zugabe – und schon ist sie verschwunden. Das Nackenhörnchen noch immer um den Hals gelegt, marschiert sie auf die Raststätte zu. Was spräche eigentlich dagegen, sie hier einfach auszusetzen? Auf Anhieb fällt mir nichts ein.

Aber ich bleibe und warte. Und warte. Schließlich greife ich nach meinem Handy und checke aus alter Gewohnheit zuerst den beruhigend grünen Akkustand. Anschließend überprüfe ich, ob der Twitteraccount der Stuttgarter Polizei eine Suchmeldung nach einer entflohenen Seniorin abgesetzt hat, aber weder dort noch sonst irgendwo im Netz finde ich etwas dergleichen. Erleichtert klicke und scrolle ich zur Ablenkung ein bisschen durch Instagram. Fotos mit schicken Filtern von leckerem Essen, schönen Ausblicken, tanzenden Menschen und Katzenbabys tummeln sich in meiner Timeline. Und ein neues Foto auf Matzes Profil.

Ein neues Foto!

Wie immer, wenn ich eine Veränderung auf seiner Seite des Lebens sehe, jagt mein Körper eine Überdosis Adrenalin durch meinen Körper. Ich weiß, es ist albern, aber ich warte nur darauf, eines Tages das Foto einer Frauenhand mit einem ansehnlichen Klunker am Ringfinger zu sehen, mit einem emotionalen Text geschmückt, der mich zu Tränen rühren und Tausende Kommentare unserer ehemaligen (jetzt sind es nur noch seine) Freunde einbringen wird. Doch dieses Foto hier ist schlimmer. Das Foto zeigt eine leere Wohnung mit Echtholzparkettfußboden – vermutlich Eiche – und einen Umzugskarton mitten im Raum. Als Bildunterschrift hat er »Neuanfang« gewählt. Es ist also so weit. Ganz Matze, hat er jetzt Echtholzparkett in einer neuen, frisch gestrichenen, erinnerungslosen Wohnung.

Und bei mir so? Ein Trip mit einer weißhaarigen Rentnerin im Jogginganzug, in einem alten Wagen unterwegs ins Ungewisse. Das nenne ich mal einen Neuanfang.

KAPITEL NEUN

Elisabeth

Melbourne, 22.November 1956

Ich weiß nicht, wieso wir rennen oder wohin, aber wir rennen, bis wir eine paar große Bäume erreichen, die hier inmitten dieses für Olympia neu angelegten Stadtteils nordöstlich von Melbourne seit Jahrhunderten wachsen. Hinter ihnen verschwinden wir schwer atmend in der Dunkelheit, und ich schließe kurz die Augen. Für einen Moment spüre ich nur meine brennenden Lungen, das Adrenalin in meinen Adern und die kühle Flasche Cola in meiner Hand.

»You okay?«

Die Stimme ist tief und flüsternd und sehr nah an meinem Ohr, was eine sofortige Gänsehaut bei mir auslöst. Ich nicke instinktiv, obwohl ich nicht genau weiß, wie ich mich wirklich fühle.

»I'm … okay.«

Zögernd öffne ich die Augen wieder und blinzle in die Dunkelheit, bis ich mich daran gewöhnt habe und mehr als nur Schatten und Umrisse erkenne. Neben mir steht ein großer Kerl in weißem T-Shirt und dunkelroter Trainingshose, seine Hand hält meine noch immer, während er besorgt zu mir heruntersieht. Und ich blicke in die schönsten grünen Augen, die ich jemals gesehen habe. Eine Narbe teilt seine linke Augenbraue in zwei Teile und lässt sein sonst fast jungenhaftes Gesicht ein bisschen schroff aussehen. Seine kurzen, dunklen Haare haben einen typischen, etwas strengen Sportlerschnitt, der ihm allerdings hervorragend steht. Sofort beginnt mein sich gerade beruhigendes Herz wieder schneller zu schlagen.

»Elli? Bist du das?«

Obwohl Marie, die einen Baum weiter steht, nur leise flüstert, wird sie sofort von einem jungen Mann, der neben ihr steht, in gebrochenem Englisch zum Schweigen verdonnert. Und tatsächlich: Schritte aus der Ferne kommen näher. Wir kauern uns noch enger hinter die Bäume, und ich spüre, wie sich der Junge mit den grünen Augen hinter mich stellt, spüre, wie er seine Arme schützend um mich legt, dabei meine Hand nicht loslässt, spüre seinen Oberkörper an meinem Rücken. Der entstandene Körperkontakt fühlt sich fremd, aber nicht unangenehm an. Im Gegenteil. Als ich mich kurz zu ihm umblicke, werde ich von einem nervösen Lächeln empfangen.

Dann sind sie da. Keine fünf Meter von uns entfernt stehen sie und suchen mit ihren Taschenlampen nach Spuren von uns. Ich kann ihren schweren Atem hören und halte gespannt die Luft an. Genau deswegen mache ich solche Dinge nie. Nie. Nie. Da lasse ich mich einmal auf so ein Abenteuer ein und werde prompt erwischt. Damit ist die Reise für mich wohl vorbei. Wenn nicht sogar meine Laufbahn als Sportlerin.

Abgelenkt werden meine immer panischeren Gedanken nur von der Tatsache, dass der Körper des fremden jungen Mannes hinter mir meinen noch immer berührt, nein, umschlossen hat. Kein Blatt Papier passt zwischen uns, und ich muss gestehen, dass ich es mag, wie er mich hält. Mich beschützt. Er drückt kurz meine Hand, und plötzlich weiß ich, dass alles gut wird. Etwas an ihm wirkt beruhigend. So beruhigend, dass ich mich ein bisschen entspanne. Vielleicht haben wir diesmal noch mal Glück, und sie finden uns doch nicht.

Endlich entfernen sich die Schritte wieder. Wir warten trotzdem noch einen kurzen Moment, bis außer der Stille und ein paar Grillen nichts mehr zu hören ist.

»Das war knapp.«

Jetzt spricht er Deutsch mit mir, allerdings rollt er das R auf entzückende Weise.

»Ja. Zu knapp.«

Erst jetzt löst er sich von mir, dabei lacht er leise und nervös.

»Du bist schnell.«

Wenn er das denkt, sollte er mich mal im Wasser erleben.

»Danke.«

Ich bin Komplimente zu meiner Schnelligkeit gewöhnt, aber noch nie kamen sie von einem Jungen, der meine Hand gehalten und die schönsten grünen Augen der Welt hat.

Jetzt lächelt er wieder und trifft damit eine Schwachstelle, von der ich nicht wusste, dass ich sie habe.

»Ich bin Florin.«

Er reicht mir die Hand erneut, diesmal ganz offiziell und nicht im Fluchtaffekt. Sein Händedruck ist fest, seine Haut fühlt sich rau und gleichzeitig weich an. Fast bin ich enttäuscht, als er meine wieder loslässt.

Bevor ich etwas sagen kann, taucht Marie neben mir auf und stemmt die Hände in die Hüften.

»Elisabeth Elena Lorenz, was zum Henker machst du hier draußen?«

Wenn sie flüstert, klingt sie viel strenger, als man es ihr zutrauen würde, aber das breite Grinsen auf ihren Lippen verrät ihre wahren Gefühle.

»Ich wollte ja gerade nach Hause gehen, da kamt ihr.«

»Ja, aber was machst du überhaupt hier? Ich dachte, du wolltest nicht mit auf die Fete.«

Das dachte ich auch, deswegen muss jetzt schnell eine passable Ausrede her. Die Tatsache, dass Florin mich noch immer ansieht, macht es nicht gerade leichter.

»Ich habe mir Sorgen um dich gemacht.«

Das ist nur eine Teillüge, denn ich mache mir immer Sorgen um Marie, die so sorglos durchs Leben hüpft, dass man gar nicht anders kann, als in ständiger Sorge zu sein.

»Das ist süß, aber nicht nötig. Ich war nicht alleine. Das hier ist Carlo. Er ist im italienischen Schwimmteam.«

Sie deutet zu dem anderen jungen Mann, der die Größe und Statur des Baumes neben uns hat und mir kurz zuwinkt. Neben ihm stehen noch zwei andere Mädchen, die ebenso verknallt dreinblicken wie Marie.

»Das hier sind Judy und Margaret, und wie ich sehe, hast du Florin schon kennengelernt.«

Sie mustert Florin, der seinen Blick noch immer nicht von mir nimmt und mich damit noch nervöser macht.

Ich wende mich trotzdem zu ihm.

»Hallo, Florin.«

Zum ersten Mal spreche ich seinen Namen aus. Und es gefällt mir.

KAPITEL ZEHN

Karla

Westautobahn, irgendwo zwischen Mondsee und Attersee (Österreich), 2. August 2017, 06:00 Uhr

»Bin ich tot?«

Eine einfache Frage.

»Ja.«

Eine einfache Antwort.

Kaiser nickt nachdenklich, während wir im Schneckentempo über die A1 durch Österreich rollen, weil die Fahrbahnerneuerung hier ausgerechnet heute erledigt werden muss, was wiederum zäh fließenden Verkehr und Stillstand mit sich bringt. Die Grenze haben wir ohne Probleme oder Kontrolle hinter uns gelassen.

»Hm. Bin ich eine Frau?«

»Auch das.«

Es war ihre Idee, eine Runde »Wer bin ich?« zu spielen, um uns von der nur sehr langsam vorangehenden Fahrt und meiner wieder einsetzenden Müdigkeit abzulenken. Ich war schon Boris Becker, William Shakespeare und Kim Kardashian – eine sehr eigenartige Mischung. Ich bin mir außerdem nicht sicher, woher Frau Kaiser letztere Person überhaupt kennt.

»Schauspielerin?«

Ich nicke.

»Amerikanerin?«

»Das habe ich doch schon gesagt, ja.«

»War ich verheiratet?«

»Allerdings.«

Ihr Kopf schnellt zu mir, und sie zeigt mir ihr triumphierendes Lächeln. Wie kann sie noch immer hellwach sein, während meine Lider bereits auf halbmast stehen, obwohl sie außer ein bisschen Cola vor Stunden nichts Koffeinhaltiges getrunken hat?

»Elizabeth Taylor.«

»Korrekt.«

»Eine beeindruckende Frau und meine Namensvetterin.«

»Na, wenigstens eine Gemeinsamkeit.«

»Stimmt, auf die acht Ehemänner kann ich allerdings auch getrost verzichten. Ich war nur ein Mal verheiratet.«

»Und das hat Ihnen wahrscheinlich gereicht, nicht wahr?«

Kaiser stimmt mir nicht zu, sondern sieht aus dem Seitenfenster einer grünen Berglandschaft beim Erwachen zu.

»Haben Sie schon einmal ans Heiraten gedacht, Karla?«

Wenn sie wüsste, wie tief sie damit den Finger in die Fragewunde legt. Ich sollte das Thema lieber schnell wechseln.

»Sehe ich denn so aus?«

»Na ja, Sie wären durchaus im heiratsfähigen Alter, wenn nicht sogar darüber hinaus.«

»Haben Sie mich gerade alt genannt?«

»Ich habe mit achtzehn geheiratet.«

»Bisschen früh.«

»Nicht für die damalige Zeit. Ich galt 1957 mit achtzehn Jahren fast als Spätzünder. Meine Mutter hat sich bereits Sorgen gemacht, ob etwas mit mir nicht stimmt.«

»Weil Sie erst mit achtzehn unter der Haube waren?«

Sie nickt.

»Heinrich war ihre und meine Rettung.«

Sie faltet die Hände im Schoß und sieht wieder aus dem Fenster, doch wir haben uns kaum vorwärtsbewegt, und auch die Landschaft hat sich nicht auf mirakulöse Art und Weise in ein spannenderes Panorama verwandelt. Wobei wir nicht klagen können. Das idyllische Bergpanorama, auf das wir blicken, sollte mir den Atem rauben. Der Mondsee, der sich hier irgendwo abseits der Autobahn versteckt, sollte einen Abstecher wert sein, aber Kaiser hat ein anderes Ziel. Jetzt atmet sie, unbeeindruckt von der Szenerie um uns herum, schwer aus.

»Dabei waren wir so unterschiedlich.«

Ich mache mich darauf gefasst, ihre komplette Lebensgeschichte zu hören. Gut so, dann sprechen wir wenigstens nicht übers Heiraten.

»Heinrich wollte zum Beispiel nie groß reisen. Der Bodensee, das war sein liebstes Urlaubsziel. Wie Italien, nur eben in Deutschland.«

Ihr Lächeln ist traurig, ihr Blick nach innen gerichtet. Wer weiß, welche Erinnerung sie gerade besucht – oder wie sehr sie sich wünscht, Heinrich und nicht ich würde jetzt neben ihr in diesem Wagen sitzen. Sie lacht leise und sieht wieder zu mir.

»Dabei war er nie in Italien. Woher sollte er also wissen, wie es südlich der Alpen aussieht?«

»Ein guter Punkt.«

»Sicherheit. Darum ging es ihm. Er wollte mir ein sicheres Leben bieten, ohne Sorgen und Zweifel.«

»Und ohne Führerschein.«

»Er war immer sehr vorsichtig und vernünftig.«

»Hat er das denn geschafft?«

»Hm?«

»Ihnen ein sicheres Leben zu bieten?«

Das Lächeln auf ihren Lippen wächst, während sie langsam nickt.

»Das hat er. Ich hatte ein liebevolles Zuhause, einen sehr guten Ehemann und einen großen Garten. Ein schönes Leben.«

Das mag alles sehr sicher und spießig klingen, aber trotzdem sitzt Kaiser jetzt hier neben mir und nicht bei Kaffee und Kuchen im großen Garten ihres liebevollen Zuhauses. Die letzten Wochen hat sie in der *Schattigen Pinie* in einem kleinen Zimmer mit winzigem Balkon verbracht, weit weg von ihrem Zuhause und den Erinnerungen an ihren geliebten Heinrich. Das klingt nicht gerade nach einem Lebensabend, wie sie ihn sich vorgestellt hat.

»Haben Sie es jemals bereut?«

»Ihn geheiratet zu haben?«

»Italien nie gesehen zu haben?«

Mit dieser Frage hat sie nicht gerechnet, denn kurz zögert sie, ringt mit der Antwort und zuckt schließlich die Schultern, als könne man an der Vergangenheit nichts mehr ändern.

»Wir waren am Bodensee. Das ist doch fast wie Italien.«

Auch wenn ihre Augen etwas anderes sagen, nickt sie tapfer und will Heinrich postum kein schlechtes Gewissen machen. Für mich klingt es aber wie eine auswendig gelernte Ausrede, die sie immer abspult, wenn jemand dem wunden Punkt zu nahekommt.

Das kommt mir wahnsinnig bekannt vor.

»Sie sind dran, Karla.«

Meine Lebensgeschichte einer fremden Seniorin zu erzählen, so weit wird es sicher nicht kommen. Trotzdem formen sich Wörter in meinem Kopf, die ich ausspreche, ohne darüber nachzudenken.

»Nun. Ich war noch nie verheiratet, habe kein liebevolles Zuhause und auch keinen großen Garten. Ich war auch noch nie in Italien. Oder sonst wo. Pläne hatte ich schon, aber umgesetzt habe ich sie nie. Irgendwie hat mich immer jemand erfolgreich überzeugt, dass es keine so gute Idee war.«

Ich lache, als hätte ich einen Witz gemacht.

»Aber wer weiß? Vielleicht erpresst mich ja eines Tages eine alte Frau, reißt mich aus meinem tristen Dasein und zeigt mir zumindest einen kleinen Teil der großen, weiten Welt.«

Kaisers Blick ruht auf mir. Ein Gefühl, an das ich mich gewöhnen sollte, immerhin haben wir noch einige Kilometer vor uns.

»Ich meinte eigentlich, Sie sind dran mit ›Wer bin ich?‹«

»Oh.«

Die peinliche Stille breitet sich rasend schnell im Innenraum des Wagens aus. Ich komme mir plötzlich blöd vor, weil ich dachte, sie wäre an mir und meiner Geschichte interessiert.

»Okay. Also, ähm, bin ich tot?«

Kaisers Hand berührt sanft meine, eine überraschend liebevolle Geste, mit der ich nicht gerechnet hätte.

»Nein, Karla. Noch lange nicht.«

Und dann rollt der Wagen vor uns langsam weiter, und der Roadtrip hat uns wieder.

KAPITEL ELF

Karla

Parkplatz Westautobahn, irgendwo zwischen Mondsee und Attersee (Österreich), 2. August 2017, 06:30 Uhr

Auf einem Parkplatz zwischen Lkws eingepfercht kommt mir Lola noch viel kleiner vor als ohnehin schon. In Embryonalstellung und mit meinem Pullover als Kissen liege ich auf der Rückbank und starre auf den Sitz vor mir, der so weit wie möglich zurückgestellt wurde, ohne mir dabei den Schädel zu zerdrücken. Ich liege da und lasse den gestrigen Tag noch einmal Revue passieren. Über vierhundert Kilometer trennen mich von meinem alten Leben. Es fühlt sich so viel weiter an.

»Können Sie auch nicht schlafen, Karla?«

Obwohl meine Augen brennen und es sich anfühlt, als würde ich bei jedem Blinzeln mit Sandpapier über meine Augäpfel reiben, kann ich nicht einschlafen. Ich weiß allerdings nicht, ob es an dem liegt, was unser Gespräch vorhin in mir geweckt hat, oder einfach an den beiden Energydrinks, die ich vor etwas mehr als einer Stunde getrunken habe.

»Nein.«

»Ich wünschte, ich hätte den Führerschein doch gemacht, dann könnten wir uns abwechseln und wären schneller da.«

»Heinrich hätte aber was dagegen.«

»Hm. Wohl wahr. Ich hätte damals auf meine Freundin hören sollen. Sie hat immer gesagt: ›Elli, mach den Führerschein, dann bist du unabhängig.‹ Sie hatte so recht.«

»Man hat Sie Elli genannt?«

»Ja. Sie sagte, ich wäre zu besonders für eine klassische Elisabeth.«

»Na, daran hat sich ja nicht viel geändert.«

»Danke.«

»Das war nicht zwingend ein Kompliment.«

»Ich weiß, aber ich deute es als solches.«

»Sie machen sich die Welt gerne, wie sie Ihnen gefällt.«

»Ach, Karla, wissen Sie, ich habe zu lange zugelassen, dass die Welt mich so gemacht hat, wie es ihr gefällt. Höchste Zeit, den Spieß umzudrehen.«

Das klingt schwermütiger, als sie ahnt.

»Deswegen der Roadtrip?«

Stille. Schließlich räuspert sie sich.

»Haben Sie sich je gefragt, wie es wohl wäre, wenn Sie in einer bestimmten Situation anders gehandelt hätten, Karla?«

Tausend Mal. Jedes Mal, wenn ich an der Kasse im REWE stehe und alle Zutaten für mein Single-Abendessen auf das Band lege, wenn ich mir im Winter eine Wärmflasche mache, weil niemand meine kalten Füße wärmt, und jedes Mal, wenn *Dancing On My Own* im Radio läuft.

Oder ich in den Kofferraum schaue.

»Ja. Habe ich.«

»Ich spiele diesen einen Moment immer und immer wieder durch und frage mich, wie mein Leben jetzt wohl aussehen würde, wenn ich mich damals anders entschieden hätte. Ob die Leute sich dann noch an meinen Namen erinnern würden. Ob ich ein Haus am Meer oder am See hätte. Ob ich Italien gesehen hätte und wie ich meine Haare tragen würde.«

»Ist es jetzt nicht ein bisschen spät dafür?«

»Doch, das ist es. Der Gedanke lässt mich trotzdem nicht los.«

»Was würden Sie ändern wollen, wenn Sie könnten?«

»Einiges. Vielleicht sogar vieles. Oder alles.«

»Konkreter können Sie es nicht sagen?«

Ich höre, wie sie sich auf ihrem Platz bewegt und eine bequemere Position wählt.

»Heinrich war Speditionskaufmann. Eher einer von der logischen Sorte. Sehr reinlich und ordentlich. Wusste immer, wo er alles aufbewahrt hat. Selbst kurz vor seinem Tod hat er noch gewusst, wo die Steuerpapiere von 1984 waren.«

Das Lächeln in ihrer Stimme ist unüberhörbar.

»Er war ein guter Mann.«

»Fehlt er Ihnen?«

Halt die Klappe, Karla! Das geht dich nichts an. Du hast dein Leben verpfuscht, sie hat ihres verpfuscht. Und Ende der Gemeinsamkeiten.

»Jeden Tag. Aber er hat mir viele Erinnerungen an ihn gelassen, die es leichter machen.«

»Wie meinen Sie das?«

Da! Du tust es schon wieder. Warum interessiert dich das?

»Ich erinnere mich immer an Kleinigkeiten, die er gesagt oder getan hat. Wie er über die Fußballergebnisse geschimpft hat, wenn sein geliebter VfB verloren hat. Wie er den Papierlocher immer mit einem Lächeln im Gesicht über dem Mülleimer ausgeleert hat, weil er Konfetti hat regnen lassen.«

Die Müdigkeit lässt mich kurz sentimental werden, denn ich muss bei dieser Vorstellung ebenfalls lächeln, obwohl ich nicht so genau weiß, warum.

»Wie haben Sie es geschafft, die Erinnerungen an ihn zu behalten?«

»Wenn Menschen aus dem Leben verschwinden, hinterlassen sie immer eine Lücke bei ihren Lieben. An den Umrissen dieser Lücke kann man sich immer an sie erinnern. Ich weiß genau, wie Heinrich neben mir im Bett gelegen hat, wie sein Schnarchen klang, wie sich seine Schritte auf der Treppe angehört haben. Das alles macht seinen Umriss für mich so klar, als wäre er an manchen Tagen noch immer da.«

Es trifft mich wie aus dem Nichts, wie ein Blitz, der sich wahllos einen Baum aussucht, ihn spaltet und dann wieder verschwindet. Genau so trifft mich die Erkenntnis, dass ich keine Lücke hinterlasse. Bei niemandem. In keinem Leben, keinem Bett und keinem Herzen. Wenn ich jetzt nicht mehr zurückkomme, wird selbst meine Familie erst in einigen Wochen oder sogar Monaten bemerken, dass ich nicht mehr da bin.

»Wissen Sie, Karla, die Leute denken immer, es geht darum, den Partner hundertprozentig zu kennen. Doch in Wirklichkeit kommt es auf die zwölf Prozent an.«

Schnell versuche ich, die aufsteigenden Tränen wegzublinzeln.

»Welche zwölf Prozent?«

»Die zwölf Prozent, die nur Sie kennen. Die Kleinigkeiten, die für andere unbemerkt bleiben, die man nicht mit jedem teilt.«

Das klingt irgendwie sinnig und doch total bescheuert, als hätte sie eine wahllose Zahl in den Raum geworfen. Ich drehe mich auf den Rücken, was meine Position nur minimal komfortabler macht.

»Woher weiß man, welche zwölf Prozent die sind, auf die es ankommt?«

»Das merken Sie dann schon.«

Ob Matze diese zwölf Prozent von mir kannte? Habe ich sie ihm verraten? War ich nicht zu beschäftigt damit, gerade diese schrulligen »typisch Karla«-Prozente vor ihm zu verheimlichen?

»Die Eine-Million-Euro-Frage bei Günther Jauch, die Frage über Sie, die nur wenige beantworten könnten. Welche wäre es bei Ihnen, Karla?«

Zu meiner Überraschung kommt meine Antwort-Frage wie aus der Pistole geschossen.

»Was ist mein großer Wunsch für die Zukunft?«

Kaiser richtet sich etwas auf und wirft einen Blick über die Lehne ihres Sitzes hinweg zu mir nach hinten, wo ich mit den Tränen kämpfe.

»Was ist denn Ihr großer Wunsch für die Zukunft?«

Mir fällt der große Hörsaal wieder ein, die Tatsache, dass ich schon mal kurz davor war, es zu schaffen. Es fehlte nur noch ein bisschen Mut und Selbstbewusstsein, um das Ganze auch durchzuziehen.

»Das muss ich noch herausfinden.«

Spätestens jetzt hält sie mich für komplett durchgeknallt. Doch wenn ich mich nicht irre, dann lächelt Kaiser und nickt.

»Wenn Sie es herausgefunden haben, lassen Sie es mich wissen.«

Damit dreht sie sich wieder nach vorne und lässt mich mit meinen Gedanken und zusammengezogenem Magen auf der Rückbank alleine.

»Und Ihre Eine-Million-Euro-Frage?«

»Wohin würde ich reisen, wenn ich könnte?«

»Wien?«

»Nein.«

»Italien?«

»Wiederum: Nein.«

»Nicht? Wohin denn dann?«

»In die Vergangenheit.«

»Ach so, Sie können überallhin reisen in Raum und Zeit?«

»Ich wünschte, ich könnte.«

»Und dann würden Sie etwas anders machen?«

Keine Ahnung, ob sie nur nicht antworten will oder bereits eingeschlafen ist, aber sie sagt nichts mehr. Und auch bei mir scheinen die Nachwirkungen der Energydrinks abzuflauen, und ich falle in einen traumlosen Schlaf.

KAPITEL ZWÖLF

Elisabeth

Melbourne, 22. November 1956

Ich bin hellwach, und das liegt an ihm. Florin. Er ist Rumäne, so viel weiß ich inzwischen. Er hat außerdem nicht nur strahlend grüne Augen, sondern auch das schönste Lächeln der Welt – und er hilft mir gerade über den schulterhohen Zaun, bevor er sich selber lässig darüberschwingt und geräuschlos neben mir aufkommt. Wir lächeln uns kurz an, was am Adrenalin liegen muss, denn gerade verlasse ich das Gelände, das wir Athleten unter keinen Umständen unbeaufsichtigt verlassen dürfen, und breche nebenbei noch circa sieben andere Regeln, an die ich mich sonst akribisch genau halten würde. Aber nur auf dieser Seite des Zauns können wir uns in Ruhe und in einer normalen Lautstärke unterhalten. Somit lasse ich die Müdigkeit, die vorhin noch an meinem Ärmel gezupft hat – ebenso wie alle Bedenken – auf der anderen Seite des Zauns zurück.

Allerdings nicht die Cola. Die halte ich noch immer in meinen Händen, was Florin jetzt auffällt.

»Kann ich einen Schluck haben?«

»Natürlich.«

Als ich sie ihm reiche, streifen seine Finger meine, und obwohl es nur eine flüchtige Berührung ist, wünsche ich mir, sie würde länger andauern.

Während wir vom Zaun und dem olympischen Dorf weg in Richtung Straße laufen, nimmt er einen Schluck. Gleich sehe ich das zufriedene Lächeln, das sich auf seinen Lippen ausbreitet.

Einen Moment schließt er die Augen und bleibt stehen, als wolle er den Moment genießen.

»So gut, wie ich es mir vorgestellt habe.«

»Wie bitte?«

Er öffnet die Augen.

»Das ist meine erste echte Coca-Cola.«

Entgeistert starre ich ihn an und halte es für einen Witz, den er sofort auflösen wird, aber er zuckt nur schüchtern die Schultern.

»In Rumänien ist das nicht so einfach zu bekommen.«

»Dann ist das eine echte Premiere?«

Er nickt und hebt die Glasflasche in die Luft, als würde er gleich einen Toast aussprechen.

»Allerdings.«

»Schmeckt sie denn wie erwartet?«

Nur um meine Frage auch korrekt beantworten zu können, nimmt er noch einen kleinen Schluck und sieht nachdenklich in die Nacht, bevor er den Kopf schüttelt.

»Nein. Sie schmeckt noch besser.«

»Ich gratuliere dir zu deiner ersten echten Cola. Ein Moment für die Ewigkeit.«

Florin nickt langsam und blickt wieder zu mir.

»Den werde ich sicher nicht vergessen.«

So, wie er mich ansieht, bin ich mir nicht sicher, ob wir noch über die Cola sprechen. Mir fällt auf, dass er dichter bei mir steht, als ich angenommen habe, und plötzlich kommt mir diese Nähe sehr intim vor. Ich müsste nur meine Hand ausstrecken und könnte ihn berühren.

»Warum sprichst du eigentlich so gut Deutsch?«

Damit mache ich einen Schritt die Straße entlang und bringe den nötigen Abstand für klare Gedanken zwischen uns.

»Meine Mutter stammt aus Timişoara. Das ist im Westen Rumäniens, dort gibt es viele Donauschwaben, und die sprechen auch Deutsch. Mama wollte immer, dass ich mehrere Sprachen spreche.«

Timişoara und Rumänien, das klingt für mich alles so exotisch und weit weg, beinahe so weit wie Australien.

»Wie viele Sprachen sprichst du denn?«

Er geht neben mir her, lässig, selbstbewusst, unbeschwert.

»Deutsch, Englisch, Ungarisch, Russisch und natürlich Rumänisch. Also, fünf.«

»Das ist beeindruckend.«

»Ja?«

»Ja.«

Das und die Art, wie seine grünen Augen vor Stolz glänzen. Er hat eine Unbekümmertheit, die ich hier bei noch nicht vielen gesehen habe. Wie kann er nur wenige Stunden vor der großen Eröffnungsfeier so entspannt sein und mit einem fremden Mädchen über Zäune klettern, um eine Cola zu trinken?

»Und was machst du hier?«

Meine Handbewegung umfasst die spärlich beleuchtete Straße ebenso wie die Anlage hinter uns – und auch die uns fremde Stadt.

»Jetzt? Hier? Dasselbe wie du, nehme ich an.«

Ich hoffe, dass ich meine geröteten Wangen auf die Flucht und das Adrenalin schieben kann.

»In meinte, welche Disziplin?«

»Schwimmen. 150 Meter Freistil.«

Ich starre ihn an.

»Ich auch!«

»Ich weiß. Elisabeth Lorenz, die Goldhoffnung aus Deutschland. Man kennt dich.«

»Auch in Rumänien?«

Er dreht sich zu mir, und sein Blick ist diesmal ganz anders, als er mich mustert. Nun weiß ich, dass er mich als Athletin betrachtet.

»Auch in Rumänien. Du musst gegen Dawn Fraser antreten, nicht wahr?«

Natürlich. Dawn ist allen ein Begriff, vor allem hier. Schon als wir angekommen sind, wurde schnell klar, dass sie die große Favoritin ist. Bei den Fans ebenso wie bei den Buchmachern. Mein Trainer hat mir beigebracht, immer den nötigen Respekt, aber nie Angst vor meinen Gegnern zu haben. Bisher habe ich mich daran gehalten, aber Frasers Zeiten in der Qualifikation sprechen eine sehr beängstigende Sprache.

Dennoch nicke ich jetzt so zuversichtlich wie möglich.

»Ich werde versuchen, ihr das Leben richtig schwer zu machen.«

Florins Miene hellt sich auf.

»Dann sehen wir uns vielleicht morgen beim Training?«

»Das wäre schön.«

Es rutscht mir nur so raus, weil es die Wahrheit ist. Ich würde ihn gerne wiedersehen. Auch wenn das weiße T-Shirt den breiten Rücken versteckt, sehe ich doch einen typischen Schwimmer vor mir und frage mich, ob er hier Chancen hat. Gegen all die großen Namen, die seit Wochen in den Zeitungen kursieren und von denen Großes erwartet wird.

Er deutet auf eine Bank, die vereinsamt auf einem kleinen Grünstreifen steht. Wir nehmen Platz, sitzen enger beisammen, als wir müssten. Ich weiß, dass ich zurück zu den Unterkünften gehen sollte, zurück auf die andere Seite des Zauns. Doch mein Kopf wird von den Schmetterlingen in meinem Bauch überstimmt, und ich lehne mich zurück.

»Erzähl mir etwas über dich, Elisabeth.«

»Elli. So nennen mich meine Freunde.«

Und ich biete das gerade einem fremden jungen Mann an, mit dem ich aus dem olympischen Dorf geflüchtet bin. Als seine Lippen sich zu einem Lächeln verziehen, ist mir alles um uns herum für den Moment egal.

»Elli.«

Aus seinem Mund klingt mein Spitzname nicht wie eine alberne Abkürzung, die ich mir in der Grundschule eingefangen habe, und ich mag es.

Er reicht mir die Cola zurück, und ich weiß, dass ich sie ablehnen sollte. Stattdessen nehme ich aber einen großen Schluck aus der Flasche und muss an Ernas Worte denken: »Vielleicht brauchst du sie, um wach zu bleiben.« Und wach bleiben will ich.

»Was willst du denn wissen?«

Ich könnte ihm natürlich von meiner Spitzenzeit im Training erzählen oder von den Rekorden, die ich als Juniorin zu Hause in Deutschland errungen habe, aber so, wie er mein Gesicht mustert, geht es ihm nicht um die Sportlerin. Und genau das macht mich nervös. Ich weiß nicht, was man so von sich erzählt.

»Alles.«

Er legt den Arm auf die Banklehne, und ich spüre, wie mein Körper sich anspannt. Auf diesem Gebiet bin ich eine blutige Anfängerin, ich fühle mich wie ein Fisch an Land, und so durchsuche ich mein Gehirn nach einem Thema, das mir Sicherheit gibt.

»Kennst du *Der alte Mann und das Meer?*«

Anstatt zu antworten, sieht er mich überrascht an, und ich würde am liebsten im Erdboden versinken.

»Das Buch. Ein sehr gutes Buch. Über einen alten Mann … und das Meer.«

Spätestens jetzt habe ich ihn irritiert. Bestenfalls. Wie dumm von mir. Ich bin in solchen Sachen wirklich nicht gut. Welcher Junge will schon nachts über Bücher sprechen?

Doch dann nickt Florin leicht.

»Hemingway.«

Ich atme erleichtert aus.

»Du kennst Hemingway?«

Er lachte leise, und ich verliebe mich vielleicht ein wenig in diesen Klang.

»Ich habe noch nichts von ihm gelesen, aber Hemingway ist mir ein Begriff.«

»Du musst unbedingt ein Buch von ihm lesen! Er ist nicht einfach nur ein Schriftsteller.«

»Nein?«

»Nein! Er ist so viel mehr. Er ist … Er … Er hätte eindeutig Gold für jedes seiner Bücher verdient. Ich liebe Hemingway!«

Das sage ich nur, falls ihm meine sich überschlagende Stimme und die geröteten Wangen noch nicht aufgefallen sein sollten. Doch Florin sieht mich interessiert an, den Kopf ein bisschen schräg, und ich spüre, wie mein Gesicht noch wärmer wird.

Seine Stimme ist leise, kaum hörbar, als er weiterspricht.

»Was für ein Glückspilz, dieser Hemingway.«

»Wenn du *Der alte Mann und das Meer* liest, verstehst du meine Liebe zu ihm ganz sicher. Es ist sein bestes Buch. Obwohl. Alle seine Bücher sind wunderbar. Er ist einfach so … besonders.«

»Was macht ihn so besonders?«

Jetzt sehe ich ihn irritiert an. Nicht mal Marie kann meine Begeisterung für Hemingway verstehen, doch bisher war sie die Einzige, die mir beim Schwärmen geduldig zugehört hat. Florins offensichtliches Interesse erstaunt mich, und das sieht man mir wohl an. Aber Florin lächelt nur und zuckt die Schultern.

»Ich höre dir einfach gerne zu, wenn du so begeistert über etwas sprichst.«

»Nun, ich weiß nicht, ob ich es in Worte packen kann …«

Doch dann fällt mir ein, dass Florin und ich bereits eine Gemeinsamkeit haben, die das Inwortepacken erleichtern könnte.

»Mich fasziniert sein Eisbergmodell.«

»Eisberg?«

So oft habe ich darüber nachgedacht, nicht nur, wenn ich seine Bücher gelesen habe, sondern auch, wenn ich meine Trainingsbahnen geschwommen bin. Es ist Hemingways Schreibcredo, das er Anfang der Dreißigerjahre entwickelt hat.

»Ja. Hemingway sagt es ungefähr so: Ein Schriftsteller muss gar nicht alles bis ins kleinste Detail erzählen, er kann aussparen, was klar ist. Der Leser wird das Ausgelassene selbst ergänzen und es trotzdem genauso stark empfinden, als hätte der Autor es erzählt. Hemingway vergleicht sein Schreiben deshalb mit einem

Eisberg, der sich nur deshalb so anmutig bewegt, weil sich nur ein Achtel von ihm über Wasser befindet. Und irgendwie verstehe ich ihn. Außerdem mag ich Eisberge.«

Statt Langeweile erkenne ich zu meiner Überraschung aufrichtiges Interesse in Florins klaren Augen.

»Das ist doch wie bei uns. Die eigentliche Arbeit spielt sich unter Wasser ab. Man sieht uns ab und an im Blitzlichtgewitter auftauchen, wenn wir einen Wettkampf gewonnen haben, und trotzdem weiß jeder Kenner, wie wichtig die ganze harte Arbeit davor ist, die niemand zu Gesicht bekommt und die man als Zuschauer nur erahnen kann. Außerdem verbringen wir sieben Achtel unseres Lebens unter Wasser.«

Ein Lächeln stiehlt sich auf sein Gesicht, von dem ich mich gerne anstecken lasse.

»Weil wir Eisberge sind.«

Es klingt albern, vielleicht auch etwas dumm, aber ich habe zum ersten Mal das Gefühl, meine Gedanken so aussprechen zu dürfen, wie ich möchte. Ohne darauf achten zu müssen, was mein Gegenüber denkt.

Florin rückt noch ein kleines Stück zu mir heran, so dicht, dass ich seine Wärme spüren kann.

»Ich bleibe beim Start mindestens sieben Achtel länger unter Wasser als jeder andere aus meinem Team. Es irritiert die meisten Schwimmer, wenn sie nicht sofort sehen, wo ich bin, und das verschafft mir einen Vorteil. Wenn ich dann doch irgendwann auftauche, schüchtert sie mein letztes Achtel umso mehr ein.«

Er sieht mich herausfordernd an, und ich muss gestehen, dass mir die Taktik gefällt.

»Wie machst du das?«

»Das Unterwasserbleiben?«

»Ja. Wie kannst du so lange die Luft anhalten?«

»Ich halte die Luft gar nicht an. Entscheidend ist, unter Wasser richtig auszuatmen. Das muss man lernen.«

Aus dem Nichts spüre ich seine Hand sanft auf meinem Bauch.

»Einatmen. Tief in den Bauch. Wie beim Start.«

Doch ich bin mir nicht mal mehr sicher, ob ich überhaupt noch atme. Oder irgendetwas außer Florins Berührung wahrnehme. Aber ich tue, wie er sagt, und hole tief Luft.

»Du musst dich mit all deiner Kraft vom Startblock abdrücken, wenn du eintauchst, dann unter Wasser langsam ausatmen. Wenn du lernst, wie du tief ein- und beim Schwimmen unter Wasser möglichst langsam ausatmest, musst du nicht so oft auftauchen und kannst schneller schwimmen.«

Er atmet aus, und ich verstehe, dass er das auch von mir verlangt, aber ich kann meinen Blick nicht von seinen Lippen nehmen, die meinen plötzlich erstaunlich nahe gekommen sind.

»Eigentlich ganz einfach.«

Er lächelt etwas unsicher und zieht langsam seine Hand zurück, als wäre ihm erst jetzt aufgefallen, wie nah wir uns sind.

»Entschuldige. Im Becken macht das mehr Sinn.«

»Ich werde es gleich morgen ausprobieren.«

»Wann habt ihr Training?«

»Schon um zehn Uhr. Und ihr?«

»Erst später.«

Die Enttäuschung in seiner Stimme ist deutlich zu hören, obwohl wir flüstern.

»Vielleicht können wir uns nach der Eröffnung sehen?«

Er schüttelt den Kopf, und meine Hoffnung, dass das hier mehr als nur ein nächtliches Gespräch sein könnte, bekommt erste Risse.

»Wir müssen nach der Eröffnung zu einem Treffen der gesamten rumänischen Olympiamannschaft. Sie wollen uns wohl noch mal vor den Amerikanern warnen.«

Er verdreht die Augen, und ich frage mich, ob sie ihn auch vor uns – vor mir – warnen werden.

»Aber vielleicht können wir uns morgen nach deinem Training treffen? So gegen Mittag?«

»Gerne. Vielleicht am Zaun?«

Dort, so hat Marie zumindest behauptet, trifft man sich mit anderen Olympioniken. Doch ich hätte nie gedacht, dass auch ich dort eines Tages stehen würde. Schon gar nicht, um mich mit einem Rumänen zu treffen.

»Sehr gut. Morgen Mittag am Zaun.«

Wir sehen uns an, und ich kann erkennen, dass er sich wirklich auf morgen freut. Noch immer sitzen wir viel zu eng beisammen, was das genaue Betrachten seiner Augen erleichtert. Ich weiß, wie es sich anfühlt, wenn man unter Wasser taucht, aber gerade drohe ich in seinen Augen zu ertrinken – und es ist ein gutes Gefühl. Meine Gedanken klingen schon wie Textstellen aus den Kitschromanen, die Marie so gerne liest, aber tatsächlich glaube ich, die Sterne am Nachthimmel über uns spiegeln sich in Florins klarem Blick.

Dann beginnen wir beide plötzlich gleichzeitig zu gähnen – und zu lachen.

So lange, bis Florin mir wenig später wieder über den Zaun hilft und mit mir über die schlafende Anlage bis zu meinem Wohnblock schleicht – und dabei meine Hand hält. Eigenartigerweise habe ich diesmal keine Angst, vielmehr fühle ich mich mit ihm sicher. Wer hätte gedacht, dass so eine kleine Berührung, eine Unterhaltung, bei der ich *ich* sein darf, so viel in mir auslösen kann.

Vor der Tür bleiben wir stehen, während die prickelnde Kohlensäure der Cola noch immer in Bestzeit durch meine Blutbahnen schwimmt und alles durcheinanderbringt, woran ich bisher geglaubt habe. Vielleicht sind es aber auch Florins Augen, die strahlend lächeln, als er mich jetzt ansieht, sich langsam zu mir herunterbeugt und mir einen sanften Kuss auf die Wange drückt.

»Bis morgen?«

Seine Stimme klingt rauer, wenn er flüstert. Ich nicke benommen.

»Bis morgen.«

KAPITEL DREIZEHN

Karla

Parkplatz Westautobahn, irgendwo zwischen Mondsee und Attersee (Österreich), 2. August 2017, 09:00 Uhr

Das laute, bretternde Geräusch des startenden Lkw-Motors neben uns zerbricht fast meinen Schädel, als ich die Augen öffne und einen Moment brauche, um mich zurechtzufinden. Ich liege komplett verdreht und mit Nackenschmerzen auf Lolas Rückbank und stelle ernüchtert fest, dass es sich bei der Episode mit dem Roadtrip nicht um einen besonders intensiven Albtraum gehandelt hat. Der Schmerz im Nacken ist nämlich überaus real. Langsam, bedacht darauf, nicht noch mehr Muskelgruppen zu verärgern, richte ich mich auf und bemerke erfreut, dass draußen – auf der anderen Seite der beschlagenen Scheiben – die Sonne scheint. Außerdem hatte ich heute Morgen trotz massivem Schlafmangel bei der Wahl des Parkplatzes auch noch Geschmack bewiesen: viel Grün, ein kleines Backsteingebäude, auf dem »WC« steht, und einige Holztische mit Bänken, die zu einem idyllischen Picknick an einer hektischen Autobahn einladen. Wenn es jetzt noch Kaffee gäbe, wäre alles gar nicht so übel.

Außer dem duftenden Heißgetränk fehlt allerdings noch ein Detail, wie mir nach einem Blick auf den Beifahrersitz bewusst wird: Kaiser!

Ich strample meinen Pullover, der irgendwann vom Kopfkissen zum Deckenersatz wurde, von mir weg, klettere ungeschickt auf den Fahrersitz und reiße die Tür auf. Sofort pumpt frische

Morgenluft meine Lungen voll, weil ich etwas zu hektisch atme und mich suchend umsehe. Die meisten Lkws sind schon wieder verschwunden, nur Lola hält noch wacker die Stellung.

»Frau Kaiser?«

Ein Blick auf die Uhr verrät mir, dass es schon kurz nach neun Uhr ist. Ich steige aus, strecke mich vorsichtig, rolle kurz mit den Schultern und schlage die Autotür hinter mir zu.

»Frau Kaiser?!«

Doch von meiner alten Dame fehlt jede Spur. Meine Schritte passen sich der Hektik meiner Atmung an, während ich in Richtung des Toilettenhäuschens stolpere und mich frage, ob sie vielleicht einfach mit einem der Lkws weggefahren ist. Würde sie mir dann nicht einen kurzen Abschiedsbrief hinterlassen? Oder zumindest eine kurze Notiz? Nein, eine überstürzte Flucht ist nicht ihre Art. Obwohl. Genau genommen ist es genau ihre Art!

Ich reiße die Tür zur Damentoilette auf und starre in einen stickigen, braun gekachelten Raum mit trüben Metallwaschbecken und drei schmutzigen Kloabteilen – die allesamt leer stehen. Kaiser ist nicht hier. Es dauert einige Sekunden, bis ich diese Information verarbeitet habe. Wenn sie nicht hier ist ... ist sie weg. Entführt. Verschleppt. Verlaufen. Was, wenn sie emotional doch instabil ist und in einer Nacht- und Nebelaktion auf Wanderung gegangen ist? Womöglich in die Vergangenheit. Was, wenn sie alleine und verwirrt auf dem Standstreifen einer stark befahrenen Autobahn in Richtung letztes Abenteuer unterwegs ist?

Ich hätte besser auf sie aufpassen müssen.

Ich war ihre Aufsichtsperson.

Ihre Komplizin.

Zum ersten Mal in meinem Leben war ich eine Komplizin und vermassle direkt die Premiere.

Das ist so typisch! Du verlierst sogar deine greise Entführerin. Hut ab, Pflegehelferin Metuschke. Das ist selbst für dich ein neuer Tiefpunkt.

Schnell stürze ich wieder nach draußen, suche nach letzten

Spuren und rufe verzweifelt ihren Namen. Tränen schießen mir in die Augen.

Du hattest einen *verdammten Job, Karla!*

Ich denke an Matze, der kopfschüttelnd und wissend vor mir steht, die Hände in die Hüften gestemmt, mit Enttäuschung im Blick. So wie damals, als ich seinen siebenjährigen Kaktus getötet habe. Aus Versehen.

»Elisabeth!«

Wie genau fühlt sich eigentlich eine Panikattacke an? Denn entweder erleide ich hier gerade eine, oder ich habe einen Schlaganfall.

»Herrgott, Karla! Sie wecken ja die ganze Nachbarschaft!«

Mit einer perfekten Pirouette, auf die Nurejew mit Neid blicken würde, drehe ich mich um – und da steht sie. Mit einem Handtuch über der Schulter, einem Kulturbeutel in der Hand und in einem weinroten Jogginganzug.

»Müssen Sie denn so laut schreien?«

»Da sind Sie ja!«

Ich stürme auf sie zu.

»Darf eine Frau sich bei der Morgentoilette etwa keine Zeit mehr lassen?«

»Ich war auf der Damentoilette, aber Sie waren nicht da.«

»Ich war auf der Herrentoilette, die war sauberer.«

Ohne länger darüber nachzudenken, schließe ich sie in meine Arme und drücke sie fest an mich.

»Ich habe gedacht, ich hätte Sie verloren.«

»Seien Sie nicht albern.«

Sie trägt ihr typisches Parfüm, das frisch und leicht süßlich riecht, und einen Moment genieße ich den Duft, bevor ich sie wieder loslasse und streng ansehe.

»Machen Sie so was ja nie wieder, sonst kette ich Sie an Lola an.«

»Sagen Sie bloß, Sie haben sich ernsthaft Sorgen um mich gemacht.«

»Sie melden sich ab sofort bei mir ab, wenn Sie auf Wanderschaft gehen, verstanden?«

»Sie klingen schon wie die Geiger.«

Autsch.

»Werden Sie jetzt nicht frech!«

Sie lächelt, und ich tue es ihr gleich, erleichtert und ein bisschen beschämt.

»Ich wollte Sie nicht wecken, als Sie endlich so friedlich geschlafen haben.«

Kaiser drückt mir ihre Waschutensilien in die Hand und beginnt damit, kleine Dehnübungen über die Schultern und den Rücken auszuführen.

»Ich erteile Ihnen hiermit die Erlaubnis, mich zu wecken, wenn Sie Lola verlassen.«

»Vorsicht, Karla, wenn Sie so weitermachen, könnte ich noch denken, dass Sie mich mögen.«

Sie beugt sich vornüber und berührt mit ihren Fingerspitzen die Turnschuhe. Ich krame eine zerdrückte Zigarettenschachtel aus meiner Gesäßtasche und beschließe mit einem nicht minder zerknautschten Blick über den leeren Parkplatz, dass das hier mein Frühstück wird. Kaiser zieht missbilligend eine Augenbraue nach oben, als sie sich wieder aufrichtet und die Arme über den Kopf streckt.

»So früh am Morgen schon eine Zigarette?«

»Auf den Schock.«

Ich nehme einen tiefen Zug und schließe die Augen.

»Das Zeug wird Sie eines Tages noch umbringen.«

Nickend puste ich den Rauch über unsere Köpfe.

»Ich weiß, ich lese immer brav die Packungsbeilage.«

»Sehr witzig. Macht es Ihnen denn nichts aus?«

Sie beugt den Körper nach rechts, weiter, als ich gedacht hätte, aber ich zucke nur die Schultern.

»Wieso? Merkt doch niemand, wenn ich weg bin.«

Sie will widersprechen, erkennt aber rechtzeitig, dass es ihre

Worte sind, die ich wiederhole. Sie richtet sich wieder auf, ich halte ihr die Zigarette hin.

»Auch einen Zug?«

»Nein, danke. Ich habe tatsächlich vor, noch eine Weile zu bleiben. Auch wenn es niemand bemerkt.«

Damit greift sie nach ihrem Kulturbeutel, den ich für sie halte, und zieht mein Handy hervor.

»Das habe ich mir geliehen. Ich hoffe, das ist okay.«

»Was zum … Nein, eigentlich ist es nicht okay. Was haben Sie damit gemacht?«

Die Kaiser sieht mich irritiert an.

»Na, telefoniert natürlich.«

»Wen haben Sie denn angerufen?«

»Freunde.«

»In Wien?«

»Ja.«

Ich nehme mein Handy schnell wieder an mich.

»Ich will nicht wissen, woher Sie meine Geheimnummer kennen, oder?«

Sie zuckt die Schultern und hakt sich, ohne zu fragen, bei mir unter und führt mich zurück in Richtung Lola.

»Wenn wir Glück haben, kriegen wir ein hausgemachtes Mittagessen.«

»Wunderbar. Ein hausgemachtes Mittagessen in Wien. Und dann geht es zurück nach Stuttgart?«

»Ja, ja. Wir fahren bald zurück nach Stuttgart. Keine Sorge. Und Sie sollten wirklich mit dem Rauchen aufhören.«

Obwohl ich protestiere, nimmt sie mir die Kippe ab, wirft sie vor uns auf den Boden, tritt sie aus und geht einfach weiter.

»Sie können mir später danken.«

Kaiser mustert mein Gesicht etwas zu genau, und da ich noch keine Möglichkeit für meine »Morgentoilette« hatte, weiß ich nicht, was sie da sieht.

»Sie waren übrigens ein sehr hübsches Paar, Karla.«

Sie nickt auf das Handy in meiner Hand, das ich instinktiv fester umschließe, und ich spüre, wie jetzt doch etwas Wut in mir aufsteigt.

»Sie haben also doch auf meinem Handy herumgeschnüffelt? Schon mal was von Privatsphäre gehört?«

»Nun, so weit würde ich nicht gehen. Aber wenn Sie nicht wollen, dass Leute in Ihrer Privatsphäre herumschnüffeln, sollten Sie vielleicht den Bildschirmhintergrund ändern.«

KAPITEL VIERZEHN

Karla

Wien (Österreich), 2. August 2017, 12:00 Uhr

Wien ist eine Stadt, die im Sonnenlicht besser aussieht als man selbst. Vor allem, wenn man sich die Zähne über einem verdreckten Waschbecken an einem Autobahnparkplatz geputzt hat und die Haare nach einem zweistündigen Powernap auf der Rückbank ein sehr rebellisches Eigenleben entwickelt haben. Kaiser hat ihre Garderobe kurz vor Wien noch einmal gewechselt und den Jogginganzug gegen eine sommerliche graue Stoffhose sowie ein überraschend modernes weißes T-Shirt mit breiten goldenen Querstreifen eingetauscht.

Während ich Lola auf Anweisung der Navigationstante sicher durch die herrschaftlichen Straßen und malerischen Gassen lenke, läuft *All of You* von Miles Davis im Radio und liefert den perfekten Soundtrack für diese wunderschöne Stadt. Wien ist schick, an manchen Stellen fast ein bisschen arrogant, weil die Madame weiß, wie gut sie aussieht. Dennoch wirkt sie an anderen Straßenecken lässig wie ein bärtiger Hipster auf einem Fixie-Rennrad. Und über allem liegt diese ganz besondere sommerliche Gelassenheit.

Heute Nacht sind wir in Stuttgart losgefahren, und obwohl wir »nur« in Österreich sind, fühlt es sich für mich an, als wären wir in einer anderen Welt. Zum ersten Mal habe ich eine Landesgrenze überquert und über sechshundertsiebzig Kilometer zwischen mich und mein altes Leben gebracht. Ein überraschend gutes Gefühl. Ich drehe die Fensterscheibe nach unten und atme tief durch. Vielleicht liegt es an dem entspannten, leichtfüßigen Jazz, der aus Lolas Boxen dringt, vielleicht auch daran, dass Wien keinen Feinstaubalarm hat, aber hier fällt mir das Atmen tatsächlich ein bisschen leichter.

Ein kurzer Blick zu Kaiser, die neben mir sitzt und sich – die Augen konzentriert auf den Spiegel in der heruntergeklappten Sonnenblende gerichtet – schminkt.

»Verraten Sie mir, warum Sie sich so schick machen?«

»Wir haben uns schon sehr lange nicht mehr gesehen. Ich möchte einen guten Eindruck machen.«

Sie tuscht sich tatsächlich die Wimpern.

»Es scheint Ihnen sehr wichtig, wie Sie auf andere wirken.«

»Ist das etwas Schlechtes?«

»Nein, es ist mir nur schon in der *Schattigen Pinie* aufgefallen. Sie waren immer so schick hergerichtet.«

Sie nickt, greift nach zwei verschiedenen Lippenstiften aus ihrer Schminktasche und vergleicht sie, entscheidet sich dann für den helleren Ton und macht sich wieder an die Arbeit.

»Ihnen würde ein bisschen Farbe im Gesicht übrigens auch stehen.«

Das letzte Mal, als ich mich aufwendig geschminkt habe, war kein guter Tag.

Das kannst du laut sagen! Es war eine Katastrophe. Und es ist allein deine Schuld. Hättest dir ja auch mal ein bisschen früher überlegen können, was du willst. Nicht erst in letzter Sekunde.

»Ich verzichte dankend.«

Übrigens auch auf die Erinnerung an damals, wenn wir schon dabei sind. Die enttäuschten und vorwurfsvollen Blicke der anderen sind bis heute in mich eingebrannt.

»Nun, wie Sie meinen.«

Damit schiebt sie die Kappe wieder auf den Lippenstift und dreht sich zu mir.

»Wie sehe ich aus?«

Sie muss sich bis zur nächsten roten Ampel gedulden. Erst dann nehme ich sie genauer in Augenschein, und zum ersten Mal nehme ich an ihr, neben dem leichten Make-up und der perfekten Frisur, für die sie tatsächlich keine Assistentin braucht, auch einen heftigen Anflug von Nervosität wahr.

»Es tut mir weh, das zu sagen, Frau Kaiser, aber …«

Ihr Körper spannt sich an.

»… Sie sehen richtig gut aus.«

Das folgende Lächeln sprengt fast ihr Gesicht.

»Danke für das Kompliment, Karla.«

»Verraten Sie mir jetzt, wen wir besuchen?«

»Jemanden aus meiner Vergangenheit, und es wäre sehr wichtig, dass Sie sich benehmen. Kriegen Sie das hin?«

»Entschuldigung, aber *ich* benehme mich immer.«

»Da gehen unsere Meinungen auseinander. Es wäre auch nett, wenn Sie nichts von unserer … besonderen Beziehung verraten würden.«

»Sie meinen, ich soll mich nicht als Ihre Geisel vorstellen?«

»Sagen wir lieber, Sie sind meine Betreuerin, ja?«

»Ihr Vormund.«

»Übertreiben Sie es nicht, Frau Metuschke.«

»Okay, okay, Betreuerin. Das klingt gut. Noch was?«

»Das mit der *Sonnenwende* lassen wir auch unter den Tisch fallen. Niemand muss wissen, dass ich in ein Sanatorium abgeschoben werde.«

Mir wird klar, dass Kaiser nicht nur einen guten optischen Eindruck machen will, sondern dass sie auch am liebsten einen Make-up-Pinsel über ihr gesamtes Leben streichen würde, um einige Unebenheiten auszubessern.

»Sie wissen schon, dass Sie sich dafür nicht schämen müssen.«

»Sie wissen nicht, wie das ist, Karla, und das ist auch gut so.«

Ich will noch etwas sagen, aber die Navigationstante ist schneller.

»In fünfzig Metern haben Sie Ihr Ziel erreicht.«

KAPITEL FÜNFZEHN

Elisabeth

Melbourne, 22. November 1956

»Carlo hat die schönsten Augen der Welt.«

Marie schwärmt in der nur vom Mond erhellten Dunkelheit des Zimmers. Kurz möchte ich ihr widersprechen, dann lächle ich aber nur und muss an Florin denken. Noch immer kann ich seine Lippen auf meiner Wange spüren. Reflexartig greife ich an die Stelle, die er zuletzt berührt hat. Meine Haut ist heiß, und mein Lächeln ist fast zu breit für mein Gesicht. Ein Glück, dass Marie mich nicht sehen kann.

»Glaubst du, dass es möglich ist, hier die Liebe seines Lebens zu finden?«

Ich lache leise, hauptsächlich, um die Lächerlichkeit dieser Frage zu unterstreichen. Und auch ein bisschen, um die aufkeimende Hoffnung in meinem Herzen zu ersticken.

»Du liest zu viele Groschenromane, Marie.«

»Lass mich doch. Es kann ja nicht jeder Hemingway lieben.«

Aber Florin hat ihn zumindest sofort verstanden, auch wenn er noch keine Zeile gelesen hat.

»Na, weil du ihm gar keine Chance gibst. Du würdest seine Bücher vielleicht auch mögen.«

»Geht es darin um die große Liebe?«

»Eher nicht.«

»Dann interessieren mich seine Bücher auch eher nicht.«

Marie rollt sich in ihrem Bett auf die Seite, wendet mir jetzt ihr Gesicht zu.

»Erzähl mir von diesem Rumänen.«

»Er heißt Florin.«

»Das weiß ich schon.«

Außerdem hat er wunderschöne grüne Augen, ein noch schöneres Lächeln, und es fühlt sich gut an, wenn er meine Hand hält.

»Er ist Schwimmer. 150 Meter Freistil.«

So klingt es viel harmloser als alles andere, was heute passiert ist. Fast schon wie ein Gespräch über Kollegen.

»Hat er dich geküsst?«

»Marie!«

Ich schleudere mein Kissen auf ihre Seite und habe sie, dem erstickten Lachen nach zu urteilen, getroffen.

»Ist das ein Ja?«

»Natürlich nicht! Glaubst du wirklich, ich habe Zeit für so etwas?«

Marie denkt eine kleine Weile über meine Antwort nach und wirft dann das Kissen zurück.

»Weißt du, dass es hier Konzerte und Tanzveranstaltungen für uns Sportler gibt, auf die wir gehen dürfen? Ganz offiziell.«

»Wirklich?«

»Ja. Ich hoffe, dass Carlo auch dort sein wird.«

»Dieser Carlo hat es dir ja wirklich angetan.«

Statt zu antworten, seufzt sie nur schwer, rollt sich auf den Rücken und hat wieder ihr verliebtes Lächeln auf den Lippen.

»Denkst du, dass wir uns alle mal verlieben? Also, ich meine, so richtig?«

Bei ihren Themenwechseln mitzuhalten erfordert geistige Bestzeiten.

»Möglich.«

»Einmal in meinem Leben will ich die große Liebe erleben. Mit Herzklopfen, Abenteuern und allem Drum und Dran.«

»Marie, du bist erst siebzehn. Du hast noch alle Zeit der Welt.«

»Helene ist schon verheiratet!«

»Deine Schwester ist auch schon zwanzig. Und keine Schwimmerin.«

»Aber ich frage mich: Ist Sport wirklich alles im Leben?«

Vor ein paar Tagen hätte ich diese Frage noch mit einem lauten »Natürlich!« beantwortet. Jetzt geht die Antwort irgendwo auf dem Weg nach draußen in mir verloren. Vielleicht in dem Teil, den ich heute mit Florin kennengelernt habe.

»Elli?«

Sie will es von mir hören, weil sie denkt, ich wüsste es besser als sie, weil ich ein halbes Jahr älter bin.

»Ich … weiß es nicht. Lass uns endlich schlafen, Marie. Es ist spät.«

Damit will sie sich aber nicht zufriedengeben. Ruckartig setzt sie sich auf und vertreibt dadurch meine Müdigkeit erneut.

»Aber ich möchte jetzt nicht schlafen. Ich möchte, dass mein Herz aufgeregt klopft, wenn ich an ihn denke oder wir zusammen sind. Ich möchte, dass er mich ansieht, als hätte ich nicht nur die schönsten Augen, sondern auch die schönste Seele der Welt. Und ich möchte, dass er mich so auch noch ansieht, wenn ich alt und runzlig bin. Ich möchte die eine große Liebe meines Lebens finden.«

Mein Mund fühlt sich bei ihren Beschreibungen ganz trocken an. Wie oft hat sie so verliebte Tagträume gemalt – und wie oft habe ich sie dafür belächelt? Zu meiner Überraschung beginne ich heute, sie zum ersten Mal ein bisschen zu verstehen.

»Du möchtest die große Liebe? Mit diesem Italiener?«

Ein schwacher Versuch, ihre Wünsche ins Lächerliche zu ziehen.

»Ach, wo denkst du hin? Doch nicht mit Carlo! Mit meinem zukünftigen Ehemann. Ich will eines Tages meine große Liebe heiraten.«

»Ich dachte, deine Eltern wollen, dass du diesen Franz aus der Postfiliale heiratest.«

»Wollen sie auch, aber ich will das nicht. Er ist so … bodenständig.«

»Was ist daran denn so verkehrt?«

»Ich will die Welt sehen, Elli. Ich will nicht für immer in Stuttgart leben. Ich will nach Paris und Casablanca und nach New York. Ich will Wüstenwind in meinen Haaren spüren und einen Sonnenaufgang am Meer erleben.«

»Ach, Marie …«

»Nein! Ich will das wirklich, und du willst das doch auch!«

Will ich das?

»Nein, Marie. Ich will im Finale eine Bestzeit hinlegen. Ich will Gold. Ich will meinen Namen in den Geschichtsbüchern stehen sehen. Für immer.«

»Und wenn deine Karriere vorbei ist?«

Darauf habe ich keine Antwort. Bisher habe ich mir immer nur Gedanken bis zu diesem Zeitpunkt meines Lebens gemacht. Bis zum nächsten Wettkampf. Bis Olympia. Solange ich schnell genug im Wasser bin, möchte ich nicht damit aufhören. Ich will Fliesen unter Wasser zählen, will daran arbeiten, länger als die anderen nach dem Start zu tauchen. Alles, was danach kommt, versteckt sich in einem dichten grauen Nebel der Zukunft.

»Dann werde ich wohl heiraten.«

»Aber dann bist du vielleicht schon fünfundzwanzig! Wer will dich dann noch heiraten?«

»Jemand, der versteht, dass Sport mir wichtig ist. Jemand, der versteht, was ich erreicht habe – und wer ich bin.«

»Jemand wie Florin?«

Sie flüstert die Frage, weil niemand es hören soll. Sofort stellen sich meine Nackenhaare beim Gedanken an ihn auf.

»Wer weiß.«

»Du hast ihn gern.«

»Ich kenne ihn kaum.«

»Aber du hast ihn gern.«

Zumindest habe ich ihn so gern, dass ich heute die halbe Nacht mit ihm auf einer Bank redend verbracht, ihm alles über meine Leidenschaft für Hemingway und Eisberge erzählt, mir eine Cola mit ihm geteilt und mich in seinen Augen verloren habe.

»Was, wenn ich ihn wirklich gernhabe, Marie?«

»Dann genieß es.«

»Bis ich wieder in den Flieger in Richtung Heimat steige und ihn nie wiedersehe?«

»Das weißt du doch gar nicht. Er könnte dich besuchen.«

»Es ist für ihn wahrscheinlich nicht so leicht, nach Deutschland zu kommen. Von Rumänien aus.«

»Und nach Ostberlin?«

»Und wie soll ich dorthin gelangen, ohne dass es verdächtig wirkt? Ich kann nicht einfach so nach Ostberlin fahren. Es ist alles viel zu kompliziert.«

»Dir fällt schon etwas ein, und du weißt doch: Die Dinge, die sich wirklich lohnen, sind immer kompliziert.«

Damit lässt sich Marie wieder zurück in ihr Kissen sinken und mich mit einem Sack wilder Gedankenflöhe zurück. Als ihr Atem schon längst regelmäßig und tief ist, berühre ich erneut meine Wange und frage mich, wohin das alles führen mag.

KAPITEL SECHZEHN

Karla

Wien (Österreich), 2. August 2017, 12:30 Uhr

Die Navi-App hat gelogen.

Jemand hätte mich warnen können, dass ich zudem noch sechs Stockwerke erklimmen muss, bevor ich »mein Ziel erreicht« habe. Jetzt bin ich außer Atem und spüre das sehr penetrante Seitenstechen wie einen Terrier, der sich hartnäckig in meine Taille verbissen hat.

Kaiser geht voran, im flotten Rhythmus, ohne Atembeschwerden und stechende Schmerzen. Sie hängt mich auf den knarrenden Holztreppen in diesem Wiener Altbau einfach ab und dreht sich nicht mal nach mir um.

»Schon gut, lassen Sie mich einfach zurück. Ich halte Sie sonst nur auf.«

Schwer atmend bleibe ich stehen und nehme auf einer Fensterbank Platz, um mir eine wohlverdiente Pause zu gönnen, bevor mich ein Wadenkrampf hinterrücks überfällt.

»Sie sollten vielleicht aufhören zu rauchen.«

»Falls es Ihnen nicht aufgefallen ist, habe ich seit heute Morgen keine Zigarette mehr gehabt.«

»Soll ich Ihnen die genaue Definition von ›aufhören‹ raussuchen?«

»Niemand kann von mir erwarten, dass ich aufhöre, während ich mit Ihnen unterwegs bin.«

»Es gibt Nikotinpflaster, die helfen.«

»Solange ich Sie an der Backe habe, bräuchte ich ein Nikotinpflaster so groß wie eine Fußmatte.«

Sie winkt nur ab und deutet nach oben, wo noch geschätzte einhundert Stockwerke darauf warten, erklommen zu werden.

»Können wir jetzt endlich weiter?«

»Gehen Sie nur. Ich warte, bis meine Muskeln nicht mehr übersäuern.«

»Herrgott, Karla! Sie sind jünger als ich und stellen sich so an?«

Sie kommt zu mir herunter, greift nach meinem Arm und zieht mich zurück auf die Beine, was ich geschehen lasse und mich langsam wieder in Bewegung setze.

»Etwas Sport würde Ihnen guttun.«

»Etwas Sitzen würde mir gerade auch guttun.«

»Sitzen können Sie auch später.«

»Wenn ich tot bin, meinen Sie.«

»An Ihnen ist eine wahre Drama-Queen verloren gegangen. Nein, ich meinte im Auto. Jetzt möchte ich Ihnen aber erst einmal gerne jemanden vorstellen.«

Sie kann auch noch sprechen, während sie im vierten Stock Stufe um Stufe hinaufsteigt. Beneidenswert.

»Und ich würde mich freuen, wenn Sie zur Begrüßung ein Lächeln aufsetzen könnten.«

Das kann ich gerne machen. Vorausgesetzt, mein Körper gehorcht mir dann noch.

»In welchen … Stock … müssen … wir?«

»Es ist gleich da oben.«

Eine der größten Lügen der Menschheit. Direkt gefolgt von »Es tut nicht weh«.

Ich merke, dass die Kaiser mit jeder Stufe nervöser wird. Denn tatsächlich hält sich die alte Dame inzwischen an mir fest, und das nicht etwa, weil ihre Kräfte versagen.

»Na? Aufgeregt?«

»Ein wenig. Es ist einfach so lange her. Ich weiß nicht …«

Sie bricht ab, holt tief Luft und bleibt stehen. Ich nehme das dankend zur Kenntnis.

»Man weiß erst, was man vermisst, wenn es nicht mehr da ist und man zu viele Tagträume in gemeinsamen Erinnerungen verbringt.«

»Frau Kaiser, wen besuchen wir hier?«

»Das werden Sie gleich sehen.«

»Na gut. Und wieso haben Sie so lange mit Ihrem Besuch gewartet?«

Sie zuckt die Schultern. Ich werde das Gefühl nicht los, dass sie es einfach nur nicht aussprechen will. Also übernehme ich es für sie.

»Heinrich.«

»Es war sicher mein Stolz. Meine Dummheit. Es ist meine eigene Schuld.«

Sie sieht zu mir.

»Was, wenn das hier doch keine so gute Idee ist?«

»Sie kneifen jetzt doch nicht etwa?«

»Vielleicht sollten wir ...«

»Nichts da, Frau Kaiser! Ich habe nicht Hunderte Kilometer zurückgelegt und Tausende Stufen erklommen, um jetzt umzudrehen! Wir gehen gefälligst da rauf!«

Ich halte ihren Arm fest, setze einen Fuß vor den anderen, gegen den brennenden Schmerz in meinen Beinen, und ziehe sie mehr oder weniger mit mir nach oben, bis sie wieder ihren Mut und Rhythmus findet.

Als wir im sechsten Stock ankommen, überprüft Frau Kaiser zuerst, ob ihre Haare noch sitzen, dann den Namen am Klingelschild. Schließlich hält sie kurz inne.

»Wie sehe ich aus?«

Ein kurzer Blick auf ihr aufgeregtes Lächeln und das Leuchten in ihren Augen reicht.

»Dafür, dass wir hier gerade sechs Stockwerke erklommen haben? Beeindruckend gut.«

Dann traut sie sich endlich und drückt die Klingel zur Wohnung vor uns. Ich kann ihren Herzschlag bis zu mir hören, und die Chancen stehen gut, dass man ihn auch hinter der Tür hört.

Plötzlich sind Schritte auf der anderen Seite der Tür zu hören. Kaisers Körper spannt sich an, und ich spüre, wie sie einen Schritt hinter mich macht. Obwohl ich nicht weiß, wieso, werde jetzt selbst ich nervös.

Mit einem lauten Quietschen öffnet sich die Tür, und eine alte Frau mit großen, hellbraunen Augen und langen, weißen Haaren, die zu einem Zopf geflochten sind, taucht vor uns auf. Sie hat feine Gesichtszüge und sieht mich fragend an.

»Ja?«

Dann zieht sie die hellen Augenbrauen zusammen und schüttelt den Kopf.

»Ich habe Ihren Kollegen doch schon gesagt, dass ich nicht an einem Platz im *Paradies* interessiert bin.«

Gerade, als sie die Tür schließen will, tritt Kaiser hervor und findet ihre Stimme wieder.

»Nein, Marie. Ich bin es. Elli.«

Es dauert einige ewige Sekunden, und ich befürchte schon, wir haben uns im Stockwerk geirrt.

»Elli?«

Sie blickt die Kaiser ungläubig an. Doch dann setzen sich die Informationspuzzlestücke zusammen und ergeben ein Bild, welches ihr vertraut ist. Das erlösende Lächeln erscheint auf ihrem Gesicht.

»Elli. Da bist du ja endlich.«

Diesmal klingt es liebevoll.

»Hallo, Marie.«

Keine Ahnung, wie lange sich die beiden nicht gesehen haben und wovon ich hier gerade Zeuge werde, aber die folgende Umarmung der zwei Frauen dauert länger, als ich erwartet habe, und fällt um einiges herzlicher aus. So ist es also, wenn man vermisst wird, weil man eine Lücke hinterlassen hat.

»Ich wusste, irgendwann schwingst du deinen runzligen Hintern nach Wien und besuchst mich!«

Kaiser hält die Augen geschlossen und ihre Freundin umarmt.

»Entschuldige, dass es so lange gedauert hat, aber der Verkehr war die Hölle.«

KAPITEL SIEBZEHN

Karla

Wien (Österreich), 2. August 2017,
13:00 Uhr

»Es gibt Kaiserschmarrn mit Apfelmus. Für mehr hatte ich keine Zeit. Du hättest mich ruhig ein bisschen früher anrufen können, um mich vorzuwarnen, dass ihr kommt.«

Marie bringt eine Kanne Wasser aus der Küche und holt dann das teure Porzellangeschirr aus der uralten Kommode im Wohnzimmer.

»Jetzt verpasst ihr meinen weltberühmten Tafelspitz mit Apfelkren, Schnittlauchsauce und Erdäpfelgröstl.«

Kaiser und ich sitzen an einem runden Tisch auf gepolsterten Stühlen, und ich sehe mich in dieser liebevoll, wenn auch leicht überladen eingerichteten Wohnung um.

»Ach, ich weiß nicht, wie es Karla geht, aber für mich klingt Kaiserschmarrn wunderbar, und die Reise war eher spontan.«

Überall hängen gerahmte Fotos an den Wänden. Lachende Gesichter strahlen uns von Schwarz-Weiß-Fotos an, auf denen meist ein junger Mann lässig an einem Oldtimer lehnt, auf einem Segelboot steht oder am Strand in die Kamera lacht und dabei fast immer den Arm um Marie – damals noch mit schulterlangen Locken – gelegt hat.

Die Kaiser lehnt sich zu mir und spricht leise, als Marie abermals in der Küche verschwindet.

»Das ist Hans, Maries Ehemann.«

»Sie sehen glücklich aus.«

»Sie waren glücklich.«

»Waren?«

»Er ist vor sieben Jahren verstorben. Prostatakrebs.«

»Oh. Das tut mir leid.«

»Ja. Mir auch. Aber er hatte ein schönes Leben.«

Danach sieht es aus. Die Fotos sind eine interessante Zeitreise, die nicht nur die Veränderung in den Gesichtern der Protagonisten zeigt, sondern auch die der Autos, der Kleidung und Frisuren. Ab einem gewissen Zeitpunkt sind sie zu dritt zu sehen, dann schließlich zu viert. Ein Junge und ein Mädchen entwickeln sich auf den Fotos zu Erwachsenen, und auf dem letzten Foto, das auf der Kommode mit dem Porzellangeschirr steht, ist eine Großfamilie inklusive Enkelkindern und einem Hund zu sehen.

»Aber jetzt erzähl schon, was bringt dich nach Wien?«

Marie kommt mit einer dampfenden Schüssel Kaiserschmarrn herein und verteilt ihn der Reihe nach auf unseren Tellern. Bisher hat sie noch nicht gefragt, welche Rolle ich hier spiele. Sie kennt nur meinen Vor- und Nachnamen, trotzdem hat sie mich zur Begrüßung freundlich umarmt, als wäre ich Teil dieser Familie.

»Ich mache eine kleine Reise und dachte mir, es wird Zeit, endlich ein paar alte Versprechen einzulösen.«

Marie blickt überrascht auf, und die Frauen tauschen einen kurzen Blick, der mich aussperrt.

»Das ist schön. Man sollte so etwas nicht allzu lange aufschieben. Nicht in unserem Alter. Wer weiß, wie lange wir noch haben.«

»Du sagst es, und dein Kaiserschmarrn schmeckt hervorragend.«

Da hat Kaiser recht. Nach der langen Fahrt mit Snacks aus der Tankstelle und einer Zigarette zum Frühstück schmeckt diese hausgemachte Mehlspeise einfach himmlisch.

»Das Versprechen, mich hier in meiner Wohnung zu besuchen, hast du jedenfalls schon mal erfüllt. Wenn auch ein bisschen spät.«

»Na, wenn ich gewusst hätte, was du inzwischen für eine Köchin bist, wäre ich früher gekommen. Kann ich noch etwas Apfelmus haben?«

Marie reicht ihr schmunzelnd das Mus, bevor ihr Gesichtsausdruck ernst wird.

»Ach, und Elli, sag mal, hat sich deine alte Telefonnummer geändert? Ich habe versucht, dich anzurufen, aber irgendwie geht dort immer eine junge Frau dran, die kaum Deutsch versteht und behauptet, dich nicht zu kennen. Bist du umgezogen?«

Kaiser hält kurz inne, lässt sich sonst aber nichts anmerken.

»Ja, ich habe seit drei Monaten eine neue Bleibe. Weißt du, das Haus und der große Garten nur für mich alleine ...«

Marie nickt.

»Das mit Heinrich tut mir so leid.«

»Ich weiß, ich habe deine Karte bekommen.«

»Ich wäre gern zur Beerdigung gekommen.«

»Keine Sorge. Sie fand im kleinen Kreis statt. Für mehr hatte ich einfach keine Kraft.«

Irgendwie werde ich das Gefühl nicht los, dass ich nicht hier sein sollte. Nichts von all dem geht mich etwas an.

»Hast du denn eine schöne Wohnung gefunden?«

Marie nimmt einen Schluck Wasser, während ich an Kaisers kleines Zimmer in der *Pinie* denken muss: der nüchterne weiße Raum, der hellgraue Kleiderschrank, die unpersönliche Bettwäsche, der winzige Balkon, die wenigen Fotos. Keine Erinnerungen, die die Wände pflastern.

»O ja, ich fühle mich dort sehr wohl. Ich habe sogar einen Balkon.«

Vom eben erwähnten Haus mit großem Garten zu schließen, war die *Pinie* für Kaiser definitiv ein gewaltiges Downgrade.

»Ach, das freut mich. Konntest du ein paar deiner geliebten Blumen dorthin mitnehmen?«

Ich sehe Kaiser überrascht an. Sie hat ein Faible für Pflanzen? Davon war in der *Pinie* nichts zu bemerken.

»Ja, sogar meine Guzmania hat den Umzug unbeschadet überstanden. Ich kann mich nicht beklagen.«

»Wunderbar. Als Hans gestorben ist, habe ich mich hier zuerst fürchterlich alleine gefühlt. Ich weiß nicht, wie ich das ohne die Kinder und meine Enkerl geschafft hätte.«

Marie lächelt mich an.

»Es ist schön, dass Elli Sie hat und dass Sie diese Reise mit ihr machen. Sie wissen ja wahrscheinlich, wie viel ihr das bedeutet.«

»Ja, ich wüsste nicht, was ich ohne Karla machen würde.«

»Woher kennt ihr euch denn eigentlich?«

Ich spüre, wie Frau Kaiser sich neben mir etwas anspannt.

»Sie ist meine ...«

Wir hatten uns zwar auf die Beschreibung »Betreuerin« geeinigt, aber gerade fühlt sich das so falsch an, dass ich ihr ins Wort falle.

»Nachbarin. Wir sind Nachbarinnen. Sie und ich. Nachbarinnen.«

Ich lächle die Kaiser an, und diese lächelt, sehr zu meiner Überraschung, zurück.

»Meine Nachbarin.«

»Ich wollte ohnehin ein paar Tage Urlaub nehmen und dachte mir, wieso keinen Städtetrip machen? Und ... Elli hat so oft erzählt, wie gerne sie einmal wieder verreisen würde, also habe ich sie gefragt, ob sie nicht spontan Lust hat, mich zu begleiten. Zusammen macht so etwas doch viel mehr Spaß.«

Eine interessante Interpretation unserer Beziehung und des Ursprungs dieser Reise, aber sie ist in dem Moment deutlich angenehmer als die Wahrheit.

»Das ist aber nett von Ihnen.«

»Ja, so bin ich. So kennt man mich.«

Ich nehme einen Schluck Wasser. Kaiser schüttelt unmerklich den Kopf.

»Schön zu sehen, dass du nicht alleine bist, Elli.«

»Ja. Und du? Wie geht es dir?«

Auf Maries Gesicht erscheint ein zufriedenes Lächeln.

»Na, ich kann nicht klagen. Jakob hat sich mit seiner Frau und den Zwillingen in Salzburg ein Haus gekauft und sich dort als Kieferchirurg niedergelassen. Anna wohnt in Wolkersdorf im Weinviertel, also ganz in der Nähe. Sie ist gerade mit ihrer Familie in Italien und macht Urlaub. Ach, und Elli, du wirst es nicht glauben: Seit diesem Jahr bin ich die Leiterin der AH-Mannschaft im Schwimmverein.«

»AH?«

»Alte Herrschaften. Man muss mindestens fünfundsechzig sein, um beizutreten.«

»Herzlichen Glückwunsch, das klingt alles ganz wunderbar.«

Kaiser klingt hingegen etwas sonderbar, und ihr Lächeln wirkt ein bisschen künstlich.

Marie seufzt.

»Ich weiß, dass du damit längst abgeschlossen hast, aber mich hat die alte Leidenschaft einfach nie losgelassen. Die 100 Meter schwimme ich noch immer in unter zwei Minuten. Nichts im Vergleich zu damals …«

Dabei deutet sie auf eines der Fotos an der Wand, das sie in einem dunklen Badeanzug auf dem Startblock einer Schwimmhalle zeigt. Auf dem Bild kann sie nicht älter als fünfzehn gewesen sein, und sie lächelt stolz in die Kamera.

»… aber ich halte trotzdem den hiesigen Rekord in meiner Altersklasse. Und, Elli, du hast wirklich nie wieder Lust gehabt, ein paar Bahnen zu schwimmen?«

»Nein.«

»Gar nicht?«

»Nein, und die Zeit lässt es auch gar nicht mehr zu. Ich bin viel beschäftigt mit …«

Sie wirft mir einen Hilfe suchenden Blick zu, doch auf die Schnelle spuckt mein Gehirn nur eine dämliche Lüge aus. Langsam frage ich mich, warum wir hier sind, wenn wir doch nur Halbwahrheiten von uns geben – im besten Fall.

»… dem Garten.«

»Richtig. Karla und ich haben einen kleinen Schrebergarten angemietet und züchten dort …«

»Pflanzen.«

Mit dieser Performance kämen wir vor keinem Geschworenengericht der Welt durch, aber es muss reichen, um eine Rentnerin zu überzeugen – was uns zu meiner Überraschung gelingt, denn Marie nickt anerkennend.

»Schön zu sehen, dass du daran immer noch so eine Freude hast.«

Kaiser wird kleiner und kleiner, je länger wir hier sitzen und uns unterhalten.

»Wie lange bleibt ihr denn in Wien?«

»Nicht lange. Wir wollen noch ein Stück fahren, bevor es dunkel wird.«

Ich sehe die Kaiser irritiert an, die angestrengt auf ihren Teller starrt. Warum sie Marie gerade jetzt plötzlich die Wahrheit sagt, dass wir gleich wieder zurück nach Stuttgart fahren, wundert mich. Denn warum sollten wir einen Städteurlaub machen, bei dem man nur so kurz bleibt? Nicht sehr glaubwürdig, aber Marie scheint es nicht zu stören. Im Gegenteil. Sie hat ihr Kinn auf die Hände gestützt und lächelt wissend.

»Wohin geht es denn?«

Nur langsam hebt Kaiser den Blick.

»Endlich nach Bukarest.«

KAPITEL ACHTZEHN

Elisabeth

Melbourne, 22. November 1956

Vor uns marschieren die Franzosen in ihren grünen Anzügen in das bis auf den letzten Platz gefüllte Melbourne Cricket Ground Stadium, begleitet von der Marching Band, die den Takt für unsere Schritte vorgibt. Wir haben diesen Einmarsch geübt, und so folgen wir unserem Fahnenträger, dem Leichtathleten Karl-Friedrich Haas, in das ausverkaufte Stadion, in das kurz vorher Prinz Philip, Herzog von Edinburgh, auf der Laufbahn in einem Wagen hineingefahren wurde.

Mein Herz schlägt im Rhythmus meiner Schritte, die ich mit vor Aufregung zittrigen Knien setze. Wir Damen tragen weiße Röcke und rote Jacketts mit einer aufgestickten schwarz-rot-goldenen Fahne mit olympischen Ringen, unter der wir zusammen mit der DDR als gesamtdeutsche Mannschaft auflaufen. Es musste schon ein Sportfest wie Olympia sein, damit Ost und West zusammenfinden. Unsere Herren tragen hellbeige Anzüge und zu unseren Jacketts passende rote Krawatten. Wir machen eine gute Figur, als wir gegen fünfzehn Uhr hinter Frankreich und vor Großbritannien unter dem Jubel der Zuschauer und mit stolzgeschwellter Brust in unser Olympiaabenteuer aufbrechen.

Zum ersten Mal in der Geschichte werden diese Spiele live im Fernsehen übertragen, aber zu Hause in Deutschland sind um fünf Uhr morgens wohl noch die wenigsten wach, um diesen Augenblick mitzuerleben. Ich hoffe, dass meine Eltern jetzt trotzdem zuschauen oder zumindest durch die Zusammenfassung in der Tagesschau oder die Fotos in der Zeitung teilhaben können.

»Hast du die Amerikanerinnen vorhin gesehen? Die tragen weiße Hüte, Kleider und Stöckelschuhe und dazu rote Handtaschen und Gürtel. Wie dufte.«

Typisch Marie, selbst bei Olympia gilt ihre Aufmerksamkeit der Mode, während ich die Konkurrenz aus einer sportlichen Perspektive betrachte. Die Amerikanerinnen sind gut, vor allem im 100 Meter Schmetterling, aber wir sind mindestens genauso stark.

»Wie schade, dass die Queen nicht da ist. Ich hätte sie gerne gesehen. Eine echte Königin! Und Prinz Philip ist in seiner Uniform in echt viel attraktiver als auf Fotos. Findest du nicht?«

»Marie …«

»Ich weiß, ich weiß, Olympia.«

Sie hakt sich bei mir unter und überträgt somit eine ordentliche Portion ihrer Aufregung auf mich. Als ob das noch vonnöten wäre.

»Ich finde es einfach nur so spannend.«

Dann marschiert Italien ins Stadion, und Maries Gedanken, flink wie Wiesel, wechseln wieder das Thema – beziehungsweise das Ziel.

»Da ist Carlo!«

Sie will ihm zuwinken, aber ich halte ihre Hand fest.

»Wir wollen doch nicht schon am ersten Tag der Olympiade auffallen, oder?«

Vor allen Dingen nicht jetzt, da Fernsehkameras auf uns gerichtet sind und somit die ganze Welt zuschaut – darunter womöglich unsere Eltern.

»Sieht er nicht umwerfend aus?«

Ich richte meinen Blick auf die Südländer in petrolblauen Jacketts und hellgrauen Hosen und Röcken, mit dunklen Haaren und strahlenden Lächeln auf den Gesichtern, die uns auf dem Sportplatz sicherlich noch beweisen werden, dass sie zu Recht hier sind. Aber Marie hat nur noch Augen für Carlo und erntet dafür ein kurzes Kopfschütteln von mir.

»Du vergisst aber nicht, weswegen wir wirklich hier sind, oder?«

Sie lehnt ihren Kopf kurz an meine Schulter und atmet sehr dramatisch aus.

»Nein, keine Sorge. Bestzeiten, Medaillen, Ruhm und Ehre.«

»Sehr gut.«

»Aber wenn Carlo zufällig meine Bahn kreuzt, kann ich für nichts garantieren.«

Sie lacht, wovon ich mich anstecken lasse. Es sind unsere ersten Olympischen Spiele, und wenn man dem Trainerstab Glauben schenken will auch nicht unsere letzten. Da dürfen wir doch ein bisschen Spaß haben. Zumindest bei der Eröffnungsfeier, nicht wahr?

»Schau mal ...«

Sie stupst mir in die Seite. Ich zucke ertappt zusammen, weil ich genau weiß, worauf sie mich aufmerksam machen will.

»Romania« steht auf dem Schild, das die nächste Mannschaft ankündigt. Auch wenn alle Athleten in ihren Anzügen schick aussehen, sticht Florin für mich heraus. Die Herren tragen helle Hosen und dunkle Jacketts, Florin dazu noch ein selbstbewusstes Lächeln und einen suchenden Blick. Nachdem er Prinz Philip zugenickt hat, so verlangt es das Protokoll, sieht er in unsere Richtung und zwinkert mir so kurz zu, dass ich es mir vielleicht auch nur eingebildet habe.

»Du wirst ja so rot wie dein Jackett.«

Marie kann sich ein breites Grinsen nicht verkneifen, nein, schlimmer noch: Sie versucht es gar nicht erst.

»Unsinn.«

»Er hat dir zugezwinkert.«

»Hat er nicht.«

»Dann hat er wohl just in dem Moment, als er dich erkannt hat, eine Fliege ins Auge bekommen.«

Möglich.

Unwahrscheinlich.

»Er mag dich, Elli.«

Wieso bin ich plötzlich so nervös? Wo kommt dieses Kribbeln in meinen Fingerspitzen her? Bestimmt die Vorfreude auf den Wettkampf. Ganz sicher. Und das, obwohl unser erster echter Wettkampftag erst nächste Woche ist. Am Donnerstag, dem 29. November. Seitdem der Zeitplan bekannt gegeben wurde, fiebere ich diesem Tag entgegen. All die Stunden im Wasser, im Training, die endlos lange Vorbereitung. All das hat mich auf diese Reise vorbereitet, und ausgerechnet jetzt geht meine Konzentration flöten. Nein, Elisabeth, egal, wie oft du es dir noch vorsagen willst: Dieses Kribbeln, das in deinen Fingern anfängt, breitet sich rasend schnell in deinem Körper aus und hat ein ganz bestimmtes Ziel.

Während Prinz Philip die Olympischen Spiele 1956 in Melbourne eröffnet, verrenke ich mir fast den Hals und suche nur dieses eine Augenpaar irgendwo zwischen Puerto Rico und Singapur. Irgendwo da steht er, und obwohl er keine zehn Meter von mir entfernt ist, können wir nicht mehr als ein flüchtiges Lächeln austauschen.

Dann wird es plötzlich ganz still im Stadion, während alle Nationen nebeneinander aufgestellt sind und der australische Leichtathlet John Landy ans Podium tritt. Er räuspert sich kurz und spricht dann den olympischen Eid in unser aller Namen. Ich kann ihn auswendig und im Schlaf mitsprechen – was ich leise tue.

»Wir schwören, dass wir an den Olympischen Spielen als ehrenwerte Kämpfer teilnehmen, die Regeln der Spiele achten und uns bemühen werden, ritterliche Gesinnung zu zeigen, zur Ehre unseres Vaterlandes und zum Ruhme des Sports.«

Und dass wir uns nicht verlieben. Instinktiv fliegt mein Blick zurück zu Florin, der ihn sofort auffängt. Abermals schenken wir uns ein Lächeln, und das aufgeregte Kribbeln erreicht endlich mein Herz. Ich sehe schnell wieder weg. Verdammt.

Der nun folgende Applaus, bei dem auch wir Sportler mit einfallen, dröhnt in meinen Ohren und gibt einen Vorgeschmack auf das, was uns in den nächsten siebzehn Tagen erwartet. Der Jubel des Publikums kann beflügeln, uns die letzten Zehntel schneller werden lassen und mit etwas Glück den Sieg bescheren.

Die olympische Fahne wird gehisst, und plötzlich sind da Tauben, die sich flatternd über unsere Köpfe in den Himmel erheben, um die Nachricht zu verbreiten, dass die sechzehnten Olympischen Spiele beginnen.

»Schau mal!«

Marie deutet auf den australischen Läufer Ron Clarke, der in diesem Moment ganz in Weiß gekleidet ins Stadion gelaufen kommt. Mit dem olympischen Feuer. Augenblicklich stehen die Leute im Publikum auf und jubeln dem Fackelträger zu. Wenn irgendwann das Alter beginnen sollte, meine Erinnerungen zu stehlen, wünsche ich mir, dass es mir diesen Moment lässt. Das Feuer in seiner Hand brennt wie eine Wunderkerze. Es strahlt heller als alles, was ich jemals gesehen habe. Clarke läuft eine ganze Runde im Stadion, Funken sprühend, verfolgt von Tausenden von Augenpaaren.

»Wir sind wirklich bei Olympia, Elli!«

»Ich weiß!«

Da spüre ich plötzlich wieder seinen Blick auf mir, als würde er meine Wange streicheln und mich nicht bloß ansehen. Florin. Das volle Stadion, die Anwesenheit von Prinz Philip, die fünf farbigen Ringe, all das spielt plötzlich keine Rolle mehr. Während alle voller Ehrfurcht zusehen, wie Ron Clarke das olympische Feuer, das von Athen aus hierhergekommen ist, anzündet, sehe ich an Marie vorbei, durch all die Mannschaften hindurch bis zu Florin, der meinen Blick auffängt und festhält und dessen Lächeln plötzlich strahlender ist als jede Flamme der Welt.

Ich habe mich eben geirrt.

Das ist er.

Das ist der Moment, den ich für immer behalten möchte.

KAPITEL NEUNZEHN

Karla

Wien (Österreich), 2. August 2017, 14:00 Uhr

»Sie müssen mir nicht helfen, Karla.«

Marie steht am Spülbecken in der Küche mit schwarz-weiß gekacheltem Boden und tunkt die Teller in ein Spülmittelbad. Ich halte die letzten beiden Gläser aus dem Wohnzimmer in den Händen und nicke in die Richtung, aus der ich gekommen bin.

»Ich glaube, sie braucht noch ein bisschen länger im Bad, aber sie kann sich nicht ewig vor mir verstecken.«

»Sie wussten nicht, wohin die Reise geht?«

»Nein. Elli hat sich da eher bedeckt gehalten. Ich dachte, wir besuchen Freunde in Wien. Also, Sie. Ich wusste nichts von Bukarest. Was will sie überhaupt in Bukarest?«

Marie nickt wissend und deutet auf ein Küchentuch mit Marienkäfermuster neben der Kochplatte.

»Leisten Sie mir doch etwas Gesellschaft.«

»Nichts lieber als das.«

Sosehr mich der Küchendienst in der *Pinie* auch genervt hat, jetzt bin ich froh, eine Beschäftigung zu haben und den kreisenden Fragen in meinem Kopf einen Moment lang entfliehen zu können.

»Sie sind nicht ihre Nachbarin, oder?«

»Irgendwie schon und irgendwie auch nicht.«

Sie nickt abermals, als ich anfange, die hübschen Teller mit Goldrand abzutrocknen.

»Und wie lange kennen Sie und Elli sich wirklich?«

»Seit drei Monaten. Und Sie?«

»Ein ganzes Leben. Zumindest sehe ich das so. Aber wenn Sie eine Zahl hören wollen, Karla, wir sind beste Freundinnen, seit wir zwölf Jahre alt sind.«

»Wow!«

Marie hält kurz inne, lässt den Teller im Schaumbad verweilen.

»Wir haben uns im freien Training daheim in Stuttgart kennengelernt. Elli, wie sie am Beckenrand stand, da wusste ich schon: Die meint es ernst. Da waren wir noch Kinder. Wir haben uns sofort gut verstanden, lange bevor wir das Schwimmen richtig ernsthaft betrieben haben. Als wir dann tatsächlich zusammen nach Australien durften, ist für uns beide ein Traum in Erfüllung gegangen.«

»Sie beide waren in Australien?«

»Ja. Danach hat sich aber irgendwie alles verändert. Wir haben uns anfangs zwar fast jeden Tag in Stuttgart getroffen, aber dann habe ich meinen Hans geheiratet und sie ihren Heinrich, und als Hans dann die Stelle in Wien angenommen hat, haben wir uns aus den Augen verloren. Heinrich ist nicht so gerne Auto gefahren oder mit dem Zug. Wir haben uns zwar noch geschrieben und telefoniert, aber Elli wurde mit den Jahren immer wortkarger, und ich hatte mit den Kindern genug zu tun. Irgendwann kamen nur noch Postkarten zu Weihnachten und Geburtstagen. Mir ist das sehr nahegegangen. Heute denke ich, Elli wollte damals einfach nicht mehr daran erinnert werden, was sie aufgegeben hatte. Für mich war Rom 1960 spätestens seit der Schwangerschaft mit Jakob unerreichbar, aber Elli hätte ohne Weiteres das Zeug gehabt, noch einmal zu starten.«

»Rom?«

Ich klinge schon wie bei Stadt-Land-Fluss.

»Ja. Olympia.«

»Ich verstehe nicht.«

Das überrascht sie.

»Elli und ich waren Olympioniken. Das wussten Sie doch, oder?«

Meine schauspielerische Leistung überzeugt spätestens jetzt niemanden mehr. Bis eben wusste ich nicht einmal, dass unsere Reise nach Bukarest geht, aber mit Australien und Rom bin ich jetzt gänzlich überfordert.

»Sie hat Ihnen nichts erzählt.«

»Nein.«

Und ich bin nicht einmal im Traum darauf gekommen, die alte Kaiser zu googeln. Warum auch?

Marie wischt sich die Hände an ihrer Schürze ab und geht zum Küchentisch, über dem natürlich auch einige Bilder hängen.

»Das da sind wir. Melbourne 1956.«

Ich trete neben sie und starre mit offenem Mund auf das Schwarz-Weiß-Foto, das zwei junge Frauen in Jogginganzügen zeigt, die lachend zwischen zwei Männern stehen und tatsächlich eine Ähnlichkeit mit den deutlich älteren Versionen hier in dieser Wohnung haben. Die junge Kaiser lacht mit den Augen, ihr faltenfreies Gesicht zeigt pure Freude, und den Kopf hat sie leicht an die Schulter des attraktiven Mannes zu ihrer Linken gelehnt. Marie himmelt einen großen, dunkelhaarigen Mann an, der schon etwas älter ist und selbstbewusst in die Kamera strahlt. Die Fotografie hat einen besonderen Moment eingefangen: pure Lebensfreude junger Menschen, die über einen Witz oder eine Bemerkung lachen, die wir nicht mehr hören können.

»Ich war damals unheimlich verliebt.«

Sie deutet auf den großen Mann, der den Arm um die junge Marie gelegt hat. Ich beuge mich etwas weiter über den Tisch und nehme die vier Menschen noch genauer unter die Lupe.

»Das ist schwer zu übersehen, aber das ist wohl definitiv nicht Hans.«

»Nein, das ist Carlo. Sie kennen ihn übrigens.«

»Ach ja?«

Marie nickt und wartet ab, ob ich ihn erkenne.

»Aus dem Fernsehen.«

Tatsächlich sieht er auf eine fremde Weise vertraut aus, als hätte ich ihn schon mal gesehen, aber nie getroffen.

»Ich komme nicht drauf.«

»Carlo Pedersoli.«

Es klingelt immer noch nicht.

»Ihnen ist er vielleicht unter dem Namen Bud Spencer ein Begriff.«

Und tatsächlich! Sobald man es weiß, erkennt man ihn sofort. Jünger, schlanker, ohne Bart, aber die Augen, das Lächeln. Ich habe ihn in zahlreichen Filmen gesehen, aber ihn jetzt auf diesem Foto zu entdecken macht keinen Sinn.

»Er ist für Italien 1956 als Schwimmer bei Olympia gestartet. Nicht sonderlich erfolgreich, aber immerhin.«

»Ich bin sprachlos.«

Nicht nur wegen Bud Spencer. Viel mehr schockiert mich die Tatsache, dass ich mit Kaiser eine wahrhaftige Olympionikin in meiner Lola durch die Gegend gefahren habe.

»Und wer ist der Mann neben Elli?«

Marie zögert kurz, bevor sie antwortet.

»Der Grund, warum sie jetzt nach Bukarest will.«

Sie schenkt mir einen vielsagenden Blick, und ich ahne, dass die Geschichte noch weitergeht.

Neugierig starre ich den jungen Mann auf dem Foto an. Er hat ein markantes, aber doch schönes Gesicht, und eine kleine Narbe teilt seine linke Augenbraue in zwei, was ihm einen leicht rauen Look verleiht, den er mit seinem strahlenden Lächeln aber wieder revidiert.

»Hat er einen Namen?«

»Florin. Er war ein rumänischer Schwimmer, und Elli hat sich unsterblich in ihn verliebt.«

Das glaube ich sofort. So glücklich, wie die jungen Kaiser in die Kamera lacht.

»Elli sieht auf dem Foto so anders aus. Und damit meine ich nicht das Alter.«

»Ja, da haben Sie recht. Aber ehrlich gesagt, dürfte es das einzige Bild sein, auf dem Elli so aussieht. Sie müssen verstehen, das war für sie damals alles nicht so leicht. Sie war immer sehr diszipliniert und fokussiert, fast verschlossen. Sie galt als die große deutsche Medaillenhoffnung, und sie hat täglich dafür trainiert. Ihr ganzes Leben hat sich ums Schwimmen gedreht. Sie wollte in Melbourne unbedingt eine Medaille, aber Dawn Fraser, ihre große Rivalin aus Australien, hatte immer die Nase vorn. Und dann trat Florin in ihr Leben. Und plötzlich war da nicht mehr nur Elli die eiserne Sportlerin, sondern auch diese junge Frau, die aufblühte und das Leben mit beiden Armen umarmte. Während alle anderen Mädchen in Carlo verknallt waren, hatte Elli nur noch Augen für Florin. Er hat den ganzen Staub von ihrem Herzen gepustet, hat sie zum Lachen gebracht und uns für die Zeit in Australien eine ganz andere Elli geschenkt. Eine glückliche.«

Maries Blick ruht auf mir.

»Sie hat Ihnen wirklich gar nichts davon erzählt, oder?«

Ich schüttle benommen von den neuen Informationen den Kopf. Zum Glück befindet sich ein Stuhl in der Nähe, auf dem ich jetzt Platz nehme.

Die Kaiser will also ihre große Liebe wiedersehen. Warum sonst sollte sie all die Strapazen auf sich nehmen und sich in diesem Alter in ein solches Abenteuer stürzen, wenn da nicht noch immer ein ziemlich heftiges Gefühl in ihrer Brust tobte?

»Liebe lässt uns die dümmsten Dinge tun.«

Es rutscht mir nur so raus. Obwohl es eigentlich nur als cleverer Gedanke in meinem Kopf bleiben sollte, schwebt es jetzt doch unüberhörbar im Raum zwischen uns.

»Aber auch die schönsten.«

Ich reibe mir die Schläfen, weil mir die wahre Bedeutung dieses Trips langsam, aber sicher bewusst wird.

»Wann haben die beiden sich denn das letzte Mal gesehen?«

»Am 10. Dezember 1956. In Melbourne.«

Eine Antwort wie ein Schlag ins Gesicht.

Mit einem Stuhl.

Aus Metall.

Eine kurze Kopfrechnung später hallt die Zahl einundsechzig in meinem Schädel immer und immer wider.

Einundsechzig Jahre.

Kaisers Herz hängt schon eine verdammt lange Zeit an diesem Mann auf dem Foto, und das, obwohl sie verheiratet war. Angeblich sogar glücklich. Wieso ist sie nicht über diesen Florin hinweggekommen?

»Wir sind damals alle in das Flugzeug Richtung Heimat gestiegen, freudetrunken von den erfolgreichen Spielen und voller Aufregung, unsere Geschichten zu Hause erzählen zu dürfen. Nur Elli nicht. Körperlich war sie mit mir im Flugzeug, aber ihr Herz war ganz woanders.«

Maries Stimme zittert.

»Und ich fürchte, sie hat es seither nie wieder ganz zurückbekommen.«

Ich nicke benommen. Es geht bei diesem Roadtrip also nicht darum, irgendwelche Freunde zu besuchen.

Es geht um mehr. Viel mehr.

Es ist wirklich wichtig.

Mist.

»Und sie haben sich nie wiedergesehen? Ich meine, Rumänien ist nicht am anderen Ende der Welt.«

»O doch, sie wollten sich wiedersehen.«

»Und was ist passiert?«

»Manchmal trifft das Leben für uns Entscheidungen, Frau Metuschke. Das werden Sie auch noch lernen.«

Wir haben sie nicht kommen hören, umso ertappter sehen wir jetzt zur Kaiser, die in der Tür steht und müder und älter aussieht als je zuvor.

»Aber vielleicht verstehen Sie jetzt, wieso ich nach Bukarest muss.«

Ich nicke, auch wenn ich mir nicht sicher bin, ob überhaupt jemand verstehen kann, wie es sich anfühlen muss, so lange auf diese Chance zu warten.

»Weiß er denn, dass Sie unterwegs sind?«

Kaiser lacht leise, schüttelt den Kopf und kommt zu uns an den Küchentisch.

»Ich weiß nicht einmal, ob er noch weiß, wer ich bin.«

»Ich bitte dich, Elli, sei nicht albern.«

»Über sechzig Jahre. Wird er sich an das deutsche Mädchen erinnern, mit dem er drei Wochen auf einem fremden Kontinent verbracht und das ihm sein Herz geschenkt hat?«

Ich strecke meine Hand aus und lege sie auf ihre, wobei ich die Venen unter der alten Haut spüre.

»Er wird sich an Sie erinnern.«

»Woher wollen Sie das wissen?«

»Weil Sie zu seinen zwölf Prozent gehören.«

KAPITEL ZWANZIG

Karla

Wien (Österreich), 2. August 2017, 16:30 Uhr

Marie verbietet uns, Wien ohne eine Kühltasche voller frischer Snacks in Richtung Bukarest zu verlassen.

Während sich die beiden Freundinnen nach Kaisers plötzlichem Auftauchen noch weiter am Küchentisch unterhalten haben, habe ich mich zurückgezogen, um auf Maries Sofa etwas Schlaf nachzuholen. Danach bin ich in einen nahe gelegenen Supermarkt gegangen, um noch ein paar Knabbereien und Wasser für die Fahrt zu besorgen, da ich sowohl auf die überteuerten Tankstellenpreise als auch darauf verzichten kann, mich in Ungarn und Rumänien übers Ohr hauen zu lassen.

Jetzt hieve ich gerade meine Einkäufe samt Kühltasche in Lolas Kofferraum, als die Kaiser und Marie aus der Tür des alten Mietshauses treten.

»Und bitte machen Sie ausreichend Pausen, Karla.«

»Das werde ich.«

»Lassen Sie sich von Elli nicht verrückt machen. Florin hat so lange gewartet, er wird es auch noch ein paar Stunden länger aushalten.«

Auf einmal kommt Marie auf mich zu und nimmt mich zum Abschied herzlich in den Arm, und ich bin davon so überrascht, dass ich für einen Moment vergesse, dass der Kofferraum neben mir noch offen steht.

Marie löst sich von mir, blickt interessiert ins Heck meines

Wagens und stellt sich schweigend davor, während die Kaiser auf dem Rücksitz nach Selena sieht. Ich erstarre zu Stein und beobachte, wie Marie in Zeitlupe eine der Dosen anhebt und alle anderen ihr fröhlich klimpernd folgen – weil sie an Schnüren miteinander verbunden sind.

»Was fahren Sie denn hier spazieren?«

Sie sieht irritiert zu mir, während ich versuche, das lässige Lächeln auf meinen Lippen zu halten. Dabei komme ich mir wie eine Gewichtheberin vor, die es nicht schafft, die Last von zweihundertzwanzig Kilo über ihren Kopf zu wuchten.

Na los. Komm schon. Streng dich an! So schwer ist das nicht. Es ist nur ein Lächeln, Karla. Das bekommst sogar du hin.

»Ach, alles Mögliche.«

Sie will nach dem Pappschild greifen, aber diesmal bin ich schneller, reiße es ihr aus der Hand und presse das, was darauf geschrieben steht, fest gegen meinen Oberkörper.

»Altes Zeug. Ich müsste dringend mal wieder aufräumen.«

In meinem Kofferraum – und meinem Leben.

Sie hat es trotzdem gesehen. Ich weiß, sie hat es gesehen, und sie weiß, dass ich weiß, dass sie es gesehen hat.

»Karla …?«

»Alles gut. Alles bestens.«

Meine Gewichtheberlippen zittern, als Marie auch noch die weißen Pumps im Kofferraum entdeckt.

Verdammt, verdammt, verdammt!

Sie fügt alle Indizien zusammen und kommt sicherlich auf das korrekte Ergebnis, aber bevor sie etwas sagen kann oder ich etwas erklären muss, taucht Kaiser aus dem Wageninneren wieder auf. Ihr Lächeln kostet augenscheinlich ebenso viel Kraft wie meines.

»Wir wären dann so weit.«

»Wunderbar. Wir sind hier auch fertig.«

Schnell schleudere ich das Schild zurück in den Kofferraum, schließe die Klappe und schütze den Inhalt meines gebrochenen

Herzens vor weiteren neugierigen Blicken. Marie umarmt Kaiser ein letztes Mal fest und innig.

»Pass auf dich auf, Elli. Und kommt auf dem Rückweg wieder vorbei.«

Die Kaiser wirft mir über Maries Schulter hinweg einen fragenden Blick zu, und ich nicke nur kurz.

»Versprochen.«

Obwohl ich Marie kaum kenne, wünsche ich mir tatsächlich, dass wir sie auf dem Rückweg wiedersehen. Auch wenn mich dann womöglich eine Wagenladung unangenehmer Fragen erwartet. Momentan bin ich einfach nur glücklich, dass sie den Inhalt meines Kofferraums unkommentiert lässt.

»Gute Fahrt!«

»Danke.«

Elli zögert einen Moment, bevor sie sich ganz aus der Umarmung löst.

»Du warst immer meine beste Freundin. Ich hoffe, das weißt du.«

»Für immer und alles danach.«

»Und alles danach.«

»Dumm nur, dass wir dem Danach inzwischen näher sind, als uns lieb ist, was?«

Die beiden Damen beginnen zu lachen, obwohl plötzlich Tränen über ihre Wangen laufen.

Kaiser nickt ein letztes Mal und dreht sich dann zu mir.

»Was meinen Sie, Karla, wollen wir weiter?«

Das will ich.

Erst als Marie im Rückspiegel kleiner und kleiner wird und schließlich hinter einer Kurve verschwindet, findet Kaiser ihre Sprache wieder.

»Es tut mir leid, dass ich Sie angelogen habe, Karla.«

»Na ja, genau genommen haben Sie mich gar nicht angelogen. Sie haben nur einfach einige Details verschwiegen.«

»Mir ist bewusst, dass viele diese Reise nach Bukarest als Albernheit abtun oder sie mir ausreden würden.«

Einen Auffahrunfall riskierend, werfe ich ihr einen schnellen Blick von der Seite zu.

»Sie haben gedacht, das würde ich auch tun?«

»Sie machten nicht zwingend den Eindruck, eine große Romantikerin zu sein.«

Fast muss ich lachen, wenn ich daran denke, was für eine lange Schleppe mein Kleid hatte. Selbst eine Disneyprinzessin wäre vor Neid erblasst.

»Sie kennen mich eben nicht.«

»Noch nicht. Immerhin haben wir noch eine ordentliche Strecke vor uns.«

»Da haben Sie recht.«

»Und vielleicht verraten Sie mir ja irgendwann die Antwort auf Ihre Eine-Million-Euro-Frage?«

Ich muss kurz bitter auflachen.

»Das könnte noch ein bisschen dauern. Ich fürchte, ich hänge noch immer bei der 50-Euro-Frage fest.«

»Sie meinen die, wer der junge Mann auf dem Foto auf Ihrem Handy ist?«

Sofort wird mein Griff ums Lenkrad fester, und ich starre stur geradeaus durch die Windschutzscheibe.

»Ja, genau die. Die Antwort darauf fällt mir extrem schwer.«

»Brauchen Sie einen Joker?«

»Nein, wohl eher ein Wunder.«

Die Kaiser lässt sich tiefer in den Autositz sinken.

»Keine Sorge. Wir können auch wieder Radio hören.«

Bevor ihre Hand den Radioknopf berühren kann, rutscht es mir über die Lippen. Dabei wollte ich nie mehr darüber sprechen.

»Matze. Er heißt Matze. Also, eigentlich Matthias.«

Ich denke an all die Überbleibsel unserer Beziehung im Kofferraum – und in meinem Leben.

»Mein Exverlobter und Fast-Ehemann.«

KAPITEL EINUNDZWANZIG

Elisabeth

Melbourne, 23. November 1956

Der Zaun, der durch das olympische Dorf verläuft, trennt die Frauen strikt von den Männern, hält uns auf Abstand und erlaubt uns doch mehr Nähe, als alle annehmen. Immer wieder treffen sich männliche und weibliche Sportler hier auf einen Plausch oder einen Flirt. Zu meiner Überraschung bin auch ich heute keine Ausnahme.

Nach dem Training sind wir Schwimmerinnen noch über das Sportgelände geschlendert, haben beim Übungsplatz der Leichtathleten ein bisschen zugesehen und die Amerikaner ebenso angefeuert wie die Ungarn, die sich an der Weitsprunggrube gegenseitig ausstechen wollten. Nach einem Blick auf die Uhr habe ich mich schließlich entschuldigt.

Jetzt bin ich eiligen Schrittes unterwegs zu unserem verabredeten Treffpunkt, und je näher ich ihm komme, desto unsicherer werde ich. War das wirklich eine so gute Idee? Was, wenn er nicht kommt? Unser nächtliches Gespräch auf der Parkbank scheint plötzlich Ewigkeiten her. Was, wenn er es sich anders überlegt hat? Und nicht kommt? Meine Schritte werden langsamer. Und was, wenn er kommt? Wenn wir uns wiedersehen? Der Gedanke lässt mein Herz ein wenig aus dem Takt springen. Außerdem sollte ich mich jetzt eigentlich ausruhen und das Training noch einmal durchgehen. Mein Startsprung war heute nicht ideal und die Flugphase zu lang. Darüber sollte ich mir Gedanken machen. Nicht über diesen sonderbaren Rumänen mit den schönsten

Augen der Welt, der nun wirklich nicht auf meinem Trainingsplan für Olympia steht. Ich sollte umdrehen. Das sollte ich wirklich. Ich tue es aber nicht.

Als unser gemeinsamer Treffpunkt in einiger Entfernung vor mir auftaucht, bleibe ich stehen. Es dauert keine zwei Sekunden, und ich habe ihn entdeckt: Florin. Er ist da, lehnt lässig am Zaun, kaut auf einem vertrockneten Grashalm, in einem weißen T-Shirt und dunkelblauen, kurzen Hosen, groß und selbstbewusst. Nur der suchende Blick verrät ein bisschen, dass auch er nervös ist. Immer mal wieder fährt er sich durch die braunen Haare. Unsicher, ob ich wirklich komme. Hoffnungsvoll, weil er glaubt, dass ich komme. Er hat sich frisch rasiert, was ihn ein bisschen jünger wirken lässt und sein Kinn betont. Das ist doch verrückt. Er sieht viel zu gut aus, um sich mit mir zu treffen, und das macht mich nur noch nervöser. Besonders erfahren bin ich auf diesem Gebiet nämlich nicht. Wie beeindruckt man einen Mann, den man kaum kennt und auf unerklärliche Weise doch schon so gernhat? Aller Vernunft zum Trotz?

Endlich nehme ich all meinen Mut zusammen und gehe los. Als er mich entdeckt, winkt er mir zu. Sein Lächeln wächst mit jedem Schritt, den ich näher komme, während mein Herzschlag an Schnelligkeit zulegt.

»Hallo.«

»Hallo.«

Ich hake meine Finger in die Zaunmasche, ganz in der Nähe von seinen, allerdings ohne ihn zu berühren. Die Aufpasser, die hier auch tagsüber patrouillieren, drücken ab und an ein Auge zu, wenn sich Sportler hier einfach nur unterhalten. Berührungen hingegen werden nicht so gerne gesehen. Aber die Wärme, die von seinen Fingern ausgeht, kann ich auch ohne Hautkontakt spüren.

»Wie geht es dir?«

»Ganz gut, und dir?«

Er zuckt die Schultern, sieht sich kurz um und lehnt dann die Stirn an den Zaun zwischen uns und flüstert.

»Jetzt geht es mir besser.«

Er darf so etwas nur sagen, wenn er es auch meint, weil er damit nämlich gewaltig an der Tür zu meinem Herz rüttelt und ich noch immer nicht sicher bin, ob ich ihm Eintritt gewähren soll.

»Wie lief das Training?«

Er wählt ein Thema, bei dem mir das Reden leichtfällt.

»Ganz gut. Mit dem Absprung hatte ich heute auf den ungewohnten Startblöcken manchmal ein bisschen zu kämpfen, aber die Wende habe ich dafür perfekt hingekriegt, und ich war fast zwei Sekunden länger unter Wasser als sonst.«

Ich suche seinen Blick.

»Das mit dem Ausatmen hat geholfen.«

Florins Tricks, wie er es geschafft hat, so lange nach dem Start und der Wende zu tauchen, haben ihre Wirkung gezeigt. Jedes Mal, wenn ich jetzt ins Wasser steige, versuche ich, sie umzusetzen, und die ersten Erfolge haben sich bereits eingestellt.

In seinen Augen blitzt Stolz auf.

»Sehr gut. Das freut mich für dich. Wirklich. Ach, und … bevor ich es vergesse: Morgen Abend ist ein Konzert mit Tanz in der Stadt. Einige meiner Freunde gehen hin.«

Es soll beiläufig klingen, als wäre es nur eine Information, die er mit mir teilt.

»Aha.«

Er atmet tief durch, und plötzlich berührt sein kleiner Finger leicht meinen.

»Wirst du … auch hingehen?«

Ich sehe mich kurz um, aber niemand scheint Notiz von uns oder von dieser kleinen, verbotenen Berührung zu nehmen. Von dem Konzert habe ich natürlich schon gehört, weil Marie von nichts anderem mehr spricht, seit sie gestern davon erfahren hat.

»Ich …«

Ich tanze nicht besonders gut. So sicher ich mich im und unter

Wasser bewege, so unsicher bin ich manchmal an Land. Vor allem, wenn Musik dazu läuft. Tanzveranstaltungen gehörten bisher jedenfalls nicht zu meinen Lieblingsbeschäftigungen.

»Ich weiß nicht.«

»Ich meinte, ob du vielleicht mit mir hingehen willst.«

Seine Stimme ist ein Flüstern, sein fragender Blick zieht mich an wie ein Magnet, und ich lehne mich ebenfalls an den Zaun, komme seinem Gesicht dabei näher als geplant. Seine vollen Lippen lenken mich ab und bringen meine Gedanken aus dem Tritt. Wie es sich wohl anfühlt, ihn zu küssen?

Ich blinzle ein paarmal heftig. Was passiert hier?

»Ich … kann nicht.«

Mein Gehirn antwortet, ohne die Argumente meines Herzens anzuhören, und ich kann sehen, wie sich die Enttäuschung auf seinem Gesicht ausbreitet. Jetzt ist es das Herz, das mein Gehirn ignoriert.

»Ich meine, dass ich nicht tanzen kann.«

Er hakt seine Finger unter meine, eine unerwartete Geste.

»Ich auch nicht, aber ich möchte trotzdem mit dir tanzen.«

Dabei wissen wir beide, dass weder seine noch meine Mannschaft das gerne sehen würde. Freunde hin oder her. Wenn jemand aus dem Osten mit jemandem aus dem Westen tanzt, sorgt das zwangsläufig für Aufregung oder zumindest für grimmige Blicke.

Um nicht sofort antworten zu müssen, deute ich auf seine Narbe an der Augenbraue.

»Wie ist das eigentlich passiert?«

Automatisch fasst er sich an die Stelle.

»Ein dummer Unfall beim Toben mit meinen Freunden zu Hause.«

Sein Lächeln wird frecher, als er entschuldigend die Schultern zuckt.

»Und ein Moment, der mein Leben für immer verändert hat. Du musst wissen, ich war ein ziemlich wildes Kind. Also dachten meine Eltern, es wäre gut, wenn ich eine etwas ungefährlichere Beschäftigung finde.«

So gerne möchte ich die Stelle an seiner Braue berühren, aber meine Finger sind noch immer mit seinen verhakt, und daran möchte ich nichts ändern.

»Schwimmen?«

»Ja, meine Schule hatte eine gute Mannschaft, und wenn ich im Becken war, konnte ich keinen Ärger machen. Es war außerdem günstiger als Fußball, wofür ich … ähm … Schuhe, ein Trikot, Sporthosen und einen Ball gebraucht hätte.«

Es ist ihm peinlich, dass seine Familie offenbar nicht so viel Geld hat. Schnell drücke ich seine Hand.

»Mein Glück, dass du dem Wasser treu geblieben bist.«

»Nein. *Mein* Glück.«

Wir sehen einander in die Augen, und für einen Moment habe ich das Gefühl, mich in diesem tiefen Grün zu verlieren. Bis plötzlich irgendwo hinter uns ein schriller Pfiff aus einer Trillerpfeife ertönt. Ich zucke zusammen und befürchte schon, dass er uns gilt, aber Florin macht keine Anstalten, unsere Verbindung aufzulösen.

»Elli, ich kann verstehen, wenn du lieber nicht mit mir tanzen willst, weil ich …«

Die Vernunft holt gerade tief Luft, um die Worte auszubremsen, die sich in meinem Kopf bilden, aber diesmal bin ich schneller und unterbreche Florin, bevor er seinen Satz beenden kann.

»Ich möchte sehr gerne mit dir tanzen gehen.«

Immerhin: Es ist nur ein Abend, und wenn es stimmt, was Marie sagt, gehen viele Athleten dorthin. Es bedeutet nicht, dass ich deswegen keine Chance auf Gold habe oder sich all meine Träume in Luft auflösen. Ich werde deshalb nicht alles verlieren, für das ich so hart gekämpft habe. Nein, diesen einen Tanz mit Florin, den möchte ich haben. Den darf mir niemand vorenthalten.

»Wirklich?«

Die Erleichterung in seiner Stimme ist nicht zu überhören.

»Ja. Wirklich.«

Ich mag es, wie er mich jetzt anlächelt.

Da fällt mir plötzlich etwas ein. Ich greife schnell in meine Sporttasche und ziehe ein kleines, dünnes Taschenbuch heraus.

»Und ich habe ein Geschenk für dich.«

Mein Herz will aus meinem Körper ausbrechen, so heftig trommelt es gegen meine Rippen. Ich halte das kleine Büchlein, das ich so sehr liebe, gegen den Zaun, damit er den Titel lesen kann.

»*Der alte Mann und das Meer.* Für mich?«

Florin sieht mich überrascht an.

»Ja, Hemingway. Leider nur auf Deutsch, aber ein anderes habe ich nicht. Ich dachte, vielleicht möchtest du es trotzdem lesen.«

Florin sieht mich noch immer irritiert an, und er macht keine Anstalten, das Buch entgegenzunehmen. O nein. Er will es gar nicht.

»Du … ähm … Du musst aber nicht. Ich kann es auch einfach wieder … mitnehmen.«

Ich will das Taschenbuch gerade wieder einstecken und im Erdboden versinken, als plötzlich ein warmes Lächeln auf seinem Gesicht erscheint.

»Nein, warte. Sehr gerne. Ich würde es sehr gerne lesen.«

»Sicher?«

»Ja. Sicher.«

Hemingway muss mir verzeihen, dass ich sein Meisterwerk schmal zusammenrolle, es mit Gewalt durch die Zaunmasche drücke und dabei die Ecken beschädige. Florin nimmt es auf der anderen Seite in Empfang und schiebt es sich unter das T-Shirt in den Hosenbund.

»Ich werde gleich heute Nacht anfangen zu lesen.«

»Ich bin gespannt, ob es dir gefällt.«

»Ich bin sicher, dass es mir gefällt.«

Könnte jemand bitte genau jetzt die Zeit anhalten, nur damit ich mir sein glückliches Lächeln ganz genau einprägen kann? Wie sich leichte Lachfalten um seine Augen bilden, wie es Grübchen auf seinen Wangen hervorbringt und ein Leuchten in seinen Blick zaubert.

»Bis morgen?«

Ich muss an unser erstes Treffen denken und wünsche mir, dass er mich das noch ganz oft fragt. Er kennt meine Antwort, bevor ich sie ihm gebe.

»Bis morgen.«

KAPITEL ZWEIUNDZWANZIG

Karla

Bratislava (Slowakei), 2. August 2017, 20:00 Uhr

»Ist sie nicht eine Schönheit?«

Wir sitzen in der slowakischen Hauptstadt Bratislava auf einer Parkbank am Ufer der Donau, die braunbrühig und völlig unbeeindruckt von all den Dramen, die sich in den Leben der Menschen um sie herum abspielen, friedlich vor sich hin zum Schwarzen Meer fließt.

Die Fahrt von Wien aus hat etwas mehr als eine Stunde gedauert, während deren die Kaiser mich zum Glück nicht weiter über meinen Fast-Ehemann ausgefragt, sondern friedlich geschlummert hat. Bei Bruckneudorf zwischen Niederösterreich und dem Burgenland hat sie mir plötzlich im Halbschlaf zugeflüstert, dass wir jetzt die A6, die uns sicher durch Ungarn nach Budapest hätte bringen sollen, verlassen und nach Bratislava fahren. Auf die Frage, warum, habe ich nur ein irritiertes »Na, weil wir dort übernachten« als Antwort bekommen. Das Hotelzimmer in dem kleinen, hübschen Stadthotel – ein Tipp von Marie – war *natürlich* auch schon gebucht. Nachdem wir eingecheckt, Selena gewässert und uns geduscht haben, sind wir in die Innenstadt geschlendert und haben uns je mit einem überraschend leckeren Shawarma, dem arabischen Bruder des Döners, in der Hand ans Ufer der Donau gesetzt. Während Kaiser versonnen auf das im Abendlicht funkelnde Wasser blickt, suche ich das Internet kurz nach Infos darüber ab, ob Frau Kaiser schon vermisst wird. Immerhin dürfte ihr Fehlen längst aufgefallen sein. Aber das Internet gibt sich überraschend einsilbig. Wie auch mein Handy. Mich vermisst ebenfalls niemand.

»Eine Schönheit? Na ja, so weit würde ich jetzt nicht gehen.«

»Weil Sie nur das Offensichtliche sehen, Karla.«

Einen langen, stillen Moment betrachte ich die Donau genauer und kann trotzdem nichts Außergewöhnliches feststellen. Braungrünes Wasser, stetiges Fließen, keine großen Wellen. Die einsetzende Abenddämmerung taucht die sommerliche Szenerie hier an der gut besuchten Promenade in ein angenehmes, warmes Licht, die Donau selbst hat damit aber nichts zu tun.

»Okay, ich gebe auf. Verraten Sie mir, welche Schönheit Sie darin erkennen?«

Kaiser beugt sich etwas nach vorne und lässt ihren Blick über den breiten Fluss schweifen.

»Die Donau hat es nicht eilig, nimmt sich Zeit, und sie weiß genau: Irgendwann wird es uns alle und vielleicht sogar diese Stadt nicht mehr geben. Wenn nur noch Ruinen übrig und wir schon längst zu Staub zerfallen sind, dann wird sie noch fließen, hier, ohne Eile. Sie ist nie zu spät, nie zu früh. Darum beneide ich sie. Sie hat alle Zeit der Welt.«

Ich nehme einen großen Bissen, kaue ausgiebig und wende mich schließlich der Kaiser zu, die noch immer im Anblick der Donau versunken scheint.

»Sie wären also gerne ein Fluss.«

»Ach, Karla, ich wäre gerne so vieles.«

»Sie sind Olympionikin. Das ist mehr, als die meisten Leute jemals sein werden.«

Sie schlägt die Beine übereinander, lässt das Wasser nicht aus dem Blick.

»Und was hat es mir gebracht? Sie wussten nicht, wer ich bin, oder?«

»Zu meiner Verteidigung: Außer Franzi Van Almsick kenne ich nicht wirklich viele Schwimmer.«

»In der *Pinie* wusste auch niemand, wer ich bin, und die meisten dort sind meine Generation. Ich bin einfach nur eine Seniorin, die man erst in ein Eckzimmer und dann in ein Sanatorium steckt und hofft, dass sie beim Sterben keinen Krach macht.«

»Das stimmt nicht.«

Sie wirft mir einen schrägen Blick inklusive hochgezogener Augenbraue zu.

»Für mich heißt es Endstation im Sanatorium. Keine Wende, keine weitere Bahn, nur Ende. Wenn ich nicht mehr bin, vergisst man mich endgültig. Niemand wird auf meiner Beerdigung große Reden schwingen.«

»Marie wird das sicher gerne übernehmen.«

»Wie charmant, dass Sie mir ein früheres Ableben zutrauen.«

Mist.

»So habe ich das nicht gemeint.«

Ihr Lächeln entlässt mich aus der Befürchtung, dass ich mich gerade heftig in die Nesseln gesetzt habe.

»Entspannen Sie sich, ich scherze.«

»Ha. Ha.«

»Sollte ich Marie überleben, wird es allerdings eng mit den Rednern.«

Sie blickt wieder vor sich auf den Fluss.

»Na, ein Glück, dass Sie diese schrullige Aushilfe erpressen konnten. Ich werde *einiges* zu erzählen haben. Angefangen damit, dass Sie ziemlich unkonventionelle Methoden haben, Städtereisen zu buchen. Die Leute werden richtig Spaß haben auf Ihrer Beerdigung.«

Auf Kaisers Lippen beginnt sich ein Lächeln zu formen.

»Sie wissen gar nicht, wie dankbar ich Ihnen bin, Karla.«

»Das würden Sie nicht sagen, wenn Sie wüssten, welche Geschichten ich vorhabe, vom Stapel zu lassen. Ich bin schwer am überlegen, ob ich Ihnen nicht einfach eine Affäre mit Bud Spencer in Melbourne andichte – alles für den Applaus. Immerhin wird Marie nicht anwesend sein, um das Ganze zu dementieren.«

»Nein, ich meine *das hier.*«

Sie macht eine ausladende Handbewegung.

»Na ja, ich mache *das hier* nicht unbedingt freiwillig.«

»Ich meine es ernst.«

»Ich auch.«

»Ich weiß, dass Sie nicht hier sein wollen und andere Pläne haben.«

Ja, genau. Andere Pläne. Wie alle Staffeln *Friends* noch mal von Anfang an zu schauen oder auf meinem Bett zu liegen und dem monotonen Ticken meines Weckers zu lauschen.

»Machen Sie sich deshalb keine Gedanken. Ehrlich gesagt, hatte ich gar nichts Besseres zu tun.«

»Sagen Sie das nicht, das wäre nämlich sehr bedauerlich.«

»Tja, ›bedauerlich‹ lautet der Untertitel meines Lebens.«

Die Bemühung, es wie einen weiteren blöden Scherz klingen zu lassen, bleibt mir plötzlich im Hals stecken, weil ich beim Aussprechen bemerke, wie wahr die Worte sind.

»Sie sind zu jung, um sich mit ›bedauerlich‹ zufriedenzugeben. Man sollte sich immer für das entscheiden, was einen glücklich macht. Auch wenn es im ersten Moment dumm oder unvernünftig zu sein scheint. Auf lange Sicht fährt man damit besser. Glauben Sie mir, ich weiß, wovon ich spreche.«

Einen Moment lang sitzen wir beide schweigend da, essen unseren Shawarma und blicken auf die für alle Zeit der Welt dahinfließende Donau. Ja, ich weiß, wovon sie spricht: dem Grund, warum wir jetzt hier sitzen.

»Wieso ist Matthias nur Ihr Fast-Ehemann?«

Und ich wusste, dass sie meinen Augenblick der Schwäche bei der Abfahrt in Wien nicht vergessen hat. Wo ist die Altersdemenz, wenn man sie mal braucht?

»Oh, dazu gibt es unterschiedliche Meinungen und verschiedene Versionen der Geschichte.«

»Ich würde mich mit der Wahrheit zufriedengeben.«

Ich auch. Aber die schmeckt bitter.

»Na gut. Wir haben nach einiger Zeit des Zusammenlebens einfach festgestellt, dass wir auf Dauer nicht besonders kompatibel sind.«

Zumindest ist das die Erklärung, die ich meinen Eltern gegeben habe, die ich inzwischen fast selber glaube und die der Wahrheit dennoch nicht ganz gerecht wird.

Kaiser verzieht zweifelnd das Gesicht und schüttelt den Kopf.

»So sagt man das doch nicht, Frau Metuschke.«

»Nein?«

»Das klingt so, als hätten Sie versucht, zwei technische Geräte miteinander zu koppeln, und wären gescheitert.«

»So ungefähr war es ja auch.«

»Versuchen Sie es noch mal. Diesmal etwas menschlicher, wenn möglich.«

Sie lächelt mich aufmunternd an, und ich fühle mich in meine Schulzeit zurückversetzt, räuspere mich sogar.

»Wir haben bemerkt, dass sich unsere Lebensziele nicht miteinander kombinieren lassen.«

»Das können Sie besser.«

»Unsere Gefühle füreinander haben nicht ausgereicht, um eine Ehe einzugehen?«

Sie wiegt nachdenklich den Kopf, bewertet meine Worte und ist offensichtlich noch immer nicht ganz zufrieden.

»Fast, aber das klingt alles so nüchtern.«

»Ja, und das soll es auch. Es hat über ein Jahr gedauert, das alles überhaupt zu verarbeiten. Entschuldigen Sie also, wenn ich es möglichst nüchtern ausdrücke.«

»Hat er Sie betrogen?«

»Nein.«

»Haben Sie ihn betrogen?«

»Nein.«

»Sie haben also einfach nur bemerkt, dass Sie nicht zusammenpassen.«

»Korrekt.«

»Und dann haben Sie beide die Hochzeit abgeblasen.«

»Mhm …«

Ich muss an die Eisfigur in Gestalt von Amor denken, die traurig vor sich hin geschmolzen ist, während mein Vater sich an der Bar betrunken hat und Matthias schon längst auf und davon war.

»Was meinen Sie mit ›Mhm‹?«

»Nun, es war vielleicht nicht zeitig genug, um Geld zu sparen.«

Kaisers Augen weiten sich etwas.

»Er hat Sie doch nicht etwa am Hochzeitstag sitzen lassen?!«

»Nein, er war schon da. Wir haben nur nicht geheiratet.«

Meine Augen füllen sich auf einmal mit Tränen. Die Erinnerung, die ich so erfolgreich weggesperrt habe, rollt auf mich zu, und gleich ist es zu spät, um den Kopf einzuziehen. Gleich wird sie mich erwischen.

»Wissen Sie, Karla, manchmal ist es besser, wenn man gar nicht erst heiratet.«

Sie wischt mit einer mütterlichen Geste über meine Wangen und lächelt mich aufmunternd an.

»Sonst enden Sie noch wie Elisabeth Taylor.«

Ich muss plötzlich auflachen.

»Was?«

»Na, Liz und ihre Männer. Das mag ein schwacher Trost für Sie sein, Karla, aber vielleicht ist es ja besser, niemanden zu heiraten, als jemanden, den man nicht liebt. In einer unglücklichen Ehe glücklich zu werden benötigt viel Ausdauer und Kraft. Das wünschen Sie sich nicht, glauben Sie mir.«

Ich ahne, woher sie das so genau weiß.

»Warum haben Sie Heinrich und nicht Florin geheiratet?«

»Vor dieser Entscheidung stand ich nie.«

»Hätten Sie Florin geheiratet?«

Sie muss nicht mal eine Sekunde über die Frage nachdenken. Die Antwort kommt sofort, ohne auch nur mit der Wimper zu zucken.

»Sofort und immer wieder.«

»Wieso haben Sie sich damals nicht wiedergesehen?«

»Weil …«

Jetzt ist sie es, die sich an der Wahrheit fast verschluckt.

»Weil es sich damals nicht ergeben hat.«

»Aber Sie …«

»Ich weiß, Karla. Sie können mir nichts sagen, was ich in den letzten sechzig Jahren nicht selber schon gedacht habe. Sie wollen gar nicht wissen, wie oft ich wach gelegen und mich gefragt habe, wie mein Leben wohl ausgesehen hätte oder wieso ich damals nicht trotzdem gegangen bin. Und jetzt ist es vielleicht zu spät. Ich weiß nicht einmal, ob er noch lebt oder ich nur einen Grabstein besuchen werde.«

»Sie wissen das nicht?!«

»Nein. Meine Recherche hat nur ergeben, dass er sich nach dem Medaillengewinn bei der Olympiade in Rom 1960 zurückgezogen hat, später geheiratet und wohl noch immer in Bukarest lebt. Falls er noch lebt.«

»*Falls* er noch lebt! Was, wenn nicht?«

Sie lächelt, obwohl ihre Augen einen verräterischen Glanz haben.

»Dann war die Zeit eben doch schneller. Sogar zu schnell für zwei Olympioniken.«

KAPITEL DREIUNDZWANZIG

Elisabeth

Melbourne, 24. November 1956

Das Wasser tropft von meinem Körper auf den gefliesten Hallenboden, als ich mich aus dem Becken ziehe und Marie mir ein Handtuch reicht.

»Wie machst du das?«

Ich wickle mich in das weiße Frottee und sehe Marie irritiert an, aber sie klärt mich sogleich auf.

»Nach dem Start bist du ewig unter Wasser. Ich habe mir schon Sorgen gemacht.«

Ich verkneife mir ein Lächeln, das die Erinnerung an den Tippgeber weckt, und zucke nur die Schultern.

»Ich probiere nur etwas rum, suche die paar Zehntel, die mir Gold bringen …«

»So, so.«

Bevor sie weiter fragen kann, werden wir durch das geräuschvolle Auftreten der russischen Wasserballmannschaft abgelenkt. Ihr Training findet eigentlich erst nach unserem statt, wenn das Becken frei und umgebaut ist.

»Oje.«

Das amerikanische Schwimmteam, das ebenfalls noch in der Halle ist, zeigt sich wenig beeindruckt von diesem spontanen Auftauchen, und einige der Jungs bauen sich breitschultrig am Beckenrand auf.

»Wir sollten lieber das Weite suchen.«

Marie, sonst um kein Abenteuer verlegen, zupft an meinem

Handtuch und will mich in Richtung Umkleideräume ziehen, als ich ihn entdecke.

Florin.

Er und zwei weitere rumänische Schwimmer stehen bei den Russen, die sich in einer uns fremden Sprache und trotzdem offensichtlich über die Amerikaner lustig machen – was denen natürlich nicht entgeht. Mein Blick huscht zwischen Florin, Maria und den DDRlern aus unserer gesamtdeutschen Mannschaft hin und her. Auch wenn es intern immer ein bisschen Rivalität und Konkurrenz zwischen Ost und West geben mag, ist sie mir noch nie so deutlich aufgefallen wie in diesem Moment.

Es bilden sich deutliche Grüppchen, und bevor ich michs versehe, stehen Marie und ich bei den »Wessis« und sehen dabei zu, wie einer der amerikanischen Schwimmer die Russen direkt anspricht, was zu Gelächter und Drohgebärden führt.

Marie hakt sich bei mir unter.

»Wo ist Stettner, wenn man ihn mal braucht? Lass uns gehen!«

»Warte.«

Unter anderen Umständen hätte ich schon längst das Weite gesucht, weil ich mich aus politischen Angelegenheiten, so gut es geht, heraushalte. Aber hier geht es um mehr.

Florin, der sowohl Englisch als auch Russisch spricht, versucht zu vermitteln, allerdings lassen sich weder die Amerikaner noch die Russen von ihm beruhigen. Ganz im Gegenteil, die ganze Situation schaukelt sich hoch, und ich weiß gar nicht mehr, ob es noch um politische Ansichten oder einfaches Jungsverhalten geht. Sie benehmen sich wie Schulkinder daheim auf dem Pausenhof, wenn es darum geht, wer das schickere Fahrrad hat.

Einer der Amerikaner schubst Florin, der gegen einen Russen prallt – was ich übrigens nur an der unterschiedlichen Farbe ihrer Badehosen erkenne. Für mich sehen sie einfach nur aus wie junge Männer, die einen Grund zum Streiten suchen.

Theo Manniger, die Medaillenhoffnung in unserer Schwimmmannschaft, kommt an uns vorbei.

»Elendes Kommunistenpack.«

Sein Kommentar bringt ihm einige böse Blicke unserer Mitglieder aus der DDR ein, und ich ahne, dass es gleich noch mehr Ärger geben wird. Theo marschiert zu der wütenden Gruppe, die nur ein falsches Wort von einem Handgemenge entfernt ist, und spielt sich als großer Schlichter auf. Doch das scheint nicht so recht zu funktionieren, denn es wird lauter, das Stimmengewirr wird hitziger, und schon geht das Geschubse wieder los.

»Elli, lass uns gehen.«

Marie versucht, mich am Arm wegzuziehen. Aber ich denke nicht daran. Nicht jetzt, da Florin zwischen die Fronten geraten ist.

Fast glaube ich, es kommt zu einer Schlägerei, aber man einigt sich plötzlich offenbar auf eine andere Art des Kräftemessens.

»Was passiert jetzt?«

Ich schüttle ahnungslos den Kopf, sehe, wie Theo zusammen mit einem Amerikaner, den ich nicht kenne, und Florin zum Becken geht. Florins Blick findet meinen, und er zuckt kurz die Schultern, als wüsste er auch nicht so genau, was da gerade passiert. Doch wir werden von Frieda, einer Schwimmerin aus Ostberlin, die sich neben uns gesellt, aufklärt.

»Ein Wettrennen. Das hat uns noch gefehlt. Diese blöden Amerikaner.«

Marie lässt meine Hand los und starrt Frieda an.

»Die Russen haben angefangen!«

»Aber nur, weil die blöden Amis sich aufspielen mussten.«

Ich habe nicht vor, mich an dieser Diskussion zu beteiligen, mache einen Schritt näher ans Becken und sehe Florin dabei zu, wie er sich auf die Schnelle aufwärmt. Ein paar Dehnübungen, das muss wohl reichen. Als er mich bemerkt, schenkt er mir ein Lächeln, und ich kann nicht anders, als es zu erwidern. Was sicher einigen anderen um mich herum auf- und wohl vor allem missfällt.

Dann geht alles sehr schnell. Zu schnell. Alle drei Männer nehmen auf den Startblocks ihre Position ein, warten auf die Kommandos und springen dann gleichzeitig ins Wasser. Nach wenigen Augenblicken taucht Theo fast zeitgleich mit dem Amerikaner auf, von Florin noch keine Spur. Ich spüre, wie mein Herz gegen meine Brust trommelt und Marie zu mir kommt. Aber ich habe nur Augen für Florin. Beziehungsweise seinen Schatten unter Wasser, denn er ist noch immer nicht aufgetaucht, was auch den beiden anderen Schwimmern gerade aufzufallen und sie zu irritieren scheint. Ich muss unwillkürlich lächeln.

Als Florin dann endlich die Wasseroberfläche durchbricht, hat er den Amerikaner, der von seinen Kollegen laut angefeuert wird, bereits überholt. Ich zähle seine Züge, bin überrascht, wie wenige er braucht, wie kraftvoll sie sind. Florin schwimmt konzentriert und mit seiner ganz eigenen Technik. Die Russen jubeln laut, als Florin sich mit Theo Kopf an Kopf in Richtung Wende aufmacht, und ich spüre, wie verkrampft ich meine Hände zu Fäusten geballt habe. Das Gegröle in der Halle nimmt zu, je näher die beiden rivalisierenden Schwimmer dem Beckenrand kommen. Die Amerikaner, die inzwischen Theo anfeuern, und die Russen – und ich –, die Florin zu Höchstleistungen anspornen.

Beide Schwimmer gehen zeitgleich in die Wende, und wieder taucht Theo vor Florin auf, was von unserer Mannschaft lautstark bejubelt wird. Doch als der braune Haarschopf des Rumänen auftaucht, der den meisten noch unbekannt ist und einen minimalen Vorsprung gegenüber Theo und dem abgeschlagenen Amerikaner hat, jubeln die Russen und Rumänen auf der anderen Seite des Beckens so laut wie Frieda hinter mir, und dazwischen erkenne ich meine Stimme.

Ich juble. Laut und begeistert.

Für Florin.

Und ich spüre zahlreiche Blicke auf mir, wie sie mich verwundert und verärgert anstarren, aufspießen, und kann es dennoch nicht ändern. Ich klatsche lauter, als ich sollte, und hoffe, er kann mich im Wasser hören, weiß, dass ich da bin.

Für ihn.

Als seine Hand als erste mit dem letzten Schwimmzug den Rand berührt, gibt es für mich kein Halten mehr. Ich reiße die Arme in die Luft und juble. Marie, die deutlich leiser und nur aus Höflichkeit mitklatscht, stupst mich sanft mit dem Ellenbogen an. Ich sehe zu ihr und werde von einem warnenden Blick empfangen.

»Falsche Mannschaft, Elli …«

Sie flüstert es in meine Richtung, aber es ist mir egal. Es ist mir egal, für welches Land er startet oder welche politische Gesinnung dort gelehrt wird. Ich juble für Florin. Der jetzt von den Russen – für die er mehr oder weniger gestartet ist – laut beklatscht wird. Aber er ignoriert sie alle, reicht Theo die Hand, will ihm respektvoll für das Wettschwimmen danken. Doch Theo taucht einfach wortlos unter der Bahnbegrenzung durch, reicht stattdessen dem Amerikaner die Hand und zieht sich dann aus dem Becken.

So viel zur Fairness bei Olympia.

Florin, enttäuscht von Theos Benehmen, klettert ebenfalls aus dem Wasser, wird von den Russen in Empfang genommen und von der Mannschaft verschluckt, bevor er noch mal zu mir sehen kann. Stattdessen taucht Stettner vor mir auf, und sein strenger Blick ist deutlich.

»Was bitte war das denn, Elisabeth?«

Er klingt so, als wäre dieses blöde Wettrennen gerade meine Idee gewesen.

»Ich …«

»Seit wann sympathisieren wir mit den Kommunisten?«

Ich will ihn daran erinnern, dass wir als gesamtdeutsche Mannschaft ebenfalls Kommunisten in den eigenen Reihen haben und es niemanden zu stören scheint, solange sie die Siege nach Hause bringen. Aber ich starre stattdessen auf meine Füße und bleibe stumm.

»Ich will so ein Verhalten nicht noch mal sehen, verstanden?«

Ich nicke wieder nur wie benommen. Als ich aufsehe, erblicke ich Florin auf der anderen Seite des Beckens, wie er mich glücklich anstrahlt, und mir wird bewusst, dass uns so viel mehr als nur das Becken trennt. Er schenkt mir ein stolzes Lächeln, und obwohl Stettner womöglich noch immer seinen schweren Blick auf mir ruhen lässt, hebe ich die Hand und winke Florin zu. Zum ersten Mal in meiner Karriere ist es mir egal, was Stettner von mir hält.

Florin wirft mir eine Kusshand zu, bevor er sich umdreht und mit den anderen die Halle verlässt.

KAPITEL VIERUNDZWANZIG

Karla

Landstraße 1421 (Slowakei), 3. August 2017, 11:00 Uhr

Kaiser sitzt mit meiner verspiegelten Pilotenbrille auf der Nase neben mir im Wagen und checkt die Straßenkarte. Sie trägt ein rotes, sommerliches Kleid, das wir im Laden gegenüber unserem Hotel gekauft haben. Nach einem Blick auf ihre Klamottenauswahl hat Frau Kaiser beschlossen, dass es Zeit für einen Garderobenwechsel ist. Das rote Kleid hat es ihr angetan – und damit nicht genug: Einen kleinen Hut hat sie sich von der Verkäuferin auch noch aufschwatzen lassen. Zugegeben, er steht ihr ziemlich gut, wenn ich sie jetzt beim Kartenlesen so betrachte. Als wäre das hier wirklich nur ein Sommerausflug.

Es war ihre Idee, nicht wieder die Autobahn zu nehmen, sondern dem Lauf der Donau folgend über die Landstraße durch kleine Städte, verschlafene Dörfer und über halbe Feldwege auf slowakischer Seite an der ungarischen Grenze entlangzufahren. Meinen Einwurf, es würde so deutlich länger dauern, konterte sie mit dem Argument, sie wolle Land und Leute kennenlernen. Die Navigations-App war mit dieser neuen Route natürlich vollkommen überfordert, weshalb wir sie irgendwann von ihrem Leid erlöst und abgestellt haben. Als meine persönliche Navi-Tante gibt Kaiser mir jetzt immer mal wieder Anweisungen, erinnert mich an das Tempolimit und summt die Lieder im Radio vergnügt mit.

Während sich in meinem Kopf mein neues Mantra »Wir dürfen nicht zu spät sein!« in Endlosschleife wiederholt, hat die Kaiser offenbar einen Gang zurückgeschaltet, das Fenster herunter- und die Sommerluft ins Auto gelassen. Sie hat es nicht mehr eilig, sondern deutet immer mal wieder auf die weiten, sonnigen Felder und freut sich über die farbenfrohen Blumen, die strahlend leuchtende Punkte in das satte Grün setzen. Mit jedem Kilometer, den wir zurücklegen, lächelt sie ein bisschen mehr und genießt das Roadtripleben.

Ich hingegen würde am liebsten zurück auf die Schnellstraße und jedes Tempolimit ignorieren, damit sie lieber früher als später zu ihrem Happy End kommt. Auch wenn sie durch meine Sonnenbrille einen sonderbar jungen Look bekommt, kann ich nicht anders, als ihr wahres Alter zu sehen. In jeder Bewegung, jeder Geste, jedem Lächeln. Kann sie ein ganzes Leben verpasst und trotzdem eines geführt haben? Und war es glücklich?

Möglichst unbemerkt werfe ich ab und an einen Seitenblick zu Kaiser, die mit dem Kopf im Takt der Musik nickt und bester Laune ist.

»Wir könnten der Donau einfach immer weiter folgen und kämen früher oder später sicher in Rumänien an. Dann hätten wir unterwegs zumindest einen schönen Ausblick.«

Sie schaut zu mir und lächelt verträumt, aber ich sehe nur mein eigenes angespanntes Gesicht in der Spiegelung der Pilotenbrille.

»Das wäre in der Tat eine schöne Route. Ich kann Ihnen allerdings nicht garantieren, dass wir dann in diesem Leben noch in Bukarest ankommen.«

»Seien Sie keine Spielverderberin – und fahren Sie hier mal rechts ab.«

Sie deutet aus dem Fenster, wo man die Donau hinter einem begrünten Wall erahnen kann, auf dem in einiger Entfernung ein flaches Haus mit blauem Flachdach zu sehen ist, zu dem eine schmale Straße hinaufführt.

Zu meiner Überraschung fahren wir keine Minute später auf

den Parkplatz der kleinen Fährstation Vojka-Kyselica, von der aus man einen guten Blick auf die hier wirklich majestätisch breite Donau werfen kann.

»Die Donau hat es Ihnen angetan, oder?«

»Ich war eine gefühlte Ewigkeit nicht mehr am Wasser.«

Sie lacht leise auf, spricht eher mit sich selbst als mit mir und steigt aus. Schnell tue ich es ihr gleich und stelle mich neben sie an den ebenfalls blau gestrichenen Metallzaun, der den Parkplatz vom Fluss trennt.

»Dabei war es mal mein Leben. Jeden Tag habe ich trainiert, habe im Schwimmbad gelebt. Manchmal habe ich meine Eltern seltener gesehen als meine Trainer. Aber was tut man nicht alles, wenn man diesen einen großen Traum hat. Olympia. Gold …«

Sie hält sich mit beiden Händen am Metall fest.

»Bahn vier. Ich wollte immer auf Bahn vier starten, aber natürlich kann man sich das nicht aussuchen. Ich sollte nicht abergläubisch werden, aber ich wusste genau: Auf Bahn vier war ich schneller als auf jeder anderen Bahn.«

Sie gibt sich Mühe, es gleichgültig klingen zu lassen.

»Jetzt habe ich nicht mal mehr einen Badeanzug, der mir passt.«

Sie seufzt, und ihr Seufzen kommt aus der Tiefe ihres Brustkorbs.

»Vermissen Sie es?«

Sie nickt und blickt aufs Wasser. So, wie die Sonne auf der Wasseroberfläche der Donau funkelt, könnte man meinen, sie wäre kein riesiger braungrüner Fluss, sondern ein großer See oder Teil des Mittelmeeres.

»Meinen Sie, man kann in ihr schwimmen?«

»Klar. Wenn man einen guten Hautarzt kennt, der den fiesen Ausschlag danach behandelt.«

Kaiser nickt enttäuscht.

»Ich hatte nach Melbourne eine realistische Chance auf einen weiteren Start in Rom 1960.«

»Sie sind noch mal zu Olympia?«

»Nein. Ich habe geheiratet.« Natürlich. Heinrich.

»Hätte ich gewusst, dass mein Finale in Melbourne auch mein Abschied vom Becken ist …«

»Hätten Sie dann den Weltrekord gebrochen?«

Sie zuckt die Schultern, lächelt in die Ferne.

»Möglich. Ich hätte einfach gerne gewusst, dass es das letzte Mal ist. Das ist alles.«

»Und haben Sie gewonnen?«

»Mein Finale?«

»Ja.«

»Was glauben Sie?«

Ich atme genervt aus.

»Ich kann das auch einfach schnell googeln.«

»Wieso haben Sie das bisher nicht getan?«

Eine gute Frage. Vielleicht, weil ich nicht die kühlen Fakten hinter ihrer Geschichte wissen will, sondern es mir lieber von ihr erzählen lasse. Ich hebe nur die Schultern, und Kaiser lächelt mich verschwörerisch an.

»Sagen wir so, ich bin mit einer Goldmedaille nach Hause gekommen.«

Wow. Ich stehe hier mit einer echten Olympiagold-Gewinnerin – und rede mit ihr darüber, dass die Entscheidung zu heiraten ihr wohl das Leben versaut hat.

»Waren Sie denn danach gar nicht mehr schwimmen?«

»Doch, am Anfang schon. Aber irgendwann hat …«

Sie bricht ab, sucht die passenden Worte.

»… irgendwann hat das Chlorwasser auf der Erinnerung gebrannt wie Salz auf einer Wunde, die sich nicht schließen will.«

»Ich kenne das Gefühl.«

Leider nur zu gut. Auch wenn ich dafür nicht ins Schwimmbad muss.

Sie fragt nicht weiter nach, wofür ich ihr unendlich dankbar bin, hängt eine stumme Weile ihren eigenen Gedanken nach, wendet sich schließlich doch wieder an mich, auch wenn ihr Blick an der Donau festgenagelt scheint.

»Es sollte eine Warnung geben, ein Straßenschild im Leben, finden Sie nicht?«

»Wofür? ›Achtung: Schlaglöcher‹?«

»Nein. Eher so etwas wie ›Achtung: Sie erleben es jetzt zum letzten Mal‹. Ich denke, wir würden ungesagte Worte aussprechen, statt sie ein Leben lang mit uns herumzutragen, Erlebnisse genießen, statt sie immer zu verschieben, Menschen fester umarmen, statt sie zu früh loszulassen, und nicht so leichtsinnig mit dem Moment umgehen, wenn wir wüssten, es wäre das Finale.«

»Sie haben noch nicht losgelassen, was?«

»Würde ich sonst hier stehen?«

Mir fallen ihre Worte nach Zimmermanns Tod ein, und ich hoffe, sie verzeiht es mir, wenn ich sie mir jetzt ausleihe.

»Es ist so wichtig, sich anständig zu verabschieden.«

»Ich sehe, Sie lernen schnell, Frau Metuschke.«

»Na ja, ich habe ja auch eine gute, wenn auch sehr eigenwillige Trainerin.«

KAPITEL FÜNFUNDZWANZIG

Elisabeth

Melbourne, 24. November 1956

»Du siehst wunderschön aus.«

»Ist es nicht zu …«

»Schön?«

Marie strahlt mich begeistert an, aber ich erkenne die junge Frau im Spiegel kaum. Das cremefarbene Kleid geht bis über meine Knie, wenn auch nur knapp, und ist damit kürzer als alle Kleider, die ich besitze. Außerdem hat es einen kleinen Ausschnitt, den ich für sehr gewagt halte. Marie aber applaudiert und versichert mir, ich würde in ihrem Kleid besser aussehen, als sie es je getan hat. Es würde das Blau meiner Augen unterstreichen und meine braunen Haare nicht stumpf, sondern glänzend wirken lassen.

»Elli, das Kleid sitzt wie angegossen!«

Ich trage auch ihre Schuhe, die einen kleinen Absatz haben, der meine ohnehin nervösen Schritte zusätzlich wackelig macht. Aber Marie duldet auch bei der Schuhwahl keinen Widerspruch. Es sei zu perfekt, um es zu ändern.

»Findest du wirklich?«

Ich streiche über den feinen Stoff, der sich fast schwerelos unter meinen Fingern anfühlt, und werfe einen letzten kritischen Blick in den Spiegel. Aber wenn ich ehrlich bin, gefällt mir, was ich da sehe.

Da steht keine Sportlerin, die verbissen um die nächste Bestzeit kämpft. Da steht tatsächlich eine junge Frau, die gleich zu einem Rendezvous mit einem unverschämt attraktiven Rumänen geht.

Marie tritt hinter mich und legt ihre Hand auf meine Schulter.

»Du siehst toll aus. Florin wird ganz schön Augen machen.«

»Ich weiß nicht mal, ob ich die Schritte noch hinkriege.«

»Das ist ganz leicht. Komm her.«

Sie dreht mich einfach zu sich und nimmt meine Hand, legt mir die andere an die Hüfte und nimmt eine Tanzposition ein.

»Der Mann führt. Das musst du zulassen, Elli.«

Dann beginnt sie damit, uns beide langsam hin- und herzuwiegen. Meine Hand ruht auf ihrer Schulter, und es fällt mir tatsächlich leicht, ihr zu folgen. Aber sie ist auch nicht Florin. Bei ihr bin ich nicht nervös.

»Sehr gut, und jetzt eine Drehung!«

Sie wirbelt mich um meine eigene Achse und fängt mich lachend auf, als ich fast in ihre Arme falle.

»Vielleicht solltest du bei Florin nicht ganz so stürmisch sein.«

Mir ist etwas schwindelig, und ich brauche einen kurzen Moment, um in diesen Schuhen wieder mein Gleichgewicht zu finden.

»Meine Hände sind eiskalt.«

Marie umschließt sie mit ihren und zuckt nur die Schultern.

»Darum wird er sich schon kümmern. Wichtig ist, dass du Spaß hast.«

Spaß. Das Wort und die Bedeutung sind mir nicht fremd, aber es hat auch keinen festen Platz in meinem täglichen Vokabular. Bis Florin kam. Ich muss an unser nächtliches Gespräch auf der Parkbank denken und automatisch lächeln. Da hatte ich Spaß – außerhalb des Schwimmbeckens.

»Wir sollten trotzdem etwas aufpassen. Das Wettrennen heute war nur ein Vorgeschmack. Ich habe gehört, dass die Russen mit den Amerikanern nicht mal mehr reden und dass die Rumänen ihre Partei ergriffen haben. Glaubst du, Florin kann einfach so mit einer Westdeutschen tanzen, ohne Ärger zu bekommen?«

Seitdem die Geschichte mit dem Streit zwischen den Russen und den Amerikanern die Runde gemacht hat, kann ich meine Gedanken nicht mehr anhalten. Das olympische Dorf hat sich wie die ganze Welt in zwei Lager gespalten: in Ost und West.

»Zerbrich dir darüber mal nicht deinen schönen Kopf. Alles wird gut.«

Sie drückt mir einen Kuss auf die Wange.

»Ich will, dass du heute einen schönen Abend hast, Elli. Das hast du dir nämlich verdient.«

Sie zupft den Träger meines Kleides zurecht und wirft einen letzten prüfenden Blick auf meine Frisur, die sie mit viel Aufwand in eine leichte Wellenform gebracht hat. Ein bisschen fühle ich mich wie ein Filmstar.

»Und später will ich alle Details hören.«

Dabei funkeln ihre Augen.

»Danke.«

»Unsinn, dafür sind Freundinnen doch da.«

Ich will sie umarmen, aber sie hält mich auf Abstand.

»Vorsicht, sonst machst du noch Falten in das Kleid!«

Sie zwinkert mir frech zu und schiebt mich in Richtung Tür.

»Marie, was, wenn …«

»Es wird schon alles gut. Lass uns jetzt endlich losgehen! Florin wartet.«

Also machen wir uns auf den Weg.

Den ganzen Tag über hat sich mein Magen wie ein harter Teigklumpen angefühlt, doch jetzt, da ich nur noch Minuten von meinem Treffen mit Florin entfernt bin, geht er plötzlich auf wie ein Hefeteig und lässt meine Schritte auf der Treppe federleicht werden. All die Zweifel, die sich in meinem Kopf festgesetzt haben, verschwinden mit jeder Stufe.

Die Sonne ist noch nicht ganz untergegangen und taucht das olympische Dorf in ein goldenes Licht. Die Schönheit der Anlage ist mir vorher noch gar nicht richtig aufgefallen, aber jetzt sieht alles wie auf einer romantischen Postkarte aus. Die bunten kleinen Häuschen erinnern mich an kleine Perlen, die auf eine Halskette aufgezogen sind, das Grün der Bäume strahlt satt in der Abendsonne, und sogar das Zwitschern der Vögel klingt jetzt wie eine Sinfonie. Der kleine Platz, auf dem man sich immer mal wieder begegnet, das gusseiserne Tor, durch welches wir in die Freiheit treten und Erinnerungen für daheim sammeln – all das ist für mich die perfekte Kulisse für mein Treffen mit Florin.

Wir nicken dem Aufseher zu, der überprüft, wer das Gelände verlässt und betritt – und entlocken ihm tatsächlich zum ersten Mal ein Lächeln. Heute, das beschließe ich, lasse ich alle Zweifel hier bei ihm zurück und stürze mich stattdessen in ein Abenteuer, von dem ich mir niemals hätte träumen lassen, dass es mir passiert. Ich bin mir außerdem sicher, dass alle grüblerischen Gedanken artig am Eingangstor auf mich warten und mich mit offenen Armen begrüßen werden, wenn ich später wieder nach Hause komme.

Bevor ich es mir doch noch anders überlege, passe ich meinen Herzschritt Maries eiligen Schritten an, und wir machen uns gemeinsam zu der Tanzveranstaltung auf, die in einem nahe gelegen Ballsaal – oder wie die Australier sagen: Ballroom –, dem *Strictly*, stattfindet. Es heißt, es würde dort sogar Punsch geben.

Elli Lorenz hat ein Rendezvous. Zum ersten Mal erlebe ich es nicht nur durch Maries Erzählungen – nein! Diesmal bin ich wirklich hier, und uns trennen noch genau zwei Straßenecken von dem Ballroom. Und von Florin.

»Elisabeth?«

Mein Herz macht einen Sprung. Ich drehe mich breit lächelnd um, alles noch bevor mein Gehirn die Information verarbeiten kann, dass die männliche Stimme hinter mir gar nicht zu Florin gehört.

»Und Marie! Guten Abend, die Damen.«

»Theo?«

Theo. Nicht Florin.

Die Enttäuschung ist sicherlich hörbar, wenn nicht sogar in

meinem Gesicht zu erkennen, als Theo mit Peter, einem anderen Schwimmer aus dem westdeutschen Teil unseres Teams, auf uns zukommt. Theo hat mich noch nie außerhalb der Schwimmhalle wahrgenommen. Ich wusste nicht mal, dass er meinen Namen kennt, aber jetzt mustert er mich von oben bis unten, während offensichtlich ist, dass ihm gefällt, was er sieht. Ob er weiß, dass ich die bin, die heute beim Wettschwimmen für Florin gejubelt hat?

»Peter kennt ihr ja wahrscheinlich. Geht ihr auch auf die Tanzveranstaltung im *Strictly?*«

Ich nicke, obwohl ich es verneinen will.

»Schick siehst du aus.«

»Danke.«

Mein Mund ist trocken, als ich das Wort über die Lippen bringe und hoffe, die beiden würden einfach an mir vorbeigehen oder mir davon erzählen, dass sie gleich brasilianische Schönheiten treffen wollen. Aber es wird viel schlimmer, denn Theo reicht mir seinen Arm und zeigt sein Zahnpastalächeln, mit dem er sonst wohl die Damen beeindruckt.

»Würdet ihr uns die Ehre erweisen, uns zu begleiten?«

Wie unhöflich ist es, wenn ich ablehne? Mit der Begründung, mich mit einem anderen Mann und noch dazu Theos Rivalen, dem rumänischen Schwimmer von heute Vormittag, zu treffen? Es wäre mehr als unhöflich. Es würde wohl an Landesverrat grenzen. Vor allem nach meinem Verhalten von heute Vormittag.

»Natürlich.«

Ich hake mich bei ihm unter und spüre, wie die Euphorie meinen Körper verlässt. Das darf nicht wahr sein.

Theo ist nett und gut aussehend, und unter anderen Umständen, in einem anderen Leben, zu einer anderen Zeit hätte ich mich vielleicht geschmeichelt gefühlt, mit ihm zu einem Tanzabend zu gehen. Aber nicht heute. Nicht hier. Nicht, als wir auf den Eingang des Ballrooms zugehen. Nicht, als ich dort Florin sehe, der auf mich wartet. In einem grauen Anzug, mit perfekter

Frisur und einem Lächeln auf den Lippen. Gut sieht er aus. Einen kleinen Blumenstrauß hat er in der Hand. Dann treffen sich unsere Blicke – und ich kann das Brechen seines Herzens bis zu mir hören.

Theo erkennt Florin, den Schwimmer, der ihn vorhin im Schwimmbecken geschlagen und blamiert hat. Sofort legt sich ein breites Grinsen auf Theos Gesicht, er nickt ihm im Vorbeigehen triumphierend zu – als wäre ich eine Trophäe, die man zwar nicht beim Wettschwimmen gewinnen kann, die er jetzt aber trotzdem ausführt –, und ich versuche, mich zu entschuldigen, will erklären, was passiert ist. Aber dann gehen wir schon vorbei. Nur mein Herz, das bleibt stehen.

Bei Florin.

KAPITEL SECHSUNDZWANZIG

Karla

Čičov (Slowakei), 3. August 2017, 12:30 Uhr

Die Dörfer sehen für mein Auge alle irgendwie gleich aus, somit fällt die Wahl leicht, in welchem wir haltmachen, um eine Kleinigkeit zu essen: in dem mit einem Supermarkt direkt an der Straße. Wir könnten vermutlich schon viel weiter sein, aber ich habe Kaisers Wunsch Folge geleistet und sie so nahe wie möglich an der Donau entlanggefahren. Wir haben den riesigen Fluss in der Nähe von Gabčíkovo beim größten Wasserkraftwerk der Slowakei überquert und sind dann weiter Richtung Südosten gefahren – natürlich weiterhin möglichst nah am Wasser.

In Čičov machen wir schließlich Pause und sind angesichts unseres ungewöhnlich schnell schwindenden Snackproviants überaus glücklich, den überraschend großen Supermarkt gefunden zu haben. Die Kaiser besteht darauf, den Einkaufswagen durch den weißen Flachbau zu schieben.

»Wir brauchen noch Schokolade.«

»Dafür, dass Sie mal eine Spitzensportlerin waren, futtern Sie ziemlich viel Süßkram, wenn ich das mal anmerken darf.«

»Nervennahrung, Karla.«

»Na dann: rein damit in den Wagen.«

Sie lächelt zufrieden und entscheidet sich für eine Tafel Vollmilchschokolade, eine weiße Schokolade mit Nüssen und etwas, das »Doxy Roxy« heißt und nach flachen, bunt gefärbten Bonbons mit einem großen Fruchtmotiv aus Zuckermalerei samt Unmengen an Farbstoffen aussieht.

»Ah, sehr vernünftig: Sie kaufen doch noch etwas Obst.«

»Sehr witzig. Sie üben sich übrigens auch nicht gerade in vornehmer Zurückhaltung, wenn ich das mal anmerken darf. Die Packung Erdnussbutter Butterfinger Cups war vor einer halben Stunde noch voll.«

Da hat sie nicht unrecht, und mein Magen fühlt sich momentan auch an, als würde er aus Schokolade bestehen – gefüllt mit Nugat, Erdnussbutter und knusprigen Toffeestückchen.

»Also, was soll es für Sie sein, Karla?«

Da ich tatsächlich kurz vor einem Zuckerschock stehe, hebe ich nur abwehrend die Hände.

»Ich hole mir an der Kasse Zigaretten.«

Falsche Antwort. Falsches Thema. Denn Kaiser starrt mich plötzlich in Grund und Boden.

»Karla. Darüber hatten wir doch gesprochen.«

»Hatten wir?«

»Sie hören auf.«

»Tue ich das?«

»Natürlich. Sie sind viel zu jung, um sich Ihre Lungen kaputt zu paffen.«

»Es ist ja wirklich sehr niedlich, dass Sie sich so große Sorgen um mich machen, aber …«

»Kein aber. Sie hören auf.«

Damit schiebt sie den Wagen einfach weiter und beendet die Diskussion.

»Hey! Warten Sie! Ich höre nicht auf.«

»Doch, das tun Sie.«

Stur – und überraschend schnell – schreitet sie weiter durch die Gänge, vorbei an Katzenfutter, Badreiniger und Nudelsoßen. Ich immer zwei Schritte hinter ihr.

»Sie können so etwas nicht einfach für mich entscheiden. Ich stelle mich doch auch nicht hin und sage: ›Sie hören auf, Schokolade zu essen.‹ Das geht schließlich auch aufs Herz.«

»Sie benehmen sich kindisch, Karla.«

»Ich benehme mich kindisch? Wollen Sie vielleicht mal in den Spiegel schauen, wenn Sie das sagen?«

»Die Diskussion ist beendet.«

Ich hole sie ein, greife nach dem Einkaufswagen und bringe sie dazu, anzuhalten.

»Ihnen ist klar, dass ich mir gleich Zigaretten kaufen und die dann auch rauchen werde, nicht wahr? Diese Diskussion ist beendet, weil Sie da kein Mitspracherecht haben.«

Sie blickt mich wütend an, dann sieht sie weg.

»Elli, ist das klar?«

Sie schüttelt nur den Kopf, starrt auf das breite Sortiment an Brotaufstrichen.

»Und glauben Sie mir: Wenn Sie da vorne Probleme machen, kaufe ich mir eine ganze Stange Glimmstängel und rauche sie am Stück. Im Auto.«

Jetzt sieht sie doch wieder zu mir, ihr Blick fast trotzig.

»Wie dämlich stellen Sie sich eigentlich an?«

»Wie bitte?«

»Rauchen gefährdet die Gesundheit und verkürzt das Leben. Das ist eine Tatsache.«

Sie meint es ernst. Sie meint es wirklich ernst.

»Nichts für ungut, Frau Kaiser, aber wenn hier eine von uns beiden in näherer Zukunft das Zeitliche segnet …«

»Ich bin alt und ein zäher Brocken. Meine Sorge gilt Ihnen. Und Ihrer Zukunft.«

Dabei gibt sie sich nicht mal Mühe, meinem Blick auszuweichen, sondern sieht mich direkt an.

»Mein Mann hat geraucht wie ein Schlot. Das war es, was ihn hat einfach umfallen lassen. Wenn Sie weiterhin so fröhlich rauchen …«

Sie muss den Satz nicht beenden.

»Sie machen sich tatsächlich Sorgen um mich?«

»Natürlich. Ich will, dass Sie glücklich werden – und es dann möglichst lange bleiben. Was, wenn Sie doch noch jemanden kennenlernen? Vielleicht sogar heiraten? Aus Liebe. Wollen Sie ihren Mann dann mit einer langen, qualvollen Krankheitsgeschichte beglücken? Oder mit einem plötzlichen Ableben bei der Gartenarbeit? Wenn Sie später einmal jemanden zurücklassen müssen, den Sie lieben, werden Sie sich verfluchen. Werfen Sie ein gemeinsames Altwerden nicht für ein bisschen Nikotin weg.«

Das ist ein verbotener Schwinger in die Magengrube. Einer von der Sorte, der genau den Solarplexus trifft und einen kurz um Atem ringen lässt.

Kaiser starrt mich an, die Lippen trotzig aufeinandergepresst, den Griff des Einkaufswagens fest umklammert.

»Aber was weiß ich schon? Ich bin nur eine uralte, einsame, schrullige Dame, die Sie erpresst hat und die Sie am Ende der Reise wieder in der *Schattigen Pinie* absetzen und vergessen.«

Damit will sie weiter, aber ich setze meinen Fuß vor das kleine Rad des Wagens – meine Interpretation von Handbremse.

»Sie sind noch nicht uralt, Elli, und bei der ›Dame‹ bin ich mir inzwischen auch etwas unsicher.«

Sie lächelt kurz und studiert dann wieder konzentriert die Einkäufe vor uns, als müsste sie deren Inhaltsstoffe auswendig lernen.

»Und ich vergesse Sie ganz sicher nicht so schnell. Das könnte ich nicht einmal, wenn ich es wollte. Sie neigen nämlich dazu, sich einem ziemlich dauerhaft ins Gedächtnis zu brennen.«

Sie lächelt wieder ein bisschen.

»Und Sie sind auch nicht alleine. Marie …«

»… hat Familie, Enkelkinder, ein Leben. In Wien. Und ich muss eine Altenpflegerin erpressen, um nicht alleine zu sein.«

»Pflegehelferin. Und wenn es hart auf hart kommt, könnte ich mir vielleicht sogar vorstellen, Sie in Rostock zu besuchen und nach Wien zu kutschieren – ganz ohne Erpressung. Wenn es mein Terminplan zulässt, versteht sich.«

Jetzt sieht sie doch zu mir, und ihre Augen sind mit Tränen gefüllt, die sie nur mit Mühe und Not zurückhält.

»Ja?«

Nickend nehme ich den Fuß vom Rad, schiebe den Wagen langsam weiter und zwinge sie so zum Weitergehen.

»Unglaublich. Da muss mich erst eine schrullige Seniorin erpressen, um mich daran zu erinnern, dass es mehr gibt als meine Wohnung und die *Pinie*. Und meine Trübsal.«

»Habe ich das?«

Vor dem Regal mit Wunddesinfektionsmitteln, Augentropfen und Pflastern bleibe ich stehen.

»Haben Sie, und ich werde das hier nicht noch mal vor der versammelten Weltpresse wiederholen. Also hören Sie besser genau hin, ja?«

Ich habe ihre volle Aufmerksamkeit, greife ins Regal und ziehe eine Packung Nikotinpflaster hervor, die ich in den Wagen fallen lasse.

»Ich habe erstaunlich viel Spaß mit Ihnen, Elli.«

Sie sieht auf die Pflaster, dann zu mir.

»Ich habe auch erstaunlich viel Spaß mit Ihnen, Karla.«

»Brauchen wir noch etwas, oder können wir jetzt zur Kasse?«

Sie hakt sich bei mir unter.

»Nein. Ich denke, wir haben alles.«

KAPITEL SIEBENUNDZWANZIG

Karla

Číčov (Slowakei), 3. August 2017, 13:30 Uhr

Die Kinder jagen lachend und schreiend um die bunt lackierten Spielplatzattraktionen. Ein Mädchen fällt hin, ein Junge hilft ihr auf und jagt sie weiter. Andere schaukeln oder rutschen. Auf den Bänken um uns herum sitzen Mütter, die sich in einer fremden Sprache unterhalten und mit einem Seitenblick die Kinderschar im Auge behalten.

Kaiser und ich haben auf einer Bank im Schatten Platz genommen und beobachten die Szenerie. Dabei esse ich einen weiteren Schokoriegel, der mir das Vermissen der Glimmstängel erträglicher macht. Ich hatte vorgeschlagen, noch ein kleines Stück weiterzufahren, aber Elli wollte die Pause hier gegenüber des Supermarktes genießen, auf dem Spielplatz, auf dem sie nun wie ein Dinosaurier wirkt. Mit Freude beobachtet sie die Kinder bereits eine Weile, winkt Kleinkindern zu, die in Kinderwägen vorbeigeschoben werden, und strahlt eine überraschend warme, beinahe großmütterliche Aura aus.

»Heinrich hat sich immer Kinder gewünscht.«

»Und Sie?«

»Kinder hätten unser Leben sicherlich bunter gemacht, aber wir hatten kein Glück.«

Sie atmet schwer aus, greift nach der Wasserflasche und zuckt die Schultern.

»Manchmal soll es eben einfach nicht sein.«

»Haben Sie sich durchchecken lassen? Vielleicht hätte ein Arzt helfen können.«

»Natürlich habe ich meinen Arzt gefragt, aber er sagte, mit mir sei alles in bester Ordnung.«

»Und Heinrich?«

»Ich bitte Sie, Karla. Es war ja schon jedes Mal ein Kraftakt, ihn bei einer schlimmen Grippe zum Arzt zu schleppen. Wie hätte ich ihn dazu überreden sollen?«

Sie beobachtet ein Mädchen, das einen roten kleinen Ball in der Hand hält und aufgeregt in Richtung Wiese läuft.

»Es wäre auf jeden Fall nicht mehr so still gewesen.«

»In Ihrem schönen Haus mit Garten?«

»Heinrich hat viel gearbeitet, damit ich es nicht tun musste, aber dadurch war ich auch viel alleine. Die meisten meiner Freundinnen sind irgendwann weggezogen oder haben Kinder bekommen. Nur bei uns blieb es still.«

»Das tut mir sehr leid.«

»Ja, mir auch. Auch um das Haus. Vermutlich muss ich es bald verkaufen. Es gibt ja niemanden, der darin wohnt, und wenn ich erst mal in der *Sonnenwende* gelandet bin ...«

Ihre Schultern hängen allein bei dem Gedanken daran um einiges tiefer.

»Gibt es eigentlich eine Möglichkeit, aus der Sache noch irgendwie herauszukommen?«

»Aus der *Sonnenwende?* Ich fürchte nicht. Der Gutachter war der Meinung, dass ich nicht mehr für mich alleine sorgen kann.«

Sie ringt eine kleine Weile mit sich, dann dreht sie sich zu mir.

»Nach dem, wie sie mich im Haus gefunden haben, kann ich es ihm nicht einmal verübeln. Haben Sie ... Haben Sie sich meine Akte angesehen? In der *Pinie?* Über ... damals?«

Natürlich habe ich darin gelesen, gleich nach unserem Gespräch im Gewächshaus, bei dem sie mir eröffnet hat, dass wir diese kleine Reise hier unternehmen. Ich wollte schließlich wissen, wer mich da erpresst.

»Ja.«

»Was steht in meiner Akte, Karla?«

»Das wollen Sie nicht wissen.«

Das meiste davon will niemand gerne hören. Es passt auch nicht zu dem Bild, das ich inzwischen von ihr habe.

»Außerdem: Seit wann interessiert es Sie, was andere von Ihnen denken?«

Selbstbewusstsein kehrt in ihren Blick zurück, als sie nickt und damit alle Beschreibungen aus der Akte löscht.

»Sie haben recht. Sollen wir weiter? Vielleicht noch ein paar Kilometer zurücklegen, bevor …«

Sie bricht ab, zieht die Augenbrauen leicht zusammen und sieht an mir vorbei zum Parkplatz des Supermarkts. Ich warte ihre eigenartig gesetzte Zäsur gespannt ab, aber es kommt nichts mehr.

»Bevor …?«

»Bevor jemand unseren Wagen klaut.«

»Was?«

»Der junge Mann bei Lola.«

Blitzschnell drehe ich mich um, folge ihrem Blick und erkenne tatsächlich einen jungen Mann mit kurzen, hellbraunen Locken, dunkelgrauem Tanktop, großem Rucksack und knielangen ausgewaschenen Jeans, der sich an Lola zu schaffen macht.

»Hey! Sie da!«

Kaiser wartet nicht auf mich oder darauf, dass ich unser kleines Picknick einpacke, sondern marschiert einfach los in Richtung Parkplatz.

»Halt, Elli, warten Sie, vielleicht ist er bewaffnet!«

Aber die Kaiser wäre nicht die Kaiser, wenn sie auf mich – oder sonst jemanden – hören würde. Hektisch werfe ich die Reste unseres Mittagessens zurück in die Kühltasche, schnappe mir meine Wasserflasche aus Glas als potenzielle Waffe und hetze hinterher.

»Ja, genau, Sie da! Können wir Ihnen vielleicht helfen?«

Die Kaiser bleibt vor dem jungen Mann stehen, der jetzt ertappt zwischen ihr und mir hin- und herblickt, aber nicht wie erwartet zur Flucht ansetzt. Ganz im Gegenteil: Pure Erleichterung macht sich auf seinem Gesicht breit.

»Ob wir helfen können, hat die Dame gefragt!«

Ich erreiche die beiden und baue mich ebenfalls so breit wie möglich neben Kaiser auf – was in meinem Fall wohl nicht allzu Furcht einflößend wirkt, denn der Mann sieht noch einmal zurück zum Supermarkt und wirft sich dann ohne jegliche Vorankündigung Elli um den Hals.

»Oma! Da bist du ja!«

Ich lasse die Einkaufstasche fallen und will gerade wie Kevin Costner im Film *Bodyguard* eingreifen, als er mich über Kaisers Schulter hinweg flehend ansieht.

»Bitte, bitte, bitte. Spielt mit, sonst rufen die hier noch die Polizei.«

Just in diesem Moment kommt ein Mitarbeiter des Supermarkts auf den Parkplatz gestürmt und steuert geradewegs auf uns zu.

»Ich habe nur eine Packung Kekse geklaut, weil ich seit Tagen nichts gegessen habe.«

Der junge Mann hält sich noch immer an Kaiser fest, die zu meiner Überraschung langsam ihre Arme um ihn legt.

»Alles gut, alles gut.«

Sie tätschelt ihm jetzt doch tatsächlich den Rücken.

»Karla, seien Sie so gut, bezahlen Sie bitte die Kekse ... meines Enkels.«

»Was?«

»Machen Sie schon, wir wollen doch keine Probleme mit der Polizei, oder?«

Mist.

Der Mitarbeiter bleibt mit hochrotem Kopf vor uns stehen, und bevor er eine Schimpftirade in einer mir fremden Sprache abfeuern kann, greife ich schnell nach meinem Geldbeutel und mache lächelnd einen Schritt auf ihn zu.

»Sorry, he forgot to pay the cookies.«

»He stole the cookies!«

»No, no, please. I pay for them.«

Gerade als ich ihm das nötige Kleingeld auszahlen will, fällt diesem deutschen Dieb aka »Kaisers Enkel« noch etwas ein.

»Und vielleicht auch für die Flasche Cola.«

Ich drehe mich zu ihm und schenke ihm ein sehr falsches Lächeln.

»Sonst noch was?«

»Nein, das war's.«

Ich zahle mehr, als ich müsste, und entschuldige mich ausgiebig und gestenreich bei dem Mitarbeiter, der den jungen Mann noch mal beschimpft und schließlich zurück in den Supermarkt stapft.

Bevor ich den Geldbeutel einpacke, atme ich einmal tief durch und denke an mein Karmakonto, das gerade eine ziemlich positive Überweisung erhalten haben müsste.

»Es tut mir wirklich leid, aber ich bin am Verhungern!«

Nachdem Kaiser und der Kerl sich aus ihrer Umarmung gelöst haben, mustert sie ihn ebenso eindringlich wie ich. Er muss Mitte zwanzig sein, hat grobe, abgenutzte Wanderstiefel an, sonst aber ein recht sommerliches Outfit gewählt. Dem Sonnenbrand auf seinen Schultern nach zu urteilen, ist er schon eine kleine Weile unterwegs.

»Als ich ein deutsches Nummernschild gesehen habe, ist mir ein Stein vom Herzen gefallen.«

Er stellt den Rucksack neben Lola ab, wischt sich die Hände an seiner Jeans ab und reicht Kaiser die Hand.

»Ich heiße übrigens Gabriel.«

Kaiser schüttelt etwas irritiert von der ganzen Szene seine Hand.

Mal im Erst: Wie gut stehen die Chancen, dass wir im slowakischen Hinterland auf einen deutschen Rucksacktouristen treffen, dem wir dann auch noch Cola und Kekse bezahlen dürfen, nur um nicht mit der örtlichen Polizei in Kontakt zu kommen? Nun, wahrscheinlich ungefähr so gut wie die Chancen, dass mich eine alte Olympionikin zu einem Roadtrip nach Bukarest erpresst. Ja, mein Leben, das bisher eine nulllinienähnliche Spannungskurve hatte, erwacht gerade aus dem Koma und schleudert mir eine Absurdität nach der anderen ins Gesicht. Dabei lacht es vermutlich auch noch hämisch.

»Danke noch mal. Sie waren meine Rettung!«

Jetzt lächelt meine erpresserische Olympionikin den kleptomanischen Rucksacktouristen auch noch verständnisvoll an. Was ist hier los?

»Das ist schon in Ordnung, manchmal muss man eben erfinderisch sein.«

»Ernsthaft? Das ist alles, was Sie dazu zu sagen haben?«

Ich sehe erst die Kaiser und dann diesen Gabriel ungläubig an.

»Und du? Was hättest du gemacht, wenn wir nicht aufgekreuzt wären?«

»Na, euren Wagen geklaut.«

Frech ist er auch noch.

»Spaß! Dann wäre ich gerannt, so schnell und so weit ich eben kann.«

Er lächelt mich an, legt für sein verstaubtes Aussehen überraschend weiße Zähne offen und streckt jetzt endlich auch mir seine Hand entgegen, als hätte er mich gerade erst so richtig bemerkt.

»Hi, und danke.«

»Dank lieber deiner Oma, nicht mir.«

Widerwillig schüttle ich seine Hand.

»Das ist Karla. Ich bin Elisabeth. Was machen Sie denn hier, Gabriel?«

»Ach, ich bin mit dem Rucksack kreuz und quer durch Europa unterwegs. Mal sehen, wohin mich der Wind als Nächstes weht. Und Sie?«

»Wir sind auf dem Weg nach Bukarest.«

Überraschung blitzt in Gabriels hellblauen Augen auf, aber sein Lächeln bleibt unverändert strahlend – und unverbindlich.

»So ein Zufall! Das ist ja *genau* meine Richtung.«

Ich glaube ihm kein Wort.

Nicht eines.

Nicht mal eine Silbe.

»Dann ist heute wohl Ihr Glückstag. Wir können Sie gerne mitnehmen.«

Was?

»Der Rucksack sieht unheimlich schwer aus.«

»Das ist er allerdings.«

Zum ersten Mal scheint Gabriels Lächeln echt.

»Dann heiße ich Sie herzlich an Bord willkommen.«

Wie war das?

»Ähm, Elli …?«

Ich winke der Kaiser zu und erinnere sie damit daran, dass ich auch noch ein Wörtchen mitzureden habe, denn immerhin ist es mein Auto.

»Sie haben doch nichts dagegen, dass wir Gabriel ein Stückchen mitnehmen, oder?«

Das habe ich allerdings, aber ich würde es lieber unter vier und nicht sechs Augen besprechen. Meine Körperhaltung und die verschränkten Arme sind hoffentlich deutlich genug.

Kaiser deutet mein Schweigen hingegen als Zustimmung.

»Wunderbar. Dann sind wir uns ja einig.«

Ich schüttle den Kopf, was Kaiser ignoriert, Gabriel hingegen richtig interpretiert.

»Wenn es ein Problem ist, kann ich auch einfach zu Fuß weiter. Kein Thema.«

»Ach, Unsinn, das ist überhaupt kein Problem. Wir haben noch genug Platz in Lola.«

»In Lola?«

Gabriel wirft erst mir, dann Kaiser einen irritierten Blick zu.

»Ja, Lola. Unser Wagen.«

Moment.

»*Unser* Wagen?«

Kaiser winkt ab, als wäre ich eine lästige Fruchtfliege, und klopft auf das Dach – und das möchte ich betonen – *meines* Wagens.

»Meinen Enkel lasse ich hier sicher nicht zurück.«

Kaiser hat jahrelang quasi alleine in einem stillen Haus und dann in der *Pinie* gelebt, abseits der Sportwelt, in der sie ein bekannter Name war, abseits von Kindern oder Enkeln. Unbewusst nutzt Gabriel genau diese Tatsache perfekt für sich aus.

»Sie wissen gar nicht, wie dankbar ich Ihnen bin.«

Und er weiß nicht, wie wenig mir der Honig schmeckt, den er Kaiser um den Bart schmiert.

»Du wirst doch nicht international von der Polizei gesucht oder so was?«

Gabriel wirft mir einen undurchsichtigen Blick zu, den ich mit einem eisigen Lächeln empfange, pariere und zurückschmettere.

»Nein, ich bin nur auf der Durchreise nach …«

Ihm scheint das Ziel seines kleinen Trips kurzzeitig entfallen zu sein, aber Kaiser ist glücklicherweise da, um ihn zu erinnern.

»Bukarest.«

»Richtig. Bukarest.«

Möglich, dass er eine Seniorin täuschen kann, aber dieser Gabriel soll ja nicht glauben, dass ich ihn auch nur eine Sekunde aus den Augen lassen werde.

»Na dann, auf nach Bukarest!«

Und ja, das klingt wie eine Drohung.

KAPITEL ACHTUNDZWANZIG

Elisabeth

Melbourne, 24. November 1956

Ich habe Marie schon vor einiger Zeit aus den Augen verloren. Nach dem ersten Tanz hat sie Peter mit einem Kuss auf die Wange verabschiedet und ist verschwunden. Ich habe eine Ahnung, wohin, aber es ist wirklich voll hier. Unzählige Gesichter, die ich in ihrer schicken Abendgarderobe nicht zuordnen kann. Kanute? Leichtathlet? Schwimmer? Ringer? Sie sehen alle so anders aus! Dazu die bunten Luftballons, die neben den Girlanden an den Wänden hängen, die Musik der Liveband auf der Bühne – sie tragen alle weiße Blazer und viel Pomade im Haar –, die kleinen Tische, an denen man sich erholen und nach einem schnellen Tanz wieder zur Puste kommen kann. Nicht, dass Theo mir die Chance dazu gibt. Es ist bereits der dritte Tanz in Folge, bei dem er meine Hand fest in seiner hält. Wenn er nur wüsste, dass er nur mit meiner Hülle tanzt. Zugegeben, er ist ein guter Tänzer. Das muss man ihm lassen, aber als er mich nach dem Lied jetzt wieder ganz hoffnungsvoll ansieht und fragt, ob wir noch einmal das Tanzbein schwingen sollen, entschuldige ich mich mit der Ausrede, ich müsse mich kurz frisch machen. In Wahrheit tun mir dank der ungewohnten Absätze nicht nur beide Tanzbeine, sondern vor allem das Herz weh. Den Ausdruck in Florins Augen, als er mich zusammen mit Theo gesehen hat, werde ich wohl nie wieder vergessen. Die Überraschung, die sofort von unendlicher Enttäuschung abgelöst wurde. Jetzt will ich einfach nur kurz unbemerkt auf der Damentoilette weinen, wo ich mich in der letzten

Kabine einsperre und hoffe, dass ich gleich aufwache und das alles nur ein böser Albtraum ist.

Ist es nicht.

Das fröhliche Lachen der anderen jungen Frauen, die sich hier tatsächlich nur frisch machen und von ihren Tanzpartnern schwärmen, wobei sie freudetrunken kichern, brennt wie Salz in meiner Wunde. Ich möchte nur noch zurück ins olympische Dorf und mich in meinem Bett verkriechen, denn ich weiß nicht, wie lange ich noch das falsche Lächeln auf meinem Gesicht spazieren tragen kann, bevor es in sich zusammenfällt und mich mitnimmt.

Ein leises Klopfen an der Kabinentür unterbricht meine Fluchtgedanken und zwingt mich dazu, meine Tränen mit dem rauen Klopapier abzuwischen.

»Einen Moment. One minute, please.«

Ich tupfe mir die Wangen trocken, atme tief durch und öffne die Tür, nur um in Maries besorgtes Gesicht zu sehen.

»Elli, da bist du ja!«

»Marie.«

Sie lächelt mich mitfühlend an, vermutlich hat sie Theo und mich beobachtet.

»Du siehst schrecklich aus.«

Wenn man bedenkt, wie viel Arbeit sie in mein Aussehen gesteckt hat, ist das nicht gerade ein Kompliment. Aber ich weiß genau, was sie meint, und nicke nur niedergeschlagen.

»Er sieht übrigens genauso traurig aus.«

Mein überraschter Blick steht stellvertretend für die Frage, die ich nicht ausspreche, Marie aber dennoch beantwortet.

»Florin.«

Sie reicht mir einen kleinen Zettel und nickt in Richtung Tür.

»Ich werde Theo ablenken, und du zauberst deinem hübschen Rumänen endlich ein Lächeln zurück ins Gesicht, einverstanden?«

Etwas benommen nicke ich wieder, diesmal allerdings viel langsamer.

»Gut. Warte noch kurz hier, und gib mir ein bisschen Vorsprung. Wir sehen uns später im Dorf. Ich habe gehört, dass Carlo heute doch noch kommen soll!«

Sie drückt aufgeregt meine Hand und will schon wieder verschwinden, als ich sie festhalte.

»Marie.«

»Ja?«

»Danke.«

Ein warmes Lächeln breitet sich auf ihrem hübschen Gesicht aus.

»Wozu sind Freundinnen denn sonst da?«

Dann lächle auch ich – zum ersten Mal an diesem Abend, und Marie nickt zufrieden.

»Na, dann los.«

Wie besprochen warte ich einige unendlich lange Minuten, in denen sich mein Herz daran erinnert, dass es ja eine lebenserhaltende Funktion hat, und wieder in einem regelmäßigen Rhythmus schlägt, als ich den Zettel auffalte und die Worte dort lese.

Ich warte draußen auf dich.

Komm, egal wann.

Ich warte.

Florin.

PS: Hemingway schreibt großartig!

Er wartet.

Er ist nicht gegangen.

Er ist nicht wütend.

Er wartet.

Auf mich.

Und er liest das Buch.

Die letzte Stunde habe ich mich durch Tänze zu wunderschönen Liedern gequält, weil der Mann, der mich über die Tanzfläche geführt hat, der Falsche war. Und jetzt? Jetzt fühlt es sich an, als hätte jemand ein freudiges Feuerwerk in meinem Brustkorb gezündet.

Schnell falte ich den Zettel wieder zusammen, stecke ihn in meine Handtasche und beschließe, dass ich lange genug gewartet habe.

Theo wirbelt Marie über das Parkett, die so begeistert lacht, als hätte sie den größten Spaß ihres Lebens, und die mir jetzt unbemerkt ein knappes Augenzwinkern zuwirft, während ich mich in Richtung Ausgang schleiche.

Draußen, wo es inzwischen dunkel und etwas kühler geworden ist, finde ich allerdings zunächst nur zwei junge Mädchen, die sich unterhalten und mir skeptische Blicke zuwerfen. Doch von Florin fehlt jede Spur.

Mit zittrigen Knien gehe ich an ihnen vorbei die Straße entlang und sehe mich um.

»Elli.«

Sein Flüstern kommt aus einer kleinen Seitengasse, dann erkenne ich sein Gesicht im Halbschatten.

Er lächelt.

Mit nur vier Schritten bin ich bei ihm und lege, ohne darüber nachzudenken, meine Arme um seinen Hals, während er seine Hände auf meine Hüften legt.

»Es tut mir so leid! Theo war plötzlich da …«

Ich spüre sein Lächeln an meiner Wange.

»Ich habe gewartet. Irgendwann musste er dich ja wieder gehen lassen.«

Mich ärgert die verschenkte Stunde, in der ich nicht bei ihm war.

»Marie war meine Rettung.«

»Sie war unsere Rettung.«

»Ja. Aber warum bist du noch immer hier draußen? Ich habe die ganze Zeit nach dir Ausschau gehalten und gedacht, du seist gegangen.«

Ich höre ihn seufzen.

»Um ehrlich zu sein, war mir nicht gerade danach, euch beiden beim Tanzen zuzusehen.«

»Verstehe.«

Ich stelle mir kurz vor, wie es wäre, ihn mit einem anderen Mädchen zu sehen, und es schnürt mir sofort das Herz zu.

»Du siehst heute Abend übrigens wunderschön aus, Elli.«

Und das, obwohl meine Frisur sich während des Tanzens aufgelöst hat und mein Make-up so gut wie verschwunden ist.

»Unsinn.«

Ich lasse meine Hände über seine Schultern an seinen Armen herabgleiten und bringe gerade so viel Abstand in unsere Umarmung, dass ich ihn ansehen kann. Er nickt, streicht mit der Rückseite seiner Hand über meine Wange.

»Bezaubernd.«

Langsam greift er wieder nach meiner Hand, verhakt unsere Finger so, wie er es gestern am Zaun gemacht hat, und zieht mich erneut ein kleines Stück an sich heran. Er legt den anderen Arm um meine Taille und schließt die kleine Lücke zwischen uns. Den ganzen Abend habe ich auf diesen Moment gewartet. Leise Musik dringt nur sehr gedämpft aus dem Lokal zu uns, aber es reicht, um das Lied zu erkennen. Nie werde ich es vergessen: *Memories are made of this* von Dean Martin.

Langsam beginnt Florin, sich im Takt der romantisch-beschwingten Musik zu bewegen, führt mich mit sich, lässt mich keine Sekunde aus den Augen, bis wir viel zu langsam zu dem Lied tanzen. Nur jeden zweiten Takt wahrnehmen. *»Take one fresh and tender kiss, add one stolen night of bliss.«* Ich lehne meinen Kopf an seine Schulter, atme seinen Duft ein und schließe die Augen. Wie sich herausstellt, brauche ich sie nicht, denn ich nehme mit allen anderen Sinnen alles noch genauer wahr.

Wie sich der Stoff seines Jacketts an meiner Wange anfühlt.

Wie seine Lippen meine Stirn streifen.

Wie seine Hand an meiner Hüfte liegt.

Wie er mich hält und sanft führt.

Wie wir uns zur Musik bewegen.

Wie die Zeit stehen bleibt.

»*One girl, one boy, some grief, some joy.*« Als seine Hand sich an meine Wange legt, hebe ich den Kopf, lasse die Augen noch einen kurzen, süßen Moment geschlossen, weil ich nicht will, dass er je endet. Als ich sie schließlich doch öffne, ist er mir so nah wie bisher nur in meinen Träumen. Er streift meine Lippen leicht mit seinen, und ich kann seine geflüsterten Worte spüren.

»Wenn ich aufhören soll ...«

Natürlich, es wäre vernünftig, jetzt wieder den angemessenen Abstand zwischen uns zu bringen, es bei einem romantischen Tanz zu *Memories are made of this* zu belassen und diese Erinnerung tief in meinem Herzen zu verstecken. Das wäre vernünftig. Doch es wäre nicht genug. Heute Nacht will ich mehr als die Erinnerung an diesen gemeinsamen Tanz.

Also recke ich ihm mein Kinn entgegen, berühre kurz seine Lippen und spüre ihn lächeln.

»Elli ...«

Seine Augen fragen, ob ich sicher bin, und es kostet mich unendlich viel Selbstbeherrschung, ihn jetzt nicht einfach sofort richtig zu küssen, denn ich war mir in meinem Leben selten so sicher wie in diesem Augenblick. Also nicke ich schnell.

Seine Hand wandert über meinen Rücken, hinterlässt kribbelnde Spuren auf meiner Haut, während er mit der anderen sanft über mein Gesicht streicht. Wenn ich jetzt sein Herz so heftig schlagen spüren kann, bedeutet das, er ist ebenso nervös wie ich?

Und dann, irgendwo in einer kleinen Seitengasse in Melbourne, küsst Florin Petrescu mich zum ersten Mal – und gibt Dean Martin recht.

Aus solchen Augenblicken sind Erinnerungen gemacht.

KAPITEL NEUNUNDZWANZIG

Karla

Landstraße bei Neszmély (Ungarn),
3. August 2017, 14:30 Uhr

»Und dann habe ich in Wien in dieser total abgefahrenen WG gewohnt: Kunststudenten, Musiker, Philosophen und Bauarbeiter. Wilde Mischung. Überall Zeichnungen und Sprüche an den Wänden, daneben Musikinstrumente, Mischpulte, Boxen, schwere Stiefel und Werkzeug, und die Feiern erst … Da habe ich mich sehr wohlgefühlt.«

Gabriel sitzt neben Selena auf der Rückbank, hat sich weit nach vorne gebeugt und ignoriert seinen Sicherheitsgurt, was mir egal sein sollte, mich aber trotzdem irgendwie nervt. Kaiser lauscht interessiert seinen viel zu lauten Erzählungen von abenteuerlichen Reisen mit dem Zug oder per Anhalter quer durch Europa, wobei seine Stimme in meinen Ohren wie Fingernägel auf einer Schultafel klingt. Zugegeben, es ist weniger seine Stimme, die genau genommen okay ist, es ist vielmehr die Art und Weise, wie er von seinen Abenteuern in Schweden, Schottland, Spanien, Italien und momentan gerade Österreich erzählt. Mit so viel Begeisterung und Intensität. Ja, das ist es: Es ist anstrengend, ihm zuzuhören. Vor allem, wenn man gerade einen Oldtimer über Landstraßen fährt, die manchmal verdächtig stark an Feldwege erinnern. Mit jedem Kilometer, den wir zurücklegen, steigt in mir jedenfalls das Bedürfnis, plötzlich abrupt zu bremsen. Lediglich die alte Dame neben mir auf dem Beifahrersitz hält mich davon ab, diesen Stunt tatsächlich hinzulegen. Also konzentriere ich mich lieber auf die wenigen Straßenschilder, die ich ohnehin kaum entziffern kann, und versuche Gabriel auszublenden.

Wir haben bei Komárno nicht nur die Donau, sondern auch die Landesgrenze zu Ungarn überquert, und solange der zum Glück schwer zu übersehende, riesige Fluss weiterhin nicht allzu weit entfernt ist, können wir nicht allzu falsch sein. Da ich aber nur ab und an einen direkten Blick auf die Donau habe und Ungarisch ungefähr so verständlich ist wie Chinesisch, kann ich mir nie ganz sicher sein, ob wir noch richtig sind. Kaiser scheint ihren Job als Navi-Tante nämlich an den Nagel gehängt zu haben und sich nur noch für Gabriel und seine dummen Geschichten zu interessieren.

Gott, wie gerne würde ich jetzt eine rauchen!

»Nach zwei Monaten hatte Wien für mich den Reiz des Neuen verloren, und mir war wieder nach etwas Meer.«

»Wohin ging es denn?«

Kaisers Augen funkeln vor Neugier, was mich zusätzlich stört. Ja, Gabriel ist etwas zu laut und sehr mitteilungsbedürftig, vor allem ist er aber auf eine unheimliche Art charismatisch – um nicht zu sagen »faszinierend«, denn das ginge dann wirklich zu weit. Er hat diese superentspannte Lebenseinstellung, verpasst nichts, nennt keine feste Bleibe sein Zuhause, und dazu trägt er dieses einnehmende Lächeln im Gesicht spazieren, gegen dessen Wirkung ich mich standhaft wehre, dem Kaiser aber bereits hoffnungslos verfallen zu sein scheint. Der Running Gag, Gabriel sei ihr Enkel, hat sich übrigens in den Gesprächen der letzten Stunde etabliert und sitzt wie ein schmerzender Dorn in meinem Daumen.

»Es ging nach Lissabon. Eine tolle Stadt! Waren Sie schon mal da?«

»Leider nein.«

»Das müssen Sie unbedingt auf Ihre Bucket-List setzen. Alle schwärmen von Barcelona und Madrid, aber ich sage Ihnen: Portugals Hauptstadt hat so viel mehr zu bieten! Kunst, Kneipen und

Cafés, Häuserschluchten, Steilhänge, und das Essen erst! Und abends lässt man sich den Atlantikwind durchs Haar wehen und lauscht sehnsuchtsvollem Fado, während man den Blick übers Meer schweifen lässt und über die nächsten Abenteuer sinniert. Einfach traumhaft.«

Kaiser nickt anerkennend, macht sich wohl eine geistige Notiz, wohin es als Nächstes gehen wird – und ich sehne mich einfach nur nach dem ersten Zug an einer Kippe. Dieser Moment, wenn der Rauch die Lungen erreicht und man innerlich aufatmet.

»Das werde ich mir merken.«

Sie wirft mir einen schnellen Blick zu, wobei ich mir Mühe gebe, möglichst unbeteiligt zu wirken.

»Was meinen Sie, Karla? Nach Bukarest noch ein Abstecher nach Lissabon?«

Ich werfe ihr einen kurzen, skeptischen Blick zu.

Kaiser erinnert mich momentan eher an einen verliebten Teenager als an eine altersschwache Seniorin, wie sie so ganz verdreht in ihrem Sitz neben mir hockt, den Hals verrenkt, damit sie Gabriel auch wirklich an den Lippen hängen kann, und den nächste Trip plant. Ich bin vom Gesprächspartner Nummer eins wieder zum Chauffeur degradiert worden, und das wurmt mich – was mich wiederum ärgert.

»Keine Zeit, leider. Ich habe zu Hause in Stuttgart einen Job, bei dem ich nächste Woche erwartet werde.«

»Als was arbeitest du denn?«

Wie nett. Gabriel heuchelt Interesse an meinem Leben.

»Altenpflege.«

»Echt jetzt? Du bist ihre Altenpflegerin?«

Er sieht irritiert von mir zur Kaiser.

»Ich dachte irgendwie, du wärst … Keine Ahnung. Also, jedenfalls nicht ihre Altenpflegerin.«

»Genau genommen ist sie eine Pflegehelferin, keine Altenpflegerin. Das ist ein Unterschied.«

Müsste ich mich nicht auf die im Moment sehr verwirrende

Straßenführung konzentrieren, wäre jetzt der Zeitpunkt für einen bösen Blick.

»Unterm Strich egal. Beide kümmern sich um alte Menschen, die nicht mehr alleine leben können und auf Hilfe angewiesen sind.«

Ich möchte, dass ihr auffällt, wie scharf meine Antwort klingt, aber es ist schwer, überhaupt noch etwas außer Gabriel zu hören, der seine Erzählung gerade wieder unbeirrt weiterführt.

»Wie auch immer. In Lissabon habe ich dann in einem kleinen Künstlercafé gearbeitet, um etwas Geld zu verdienen, und diese Frau kennengelernt, die einen Platz in ihrer WG frei hatte …«

Gabriels Stimme wird etwas verträumt, während er den Kopf an Kaisers Rückenlehne legt.

»Ana-Maria. Sie war der reine Wahnsinn.«

»So, wie Sie von ihr sprechen, nehme ich an, sie hat Ihnen mehr als nur den freien Platz in der WG angeboten?«

Kaiser kichert leise, und ich verdrehe die Augen.

»Hat sie. Ich hatte die schönsten drei Wochen meines Lebens bei ihr.«

»Und dann?«

Gabriel atmet tief durch, und ich ahne, wie die Geschichte gleich weitergeht. Noch bevor er weitersprechen kann, melde ich mich schnell zu Wort und feuere einen Blick über den Rückspiegel in seine Richtung.

»Lass mich raten! Lissabon hat den Reiz des Neuen verloren, und dir war nach etwas anderem.«

Treffer, versenkt!

»Ganz so einfach war es zwar nicht, aber im Endeffekt, ja.«

»Du bist also wieder mal abgehauen. Herzlichen Glückwunsch.«

Er will etwas erwidern, überlegt es sich im letzten Moment aber anders und schluckt es runter. Immerhin sitzt er gerade in meinem Auto, egal, was Kaiser behauptet. Und er weiß es.

»Ich bin dann erst mal für eine Saison nach Ibiza.«

»Ohne Ana-Maria?«

Frau Kaiser scheint ernsthaft am Schicksal des jungen Liebespaars interessiert.

»Natürlich. Ich musste arbeiten, Geld verdienen und vor allem den Kopf freikriegen.«

»Pah, den Kopf freikriegen. Na klar.«

Was für eine miese Ausrede. Ich ahne, dass das so seine Art ist, wenn etwas länger als ein paar Tage dauert. Gabriels Sprunghaftigkeit tut Kaisers Begeisterung dennoch keinen Abbruch.

»Manchmal merkt man eben erst nach einiger Zeit, dass es nicht passt.«

Mist. Er fällt mir in den Rücken und merkt es nicht mal. Ich brauche jetzt wirklich eine Kippe. Beim nächsten Supermarkt halte ich an und kaufe mir Zigaretten, und mir ist egal, was die Kaiser dazu sagt.

»Haben Sie sich denn wenigstens von Ana-Maria verabschiedet?«

»Nein.«

»Und das, wo du doch drei ach so schöne Wochen mit ihr verlebt hast.«

Ich werfe ihm einen spöttischen Blick über den Rückspiegel hinweg zu, der von ehrlichem Unverständnis empfangen wird.

»Gerade deswegen.«

»Das ist nicht gerade die feine englische Art.«

»Ich weiß, aber manchmal fehlen einem einfach die richtigen Worte, und dann bleibt irgendwann keine Zeit mehr, um sich anständig zu verabschieden oder die Dinge zu erklären.«

»Ansichtssache.«

Gabriels Lächeln verschwindet langsam, aber sicher von seinen Lippen, und die gute Laune folgt artig wie ein dressierter Hund. Er lehnt sich im Sitz zurück, ohne mich aus den Augen zu lassen. Ein kleiner Sieg, immerhin.

»Gabriel hat nicht ganz unrecht, Karla. Manchmal wird man von den Umständen um eine Chance für einen vernünftigen Abschied betrogen.«

Natürlich ergreift Kaiser seine Partei. Wir kennen diesen dahergelaufenen Dieb keine drei Stunden, und schon hat sie die Seiten gewechselt. Mir hat das Gleichgewicht im Wagen vor Gabriels Einzug besser gefallen.

»Hast du dich denn jedes Mal immer ordentlich verabschiedet, Frau Altenpflegerin?«

Mein geplantes Ja verendet bei der Erinnerung an Matze unausgesprochen irgendwo zwischen Herz und Zunge. Es liegt schwer in meinem Mund, aber wenn ich es jetzt über die Lippen schubse, dann lüge ich.

»Pflegehelferin.«

Gabriel nickt wissend.

»Siehst du. Manchmal muss man eben einfach weg. Dabei das richtige Timing zu erwischen ist nicht immer so einfach.«

Wieso muss dieser dämliche Backpacker jetzt auch noch recht haben?

Kaiser deutet auf die Tachoanzeige.

»Sie fahren zu schnell …«

Die Tachonadel muss sich still und heimlich meinem beschleunigten Puls angepasst haben, und ich spüre, wie sich kleine Schweißperlen auf meiner Oberlippe sammeln.

»Ist ja jetzt auch egal. Jedenfalls bin ich in den letzten Monaten ziemlich rumgekommen. Und wo wart ihr beide schon überall?«

Süß, Gabriel will das Thema wechseln.

»Nun, Karla hat, soweit ich weiß, noch nicht viel von der Welt gesehen, aber ich war schon mal in Australien!«

Diese Offenbarung sorgt für große Augen bei Gabriel und für eine stolzgeschwellte Brust bei Elli. Nur ich sitze stumm hinter dem Steuer.

»Wie ist Australien denn so? Alle schwärmen ja immer nur davon.«

Gabriel schafft es tatsächlich, dass Kaisers Lippen sich zu einem zufriedenen Lächeln formen.

»Nun, ich war nur kurz dort, und inzwischen hat sich sicherlich vieles verändert, aber ich kann Ihnen nur raten, Melbourne zu besuchen. Ich habe die schönste Zeit meines Lebens dort verbracht.«

Kaisers Stimme klingt belegt.

»Sie war 1956 bei der Olympiade dabei.«

Es rutscht mir einfach raus, aber ich finde, diese kleine Tatsache sollte sie nicht verheimlichen. Sie wirft mir einen kurzen Blick zu, der Gabriel aussperrt.

»Als Zuschauer oder als Sportler?«

»Als Schwimmerin.«

Einen kurzen Moment ist außer Lolas Motorengeräusch nichts zu hören.

»Wow! Meine Oma ist berühmt!«

Gabriel braucht einen Moment, um diese neue Erkenntnis zu verarbeiten. Er blickt nach draußen und betrachtet, wie die satten grünen Felder, Bäume und Sträucher im Sonnenlicht an uns vorbeiziehen. Bis er der sommerlichen Idylle eine ordentliche Portion Realität beimischt.

»Auf den Schock muss ich erst mal pinkeln.«

KAPITEL DREISSIG

Karla

Landstraße bei Neszmély (Ungarn),
3. August 2017, 15:00 Uhr

»Ich traue ihm nicht.«

Gabriel eilt hastig auf das quadratische rote Backsteingebäude zu, während Elli und ich uns etwas die Beine vertreten.

»Ach, wirklich? Wäre mir nicht aufgefallen, so subtil, wie Sie Ihre Abneigung zur Schau stellen.«

Ich gieße Selena mit etwas abgestandenem Mineralwasser und stelle sie in den Schatten des Wagens.

»Es wäre leichter, wenn ich eine Zigarette hätte.«

Kaiser stupst meinen Oberarm an, wo ich eben ein neues Nikotinpflaster angebracht habe.

»Brauchen Sie nicht. Sie sind schlichtweg eifersüchtig. Das ist alles.«

Kaiser beginnt, sich ein bisschen zu strecken und Dehnübungen zu machen.

»Eifersüchtig!? Ich? Auf Gabriel? Lächerlich!«

Selten habe ich eine Lüge so durchschaubar vorgetragen.

»Karla, er ist jung und ziemlich naiv, aber zumindest steckt er voller Lebensfreude.«

»Was wollen Sie damit sagen?«

Statt mir zu antworten, beugt sie sich vornüber und berührt mit den Fingerspitzen ihre Schuhe.

»Sie sollten ruhig auch mal loslassen, was auch immer Sie da so umklammern und festhalten. Einfach etwas mehr leben.«

Ich beuge mich ebenfalls vor, erreiche aber bei Weitem nicht meine Schuhe – mit viel Glück meine Schienbeine – und sehe Kaiser an.

»Ich lebe! Zu Ihrer Info befinde ich mich sogar gerade in einem riesigen Abenteuer!«

»Ja, in das ich Sie entführt habe.«

»Spielt das eine Rolle? Ich bin hier, oder?«

Kaiser richtet sich wieder auf, streckt die Hände über den Kopf, was ich ihr ebenfalls wieder gleichtue, und so dehnen wir uns auf dem Parkplatz, was sich nach der langen Fahrt erstaunlich gut anfühlt.

»Wo wären Sie jetzt, wenn ich mich für einen anderen Komplizen entschieden hätte?«

»Wahrscheinlich in der Arbeit.«

Die Kaiser hält kurz inne.

»Verraten Sie mir irgendwann, warum es Ihnen so wichtig ist, dass Sie Pflegehelferin und keine Altenpflegerin sind?«

»Verraten Sie mir irgendwann, wieso Sie Florin nicht wiedergesehen haben?«

Sie setzt sich wieder in Bewegung, dehnt den Oberkörper nach links, die Arme noch immer über dem Kopf. Diese Übung zieht gewaltig im Rücken, aber auf meine Frage antwortet sie ebenso wenig wie ich auf ihre. Kaiser rollt die Schultern, hat die Augen dabei geschlossen.

»Sie finden das hier ziemlich cool, oder?«

»Was genau meinen Sie, Karla?«

»Fake-Enkelin, Fahrtwind im Haar, Sport am Straßenrand.«

Mir fallen die kleinen Grübchen in ihrem Gesicht auf, die erscheinen, als sie jetzt lächelt. Kurz hielt ich sie für weitere Falten, aber je genauer ich hinsehe, desto mehr erkenne ich die Elli, die sie für Marie wohl einmal war.

»Ich werde außerdem das Gefühl nicht los, dass Sie, nachdem Sie Ihre Sportlerkarriere an den Nagel gehängt haben, gerne Gabriels Leben geführt hätten.«

Kaiser hält in ihren Bewegungen erneut inne.

»Da haben Sie halb recht, Karla.«

Erst jetzt öffnet sie die Augen.

»Ich hätte damals nach Melbourne gerne sein Leben geführt, mehr von der Welt gesehen und Erinnerungen an Menschen gesammelt, die für eine Episode meines Lebens Freunde waren. Das ist aber nur die halbe Wahrheit.«

»Und was ist die andere Hälfte?«

»Das Leben mit Haus und großem Garten hatte durchaus schöne Seiten. Die Frage ist, ob es mit einem anderen Mann nicht noch schöner gewesen wäre. Mit dem richtigen.«

Sie macht einen Schritt auf mich zu, legt mir ihre Hände fest auf die Schultern. Wie sich herausstellt, ist das keine Attacke, sondern Teil einer weiteren Dehnübung.

»Ich hätte so vieles in meinem Leben anders machen können. Aber das habe ich nicht, und damit muss ich jetzt leben.«

Sie schiebt mich in die korrekte Position und deutet an, ich solle meine Hände ebenfalls auf ihre Schultern legen, was ich tue.

»Ich bereue diese *eine* Entscheidung bis heute.«

Es ist das erste Mal, dass sie es so offen ausspricht.

»Aber für Sie ist es noch nicht zu spät. Sie könnten noch die Kurve kriegen. Aber stattdessen hängen Sie lieber im Labyrinth Ihres angeblich jetzt schon vermurksten Lebens fest, schieben diesen Matthias vor, der Sie bei der Hochzeit hat sitzen lassen, und bemitleiden sich selbst, statt Ihr Glück beim Schopf zu packen und …«

»Sie wissen doch gar nicht, wie es sich anfühlt. Mein Leben … Ich … Ich bekomme einfach nichts auf die Reihe, stecke irgendwie fest, und mir fehlt … die Kraft, daran etwas zu ändern.«

Meine Stimme ist erstaunlich ruhig, während ich bei unserer Tandemübung Muskeln in meinem Körper strecke, von deren Existenz ich bis eben nicht einmal wusste.

»Ich weiß nicht, wie sich das anfühlt?«

Ihr kurzes, hysterisches Auflachen macht Heath Ledgers Darstellung des Jokers in *Batman* Konkurrenz.

»Glauben Sie mir, ich weiß es. Dieses Gefühl war mein stetiger Begleiter. Jeden Tag meines angenehm lauwarmen Lebens, aus dem es irgendwann kein Entkommen mehr gab.«

»Matthias hat eine neue Wohnung. Mit echtem Eichenparkett!«

Es platzt einfach so aus mir heraus, und sie kann mir natürlich nicht folgen, aber das muss sie auch nicht.

»Er hat seinen Neuanfang.«

Und einen Schlussstrich, den er damit für uns beide gezogen hat. Endgültig.

»Und er wird eine neue Frau kennenlernen, ihr eines Tages die gleiche Frage stellen wie mir damals und sie heiraten. Diesmal wirklich.«

Die Erinnerungen an damals lassen hässliche rote Stressflecken auf meinem Hals erscheinen, und meine Hände beginnen zu zittern.

»Alles war perfekt!«

Matthias in seinem schicken Anzug taucht vor meinem inneren Auge auf. Die Tischdeko, die Platzkarten, der wohldurchdachte Sitzplan ...

»Karla, ich kann mir vorstellen, dass es noch immer wehtut, aber irgendwo da draußen wartet der Richtige auf Sie. Da bin ich mir sicher. Er war der Falsche, wenn er Sie am Hochzeitstag verlassen hat. Verstehen Sie das denn nicht?«

Bevor sie meine Rückenmuskeln überstrapaziert, löse ich mich aus dieser Übung und dem Gespräch.

»Alle sagen, er war die beste Chance meines Lebens. Aber wie immer bringe ich nichts ordentlich zu Ende. Wenigstens darin habe ich niemanden enttäuscht. Ich habe es komplett vermasselt.«

Kaiser greift nach meiner Hand, will sie festhalten, aber ich entziehe mich ihrem Griff und spüre das verräterische Brennen in meinen Augen.

»Es war nicht Ihre Schuld, und Sie sollten auch nicht allzu wütend auf ihn sein. Stellen Sie sich vor, er hätte Sie geheiratet.«

»Dann hätte ich jetzt Echtholzparkett!«

»Und einen Mann, dessen Herz die meiste Zeit auf Reisen ist. Glauben Sie mir, ich weiß genau, wovon ich spreche.«

»Ich habe *ihn* verlassen!«

Meine Antwort wirft sie aus der Bahn und schleudert sie direkt in die geistigen Reifenstapel, die unser Gespräch umgeben.

Etwas in Kaisers Blick verändert sich.

»Und? Haben Sie ihn geliebt? Lieben Sie ihn jetzt noch? Und werden Sie ihn in sechzig Jahren noch lieben? Von ganzem Herzen und ohne jeden Zweifel?«

»Ich weiß es nicht.«

Sie schnappt sich meine Hand und drückt sie.

»Dann war es die einzig richtige Entscheidung.«

Ein Satz, der mich in meinem tiefsten Inneren trifft, der sich wie ein großes Pflaster auf meine noch immer blutende Herzschmerzwunde legt und eine Umarmung verdient hätte, aber so weit komme ich leider nicht.

Gabriel taucht mit nassen Händen neben uns auf.

»Also, wer Bock auf eine Geschlechtskrankheit hat: Ich kann die Toiletten hier nur empfehlen.«

KAPITEL EINUNDDREISSIG

Elisabeth

Melbourne, 24.November 1956

Das kleine Café, das abseits der Hauptstraße liegt und mit einer besonders ausgefallenen Kuchenkarte bis um Mitternacht lockt, ist für diese Uhrzeit noch immer gut besucht. Das mag auch an der Musik liegen, die einige der Besucher auf die winzige Tanzfläche lockt. Und weil ich Tanznachholbedarf mit Florin habe, lasse ich mich von ihm führen. Er hat übrigens gelogen. Von wegen, kein guter Tänzer. Ob zu den flotten Liedern vom King persönlich oder zu den jazzigen Tönen von Miles Davis, er führt mich sicher über das Parkett und zaubert ein Lächeln auf mein Gesicht, wie ich es daheim in Deutschland kaum kannte. Wenn es nach mir ginge, könnte diese Nacht für immer dauern. Doch jetzt flüstert er mir die Frage, ob ich eine Pause vom Tanzen brauche, ins Ohr und ich nicke benommen. Seine Nähe weckt noch immer ein ungewohntes, wohliges Kribbeln auf meiner Haut. Händchen haltend gehen wir zurück zu unserem Tisch, wo Florin zwei Getränke für uns bestellt und ich noch einen Kuchen – mit zwei Gabeln – ordere. Unser Tisch in der Ecke schützt uns vor neugierigen Blicken und bietet uns die Privatsphäre, die wir im Dorf unter all den wachsamen Blicken der Trainer nicht oft bekommen.

Florin hat inzwischen das Jackett ausgezogen, sitzt in einem weißen Hemd vor mir, die Krawatte gelockert, die Ärmel ein bisschen hochgekrempelt. Die Haare liegen nicht mehr ganz so perfekt wie zu Beginn des Abends, aber noch nie sah er besser aus.

Wir halten uns über den kleinen Holztisch hinweg an den Händen, und in meinem Kopf flimmern noch immer die Erinnerungen an unseren Kuss.

»Hemingways Art zu erzählen ist so ehrlich, so geradeheraus, und das, was er schreibt, ist so real, und trotzdem ist der Kampf zwischen dem alten Mann und dem Fisch, bei dem keiner der beiden aufgibt, so viel mehr. Und dann diese verdammten Haie, die vom Blut angelockt werden!«

Wenn Florin über Hemingway spricht, könnte ich ihm stundenlang zuhören.

»Aber mir gefällt der Gedanke, dass eine Niederlage nicht unbedingt bedeutet, dass man besiegt wurde. Das hat etwas sehr ...«

Er bricht ab.

»Ich langweile dich.«

»Nein! Überhaupt nicht.«

Er lächelt mich entschuldigend an.

»Ich rede nur über das Buch, dabei gibt es viel spannendere Themen als Lesen und Angeln.«

Ich muss kurz auflachen.

»Worüber willst du denn sonst reden?«

Sein Zeigefinger fährt sanft über meine Handfläche.

»Über dich.«

Zum Glück ist das Licht im diesem Teil des Cafés etwas gedimmt, sonst würden alle sehen, wie mein Gesicht knallrot anläuft.

»Und darüber, wie dich dieser Schwimmer heute angesehen hat.«

»Ich dachte, du hast uns nicht beim Tanzen gesehen?«

»Nur bei einem. Das hat mir gereicht.«

»Wir haben uns nur unterhalten und dann getanzt.«

»Er hat dir schöne Augen gemacht.«

»Hat er nicht.«

Florin nickt.

»Hat er doch. Glaub mir, ich weiß, wie Männer Frauen umgarnen, und er hat dir schöne Augen gemacht.«

Theo hätte mir auf der Tanzfläche einen Heiratsantrag machen können, und ich hätte an nichts anderes denken können als an den Rumänen mit den traurigen Augen am Eingang, bei dem ich mein Herz zurückgelassen habe.

»Nun, dann muss ich Theo leider enttäuschen. Er ist nicht mein Typ.«

Florins Mundwinkel ziehen sich leicht nach oben.

»Ach nein?«

»Nein.«

Er führt meine Hand an seine Lippen und küsst sie kurz.

»Mein Glück.«

Er wird mir das Herz brechen. Urplötzlich und knallhart wird es mir bewusst: Florin Petrescu wird mir früher oder später das Herz brechen. Weil es gar nicht anders sein kann.

Er muss die Veränderung in meinem Gesicht bemerken, denn seine Augenbrauen ziehen sich besorgt zusammen.

»Habe ich etwas Falsches gesagt?«

»Nein.«

Dennoch versuche ich halbherzig, meine Hand zurückzuziehen, aber er hält sie fest.

»Elli?«

»Was machen wir hier?«

»Wir unterhalten uns.«

Für eine harmlose Unterhaltung sind meine Lippen zu sehr vom Küssen gerötet. Seine übrigens auch.

»Nein, ich meine hier ...«

Ich deute mit meiner freien Hand auf den Raum um uns, umfasse dieses Café, Melbourne und ganz Australien.

»Wir sitzen zusammen in einem Café, essen Kuchen und unterhalten uns. Du und ich.«

»Und morgen?«

Er will lächeln, aber die Ernsthaftigkeit meiner Stimme irritiert ihn.

»Morgen sehen wir uns hoffentlich wieder.«

»Im Schwimmbecken?«

»Ja.«

»Und am Zaun?«

»Auch dort hoffentlich.«

Diesmal ziehe ich meine Hand ganz aus seiner, und jeder Anflug eines Lächelns verschwindet aus seinem Gesicht.

»Heimlich?«

»Ja.«

Er weiß, worauf ich hinauswill.

»Und wenn das alles vorbei ist?«

Er versucht, erneut nach meiner Hand zu greifen, aber ich lasse sie vom Tisch in meinen Schoß fallen.

»Dann –«

Ich unterbreche ihn, bevor er weitersprechen kann.

»Dann brichst du mir das Herz.«

»Unsinn.«

»Wenn Olympia vorbei ist, werde ich dich nie wiedersehen, oder?«

Er lehnt sich ein Stück zu mir, und sein rechter Mundwinkel beginnt wieder ein wenig zu lächeln.

»Das ist eine sehr düstere Version der Zukunft.«

»Wie soll es denn sonst sein?«

Mein herausfordernder Blick trifft ihn mitten ins Gesicht, und dennoch lächelt er.

»Darf ich ganz ehrlich sein?«

»Ich bitte darum.«

»Ich glaube eher, dass du *mir* das Herz brechen wirst.«

Ich lache kurz auf, so absurd ist diese Vorstellung.

»Wie sollte ich das tun?«

»Du gehst zurück nach Deutschland, verliebst dich unsterblich in einen fürchterlich eleganten Deutschen, der dir ganz ohne Landesgrenzen und politischen Ballast eine gemeinsame Zukunft verspricht – und du vergisst mich.«

»Unsinn.«

»Aber weißt du, was? Selbst wenn es so kommen würde, Elli, ich würde das Risiko dennoch eingehen. Hier. Und jetzt.«

Dabei sieht er mir offen ins Gesicht, und ich weiß, dass er es ernst meint.

»Wenn das hier alles ist, was wir haben sollen, ist es mehr, als ich mir jemals erhofft habe.«

Jedes einzelne seiner Worte trifft ungebremst sein Ziel, und ich bemerke, wie jeder Einschlag die Tür zu meinem Herzen ein bisschen weiter aufstößt. Es fehlt nicht mehr viel, und ich bin verloren.

»Wenn Olympia vorbei ist, sehen wir uns einfach auf unserem Kontinent wieder. Ich habe gehört, Ostberlin soll wunderschön sein.«

Er legt den Kopf etwas schief.

»Vielleicht bist du ja rein zufällig zur gleichen Zeit dort wie ich.«

»In Ostberlin?«

»Freunde von mir waren schon mal dort. Es ist kein Ding der Unmöglichkeit für mich, dorthin zu reisen.«

»Nach Ostberlin.«

»Und dann verbringen wir dort ein paar wundervolle Tage zusammen, flanieren gemeinsam durch die Stadt, gehen in die Deutsche Staatsoper und in Clärchens Ballhaus, bis du feststellst, dass du mich magst.«

Jetzt entschlüpft mir doch wieder ein Lächeln.

»Dafür muss ich nicht erst nach Ostberlin.«

Ich sehe, wie etwas in seinen wunderschönen grünen Augen aufleuchtet.

»Und dann habe ich vielleicht den Mut, dich zu fragen, ob du nicht mit mir weggehen willst.«

»Nach Rumänien?«

Er schüttelt den Kopf und zuckt gleichzeitig die Schultern.

»Wohin du willst.«

»Wir könnten nach Italien gehen.«

Ich weiß nicht, woher ich diese verrückte Idee habe, aber sie ist plötzlich da. Florin und ich in Italien, irgendwo am Meer, wo wir zusammen alt werden könnten, ohne Grenzen und unterschiedliche politische Systeme, die sich bekriegen.

»Ich kann nächstes Jahr nach Ostberlin kommen.«

Nächstes Jahr klingt so unendlich weit weg, obwohl wir bereits November haben.

»Das ist nicht so einfach. Was soll ich denn meinen Eltern sagen? Ich bin noch lange nicht volljährig, und ich glaube nicht, dass sie mich alleine in eine fremde Stadt reisen lassen.«

Er nickt, lehnt sich noch weiter über den Tisch zu mir und lässt mich keine Sekunde aus den Augen.

»Aber du bist jetzt hier, ohne deine Eltern, oder? Am anderen Ende der Welt.«

»Ja, aber Olympia ist etwas anderes.«

»Ich weiß, Elli. Aber ich würde es trotzdem versuchen.«

»Wieso? Du kennst mich kaum.«

Er greift wieder nach meinen Händen, die ihren Weg unbewusst wieder zu ihm auf den Tisch gefunden haben.

»Manche Menschen müssen sich erst ein ganzes Leben kennen, um zu wissen, ob sie zusammengehören. Bei anderen reicht ein einziger Augenblick.«

Mein Herz sendet heftige Morsesignale an mein Gehirn, von denen ich hoffe, dass es sie entschlüsseln kann. Denn ich weiß genau, wovon er spricht. Ich spüre es.

»Ich verliebe mich gerade in dich, Elli.«

Mein Mund wird mit einem Mal ganz trocken.

»Und vielleicht verliebst du dich eines Tages auch in mich, und wenn es so weit sein sollte, dann –«

»Es ist bereits so weit.«

Ich unterbreche ihn und halte mich an seinen Händen fest, denn um nichts in der Welt will ich ihn verlieren. Das wird mir mit einem Schlag klar. Ich muss ihn wiedersehen. Egal wann, egal wo. Es gibt keine Alternative.

»Ja?«

»Ostberlin. Nächstes Jahr. In den Sommerferien.«

Das ist verrückt. Das ist komplett verrückt. So verrückt, dass ich mich über den Tisch beuge und ihn küsse. Einfach so.

Und ich will nicht, dass dieser Moment jemals endet.

»Ostberlin.«

»Ostberlin.«

Wir flüstern es in unseren Kuss.

Karla

Kurz vor Budapest (Ungarn), 3. August 2017, 17:00 Uhr

»Wir können doch nicht einfach so daran vorbeifahren!«

»Wir fahren ja auch nicht daran vorbei, sondern mitten durch die Stadt. Immer an der Donau entlang. Wir bleiben nur einfach nicht stehen!«

»Aber essen müssen wir irgendwann etwas. In Budapest gibt es tolle Restaurants, und die Stadt an sich ist atemberaubend! Glaub mir! Lass uns dort wenigstens zu Abend essen. Ich habe Hunger!«

»Du hast Hunger? Hier, iss ein paar Doxy Roxys.«

Ich werfe Gabriel die Packung mit den bunten Bonbons rüber, aber er macht sich gar nicht erst die Mühe, sie aufzufangen.

»Nein, danke. Ich brauche etwas Richtiges. Außerdem können wir doch nicht bis Bukarest durchfahren. Das wäre Wahnsinn. Seit wann sitzt du jetzt schon am Steuer?«

»Seit heute Morgen, und es geht mir gut. Ich will nur einfach möglichst bald in Bukarest ankommen.«

Kurz überlege ich, ihm einfach zu verraten, warum ich es so eilig habe und wer dort hoffentlich auf uns wartet, beschließe dann aber, dass es Kaisers Entscheidung ist, wem sie von Florin erzählt und wem nicht.

»Aber das werden wir nicht, wenn du vor Übermüdung mit hundert Sachen in den Straßengraben fährst. Außerdem verpasst ihr etwas, wenn ihr Budapest einfach so links liegen lasst.«

»Hörst du schlecht? Wir lassen es ja auch nicht links liegen, sondern fahren mittendurch! Es steht jedem frei, aus dem Fenster zu sehen und die Schönheit der Stadt zu genießen.«

»Aber ich habe Hunger!«

Diese Diskussion haben wir schon die letzten zwanzig Kilometer geführt, und sie wird immer hitziger, je näher wir Budapest kommen. Kaiser schläft auf dem Rücksitz, weswegen wir uns flüsternd streiten müssen.

»Wenn du willst, halte ich gerne kurz an und lass dich raus. Wer weiß, vielleicht hast du in Budapest ja noch einen verschollenen Opa oder Onkel …«

»Sehr witzig. Jetzt hör mal, es gibt da diese fantastische Humus Bar oder das Jaffa …«

Irgendwie scheint Gabriel zu glauben, das Kommando übernehmen zu können, obwohl ich das Lenkrad fest umklammert halte.

Ich werfe ihm einen bösen Blick zu.

»Aber Bukarest ist schon noch dein Reiseziel, oder?«

»Ja, ich würde nur gerne vorher noch etwas essen und wenn möglich in einem Stück ankommen.«

Zugegeben, bei dem letzten Punkt hat er nicht ganz unrecht. Ich bin hundemüde, und die lange Fahrt zehrt bereits heftig an meinen Nerven.

»Hast du einen Führerschein? Wir könnten uns abwechseln.«

»Ja, aber warum hast du es denn so eilig? Heute kommen wir eh nicht mehr an. Wir können uns auch einfach die Stadt ansehen und wo wir schon mal hier sind, etwas essen und uns dann eine Mütze voll Schlaf gönnen.«

»Das wird sehr eng in diesem Wagen.«

Je länger wir unterwegs sind, desto kleiner kommt mir Lola vor. Aber Gabriel verdreht nur kurz die Augen und deutet auf sein Handy, das er zwischen Lüftung und Radio geklemmt hat.

»Ich könnte auch einfach Valentina anrufen.«

»Valentina?«

»Eine Freundin aus meiner Budapest-Zeit.«

Ich ziehe eine Augenbraue nach oben.

»Das Vorjahresmodell?«

»Nein, Valentina ist echt nur eine Freundin – mit einer tollen Wohnung mitten in der Stadt. Ich wette, sie hat für eine Nacht Platz für uns.«

»Ich weiß nicht … Du willst also einfach so bei Fremden einfallen, ohne Vorankündigung, und dann auch noch zu dritt um eine Übernachtungsmöglichkeit bitten?«

»Sie ist eine Freundin, und ja, so macht man das.«

»So machst *du* das.«

»Whatever. Sie ist übrigens eine großartige Köchin …«

Gabriel lässt sich tiefer in den Beifahrersitz sinken.

»Also, wenn ich bei dieser Entscheidung auch ein Wörtchen mitzureden habe …«

Kaiser meldet sich von der Rückbank, ohne die Augen zu öffnen, und outet sich damit, wohl schon eine kleine Weile wach zu sein und uns belauscht zu haben.

»… würde ich das Angebot eines weichen Bettes gerne annehmen – und gegen ein ordentliches Abendessen hätte ich auch nichts einzuwenden.«

Und ich? Ich werde in meinem eigenen Auto überstimmt.

»Also, gut. Okay, von mir aus. Aber wenn es dieser Valentina nicht passt, dass wir kommen, dann fahren wir weiter, verstanden? Ohne Diskussionen!«

»Oh, es wird ihr passen.«

Dabei lächelt Gabriel anzüglich und nimmt sein Handy. Er stellt es auf Lautsprecher und dreht das Radio ein bisschen leiser. Man könnte meinen, Lola wäre sein und nicht mein Auto.

Es klingelt einige Male, dann meldet sich eine Frauenstimme, die tatsächlich sympathisch klingt.

»Hallo?«

»Hi, Valentina! Ich bin's, Gabriel.«

»Gabriel?«

»Sag nicht, du hast mich vergessen.«

»Na, wie könnt ich dich vergessen, Baby?«

Ein starker österreichischer Akzent, den ich nicht unbedingt in Budapest erwartet hätte, dröhnt aus dem Handy.

»Ich hoffe, gar nicht, Baby.«

Schon jetzt wünsche ich mir, er würde das Gespräch nicht über Lautsprecher führen, und starre weiter möglichst unberührt durch die Windschutzscheibe, wo sich in der Ferne bereits die ersten Lichter der Großstadt erahnen lassen.

»Hör mal, ich könnte in knapp dreißig Minuten bei dir sein.«

»Ist das jetzt ein Angebot oder ein Versprechen?«

Sie flirtet mit ihm.

»Beides.«

Und er flirtet zurück.

»Na, dann freu ich mich schon.«

»Ich bin allerdings nicht alleine. Ich habe zwei Freunde dabei, und wir würden gerne über Nacht bleiben.«

»The more, the merrier.«

Jetzt flirtet sie also auch noch mit uns allen, ohne zu wissen, dass eine von uns eine Fake-Großmutter auf der Flucht und die andere eine genervte Fast-Nichtraucherin mit Entzugserscheinungen ist. Ich warte ab, ob Gabriel die ganze Situation noch aufklärt, aber er belässt es dabei und verspricht, unterwegs noch irgendwo ein paar Flaschen Rotwein als Gastgeschenk aufzutreiben.

Kaum hat er aufgelegt, strahlt er uns zufrieden an, wobei seine hellblauen Augen vor Freude funkeln.

»Ich habe uns gerade ein Abendessen samt Übernachtung in Budapest klargemacht.«

Kaiser räuspert sich geräuschvoll.

»Also, genau genommen haben Sie sich ein Rendezvous ›klargemacht‹. Denn ich glaube nicht, dass die gute Frau jetzt eine Seniorin und ihre Betreuerin erwartet. Und wo wollen Sie eigentlich den Wein kaufen?«

»Sie vergessen, dass ich hier mal gelebt habe. Ich weiß, wo wir alles kriegen. Es liegt auf dem Weg …«

Er gefällt sich ohne Zweifel in dieser sehr geheimnisvollen Rolle, und uns bleibt nichts anderes übrig, als ihm zu vertrauen.

»Mädels, glaubt mir. Die sind super drauf in der WG, und Valentina ist eine alte Freundin …«

Doch so, wie er es sagt, klingt das nicht so, als wäre seine Definition von »alte Freundin« die gleiche wie meine oder Kaisers.

»Und den Rotwein haben wir uns wohl alle verdient, oder?«

Bevor ich antworten kann, nickt die Kaiser.

»Da würde ich tatsächlich nicht Nein sagen. War ein langer Tag.«

Damit bin ich binnen fünf Minuten zum zweiten Mal überstimmt und kapituliere einfach nur. Es dauert ja nicht mehr lange. Morgen schon werde ich, sofern alles glattläuft, eine alte Frau zu ihrer großen Liebe bringen. Wir müssen unterwegs nur noch Gabriel loswerden. Und vielleicht ist Valentinas WG genau der richtige Ort dafür.

Karla

Budapest (Ungarn), 3. August 2017,
20:30 Uhr

Valentina ist tatsächlich eine waschechte Wienerin in Budapest. Sie hat schulterlanges braunes Haar, eine John-Lennon-Brille und ein tiefes Lachen. Statt uns verwirrt zu mustern, weil wir weder ihren Erwartungen für einen nächtlichen Besuch noch ihrem Beuteschema entsprechen, hat sie uns der Reihe nach in eine feste Umarmung gezogen und ein »Namaste« zugeflüstert. Sie ist älter, als ich angenommen habe, vielleicht Ende dreißig, raucht für Kaisers Geschmack zu viel und schenkt uns großzügig vom mitgebrachten Wein in unterschiedlich große, bunte Gläser, die nicht zusammenpassen und die so typisch für eine echte WG sind. Nur, dass außer Valentina niemand sonst in dieser »Wohngemeinschaft« wohnt. Angeblich ist sie gerade mal wieder auf der Suche nach neuen Mitbewohnern.

Inzwischen sitzen wir an einem langen Tisch in der großen Wohnküche, wo sich die Überreste einer veganen Kürbislasagne türmen, Kerzen in von Wachs überlaufenen Flaschenhälsen stecken und ein für die Situation viel zu romantisches Licht verbreiten, während Selena etwas verloren auf dem Beistelltisch rumsteht. Valentina hat wie selbstverständlich den Arm um Gabriel gelegt, sodass man als Außenstehender das Gefühl bekommt, sie wären ein niemals getrenntes Paar.

»Also, ich muss ehrlich sagen, Gabriel schleppt immer die interessantesten Menschen an.«

Der breite Wiener Dialekt klingt aus dem Mund von John Valentina Lennon noch immer gewöhnungsbedürftig.

»Ich habe ja mit allem gerechnet, aber ihr seids wirklich eine leiwande Mischung.«

Kaiser, die bereits das dritte Gläschen Wein genießt, lächelt glückselig und lehnt sich in dem roten Holzstuhl zurück, der nicht zu den anderen, ebenfalls farbenfrohen Stühlen passt.

»Das Kompliment nehme ich gerne an.«

Sie hebt ihr Glas, und alle, außer mir, tun es ihr gleich. Ich bin zu sehr damit beschäftigt, Valentina nicht nach einer Zigarette zu fragen. Warum genau habe ich noch mal gerade jetzt mit dem Rauchen aufgehört?

Als ob du wirklich damit aufgehört hättest! Bei der nächsten unbeobachteten Gelegenheit hängst du wieder am Glimmstängel.

»Auf Gabriel und die leiwande Mischung.«

»Auf Gabriel.«

Dieser tut so, als wären ihm die Aufmerksamkeit und das Lob irgendwie unangenehm, dann verbeugt er sich aber dennoch kurz, nur um sich danach gleich wieder an Valentinas Seite zu kuscheln, die ihm einen kurzen Kuss auf die Stirn drückt. Es muss schön sein, wenn man durch die Tür einer Wohnung in einer fremden Stadt kommt, nachdem man monatelang weg war, und trotzdem so liebevoll begrüßt und aufgenommen wird. Bei mir freut sich nicht mal mehr meine eigene Familie, wenn sie mich sieht. Dabei sind die doch eigentlich genetisch dazu verpflichtet, oder?

»Was treibt Sie beide denn genau in unsere schöne Stadt?«

Valentina bläst den blauen Dunst über unsere Köpfe, wo er sich unter der Decke sammelt. Ihre Frage richtet sich an Kaiser, nicht an mich, denn ich bin nur Statistin in dieser Szene.

»Wir sind auf der Durchreise. Morgen geht es weiter nach Rumänien.«

»Rumänien? Das ist ja abgefahren.«

»Wieso?«

»Na, wer will denn bitte nach Rumänien?«

»Wir.«

Valentina zuckt nur die Schultern, nimmt wieder einen Zug von ihrer Zigarette und behält den Rauch erstaunlich lange in den Lungen. Am liebsten würde ich ihr die Kippe aus der Hand reißen.

Los, tu es doch! Nimm dir eine Zigarette. Denn sind wir doch mal ehrlich: Du ziehst es doch eh nicht durch. Wäre mal was Neues, wenn du eine Sache zu Ende bringen würdest. Also los!

Ich richte mich auf, fahre mir über das müde Gesicht und bleibe standhaft. Nein, ich werde jetzt nicht einknicken. Stattdessen greife ich nach einem Bonbon aus der Tüte, die vor mir auf dem Tisch liegt.

»Na, des sag ich ja: abgefahren. Ihr zwei in Rumänien ...«

Für meinen Geschmack klingt das etwas zu abfällig, auch wenn Kaiser nickt.

»Abgefahren. Das gefällt mir. Ihre Wohnung ist auch abgefahren, Valentina.«

Und da hat sie nicht unrecht. Wüsste ich nicht, wer hier lebt, würde ich den Bewohner wahrscheinlich irgendwo zwischen Messi und Kunstsammler verorten. Alles ist voll und zugestellt mit alten, »interessanten« Dingen wie einem Grammofon, das aber nicht mehr funktioniert und nur zu Dekorationszwecken neben dem selbst gebauten Regal steht, auf dem mehrere große Namen der Literaturwelt versammelt sind. Das klapprige Hollandfahrrad, welches den Flur zustellt, sieht nicht so aus, als wäre es in den letzten Monaten bewegt worden, ebenso wenig wie das abgenutzte Longboard, das sich als Fortbewegungsmittel auf den holprigen Kopfsteinpflasterstraßen der Stadt nur bedingt eignet. Über dem ganzen Chaos hängen immer wieder gerahmte abstrakte Gemälde und Drucke, die kleine Nummerierungen an den Rändern haben und sicherlich nicht billig sind. Dazwischen stehen große Topfpflanzen oder hüfthohe Holzstatuen auf kleinen Podesten, die aus Afrika oder Asien stammen dürften.

»Stimmt. Genau deswegen kann ich auch nicht jeden als Mitbewohner akzeptieren. Ich lege großen Wert darauf, *interessante* Menschen um mich zu haben. So wie Gabriel.«

Ja, ja, das habe ich inzwischen verstanden. Ich kann mir trotzdem nicht helfen. Diese kettenrauchende österreichische Johanna Lennon mit Yoko Gabriel im Arm hat irgendetwas an sich, das es mir nicht leichter macht, mich zu entspannen – oder sie zu mögen. Obwohl sie uns, ohne zu zögern, eine Übernachtungsmöglichkeit angeboten hat.

»Und Sie sind auch so ein *interessanter* Mensch, Elisabeth.«

Ich verdrehe unauffällig die Augen.

»Sie suchen nicht zufällig gerade eine neue Bleibe?«

»Danke, aber ich habe bereits eine Wohnung.«

»Schade. Wo wohnen Sie denn?«

»In einem Altenheim.«

Kaiser spricht die Wahrheit aus, und doch klingt es in meinen Ohren inzwischen wie eine Lüge.

»Ja, da schau her. Das kann ich mir bei Ihnen gar nicht vorstellen. Sie zwischen all diesen Halbtoten.«

»Es ist ganz in Ordnung. Das Personal ist gut.«

Sie sieht zu mir und hebt kurz ihr Glas. Ich nicke ihr lächelnd zu, nehme das Kompliment ausnahmsweise mal an.

»Aber wenn ich mir Sie so anschaue, haben Sie bestimmt ein bewegtes Leben geführt. Davor, meine ich.«

Tatsächlich weiß Valentina noch nicht viel über uns, da sich unser Gespräch beim Essen vor allem um Gabriel und seine letzten Monate gedreht hat. Mal wieder.

»Nicht so bewegt, wie Sie glauben.«

Dabei nimmt sie einen Schluck Wein und zwinkert Valentina vielsagend-nichtssagend über den Rand des Glases hinweg zu.

»Sie untertreibt gewaltig. Elisabeth war vor Ewigkeiten sogar schon mal in Australien. Bei Olympia! Als Schwimmerin.«

Gabriel klingt so stolz, als hätte er selbst und nicht die Kaiser den Trip erlebt.

»So, so. Das ist wiederum *sehr* interessant.«

Valentina ascht ab, gießt allen Wein nach, und ihre Augen funkeln neugierig hinter der runden Brille.

»Australien … So ein tolles Land voller Geheimnisse. Heimat der Traumwelt, Ursprung allen Lebens und der Traumzeit, der heiligen Schöpfungsgegenwart, die schon immer existiert und ohne Ende ist. Unsere Welt, ein Traum …«

Ich entscheide mich, das Weinglas auf ex zu leeren, weil ich das esoterische Gerede sonst nur schwer ertragen kann. Ob es inzwischen schon nicht mehr unhöflich wäre, schlafen zu gehen? Immerhin bin ich die Fahrerin und muss morgen fit sein.

Außerdem wird dich hier am Tisch ohnehin niemand vermissen. Man kann viel über dich sagen, aber »interessant« bist du wirklich nicht.

»Ich wette, Sie haben da unten einiges erlebt.«

Kaiser stellt das Weinglas ab und lehnt sich etwas nach vorne, wodurch die Kerzenflamme tanzende Schatten auf ihr Gesicht wirft.

»Sie würden mir ja doch nicht glauben.«

»Lassen wir es auf einen Versuch ankommen.«

Kaiser wirft mir einen fragenden Blick zu, und ich nicke auffordernd, weil ich, ehrlich gesagt, lieber ihr als Valentina zuhöre.

»Wo soll ich nur anfangen?«

»Mit der spannendsten Stelle.«

Kaisers Mundwinkel können sich nicht entscheiden, ob sie nach oben oder unten wollen. Sie starrt in die Kerze vor sich, und ich bin mir nicht mehr sicher, ob das so eine gute Idee ist. Doch bevor ich etwas sagen kann, holt sie tief Luft.

»Es war November 1956, ein heißer Frühsommer in Melbourne. Zu Hause herrschte Winter, aber wir hatten fast konstant über dreißig Grad, und die Schaufenster waren mit Weihnachtsdekorationen geschmückt.«

Sie lächelt versonnen.

»Es war merkwürdig, schwitzend in der Sonne Plastikweihnachtsbäume und falschen Schnee zu sehen.«

»Wie alt waren Sie?«

»Siebzehn, und nebenbei bemerkt ein echter Hingucker.«

Alle lachen leise, aber Kaiser fährt sich durch die Haare und lächelt charmant.

»Ich weiß, man kann es heute nur noch erahnen, aber damals hatte ich noch das Zeug, Männerherzen zu erobern.«

»Kein Zweifel.«

»Sogar Theo Menninger wollte mit mir ausgehen.«

Stille. Kaiser mustert uns enttäuscht der Reihe nach.

»Der Olympiasieger.«

Noch immer keine Reaktion.

»Über 100 Meter Rücken?«

Valentina schiebt sich die Brille auf der Nase wieder in Position und mustert Kaiser.

»Wie kam es dazu?«

»Er hielt mich wohl für eine gute Partie.«

»Und lief denn auch was zwischen Ihnen und diesem Theo?«

Gabriel verpasst Valentina für diese Frage einen leichten Ellenbogenstoß in die Rippen, aber sie zuckt nur entschuldigend mit den Schultern.

»Na, was denn? Man wird doch wohl noch fragen dürfen, oder?«

Kaiser lächelt milde.

»Nein, da lief nichts.«

Enttäuschte Gesichter über den Ausgang dieser vielversprechenden Geschichte.

»Wieso denn nicht?«

Kaisers Lächeln wächst, und ich erkenne sofort die junge Frau voller Sehnsüchte, Hoffnungen und Träume vom Foto in Maries Küche wieder.

»Weil Florin ihm Prügel angedroht hat, wenn er sich mir noch mal nähert.«

Obwohl ich Florin nicht kenne, bin ich rückwirkend stolz auf ihn.

»Wer ist denn dieser Florin? Der klingt ja auch interessant.«

»Ein Schwimmer. Die Liebe meines Lebens. Und Rumäne.«

Erkenntnis blitzt in Valentinas Augen auf – und auch bei Gabriel fällt der Groschen.

»Der fesche junge Mann ist nicht zufällig der Grund für Ihre Reise?«

»Warum sonst sollte man nach Rumänien wollen?«

Die Kaiser lächelt verschmitzt in die Runde.

»Und Sie wollen ihn nach all den Jahren wiedersehen, weil er diesem Theo Prügel angedroht hat.«

»So ungefähr, ja.«

»Auf ein glückliches Wiedersehen, Elli.«

Ich hebe mein leeres Weinglas und proste ihr zu, rufe mich damit aber leider auch Valentina in Erinnerung, die mich jetzt durch die runde Brille genauestens mustert.

»Karla war dein Name, nicht wahr?«

Es ist doch immer wieder schön zu sehen, welch bleibenden Eindruck ich bei den Menschen hinterlasse.

»Korrekt.«

»Und wie passt du in diese große Liebesgeschichte?«

Ich weiß genau, auf welche Version Kaiser und ich uns geeinigt haben, aber jetzt stütze ich meine Ellenbogen auf dem Tisch ab und starre durch die Kerzenflamme zu Valentina.

»Ich bin die nichtsnutzige Pflegehelferin aus dem Altenheim – die mit der Hanfplantage, die von Elli hier erpresst wird, damit sie sie kreuz und quer durch Europa kutschiert.«

Stille.

Dann bricht Valentina in schallendes Gelächter aus und klopft sich sogar vor lauter Amüsement auf den Oberschenkel.

»Karla, was für eine leiwande Geschichte!«

Ich nicke und lasse mir noch etwas Wein nachschenken.

»Gabriel, du hast echt die steilsten Freunde überhaupt!«

Gabriels Blick ist fest auf mich gerichtet. Er lächelt, aber nicht sonderlich überzeugend.

»Die habe ich, nicht wahr?«

KAPITEL VIERUNDDREISSIG

Elisabeth

Melbourne, 25. November 1956

»Wo zum Henker warst du so lange?«

Marie knipst das Licht an, obwohl ich die Türe so geräuschlos wie möglich hinter mir geschlossen habe. Sie sieht müde, besorgt und neugierig aus. Eine Mischung, die nur sie so ausdrucksstark beherrscht.

»Ich war aus.«

»Die anderen sind schon vor Stunden nach Hause gekommen.«

»Ich habe mich … verlaufen.«

Erschöpft lasse ich mich auf mein Bett fallen und ziehe die Schuhe aus.

»Verlaufen?«

Ich nicke, kann das Lächeln nicht viel länger zurückhalten, und so platzt es schließlich aus mir heraus.

»Wir waren noch eine Kleinigkeit trinken, haben ein paar Tänze nachgeholt, in einem Café, und haben uns unterhalten.«

»Bis jetzt?«

Ich weiß nicht genau, wie viel Uhr es ist, aber es ist schon nach Mitternacht, denn darauf hat mich die Aufseherin am Eingang nachdrücklich aufmerksam gemacht.

»Bis jetzt.«

»Mit Florin?«

»Mit Florin.«

»Und? Hat er dich geküsst?«

Ich muss nicht antworten, sie sieht es auch so. Dennoch nicke ich. Marie richtet sich in ihrem Bett auf, und fast könnte man meinen, Florin hätte auch sie geküsst, so aufgeregt sieht sie jetzt aus.

»Erzähl mir alles! Ich will alles wissen!«

»Nun, nachdem du mich gerettet hast, bin ich von der Tanzveranstaltung getürmt. Florin hat draußen noch immer auf mich gewartet, und dann ...«

»Hat er dich geküsst?!«

Ich nicke benommen von der Erinnerung, höre den leisen Nachklang von Dean Martins *Memories Are Made of This,* erlebe den Kuss gedanklich wieder, kann Florins Lippen fast auf meinen spüren.

»Ist er ein guter Küsser?«

Besonders viel Vergleichsmöglichkeiten habe ich zwar nicht, aber ohne Zweifel küsst Florin ausgesprochen gut.

»Unseren ersten Kuss werde ich niemals in meinem ganzen Leben vergessen.«

Und die danach auch nicht.

»Ach, Elli! Das ist wunderbar!«

»Es ist kompliziert, Marie.«

»Ich weiß, aber denk doch nur mal daran, was du die nächsten beiden Wochen noch alles erleben wirst! Ich kenne dich, Elli! Du bist verliebt.«

Verliebt.

Mein natürlicher Reflex will es abstreiten, aber weder das Kopfschütteln gelingt mir noch das Verneinen. Stattdessen starre ich sie sprachlos an.

»O mein Gott, du bist wirklich verliebt!«

Sie kommt zu mir rüber, setzt sich auf mein Bett und berührt meine Wange. Ihre Hand fühlt sich kühl an, als hätte ich Fieber. Das würde zumindest mein Verhalten von heute Abend, nein, heute Nacht erklären.

»Was willst du jetzt machen?«

Ostberlin.

Aber ich behalte unseren Plan vorerst für mich, und zwar so lange, bis ich weiß, ob er sich in die Tat umsetzen lässt.

Schließlich zucke ich nur die Schultern.

»Die Zeit, die uns hier bleibt, genießen?«

»Elli, das ist …«

»Ich weiß.«

Sie muss mich nicht daran erinnern, wie verrückt meine Situation ist – wunderschön und ausweglos.

»Ich weiß, ich weiß, Marie. Aber es ist, wie es ist. Ich kann es nicht abstellen.«

Marie war bereits öfter verliebt, aber sie wartet noch immer auf die große, echte, wahre Liebe, die ihr weiche Knie und ein aufgeregtes Herz beschert. Die ganze Zeit habe ich sie belächelt, wenn sie mir davon erzählt hat, und wie das Schicksal es nun mal so will, erlebe ich jetzt genau diese Art der Verliebtheit.

Sie greift nach meiner Hand, drückt sie kurz und lächelt traurig.

»Du wirst mit ihm reden müssen.«

»Wir sehen uns morgen beim Training und danach vielleicht noch mal im …«

»Nein, Elli. Nicht mit Florin.«

Sie sieht mich an und wirkt auf einmal so erwachsen, so schrecklich ernst.

»Mit Heinrich.«

Karla

Budapest (Ungarn), 3. August 2017, 22:30 Uhr

Ich öffne die Tür so leise wie möglich, dennoch gibt sie ein verräterisches Quietschen von sich, die meine Heimkehr viel zu laut ankündigt. Und nur für den unwahrscheinlichen Fall, dass mich doch niemand gehört hat, klimpert der von mir geliehene Hausschlüssel übermäßig laut, als ich ihn zurück in die Schale mit den anderen Schlüsseln legen will.

»Da sind Sie ja endlich!«

In der Dunkelheit der Wohnung steht Kaiser in einem weißen, fast bodenlangen Nachthemd und mit verschränkten Armen vor mir, als wäre ich ein Teenager, der später als besprochen nach Hause kommt.

Dabei bin ich nur ein bisschen an die frische Luft gegangen, weil mir Valentinas Gequatsche – und Gequarze – auf die ohnehin schon strapazierten Nerven gegangen ist.

Das – und ihr Geflirte mit Gabriel.

»Wir haben uns schon Sorgen um Sie gemacht!«

»Wir?«

Die Leere der Küche behauptet das Gegenteil. Die anderen sind schon zu Bett gegangen, so sorgenvoll können sie also gar nicht gewesen sein.

»Gut, *ich* habe mir Sorgen gemacht. Sie waren plötzlich einfach weg. Über eine Stunde lang.«

»Ich wollte einfach ein bisschen raus.«

Mit zwei Schritten ist Elli bei mir und schnuppert an meinen Haaren und meinen Fingern.

»Sie haben doch nicht etwa heimlich geraucht?!«

Ich ziehe eine frische Zigarettenpackung aus der Hosentasche.

»Ach, Karla!«

Kaisers müde Augen verraten, wie enttäuscht sie ist. Das ist fast schon niedlich.

»Entspannen Sie sich.«

Ich werfe ihr die originalversiegelte Packung zu und schüttle den Kopf.

»Ich wollte, aber ich habe nicht. Sind Sie jetzt stolz auf mich?«

Als würde sie mir nicht glauben, nimmt sie die Packung genauestens unter die Lupe, stellt dann aber fest, dass ich die Wahrheit sage, und nickt zufrieden.

»Aber Sie haben eine Packung gekauft. Das ist kein gutes Zeichen.«

»Das können Sie mir nicht verübeln. Bei dem ganzen Gequatsche vorhin.«

»Ja, diese Valentina hört sich gerne reden. Deswegen nehme ich es Ihnen auch ein bisschen übel, dass Sie mich mit ihr alleine gelassen haben.«

»Gabriel war doch auch noch da, und es hatte ganz den Anschein, Sie mögen sie.«

»Ich weiß jetzt zumindest, dass sich der dritte Weltkrieg nur durch den Buddhismus verhindern lässt und Sojakerzen gut für die Aura sind.«

»Das klingt *interessant.*«

Kaiser kann sich trotz Standpauke ein Lächeln nicht verkneifen, doch dann wird ihr Gesichtsausdruck auch schon wieder ernst.

»Kurz hatte ich Angst, Sie wären mit Lola über alle Berge geflüchtet und hätten mich hier zurückgelassen.«

»Und Sie bei Ihrem geliebten Enkel vergessen?«

»Das nehmen Sie mir wirklich übel.«

»Nein.«

Doch.

»Sie würden mich doch niemals freiwillig mit Gabriel alleine lassen …«

Selbst im Halbdunkeln kann ich sehen, dass sie jetzt grinst.

»Wieso nicht, dann kämen Sie endlich nach Lissabon oder wohin auch immer Sie ihm folgen wollen.«

»Ach, Karla …«

»Sie wollen gar nicht mehr zurück in die *Pinie,* habe ich recht? Die *Sonnenwende* macht Ihnen Angst.«

Das weiße Altbauwohnungsgespenst vor mir zuckt die Schultern, und ich nehme auf dem antiken Schuhregal – zwischen Fahrrad und Longboard – Platz, spüre die Müdigkeit in meinen Knochen und die Lustlosigkeit in meiner Seele.

»Was soll ich dort? Ich habe ein Haus, ein Zuhause.«

»Gibt es denn keine Möglichkeit, wie Sie zurück in Ihr Haus können?«

»Ich weiß es, ehrlich gesagt, nicht, und es ist ohnehin zu groß für mich alleine.«

Was sie wirklich sagen will, ist: Es ist zu einsam. Ich weiß das deswegen so genau, weil mir, seit Matze ausgezogen ist, meine Dreizimmerwohnung so groß wie ein venezianischer Palazzo vorkommt. Und genauso kühl.

»Sie können aber doch nicht ewig unterwegs sein. Irgendwann wird die Geiger Interpol einschalten.«

»Meine Ewigkeit dauert nicht so lange, wie Sie es sich jetzt vorstellen, Karla.«

Sie lässt sich auf den wacklig aussehenden dreibeinigen Holzhocker mir gegenüber sinken und schlägt die Beine übereinander.

»Ach, kommen Sie schon. Sie sind noch gut in Schuss. Sie sterben nicht so schnell.«

»Schneller, als Ihre Ewigkeit zu Ende ist.«

»Ich kann verstehen, dass Ihnen das hier Spaß macht, aber …«

Wie soll ich die Worte über die Lippen bringen?

»Aber?«

»Aber ich muss irgendwann wieder nach Stuttgart. Zurück in die *Schattige Pinie.*«

»Als ob Sie den Job dort wirklich vermissen würden.«

Sie schüttelt entschlossen den Kopf und hat diese Entscheidung offensichtlich für mich getroffen.

»Das vielleicht nicht, aber ich habe eine Wohnung, Rechnungen, und Herr Römer verlässt sich auf mich.«

»Römer?«

»Ich habe ihm versprochen, ihn nächste Woche wieder zu besuchen.«

»Ich hatte nicht den Eindruck, sie beide hätten ein ausgesprochen inniges Verhältnis.«

»Ich meine ja auch *besuchen* … Er hat Schmerzen in den Händen, richtig schlimm.«

»Rheuma, das kommt mit dem Alter.«

»Ich weiß, aber ich kann ihm ein bisschen helfen. Mein …«

Ich suche die richtigen Worte.

»… Marihuana, hilft ihm dabei.«

»Ach, wirklich.«

»Ja, es hat fantastische Nebenwirkungen. Frau Zimmermann konnte vorher kaum einschlafen.«

Als ich ihren Namen nenne, durchzuckt mich ein Schmerz, den ich so nicht erwartet hätte. Irgendwie denke ich noch immer, dass ich sie, wenn ich zurück bin, vormittags in ihrem Gartenstuhl schlummernd vorfinde.

»Die Gute hat geschnarcht wie ein Braunbär! Die habe ich Nacht für Nacht durch die Wand gehört.«

Und in Zukunft wird es dort erst einmal still sein.

»Ja, weil ich sie mit Marihuana versorgt habe. Aber das wissen Sie doch.«

Kaiser kneift die Augen zusammen, vielleicht, weil sie mich dann in der Dunkelheit besser sehen kann.

»Ja, das wusste ich, aber … Sie helfen den Senioren also, indem Sie Ihnen das Rauschgift verkaufen?«

»Ich helfe Ihnen dabei, angenehmer zu leben und unnötigen Bürokratiekram zu umgehen.«

»Ich dachte, es ist für Sie nichts weiter als ein netter Nebenverdienst.«

»Das dachte ich anfangs auch.«

»Ihnen sind die Herrschaften ans Herz gewachsen.«

Ich antworte nicht.

»Wieso sind Sie eigentlich Pflegehelferin? Sie kommen mir nicht wie jemand vor, der mit einer Ausbildung überfordert wäre?«

Es war keine Ausbildung, die mich überfordert hat.

Nein, du hast dein Studium hingeschmissen! Kurz vor dem Ziel. Aber das war mal wieder typisch. Man kann ja nichts anderes von dir erwarten.

»Ich bringe Dinge nicht zu Ende, wussten Sie das nicht?«

Etwas daran, wie ich diese Frage stelle, bringt Kaiser dazu, mich mitfühlend anzusehen.

»Nein, aber das hätten Sie mir vor dieser Reise sagen können.«

Jetzt muss auch ich leicht lächeln.

»Das war nicht Teil Ihres Fragenkatalogs.«

»Stimmt. Trotzdem wollen Sie jetzt unbedingt zurück zu Ihrem Job und der *Pinie?*«

»Ich kann Römer und die anderen nicht hängen lassen. Sie verlassen sich auf mich.«

»Verstehe. Sie wollen das, was Sie da angefangen haben, auch zu Ende bringen.«

Sie sieht mich vielsagend an.

»Das klingt gut. Aber meine Tage in der *Pinie* sind gezählt. Für mich geht es, wenn wir zurück sind, in die *Sonnenwende,* schon vergessen?« Was das für sie bedeutet, wird mir jetzt erst langsam wirklich bewusst.

»Vermutlich suchen die mich schon mit einem Großaufgebot und hoffen, meine Leiche irgendwo im Gebüsch zu finden.«

»Sagen Sie das nicht.«

»Das würde Geld und Mühen sparen.«

Da fällt mir ein, dass ich vorhin unterwegs noch einmal im Internet nachgeschaut habe, ob in Stuttgart nach einer entlaufenen Seniorin gesucht wird, aber ich bin auf nichts gestoßen. Weder in Zeitungen noch bei der Polizei. Allerdings scheint mir gerade nicht der richtige Moment zu sein, um Kaiser zu sagen, dass offenbar niemand ernsthaft nach ihr sucht.

»Karla, ich würde, ehrlich gesagt, lieber auf diesem Roadtrip verloren gehen, als mein Dasein in der *Sonnenwende* zu fristen.«

Damit steht sie wieder auf, macht sich über den knarrenden Holzfußboden auf den Weg ins Wohnzimmer und lässt mich und das Thema »Zukunft« in der Dunkelheit zurück.

»Wir haben übrigens die Couch zugeteilt bekommen.«

Einen kurzen Augenblick bleibe ich noch sitzen, denke über ihre Worte und die Resignation in ihren Augen nach, bevor ich ihr schließlich folge.

Das Wohnzimmer ist nicht besonders groß, aber gemütlich eingerichtet – ausgewählte Möbel aus den Sperrmüllsammlungen fremder Menschen, darüber Farbfeldmalerei an den Wänden, die wahrscheinlich in eine Galerie, wenn nicht sogar ins Museum gehört. Auf dem kleinen, durchgewetzten Ledersessel in der Ecke steht Kaisers Koffer aufgeklappt und gibt einen Blick auf das inzwischen durcheinandergeratene Innere frei.

»Ich hielt Sie für ordentlicher.«

Kaiser sieht ertappt zu mir und will den Koffer eilig zuklappen, aber ich bin schneller und schnappe mir ein gerahmtes Foto, das zwischen Unterhemden, anderen Kleiderknäueln und einem großen goldenen Anhänger liegt. Kurz kommt mir in den Sinn, dass ich schon bei unserer Abfahrt in Stuttgart etwas Goldenes aus einer Schatulle im Koffer habe blitzen sehen, aber die Neugier auf das Foto ist größer, und ich greife danach. Es zeigt Elli als junge Frau am Arm eines ebenso jungen Mannes in einem weißen Hemd. Sie trägt eine helle Bluse, einen schwarzen Rock und ein strahlendes Lächeln im Gesicht, im Hintergrund sind zahlreiche Bücher zu erkennen. Die Narbe an der Augenbraue verrät Florin sofort.

»Wow.«

»Danke.«

»Sie sehen so glücklich aus.«

»Das war ich auch.«

Kurz will sie lächeln, schafft es aber nicht ganz, wendet sich von mir – und dem Foto – ab und konzentriert sich stattdessen darauf, die Kissen auf der ausgezogenen und mit einem weißen Betttuch bedeckten Cordcouch aufzuschütteln.

»Wie mir scheint, teilen wir uns den Schlafplatz heute Nacht.«

»Kein Problem.«

Ich warte, ob sie damit auch das Thema »Foto und Florin« beendet – und sie wartet vermutlich darauf, dass ich es beende. Schließlich dreht sie sich wieder zu mir.

»Das Foto ist in einem Buchladen in Melbournes Innenstadt aufgenommen. Wir haben nach einem Hemingway-Roman gesucht.«

Sie steht im Halbdunkel des Wohnzimmers. Das weiße Nachthemd lässt sie wie einen Geist aus einer anderen Welt erscheinen, aber das zarte Lächeln auf ihren Lippen erinnert sehr an das der jungen Frau auf dem Foto in meinen Händen.

»Es war ein sonniger Tag zwischen den Wettkämpfen. Wir haben uns zusammen davongestohlen, weil wir auf dem Gelände strikt voneinander getrennt wurden. Die Tage mit Florin, das waren die glücklichsten meines Lebens.«

»Wusste Heinrich eigentlich von ihm?«

Ich erwarte fast, dass sie wieder wegsieht oder mir ausweicht, aber stattdessen steht sie da, hält meinem Blick stand und schüttelt kurz den Kopf.

»Nein. Nur Marie und später dann Hans.«

»Sie haben das all die Jahre nur mit sich alleine ausgemacht?«

»Ich habe mich damals nun mal für Heinrich entschieden. Florin gehörte in ein anderes Leben.«

»Ich verstehe.«

Obwohl ich genau genommen rein gar nichts verstehe.

»Manchmal habe ich sogar mich selbst davon überzeugt, dass ich gar nicht mehr an ihn denke, und dann lief ein alter Song im Radio, und ich war gedanklich wieder in Melbourne.« Kaiser nestelt an ihrem Nachthemd und den folgenden Worten.

»Ich möchte nicht, dass Sie schlecht über mich denken, Karla.«

»Warum sollte ich?«

»Weil ich es manchmal tue.«

Elisabeth

Melbourne, 25. November 1956

»Herrgott noch mal, was ist nur los mit dir?«

Stettners wütende Stimme erreicht mich selbst unter Wasser, wo ich trotz der siebzehn Grad Wassertemperatur am liebsten für immer bleiben möchte. Der Chlorgeruch, die in zahlreichen fremden Sprachen gebrüllten Trainingsanweisungen und das vertraute Geräusch, wenn die Rückenschwimmer auf der benachbarten Bahn an ihrer Beinarbeit arbeiten – all das erinnert mich daran, wo ich bin. Und fordert meine Gedanken auf, sich ebenfalls zurück zu mir ins Wasser zu bewegen. Und nicht noch länger bei Florin – und gestern Nacht – zu verharren.

»Wenn das so weitergeht, können wir dich auch gleich wieder nach Hause schicken. Das wird eine Blamage!«

Solche Standpauken habe ich schon oft aus seinem Mund gehört, jedoch waren sie noch nie an mich adressiert.

»Elisabeth, entweder du reißt dich jetzt verdammt noch mal zusammen, oder ich nehme dich aus dem Wettbewerb!«

Das wird er nicht tun, weil das hier Olympia ist und weil ich selbst an einem miesen Tag schneller bin als die meisten anderen. Aber ich traue ihm dennoch zu, dass er sich eine anständige Strafe für mich überlegen wird. Außerdem hat sich rumgesprochen, dass ich zu spät zurück ins olympische Dorf gekommen bin, was die Stimmung nicht verbessert hat. Stettner geht am Beckenrand in die Hocke, schiebt sich die Mütze aus der Stirn und funkelt mich wütend an.

»Ich weiß nicht, was mit dir los ist, aber das hier ist nicht die Elisabeth, die ich kenne.«

Richtig. Das ist nämlich auch nicht die Elisabeth, die ich kenne. Es ist eine neue Version von mir, die ich morgens im Spiegel begrüße und die mir dann summend und lächelnd durch den Tag folgt. Gut, der Zeitpunkt ist jetzt nicht perfekt, aber ist das wirklich so schlimm?

»Es wäre das Beste, wenn du dich wieder auf das konzentrierst, worauf wir die letzten Jahre hingearbeitet haben.«

Ich will nicken, ihm zustimmen und versprechen, dass ich meine Form wiederfinde, sobald ich ein bisschen Schlaf nachgeholt habe, doch mein Blick wird abgelenkt, weil eine Gruppe junger Männer am anderen Ende der Schwimmhalle kurz meine Aufmerksamkeit auf sich zieht. Sie lachen, scherzen und sind sich ihrer Ausstrahlung bewusst, denn außer mir schauen auch noch andere Frauen rüber. Sogar Dawn Fraser, die nur zwei Bahnen von mir entfernt trainiert und zufrieden feststellt, dass ich gerade unter einem Formtief leide.

Doch das alles spielt im Moment keine Rolle mehr, denn einer der jungen Männer, die mit ihrem Lachen die Halle – und mein Leben – füllen, ist Florin.

Stettner wirft ihnen einen abschätzigen Blick zu.

»Ich frage mich, wieso die so gute Laune haben. Gegen Murray Rose werden sie im Wasser alle schlecht aussehen.«

Hat er das kleine Wettschwimmen zwischen Florin und Theo vergessen?

»Mhm.«

Während die anderen sich mit den russischen Schwimmern unterhalten, sucht Florin die Lücke in all den beobachtenden Blicken und schenkt mir ein Lächeln, das nur ich sehe – und welches auch nur mir gehört.

Sofort sind die Erinnerungen da. Sie vertreiben die Zweifel des Morgens und bringen das Kribbeln zurück, das im Wasser fast verschwunden war.

»Verstanden?«

Stettner sieht wieder zu mir, aber ich weiß nicht, worauf ich antworte, als ich nicke.

»Verstanden.«

»Gut. Und jetzt raus mit dir. Die Herren sind dran.«

Damit steht er auf, winkt Marie und Ursula, eine weitere Goldhoffnung, zu sich und marschiert mit ihnen davon. Marie zeigt mir noch einen erhobenen Daumen hinter ihrem Rücken, dann taucht jemand am Startblock neben meinem auf.

»Hallo.«

Ich muss nicht hochschauen, um zu wissen, wer da ein paar Schritte neben mir seine Dehnübungen macht und möglichst unbeteiligt aussieht. Dennoch lasse ich meinen Blick über seine langen, muskulösen Beine nach oben wandern, über seinen flachen Bauch, die Brust, bis zu seinem Kinn, den Lippen, die ich gestern geküsst habe, und den grünen Augen, die mich freudig funkelnd empfangen.

»Hallo.«

»Hast du Ärger gekriegt?«

Er beugt sich zum Wasser, spritzt es sich auf den Oberkörper und den Rücken.

»Nicht der Rede wert.«

Und kein Vergleich zu dem Ärger, der mich zu Hause erwartet.

»Du hast dich um einen Schlag vertan.«

»Was?«

»Du hättest mit deinem letzten Schlag Sekunden gespart.«

Er hat mich beobachtet. Beim Training. Das macht mich nervös und glücklich.

»Zähl deine Züge.«

Er zwinkert mir zu, steigt auf den Startblock neben meinem und geht in Position.

»Dann holst du Gold.«

Er drückt sich kräftig beim Sprung ab, taucht ins Wasser, ohne für viele Spritzer zu sorgen, und ist verschwunden. Der Gedanke, dass er im selben Wasser ist, nur durch eine Bahn getrennt, lässt meine Gedanken Karussell fahren. Ich müsste jetzt eigentlich raus aus dem Becken und mich abduschen, aber ich kann nicht anders, ich muss ihm zuschauen, wie er wieder auftaucht, beobachte seine kräftigen Armbewegungen, die kontrollierte Beinarbeit, und zähle seine Züge. Die Wende, perfekt wie bei kaum einem anderen Athleten. Es sieht bei ihm so leicht aus, so flüssig. Wieder eine perfekte Wende. Wieder ist er lange unter Wasser, taucht auf, gibt alles und schlägt mit seinem letzten Zug perfekt an die Beckenmauer. Keine Energie verschwendet, ein Rennen wie aus dem Lehrbuch, dazu ein freches Grinsen.

Er wischt sich die Haare aus der Stirn, während er wieder zu mir schwimmt. Wassertropfen rinnen über sein Gesicht und die Lippen, und ich muss all meine Willenskraft darauf verwenden, sie ihm nicht wegzuküssen. Er stützt die Arme auf die Bahnmarkierung und sieht zu mir.

»Zähl die Züge.«

Gerade zähle ich aber die Schläge meines Herzens, die schneller werden, je länger er mich ansieht. Ich könnte ihn berühren. Es wäre eine Leichtigkeit, niemand würde es sehen. Es könnte ganz unabsichtlich passieren.

Unauffällig streife ich seinen Ellenbogen mit meinem, während ich mich ebenfalls an die Markierung hänge.

»Du wärst ein guter Trainer.«

Er lacht leise.

»Ja, ich bin gut darin, anderen zu sagen, wie sie besser werden. Nur bei mir selber, da tu ich mich schwer.«

Er zuckt die Schultern, sein Blick streichelt meine Wange, und fast fühlt es sich so an, als würde er mich berühren.

»Was möchtest du denn besser machen?«

Ich lehne mein Kinn auf meine Arme und sehe ihn an, vergesse alles um uns herum – und die Tatsache, dass wir hier gerade gegen alle möglichen Regeln verstoßen und nicht alleine sind. Trotzdem: Hier, im Tumult der Trainingshalle, sind wir nur zwei Athleten, die sich beim Trainingswechsel kurz unterhalten.

»Vieles. Das meiste allerdings außerhalb des Beckens.«

Ich strecke meinen Zeigefinger vorsichtig aus, berühre seinen Ellenbogen.

»Was hält dich davon ab?«

Er zögert, unsicher. Schließlich schüttelt er den Kopf.

»Ich wünschte, du könntest mit mir kommen. Oder ich mit dir. Ich wünschte, ich könnte dich meinen Eltern vorstellen.«

Wir wissen beide, dass es nicht an uns scheitern würde.

»Ich wünschte, wir könnten hierbleiben.«

Ich halte überrascht inne.

»In Australien?«

»Wieso nicht? Ich habe gehört, einige der ungarischen Sportler planen, nicht zurück nach Hause zu fliegen.«

Das Gerücht habe ich, Marie sei Dank, tatsächlich auch gehört, aber bisher habe ich nicht wirklich über diese Möglichkeit nachgedacht.

»Es wäre einfach. Wir bleiben hier. Zusammen.«

»Und dann?«

»Dann suchen wir uns eine Arbeit und eine Wohnung und werden zusammen glücklich.«

So wunderschön diese Vorstellung auch klingen mag, sie ist nicht so einfach umzusetzen. An seinem Gesichtsausdruck kann ich aber ablesen, dass es ihm durchaus ernst ist.

»Lass uns hierbleiben, Elli. Du und ich.«

»Das geht nicht.«

»Wieso nicht?«

»Ich bin noch minderjährig. Da kann ich bestimmt nicht einfach so hierbleiben, und was ist mit deiner Familie?«

»Die würden doch selber gehen, wenn sie nur könnten.«

Hierbleiben. Mit Florin.

»Elli, denk darüber nach. Es wäre eine Chance!«

Ich muss an meine Eltern denken, die sich nichts sehnlicher

wünschen, als dass ich einen Mann finde, der mich heiraten will, damit ich meine eigene Familie gründe.

»Ich weiß nicht. Wieso willst du alles so überstürzen?«

Florin sieht mich ein bisschen enttäuscht an, aber da sind noch immer das jungenhafte Lachen und die strahlenden Augen.

»Weil wir nicht viel Zeit haben und ich dich nicht verlieren will.«

Allerdings wären meine Eltern sicher nicht glücklich, einen Flug von zweiundzwanzig Stunden auf sich zu nehmen, nur um ihre Tochter und deren wildfremden rumänischen Mann besuchen zu können.

»Was ist aus Ostberlin geworden?«

Ein schüchternes Lächeln zuckt über seine Lippen.

»Ich hatte Angst, du hättest es gestern nicht ernst gemeint.«

»Nun, das habe ich.«

Ich klinge fast ein bisschen trotzig, aber es stört mich nicht. Er soll wissen, dass es mir ebenso ernst ist wie ihm.

»Ich muss nur erst einige Dinge mit jemandem zu Hause klären. Das ist alles.«

»Mit wem?«

Eine berechtigte Frage mit einer erdrückenden Antwort. Um sie ihm nicht geben zu müssen, lasse ich die Bahnmarkierung los und tauche langsam unter.

Karla

Budapest (Ungarn), 4. August 2017,
06:30 Uhr

»Wir müssen los.«

Ich blinzle von-einem-Lkw-überfahren-platt in die morgendliche Helligkeit des Zimmers und erkenne Umrisse von mir fremden Möbelstücken in einer Wohnung, die ich bei Tag noch nie gesehen habe, die aber die Worte »kreatives Chaos« in mir aufpoppen lassen.

Kaiser hat heute Nacht den halben Amazonas-Urwald abgesägt, während Gabriel die Nachbarschaft durch sein Stöhnen wach gehalten hat, wobei er eindrucksvoll von Valentina unterstützt wurde. Und ich? Ich habe viel zu unruhig geschlafen, mit meinen unbequemen Gedanken gekuschelt und werde jetzt viel zu früh wach, weil Gabriels Gesicht vor mir auftaucht.

Kaiser schläft noch immer – inzwischen schnarchlos – neben mir. Auch der Rest der Wohnung schweigt noch.

Bis auf Gabriel. Seine Locken sind heute wilder als gestern, seine Augen wach und die Wangen leicht gerötet. Leider weiß ich zu genau, warum er so aussieht.

Die restliche Nachbarschaft übrigens auch.

Ich will den Mund öffnen, um ihm einen schönen guten Morgen zu wünschen, mich dann auf die andere Seite zu rollen und noch ein Stündchen Schlaf einzufangen, aber Gabriel legt seinen Zeigefinger an die Lippen, bevor ich auch nur einen Ton rausbringen kann.

»Wir müssen sofort los.« Er flüstert so leise, dass ich mir nicht sicher bin, ob ich ihn richtig verstanden habe, aber er nickt hektisch in Richtung Flur.

»Was?« Ich gebe mir Mühe, ebenfalls zu flüstern, falle damit bei Gabriel aber durch.

»Schhh! Willst du das ganze Haus aufwecken?«

Kaiser dreht sich zu uns um, öffnet die Augen und straft Gabriel mit einem strengen Blick.

»Na, das haben Sie gestern Nacht ja schon übernommen. Wo liegt denn das Problem?«

»Nirgends. Wir müssen nur dringend weiter. Wir haben heute noch eine lange Strecke vor uns.«

Kaiser setzt sich auf, fährt sich über das Gesicht, das beruhigend zerknittert aussieht, und schüttelt den Kopf.

»Ohne Frühstück gehe ich nirgendwohin.«

»Aber ...«

»Und Kaffee.«

Gabriel sieht Hilfe suchend zu mir, aber ich zucke nur die Schultern und nicke zustimmend.

»Ohne Kaffee bin ich nicht funktionsfähig, sorry.«

»O Mann! Wir müssen verschwinden. Und zwar flott.«

»Wieso? Hast du gestern Nacht noch eine Bank ausgeraubt?«

Elli setzt sich neben mir auf.

»Unmöglich. So multitaskingfähig ist nicht mal Gabriel. Er war anderweitig beschäftigt. Weithin hörbar, wenn ich das betonen darf.«

»Ihr könnt euch noch den ganzen Tag über mich lustig machen, aber jetzt müssen wir verschwinden, bevor sie aufwacht!«

Erst jetzt fällt mir auf, dass Gabriel seinen Rucksack in der Hand hält und tatsächlich schon fertig angezogen ist. Nur Kaiser und ich sind noch in Schlafoptik unterwegs.

»In zwei Minuten in der Küche. Zack, zack!« Er wendet sich in Richtung Flur, als ihm noch etwas einfällt und er uns einen strengen Blick zuwirft.

»Und das bitte möglichst leise. Danke.«

Dann ist er auch schon wieder lautlos verschwunden und hinterlässt zwei verwirrte Mitfahrer, die sich fragend ansehen.

»Wieso hat er es denn so eilig?«

»Ich nehme an, er ist kein Morgen-danach-Mensch. Oder er ist auf der Flucht.«

Kaiser schlägt die Decke – und meinen Vorschlag – einfach zur Seite und steigt aus dem Bett.

»Sie haben wirklich eine sehr lebhafte Fantasie, Karla.«

Wie gestern schon auf dem Parkplatz, beginnt sie mit einigen Dehnübungen.

»Sie müssen zugeben, dass er ein bisschen … speziell ist.«

»Speziell muss doch nicht immer schlecht sein. Los, raus aus den Federn.«

Nur widerstrebend stehe ich ebenfalls auf, schüttle kurz meine Arme und den Schlaf damit endgültig ab. Kaiser beugt sich nach vorne und greift wieder nach ihren – übrigens rot lackierten – Zehen. Voller Erstaunen stelle ich fest, dass ich es ihr a) wieder nachmache und b) ein kleines Stückchen weiter komme als gestern noch.

»Ich finde auch nur, dass Gabriel merkwürdig ist. Irgendwas stimmt an ihm nicht, und nein, ich bin noch immer nicht eifersüchtig.«

Außer vielleicht ein bisschen.

»Und was schlagen Sie vor, Sherlock? Sollen wir sein Gepäck durchsuchen?«

»Vielleicht reicht es ja, wenn wir ihn etwas genauer unter die Lupe nehmen, Miss Marple.«

Auch über Kopf kann ich erkennen, dass Kaiser schmunzeln muss.

»Also gut, wir nehmen ihn etwas genauer unter die Lupe, wenn Sie das glücklich macht.«

»Und seien Sie vorsichtig.«

»Karla …«

»Ich will nur nicht, dass Sie sich zu sehr an ihn gewöhnen.« Kaiser sieht zu mir, ebenfalls über Kopf.

»Sie machen sich Sorgen um mich?«

»Nein.«

»Doch, das tun Sie.«

Viel Zeit für den kurzen gefühlsduseligen Moment bleibt uns nicht, da Gabriel wieder im Wohnzimmer auftaucht, die Hände in die Hüften stemmt und heftig den Kopf schüttelt.

»Könnten wir unsere Yogastunde vielleicht um ein paar Kilometer verschieben? Ich würde wirklich gerne verschwinden, bevor Valentina wach wird.«

»Du willst sie nicht sehen? Gestern Nacht klang das anders ...« Er feuert einen wütenden Seitenblick in meine Richtung.

»Gestern Nacht war ja auch nicht heute früh. Können wir also einfach fahren und das hier vergessen?«

Kaiser richtet sich auf.

»Entspannen Sie sich, Gabriel. Bevor Valentina weiß, dass Sie ihr das Herz geklaut haben, sind wir schon längst wieder unterwegs.«

Elisabeth

Melbourne, 25. November 1956

Sonntag ist ein wettkampffreier Tag.

Einige Mannschaften haben Pressetermine, andere nutzen den Tag für eine zusätzliche Trainingseinheit. Wir sind geschlossen als gesamtdeutsches Team in der Stadt unterwegs – zumindest will man es nach außen hin so vermitteln –, um dort am Nachmittag ein bisschen Entspannung zu genießen. Ich habe mir tatsächlich überlegt, einen Magen-Darm-Infekt vorzutäuschen, damit ich den Tag im olympischen Dorf verbringen und vielleicht einen kurzen Moment mit Florin haben kann, aber jetzt schlendere auch ich mit den anderen durch die Straßen der Weltstadt Melbourne und posiere immer mal wieder für Fotos. Marie hat eine Kamera dabei und möchte einige Erinnerungen festhalten.

»Stellt euch doch mal zusammen.«

Einen kurzen Moment zögere ich aus Gewohnheit. Für gewöhnlich wurde mir an dieser Stelle die Kamera in die Hand gedrückt und um ein Foto gebeten. Doch diesmal winken die anderen um Ursula und Marie mich herbei.

Diesmal gehöre ich dazu.

Zum ersten Mal überhaupt gehöre ich wirklich dazu.

Zwischen Marie, Eva-Marie und Ursula strahle ich vor einem besonders schönen Gebäude in die Kamera und spüre, dass das Lächeln auf meinen Lippen echt ist.

»Wenn wir wieder daheim sind, lasse ich für uns alle Abzüge machen, ja?«

Von einigen Sportlern, deren Wettkämpfe bereits vorbei sind, ist die Anspannung abgefallen. Sie lachen gelöst und machen Faxen für die Erinnerungsfotos.

Kurz darauf schlendern Marie und ich an einem Juweliergeschäft vorbei und betrachten die glitzernden Auslagen, die wir uns niemals leisten könnten.

»Wenn jemand wie Carlo mir einen Ring schenken würde ...«

»Würdest du ihn nie mehr abnehmen.«

»Ganz genau.«

»Marie, er ist zehn Jahre älter.«

»Ich weiß. Ich will ihn ja auch nicht heiraten.«

Mein Blick bleibt an einer Brosche aus Silber hängen, deretwegen ich fast meine Nase an der Scheibe platt drücke.

»Die ist wunderschön!«

Marie sieht direkt auf das Preisschild.

»Und wunderteuer.«

Das stimmt, der Preis ist lächerlich hoch. Die Brosche stellt eine Welle dar, die mit zwei kleinen, blau funkelnden Edelsteinen – vermutlich Aquamarine – besetzt ist.

»Wieso kann man manche Dinge, die man will, nicht einfach haben?«

»Weil sie zu teuer sind?«

Ich nicke matt.

»Oder weil es zu viel kostet, sie mit nach Hause zu nehmen.«

»Sag ich doch. Oder sprechen wir überhaupt noch über die Brosche?«

Meine Stirn lehnt noch immer an der Scheibe, und so schließe ich einen Moment die Augen.

»Wieso kann ich meinen Eltern nicht einfach von Florin erzählen und erklären, dass ich Heinrich nicht heiraten will, auch wenn er ein toller Mann ist?«

»Heinrich will dich heiraten?«

»Na, er hat zumindest Andeutungen gemacht. Aber ich weiß nicht, wie ernst er es meint.«

»Wahnsinn.«

»Ich weiß.«

Marie drückt mir ihre Kamera in die Hand, die ich blind halte.

»Du steckst echt bis zum Hals im Schlamassel, Elli.«

Ich will die Augen nicht wieder öffnen, weil ich dann weder die Brosche noch Florin einfach so nach Deutschland holen kann.

Da spüre ich einen kühlen Luftzug neben mir.

»Gefällt sie dir?«

Erschrocken reiße ich die Augen auf, aber da steht nicht mehr Marie, sondern Florin.

»Wie machst du das immer?«

»Was genau?«

Er lehnt sich neben mich an die Scheibe.

»Auftauchen, wenn ich an dich denke?«

Er streift mit dem Zeigefinger über meine Wange.

»Vielleicht tauchst ja auch du immer dann auf, wenn ich an dich denke.«

»Was machst du hier eigentlich?«

Er legt kurz die Finger an die Lippen, weil seine Antwort nicht für alle Ohren gedacht ist.

»Ich dachte, ich entführe dich.«

»Aber …«

Bevor ich etwas entgegnen kann, greift Florin nach meiner Hand und zieht mich die Straße entlang in die andere Richtung. Ich sehe noch Marie, die wissend nickt. Dann sind wir auch schon um die Ecke verschwunden, gehen immer schneller, Hand in Hand, bis wir schließlich rennen.

Ich weiß nicht, wohin, kenne mich in der Stadt nicht aus, und doch weiß ich genau, dass es nur die richtige Richtung sein kann. Mit Florin zusammen.

Lachend und außer Atem kommen wir am Yarra River an, der durch die Stadt fließt. Eine sanfte Brise weht uns in die vom Laufen geröteten Gesichter, während ich die Abkühlung genieße.

»Du bist verrückt, weißt du das?«

Er wiegt nachdenklich den Kopf und nickt schließlich.

»Bin ich, aber ich wollte einfach noch etwas Zeit mit dir verbringen. Murray hat mir von einem Buchladen hier erzählt. Ich dachte, vielleicht schauen wir uns den mal an. Vielleicht finden wir ja Hemingway.«

Hand in Hand gehen wir durch die Straßen, sind den meisten Passanten nicht mal einen Blick wert, und gehen als Paar vollkommen in der Großstadt unter.

Es mag ein kleiner Moment sein, aber ich schließe ihn ganz fest in meinem Herzen ein, weil ich nicht weiß, ob und wann ich ihn wieder erleben darf.

Er bemerkt meinen Blick, der auf ihm ruht, und fährt sich fast etwas verlegen über die Wange.

»Habe ich etwas im Gesicht?«

»Nein.«

»Wieso starrst du mich dann so an?«

»Weil ich nicht vergessen will, wie du aussiehst.«

Er bleibt stehen und öffnet die Tür zu einem kleinen Buchladen, den wir erreicht haben, ohne dass ich es bemerkt habe. Die Glocke über unseren Köpfen kündigt lautstark unsere Ankunft an. Sogleich hebt der Mann am Tresen neben der Kasse kurz den Kopf, nickt uns zu und widmet sich dann wieder dem Kreuzworträtsel vor sich.

»Du wirst es nicht vergessen, und bald sehen wir uns ohnehin wieder.«

Seine Zuversicht lässt mich hoffen, während wir durch die Gänge der Regale schleichen, die so viele Bücher beherbergen, dass ich für den Bruchteil einer Sekunde von meinen eigenen Zweifeln abgelenkt werde.

»Du bist dir da so sicher.«

Sein Lächeln wächst noch an, während er nickt und meine Hand drückt, die er seit dem Juweliergeschäft nicht mehr losgelassen hat.

»Wir werden uns wiedersehen. So oder so.«

Irgendwo zwischen Yates, Shakespeare und Hemingway bleiben wir stehen. Er legt meine Hände an seine Wangen.

»Und ich werde dann noch immer so aussehen.«

Ich gönne mir den Moment, betrachte das lebendige Funkeln seiner Augen, das freche Lächeln, die Narbe an seiner Augenbraue, und präge mir alles ein. Jedes Muttermal, jede Sommersprosse, das Gefühl seiner Haut unter meinen Fingerkuppen, die Bartstoppeln an seinem Kinn, als ich mit der Hand daran entlangfahre.

»Versprochen?«

Er legt die Arme um meine Hüften, zieht mich an sich, streift meine Lippen mit seinen.

»Versprochen. Aber jetzt holen wir uns erst einmal Hemingway.«

Er greift nach einem Buch im Regal, ohne mich dabei loszulassen, und zieht mich dann weiter durch die Regale, wo wir immer wieder stehen bleiben und die große Auswahl bewundern. Neben Büchern werden hier auch kleine Notizbücher und Postkarten verkauft. Bevor Florin mich in Richtung Kasse lenkt, greife ich spontan nach zwei Karten, die ich eventuell nach Hause schicken werde. Erst an der Kasse blicke ich wieder auf, als Florin den Besitzer anspricht.

»Excuse me?«

Doch der Mann hebt nur kurz die Hand, deutet Florin an, dass er einen Moment warten soll, löst ein weiteres Wort in seinem Rätsel und sieht erst dann zu uns hoch. Ich habe die englische Version von *Der alte Mann und das Meer* und die zwei Postkarten in der Hand, Florin zückt seinen Geldbeutel und ignoriert meinen Protest.

»Ich bezahle das. Es ist ein Geschenk.«

Wir haben nicht besonders viel »Taschengeld«, das wir für unser Vergnügen ausgeben können, umso mehr möchte ich ihn für diese Geste küssen. Der Mann sieht zu mir, lächelt und deutet auf die aufgestickte Flagge an Florins Jackett.

»You guys are here for the Olympics?«

»Olympia? Wir? Ja. Ich meine, yes.«

Ich nicke schüchtern und erwarte beinahe, dass Stettner hinter uns auftaucht und uns auf verliebter Tat ertappt.

»Having a great time in Melbourne?«

»The best.« Florin wendet sich lächelnd zu mir. »Du hast eine gute Zeit, oder?«

»Yes.«

Dabei werden meine Wangen rot, weil ich zum ersten Mal nicht wirklich daran denke, jetzt im Schwimmbecken zu sein oder Gold zu gewinnen. Stattdessen sehe ich Florin dabei zu, wie er zu viel Geld für das Buch – und mich – ausgibt.

»Could you take a photo of us, Sir? Please?«

Der Mann nickt sofort, legt zuerst das Geld in die Kasse und nimmt dann Maries Kamera, die ich bei meiner Flucht einfach in der Hand behalten habe. Florin stellt sich in Position, den Arm um mich gelegt, ein stolzes Lächeln auf den Lippen – und ich habe endlich meinen Weg gefunden, ein Stückchen von ihm mit nach Hause zu nehmen. Dieses Foto wird mich begleiten, egal, ob wir uns in Ostberlin wiedersehen oder nicht.

Das Klicken löst den grellen Blitz aus, der mich einen kurzen Moment erblinden lässt.

»There you go, lovebirds.«

»Thank you.«

Florin nimmt die Kamera wieder entgegen, hängt sie mir um den Hals und zwinkert dabei.

»Merk dir das Gefühl. So wird es sich anfühlen, wenn sie dir in ein paar Tagen die Medaille umhängen.«

»Wir kriegen sie in einer Schatulle, und ich weiß nicht mal, ob ich überhaupt eine gewinnen werde.«

»Keine Sorge, du wirst eine Medaille mit nach Hause nehmen. Das verspreche ich dir.«

Wir verabschieden uns vom Buchhändler, der uns nachsieht, und treten zurück in die Nachmittagshitze der Stadt.

»Lust, noch ein bisschen die Gegend zu erkunden?«

»Gerne.«

Er klemmt sich die Papiertüte, in der die Postkarten und das Buch sicher verpackt sind, unter den Arm und deutet nach links, wo wir am Fluss entlang in aller Ruhe weiterschlendern können.

»Warum ist es dir eigentlich so wichtig, eine Medaille zu gewinnen?«

Ich überlege kurz.

»Ich weiß nicht. Ist es nicht das, warum wir hier sind? Um unser Bestes zu geben? Um zu siegen. Ist das nicht das, was man zu Hause von uns erwartet?«

»Elli, wenn ich ohne Medaille und Spitzenzeit nach Hause zurückkomme, werden meine Eltern und Freunde mich trotzdem wie einen Helden feiern, weil ich hier war und alle das gesehen haben.«

Er breitet den Arm aus und deutet auf die Schönheit Melbournes, die wir nur an unseren freien Tagen genießen können.

»In Australien! Bei Olympia! Ist das wirklich nichts wert?«

»So habe ich das noch nie gesehen.«

»Weil du immer wusstest, dass du Gold willst.«

»Weil es die anderen von mir erwarten und ich sie nicht enttäuschen will.«

Er runzelt die Stirn.

»Du gibst sehr viel darauf, was andere von dir denken, oder?«

»Nein.«

»Elli.«

»Ich will niemanden enttäuschen, das ist alles.«

»So funktioniert das Leben aber nicht.«

»Du hast leicht reden, Star der Schwimmmannschaft.«

Florin lacht so laut los, dass einige Passanten sich irritiert umsehen – doch das stört ihn nicht.

Er streicht mir eine Haarsträhne aus dem Gesicht.

»Man wollte mich eigentlich nicht mal zu den Spielen lassen, weil ich angeblich kein gutes Vorbild bin.«

Dabei ist Florin selbst mit seinen neunzehn Jahren noch so jung, dass er die schwere Last eines Vorbilds gar nicht tragen sollte. Ich weiß, wie erdrückend sich das anfühlen kann.

»Wieso?«

»Weil ich nicht ›staatstreu‹ genug bin.«

»Das klingt irgendwie geheimnisvoll.«

Er drückt mir schnell einen Kuss auf die Wange und geht weiter, mit seinem typischen Lächeln auf den Lippen und dem federnden Gang, als würde ihm die ganze Welt zu Füßen liegen.

»Ich will nur, dass du weißt, wie stolz ich auf dich bin.«

Ich sehe ihn irritiert von der Seite an.

»Wieso?«

»Weil du hier und jetzt mit mir Arm in Arm durch die Stadt gehst. Weil es dir egal ist, unter welcher Flagge ich schwimme. Und wenn du Bronze, Silber oder Gold gewinnst, selbst wenn du die Bestzeit verpasst, ich werde am Rand stehen und dir zujubeln.«

Ich stelle mir die Gesichter meiner Eltern vor, wie sie mit strenger Miene im Publikum stehen und mechanisch applaudieren würden, wenn ich am Sieg vorbeischwimmen würde. Den vernichtenden Blick meines Vaters, weil ich meine große Chance vermasselt hätte.

»Ich bin stolz auf dich, Elli. Egal, mit welcher Medaille du am Ende nach Hause fliegst.«

Jedes Mal, wenn er oder sonst jemand das sagt, will ich innerlich zusammenzucken, weil ich eine unerfüllbare Bedingung daran geknüpft erwarte. Doch er steht einfach nur da und sieht mich an.

Und ich bin versucht, ihm zu glauben.

Karla

Lajosmizse (Ungarn), 4. August 2017, 07:00 Uhr

»Ich würde sagen, wir fahren auf der M43 nördlich bei Nagylak über die Grenze.«

Kaiser hat die Straßenkarte aufgeschlagen auf Lolas Motorhaube gelegt, als ich mit drei Pappbechern Kaffee zurückkomme.

Nachdem wir frühmorgens nicht nur den Lauf der Donau endgültig, sondern auch Budapest fluchtartig verlassen haben, habe ich mich in der Nähe von Lajosmizse geweigert, ohne Kaffee auch nur noch einen Kilometer zurückzulegen. Die Raststätte kam uns gerade recht.

»Mit einem Zwischenstopp in Szeged.«

»Was wollen wir denn dort?«

Gabriel sitzt auf dem Bordstein neben dem Wagen, eine schwarze Sonnenbrille auf der Nase, die nicht nur seine Augen, sondern das halbe Gesicht verdeckt und ihn wie einen Promi auf der Flucht vor den gierigen Paparazzi wirken lässt. Aus einer Mineralwasserflasche gießt er etwas Wasser in Selenas Topf, die sich trotz der heutigen Hitze wirklich gut hält.

»Einen alten Freund besuchen.«

»Sie haben aber auch überall verteilt Ihre Bekanntschaften, Elisabeth.«

Gabriel erahnt da wohl eine Gemeinsamkeit und bekommt sogar ein Augenzwinkern von Elli zurück.

»Wie die Großmutter, so der Enkel.«

Mit dem Kaffee in der Hand, den ich ihr reiche und den sie kommentarlos annimmt, ohne von der Karte aufzublicken, komme ich mir sofort wieder wie ihre Pflegehelferin vor.

»Mit Milch, ohne Zucker.«

»Ich glaube, wenn wir erst mal Arad passiert haben, geht es wieder flott.«

Sie tippt mit dem Marker auf ihr auserwähltes Ziel, und ich drücke Gabriel seinen Kaffee in die Hand.

»Schwarz. Wie dein Gewissen.«

»Ha. Ha.«

»Erfahren wir jetzt endlich auch mal, wieso wir vorhin geräuschlos wie Ninjas flüchten mussten?«

Bisher hat er dazu geschwiegen und sich in Lola sofort schlafend gestellt. Gut, sein leises Schnarchen war ziemlich überzeugend, aber er schuldet uns trotzdem noch eine Erklärung.

Bevor er antwortet, nimmt er einen großen Schluck des koffeinhaltigen Heißgetränks, das dieser Benennung alle Ehre macht, und verbrennt sich hoffentlich heftigst die Zunge.

»Nun, Valentina hat offenbar tiefere Gefühle für mich als gedacht.«

»Was Sie nicht sagen, Gabriel. Wäre uns niemals aufgefallen!«

Kaiser und ich tauschen einen amüsierten Blick.

»Ich wusste, es ist ein Fehler, mit ihr zu schlafen.«

»Wann genau ist dir diese Erkenntnis denn gekommen? Vor oder nach dem Koitus?«

»Danach. Als sie mich gefragt hat, ob ich bei ihr einziehen will, und noch meinte, dass unsere Seelen so herrlich harmonieren würden und für immer zusammen durch den Kosmos tanzen möchten.«

»Und was hast du geantwortet?«

»Ich habe nicht geantwortet, sondern die zweite Runde eingeläutet.«

»Nachdem sie …«

»Was soll ich sagen, auch wenn ich nicht an tanzende Seelen

glaube: Sie weiß einfach, was sie tut.« Seine rechte Augenbraue erscheint über dem Rand der Sonnenbrille, gefolgt von einem frechen Grinsen auf den Lippen.

»Wird sie nicht sehr enttäuscht sein, wenn sie aufwacht und Sie ohne Nachricht verschwunden sind?«

Kaiser hofft wohl noch immer auf ein Happy End für Gabriels Liebesleben, aber wenn er weiterhin so mit den Ana-Marias und Valentinas in seinem Leben umgeht, wird er das nicht so schnell bekommen. Ich habe andererseits auch nicht den Eindruck, dass er so unglücklich mit dem ist, was er momentan hat.

»Sie ist es gewöhnt. Das letzte Mal bin ich auch so abgehauen. Das verkraftet sie.«

Fast lasse ich meinen Kaffee – übrigens mit Milch und zu viel Zucker – fallen.

»Und wenn du sie wieder brauchst, rufst du an, flirtest dich zurück in ihr Leben, und alles ist gut? Hast du dabei eigentlich schon mal eine Sekunde nicht nur an dich gedacht, sondern dir vorgestellt, wie es für die Frauen ist, die du einfach so aus deinem Leben ausschließt? Es geht nicht nur darum, dass du dich nicht ordentlich verabschiedest, du nimmst ihnen auch die Möglichkeit, mit dir abzuschließen. Vielleicht hoffen sie monatelang auf einen vernünftigen Abschied, glauben an einen Anruf, ein Sorry – und was machst du? Haust ab, wenn es ernst wird, tingelst durch die nächsten Länder – und Betten –, ohne an die Konsequenzen zu denken. Aber vielleicht ist es ja genau das, was du willst. Dir alle Optionen offen lassen, auf Kosten der Frauen, die dumm genug waren, sich auf dich einzulassen.«

»Arbeitest du jetzt plötzlich für die Moralpolizei, Frau Hanfplantagenbesitzerin?«

»Das eine hat mit dem anderen nichts zu tun.«

»Wir alle tun, was wir tun müssen, um durchzukommen.«

»Du haust also immer einfach ab, wenn du es ›tun musst‹, ja?«

»Nicht immer. Außerdem haue ich meistens erst ab, wenn wir

es getan haben, und bisher hat sich noch niemand darüber beschwert. Ich verspreche ja nichts, also erwartet auch niemand etwas von mir. Valentina wäre wahrscheinlich überrascht, wenn ich jetzt noch bei ihr im Bett läge.«

Um diese Lüge zu vertuschen, bräuchte er eine Sonnenbrille so groß wie eine Windschutzscheibe.

»Das ist eine ziemlich beschissene Art.«

»Es ist eben meine Art.«

»Sage ich ja.«

Gabriel steht unvermittelt auf, überragt mich auf dem Bordstein stehend deutlich um einen Kopf.

»Du magst mich nicht.«

»Ich kenne dich nicht.«

»Du hast mir keine Chance gegeben. Stattdessen verurteilst du mich seit der ersten Sekunde.« Er hat recht, und ich verschränke schnell die Arme vor der Brust, als bräuchte ich einen Schutzschild.

»Schwingst große Reden von wegen sich anständig verabschieden und blablabla.«

»Das ist nun mal meine Meinung.«

»Vielleicht solltest *du* erst mal lernen, dich richtig zu verabschieden, *Karla.*« Er spuckt die Worte quasi in mein Gesicht und betont meinen Namen wie einen Faustschlag. Mir gefällt es nicht, dass er so tut, als wüsste er mehr als ich.

»Wovon redest du?«

»Ich bitte dich, du bist wie ein getroffener Hund, der bellt. Ich weiß ja nicht, wer sich nicht von dir verabschiedet hat und woher die ganze Wut kommt, aber ich bin nicht dein emotionaler Punchingbag!«

Gerade als ich Luft holen will, schiebt er sich die Brille ins Haar, und sein Blick offenbart eine tiefe Verwundung, die ich dort nicht erwartet hätte.

»Es ist nun mal meine Art, mit dem allen klarzukommen, okay? Es muss dir nicht gefallen, aber hör auf, mir deine Lebenserfahrungen aufdrücken zu wollen. Ich habe meine eigenen gemacht.«

So schnell kann Wut in Bedauern kippen. Es tut mir leid, was ich ihm gerade an den Kopf geworfen habe, weil er mir plötzlich gar nicht mehr so cool und beneidenswert vorkommt.

»Und jetzt entschuldigt mich bitte einen Moment, ich habe mir an diesem beschissenen Kaffee die Zunge verbrannt.« Er schiebt sich an mir vorbei, bevor ich eine Entschuldigung für mein albernes Verhalten aussprechen kann, und stapft trotzig in Richtung Tankstelle.

Kaiser sieht ihm ebenfalls nach.

»Das haben Sie ja richtig gut hingekriegt, Karla.«

»Ja, danke.«

Sie dreht sich zu mir um, und ich mache mich auf die nächste Standpauke gefasst. Darin habe ich inzwischen reichlich Übung.

»Haben Sie sich von Matthias richtig verabschiedet?«

Da gebe ich mir seit so vielen Monaten Mühe, auf dem Hochseil meines Lebens zu balancieren, gewinne Tag für Tag mehr Selbstbewusstsein für den nächsten Schritt – und dann haut Kaiser mich mit dieser einen Frage komplett aus dem Gleichgewicht.

»Nein. Also, nicht direkt.«

»Aber er macht weiter mit seinem Leben.«

»Ja.« Er hat mich aus seinem Leben verabschiedet, ohne mir dabei ins Gesicht sehen zu müssen. Ich kann ihn verstehen, denn was ich getan habe, war schrecklich. Manche nennen mich deshalb seit dem Tag damals auch nicht mehr »Karla« sondern nur noch »die Bitch«. Aber die wissen ja auch nicht, was er getan hat.

»Sie sollten ihn anrufen.«

Eine großartige Idee, auf die ich ohne meine Mrs Miyagi niemals gekommen wäre.

»Habe ich schon versucht. Er geht nicht dran.«

»Vielleicht sollten Sie ihm dann schreiben.«

»Er hat meine Nummer bei WhatsApp blockiert.«

»WhatsApp … Ist das so etwas wie E-Mails und SMS?«

»Ja.«

»Vergessen Sie das. Ich meinte ganz altmodisch mit Stift, Papier, Umschlag und Briefmarke.«

»Einen Brief?«

Kaiser legt die Hand gespielt schockiert an die Brust und sieht mich kurz mit offenem Mund an.

»Sagen Sie bloß, Sie wissen, was ein Brief ist?!«

»Er wird ihn nicht lesen.«

»Verrät Ihnen das Ihre Kristallkugel?«

»Das verrät mir meine Erfahrung.«

Kaiser schlägt die Straßenkarte zu und kommt um Lola herum auf mich zu, während ich mich auf Gabriels Platz am Bordstein niederlasse.

»Wollen Sie wirklich eines Tages, wenn Sie alt und grau sind, losfahren und Matthias aufsuchen, um sich von ihm zu verabschieden?«

Ich schüttle den Kopf, was Elli nicht reicht.

»Wollen Sie das, Karla?«

»Nein. Will ich nicht.«

»Das ist nämlich genau das, was ich tue, und ich sage Ihnen: Es ist verdammt anstrengend. Es geht aufs Herz.«

Sofort gehen bei mir alle Alarmglocken los.

»Fühlen Sie sich nicht gut?«

Sie winkt ab, aber ich komme nicht drum rum, sie genauer unter die Lupe zu nehmen. Sicher, sie sieht müde aus, aber muss ich mir deswegen Sorgen machen? Nimmt sie ihre ACE-Hemmer?

»Schreiben Sie ihm einfach.«

»Das ist nicht so einfach.«

Jetzt nimmt sie auch noch neben mir Platz, verschränkt die Arme auf ihren Knien und starrt über den Parkplatz auf die Autobahn dahinter.

»Ich habe ja auch nicht gesagt, dass es einfach ist. Aber das Leben …«

»Hören Sie, ich weiß, Sie haben so wahnsinnig viel mehr Lebenserfahrung als ich, aber mein Leben ist nicht Ihres. Und glauben Sie mir: Matze ist nicht Florin.«

»Ich will nur helfen.«

»Ich weiß, aber ich brauche Ihre Hilfe nicht.«

Dabei stehe ich seit Monaten auf der Standspur der Lebensautobahn mit kaputtem Motor – inklusive gebrochenem Herzen – und warte auf den Seelen-ADAC, der mir emotionale Starthilfe gibt.

»Doch, Karla, Sie brauchen genau das.«

Kaiser dreht sich zu mir. Ihr durchbohrender Blick nagelt mich in dieser Unterhaltung gegen meinen Willen fest. Sie zieht einen kleinen Zettel aus ihrer Hosentasche und reicht ihn mir. Zögernd nehme ich ihn an und falte ihn auseinander. Das Papier ist über die Jahre vergilbt, die Ecken fast fransig, aber die handgeschriebene Notiz ist noch immer klar und lesbar.

Ich warte draußen auf dich.

Komm, egal wann.

Ich warte.

Florin.

PS: Hemingway schreibt großartig!

»Echte Briefe, so kurz sie auch sein mögen, bleiben für immer. Man kann sie nicht einfach vom Smartphone löschen und vergessen.«

»Der ist von Florin …?«

Ich kenne die Antwort, bevor sie nickt.

»Sie wissen nicht, wie es ist, wenn Sie im Alter erkennen, wie viel sie verpasst haben, wie viel sie mit sich rumschleppen, weil sie nicht loslassen können, und wie sehr Sie Dinge bereuen, die sie nicht getan haben, als Sie noch die Chance dazu hatten. Springen Sie jetzt über Ihren Schatten, bevor es zu spät ist. Ich weiß, wovon ich rede.«

»Ich bin aber nicht Sie!«

So schnell, wie ich aufstehe, wird mir fast schwindelig, und ich halte mich an Lolas Außenspiegel fest. Ich reiche ihr den Zettel zurück, weil er sich unendlich schwer zwischen meinen Fingern anfühlt.

»Hören Sie auf damit, in meinem Leben alles an die richtige Stelle schieben zu wollen, nur weil Sie es in ihrem eigenen vermasselt haben!«

»Wie bitte?«

»Ich bin kein soziales Projekt, das Sie reparieren können, weil es bei Ihnen zu spät ist.«

»Karla …«

»Ich mache meine Fehler, ich vermassle meine Dinge, und ich werde Matthias nicht einfach so einen Brief schicken, nur weil Sie damals nicht zu Florin gefahren sind!«

Kaiser antwortet nicht, sondern sieht mich abwartend an. Sie ahnt wohl, dass noch mehr Wut in mir schlummert.

»Sie haben sich damals für Heinrich entschieden. Punkt, aus, Amen. Und Florin … Das ist doch jetzt alles nur noch nostalgische Schwärmerei, für die es ein Jahrhundert zu spät ist! Was genau erwarten Sie denn, wenn Sie vor ihm stehen? Dass er Ihnen verzeiht? Dass Sie eine zweite Chance bekommen? Nur falls Sie es noch nicht wissen: Dafür ist es zu spät.«

»Sind Sie jetzt fertig?«

»Nein! Ich habe noch nicht mal angefangen.«

Sie steht nicht ganz so flott auf, wie ich es eben getan habe, und bereut wohl ihren Sitzplatz im Nachhinein mehr, als sie zugeben will, denn sie lehnt meine helfende Hand diesmal ab. Auf dem Bordstein stehend, blickt sie auf mich herab.

»Sie können jetzt aufhören, ich habe genug gehört.«

Aber ich denke nicht daran, hole Luft für die nächste Attacke, als Gabriel – seinem Timingproblem treu bleibend – auftaucht und zwischen uns hin- und hersieht.

»Was habe ich verpasst?«

Kaiser sieht ihn nicht an.

»Nichts. Metuschke hat sich nur gerade die Zunge verbrannt.«

KAPITEL VIERZIG

Elisabeth

Melbourne, 26. November 1956

Er steht da, entschlossen, als würde der Zaun ihn nicht aufhalten können. Dabei irgendwie lässig und doch angespannt. Erst, als er mich sieht, löst sich sein verkrampfter Kiefer und er lächelt.

Florin Petrescu hat das schönste Lächeln der Welt. Davon bin ich inzwischen felsenfest überzeugt. Langsam komme ich auf ihn zu, hoffe dabei, die anderen aus der Mannschaft durch mein Tempo zu verlieren – und ich habe Glück. Sie scheinen es alle eilig zu haben, zurück in ihre Wohnhäuser zu kommen. Ich hingegen lenke meine Schritte unbemerkt in Richtung Florin, der am Zaun lehnt und nur noch Augen für mich hat. Ein bisschen bewundere ich ihn für seine Einstellung. Es ist ihm egal, wer uns sieht oder was hinter unserem Rücken getuschelt wird.

Als ich nur noch zwei Schritte von ihm entfernt bin, kann auch ich mein Lächeln nicht mehr länger zurückhalten.

»Hallo.«

»Da bist du ja endlich.«

Er lehnt sich noch etwas näher an den Zaun, und ich wünsche mir nichts sehnlicher, als ihn zu küssen.

»Ich habe schon gedacht, du kommst nicht mehr.«

Doch für nichts auf der Welt würde ich die Chance, ein paar Minuten mit ihm zu verbringen, verpassen. Ich lehne mich ebenfalls gegen den Zaun, nur um ihm so nah wie möglich zu kommen. Er verhakt sofort unsere Finger.

»Ich habe mit Miklós gesprochen.«

Er klingt so aufgeregt, so glücklich, und doch sehe ich ihn nur ahnungslos an.

»Mit wem?«

»Miklós. Er gehört zur ungarischen Wasserballmannschaft.«

Ich nicke, noch immer reichlich verwirrt.

Florins Augen funkeln noch mehr als sonst, und er lehnt sich so sehr an den Zaun, dass er vermutlich morgen noch die Abdrücke der Maschen an der Stirn haben wird.

»Er hat Freunde in Ostberlin. Die können uns helfen, wenn wir von dort aus weiterwollen. Sogar Papiere können sie uns besorgen.«

Ostberlin. Er meint es also tatsächlich ernst. Es war nicht einfach so dahergesagt, kein Versuch, mich um den Finger zu wickeln, nein, Florin Petrescu plant hier unsere Zukunft. Mein Kopf beginnt zu schwirren, mir wird ein wenig schwindelig, und ich halte mich am Zaun fest.

»Du hast schon mit anderen darüber gesprochen?«

Er nickt wie ein aufgeregtes kleines Kind.

»Meinst du nicht, wir sollten erst …«

Ich sehe mich um, verunsichert, ob uns vielleicht jemand beobachtet oder gar belauscht.

»Wir sollten erst was?«

»Darüber nachdenken?«

Florin dreht sich noch weiter zu mir und spricht flüsternd weiter.

»Ich habe darüber nachgedacht, Elli. Ich will mit dir zusammen sein.«

»Wir sind doch gerade zusammen.«

»Getrennt durch einen Zaun.«

Natürlich weiß ich, was er meint, aber plötzlich geht mir alles ein bisschen zu schnell. Es gibt noch Dinge, die ich klären muss. Wichtige Dinge.

»Ich will nur nichts überstürzen.«

Etwas in seinem Blick verändert sich.

»Du hast Zweifel?«

»Nein!«

Oder doch?

»Ich dachte, du willst das auch?«

Wieso ist da dieser verdammte Zaun? Wieso kann er mich nicht in die Arme nehmen und mir sagen, dass alle Zweifel in meinem Kopf unsinnig sind?

»Das will ich auch! Aber wir sollten trotzdem in aller Ruhe darüber reden und nicht …«

Er wartet, ob ich weiterspreche, aber mir fallen nicht die richtigen Worte ein, um ihm begreiflich zu machen, wie viele Gedanken ich mir um die Zukunft mache. Wie groß meine Angst ist.

»Ich verstehe.«

Er nickt enttäuscht und lässt meine Finger los. Sofort ist da diese Kühle, die sich fremd zwischen uns anfühlt.

»Du willst das Risiko nicht eingehen.«

»Das ist es nicht.«

Er fasst sich an die Brust, sein Blick fast trotzig.

»Ich weiß, was ich will, Elli. Ich will dich. Uns. Ich liebe dich.«

Das hat er mir bereits gesagt, und trotzdem überrascht mich die Wucht, mit der mich diese Worte erwischen, erneut. Florin sieht mich abwartend an, aber ich kann es nicht sagen. Nicht hier. Nicht so. Nicht mit diesem verfluchten Zaun zwischen uns. Nicht, solange daheim noch jemand auf mich wartet. Nichts davon verrate ich Florin, und so wundert es mich auch nicht, dass er enttäuscht den Kopf schüttelt.

»Aber du liebst mich nicht.«

Gerade, als ich ihm sagen will, dass er sich irrt, höre ich Schritte hinter uns und spüre, wie sich Florins Körpersprache verändert.

»Störe ich …?«

Ich erkenne die Stimme, bevor ich mich umdrehe und Theo entdecke, wie er zwar mit mir spricht, aber zu Florin sieht.

»Nein. Wir haben uns nur unterhalten.«

Und ich kann nur hoffen, er sieht die Tränen in meinen Augen nicht.

»In welcher Sprache?«

Er nickt abschätzend zu Florin, dessen Hände sich zu Fäusten ballen, und ich setze zu einem falschen Lächeln an, das Theo täuschen soll.

»Deutsch. Florin spricht perfekt Deutsch.«

Theo verschränkt die Arme, mustert sein Gegenüber.

»Spioniert ihr uns aus, ja?«

Mir gefällt weder, wie er *wir* sagt, noch, wie er mit Florin spricht, also berühre ich sanft seinen Arm – was Florin auf der anderen Seite des Zauns nicht verborgen bleibt.

»Unsinn, Theo. Wir haben uns nur unterhalten.«

Ich möchte nicht, dass Florin wegen mir noch mehr Ärger kriegt.

»Du solltest dich von diesem kommunistischen Pack fernhalten, Elisabeth.«

Damit greift Theo nach meiner Hand und will mich mit sich wegziehen. Sofort macht Florin einen kleinen Schritt nach vorne, stößt dabei fast an den Zaun. Er starrt Theo förmlich in Grund und Boden.

»Wir waren noch nicht fertig mit unserer Unterhaltung!«

Florins Stimme klingt so anders, viel rauer, und Theo bleibt tatsächlich wie angewurzelt stehen.

»Ach nein?«

»Nein.«

»Vielleicht möchte Elisabeth ja lieber mit mir reden als mit dir.«

»Dann solltest du sie das vielleicht fragen.«

Irritiert sieht Theo zwischen mir und Florin hin und her, lässt meine Hand aber noch immer nicht los.

»Elisabeth, wovon redet dieser Kerl?«

»Theo, du solltest lieber gehen.«

»Wieso? Vor dem habe ich sicher keine Angst!«

Theo hält meine Hand noch fester in seiner, obwohl ich versuche, sie abzuschütteln. Florin greift nach den Maschen des Zauns, und für den Moment glaube ich, er reißt ihn einfach so ein.

»Lass sie los.«

Theo lacht auf, aber es klingt nicht so souverän, wie er es gerne hätte.

»Sonst was?«

Florins Blick verdunkelt sich und ich erhasche einen Blick auf den jungen Mann, der sich in einer Prügelei die Narbe an der Augenbraue eingefangen hat.

»Sonst breche ich dir die Nase.«

Es ist die Art und Weise, wie Florin es sagt, die Theo dazu bringt, meine Hand loszulassen.

»Wenn ich dich noch mal mit Elli sehe, hält mich kein Zaun dieser Welt zurück, verstanden?«

Theo schluckt, antwortet aber nichts, sieht stattdessen zu mir, und ich habe Mühe, seinem Blick standzuhalten.

»Wenn du dich lieber mit solchen Höhlenmenschen abgeben willst, von mir aus.«

Er wirft Florin noch einen bösen Blick zu, dreht sich um und marschiert hastig davon. Einen Moment sehe ich ihm nach, bevor ich mich zurück zum Zaun wende.

»Musste das sein? Brauchen wir wirklich noch mehr Ärger?«

»Ich dachte …«

Jetzt ist er es, der den Satz nicht beenden kann. Unsicherheit schleicht sich in seinen Blick, resigniert lässt er die Schultern hängen und lehnt sich fast erschöpft gegen den Zaun.

»Ich will doch nur mit dir zusammen sein, Elli.«

»Wir können nicht zusammen sein, wenn Theo jetzt bei Stettner ausplaudert, dass wir uns heimlich treffen! Und wir können auch nicht zusammen sein, wenn du mich einfach so vor vollendete Tatsachen stellst.«

»Es tut mir leid.«

Ich spüre die Tränen, die sich in meinen Augen gesammelt haben und jetzt einfach überlaufen.

»Ja. Mir auch.«

Damit drehe ich mich weg und renne los. Einfach nur weg. Vor Florin, vor unserer Zukunft und vor all den Entscheidungen, die ich treffen muss.

KAPITEL EINUNDVIERZIG

Karla

Europastraße 75 (Ungarn), 4. August 2017, 08:00 Uhr

»Und Michael Phelps?«

Gabriel sitzt wieder auf der Rückbank, direkt zwischen unseren Sitzen, und würde sich wohl die Stirn am Armaturenbrett anschlagen, wenn ich jetzt mal kurz bremsen würde.

Was gerade mal wieder sehr verführerisch klingt.

»Oh, der ist mit seinen achtundzwanzig olympischen Medaillen in die Geschichte eingegangen. Auch wenn ich immer ein Fan von Mark Spitz war. Elf Medaillen – und sieben Mal Gold bei einer einzigen Olympiade. Wir haben nie gedacht, dass man das noch toppen kann. Na ja, aber dann kam Phelps in Peking. Er ist 2008 in acht Wettbewerben angetreten und hat acht Mal Gold geholt.«

Gabriel hängt an ihren Lippen, Kaiser an ihren Erinnerungen – und ich an den Verkehrsschildern, die mich in Richtung Süden nach Szeged schicken.

»Wer war Ihrer Meinung nach der beste Schwimmer überhaupt?«

»Florin.«

Bisher habe ich mich nicht an der Unterhaltung beteiligt, denn ich wurde nicht eingeladen, aber Kaisers Antwort entlockt mir einen kurzen Seitenblick. Doch sie sieht stur geradeaus.

»Das ist der Rumäne, den Sie in Bukarest besuchen, nicht wahr?«

»Ja, Florin Petrescu. Olympiasieger.«

Der Stolz in ihrer Stimme ist lauter zu hören als Lolas Motor, der seit Budapest manchmal etwas stottert, was ich auf das Übergepäck schiebe, das wir seit Čičov mit uns herumkutschieren und hoffentlich bald wieder los sind.

»Noch nie von ihm gehört.«

Gabriel meint es nicht böse und bemerkt vielleicht nicht mal, was er damit bewirkt, aber ich kann es sehen: Kaisers Mundwinkel sacken ab. Sie kann es nicht aufhalten und gibt sich schließlich der Erkenntnis geschlagen: Anders als Spitz, Phelps und Co. ist ihr Florin nicht in den Geschichtsbüchern der Welt verankert.

»Er hat drei Medaillen gewonnen. 1956 Gold und 1960 noch mal Silber und Bronze.«

»Nicht schlecht.« Nach Phelps und Spitz beeindruckt das Gabriel offenbar nicht sonderlich, was Elli bemerkt und mir fast ein bisschen leidtut. Wäre ich nicht noch immer so wütend auf Kaiser, würde ich einspringen, aber ich muss erst noch Anlauf für einen Sprung über meinen Schatten nehmen.

»Aber für Sie war er ja ohnehin vor allem privat etwas sehr Besonderes, nicht wahr?«

Autsch. Das Einschussloch dieses Kommentars kann ich fast in Ellis Brust sehen, als würde sie in ihrem Sitz emotional verbluten.

»Ja. Auch privat war er etwas sehr Besonderes.«

So tonlos habe ich ihre Stimme noch nie gehört, aber auch das scheint Gabriel nicht zu begreifen.

»Was ist denn Ihre beste Erinnerung an Olympia?«

»Ach, alles und nichts, es war einfach sehr außergewöhnlich.«

»Alles und nichts?«

»Ganz richtig.«

Wenn dem wirklich so wäre, würde Kaiser nicht erinnerungsverliebt lächeln.

»Sie flunkern mich doch an, oder?«

»Natürlich.«

»Wollen Sie es nicht erzählen?«

»Manche Erinnerungen nutzen sich ab, wenn man sie zu oft erzählt. Man erfindet immer mehr kleine Details dazu, um die Geschichte modern zu halten, und verändert sie so Stück für Stück, ohne es zu merken. Irgendwann weiß man gar nicht mehr, wie es wirklich war.«

Gabriel ist sichtlich enttäuscht, und, um ehrlich zu sein, bin ich es auch.

»Von mir aus können Sie auch die altmodische Version erzählen.«

Doch Kaiser schüttelt den Kopf, die Blutung hat aufgehört. Sie schaut wieder aus dem Fenster.

»Wissen Sie? Sie haben ganz recht, Florin war für mich etwas sehr Besonderes, ganz privat, und manche Erinnerungen sind nicht für die Allgemeinheit bestimmt.«

»Gehören Sie denn zu den zwölf Prozent?«

Meine Zwischenfrage irritiert sie. Fast meine ich, keine Antwort zu bekommen, doch schließlich nickt sie.

»Definitiv.«

»Welche zwölf Prozent?«

Gerade als ich Gabriel Ellis Theorie über die wichtigsten Erinnerungen erklären will, schneidet Kaiser mir das Wort ab.

»Die zwölf Prozent im Leben, die man nie vergisst. Und nicht mit jedem teilt.«

Enttäuscht lässt sich Gabriel in den Sitz sinken und verschränkt die Arme wie ein trotziges Kind, dem die Antwort der Eltern missfällt.

»Von mir aus. Ich hoffe allerdings, dass es mehr sind als nur zwölf Prozent.«

»Wie bitte?«

»Wenn ich irgendwann mal auf mein Leben zurückschaue, möchte ich mich eben an mehr erinnern.«

»Diesen Luxus schenkt das Alter nur leider nicht jedem.«

»Sehen Sie, da habe ich eine andere Theorie.«

»Die da wäre?«

»Wenn man im Leben viele Dinge erlebt, die großartig sind, dann wird man sich auch daran erinnern. Genau deswegen bin ich ständig unterwegs. Die einsame Wanderung über weite, unwegsame Geröllfelder nach Kinnarodden, den nördlichsten Punkt Europas. Die Alhambra auf dem Sabikah-Hügel von Granada. Der enorm romantische Spaziergang über die Karlsbrücke in Prag. Der Glasboden auf der ersten Etage des Eiffelturms in Paris. Die verrückt schöne Sagrada Familia in Barcelona … Nichts davon werde ich je vergessen. Je mehr coole Sachen ich mache, desto mehr coole Erinnerungen habe ich auch. Klingt logisch, oder?«

»Klingt etwas wirr.«

»Ach, und Ihre Zwölfprozenttheorie klingt besser?«

Kaiser denkt einen Moment darüber nach und wendet sich schließlich an mich. So richtig. Sie sieht mich sogar an.

»Was meinen Sie, Metuschke?«

Na, toll. Schieben wir den Schwarzen Peter einfach mal der Fahrerin zu.

»Ich weiß nicht, ob sie da wirklich mitreden kann. Hast du in deinem Leben überhaupt schon zwölf Prozent erinnerungswürdiges Zeug erlebt?«

Gabriel und ich, wir werden in diesem Leben keine Freunde mehr. Aber seine Frage ist berechtigt.

»Nein. Noch nicht.«

Er lacht triumphierend auf. Ich sehe zu Kaiser.

»Aber ich arbeite daran.«

KAPITEL ZWEIUNDVIERZIG

Elisabeth

Melbourne, 27. November 1956

»Das ist meine Elisabeth!«

Stettners Lächeln sprengt fast sein Gesicht, als ich mit einem perfekten Anschlag ankomme. Die Stoppuhr in seiner Hand zittert vor Aufregung, als er sich am Beckenrand zu mir herunterbeugt und sie mir entgegenhält.

»Das wäre neuer olympischer Rekord!«

In zwei Tagen ist der erste Wettkampftag für uns Schwimmer.

»So! Genau *so* musst du schwimmen, und Fraser kann nur Wasser schlucken!«

Seit wir das Trainingslager in Deutschland verlassen haben, war er nicht mehr so euphorisch, was meine Zeiten angeht. Seine Stimme überschlägt sich, seine Lippen bewegen sich, und mein Herz schlägt irgendwo unter Wasser in meinem Brustkorb weiter. Aber ich bemerke von all dem nichts.

Seit gestern gehe ich Florin aus dem Weg.

Ihm.

Uns.

Der Entscheidung.

Ich stürze mich ins Training, finde wieder zu meiner Bestzeit – und verliere gleichzeitig ein Stück von mir. Vor allem aber geht es mir nicht gut, was außer Marie niemand mitbekommt, weil ich es perfekt kaschiere.

Und doch wollte ich diese letzte Trainingseinheit eben nur deshalb schwimmen, damit ich noch da bin, wenn der Trainingswechsel von uns Frauen zu den Männer geschieht. Nur, damit ich ihn sehen kann. Wenn auch aus der Ferne. Die meisten Frauen haben die Schwimmhalle bereits verlassen, aber ich habe Stettner um ein weiteres Trainingsrennen gebeten.

Jetzt kann ich Florin auf dem Startblock nur drei Bahnen von uns entfernt entdecken, sehe, wie er sich vorbereitet, lustlos die Aufwärmübungen absolviert. Sein Trainer spricht ihn an, er antwortet gereizt. Es fehlt die Körperspannung und die für ihn so typische lässige Ausstrahlung. Sein Körper ist in dieser Halle, wirkt aber nur wie eine leere Hülle.

»Das würde Gold bedeuten!«

Stettner ist kurz davor, zu mir ins Becken zu springen, während ich meinen Blick von Florin losreiße, bevor er in meine Richtung sehen kann.

»Gold, Elisabeth! Zum Greifen nah!«

»Ja, Gold.«

»Deswegen sind wir hier. Deswegen haben wir so hart trainiert. Du wirst Gold holen, und alles wird gut.«

Ist vielleicht auch diese entzündete Wunde in meinem Herzen mit einer Goldmedaille zu heilen?

»Dann gewinne ich Gold.«

Es soll ihn überzeugen, nicht mich.

»Das ist mein Mädchen. Mit dieser Einstellung schwimmst du sie alle in Grund und Boden.«

Ich setze zu einem Lächeln an, das ich wie eine Maske aufsetze, wenn es von mir verlangt wird.

»Jetzt machen wir aber Schluss für heute. Die Pause hast du dir redlich verdient, und dein Körper muss sich regenerieren. Den Nachmittag hast du frei.«

»Was? Nein! Ich kann ruhig noch etwas trainieren.«

»Elisabeth, wir wollen es nicht übertreiben. Gönn dir und deinen Muskeln ein bisschen Abstand vom Becken. Du musst fit sein, wenn du auf dem Startblock stehst.«

Er meint es gut, das weiß ich, aber sobald ich nicht im Wasser bin und mich nicht mit dem Training ablenken kann, bin ich in einer hässlichen Gedankenspirale gefangen, aus der ich nicht ausbrechen kann.

»Geh in die Stadt, kauf ein paar Postkarten und genieß das schöne Wetter.«

Übersetzt bedeutet das: Denk an Florin, an unseren Tanz, an unsere Küsse, an unseren Plan, an unseren Streit.

Oh, und wenn du schon dabei bist, dann denk bitte auch an Heinrich.

Daran, wie er zu Hause vor dem Fernseher sitzen wird, mitten in der Nacht, damit er dich beim Wettkampf sehen kann. Daran, dass er dir gesagt hat, wie sehr er dich liebt.

Daran, dass du ihm nicht geantwortet hast.

Widerwillig ziehe ich mich aus dem kalten Wasser, trockne mich ab und mache mich auf den Weg in die Umkleide.

»Elli, warte auf mich!« Ich drehe mich um und sehe, wie Marie schnellen Schrittes auf mich zukommt. Sie muss auf mich gewartet haben.

»Geht es dir gut?«

Ihre Stimme klingt besorgt, weswegen ich sofort wieder mein Lächeln einschalte.

»Allerdings, ich bin gerade persönliche Bestzeit geschwommen.«

Stettner wäre so stolz auf mich, wie ich begeistert von meinen sportlichen Erfolgen erzähle und alles andere wegsperre. Zu dumm, dass Marie sich nicht so leicht hinters Licht führen lässt. Sie kennt mich und meine Masken einfach zu gut.

»Du kannst ruhig ehrlich sein.«

»Es geht mir gut.«

Sie nickt, noch immer wenig überzeugt, sieht sich in der Halle um und geht neben mir her.

»Warum schaut dein hübscher Rumäne auf Bahn sieben dann genauso traurig?«

»Ich bin nicht traurig.«

»Und eine schlechte Lügnerin bist du auch noch. Jetzt sag mir endlich, was zwischen euch passiert ist. Du läufst rum, als hätte man dir den Stecker gezogen. Habt ihr euch gestritten?«

Ich will nicht darüber reden. Nicht einmal mit Marie, nein, vor allem nicht mit Marie. Die würde mir nämlich raten, mich mit Florin in Australien niederzulassen und eine Kängurufarm zu eröffnen. Und sie würde nicht verstehen, warum das nicht geht.

»Ihr seid so ein schönes Paar.«

»Wir sind kein Paar.«

Doch mein Einwand prallt an ihrem Lächeln einfach so ab.

»Nun, nur, weil ihr euch streitet, heißt das noch lange nicht, dass ihr kein Paar mehr seid. Vor allem nicht, wenn ihr beide solche langen Gesichter zieht. Wie heißt es so schön: Wo viel Leid ist, ist auch viel Liebe. Moment, nein, wo viel Liebe ist, ist auch viel Leid? Ist ja auch egal. Du weißt, was ich meine. Er liebt dich, du liebst ihn – und jetzt hört endlich auf mit dem Quatsch.«

Damit lässt sie mich einfach so alleine, nachdem sie mit ihren Worten einen Gedankenstrudel in meinem Gehirn angezettelt hat. Ein Blick auf Bahn sieben reicht, um einen enttäuschten Trainer und einen lustlosen Athleten vorzufinden. Mit traurigen grünen Augen.

KAPITEL DREIUNDVIERZIG

Karla

Szeged (Ungarn), 4. August 2017, 09:00 Uhr

»Als Sie sagten, wir würden einen Freund besuchen, hatte ich auf einen Kaffee gehofft, vielleicht sogar mit Kuchen.«

Der Friedhof in Szeged ist um diese Tageszeit kaum besucht. Vermutlich ist es zu warm, denn die Sonne prallt uns schonungslos auf den Kopf. Schlichte Grabsteine stehen zwischen imposanten Engelsfiguren, die mit hängenden Flügeln die letzte Ruhestätte so mancher Menschen bewachen. Es ist friedlich und traurig zugleich.

»Den Kuchen sollen Sie kriegen, Gabriel. Nachher.«

»Erna Fehér und Karl Werner Stettner« steht auf dem schlichten Grabstein vor uns.

Als Todesdatum des Mannes wird der 4. April 1998 angegeben, was ihn zu diesem Zeitpunkt zweiundachtzig Jahre alt macht. Gabriel und ich stehen ein paar Schritte hinter Kaiser am Grab eines Mannes, den ich nicht kenne und dessen Namen ich vorher auch noch nie gehört habe.

Elli verweilt mit gesenktem Kopf und wie zum Gebet gefalteten Händen davor und schweigt wieder. Zu lange für Gabriels Geschmack, der sich auf dem Friedhof offensichtlich nicht besonders wohlfühlt und langsam unruhig wird, sich aber auch nicht traut, etwas in die Stille zu fragen. Also warten wir.

Kaiser bekreuzigt sich und atmet lange und schwer aus.

»Kommen Sie, ich möchte Ihnen jemanden vorstellen.«

Ihre Stimme klingt erschöpft.

»Das ist Stettner.«

»Auch ein Olympionik?«

Gabriel stellt nun interessiert die Frage und beugt sich etwas näher zum Grabstein hinunter, als würde er seinen Wert schätzen wollen.

»Nein, nicht direkt. Er war mein langjähriger Trainer, aber er hat sich in Melbourne in eine ungarische Olympionikin verliebt, die er später geheiratet hat. Erna Stettner, geborene Fehér, liegt neben ihm.«

Sie hat ihren Mann um zehn Jahre überlebt.

»Sie kannten ja tolle Leute.«

Gabriel geht jetzt in die Hocke, berührt den Stein.

»Marmor?«

»Wohl kaum. Sie hatten nicht viel Geld.«

Ich hingegen berühre Elli sanft an der Schulter, die sich so steif wie Marmor anfühlt.

»Alles okay?«

Sie antwortet nicht sofort, sondern sieht lange auf das etwas trostlose Grab, das nicht besonders gepflegt scheint und wohl auch eine ganze Weile keinen Besuch mehr bekommen hat.

»Ich hätte ihn gerne noch mal gesehen.«

Es ist überflüssig zu fragen, wieso sie es nicht getan hat, also lege ich nur zögernd den Arm um ihre Schultern, hoffe, dass wir den kleinen Streit überstanden haben, und drücke sie an mich.

»War er denn ein guter Freund?«

»Wäre ich sonst bis hierher gefahren? Ja, er war ein guter Freund. Und ein sehr guter Mensch. Ich habe mit ihm in meiner Jugend mehr Zeit verbracht als mit meinen Eltern.«

»Woran ist er gestorben?«

Kaiser sieht zu Gabriel, der ein bisschen Unkraut vom Grab zupft, als könne er den Anblick nicht ertragen.

»Er war alt. Alte Menschen sterben. Habe ich gehört.«

»Sie sind doch auch alt und sterben nicht.«

Kaiser lacht leise, was der Stille dieses Ortes guttut, und schüttelt den Kopf.

»Wir werden sehen.«

Ihr Blick, der noch immer auf dem Grab ruht, wird weich.

»Stettner war schon fünfunddreißig, als ich ihn als junges Mädchen kennengelernt habe. Er war wie ein Vater für mich, hat viel verlangt, war streng, aber er hat mir immer geholfen. Einfach so, ohne Fragen zu stellen oder jemals eine Gegenleistung zu erwarten. Ihm verdanke ich so viel.«

»Haben Sie Kontakt gehalten?«

»Ein bisschen. Nach Melbourne haben die beiden noch ein paar Jahre in Stuttgart gelebt. Auch wenn ich nicht mehr sein Schützling war, hatte er doch immer ein offenes Ohr für mich. Als er mit seiner Frau dann Ende der Sechziger hierher gezogen ist, haben wir uns noch ab und an eine Postkarte geschrieben. Er schien glücklich. Erna war eine tolle Frau, zu ihrer aktiven Zeit übrigens Fechterin und eine echte Sportheldin in Ungarn, geliebt und gefeiert.«

Was ihr tristes und sehr schlichtes Grab nicht erahnen lässt.

»Aber wie so oft, wenn neue Helden nachkommen, vergisst man die alten. Ich habe gelesen, sie wäre zu Hause in ihrer Wohnung gestürzt.«

Unbewusst halte ich Elli etwas fester im Arm, als könnte auch sie fallen.

»Es hat über eine Woche gedauert, bis man sie gefunden hat.«

Gabriel richtet sich blitzschnell auf, bringt Abstand zwischen sich und Ernas Geschichte.

»So ist das, wenn man im Alter alleine ist, wenn niemand mehr da ist, der sich an einen erinnert.«

Elli zuckt die Schultern, als wäre das ein unumstößliches Gesetz, was mir das Herz bricht. Der Gedanke an Ernas tragisches Ende bereitet mir akute Magenschmerzen. Niemand sollte so sterben müssen. Selbst ein fremdes, freundliches Gesicht ist besser als diese trostlose Leere.

»Na, das kann Ihnen nicht passieren. Bei der professionellen Betreuung und so aufmerksam, wie Karla sich um Sie kümmert.«

Gabriel deutet in meine Richtung, und ich bin mir nicht sicher, ob er es ernst meint. Das für ihn typische Grinsen fehlt, was mich stutzig werden lässt.

»Ich bin nicht mal eine echte Altenpflegerin.«

»Aber das könntest du werden.«

»Ich denke nicht, dass ich das will.«

»Wieso? Weil du Dinge einfach gerne hinschmeißt?«

Gabriels angriffslustiger Ton ist zurück und fordert mich heraus, aber das ist weder der richtige Ort noch der richtige Zeitpunkt, um diese Diskussion zu führen. Abgesehen davon geht es ihn nichts an.

»Willst du also, dass Elisabeth das gleiche Schicksal widerfährt wie Erna?«

»Elli ist in der *Pinie* in den besten Händen! Da sind ausgebildete Pflegekräfte, die sich um sie kümmern.«

Über die *Sonnenwende* spreche ich lieber nicht. Zum einen, weil Gabriel davon nichts wissen soll, und zum anderen, weil ich keine Ahnung habe, wie es Kaiser dort ergehen wird.

»Ja, aber dir ist sie auch als *Mensch* wichtig!«

Sofort will ich widersprechen, kriege es aber nicht über die Lippen, weil alles, was ich sagen würde, eine durchschaubare Lüge wäre.

So stehe ich da, starre Gabriel an und spüre doch nur Ellis Blick auf mir, die eine Antwort erwartet.

»Natürlich ist sie mir wichtig. So wie dir.«

Gabriel hebt abwehrend die Hände.

»Woho, zieh mich da nicht mit rein! Ich bin nur der durchgeknallte Anhalter, du bist ihre aufopferungsvolle Pflegerin!«

»Ich bin ihre Geisel, du ihr heiß geliebter Enkel!«

Kaiser kichert leise zwischen uns und hält sich die Hände über die Ohren.

»Euer ständiges Gezeter. Ihr Sturköpfe! Womit habe ich euch verdient?«

Gabriel und ich wollen gerade widersprechen, als Elli nach unseren Händen greift.

»Es ist sehr schön, wie Sie beide sich um mich sorgen. Viel wichtiger ist jetzt aber, dass wir schleunigst nach Bukarest kommen.«

Gabriel nickt, doch ich kann mich noch nicht von diesem trostlosen Grab losreißen. In einigen Jahren wird Kaiser wohl tatsächlich ein ähnliches Schicksal ereilen, und der Gedanke daran lässt mir Tränen in die Augen steigen.

»Ich möchte nicht, dass Ihr Grab so vereinsamt, wenn Sie mal nicht mehr da sind, Elli.«

»Na, da müssen Sie sich keine Sorgen machen. Ich werde eingeäschert. Deutlich weniger Grabpflege.«

Sie klingt so abgeklärt und hat den Papierkram dafür sicher bereits erledigt, damit niemand nach ihrem Tod damit belästigt wird.

»Sie haben schon alles geplant?«

Gabriel ist ebenso überrascht wie fasziniert.

»Natürlich. Glauben Sie, ich überlasse Karla die Wahl der Musik, die auf meiner Trauerfeier gespielt werden soll? Wer weiß, was sie auflegen lässt.«

»*Memories Are Made of This.* Dean Martin.«

Ich weiß nicht, wieso ich mir den Titel des Songs gemerkt habe, aber als er im Radio lief, kurz hinter München, da ist etwas mit ihr passiert. Erst hat sie mit einem Schlag uralt ausgesehen, dann aber hat sie ganz versonnen mitgesummt, verloren in wunderschönen Erinnerungen.

Jetzt sieht sie mich aus großen Augen an.

»Woher wissen Sie das?«

»Vermutlich höre ich besser zu, als Sie denken.«

Elli drückt meine Hand. Ich verstehe, was sie damit sagen will.

»Kommen Sie, meine Lieben. Versorgen wir Gabriel mal mit seinem Kuchen.«

Doch als wir uns in Bewegung setzen wollen, steht Gabriel noch immer an Ernas Grab und sieht traurig zu uns.

»Wir können es doch nicht so lassen. Er war wie ein Vater für Sie, und Erna ist eine berühmte Fechterin. Solche Sporthelden sollte man nicht einfach so vergessen.«

»Sie haben vollkommen recht, das hätte ich jetzt doch tatsächlich beinahe vergessen. Ich werde alt …« Gabriel und ich sehen uns ratlos an, aber Kaiser marschiert an uns vorbei.

»Was haben Sie vor, Elli?«

»Ich hole Selena.«

»Wieso?«

»Weil die beiden mir damals vor ihrem Umzug nach Ungarn genau so eine Pflanze zum Abschied geschenkt haben.«

Und so wächst nun eine sonnengelbe Guzmania an Karl und Erna Stettners Grab, während wir unsere Reise nach Rumänien fortsetzen.

KAPITEL VIERUNDVIERZIG

Elisabeth

Melbourne, 28. November 1956

Heute mache ich es.

Das habe ich beschlossen. Genug Ausreden. Ich muss mit Heinrich reden, ihm alles erklären, mich entschuldigen und ihm wohl auch wehtun. Das ist der Teil, vor dem ich davonrenne. Selbst jetzt, als ich über das Gelände des olympischen Dorfs gehe, spüre ich, wie meine Schritte zu schnell sind. Aber erst, wenn ich in meinem Herzen aufräume, kann ich wissen, wie es weitergehen soll. Ich weiß, was ich will, jetzt muss ich nur noch den Mut dazu finden.

Und genau dann sehe ich ihn.

Florin.

Suchend sieht er sich um, trägt rote Sporthosen und ein weißes T-Shirt. Bevor er mich entdecken kann, flüchte ich in einen Hauseingang und presse mich gegen die Wand, halte den Atem an und hoffe, er hat mich wirklich nicht gesehen. Ich mag mich hier verstecken, aber meine Gedanken eilen sofort zu ihm. Seit unserem Gespräch am Zaun haben wir kein Wort mehr miteinander gewechselt. Mit aller Kraft schiebe ich die Erinnerungen an seinen Blick, wie er mich verloren und verletzt angesehen hat, zur Seite. Ich muss noch ein paar Dinge klären, bevor ich mich Florin widmen kann.

Heinrich.

Plötzlich kommt mir der Hausflur, in dem ich mich versteckt halte, sehr kühl vor, und ich wage einen Blick nach draußen, aber von Florin fehlt jede Spur. Langsam verlasse ich meine Position und hetze dann so schnell ich kann zurück in mein Wohnheim, wo Florin vor dem Eingang wartet und ich in letzter Sekunde hinter einem großen Baum nicht nur Schatten, sondern auch ein gutes Versteck finde.

Verdammt.

Wie soll ich jetzt unbemerkt an ihm vorbeikommen?

»Versteckst du dich wieder?«

Erschrocken fahre ich herum, wo Marie mich frech angrinst und ich ihr erleichtert um den Hals falle.

»Du hast mich zu Tode erschreckt!«

»Ja, das gehört zu meinen heimlichen Talenten.«

Ich drücke sie fest an mich.

»Ich kann nicht mit ihm reden.«

Sie löst sich aus meinem Klammergriff und wirft unauffällig einen Blick zum Eingang, wo Florin noch immer auf mich wartet.

»Irgendwann wirst du aber wieder mit ihm reden müssen, das ist dir schon klar.«

»Ja, aber nicht, bevor ich …«

Sie sieht mich nachdenklich an, weiß genau, wie der Satz endet, und nickt schließlich.

»Also gut. Ich übernehme das. Aber, Elli …«

Sie hebt mahnend den Finger.

»… du musst das klären. Sonst brichst du nämlich gleich zwei Männern das Herz.«

Damit lässt sie mich stehen, geht um den Baum herum direkt auf Florin zu, was ich in gebückter Haltung von meinem Versteck aus beobachte, auch wenn ich nicht hören kann, was sie sprechen. Eigentlich redet nur Marie, Florin nickt niedergeschlagen, und ein Teil von mir will sofort zu ihm, ihn umarmen, festhalten – egal, was die Zukunft bringen mag. Jetzt greift er in die Hosentasche und zieht einen kleinen Brief hervor, den er Marie reicht. Was auch immer er ihr sagen mag, er sieht dabei sehr ernst aus. Erst, nachdem Marie immer wieder nickt, gibt er sich zufrieden und marschiert, mit hängenden Schultern, davon. Ich bleibe in meiner Position, bis ich mir sicher sein kann, dass er weg ist, bevor ich tief durchatme und auf Marie zugehe, die mit dem Brief in ihrer Hand wedelt. Noch bevor ich fragen kann, zieht sie mich ins Innere.

»Elli, er ist verliebt. Bis über beide Ohren.«

Weil ich nicht weiß, was ich darauf antworten soll, zucke ich nur unsicher die Schultern.

»Der Brief ist für dich. Er hat mich angefleht, dass ich ihn dir sofort gebe.«

Ich erkenne Florins Handschrift auf dem blassblauen Umschlag und nehme ihn zögernd an. Marie wartet, ob ich ihn sofort öffne, aber ich kann nicht. Noch nicht.

»Ich muss telefonieren.«

Mit Marie im Schlepptau mache ich mich auf den Weg zu dem schwarzen Telefon, das im Flur unseres Wohnhauses hängt, und sehe die Warteschlange voller Mädchen, die wohl auch alle etwas Dringendes mit jemandem zu Hause zu besprechen haben.

»Na, toll ...«

Marie legt den Arm um mich und stupst mich freundschaftlich an.

»Du kannst in der Zwischenzeit ja schon mal den Brief lesen.«

Doch statt ihrem Vorschlag zu folgen, stopfe ich den Umschlag so tief wie möglich in meine Jackentasche und mache mich auf in unser Zimmer.

Manchmal ist das Universum einfach nicht auf unserer Seite.

KAPITEL FÜNFUNDVIERZIG

Karla

Nădlac (Ungarn/Rumänien), 4. August 2017, 11:00 Uhr

»Sie hätten ihm nicht winken sollen.«

»Ich weiß.«

Elli hat uns auf Kaffee und Kuchen eingeladen, und von dort aus waren wir in knapp einer Stunde in Nădlac. Dann wurde es kompliziert, denn von allen Autos, die dort an der ungarisch-rumänischen Grenze munter und ohne Kontrolle durchgewinkt wurden, mussten die Grenzbeamten, die bis dahin stichprobenartig immer nur verdächtig aussehende Sprinter herausgeholt hatten, natürlich auch auf uns aufmerksam werden. Zuerst nur ein prüfender Blick, dann hat Kaiser einem der beiden Beamten zugewinkt. Er winkte zurück – und uns raus.

Jetzt kriecht ein uniformierter Mann mit dunklen Augen, dickem Schnauzbart und grimmiger Miene gerade unter Lola herum, um was auch immer dort zu finden, während der andere mich auffordert, den Kofferraum zu öffnen. Sein Englisch ist schlecht, aber besser als mein Rumänisch. Gabriel und Kaiser stehen neben den provisorisch aufgestellten Tapeziertischen, auf denen wir unser Gepäck ausbreiten sollen. Kaum habe ich Lolas Kofferraum geöffnet, stürzt sich der Mann auf den Inhalt wie ein hungriges Tier auf seine Beute.

»Denkt er wirklich, wir schmuggeln Drogen über die Grenze?«

Gabriel lacht nervös, und mir wird plötzlich schlecht. Mein Blick schießt zu Kaiser, die diese kleine Unterbrechung gelassen hinnimmt und in – wie ich annehme – gebrochenem Rumänisch mit dem bärtigen Mann spricht, dessen Beine gerade unter meinem roten Renault herausragen.

Der Kofferraumwühler wirft unterdessen Gabriels Wanderrucksack ebenso achtlos auf den Boden wie meine Sporttasche und Kaisers Koffer. Die aneinandergebundenen Dosen nimmt er genauer unter die Lupe, wirft mir einen prüfenden Blick zu.

»Die sind noch von meiner Hochzeit.«

Er nickt, obwohl er mich wohl nicht verstanden hat, anders als Gabriel, der sich überrascht zu mir dreht.

»Du bist verheiratet?«

»So was in der Art.«

»Du trägst gar keinen Ring.«

Bevor ich antworten kann, wirft der Beamte meine weißen High Heels neben uns auf den Boden. Die Schuhe, in denen ich meinen Hochzeitstanz hätte tanzen sollen. Gabriels Augen werden immer größer, als auch die Dosen scheppernd vor unseren Füßen landen.

Gefolgt vom liebevoll gestalteten »Just married«-Schild, das an der Heckscheibe klebte, als ich unverheirateter Dinge und mit verheulten Augen nach Hause fuhr.

»Wow! Bei deiner Ausrüstung könntest du als Hochzeitsplanerin durchgehen.«

Ich zwinge mich zu einem gequälten Lächeln, während die schmerzhafteste Erinnerung meines Lebens vor uns allen breitgetreten wird.

»Paşaport.«

Der bärtige Beamte, der wieder unter Lola hervorgekrabbelt ist und offensichtlich keinen mit Kokain gefüllten doppelten Boden gefunden hat, deutet auf mich, und Kaiser dreht sich lächelnd zu mir.

»Er braucht Ihren Ausweis.«

»Ihr Rumänisch ist ja wirklich beeindruckend.«

Genervt greife ich nach meinem Geldbeutel.

»Ich habe es heimlich an der Volkshochschule gelernt. Jeden Mittwoch zwischen 15:30 und 16:30 Uhr. Heinrich war da noch auf der Arbeit.«

»Ernsthaft?«

Kaiser bejaht Gabriels Frage nickend, während ich – übrigens als Einzige – meinen Ausweis vorzeigen muss.

Der Beamte vergleicht mein Gesicht mit dem Foto im Pass, und obwohl mein Pony jetzt vielleicht etwas zu weit über die Augen reicht, bilde ich mir ein, eine gewisse Ähnlichkeit mit mir selbst von vor drei Jahren aufzuweisen. Beamter Nummer eins scheint davon nicht überzeugt, wackelt kurz skeptisch mit dem Schnauzer.

Gabriel sieht von Kaiser zu mir und schließlich zum bartlosen Beamten Nummer zwei, der gerade meine Sporttasche auf den Tapeziertisch wirft und sie öffnet.

»Karla, der wühlt sich gleich durch deine Schmutzwäsche.«

Das ist momentan allerdings meine geringste Sorge. Mit nur zwei Schritten bin ich bei ihm und will ihm meine Tasche abnehmen.

»Sorry, excuse me, can I help you?«

»I check.«

»Yes. But. Nothing to check. All clean.«

Mein sympathisch geplantes Lächeln zaubert drei bis sieben neue Falten auf seine ohnehin schon gerunzelte Stirn. Kurz wechselt er einige Worte mit seinem Schnauzbartkollegen, der sich ebenfalls zu uns stellt.

»Was hat er gesagt?«

»Ich bin mir nicht sicher …«

»Ich dachte, Sie waren jeden Mittwoch zwischen halb vier und halb fünf in der VHS?!«

»War ich auch.«

»Und?«

»Und ich kann ein Hotel für Sie erfragen und herausfinden, von welchem Gleis der Zug nach Braşov abfährt.«

»Großartig. Das hat sich ja richtig gelohnt.«

»Wieso sind Sie denn so panisch?«

»Erinnern Sie sich noch, wie unser Trip zustande kam?«

Kaiser nickt.

»Selbstverständlich.«

Ich warte, hoffe, sie versteht, aber außer einem irritierten Schulterzucken kommt nicht viel. Gabriel versteht nur Bahnhof – auch wenn er keine Ahnung hat, von welchem Gleis der Zug nach Braşov abfährt.

»Ihr redet in Glückskekssprache.«

Ich winke ab, denn ich habe gerade keine Zeit dafür, ihn auf den aktuellen Stand unseres Problems zu bringen.

»Das Gewächshaus.«

»Ja?«

»Ich habe ein Stück der ... Erbsenernte an Bord.«

Dabei deute ich umfassend auf das ganze Gepäck auf dem Boden.

»Oh.«

»Richtig: oh.«

Sie wirft einen kurzen Blick zu dem bärtigen Beamten, der mir nun meinen Pass zurückreicht und sich ohne Zweifel nicht nur mein Gesicht, sondern auch meinen Namen gemerkt hat.

Gabriel meldet sich, als wären wir in der Schule.

»Kann mich mal jemand aufklären?«

»Nicht jetzt.«

Doch es ist zu spät, der Kofferbeamte hat gemerkt, dass wir etwas zu verstecken haben. Er greift mit beiden Händen in meine Tasche und wirft all mein aktuelles Hab und Gut heraus. Sein Schnurrbartkollege nimmt sich Kaisers Koffer und Gabriels Rucksack vor – und so landen alle möglichen Gepäckstücke in einem bunten Durcheinander auf den Tischen.

Meine Unterwäsche.

Gabriels T-Shirts.

Kaisers Nachthemden.

Mein Make-up-Bag.

Kaisers Stützstrümpfe.

Gabriels Kulturbeutel.

Ein Handtuch.

Jogginganzüge.

Ein paar weiße Socken – in denen sich Frau Zimmermanns Joints verstecken.

Sein stirnrunzelnder Kollege öffnet den Kulturbeutel, begutachtet Gabriels Zahnbürste und -pasta, bevor er nach dem Paar zusammengerollter Socken greift – und ich nach Kaisers Hand.

»Was meinen Sie, lassen die uns trotzdem weiter?«

»Ja. Ohne über Los zu gehen. Direkt ins Gefängnis.«

KAPITEL SECHSUNDVIERZIG

Elisabeth

Melbourne, 29.November 1956

Die Schwimmhalle ist bis auf den letzten Platz gefüllt, obwohl es sich nur um einen Vorlauf handelt. Es ist der erste Wettkampftag für uns Schwimmer, auch wenn heute noch keine endgültigen Entscheidungen über Medaillen getroffen werden. Es finden fünf Rennen statt, die sechzehn schnellsten Schwimmerinnen aller Vorläufe qualifizieren sich dann automatisch für die zwei Halbfinalläufe. Die Anspannung ist deutlich in den Blicken der Athleten zu sehen, und sie lähmt momentan auch meinen Körper.

Was uns hier in der großen, neu errichteten Schwimmhalle erwarten wird, konnten wir schon im Stadion erleben, wo die Leichtathletikwettkämpfe bereits die ganze letzte Woche über in vollem Gange waren.

Jubelstürme, Begeisterung und große Hitze haben die Olympioniken bei ihrem Versuch begleitet, sich in den Geschichtsbüchern der Sportwelt zu verewigen.

Jetzt sind wir dran.

Mein Herz schlägt mir bis zum Hals, obwohl ich mir Mühe gebe, so ruhig und so tief wie nur möglich in den Bauch zu atmen. Wir stehen in einer Reihe nebeneinander, tragen unsere Jogginganzüge über unseren Badeanzügen und lassen uns von den Zuschauern feiern. Marie steht mit geschlossenen Augen neben mir, die Hände im Schoß zum Gebet gefaltet.

»Bitte, lieber Gott, lass mich da draußen gut abschneiden.

Dann verspreche ich dir auch, nie wieder mit einem Mann zu flirten.«

Sie öffnet ein Auge und bemerkt, dass ich ihr bei diesem Versprechen zugehört habe und Gott einen Zeugen hat.

»Na gut. Ich versuche, nicht mehr so oft mit Männern zu flirten.«

Mein Nicken deutet sie als positives Zeichen, lächelt und bekreuzigt sich schnell.

»Und wofür hast du gebetet?«

Mir ist nicht einmal aufgefallen, dass ich überhaupt gebetet habe, aber tatsächlich halte auch ich die Hände gefaltet.

»Für das Gleiche.«

Doch das ist gelogen. Marie braucht nur einen Blick, um mich zu durchschauen.

»Elli …«

»Lass es uns einfach hinter uns bringen, ja?«

»Nein. Wir bringen es nicht einfach so hinter uns. Das hier ist dein großer Traum, und du wirst ihn gefälligst genießen!«

Ihre geflüsterte Standpauke klingt wie das Zischen einer Kobra – auch wenn ich noch nie einer begegnet bin.

»Dein Herz mag voll sein mit Florin, aber das sollte dich beflügeln, nicht runterziehen!«

»Du verstehst das nicht …«

»Liebst du Heinrich?«

Die Frage kommt aus dem Nichts. Darüber haben wir nie gesprochen.

»Was?«

»Es ist eine einfache Frage.«

Es ist nicht die Frage, die mir Angst macht, sondern die Antwort darauf.

»Sollte dein Herz nicht aufgeregt hüpfen, springen und aus deiner Brust brechen wollen, wenn du an ihn denkst, dann spürst doch du, was du zu tun hast.«

»Woher willst ausgerechnet *du* das wissen?«

»Tue ich nicht, aber wenn ich eines Tages den Mann finde, der mich genau das fühlen lässt, werde ich ihn festhalten und nicht mehr loslassen.«

Bevor ich etwas erwidern kann, geht es los. Nicht für mich, denn ich schwimme erst im fünften Vorlauf, aber für die anderen. Von uns wird erwartet, dass wir unsere Mitschwimmer anfeuern, als Mannschaft auftreten und zusammenhalten – auch wenn es intern anders aussieht und die Konkurrenz gerade zwischen dem Ost- und Westlager deutlich zu spüren ist.

Kaum erklimmen die ersten Schwimmerinnen die Startblöcke, steigt mein Puls an. Ich habe trainiert. Stunde um Stunde habe ich im Wasser verbracht, im heimischen Schwimmbad in Stuttgart und auch bei den Vorbereitungen für Olympia.

Auf alles bin ich vorbereitet.

Jedes Eintauchen haben wir hundertmal trainiert. Jede Wende.

Und doch war ich noch nie bei Olympia.

Die fünf Ringe. Das ewige Symbol hängt an der großen Fensterfront, durch die die Sonne ins Innere scheint und sich auf der Wasseroberfläche des exakt abgemessenen olympischen Schwimmbeckens bricht, funkelt und tanzt.

Egal, wie oft ich trainiert habe – dieser Moment ist mit nichts vergleichbar.

Die deutsche Schwimmmannschaft wird aufgerufen, und wir marschieren lächelnd und winkend einmal durch die Halle, die von einem Blitzlichtgewitter erhellt wird. Ich spüre das Adrenalin durch meinen Körper jagen.

Die Zuschauer auf ihren Rängen bis unterm Dach applaudieren. Wir winken in eine Menge lächelnder fremder Gesichter und in die Kameras, die unsere Bewegungen auf die Bildschirme in der ganzen Welt übertragen.

Marie, direkt hinter mir, stupst mich kurz an und deutet auf die italienische Schwimmmannschaft, die in ihren azurblauen Trainingsanzügen zusammensteht – und von wo aus Carlo ihr zuwinkert.

Dann spüre ich seinen Blick, bevor ich ihn erspähen kann.

Ich weiß, dass er mich ansieht.

Die rumänische Schwimmmannschaft besteht aus genau drei Teilnehmern, zwei Männern und einer Frau.

Aber es könnten auch hundert oder Tausende sein, Florins Gesicht würde ich in jeder Menschenmenge finden.

Er trägt einen dunkelblauen Trainingsanzug, seine Arme sind verschränkt, der Blick aus seinen grünen Augen ist trüb, wie ein Fluss nach dem Regen, und dennoch lächelt er, kurz und traurig, sobald ich zu ihm sehe.

Obwohl ich ihm die letzten Tage aus dem Weg gegangen bin und mich in Hauseingängen versteckt habe, wenn ich ihn auch nur aus der Ferne gesehen habe. Der Brief, den er mir von Marie hat überbringen lassen, liegt ungeöffnet unter der Matratze meines Bettes.

Und dennoch lächelt er.

Für mich.

Und sein Lächeln trifft auf etwas tief in mir. Etwas, das viel zu lange geschlummert hat, das mit Florin erwacht ist und dann von mir wieder weggesperrt wurde. Aber ich habe mich geirrt, wenn ich wirklich geglaubt habe, dass es einfach so wieder verschwindet, nur weil ich vernünftig sein will. Es ist noch immer da, vielleicht stärker als zuvor, weil Florin es jetzt mit einem einzigen Blick wieder aufweckt. Mein Herz hüpft aufgeregt, springt und will aus meiner Brust ausbrechen. Direkt in seine Arme. Das ist der Moment, in dem ich die Antworten auf all seine und meine Fragen kenne.

Ich vergesse die Kameras, die Zuschauer zu Hause, einfach alles um mich herum, spüre, wie ich lächle, und werfe Florin, vor den Augen aller, eine Kusshand zu.

Und dann lächelt er wirklich.

Wegen mir.

KAPITEL SIEBENUNDVIERZIG

Karla

Nădlac (Ungarn/Rumänien), 4. August 2017, 11:15 Uhr

»What is that?«

Der Beamte mit der Dackelfaltenstirn starrt uns in Grund und Boden, während wir aufgereiht wie die Orgelpfeifen vor ihm stehen. Elli und ich geben uns Mühe, so unschuldig wie nur möglich dreinzublicken.

»I said: What is that?«

Er wedelt mit einer weißen Socke vor unseren Gesichtern. Sein Schnauzbartkollege hat unterdessen seine Hand auf das Halfter der Waffe an seinem Gürtel gelegt, und plötzlich sehe ich mich, einen orangefarbenen Overall tragend, in einem rumänischen Frauenknast sitzen.

Dabei ist Orange so gar nicht meine Farbe.

Die Beamten wechseln ein paar Worte auf Rumänisch, während Kaiser meine Hand drückt, die ich noch immer fest umschlossen halte. Gabriel zuckt ahnungslos die Schultern.

»Was ist das Problem? Das ist eine Socke! A sock!« Er dreht sich zu Kaiser.

»Was heißt Socke auf Rumänisch?«

»Sosetă.«

Gabriel wendet sich zur Dackelfaltenstirn.

»That's a sosetă!«

Was offensichtlich nicht die korrekte Antwort war, denn der Beamte knallt die Socke wütend auf den Tisch vor uns.

»But something is inside. What is it?«

Ich könnte die Ahnungslos-Slash-Überraschte spielen, die keinen blassen Schimmer davon hat, was da gleich zum Vorschein kommt, oder ich sterbe den Heldentod, indem ich die ganze Schuld auf mich nehme. Immerhin ist es ja auch meine.

Gabriel sieht fragend zu mir, und ich spiele kurz das alternative gedankliche Szenario durch, wie ich ihn als Besitzer der Joints vorschiebe.

Nein. Ich trete einen Schritt vor und straffe die Schultern.

»Die Socke gehört mir.«

Aber Kaiser lässt meine Hand nicht los, ganz im Gegenteil, sie wird zur Steinfigur neben mir.

»Karla …«

»Nein, das ist schon okay. Sie müssen nach Bukarest.«

»Aber …«

»Hören Sie, es tut mir leid, was ich da vorhin auf dem Rastplatz gesagt habe, von wegen nostalgische Schwärmerei und ein Jahrhundert zu spät.«

Ich drehe mich zu ihr und lächle dabei so tapfer wie möglich, wenn einem Handschellen und Frauenknast in Rumänien wegen Drogenbesitzes drohen.

»Sie müssen zu Florin. Gabriel wird sie hinbringen.«

»Ich werde was?«

»Elli erklärt dir alles unterwegs, aber egal, was passiert, du musst sie zu Florin bringen. Versprich mir das!«

»Ähm, ich weiß nicht.«

»Und du wirst unterwegs nicht einfach abhauen, weil der Reiz des Neuen verloren geht, verstanden? Du wirst auf sie aufpassen, sie zu ihrer großen Liebe und dann zurück nach Stuttgart bringen. Irgendwann werde ich nämlich entlassen, und dann spüre ich dich auf.«

Meine große Rede schüchtert Gabriel scheinbar tatsächlich ein bisschen ein, er nickt unsicher. Kaiser drückt meine Hand und holte meine Aufmerksamkeit zu ihr zurück.

»Karla, hören Sie mir doch mal zu …«

»Nein, Sie hören mir zu, Elli. Ich mag Sie, und Sie hätten schon vor sechzig Jahren Ihr Happy End verdient gehabt.«

Damit strecke ich dem Beamten mit der Waffe, die noch immer in seinem Halfter steckt, meine Hände entgegen.

»Das gehört alles mir. Die beiden haben damit nichts zu tun. All mine.«

»O woman, shut up. You talk, talk, talk. Just be quiet!«

Okay. Das ist deutlich. Statt die Handschellen klicken zu lassen, greift er in die Socke und zieht eine kleine, dunkelblaue Schatulle hervor.

Keine Joints. Kein Marihuana.

Eine Schatulle.

Die nicht mir gehört.

Und erst jetzt bemerke ich, dass es sich bei den weißen Socken auch gar nicht um meine handelt.

Ich habe weder die Socken noch die Schatulle jemals zuvor gesehen.

Außer Elli hat das wohl niemand der Anwesenden.

Mit einer schnellen Handbewegung wird der Deckel geöffnet, und zum Vorschein kommt eine goldene, in der Sonne funkelnde Medaille. Keine Brosche, kein Amulett, es ist eine Medaille! Das war es also, was ich immer wieder gesehen habe. Ich hätte es wissen müssen. Wie auch der Grenzbeamte werfe ich einen genaueren Blick auf das Schmuckstück. »XVIth OLYMPIAD MELBOURNE 1956« ist zu lesen, daneben ist eine sitzende Frau mit Lorbeerkranz und Palmzweigen neben Relikten der Antike zu sehen. Schwer sieht sie aus. Und wertvoll.

Gabriel pfeift kurz anerkennend durch die Zähne.

»Nice.«

Die Beamten, sichtlich verwirrt, tauschen irritierte Blicke und verwunderte Wörter. Gabriel kann den Blick nicht von der Medaille nehmen, ich hingegen starre Elli an.

»Eine Goldmedaille?«

»Ja.«

»Sie schmuggeln eine Goldmedaille in Ihren Socken über die Grenze?«

»Was hätte ich denn sonst damit anstellen sollen?«

»Sie in der *Pinie* lassen? Oder besser in einem Bankschließfach. Oder sie zumindest hier am Zoll anmelden!«

Kaiser wirft einen kurzen Blick zu den Beamten, die noch immer interessiert die Goldmedaille begutachten.

»Ich wollte einfach niemanden in Versuchung bringen.«

Gabriel gesellt sich neben den Schnauzbärtigen und bewundert mit leuchtenden Augen das Schmuckstück.

»Ist die echt?«

»Natürlich.«

»Aus Melbourne?«

»Steht doch drauf.«

»Wow. Die muss doch ein Vermögen wert sein.«

»Sicherlich.«

Kaiser wirft mir einen entnervten Blick zu.

»Allerdings weniger als zehntausend Euro – und somit bei Grenzübertritten innerhalb des Schengen-Raumes und auch nach Rumänien nicht meldepflichtig. Ich habe mich informiert.«

Ich sehe sie überrascht an.

»Wie viel ist sie denn wert?«

»Das ist schwer zu sagen. Vor Kurzem wurde eine vergleichbare Medaille für knapp neuntausend Dollar verkauft.«

»Fast zehntausend Euro? Wieso haben Sie sie nicht längst verkauft?«

Kaiser versteht Gabriels Frage offensichtlich nicht, lacht kurz und bemerkt dann, dass sein Vorschlag kein Scherz ist.

»Seien Sie nicht albern. Das ist eine olympische Medaille von 1956. Gold. So etwas verkauft man nicht!«

»Wieso nicht?«

Acht Augenpaare richten sich wie Gesprächsfadenkreuze auf die alte Dame.

»Weil Erinnerungen daran geknüpft sind, das eigene Leben. Dinge, die man für kein Geld der Welt kaufen kann.«

Dinge, so scheint es zumindest, von denen wir nicht so viel Ahnung haben wie Frau Kaiser, die mir gerade Jahrhunderte älter vorkommt und deren klare Augen uns genau fixieren.

»Irgendwann werdet ihr etwas erleben, das euer Leben für immer verändert. Dann versteht ihr, was ich meine.«

»Wenn sie Ihnen so wichtig ist, wieso verstecken Sie sie dann in einer Socke und nicht in einem Bankschließfach?«

Eine berechtigte Frage, auf die ganz offensichtlich auch die Beamten eine Antwort erwarten – wenn möglich auf Rumänisch.

»Weil sie nicht mir gehört.«

KAPITEL ACHTUNDVIERZIG

Karla

Nădlac (Ungarn/Rumänien), 4. August 2017, 13:00 Uhr

»Der Typ sah echt aus, als würde er uns gleich einsperren lassen.«

Gabriel schlendert gut gelaunt aus dem Grenzhäuschen und lacht dabei so fröhlich, als hätte er gerade nicht die letzten Stunden mit Erklärungen auf VHS-Rumänisch verbracht.

»Elisabeth, mit Ihnen erlebt man wirklich Abenteuer.«

Elli, die Medaille in ihrer Hand, läuft neben mir her und kann wieder lächeln. Die Beamten haben den Wert der Medaille nach einer unendlich langsamen Recherche im Internet schließlich doch auf weniger als zehntausend Euro geschätzt.

»Nun, das ehrt mich, aber ganz so aufregende Abenteuer brauche ich nicht mehr.«

»Ach, Unsinn, die Typen hätten Sie niemals eingebuchtet, die haben Sie um den Finger gewickelt.«

In der Tat war das Misstrauen der Beamten wie weggeblasen und durch Mitgefühl ersetzt worden, als Kaiser auf Rumänisch etwas über Melbourne erzählt hat. Der Schnauzbärtige hat plötzlich ganz selig dreingeblickt, und kurze Zeit später wurden wir wieder auf freien Fuß gesetzt. Mit Medaille. Gabriel sieht zu mir und bricht in schallendes Gelächter aus.

»Und du! Dein Gesicht! Deine Ansprache vorhin, von wegen ›All mine‹ und ›Bring Frau Kaiser nach Bukarest!‹. Das war wirklich zum Schießen.«

»Wie schön, dass ich dich amüsieren konnte.«

»Du hast Mel Gibson in *Braveheart* Konkurrenz gemacht.«

»Idiot.«

»All mine!«

Er bricht erneut in Gelächter aus und beruhigt sich erst wieder, als wir Lola erreichen und ich mit noch immer zitternden Händen nach dem Autoschlüssel greife.

»Hast du echt gedacht, die sperren euch wegen einer Goldmedaille ein?«

»Nein.«

»Wieso dann die Panik?«

»Weil ich in meinen Socken irgendwo ein, zwei Joints versteckt habe.«

Gabriel ist nicht im Mindesten überrascht.

»Ich weiß.« Er klopft auf die Seitentasche seiner Cargoshorts und grinst, so breit es sein Gesicht zulässt.

»Die habe ich dir gestern Nacht geklaut.«

»Du hast mir meine Joints geklaut?«

»Hätte dir auch deine geliebte Lola klauen können. Also, entspann dich!«

»Du hast in meinen Sachen …«

Elli räuspert sich geräuschvoll und deutet auf Lola.

»Können wir dieses semilegale Gespräch vielleicht woanders fortführen? Wir wollen doch, dass weder Bogdan noch Alexandru ihre Meinung ändern, oder?«

Ich öffne die Tür und lasse meine Mitfahrer einsteigen, während ich einen letzten Blick zurück zu den beiden Grenzbeamten werfe, die uns freundlich zuwinken.

Keine Ahnung, was Kaiser ihnen über Melbourne erzählt hat, aber am Ende hat nur noch gefehlt, dass sie Elli zum Abschied umarmen.

Kopfschüttelnd steige ich ein und starte den Motor, sobald alle – bis auf Gabriel – angeschnallt sind.

»Was haben Sie denen eigentlich für eine Story aufgetischt?«

Gabriel beugt sich wieder zwischen unseren Sitze vor, und Kaiser lächelt spitzbübisch.

»Die Wahrheit.«

»Sicher.«

»Mit ein bisschen Kuvertüre und Zuckerstreuseln.«

»Sie haben gelogen!«

»Dass sich die Balken biegen.«

Sie öffnet die Schatulle und betrachtet die Medaille, während ich den Wagen in Richtung rumänische Autobahn lenke.

»Aber das war es wert.«

Sie streicht mit ihren Fingern über das runde Edelmetall.

»Wessen Medaille ist es denn nun? Sie meinten vorhin, dass sie nicht Ihnen gehört.«

Gabriel lehnt seinen Kopf an Kaisers Sitz und erhofft sich so einen besseren Blick auf den Inhalt der Schatulle.

»Sie gehört Florin. Und jetzt wird es Zeit, dass er sie zurückbekommt.«

»Deswegen müssen Sie also wirklich nach Bukarest.«

»Ja, auch deswegen.«

Elli lässt den Deckel zuschnappen und öffnet das Handschuhfach, bevor ich etwas unternehmen oder sie davon abhalten kann. Ein großer brauner Umschlag flattert ihr entgegen, und sie fängt ihn auf, bevor er den Fußraum erreicht.

Mist.

Sie wirft einen Blick auf den Empfänger – dann den Absender.

»Der ist noch verschlossen. Wollen Sie ihn denn nicht öffnen?«

»Das ist verjährt. Hat sich erledigt.«

Zögernd legt sie den Umschlag zurück ins Handschuhfach, ebenso wie ihre Medaille. Kommentarlos. Gabriel zieht eine Augenbraue nach oben und sieht zu Elli.

»Glauben Sie wirklich, da ist Ihr Schmuckstück besser aufgehoben?«

»Nun, das Sockenversteck hat sich auch nicht gerade als Geniestreich entpuppt.«

Kaiser dreht sich in ihrem Sitz zu Gabriel.

»Jetzt sind Sie dran. Vielleicht wollen Sie uns erklären, wieso Sie Karlas Joints geklaut haben.«

Ich nicke zustimmend, werfe ihm ebenfalls einen Blick zu.

»Oder wieso du meine Sachen durchwühlt hast.«

»Recherche.«

Gabriel gibt sich nicht mal Mühe, ein schlechtes Gewissen vorzutäuschen.

»Ich muss doch wissen, auf wen ich mich da einlasse.«

»Du hast mich beklaut.«

»Nein, ich habe deinen hübschen Hintern gerettet.«

Mehr als ein verächtliches Schnauben ist mir seine Antwort nicht wert, dafür schalte ich in den nächsten Gang – was Lola mit einem erschöpften Ächzen kommentiert – und fahre endlich auf die Autobahn.

»Stell dir doch mal vor, ich hätte die Joints in deinen Socken gelassen, dann wäre die Reise für dich jetzt vorbei, weil Bogdan dich eingebuchtet hätte.«

Wenn man seine Ausrede lange genug dreht und wendet, könnte tatsächlich die Wahrheit dabei herauskommen. Allerdings drehen sich meine Gedanken auch ohne seine Kommentare gerade zur Genüge.

»Du hast mich beklaut. Ende. Genau genommen hast du Frau Zimmermann beklaut!« Er zieht die beiden selbst gedrehten Zigaretten aus seiner Hosentasche und lässt sie in der Luft baumeln.

»Dann gib sie ihr mit lieben Grüßen von mir zurück.«

»Sie ist tot.«

»Du dealst mit Toten? Wow, du hast wirklich gar kein Gewissen, Karla Metuschke!«

»Herrgott noch mal, könnt ihr beide euch denn nicht *ein Mal* zusammenreißen?«

Elli lässt überraschend genervt das Seitenfenster runter, als würde sie eine Flucht aus dem fahrenden Auto bei hundertzehn Stundenkilometern unserem Gespräch tatsächlich vorziehen, und fächelt sich etwas Luft zu.

»Könnt ihr nicht mal Ruhe geben? Ich würde mich gerne etwas ausruhen.«

»Geht es Ihnen nicht gut?«

»Bei eurem ständigen Gezeter kann es einem ja nur schlecht gehen!«

Sie reibt sich die Schläfen. Gabriel und ich sehen uns über den Rückspiegel hinweg schuldbewusst an und legen – fürs Erste – einen Waffenstillstand ein.

»Wie wäre es mit einem späten Mittagessen? Ich habe Hunger.«

Gabriel gelingt es mit einem abrupten Themenwechsel, die trübe Stimmung im Auto zu vertreiben.

»Ich lade euch ein. Als Friedensangebot.«

Damit reicht er mir die beiden Joints.

»Sorry fürs vorübergehende Bestehlen, aber die sahen zu verlockend gut aus.«

»Du kannst sie behalten. Als Friedensangebot.«

KAPITEL NEUNUNDVIERZIG

Elisabeth

Melbourne, 29. November 1956

»Es läuft gut für uns. Wir haben gute Chancen auf das Halbfinale.«

Stettner ist bester Laune, denn unsere Schwimmer haben sich bisher in fast allen Disziplinen für das Halbfinale qualifiziert. Dennoch kann ich kaum stillhalten. Das hat allerdings einen ganz anderen Grund.

Jetzt nimmt Murray Rose, der in Schottland geborene australische Schwimmstar – und blonde Frauenschwarm –, auf dem Startblock Position ein. Die weiblichen Zuschauer sind ganz aus dem Häuschen und wedeln aufgeregt mit ihren Fahnen, während die Herren ganz professionell seine Chancen besprechen. Doch Rose ist nicht der Mann, auf den ich bei diesem Vorlauf all meine Hoffnungen setze. Auf Bahn sieben steigt gerade Florin Petrescu, ein eher unbekannter rumänischer Schwimmer, auf den Startblock. Er winkt in die Menge, die weder seinen Namen noch sein Gesicht kennt, und ich unterdrücke nur mit viel Willenskraft einen Jubelschrei.

Die Favoriten sind klar. Neben Rose stehen der Japaner Tsuyoshi Yamanaka und der Amerikaner George Breen ganz weit vorne bei den Wetten. Nicht unterschätzen sollte man unseren ostdeutschen Schwimmer Hans Zierold und – wenn man mich fragt – Florin Petrescu.

Der junge Mann, der jetzt zu mir sieht, mein Lächeln bemerkt und mir einfach so eine Kusshand zuwirft. Das entgeht weder den

Zuschauern noch Stettner, der irritiert zu mir blickt, den ich aber einfach ausblende.

Stattdessen nicke ich Florin zu und hebe den Daumen in die Luft.

Für mehr bleibt keine Zeit, denn die Schwimmer werden aufgefordert, ihre Position einzunehmen. Noch bevor der Startschuss fällt, kann ich sehen, wie sich Florins Rückenmuskeln anspannen, wie die Zehen seines linken Fußes die Kante des Startblocks fast schon umklammern und ihm beim Sprung ins Wasser den minimalen Vorteil verschaffen werden.

Und ich irre mich nicht.

Sie tauchen alle gleichzeitig ein. Der Jubel in der Halle ist ohrenbetäubend, und die Anfeuerungsrufe für den australischen Helden sind unüberhörbar. Doch meine Hände, die sich zu festen Fäusten ballen, drücken für den Außenseiter auf Bahn sieben die Daumen.

Als alle Schwimmer bereits wieder auftauchen, bleibt Florins dunkler Haarschopf noch verborgen.

Wieder zähle ich mit. So wie damals, als ich ihn zum ersten Mal in meinem Leben habe schwimmen sehen – gegen Theo. Als ich nicht wusste, dass er mein Leben auf den Kopf stellen und sich in mein Herz stehlen wird.

Statt wie bisher immer vier Sekunden länger unter Wasser zu bleiben, schafft er es diesmal auf sechs und schiebt sich still und heimlich auf den dritten Platz hinter den Japaner.

Rose führt das Feld an, gefolgt von Yamanaka und Florin, dann erst Green.

Ich springe auf, kann nicht länger auf meinem Platz sitzen.

Florins Züge sind klar, ruhig und präzise. Noch besser als in den Probeläufen und im Training.

Rose wendet perfekt.

Yamanaka macht es ordentlich, aber als Florin nach der Wende wieder auftaucht, hat er den Japaner überholt und sich auf den zweiten Platz vorgeschoben!

Florin kommt Rose verdächtig nahe. Es ist ein knallhartes Kopf-an-Kopf-Rennen, wie man es sich eigentlich erst im Finale wünscht. Auf den letzten Metern geben die beiden Schwimmer noch einmal alles. Wer schließlich zuerst anschlägt, ist für das bloße Auge aus meiner Position nicht ersichtlich.

Marie springt neben mir auf und greift nach meinem Arm.

Mein Herzschlag kommt mir so laut vor, als könnten ihn auch alle anderen in der Halle hören.

Ich sehe Florin, der im Wasser treibt, schwer atmend, und den Blick zwischen den Offiziellen und mir hin- und herwandern lässt. Dann endlich das Ergebnis:

Petrescu vor Rose!

Eine Sensation!

Ich reiße die Faust in die Luft und springe auf der Stelle hoch, als hätte ich selbst gerade Gold gewonnen. Marie fällt mir um den Hals, und zusammen sind wir die wohl Einzigen, die sich über den Sieg eines Rumänen im Vorlauf freuen.

Florin wird von Rose und den anderen beglückwünscht, schüttelt sie so schnell wie möglich ab und klettert aus dem Becken.

Nicht, ohne sich auch ordentlich bei den Zuschauern zu bedanken und dann in meine Richtung zu sehen. Ich juble ihm inzwischen völlig ungeniert zu, was sein bereits stolzes Lächeln noch mal anwachsen lässt.

Er legt seine Hand auf die Brust, wo sein Herz schlägt, und ich weiß, was er damit sagen will.

Manchmal kann die ganze Welt zuschauen, und doch gehört dieser Moment nur zwei Menschen.

Dieser Moment gehört nur Florin und mir.

KAPITEL FÜNFZIG

Karla

Bei Arad (Rumänien), 4. August 2017, 14:30 Uhr

Ellis Rumänischkenntnisse erweisen sich einmal mehr als nützlich, denn sie bestellt für uns gegrilltes Fleisch, Mămăligă – ein aus Maismehl gekochter und an Polenta erinnernder Brei, der wohl typisch für diesen Teil des Landes ist –, sowie ordinäre Pommes für Gabriel. Mit kühler Cola und Wasser haben wir im winzigen Biergarten Platz genommen. Die Plastikstühle am Plastikgartentisch vor dem kleinen Lokal in der Nähe von Arad, in dem man auch Zeitschriften, Grillkohle, T-Shirts, Wasserpistolen und frisches Gemüse kaufen kann, dienen uns als Restaurantersatz. Außerdem gibt es hier Schatten, und damit stand der Gewinner mit drei »Hier essen wir«-Stimmen fest.

»Es ist hübsch hier.«

Kaiser hat die Straßenkarte vor uns auf dem Tisch ausgebreitet und folgt ihrer rot eingezeichneten Route mit dem Finger. Dank dieses grafischen Beweises wird mir erneut bewusst, wie weit wir inzwischen von der *Pinie* entfernt sind. Gabriel, der sich quer durch alle Teller futtert, spricht mit vollem Mund.

»Sind wir eigentlich schon in Transsilvanien?«

»Sind wir.«

»Cool. Können wir einen Abstecher zum Schloss von Dracula machen? Das muss doch hier irgendwo sein, oder?«

Elli blickt skeptisch auf ihre Landkarte, sucht Gabriels Wunschziel, und ich zücke mein Handy, weil ich noch nie eine besonders begnadete Kartenleserin war. Google verrät mir nicht nur den genauen Standort des Schlosses, sondern auch den korrekten Namen.

»Du meinst wohl Schloss Bran, so heißt das Ding nämlich wirklich.«

»Ja, genau. Wenn wir schon mal hier sind.«

»Wo ist es denn?«

»Hier irgendwo, in der Nähe von Braşov, ganz im Osten.«

»Aha.«

Er beugt sich zu Kaiser, sucht kurz und deutet schließlich auf die Karte, wobei er fettige Fingerabdrücke hinterlässt, was Elli mit einem strengen Blick quittiert.

»Das ist ja fast neben Bukarest!«

Doch auch hier verrät mir Google Maps die genaue Distanz und Dauer des Umwegs.

»›Fast direkt daneben‹ ist gelogen.«

Ich halte ihm mein Handy entgegen.

»Das sind knapp drei Stunden zusätzliche Fahrt. Plus Schlossführung.«

»Und?«

»Wir sollten zügig zu Florin.«

Dabei nicke ich zu Kaiser, die noch immer die Karte studiert, und Gabriel schneidet eine gelangweilte Grimasse, aber ich bleibe hart. Und da ich Google schon mal offen habe, wage ich erneut eine Suchanfrage, ob man zu Hause inzwischen verzweifelt nach der vermissten Heimbewohnerin sucht, doch ich finde nichts. Hat wirklich niemand bemerkt, dass die Exolympionikin abgehauen ist? Oder ist die Tatsache einfach nicht wichtig genug, um darüber zu berichten?

»Karla, du bist echt eine Spaßbremse.«

Gabriel mampft beleidigt eine Pommes, ist offensichtlich noch immer geknickt, dass ich ihm den Spaß einer Twilighttour vermassle, aber ich schüttle stur den Kopf.

»Erst Florin, dann vielleicht Dracula.«

Er scheint von meinem Angebot noch nicht ganz überzeugt.

»Also auf dem Rückweg, oder wie?«

»Darüber ließe sich reden, ja.«

Kurz werfe ich ihm einen prüfenden Blick zu.

»Kommst du denn mit uns zurück?«

Eine Frage, die schon eine kleine Weile in meinem Kopf umgeht – und vor deren Beantwortung ich ein bisschen Angst habe.

»Keine Ahnung.«

Gabriel lässt sich zurück in seinen Stuhl fallen und greift nach einer weiteren Frustpommes.

»Draculas – Verzeihung – Schloss Bran! Das würde doch garantiert zu den zwölf Prozent gehören, oder? Das Schloss von einem echten Vampir besuchen.«

»Aber Ihnen ist klar, dass Vlad III. lediglich ein sehr brutaler Herrscher war, oder? Seinen heutigen Ruf als Blutsauger hat er einem irischen Schriftsteller zu verdanken. Es gibt keine Vampire.«

»Wieso gibt es dann Schlösser von Vampiren?«

»Sie glauben das doch nicht wirklich?«

»Ich stelle ihn mir lieber wie einen blutrünstigen Vampir als einen brutalen Herrscher vor.«

»Tu, was du nicht lassen kannst, aber wir haben im Moment einfach nicht die Zeit für solche Abstecher.«

Ich blicke kurz zu Kaiser, die schon wieder mit der weiteren Planung beschäftigt ist. Gabriel gibt nicht auf, startet einen letzten Überredungsversuch in Richtung seiner »Oma«.

»Dachte eben, es wäre ganz nett, wenn wir auf Ihrem letzten großen Trip eben noch ein paar Sehenswürdigkeiten sammeln würden.«

»Es ist nicht mein ›letzter großer Trip‹.«

Kaiser kreist einige Orte auf der Karte ein, ist aber offensichtlich multitaskingfähig.

»Lassen Sie sich von einer alten Frau etwas sagen, Gabriel. Das Abenteuer ist erst dann vorbei, wenn Sie es wollen.«

»Oder wenn das Geld aufgebraucht ist.«

»Ich schätze, Sie wissen, wie man Geld verdient. Theoretisch könnte Ihr Abenteuer doch Ihr ganzes Leben dauern.«

»Theoretisch.«

Kaiser legt den Stift weg, schiebt den Stuhl zurück und erhebt sich.

»Die Toilette ruft. Soll ich auf dem Rückweg noch etwas zu trinken besorgen?«

Wir winken beide ab, und Elli marschiert in Richtung Lokal davon. Kaum ist sie außer Hörweite, zieht Gabriel die Karte zu sich.

»So weit ist das Schloss gar nicht von unserer Route entfernt. Wenn wir hier kurz vor Bukarest im Norden über Braşov fahren, statt nach Süden über Râmnicu Vâlcea, kommen wir fast daran vorbei. Wir könnten es locker besuchen.« Er will nach dem roten Marker greifen, aber ich bin schneller und schlage ihm mit meiner Gabel auf die Finger.

»Falls du es vergessen hast: Wir haben einen Auftrag.«

Nichts in Gabriels Gesicht lässt darauf schließen, dass er weiß, was ich meine, oder mir zustimmt.

»Du hast einen Auftrag. Ich habe damit nichts zu tun.«

»Du willst aussteigen?«

Meine Frage klingt sogar in meinen Ohren etwas zu hoffnungsvoll.

»Hör mal, Karla, ich bin nie eingestiegen. Nicht so. Ich wollte nur …« Er bricht ab, sucht nach dem passenden Ende für seinen Satz und eine Erklärung, aber ich werde nicht erfahren, was er wollte.

»Du wolltest nur …?«

Gabriel wäre nicht Gabriel, wenn er mir einen Blick auf sein Inneres gewähren würde. Nein, Gabriel wechselt lieber das Thema und schmettert den Gesprächsball mit einer gepfefferten Rückhand in meine Magengrube.

»Wieso hast du ihn nicht geheiratet?«

Mein Kopf bereitet die abgesicherte Dauerlüge vor, entscheidet sich dann aber spontan um.

»Weil ich ihn nicht genug geliebt habe.«

Wow.

So schmeckt die Wahrheit also klar und deutlich ausgesprochen. Ein bisschen bitter, ein bisschen salzig und ein winziges kleines bisschen süß.

Gabriel nickt anerkennend.

»Ist dir ja reichlich spät eingefallen.«

»Ich weiß.«

Dann wird er plötzlich ernst und blickt in die Richtung, in die Kaiser verschwunden ist.

»Glaubst du denn an die eine große Liebe, die einem ein Leben lang Schmetterlinge in den Bauch zaubert?«

»Keine Ahnung. Aber solange alte Frauen zu Erpresserinnen werden und quer durch Osteuropa reisen, um ihre erste Liebe noch mal zu sehen, besteht zumindest die Hoffnung, dass es so was wie die große Liebe da draußen gibt.«

Gabriel verfolgt auf der Karte die Route, die im Herzen Bukarests enden wird, und schüttelt langsam den Kopf.

»Sag mir Bescheid, wenn du sie irgendwo findest.«

KAPITEL EINUNDFÜNFZIG

Karla

Timişoara (Rumänien), 4. August 2017, 16:00 Uhr

»Die Stadt wird deshalb auch Klein-Wien genannt.«

Gabriel, einen Reiseführer in der einen Hand, ein Eis in der anderen, schlendert vor uns über die Strada Alba Iulia in Richtung der Innenstadt von Timişoara. Kaiser geht zufrieden lächelnd neben ihm her, den Blick nach oben zu den unzähligen bunten Regenschirmen gerichtet, die in allen möglichen Farben über der ganzen Straße gespannt sind und uns den selbst um diese Uhrzeit noch nötigen Schatten spenden. Ich hingegen wäre jetzt lieber auf der Autobahn Richtung Bukarest, auch wenn ich mich dem Charme dieser Stadt nicht ganz entziehen kann.

»Karla, Sie hätten übrigens auch Nein sagen können.«

Gabriels Vorschlag, wir müssten zumindest in einigen rumänischen Städten anhalten, wollte ich sofort ablehnen, aber Kaiser hat sich mal wieder von Gabriel um den Finger wickeln lassen, und nachdem ich das Leuchten in ihren Augen gesehen habe, musste ich nachgeben und habe zugestimmt. Also haben wir Lola auf einem Parkplatz nahe der Innenstadt abgestellt und folgen jetzt Gabriel, der sich allen Ernstes einen Stadtführer gekauft hat und uns mit kleinen Anekdoten zu den Häusern, der Geschichte und den Menschen hier versorgt.

»Wusstet ihr, dass die rumänische Revolution von 1989 gegen den Diktator Nicolae Ceausescu in Timişoara ihren Ursprung hatte? Die Stadt ist seither ein Symbol der Freiheit.« Er wedelt mit dem dünnen Büchlein vor unseren Nasen.

»Wusstet ihr nicht, oder? Mit mir als Reiseführer lernt ihr noch was.«

»Und was sollen die ganzen Regenschirme über unseren Köpfen? Nicht, dass ich mich beschwere, aber sonderbar ist das schon.«

Gabriel sieht mich über den Rand der Sonnenbrille hinweg an und grinst charmant.

»Damit dein Eis nicht schmilzt, Baby.«

Ja, seine gute Laune ist ein klein wenig ansteckend, ich ertappe mich nämlich dabei, wie ich lächle.

»Heißt das, du weißt es nicht?«

»Die … sind … Teil einer … groß angelegten … Installation. Kunst. Muss man nicht weiter hinterfragen, sollte man einfach genießen.«

»Na klar. Woher kommt eigentlich dein plötzliches Interesse an Land und Leuten?«

Gabriel schleckt an seinem Erdbeereis und legt beim breiten Grinsen seine strahlend weißen Zähne offen.

»Na, einfach so. Wäre doch echt schade, wenn wir nur durchrasen würden.«

»Na ja, wir haben nun mal ein klares Ziel, und das ist nicht ›Ich lerne Rumänien kennen‹!«

Elli legt mir die Hand auf die Schulter, bevor ich ein weiteres Argument vorbringen kann.

»Lassen Sie ruhig, Karla. Ein bisschen Kultur schadet sicher nicht.«

»Sind Sie sicher?«

»Florin wartet auf mich. So oder so.«

Das klingt so überzeugend, dass ich es nicht wage, zu widersprechen – oder sein hohes Alter zu erwähnen. Der Klumpen Zweifel in meinem Magen, der sich schon eine Weile festgesetzt hat, will einfach nicht mehr weggehen.

»Sei keine Spielverderberin. So eilig kannst du es doch nicht haben, wieder zurück nach Stuttgart zu kommen.«

Gabriel zwinkert mir zu und will schon weiter.

»Wie meinst du das?«

»Na ja, lassen wir mal die ganze ›Elli und Florin‹-Kiste außen vor. Wenn dieser Trip vorbei ist, geht es zurück nach Hause, oder?«

Ich nicke.

»Und darauf freust du dich?«

»Wieso auch nicht?«

Gabriel deutet die Straße runter auf die vielen bunten Häuser, die noch darauf warten, von uns und den zahlreichen anderen Touristen erkundet zu werden, auf die Straßenmusiker, die sich für ihre Interpretation eines Ed-Sheeran-Songs Geld in ihrem ausgelegten Hut erhoffen, und auf die Cafés, die mit kleinen Snacks und kühlen Getränken locken.

»Wirst du das hier nicht vermissen? All die neuen Eindrücke? All die Möglichkeiten? All die Versprechen?«

»Doch, aber wir müssen doch alle irgendwann nach Hause.«

»Nicht alle.« Er zwinkert mir wieder zu, blättert auf die nächste Seite zur nächsten Information, mit der er uns unterhalten will. Doch so schnell lasse ich ihn diesmal nicht davonkommen.

»Wo ist eigentlich dein Zuhause, Gabriel?«

Statt zu antworten, tippt er auf die Buchseite.

»Funfact: Timişoara war nach New York die zweite Stadt auf der Welt, die elektronische Straßenlampen hatte. Mit dem Wissen kommt man bei Günther Jauch bis zur Millionenfrage, wetten?«

»Okay, die Fünfzigeurofrage: Wenn ich dir einen Brief schreiben will, wohin adressiere ich den dann?«

»Du schreibst noch Briefe?«

»Na gut, wenn ich dir ein Geschenk zum Geburtstag schicken will. Wie lautet deine Adresse?«

Er schaut mich gespielt gerührt an.

»Ach, Karla. Du willst mir ein Geschenk schicken? Wie nett von dir.«

»So kennt man mich. Also, wohin?«

»Weißt du denn überhaupt, wann mein Geburtstag ist?« Er hat sichtlich Spaß an der ganzen Sache und steckt damit, wie immer, auch Elli an, die uns beiden amüsiert zuhört.

»Kommen Sie schon, Karla, genießen Sie einfach die Stadt und den Moment.«

Kopfschüttelnd gebe ich auf und folge den beiden durch die Straßen, die hier überraschend sauber und so gar nicht wie in meiner Vorstellung aussehen.

Rumänien also.

Die einladenden offenen Plätze, die zahlreichen Springbrunnen, die malerischen Cafés und Restaurants, die vielfältige Mischung aus barocker und moderner Architektur, die gepflegten Grünanlagen. Das alles weckt selbst in mir das Gefühl von Urlaub.

Gabriel gibt einen erstaunlich guten Reiseführer – wenn man bedenkt, dass er bis eben rein gar nichts über diese Stadt wusste –, und er zwingt uns schließlich dazu, in einem Café unter großen weißen Sonnenschirmen Platz zu nehmen. Er bestellt für uns alle Wasser, einen Espresso und zwei Cola für Kaiser und mich. Er kennt unsere Vorlieben inzwischen.

»Ihr müsst zugeben, der Zwischenstopp hat sich gelohnt, nicht wahr?«

»Allerdings, Gabriel.« Elli hebt ihr Wasserglas, lässt ihren Blick von Gabriel zu mir wandern.

»Ich habe ja leider keine Kinder, aber das hier fühlt sich fast wie ein Familienurlaub an. Und das finde ich sehr schön.«

Bei ihren Worten wird Gabriel, der mir gegenübersitzt, ganz still, und er hält sein Wasserglas plötzlich so fest umklammert, dass ich mir Sorgen mache, es könnte unter seinem Griff bersten. Auch Kaiser fällt diese Veränderung auf.

»Habe ich etwas Falsches gesagt?«

Doch Gabriel schüttelt robotermäßig den Kopf, schaltet sein strahlendstes Lächeln an und stößt mit uns an.

»Nein, nein, alles gut. Ich dachte nur kurz, ich hätte dort vorne einen Geist gesehen. Aber keine Sorge, war nur ein Fehlalarm. Also, auf unsere Reisefamilie.«

»Auf unsere Reisefamilie.«

Wir mögen eine sehr wilde Mischung sein, und ich gebe es nur ungern zu, aber Kaiser hat nicht ganz unrecht: Obwohl mich Gabriel manchmal nervt, habe ich mich inzwischen so an ihn gewöhnt, dass ich ihn wohl zumindest ein bisschen vermissen würde, wenn er nicht mehr da wäre.

»Wer hätte gedacht, dass wir auf unserer kleinen Reise in den Osten so viel Spaß haben werden, was, Karla?«

»Ich sicherlich nicht.«

Ich nehme einen großen Schluck kühle Cola, und zu meiner eigenen Verwunderung muss ich zugeben: Das hier gerade macht tatsächlich Spaß.

»Sie dachten, ich bin eine spießige, verrückte alte Frau.«

»Für spießig habe ich Sie nie gehalten.«

Als ich Elli jetzt in ihrer geblümten Sommerhose, dem weißen Shirt mit der strassbesetzten Blume als Brustmotiv, meiner Pilotensonnenbrille und dem entspannten Lächeln auf den Lippen betrachte, kommt sie mir auch nicht mehr so verrückt vor. Ihr Plan war eigentlich ganz gut.

»Wenn ich gewusst hätte, wie handzahm Sie sein können, hätte ich Sie schon viel früher erpresst, meine Liebe.«

Kaiser nimmt einen großen Schluck Wasser.

»Sie erpresst dich also wirklich?«

Gabriel stützt mit noch immer etwas angestrengtem Lächeln sein Kinn in die Hände, während ich nachdenklich den Kopf wiege.

»Ja. Obwohl. Nein. Nicht mehr.«

»Ihr beide seid *weird*.«

»Allerdings.«

Gabriel leert sein Glas auf ex und steht dann auf.

»Ihr entschuldigt mich sicher kurz.«

Als er an Kaiser vorbeiwill, greift diese nach seiner Hand und hält ihn einen Moment auf.

»Aber nur kurz.«

Gabriel will lächeln, aber es bleibt bei einem halbherzigen Versuch, bevor er stumm nickt und eiligen Schrittes weitergeht.

»Ich mag ihn.«

»Weil er Ihr ›Geliebter Enkel‹ ist?«

»Weil er etwas schräg und dennoch sehr liebenswert ist.«

»Das lasse ich mal so stehen.«

»Und etwas verloren. So wie Sie auch, Karla.«

Bevor Kaiser ihre Profilerkünste weiter an dem armen Gabriel ausüben kann, vibriert etwas in seinem Rucksack, den er bei uns zurückgelassen hat, und ein aufdringliches Handyklingeln ist zu hören. Kurz lassen wir es klingeln, bis die Leute an den Nachbartischen uns leicht genervt mustern. Kaiser schnappt sich den Rucksack, hievt ihn wortlos zu mir rüber und überträgt mir die Aufgabe der Sekretärin.

Während ich nach dem schreienden Handy suche, frage ich mich kurz, welche Berufe ich wohl nach der Reise zusätzlich auf meine Vita setzen kann.

Ich fische das Handy aus einer der Seitentaschen und werde von einer glücklich strahlenden Valentina empfangen, deren Profilfoto auf dem Display erscheint.

»Sie hat wohl endlich bemerkt, dass Gabriel nicht bloß Brötchen holen ist und sich tatsächlich abschiedslos verdrückt hat.«

Unsicher halte ich Kaiser das Handy hin, die es mir kurzerhand ab- und das Gespräch annimmt.

»Hier bei Gabriel. Elisabeth Kaiser am Apparat.«

»Hallo? Elisabeth?«

Valentinas aufgebrachte Stimme ist selbst für mich deutlich am anderen Ende der Leitung zu hören.

»Ja. Wie kann ich Ihnen helfen?«

»Wo ist der Gabriel?«

»Im Augenblick indisponiert.«

»Was für eine verdammte Oberscheiße zieht er da bitte sehr ab?«

So ein Vokabular hätte ich unserer veganen Namaste-Freundin gar nicht zugetraut.

»Valentina, ich kann verstehen, dass Sie enttäuscht sind ...«

»Eh klar! Das sind fast zweitausend Euro!«

Mein Blick wird magisch von dem Rucksack auf meinem Schoß angezogen. Gabriel hat ihn bisher nicht eine einzige Sekunde unbeobachtet irgendwo gelassen.

Ein kurzer Blick ins Innere des Cafés, aber keine Spur von Gabriel. Also schaue ich mir den Inhalt des Rucksacks etwas genauer an. Klamotten, ein paar ausgelesene Taschenbücher, eine verknitterte Regenjacke, ein Kulturbeutel, ein gut verschnürter Jutebeutel. Darin Taschentücher, eine Packung Kondome, Lippenbalsam, Kaugummis, meine Joints und ein Bündel Geld, das mit einem Gummiband zusammengehalten wird.

»Der Scheißkerl hat mich beklaut! Ich will meine Kohle zurück! Verstehst du mich?«

»Da muss ein Irrtum vorliegen, Valentina. Gabriel würde niemals so etwas tun.«

Kurz bin ich versucht, ihr das Bündel Geld unter die Nase zu halten, aber Elli verteidigt Gabriel am Telefon gerade viel zu leidenschaftlich.

»Mein Enkel ist nicht der Typ für solch kriminelle Aktionen.«

Doch eigentlich wissen wir beide, dass Gabriel genau dafür der Typ ist.

»Wir würden es also begrüßen, wenn Sie uns nicht weiter mit solchen Anrufen belästigen. Einen schönen Tag noch.«

Damit legt sie auf und reicht mir das Telefon.

»Wir verraten Gabriel nichts von diesen lächerlichen Vorwürfen.«

»Und wenn er doch ein Krimineller ist?«

»Er ist kein Krimineller.«

»Zweitausend Euro …«

Kaiser zuckt die Schultern.

»Niemand ist perfekt.«

»Sie mögen ihn ganz schön, was?«

»Ich habe eine Schwäche für leiwande Menschen.«

Damit zwinkert sie mir zu, und ich lege das Handy zurück in Gabriels Rucksack, als wäre nichts passiert.

Für den Moment.

KAPITEL ZWEIUNDFÜNFZIG

Elisabeth

Melbourne, 29. November 1956

Langsame, kreisende Bewegungen.

Vorsichtige Dehnübungen.

Die Augen geschlossen.

So stehe ich im Gang zwischen den Umkleidekabinen, wo wir Schwimmer warten, bevor wir in die Halle können. Ich atme tief durch, bereite mich geistig auf meinen Vorlauf vor.

Die Nervosität ist mein größter Gegner. Das sagt zumindest Stettner immer. Keine der anderen Sportlerinnen kann mich schlagen, nur ich selbst.

Die Tür öffnet sich. Marie, deren Lauf erst nach meinem ist, streckt ihren Kopf rein, sieht sich hektisch um und verschwindet sofort darauf wieder, bevor ich fragen kann, was los ist.

Dann ist er plötzlich da.

Florin.

Und endlich lächelt er mich wieder an.

»Hallo.«

Sofort spüre ich, wie sich auch meine Mundwinkel unaufhaltsam nach oben ziehen.

»Hallo.«

Er macht einen Schritt auf mich zu, während ich mich gegen die Wand hinter mir lehne, nur zur Sicherheit, falls meine Knie nachgeben.

»Ich wollte dir nur kurz sagen, dass ich an dich glaube.«

Da ich nichts antworte, nickt er und will wieder gehen.

»Tut mir leid, ich wollte dich nicht stören. Du musst dich auf deinen Lauf konzentrieren. Ich bin schon wieder weg.«

»Du warst unglaublich da draußen.«

Es ist nicht das, was ich sagen will, aber es hält ihn davon ab, wieder durch diese Tür zu verschwinden und den Moment zu beenden.

»Na ja, ich hatte einen guten Start.«

Er dreht sich wieder zu mir, seine Augen funkeln.

»Und eine ziemlich gute Motivation.«

Das ist der Florin, den ich kenne, in den ich mich verliebt habe, und der sich jetzt lässig an die Wand gegenüber von mir lehnt.

»Die anderen haben vor Aufregung gezittert, aber mal ehrlich: Was habe ich schon zu verlieren?«

»Es tut mir leid.«

Jetzt verschränkt er die Arme.

»Was genau?«

Keine Ahnung, wie viel Zeit wir haben und ob mir hier und jetzt genau die Worte einfallen, die ich sagen will, aber er verdient es, sie zu hören.

»Dass ich dir aus dem Weg gehe.«

»Du wirst sicher deine Gründe haben.«

Das dachte ich auch. Die Vernunft siegt über das Herz. So war es doch immer. Bis jetzt.

»Du hast mir gefehlt, Florin.« Denn das Herz ignoriert seit ein paar Tagen die Vernunft, und es kann nicht für immer unterdrückt werden.

»So sehr!«

Er kommt langsam auf mich zu, und bevor ich weiß, was passiert, eile ich ihm entgegen und schließe schnell meine Arme um ihn, drücke mein Gesicht an seinen Hals und atme seinen Duft ein.

»Ich will nach Ostberlin kommen. Ich will mit dir zusammen sein, den Rest meines Lebens mit dir verbringen.«

Er zieht mich fest an sich.
»Ich weiß, Elli. Ich weiß.«
»Aber ich will zu Hause kein Chaos hinterlassen. Ich will meine Familie nicht verlieren. Es ist ein so großer Schritt.«
»Das verstehe ich. Mir geht es nicht anders.«
Er lehnt sich leicht zurück, bringt etwas Abstand zwischen uns, berührt sanft meine Wange. Die Erleichterung über meine Worte ist in seinem Blick erkennbar.
»Aber ich will mit dir zusammen sein.«
»Und ich mit dir.«
Er legt seine Stirn an meine.
»Ich werde auf dich warten. So oder so.«
Ein Versprechen, auf das ich mich blind verlasse, und ich küsse ihn, leider nur kurz, weil die Zeit nicht unser Freund ist und genau in dem Moment Marie hinter uns auftaucht.
»Ich will nicht stören, aber Stettner ist unterwegs hierher.«
Ich hasse es, Florin loszulassen, weil seine Umarmungen der Ort sind, an dem ich mich am sichersten fühle. Er küsst meine Wange, meine Hand, meine Lippen.
»Zähl die Züge, Elli. Zeig ihnen, dass du die Beste bist.«
Und noch bevor seine Worte verhallen, ist Florin wieder verschwunden, als wäre er niemals hier bei mir gewesen.

KAPITEL DREIUNDFÜNFZIG

Karla

Timişoara (Rumänien), 4. August 2017,
17:00 Uhr

Kaiser hat sich bei Gabriel untergehakt, gemeinsam schlendern sie im Schatten durch den Maria-Regina-Park und lesen sich gegenseitig aus dem Reiseführer vor. Von außen betrachtet, könnten sie wirklich als Enkel und Großmutter durchgehen – und ich erwische mich bei einem zufriedenen Lächeln. Ellis Gang ist langsam, was der Hitze geschuldet ist. Sie deutet auf eine Bank gegenüber einem großen Springbrunnen, um den herum Kinder spielen.

Wir haben Gabriel zwar von Valentinas Anruf erzählt, aber Elli hat es natürlich heruntergespielt und behauptet, sie sei nur enttäuscht, weil er ihre Gefühle nicht erwidern würde. Von dem Vorwurf des Diebstahls hat Elli ihm nichts erzählt.

Ich übrigens auch nicht.

Nicht, solange Elli dabei ist.

»Kommt es nur mir so vor, oder ist es heute unverschämt heiß?«

Wir setzen uns, und sie fächelt sich sofort etwas Luft zu, während ich ihr eine Flasche Wasser reiche. Sie atmet überraschend schwer.

»Doch, es ist schon ziemlich heiß, und wir laufen ja auch schon ewig durch die Stadt. Vielleicht sollten wir bald weiterfahren, was meinen Sie? Lola hat zwar keine Klimaanlage, aber der Fahrtwind wird uns allen sicherlich guttun.«

Gabriel schiebt die Sonnenbrille in die Haare und wirft einen Blick in den Reiseführer.

»Wir können auch hier im Sitzen weitermachen. Wusstet ihr, dass dieser Park schon einige Male umbenannt wurde? Jetzt bleibt der Name wohl endgültig. Benannt nach der ehemaligen Königin von Rumänien.«

Gabriel liest interessiert weiter, aber mir entgeht Kaisers blasses Gesicht nicht, wie sie in kleinen Schlucken Wasser trinkt.

»Geht es Ihnen nicht gut?«

»Ich bin nur etwas erschöpft. Das ist alles. Geben Sie mir fünf Minuten.«

Sie lächelt mich aufmunternd an.

»Machen Sie sich keine Sorgen, Karla.«

»Aber ich mache mir Sorgen.«

»Ach, Karla.«

Sie deutet auf die Natur um uns herum, die alle hektischen Großstadtgeräusche verschluckt und meine beschleunigte Atmung beruhigt.

»Setzen Sie sich, schauen Sie sich um, genießen Sie es. Sie wissen nicht, wann Sie das nächste Mal eine Chance wie diese haben. Lassen Sie sich auf das Hier und Jetzt ein. Ist es nicht wunderschön hier?«

»Na ja, das ist ein ganz normaler Park.«

»Ein schöner Park. Sehen Sie die kleinen, weiß gestrichenen Pavillons? Ich wette, da haben schon so manche Liebesgeschichten ihren Anfang genommen.«

Um ihr einen Gefallen zu tun, lasse ich meinen Blick einmal durch den Teil des Parks wandern, in dem wir uns befinden, und kann nicht anders, als ihr zuzustimmen. Es ist sehr hübsch hier, unter anderen Umständen hätte ich es genießen können, so aber greife ich nach Ellis Hand und lege meine Zeigefinger auf ihr Handgelenk.

»Was wird das, wenn ich fragen darf?«

»Ich messe Ihren Puls.«

Er ist niedrig. Sehr niedrig.

»Wieso?«

»Sie sehen ziemlich blass aus, Ihre Schritte sind wackelig, und Ihre Haut fühlt sich warm an.«

Wie um das eben Gesagte zu unterstreichen, lege ich ihr meine Hand kurz an die Stirn, was ihr unangenehm ist.

»Papperlapapp! Es ist ein heißer Sommertag. Da darf man sich schon einmal ein bisschen warm anfühlen.«

Gabriel blickt von seiner Lektüre auf und sieht Elli kurz prüfend an, zuckt dann aber nur die Schultern.

»Ich finde, Sie sehen aus wie immer.«

»Du hast ja auch keine Ahnung.« Er zieht eine Augenbraue nach oben.

»Du auch nicht.«

»Ich habe in der *Pinie* zumindest eine einjährige Ausbildung zur Pflegehelferin abgeschlossen. Und du?«

»Ich bin ihr Enkel. Schon vergessen?« Er legt Kaiser ebenfalls die Hand auf die Stirn.

»Und ich sage, es geht ihr gut.«

»Und ich sage das nicht gerne, aber wir machen eine Pause, suchen uns ein Hotel und gönnen uns heute ein bisschen Ruhe.«

Kaiser will gerade widersprechen, aber ich hebe nur die Hand und sehe sie streng an.

»Das war kein Vorschlag, über den wir demokratisch abstimmen.«

»Aber ich möchte noch etwas von der Stadt sehen.«

»Ich dachte, es ginge um Bukarest und nicht um …«

Ich deute auf den Brunnen, wo ein kleines Kind inzwischen laut kreischend und lachend durch die Wasserfontänen rennt.

»… einen Brunnen.«

»Das alles hier, das ist jede Menge Florin für mich. Ein Brunnen. Ein Café. Eine Straße voller Regenschirme. So nah war ich Florin seit vielen Jahren nicht mehr.«

»Ich verstehe nicht.«

»Seine Mutter stammt aus Timişoara. Hier hat er seine Urlaube verbracht, als er noch ein Kind war. Auch, wenn sich die Stadt verändert haben mag, so sehe ich jetzt doch Dinge, die er auch gesehen hat.«

Sie lehnt sich zurück, lässt ihren Blick in aller Ruhe erneut durch den Park gleiten, prägt sich alles genau ein und lächelt dabei so zufrieden.

»Die Wahrheit ist, ich möchte vieles sehen, was er mir vielleicht gezeigt hätte. So kommt mir die Zeit nicht so verloren vor.«

Gabriel legt den Arm um sie, und Elli lehnt ihren Kopf an seine Schulter.

»Das ist schön.«

Darauf sagt niemand mehr etwas, und wir genießen stumm den Ausblick, den Florin vor Jahren hoffentlich auch hatte. Vielleicht sogar auf genau dieser Parkbank.

Nach einigen Minuten greift Kaiser nach meiner Hand.

»Karla?«

»Hm?«

»Ich glaube, Sie hatten recht.«

»Womit?«

»Mir geht es nicht so gut. Ich bekomme so schlecht Luft ...«

Bevor ich reagieren kann, sackt sie in sich zusammen, und mein Herz bleibt stehen.

KAPITEL VIERUNDFÜNFZIG

Karla

Timişoara (Rumänien), 4. August 2017,
17:30 Uhr

»Elli? Können Sie mich hören?«

Ich versuche, möglichst ruhig zu klingen, während Gabriel Kaiser mit leicht erhöhtem Oberkörper in den Armen hält, Panik im Blick. Ein junger Rumäne, der unseren Hilferuf gehört hat, hat sofort den Notruf gewählt und einen Krankenwagen gerufen. Jetzt müssen wir nur warten, bis dieser auch eintrifft.

»Elli? Haben Sie irgendwo Schmerzen? Und erzählen Sie mir jetzt bitte nicht, dass Indianer keinen Schmerz kennen, ja? Ich meine es ernst.«

Ich fühle ihren Puls, den ich nur sehr schwach und etwas unregelmäßig zu fassen kriege.

»Ach, Karla …«

Ihre Stimme klingt schwach, und ich verbiete mir all die Emotionen, die sich durch die Kammern einen Weg in mein Herz erkämpfen wollen. Das hier sieht ernst aus. Vor allem, da mir ihre Krankenakte verraten hat, dass sie an altersbedingter Herzinsuffizienz leidet. Damit kann ich umgehen. Das kriegen wir hin. Bitte, lass das hier nur keinen Infarkt sein. Nicht jetzt, nicht so kurz vor dem Ziel.

Das Einzige, was ich jetzt tun kann, ist ruhig bleiben.

»Machen Sie sich keine Sorgen. Sie sind nur kurz ohnmächtig geworden. Alles wird gut. Ein Rettungswagen ist schon unterwegs. Wir bringen Sie in ein Krankenhaus.«

Ich weiß, dass es mehr als eine einfache Ohnmacht sein dürfte, befeuchte ein Taschentuch mit kühlem Wasser und lege es ihr auf die Stirn, hoffe, sie so etwas abzukühlen und wach zu halten.

Sie öffnet ihre Augen, die mich matt ansehen.

»Ich wollte keinen Ärger machen.«

»Das ist schon okay, wir kriegen das hin.«

»Wenn Sie Florin finden …«

Nicht so. Nein. Nicht so.

»*Wir*, Elli. *Wir* finden ihn. Alles wird gut. Das hier ist nur ein kleiner Schluckauf in Ihrem genialen Plan.«

Aber gerade fühlt es sich nicht so an, denn ihr Puls entgleitet mir immer wieder, und ich bin mir nicht sicher, ob sie mich noch sieht, da ihr Blick ebenfalls davongleitet.

»Zähl die Züge, Elli. Das hat Florin immer gesagt …«

Sie klingt schwach, leise, als würde sie immer weiter weggehen. Dabei muss sie doch noch hierbleiben.

»Geben Sie ihm die Medaille zurück, ja?«

Ich beiße mir so fest auf die Backe, dass ich den metallischen Geschmack in meinem Mund spüre, aber zumindest bleiben die Tränen da, wo ich sie haben will.

»Das werden Sie schön selber machen.«

Mein Blick wandert zu Gabriel, der mit Tränen in den Augen noch immer die alte Frau in den Armen hält und mich kreidebleich ansieht. Wenn er mir jetzt umkippt, habe ich zwei Patienten.

Als ich mich wieder zu Elli wende, hat sie die Augen geschlossen, ihr Gesicht ist völlig entspannt, und ein sanftes Lächeln versteckt sich in den Mundwinkeln.

Sie sieht so friedlich aus.

So wie Frau Zimmermann in der *Pinie*, als …

»Elli?!« Ich gehe neben ihr in die Hocke. *Ruhig bleiben, Karla. Du weißt, was zu tun ist. Du kannst das. Die Patientin beruhigen, Stress und Aufregung vermeiden. Wenn es zu einem Kreislaufstillstand kommt, bei dem die Patientin wiederbelebt werden muss, dann ist das nun mal so. Dann musst du sie eben wiederbeleben. Du weißt, wie das geht. Du hast das alles gelernt!*

Ich atme tief durch. Bleibe ruhig. Sogar meine Stimme klingt gefasst, als ich sie wieder anspreche.

»Elli. Hören Sie mich? Elli! Zählen Sie die Züge!«

Die leichte Ohrfeige trifft Kaisers Wange genau in dem Moment, als der Krankenwagen mit Blaulicht und Sirenen in den Park einfährt, die Menschenmenge, die sich um uns gebildet hat, aufspringt und zwei Sanitäter neben mir auftauchen. Sie sprechen mich auf Rumänisch, dann auf Deutsch an, und ich gebe ihnen die nötigen Infos, ohne den Blick von Elli zu nehmen, die müde die Augen öffnet und mich ansieht.

»Danke, Karla.«

»Wofür denn?«

Sie will gerade antworten, als ihre Augen wieder zufallen und die Sanitäter das Feld übernehmen. Gabriel taucht neben mir auf, nimmt mich an der Hand und zieht mich so weit weg, dass wir nicht mehr im Weg stehen.

»Was machen wir jetzt?«

Ich weiß, dass er mit mir spricht, aber gerade nehme ich nichts anderes mehr wahr als Kaisers Körper, der von den Sanitätern untersucht wird. Der eine rennt los und holt die Trage, aber ich will nur eine Sache wissen.

Wofür hat sie sich bedankt?

Und wieso klang es so verdammt endgültig?

»Karla, was machen wir jetzt?!«

Kurz schüttle ich den Kopf, finde zurück und sehe Gabriel bestimmt an. »Du fährst im Rettungswagen mit, ich hole Lola und komme nach.«

»Nein! Ich kann das nicht.«

Jetzt packe ich ihn an den Schultern und starre ihn finster an.

»Doch. Doch, das kannst du. Und das wirst du.«

»Aber …«

»Du bist ihr Enkel.«

KAPITEL FÜNFUNDFÜNFZIG

Elisabeth

Melbourne, 29. November 1956

»Zähl die Züge, Elli. Zeig ihnen, dass du die Beste bist.«

Seine Worte hallen noch immer in meinem Kopf nach, als ich den nahezu perfekten Start hinlege, länger als die anderen unter Wasser bin und schließlich wieder auftauche. Seinen Kuss schmecke ich noch auf meinen Lippen, nicht einmal das Chlor ist stark genug, um die Erinnerung daran zu verscheuchen.

Der Jubel dröhnt in meinen Ohren, lauter, als ich erwartet habe. Dennoch übertönt er nicht Florins Stimme, die mir mein Mantra immer und immer wieder vorträgt.

Ich schwimme allen davon. Ich bin schneller als in allen Trainingsläufen, das spüre ich.

Dann die erste Wende, kraftvoll und wuchtig stoße ich mich vom Beckenrand ab und mache mich auf den Weg in die nächsten fünfzig Meter, um einen neuen Rekord aufzustellen. Und um Fraser und alle anderen auf die hinteren Ränge zu verweisen.

Die Züge fallen mir leicht, obwohl ich das Brennen in den Muskeln spüre, wie es sich von meinen Schulterblättern Richtung Oberarme ausbreitet.

Florin glaubt an mich.

Florin, dem ich mein Herz geschenkt habe.

Florin, der irgendwo da draußen steht und mich anfeuert.

Auch wenn andere ihn aus den Jubelrufen nicht raushören können, so ist seine Stimme jetzt bei mir, unter Wasser, bei jedem Zug, immer.

Die letzte Wende, es geht um alles, wieder kraftvoll, noch besser als die davor. Ab jetzt kann mich nichts mehr aufhalten!

Und dann ist da plötzlich Heinrichs Gesicht, wie auch er mir zujubelt. Im Pyjama zu Hause, weit weg und doch hellwach, weil ich, seine Elisabeth, mein erstes Rennen bei Olympia schwimme.

Genau in dieser Sekunde verzähle ich mich, komme aus dem Takt und schlage dennoch fast perfekt an.

Ich tauche auf, schnappe nach Luft, spüre den Puls in meinen Ohren, den Jubel der Massen, der überdurchschnittlich laut ist – und weiß es, bevor es auf der Anzeigetafel angezeigt wird.

Dawn Fraser hat mich geschlagen.

Um zwei Sekunden.

Elisabeth Lorenz, GER, nur auf Platz zwei, vor Natalie Myburgh aus der Südafrikanischen Union.

Fraser bricht damit den neuen olympischen Rekord, den gerade erst vor einer Stunde ihre Landsmännin Lorraine Crapp aufgestellt hat.

Einen Rekord, der mir gehören sollte.

Enttäuscht schlage ich mit der flachen Hand auf die Wasseroberfläche und schmecke die Ernüchterung in meinem Rachen.

Nur Zweite.

Nicht gewonnen.

Stettner, der neben den anderen Trainern an der Seite steht, hebt lächelnd den Daumen in die Luft, weil er weiß, dass ich mich noch steigern kann, aber ich kann sein Lächeln nicht erwidern.

»Great race.«

Frasers starker australischer Akzent taucht – im wahrsten Sinne des Wortes – neben mir auf und reicht mir die Hand, die ich sofort annehme.

»I thought you had me.«

Sie dachte also, ich wäre schneller. Das habe ich auch gedacht.

»Congratulations.«

Wir umarmen uns im Wasser, lächeln und winken in die Kameras und Zuschauermengen. Auch wenn ich es nur auf Platz zwei geschafft habe, reicht meine Zeit doch aus: Ich bin qualifiziert. Morgen schon werde ich im ersten Halbfinale wieder in diesem Becken sein, und dann darf mich nichts – gar nichts – ablenken.

Erschöpft ziehe ich mich aus dem Wasser und bleibe einen kurzen Moment dort sitzen, lasse das Rennen noch mal vor meinem geistigen Auge Revue passieren. Alles war so gut gelaufen, bis ich …

»Das war sehr gut.«

Ich erwarte Stettner, der mir Mut machen und mir gut zureden will, aber es ist Florin, der sich jetzt vor den Augen aller Zuschauer und Athleten neben mich an den Beckenrand stellt.

»Ich war zu langsam.«

»Kurz vor Schluss warst du aus dem Rhythmus. Der Rest hat gepasst.«

»Ich weiß.«

Er fragt nicht, wieso, aber sein Blick fordert eine Antwort. Eine, die ich ihm nicht geben kann.

»Morgen machst du es besser.«

Er reicht mir seine Hand, die ich annehme, und hilft mir auf die Beine, die sich nach einem Rennen immer etwas wackelig anfühlen.

So wie auch bei unserem Tanz in der Seitengasse.

»Florin, ich …«

Ein Lächeln erhellt sein Gesicht.

»Sehen wir uns später am Zaun?«

Ich will gerade Ja sagen, als mir einfällt, dass Stettner für uns Schwimmerinnen heute einen Ausflug nach Melbourne geplant hat, um uns auf andere Gedanken zu bringen.

»Heute geht es leider nicht. Wir fahren in die Stadt und kommen wohl erst nach dem Abendessen wieder zurück ins Dorf. Aber vielleicht …«

Doch bevor ich weitersprechen kann, wird er zu seinem Team gerufen, drückt kurz meine Hand und schenkt mir sein Lächeln, das ich behalten darf.

»Bis morgen?«
Es ist mehr als eine Frage.
»Bis morgen.«
Es ist ein Versprechen.

KAPITEL SECHSUNDFÜNFZIG

Karla

Kreisklinikum für Notfallmedizin Timişoara (Rumänien), 4. August 2017, 17:41 Uhr

Laut Uhr sind genau elf Minuten vergangen, aber das kann nicht sein, denn inzwischen bin ich um zwei Jahre gealtert und habe Kaiser bestimmt ebenso lange nicht mehr gesehen.

Ich hetze durch den Krankenhausflur in Richtung Information und spüre, wie mein Puls mir immer einen Schritt voraus ist. Die Fahrt hierher habe ich im kompletten Autopilotmodus vollbracht, und ich habe keinerlei Erinnerungen daran, wie ich es geschafft habe, Lola auf dem Parkplatz abzustellen.

Eine Frau mit schwarzen, lockigen Haaren sitzt am Tresen und hat einen Telefonhörer zwischen Schulter und Ohr eingeklemmt. Sie deutet mir an, einen Moment zu warten, und tippt auf den Fragebogen vor mir, den ich ausfüllen soll, falls ich ein medizinischer Notfall bin.

Bin ich nicht, auch wenn ich mich so fühle.

Es vergehen Minuten, und ich werde zusehends nervöser.

Danke, Karla.

Dieser Satz läuft in Endlosschleife in meinem Kopf, und ich brauche dringend eine Antwort auf die Frage, wofür sie sich bedankt. Es wäre der schlimmste Cliffhanger, wenn sie einfach so verschwindet.

» Da bist du ja endlich! «

Gabriel taucht hinter mir auf, etwas weniger blass, aber noch immer ordentlich durch den Wind.

»Wo ist sie?«

»Sie haben sie in ein Untersuchungszimmer gebracht, wo man sich jetzt um sie kümmert. Ich soll ihre Versicherungskarte holen.«

»Die haben wir nicht.«

Haben wir vielleicht schon, aber ich würde gerne verhindern, dass die *Pinie* Wind davon bekommt, wo wir sind.

»Dann haben wir ein Problem. Jemand muss für den ganzen Kram hier aufkommen.« Er deutet auf den Gang um uns herum, wo Krankenschwestern, Patienten und Ärzte ihrem alltäglichen Leben nachgehen.

»Darum kümmern wir uns später. War sie ansprechbar?«

»Ja. Nein. Keine Ahnung.«

»Gabriel, war sie ansprechbar?«

»Immer mal wieder, aber dann war sie weg. Sie hat eine Spritze bekommen und hängt am Tropf, aber ich weiß nicht genau, was sie machen. Die Hälfte habe ich nicht verstanden. Ich bin nicht *du.*«

Diesmal klingt es nicht wie ein Vorwurf. Es klingt nach Resignation. Einem sonderbaren Impuls folgend, lege ich die Arme um ihn und ziehe ihn in eine Umarmung, die er überraschenderweise sogar zulässt. Erschöpft lehnt er seinen Kopf an meine Schulter.

»Was, wenn es ihr nicht besser geht?«

In dieser einen Frage verstecken sich noch so viele mehr, die ich allerdings alle ebenso wenig beantworten kann.

»Ich kann so was nicht, Karla. Ich sollte schon längst nicht mehr hier sein. Bei euch.« Er macht sich aus der Umarmung los, fährt sich über das Gesicht, die geröteten Augen und durch die Locken, die nicht mehr ganz so lebendig auf seinem Kopf tanzen wie sonst.

»Du haust jetzt nicht ab, verstanden?«

»Ich …«

»Wenn sie aufwacht, wird sie dich sehen wollen. Ich erkläre ihr sicher nicht, dass du eine weitere Ana-Maria abgezogen hast.«

Statt zu antworten, lässt er sich auf die blaue Plastikbank an der Wand sinken, was einer endgültigen Kapitulation nahekommt. Weil die Schwester noch immer am Telefon festhängt und mir nur ein entschuldigendes Schulterzucken zuwirft, nehme ich neben Gabriel Platz.

»Du hast das übrigens toll gemacht. Eben. Im Park.«

Ich nicke nur abwesend, weil ich die Szene noch mal im Geiste durchgehe und mich frage, ob ich anders hätte reagieren müssen. Habe ich etwas übersehen?

»Wirklich, du warst so cool und hast genau gewusst, was zu tun ist.«

Ich schließe die Augen und denke an Kaisers Akte, die ich mir vor unserer Abreise in der *Schattigen Pinie* durchgelesen habe. Wie konnte ich ihre Herzschwäche nur ignorieren?

»Soll ich dir einen Kaffee oder so holen?«

Matt schüttle ich den Kopf und öffne die Augen wieder.

»Damit du abhauen kannst und dann nie wieder zurückkommst?«

Gabriel sagt nichts, sieht wieder auf seine Schuhe. Ich mustere sein Gesicht, das für gewöhnlich immer am Strahlen ist, dabei eine Leichtigkeit versprüht, die er wie einen Schutzschild vor sich herträgt. Unverfänglich, ungreifbar, als wäre er immer gerade auf dem Absprung. Seine hellblauen Augen, die geheimnisvoll alles beobachten und nicht genug über ihn verraten. Zumindest nicht darüber, was wirklich in ihm vorgeht. Erst jetzt, wo er für einen kurzen Moment alle gut gelaunten Masken hat fallen lassen, wird mir das so richtig bewusst. Auch er hat irgendwo da drunter eine Geschichte, die ich nicht kenne, die ich aber gerne wüsste.

»Hast du das Geld von Valentina gestohlen?« Er ist nicht im Mindesten von dieser Frage verwirrt, will nicht mal wissen, woher ich diese Info habe. Er hebt nur den müden Blick und schüttelt den Kopf.

»Habe ich nicht.«

»Und das Geld in deinem Rucksack?«

»Das ist *mein* Geld.«

»Sie sagt, du hast es ihr geklaut.«

»Und du glaubst ihr mehr als mir, weil …?«

»Wieso sollte sie lügen?«

»Wieso sollte sie nicht lügen?«

Mir steht nicht der Sinn nach diesem albernen Spiel, welches er offensichtlich viel besser beherrscht als ich.

»Die Umstände? Die morgendliche Flucht? Und du hast schließlich auch meine Joints geklaut.«

»Die ich dir zurückgegeben hätte, nachdem wir außer Gefahr waren.«

»Du erwartest jetzt aber nicht, dass ich mich auch noch dafür bedanke, dass du mich bestiehlst, oder?«

»Nein. Außerdem klaue ich nicht, ich leihe mir lediglich ab und an was aus.«

»Und bringst es dann nicht mehr zurück.«

»Ich habe mir ja nicht deinen *Wagen* geliehen oder so. Es sind zwei Joints.«

»Und bei Valentina?«

Er zögert kurz.

»Das ist meine Kohle. Ich habe Valentina das Geld das letzte Mal geliehen, und sie hat es mir nie zurückgezahlt. Jetzt habe ich es mir eben zurückgeholt.«

»Warum sollte ich dir diese abenteuerliche Geschichte glauben?«

»Warum solltest du sie mir nicht glauben?«

»Weil sie sehr abenteuerlich klingt.«

»Nicht abenteuerlicher als eure Plantagen-Erpressungs-Florin-Story.«

Da muss ich ihm recht geben.

Die Schwester legt auf und sieht zu uns, woraufhin wir beide gleichzeitig aufstehen.

»Was kann ich für Sie tun?«

Sie spricht perfekt Deutsch, hat dank unserer Unterhaltung wohl verstanden, dass wir deutsche Touristen sind, und schenkt uns ein warmes Lächeln.

»Wir wollen zu Elisabeth Kaiser. Sie ist vor einer Viertelstunde eingeliefert worden. Schwächeanfall mit Verdacht auf einen … Herzinfarkt.«

Es fällt mir schwer, dieses Wort laut auszusprechen, es als Realität zu akzeptieren.

Kurz wirft die Schwester einen Blick auf den Bildschirm ihres Computers und nickt schließlich.

»Sie wird noch behandelt. Sie sind der Enkel?«

Gabriel hebt nickend die Hand.

Und deutet dann zwischen uns hin und her.

»Wir sind die Enkel.«

KAPITEL SIEBENUNDFÜNFZIG

Karla

Kreisklinikum für Notfallmedizin Timişoara (Rumänien), 4. August 2017, 18:00 Uhr

Elli liegt schlafend in einem Zimmer mit einer anderen Patientin, die gerade Besucht hat, aber ich habe nur Augen für *unsere* Patientin. Ein Gerät neben ihr gibt in regelmäßigen Abständen einen Piepton von sich und zeichnet ihre Vitalwerte auf. Ein Schlauch liegt an ihrer Nase und versorgt sie zusätzlich mit Sauerstoff.

Als ich nach ihrer Hand greife, bewegt sie ein bisschen den Kopf, öffnet aber nicht die Augen.

»Was machen Sie nur für Sachen, Elli?«

Ich gehe neben ihrem Bett in die Hocke und bemerke mit einem leichten Stich im Herzen, wie alt sie gerade aussieht.

Alt genug, um nicht mehr aufzuwachen?

Langsam streichele ich ihre Hand, die so zerbrechlich in meiner liegt.

»Es tut mir leid, dass ich nicht gut genug auf Sie aufgepasst habe.«

Keine Reaktion, nur das stete Piepen des Geräts, das sich mit den Gesprächen am anderen Bett vermischt.

»Sie haben mir einen ganz schönen Schrecken eingejagt.«

Ich stütze mein Kinn auf dem Bettrand ab und hoffe, dass sie mich hören kann.

»Und Sie hatten recht. Ich würde Sie vermissen, Elli. Ich würde Sie sehr vermissen.«

War ihre Haut schon immer so dünn, dass ich die Venen darunter genau nachfahren kann?

»Gabriel wartet draußen. Er ist auch hier, traut sich aber nicht rein. Und wissen Sie, was? Er macht sich richtig Sorgen um Sie.«

Mir fällt auf, dass sie ihren Ehering nicht mehr trägt, erkenne aber dessen Spuren an ihrem Finger, wo er treu all die Jahre getragen wurde. Inzwischen kenne ich sogar die tief greifenden Spuren dieser Ehe in ihrem ganzen Leben.

Sie jetzt so zu sehen rüttelt an meinem Herzen und macht mir schlagartig bewusst, wie verrückt diese Reise war. Und wie gefährlich.

»Wir warten ein paar Tage, bis die Ärzte grünes Licht geben, und dann fahre ich Sie nach Hause. Wenn Sie wieder fit sind, planen wir diese Reise noch mal richtig. Einverstanden?«

Ihre Hand schließt sich um meine und drückt sie kurz. Sofort richte ich mich auf und erkenne ein schwaches Lächeln.

»Den Teufel werden wir tun, Karla.«

Ihre Stimme klingt heiser, als hätte sie sich die letzte Nacht auf einem Rockkonzert verausgabt.

»Ich bleibe bestimmt nicht hier, und wir fahren weiter.«

Sie will sich den Schlauch von der Nase ziehen und sich aufsetzen, aber ich verhindere beides.

»Elli.«

»Nein, Karla. Das hier ist meine letzte Chance.«

»Unsinn. Wir haben noch genug Zeit.«

Doch da mir noch kein Arzt eine Diagnose mitgeteilt hat, schleicht sich die Angst im Windschatten an, und mein Lächeln wirkt verkrampft.

»Wir holen das nach.«

»Nein. Noch erpresse ich Sie.«

»Elli, Sie liegen in einem rumänischen Krankenhaus. Selbst Sie sollten verstehen, dass die Reise hier vorbei ist.«

So leid es mir tut.

»Wenn ich zurück in die *Pinie* komme, werden die mich sicher nicht mehr so leicht davonkommen lassen. Und in der *Sonnenwende* erst recht nicht. Dort ist die Reise wirklich vorbei.«

Obwohl ihre Stimme schwach klingt, ist da diese Entschlossenheit zu hören, die all meine Argumente abschmettern wird.

»Das war ein lächerlicher Schwächeanfall, nicht mehr.«

»Das haben Sie sicher auch über Ihren Zusammenbruch damals gesagt.«

Der Grund, wieso sie in die *Pinie* musste.

»Das war doch etwas ganz anderes.«

»Ich diskutiere darüber nicht weiter mit Ihnen. Nicht hier in einem Krankenhaus.«

Sie nickt langsam, sieht ein, dass es keinen Sinn macht, und lehnt sich zurück in die Kissen.

»Sie sind gefeuert.«

Damit dreht sie den Kopf in eine andere Richtung und lässt meine Hand los.

»Wie bitte?«

»Sie sind gefeuert, Metuschke.«

»Sie können mich nicht feuern! Sie erpressen mich!«

»Nicht mehr. Gehen Sie nach Hause. Zurück in Ihr altes Leben, mit Ihrem Kofferraum voller Erinnerungen an ein Leben, das Sie nie wollten.«

»Elli.«

»Ich hätte es wissen müssen. Sie geben auf. So, wie Sie sich aufgegeben haben, und so, wie Sie Ihr Studium aufgegeben haben.«

Eine eisige Faust trifft mich unvorbereitet, und heiße Tränen schießen mir in die Augen. Woher weiß sie das?

»Das … ist nicht fair.«

»Guten Tag, die Damen.«

Ein junger Mann in einem weißen Kittel tritt an Ellis Bett und lächelt mir freundlich zu. »Dr. Tatar« steht auf dem Namensschild. Zum Glück spricht auch er Deutsch. Mit einem offenen

Lächeln reicht er mir die Hand und wirft einen Blick auf die Krankenakte in seiner Hand.

»Frau Kaiser, ich habe gute und schlechte Nachrichten für Sie.«

»Ich nehme die guten.«

»Sie werden uns wieder verlassen können.«

»Natürlich. Ich hatte nicht vor, es mir hier gemütlich zu machen.«

Da liegt sie, an einem Tropf hängend, mit Sauerstoffversorgung – und sieht dabei ihren Arzt so entschlossen an, als hätte er ihr eine Herausforderung angeboten.

»Allerdings nicht mehr heute. Wir werden Sie über Nacht hierbehalten. Zur Sicherheit. In Ihrem Alter müssen wir …«

»Ich weiß, ich weiß.«

Sie winkt ab und muss sich wohl oder übel geschlagen geben.

»Ihre Enkelin hat uns mitgeteilt, dass Sie keine Versicherungskarte dabeihaben.«

»Korrekt.«

»Nun, wenn Sie uns den Namen Ihrer Versicherung nennen, können wir mit ihr Kontakt und aufnehmen und …«

»Nein.«

Etwas irritiert sieht er zwischen Elli und mir hin und her, bis er sich am Hinterkopf kratzt und die Akte zuschlägt.

»Nun, wir müssen sie aber zeitnah informieren, damit sie die Kosten der Behandlung übernehmen kann.«

»Wie teuer wird es?«

»Das kann ich Ihnen noch nicht sagen.«

Elli will nicht, sieht aber dennoch zu mir.

»Würdest du das regeln, Karla?«

So viel also zu »gefeuert«.

KAPITEL ACHTUNDFÜNFZIG

Elisabeth

Melbourne, 30.November 1956

Es ist dunkel.

Meine Schritte sind langsam, unsicher und gleichzeitig doch so entschlossen. Den kleinen Zettel halte ich fest in meiner linken Hand, die zur Faust geballt ist.

Es ist weit nach Mitternacht, das olympische Dorf schläft seit Stunden. Nach dem Vorlauf und dem Ausflug nach Melbourne habe auch ich mir nichts sehnlicher gewünscht als eine Nacht voll Schlaf, aber diese Müdigkeit wurde durch wenige handschriftliche Zeilen vertrieben.

Wenn wir erwischt werden, kriegen wir schrecklichen Ärger. Schon andere Athleten, die sich nachts getroffen haben, wurden ertappt. Möglich, dass sie uns sogar vom Wettbewerb ausschließen, aber der Gedanke schreckt mich nicht wie erwartet von unserem Vorhaben ab. Stattdessen denke ich an das, was er geschrieben und mir nach meiner Rückkehr ins olympische Dorf von einer seiner Teamkolleginnen hat überbringen lassen.

Ich muss dich heute sehen, Elli. Komm zur kissing booth. F.

Ich ducke mich hinter einem dichten Busch, warte, bis der Lichtkegel der Taschenlampe zusammen mit dem dazugehörigen Sicherheitsmann verschwunden ist, und spurte dann in Richtung einer kleinen Bank, die etwas abseits auf dem Gelände hinter einem großen Baum mit dickem Stamm versteckt steht und unter uns Sportlern als »The Kissing Booth« – »Die Kussnische« – bekannt ist.

Ich erkenne Florin inzwischen schon von Weitem und spüre, wie mein Puls sich beschleunigt, wann immer er in meinem Blickfeld auftaucht. Er sieht mich kommen und winkt mich zu sich, was meine Schritte noch zusätzlich beschleunigt.

»Hallo.«

Sein Flüstern durchschneidet die Stille der Nacht.

»Hallo.«

Er greift nach meiner Hand und zieht mich ein kleines Stück weiter in die Deckung des Baumes. So wie beim ersten Mal, als wir uns kennengelernt haben.

»Danke, dass du gekommen bist.«

Er klingt überraschend ernst, und ich nicke nur.

»Ich weiß nicht, wie ich anfangen soll.« Sein Blick huscht von meinen Augen zu meinen Lippen und wieder zurück, als könnten sie sich nicht entscheiden.

Er ist nervös.

Florin ist sonst nie nervös. Nicht einmal vor den Wettkämpfen.

»Ich möchte mich entschuldigen.«

»Wofür denn?«

»Dafür, dass ich alles auf den Kopf gestellt habe.«

»Das hast du doch gar nicht.«

Das hat er sehr wohl. Mehr noch: Er hat mein Leben zu einem Handstandüberschlag mit halber Pirouette gemacht. Dabei hatte ich immer angenommen, es wäre so verdammt starr und festgefahren und gar nicht mehr in der Lage, eine solche Sportübung auszuführen.

Ich habe mich geirrt.

»Du hast heute im Becken so niedergeschlagen gewirkt. Weil du deinen Sieg so knapp verpasst hast. Und ich weiß, dass das dein großes Ziel ist. Das, und nur das.«

Seine tiefgrünen Augen haben sich entschieden und lassen meine nicht mehr los.

»Ich hätte mich nicht einfach so in dein Leben mischen und

alles durcheinanderbringen sollen. Du bist hier, um Gold zu gewinnen.«

»Und das habe ich noch immer vor. Worauf willst du hinaus?«

»Heute hast du nicht deine Bestleistung abrufen können, weil ich …«

Er zögert, die Worte auszusprechen.

»Weil du …?«

»Du und ich.«

Ich blinzle irritiert. »Was ist mit uns?«

»Ich will nicht schuld daran sein, wenn du Gold verpasst.«

»Das bist du nicht, Florin.«

Ich berühre seine Wange, lasse meine Finger über sein Kinn gleiten und vermisse die Bartstoppeln, die sonst beim Küssen kitzeln, weil er sie für das Rennen abrasiert hat.

»Im Gegenteil. Du hast alles erst an die richtige Stelle gerückt.«

»Aber heute warst du …«

Ich hole tief Luft und weiß, dass es nicht der richtige Augenblick für eine solche Beichte ist. Aber für das, was ich zu sagen habe, gibt es keinen richtigen Moment.

»… abgelenkt. Ich weiß. Du musst wissen, ich habe zu Hause einen Freund, der auf mich wartet. Heinrich.« Dem ich alles erklären wollte, es aber noch nicht übers Herz gebracht habe.

»Das habe ich mir schon gedacht.«

Er gibt sich Mühe, seine Enttäuschung zu überspielen, aber es gelingt ihm nicht. Selbst in der Kürze der Zeit, die wir uns kennen, durchschaue ich sein halbherziges Lächeln sofort.

Er lässt meine Hand los.

»Ich will nicht zwischen euch stehen.«

»Ein bisschen zu spät dafür.«

Er nickt, versucht, eine aufrechte Haltung zu bewahren, und kämpft schwer mit seinem Lächeln.

»Vielleicht in einer anderen Zeit. Einem anderen Leben.«

Bei seinen Worten höre ich mein Herz knirschen und splittern. So wie Eis auf einem zugefrorenen See, wenn man einen Schritt auf einer zu dünnen Stelle darauf wagt.

»Nein.«

Er darf nicht weitersprechen, sonst breche ich ein.

»Es tut mir leid, Elli.«

»Was tut dir leid?«

Plötzlich fällt mir das Atmen schwer.

»Dass ich mich in dich verliebt habe.«

Er bringt noch mehr Abstand zwischen unsere Körper, und ich möchte das nicht. Ich will nicht, dass er geht. Ich will ihn nicht loslassen.

»Wir sollten uns nicht mehr sehen. Das ist nicht fair.«

Die Eisschicht meines Herzens bricht weiter ein, schon spüre ich das kalte Wasser eindringen.

Er beugt sich zu mir, küsst meine Wange viel zu flüchtig und will gehen, als plötzlich der Lichtkegel einer Taschenlampe verdächtig nahe kommt. Ich greife nach seinem Arm, ziehe ihn zu mir, zurück in den Schutz des Baumes, und halte die Luft an.

Nur nicht erwischt werden.

Nicht jetzt.

Die Schritte kommen näher.

Ebenso wie Florins Lippen. Ich kann sie fast auf meinen spüren, seinen Herzschlag gegen meine Brust, seinen fragenden Blick auf meinem Gesicht.

Langsam stelle ich mich auf die Zehenspitzen, streife mit meinen Lippen seine Wange.

»Ich will nicht auf eine andere Zeit oder ein anderes Leben warten.«

Ich küsse seine Wange, schließe die Augen.

»Ich will diese Zeit, dieses Leben, mit dir. Jetzt.«

Er legt seine Arme um meine Hüfte, hält mich fest und legt sein Kinn auf meine Schulter.

»Ich will das auch alles. Mit dir.«

»Und du lenkst mich nicht ab. Im Gegenteil. Du beflügelst

mich, machst mich besser. Was mich heute den Sieg gekostet hat, warst nicht du, sondern meine Schuldgefühle gegenüber Heinrich, den ich … nicht liebe. Das ist mir jetzt erst wirklich bewusst geworden. Seit ich dich kenne. Ich werde mit ihm reden, ihm alles erklären.«

»Bist du sicher?«

Früher hätte ich über diese Frage um einiges länger nachgedacht, eine Nacht darüber geschlafen, Listen angelegt, das Für und Wider abgewogen, aber jetzt höre ich einfach auf das, was mein Herz mir sagt.

»Ja. Ich bin mir sicher.«

Ich sehe die Zweifel in seinen Augen, die Angst, dass ich mich doch umentscheiden und ihn vergessen könnte.

»Brich mir bitte nicht das Herz, Elisabeth Lorenz.«

Statt zu antworten, küsse ich ihn.

KAPITEL NEUNUNDFÜNFZIG

Karla

Kreisklinikum für Notfallmedizin Timişoara (Rumänien), 4. August 2017, 18:30 Uhr

»Wie viel wollen sie denn?«

Gabriel und ich lehnen an Lolas Motorhaube auf dem Krankenhausparkplatz.

»Nicht so viel wie befürchtet, aber mehr, als ich momentan auf dem Konto habe. Sie kann nicht in diesem Zimmer bleiben, sondern muss heute noch verlegt werden. Wenn wir die *Pinie* oder die Krankenkasse informieren …«

Gabriel fährt sich müde über das Gesicht.

»… muss sie nach Hause.«

»Korrekt. Und wir müssen irgendwo ein Hotel finden. Es sei denn, du willst mit mir in Lola kuscheln.«

Der kleine Renault, sosehr ich ihn auch liebe, ist einfach kein Camper, in dem man sich einen Schlafplatz teilen kann.

»Wann können wir sie rausholen?«

»Wenn die Tests morgen früh gut verlaufen, kann sie nach dem Mittagessen gehen.«

Die Ärzte haben bei Elli leichte Herzrhythmusstörungen und eine Dyspnoe festgestellt, eine Kurzatmigkeit, die bei altersbedingter Herzinsuffizienz nicht selten auftritt. Es war also zum Glück kein Herzinfarkt, trotzdem wollen sie Elli über Nacht noch überwachen.

Gabriel nickt nachdenklich, kaut auf seiner Unterlippe und sieht in die Ferne.

»Morgen Mittag also. Wenn wir dann gut durchkommen, müssten wir doch abends oder spätestens nachts in Bukarest sein, oder?«

»Im Idealfall, ja.« Er stößt sich von Lola ab und nickt mir zu. »Du suchst ein Hotel. Getrennte Betten. Mit Badewanne. Ich kümmere mich um das mit Elli.« Er schnappt sich seinen Rucksack, kramt darin herum, zieht das Geldbündel heraus und drückt mir ein paar Scheine in die Hand.

»Frühstück auch. Also such was Anständiges, kein Hostel, verstanden? Und bring Elli vorher noch ein paar Klamotten, ihr Nachthemd und so. Wir treffen uns in einer Stunde bei ihr im Zimmer.«

Den Rest des Geldes schiebt er sich in die Hosentasche und will sich in Richtung Krankenhaus aufmachen, aber ich greife nach seinem Arm.

»Gabriel …«

Er lächelt mich aufmunternd an. »Sieh es als eine Art Reisekrankenversicherung der Firma Valentina.«

»Ist das dein Ernst?«

Er nickt. »Elli sollte diese letzte Chance bekommen. Denk doch nur mal daran, wie lange sie gewartet hat. Ich bezweifle außerdem, dass sie es noch einmal so weit schafft, wenn sie erst einmal zurück im Altenheim ist. Willst du wirklich, dass sie irgendwann ein trostloses Grab hat, in dem sie mit all ihren unerfüllten Plänen und Träumen begraben wird?«

»Nein.«

»Und sollen wir jetzt so kurz vor dem Ziel einfach aufgeben?«

»Nein.«

»Eben. Und genau deswegen bringen wir sie morgen nach Bukarest. Zu Florin.«

Es fehlt nur noch, dass er mit dem Fuß aufstampft, und ich kann ein Grinsen nicht länger unterdrücken. Gabriel kneift die Augen zusammen.

»Was ist so witzig?«

»Nichts. Ich finde nur, du machst Mel Gibson in *Braveheart* mit deiner Rede ziemlich Konkurrenz.«

»Sie hat es verdient, Karla.«

Ich nicke und sehe zu, wie er in Richtung Krankenhaus davonmarschiert.

»Hey, Gabriel!«

»Hm?«

Er dreht sich um und sieht mich fragend an.

»Scheint so, als hätte Elli jetzt wirklich zwei Enkel.«

Der Gedanke macht ihm einen kurzen Moment Angst, aber dann lächelt er ein bisschen und winkt mir zum Abschied. Ich gehe um Lola herum und öffne den Kofferraum.

»Hey, Karla!«

»Ja?«

Gabriel steht weit entfernt fast am Eingang des Krankenhauses und hebt die Hand in die Luft.

»Das Zimmer sollte auch eine Minibar haben.«

KAPITEL SECHZIG

Karla

Kreisklinikum für Notfallmedizin Timişoara (Rumänien), 4. August 2017, 19:30 Uhr

»Das wäre doch nicht nötig gewesen.«

Elli lässt sich von mir in ihr Nachthemd helfen, während Gabriel ihr Handtuch ans Waschbecken im geräumigen Zimmer hängt.

»Ihr tut gerade so, als wäre ich eine alte, gebrechliche Frau.«

Noch immer ist ihr der Zwischenfall unangenehm. Sie spielt ihn bei jeder Gelegenheit herunter und behauptet, die rumänischen Ärzte würden gnadenlos übertreiben.

»Die wollen mit uns doch nur Geld machen.«

Ich schüttle ihr Kissen auf und helfe ihr zurück ins Bett, ohne die Infusion zu beschädigen.

»Die machen ja auch Geld mit uns. Das ist ihr Job. Aber es geht hier um Ihre Gesundheit.«

»Wie teuer ist es denn?«

Gabriel winkt ab und sieht sich in dem hübschen Zimmer um.

»Nachdem wir ein bisschen verhandelt haben, war es gar nicht mehr so wild. Es ist dem Standard angemessen. Als die mir gesagt haben, Sie kämen in ein Doppelbettzimmer, habe ich einfach noch einen Schein draufgelegt. Zack, sind Sie Privatpatientin mit Einzelzimmer.«

»Gabriel.«

»Ja, ja, ich weiß, es wäre nicht nötig gewesen. Aber für Oma eben nur das Beste.« Er zwinkert Elli frech zu und greift wieder in ihren Koffer. Jetzt zieht er das gerahmte Foto heraus und pfeift durch die Zähne.

»Elli, Sie waren ja wirklich ein ziemlicher Hingucker.«

»Danke.«

»Ist das neben Ihnen Florin?«

Elli nickt und sieht zu, wie Gabriel das Foto auf das Nachtkästchen stellt, es in die richtige Position schiebt und zufrieden lächelt.

»Auch nicht schlecht.«

»Ich weiß.«

Elli lehnt sich in das Kissen, und ich decke sie mit der leichten Sommerdecke zu. Das alles ist ihr nicht so recht, dennoch ist es offensichtlich, dass sie die Pause auch ein bisschen genießt.

»Was war er für ein Typ?«

»Florin hat das Leben in vollen Zügen genossen. Er war ein unglaublich guter Athlet für die damalige Zeit. Nahezu perfekt im Wasser, und wenn er gelacht hat ...«

Kaiser hängt dem Gedanken nach und hört hoffentlich irgendwo in der Ferne das vertraute und vermisste Lachen in einer alten Erinnerung.

»Er war ein guter Zuhörer, wollte stets dazulernen, war offen für andere Meinungen und ein unglaublich guter Küsser.«

Um alle Kleidungsstücke in ihrem Koffer unterzubringen, muss ich den Inhalt noch mal umschichten. Ich fische die Sachen heraus und bekomme eine Postkarte zu greifen.

Eine alte Postkarte.

Das Motiv ist weltbekannt, wurde vermutlich millionenfach verschickt und wiegt plötzlich tonnenschwer in meiner Hand.

Das Brandenburger Tor. Eine Momentaufnahme aus einer anderen Zeit. Die Autos, die darauf abgebildet sind, würde man heute Oldtimer nennen, die uniformierten Soldaten, die am Bildrand patrouillieren, existieren nur noch in Geschichtsbüchern.

Mein Herz wird auf einmal tonnenschwer und sackt in meinem Brustkorb ab, als ich die Karte langsam umdrehe. Zu meiner

Überraschung ist das Textfeld leer – bis auf ein kleines »F.«, das verloren am unteren Rand der Karte steht. Die kleine grüne Briefmarke trägt einen fetten blauen Stempel mit einem Datum: 1957. Die Karte ist an eine Elisabeth Lorenz in Stuttgart, Germania, adressiert. Sonst nichts außer diesem einen Buchstaben.

Vorsichtig fahre ich mit dem Finger über das F.

Florin.

Er war offenbar in Berlin. Sie nicht.

Langsam drehe ich mich um, sehe Elli im Krankenbett liegen, wie sie Gabriel mehr von sich und Florin erzählt, und schiebe die Postkarte möglichst unauffällig zurück in den Koffer, auch wenn es mich brennend interessieren würde, was es mit ihr auf sich hat. Aber es soll nicht so aussehen, als würde ich in ihren Sachen wühlen.

»Alles okay bei Ihnen, Karla?«

Elli sieht mich fragend an, und ich nicke etwas benommen.

»Ja, alles gut.«

»Und Sie beide haben sich nach der Olympiade also nie wieder gesehen?«

Gabriel ist völlig fasziniert von ihrer Geschichte.

»Nein. Nur noch in meinen Träumen. Da besucht er mich noch immer.«

»Warum haben Sie sich denn nicht wiedergesehen? Nach Olympia. Hier in Europa?«

Elli sieht mich einen Moment überrascht an, fängt sich dann aber schnell wieder.

»Das wollten wir. Wir hatten sogar einen Plan, wie wir uns ein Jahr später in Ostberlin treffen würden. Wir wollten uns in einem bestimmten Café treffen. Dem *Café Sybille.* Aber dazu ist es leider nie gekommen.«

»Warum?«

Langsam komme ich näher, bleibe am Fußende des Bettes stehen und beobachte Elli ganz genau, während sie die richtigen Worte für ihre Antwort wählt.

»Wie schon gesagt, manchmal trifft das Leben Entscheidungen für uns.«

Sie lächelt, aber diesmal kann sie mich damit nicht täuschen. Sie bereut es von ganzem Herzen.

Gabriel zieht die Beine auf den Stuhl und schlingt die Arme darum.

»Sie sind also nicht gefahren. Aber wissen Sie, ob er trotzdem dort war?«

»Wo?«

»In Berlin.«

»Ich denke nicht, dass er dort war. Der ganze Aufwand für die Reise. Das war für ihn sicher nicht so einfach, und warum sollte er …«

Ich kann noch so oft blinzeln, immer wieder sehe ich den jungen Mann von dem Foto, wie er am vereinbarten Treffpunkt wartet. Wie er jedes Mal den Kopf hebt, wenn jemand das Café betritt. Wie er auf die Uhr schaut und hofft. Bis er endlich einsieht, dass seine Elli nicht kommt. Ob er damals schon gewusst hat, dass über sechzig Jahre vergehen würden, bis er sie wiedersieht? Denn das wird er! Dafür werde ich sorgen. Komme, was wolle.

»Weil er Sie geliebt hat! Deshalb war er da.«

Ich will sie nicht unterbrechen, es rutscht mir nur so raus, aber ich kann es nicht zurückhalten. Kaiser und Gabriel sehen mich überrascht an. Erst jetzt fällt mir auf, wie laut meine Stimme klang.

»Ich meine, weil er Sie so sehr liebt. Deswegen wäre er sicher hingegangen.«

Gabriel pflichtet mir bei.

»Ich wette auch, er war da.«

»Er war nicht dort.«

Elli lässt an dieser Version nicht rütteln. Kurz bin ich versucht, die Postkarte auf den Tisch zu knallen, lasse es aber dann doch sein.

»Wieso sagen Sie das?«

So, wie sie mich jetzt ansieht, weiß ich, dass sie weiß, dass ich es weiß.

»Weil es dann leichter für mich ist.«

Und dagegen spielt selbst die Wahrheit keine Rolle.

KAPITEL EINUNDSECHZIG

Elisabeth

Melbourne, 30. November 1956

»Dawn Fraser!«

Wie oft ich diesen Namen heute gehört habe, weiß ich nicht mehr. Jedes Mal, wenn irgendjemand gefragt wurde, wer wohl ins Finale einziehen würde, lautete die Antwort »Dawn Fraser«.

So etwas nennt man wohl Heimvorteil. Auch jetzt bejubelt die ganze Halle den Namen Fraser, was ich sogar hier im Zwischengang hören kann. Wenig überraschend gewinnt sie das erste Halbfinale mit über zwei Sekunden Vorsprung vor ihrer Landsmännin Faith Leech, der Amerikanerin Joan Rosazza und Natalie Myburgh aus Südafrika.

Ich starte im zweiten Halbfinale und bin froh, nicht wieder direkt gegen Dawn antreten zu müssen. Außerdem befindet sich mein Kopf noch immer in den Wolken nach meiner kurzen Nacht.

Ebenso wie mein Herz.

»Wünsch mir Glück.«

Florin taucht hinter mir auf, und seine Nähe setzt meinen Körper unter Strom.

»Viel Glück.«

Unser Flüstern ist inzwischen zur Gewohnheit geworden, manchmal habe ich sogar den Eindruck, dass wir eigentlich gar keine Worte brauchen. Ein Blick, ein Lächeln, eine flüchtige Geste – und ich weiß, was er mir sagen will. Es sind die kurzen, gestohlenen Momente, wenn niemand hinsieht, wenn wir der Zeit eine Sekunde nur für uns stehlen.

So wie jetzt, da seine Lippen meine Schulter streifen, mir einen Kuss aufdrücken und er dann schon wieder durch die Tür nach draußen verschwunden ist.

Was bleibt, ist das Herzklopfen, mein Lächeln und die Gewissheit, dass ich verliebt bin.

»Carlo startet gleich von Bahn fünf.«

Marie muss ebenfalls unbemerkt neben mich getreten sein, aber ich hänge noch immer Florins kurzer Berührung nach und versuche, all meine Konzentration darauf zu richten. Auf die kleine Hautstelle, wo seine Lippen mich erwischt haben.

»Glaubst du, er hat Chancen?«

Marie schiebt die Tür auf, und wir stehlen uns nach draußen, um das Rennen sehen zu können.

»Ich weiß nicht, die Konkurrenz ist extrem stark.«

»Du meinst nicht zufällig Florin Petrescu?«

Wie kann allein die Nennung seines Namens das Lächeln auf meinem Gesicht noch verstärken? Kurz beiße ich mir auf die Innenseite meiner Backe.

»Ich habe gehört, bei den Buchmachern ist er jetzt unter den besten fünf.«

Meine Wangen glühen. Der Gedanke, dass die ganze Welt bald von ihm weiß, macht mich stolz.

»Er ist ja auch gut.«

»Als Schwimmer oder als Küsser?«

»In beiden Disziplinen.«

Marie will mir weitere Informationen entlocken, aber hier ist der falsche Ort dafür.

»Elisabeth Lorenz, du handelst dir noch einen Ruf ein, wenn du so weitermachst.«

»Unsinn.«

»Die Mädels reden schon.«

Ich sehe noch immer zu Florin, der sich aufwärmt und bereit ist, den Startblock zu erklimmen.

»Welche Mädels?«

»Alle Mädels. Eure Blicke sind nicht zu übersehen. Wie deine Augen strahlen, wenn er in deiner Nähe ist. Und es ist ja nun nicht so, als ob ihr ein großes Geheimnis darum macht.«

»Machen wir nicht?«

Just in diesem Moment sieht Florin zu mir. Ich befürchte kurz, dass die ganze Halle es weiß: Wir stehen uns näher, als Athleten das in Olympia tun sollten. Aber sein Blick hüllt mich ein wie eine warme Umarmung, und diesmal müsste ich mir schon ein Stück meiner Backe abbeißen, um nicht zu lächeln.

»Macht ihr nicht.«

Er legt die Hand auf die Brust, über sein Herz, wie er es schon einmal getan hat. Ich winke ihm schüchtern zurück, lasse diesen kurzen Moment der Schwäche zu.

»Ich mag ihn, Marie. Ich mag ihn viel zu sehr.«

»Du hast dich also entschieden?«

Die Schwimmer werden aufgefordert, in Position zu gehen. Während ich nicke, spüre ich die Anspannung meinen Körper erobern.

»Ja. Das habe ich.«

Marie legt den Arm um mich.

»Ich freue mich für dich. Ich glaube, es ist die richtige Entscheidung.«

»Glaubst du?«

»Ich *weiß* es.«

»Woher?«

»Weil du bei ihm anders bist. Mehr du. Und ich mag diese Elli, die er geweckt hat, so, so gerne.«

Nur kurz erlaube ich mir einen Seitenblick zu meiner besten Freundin, die zu ihrem italienischen Schwarm schaut.

»Bleib bitte genau so.«

Entschlossen nicke ich, und sie drückt meine Schulter.

»Für immer.«

»Und alles danach.«

Florin berührt den Startblock mit den Händen, atmet tief

durch und ist bereit, der Welt zu zeigen, was für ein ausgezeichneter Schwimmer er ist.

Der Startschuss wird von begeistertem Jubel begleitet, schon tauchen die Schwimmer fast synchron ein. Diesmal mache ich aus meiner Unterstützung für den Sportler auf Bahn vier kein Geheimnis und feuere ihn lautstark an.

Einige Blicke ziehe ich damit sicher auf mich, aber nur, bis Marie voller Inbrunst ihren Favoriten aus Italien anfeuert und einige der anderen Mädels sich als »Murray Rose«-Fans outen. Ich falle gar nicht mehr sonderlich auf. Wir sind eine olympische Familie geworden, da feuert man sich eben an.

Die Wende gelingt ihm auf Weltklasseniveau, aber dann zieht Murray an und schüttelt ihn erstaunlich weit ab, allerdings nur bis zur nächsten Wende, denn dann sind sie gleichauf. Es entsteht ein Kampf um die letzten fünfzig Meter, und ein Sieger ist nicht klar erkennbar.

Sie schlagen fast zeitgleich an – und ich beiße mir vor Aufregung auf die Unterlippe.

Dann das Ergebnis: Rose vor Petrescu!

»Er ist Letzter geworden.«

Maries Enttäuschung ist trotz der großen Begeisterung des Heimpublikums über Murrays Sieg deutlich zu hören.

»Letzter, Elli.«

Erst jetzt verstehe ich, über wen sie spricht. Carlo Pedersoli aus Italien ist tatsächlich mit einer relativ enttäuschenden Zeit auf dem letzten Rang gelandet. Nun ist es an mir, den Arm um sie zu legen.

»Vielleicht ist Schwimmen ja nicht sein einziges Talent.«

Doch das tröstet sie nur wenig.

»Letzter. Ich verstehe nicht …«

Carlo hingegen sieht gar nicht so unglücklich darüber aus, während er den anderen gratuliert und seine Niederlage mit viel Würde trägt. Anders als Florin, der enttäuscht am Beckenrand hängt. Wie gerne würde ich zu ihm gehen, aber sein Trainer übernimmt die Aufmunterung für mich, auch wenn es eher so aussieht, als würde er ihm eine ordentliche Standpauke halten.

Zwischen den harten Worten, die ich nicht verstehe, wirft er mir einen wütenden Blick zu, als wäre das Scheitern seines Schützlings meine alleinige Schuld.

Florin zieht sich aus dem Becken, überragt seinen Trainer um fast einen Kopf und starrt ihn in Grund und Boden. Ich verstehe nicht, was er sagt, dafür ist es zu laut um mich herum, und mir ist die Sprache zu fremd, aber eines ist sicher: Florin ist ziemlich sauer.

Schließlich lässt er seinen Trainer stehen, gratuliert Murray zum Sieg und verschwindet in Richtung Umkleidekabinen.

Bevor er durch die Tür tritt, dreht er sich noch einmal zu mir und zuckt hilflos die Schultern. Eine Geste, die nach Resignation aussieht. Mein Herz beginnt zu flattern.

Zu weit weg ist er, als dass ich ihm sagen könnte, wie stolz ich auf ihn bin, dass er sicherlich dennoch im Finale schwimmen wird und die Goldmedaille noch immer zum Greifen nah ist.

Dass ich noch immer da bin.

Also tue ich das, wovon ich weiß, dass er es verstehen wird: Ich lege meine Hand auf mein Herz, hoffe, diese kleine Geste sagt alles.

Doch er ist bereits durch die Tür verschwunden.

KAPITEL ZWEIUNDSECHZIG

Karla

Hotel in Timişoara (Rumänien),
4. August 2017, 21:30 Uhr

Gabriel öffnet eine kleine Flasche Rum und lässt den Inhalt mit einem breiten Grinsen auf dem Gesicht in ein Glas laufen, in das er vorher Eis und Cola gefüllt hat.

»Karla, ich muss schon sagen, eine großartige Wahl.« Er spricht vom Hotel, das ich online gefunden und bar bezahlt habe. Wir haben ein schönes Zimmer, das nicht übermäßig groß, aber gemütlich eingerichtet ist. Auch auf seinen Wunsch nach einer Badewanne und einer Minibar habe ich geachtet, obendrein gibt es sogar noch eine Kaffeemaschine, und der Ausblick auf die Altstadt von Timişoara ist ebenfalls nicht verkehrt. Wenn man außer Acht lässt, dass wir gerade unsere Reiseoma im Krankenhaus zurückgelassen haben, könnte man meinen, wir wären im Urlaub.

»Auf ein freies Kuba! Willst du auch einen?«

Ich trinke nicht viel – und wenn, dann endet es meistens in einer Blamage, die von mindestens vier Smartphones festgehalten wird, aber jetzt habe ich nichts zu verlieren und nicke.

»Wieso nicht. Nach dem Tag haben wir uns das wohl beide verdient.«

Gabriel grinst und erfüllt seine Rolle als Barkeeper ein zweites Mal.

»Mist, Rum ist alle. Dann gibt es für dich … Kalimotxo. Eine Spezialität aus dem Baskenland. Anders als mit eiskalter Cola kann man den Rotwein hier in der Minibar wohl eh nicht trinken.

Oder lieber einen White Russian? Ich habe gesehen, dass die hier tatsächlich Kaffeelikör haben. Und mit etwas Wodka, Kaffeeweißer und Eis dürfte das schon trinkbar sein. Endlich kommt meine Zeit auf Ibiza mir zugute. Ich habe dort in einer Bar gearbeitet, und ich sag dir, je weniger Kleidung, desto höher das Trinkgeld.«

Er sieht mich fragend an.

»Also, was darf es sein?«

Ich zögere noch.

»Rotwein mit Cola schmeckt?«

»Solange es eiskalt ist, ja.«

»Dann nehme ich dieses Baskengetränk.«

»Gute Wahl.«

Er gibt Eis und Cola in eines der Gläser und füllt es dann mit Rotwein auf. Stolz reicht er mir das Glas, das ich, auf dem Bett sitzend, annehme, und hebt seines in die Luft zum Toast.

»Auf Valentina.«

Ich lache kurz auf und sehe mich im Zimmer um, welches wir mit ihrem – oder Gabriels – Geld bezahlt haben.

»Auf Valentina!«

Der süßliche Geschmack der Cola verheimlicht den Wein fast gänzlich, der erst im Abgang daran erinnert, dass es sich um einen alkoholischen Drink handelt. Er schmeckt überraschend gut. Gabriel hat die perfekte Mischung hingekriegt und lässt sich zufrieden auf sein Bett fallen, bedacht darauf, nichts aus seinem Glas zu verschütten.

»Du warst heute ziemlich cool.« Er murmelt sein Kompliment mehr in das Getränk als zu mir, aber ich höre es trotzdem sehr deutlich.

»Danke, aber ohne deine Finanzspritze wäre jetzt wohl ein SWAT-Team unterwegs, um Elli zurück nach Hause zu bringen.«

»Wieso eigentlich? Betreutes Reisen. So was muss es doch geben. Ein Altenheim ist kein Gefängnis.«

Ich nehme einen weiteren Schluck der weingeschwängerten Cola.

»Das nicht, aber wenn wir wieder zurück in Stuttgart sind, war es das trotzdem. Kaiser wird in ein Sanatorium verfrachtet. Sie hätte nicht ohne die Zustimmung ihres neuen Vormundes verreisen dürfen, und ob sie die bekommen hätte, bezweifle ich stark.«

Gabriel sieht mich überrascht an.

»Sanatorium wie Anstalt? Oder wie Kurbad?«

»Anstalt.«

»Wieso? Sie macht nicht gerade den Eindruck, geistig umnachtet oder auf Hilfe angewiesen zu sein. Wir sprechen über eine ehemalige Olympiateilnehmerin!«

»Die nicht mal mehr einen Badeanzug besitzt.«

»Was?«

»Sagt sie. Stell dir das vor. Du warst berühmt, warst eine Spitzensportlerin, und dann das.«

Gabriel richtet sich in seinem Bett auf.

»Die können sie doch nicht einfach abschieben und wegsperren!«

»Sie hat keine weiteren Verwandten. Der Gutachter hat damals bei der Einweisung in seinem Bericht vermerkt, dass sie nicht mehr alleine wohnen kann. Sie hatte die Butter in den Küchenschrank gepackt, dreckiges Geschirr lag im Kühlfach, und der Rest des Hauses sah wohl auch ziemlich übel aus.«

Ich zögere kurz.

»Und auch sie muss ziemlich … verwahrlost und verwirrt gewesen sein, als man sie gefunden hat.«

»Unsere Elisabeth?«

»Stand im Bericht.«

»Diese Frau ist in der Lage, einen Roadtrip zu planen und eine Pflegerin zu erpressen. Und die soll nicht alleine klarkommen? Lächerlich! Da sollten sie lieber mich einweisen.«

Lachend nimmt er einen weiteren Schluck und schüttelt fassungslos den Kopf.

»Schau mich an. Das nenne ich wirklich lebensunfähig. Ich renne seit Monaten weg, weil ich nicht mal so genau weiß, wie man eine Steuererklärung macht, wie man sich eine Wohnung mit Strom und warmem Wasser sucht, wo man sich arbeitssuchend meldet und wo ich …« Er bricht ab, bemerkt wohl, dass er schon zu viel über sich verraten hat, und sieht ertappt zu mir. So nah war ich dem echten Gabriel noch nie.

Heute habe ich bereits mehrmals einen kurzen Blick auf den Mann geworfen, der hinter den wilden Locken, den flotten Sprüchen und den Abenteuergeschichten steckt. Aber gerade jetzt sitzt er wahrhaftig vor mir. Ich muss es einfach versuchen.

»Und wo du …?«

Es mag am Alkohol liegen. Oder daran, dass er es endlich jemandem erzählen will, denn er seufzt nur und spricht tatsächlich weiter.

»Wo ich hingehöre.«

»Wo wohnen denn deine Eltern?«

»Mutter in Berlin, Vater in Hamburg. Zumindest ist das mein letzter Stand.«

»Wissen sie denn, wo du gerade steckst?«

»Nein. Und ich möchte daran auch nichts ändern, also spar dir deine guten Ratschläge.«

Ich hebe abwehrend die Hände.

»Keine Sorge. Mir reicht schon der Job, Kaisers Leben irgendwie aufzuräumen.«

Er nickt erleichtert und spielt mit den Eiswürfeln in seinem Drink, die er immer wieder klirrend aneinanderstoßen lässt.

»Sie haben sich getrennt, als ich fünfzehn war.«

»Das tut mir sehr leid.«

»Mir nicht. Seit meinem elften Geburtstag habe ich mir nichts sehnlicher gewünscht, als dass sie sich endlich trennen. Immer wurde geschrien, wenn sie dachten, ich würde schon schlafen oder könnte sie nicht hören.«

Obwohl Gabriel schon lange kein Kind mehr ist, tun die Erlebnisse von damals ganz offensichtlich noch immer weh.

»Die Worte, die sie sich an den Kopf geworfen haben. Wie sie mich als Druckmittel gegen den jeweils anderen benutzt haben. Puh. Die Lust auf eine echte Familie haben sie mir damit jedenfalls genommen, noch bevor ich überhaupt volljährig war. Ständig gab es Streit. Auch danach noch. War ich bei meinem Vater, machte mir meine Mutter ein schlechtes Gewissen, und andersrum.« Er dreht den Kopf nur ein bisschen in meine Richtung, aber es reicht, um die Enttäuschung in seinem Gesicht zu sehen.

»Ich habe mir geschworen, niemals so zu werden.«

»Also haust du ab, bevor es ernst werden kann.«

»Wenn es ernst wird, wird es auch scheiße.«

»Das stimmt nicht immer.«

»Ach nein? Erzähl mir von deiner Hochzeit.«

»Fast-Hochzeit.«

»Du bist auch abgehauen, bevor es ernst werden konnte.«

»Weil ich ihn nicht geliebt habe. Nicht genug. Und er mich auch nicht. Aber das wollte er nicht sehen. Er hatte diesen Fünfjahresplan an der Pinnwand in der Küche. Wann er wo im Job stehen wollte, wann er heiraten wollte und wie viele Kinder in welchem Abstand geboren werden sollten.«

»Oh. Klingt nicht besonders entspannt.«

»Er hat gedacht, ich wäre die Richtige für ihn, und ich wollte glauben, dass er der Richtige für mich ist. Aber immer, wenn ich mich gefragt habe, ob er der Mann ist, neben dem ich für den Rest meines Lebens aufwachen will, dann war da kein klares Ja.«

»Dann war er es auch nicht.«

»Aber alle dachten, er wäre es. Jeder sagte mir, was Besseres als Matze würde ich nie bekommen. Ihn und seinen Fünfjahresplan. Aber sie kannten nur die guten Seiten an ihm.«

Gabriels Blick wird ernst.

»Und seine schlechten Seiten?«

»Er war hart. Nicht nur gegenüber sich selbst, sondern auch mir gegenüber. Vor allem mir gegenüber. Zuerst dachte ich, er will einfach nur, dass ich immer mein Bestes gebe. Er hat kein Blatt vor den Mund genommen. Sobald die Haustür hinter unseren Gästen ins Schloss gefallen ist, hat er mir vorgeworfen, was ich alles falsch gemacht hatte. Das Essen? Ungenießbar. Der Wein? Eine Zumutung. Meine Frisur? Ein Fehlgriff. Die neuen Kissenbezüge? Eine Katastrophe. Nichts konnte ich ihm recht machen. Weder zu Hause noch im Studium, noch ... irgendwo. Mein Wunsch, Ärztin zu werden? Lächerlich und von Anfang an zum Scheitern verurteilt. Alles, was ich von ihm gehört habe, war: Du kannst das nicht, du schaffst das nicht, am Ende vergeigst du es doch eh wieder, nichts ... «

Ich halte inne und sehe Gabriel schockiert an. Darüber habe ich noch nie mit jemandem gesprochen. Aber jetzt, wo es einmal draußen ist, kann ich es schlecht wieder zurücknehmen. Und ich merke, dass ich es auch gar nicht will.

Ich nehme einen großen Schluck.

»Kennst du das, wenn man irgendwann glaubt, was andere über einen sagen?«

Gabriel lächelt mich traurig an.

»Du meinst, dass man unfähig zu echten Gefühlen ist? Und sich wie eine Heuschrecke von einer Beziehung in die nächste stürzt? Ja, das kommt mir bekannt vor. Heuschrecke heißt auf Portugiesisch übrigens *gafanhoto.* Musste ich auch erst googeln.«

Zum ersten Mal sehe ich, wie groß die Traurigkeit hinter Gabriels lachender Fassade wirklich ist. Und die Einsamkeit.

Er weicht meinem Blick aus und starrt in sein leeres Glas.

»Habt ihr noch Kontakt?«

»Matze und ich? Nein. Dabei hätte ich noch einiges zu sagen.«

Gabriel greift in seine Gesäßtasche und wirft mir sein Handy zu, das ich nur knapp vor meinem Gesicht auffangen kann.

»Ruf ihn an.«

»Jetzt?«

»Ja. Ruf ihn an, sag ihm, was du zu sagen hast, und dann mach deinen eigenen Fünfjahresplan.«

Aber meine Finger weigern sich, die richtigen Ziffern zu tippen. Also lasse ich das Handy schließlich sinken.

Gabriel versteht.

»Irgendwann rufst du ihn an.«

»Irgendwann.« Er leert sein Glas auf ex und steht dann auf. Sein typisches Gabrielgrinsen ist zurück.

»Wenn du mich entschuldigst, ich habe ein Date mit der Badewanne.« Er schnappt sich den flauschigen weißen Bademantel, der am Fuß des Bettes ordentlich zusammengefaltet liegt, und schreitet dann in Richtung Bad, wo er noch einmal stehen bleibt.

»Und wenn du ihn angerufen hast, öffnest du den Umschlag aus dem Handschuhfach endlich.«

»Woher weißt du …?«

»Ich glaube, du wärst eine tolle Ärztin. Lass dir da von niemandem etwas anderes einreden. Es wird Zeit für deinen eigenen Lebensplan, Karla. Und nach heute wissen wir beide, wie der aussieht.«

Damit verschwindet er im Bad und lässt mich mit dem Drink und meinem Lebensplan zurück.

KAPITEL DREIUNDSECHZIG

Elisabeth

Melbourne, 30. November 1956

Das Toben der Zuschauer höre ich immer nur, wenn ich für den Bruchteil einer Sekunde auftauche. Sobald mich das Wasser wieder verschluckt, ist es still.

Und ich kann meine Gedanken zu deutlich hören.

Florin ist nicht da.

Er ist nicht zu meinem Rennen gekommen.

Er hat sich nicht mal mehr umgedreht vorhin.

Wieder tauche ich auf und lasse die Anfeuerungsrufe der Zuschauer meine Gedanken übertönen, bevor sie wieder in meinen Ohren – und meinem Herzen – rauschen.

Der Start ist mir gut gelungen, kräftiges Abstoßen vom Startblock, perfekt eingetaucht, dann war ich lange unter Wasser, bin als Letzte aufgetaucht und war doch Erste. Meine Bewegungen waren gut, sauber, kräftig.

Dann kamen die Gedanken, und ich kam aus dem Rhythmus, habe mich beim Zählen meiner Züge verzählt, und jetzt schwimme ich wie eine Anfängerin der Bestzeit – und Fraser – hinterher. Ich spüre es und kann es sehen, wenn ich auftauche. Eigentlich schaue ich nie auf die andere Bahn, aber diesmal wage ich es doch. Fraser liegt vorne, und ich werde noch langsamer.

Florin ist einfach so durch die Tür verschwunden, wütend und enttäuscht. Verständlich, aber ich dachte wirklich, er wüsste, wie viel es mir bedeuten würde, wenn er jetzt da draußen wäre.

Mit dem letzten Zug berühre ich den Beckenrand und tauche

schwer atmend auf. Mein Blick geht nicht wie sonst sofort zur Uhr oder zu Stettner, an dessen Gesicht ich ablesen kann, wie es lief. Nein, diesmal blicke ich zuerst dahin, wo Florin stehen müsste.

Doch ich blicke ins Leere.

KAPITEL VIERUNDSECHZIG

Karla

Hotel in Timişoara (Rumänien),
4. August 2017, 22:30 Uhr

»Badewannen werden so was von unterschätzt.«

Nicht nur, dass ich mich zum ersten Mal, seitdem wir die *Pinie* hinter uns gelassen haben, wirklich sauber fühle, nein, ich bin auch mehr oder weniger entspannt. Elli ist in guten Händen, und morgen – so Gott will – geht es weiter in Richtung Florin. Diese kleine Pause hier haben wir uns alle verdient.

Gabriel, der in seinem Bett auf die Seite gerollt liegt, sieht durch die Dunkelheit zu mir. Das Fenster steht offen und lässt nicht nur die langsam einziehende Kühle der Nacht, sondern auch die Geräusche der Kneipe auf der anderen Straßenseite ins Zimmer.

»So gewaschen hätte ich dich fast nicht erkannt.«

Sein Grinsen erkenne ich auch ohne Licht.

»Ha. Ha.«

»Das war ein Kompliment.«

»Das üben wir noch mal.«

Trotzdem rolle auch ich mich auf die Seite, um ihn besser ansehen zu können.

»Ein aufregender Tag, hm?«

Er nickt.

»Allerdings. Aber mit Happy End, und darauf kommt es schließlich an.«

Es mag an der zunehmenden Dunkelheit im Zimmer liegen

oder an meiner Müdigkeit, aber ich finde ihn im Augenblick gar nicht mehr so schrecklich ätzend.

»Danke, dass du nicht abgehauen bist.«

»Du hast mir ja keine Wahl gelassen.«

Ich lache leise und nicke dabei.

»Trotzdem danke. Auch in Ellis Namen.«

Er winkt lässig ab.

»Den Tag nicht vor den Morgen danach loben.«

»Du haust nicht ab, verstanden!«

»Kettest du mich sonst ans Bett?«

»Verlockend. Aber ich befürchte, das könnte dir sogar noch gefallen.«

Er lässt sich auf den Rücken rollen und verschränkt die Arme hinter dem Kopf.

»Ich werde morgen früh noch genauso hier liegen. Versprochen.«

Fast warte ich auf einen frechen Nachsatz, der sein Versprechen untergräbt und ihn als Scherz auffliegen lässt, aber er schließt einfach nur die Augen. Somit kann ich sein Profil in aller Ruhe mustern. Er sieht entspannt aus, ein sanftes Lächeln versteckt sich in seinen Mundwinkeln, seine Atmung ist ruhig und gleichmäßig. Er trägt ein schlichtes weißes T-Shirt und Shorts.

»Glaubst du, man kann sich selbst verlieren und dann wiederfinden?«

Ich stelle die Frage eigentlich viel zu leise und hoffe auch ein bisschen, dass Gabriel bereits schläft und mich gar nicht gehört hat. Und dann ist da doch dieser Teil in mir, der sich wünscht, dass er es gehört hat.

»Hm?«

Er klingt nicht so müde, wie ich angenommen habe, und auch das klare Blau seiner Augen ist hellwach, als er wieder zu mir sieht.

»Vergiss es.«

Ich rolle mich auf den Rücken, aber ganz so einfach ist Gabriel nicht abzuschütteln. Er hat meine Frage nicht nur gehört, er beantwortet sie sogar.

»Ich glaube sogar, dass es so sein muss.«

»Man muss sich verlieren?«

»Klar.«

»Hast du dich denn auch verloren?«

Er zögert, und ich drehe meinen Kopf wieder in seine Richtung. Gabriel hat den Ellenbogen aufgestützt und sieht nachdenklich aus.

»Hunderte Male.«

»Und wie oft hast du dich schon wiedergefunden?«

»Noch nicht oft genug.«

Er lächelt hoffnungsvoll.

»Aber das wird schon. Und du findest dich auch wieder. Ich werde das Gefühl nicht los, dass du ziemlich genau weißt, wo du suchen musst.«

»Wo denn?«

Er zieht eine Augenbraue nach oben und schüttelt leicht den Kopf.

»Das findest du ganz alleine raus. Dafür brauchst du mich nicht.«

»Na, toll.«

»Aber wenn ich raten müsste … hör auf dein Herz. Oder deine innere Stimme. Meistens wissen wir recht gut, wo wir suchen müssen.«

»Und wenn meine innere Stimme nicht besonders nette Dinge sagt?«

So, wie er mich jetzt ansieht, kann ich seinen Blick fast auf meiner Haut spüren.

»Dann ist es nicht deine, sondern noch *seine* Stimme.«

Ich muss nicht erst fragen, wessen Stimme er meint, und es erschreckt mich fast, dass Gabriel mich so gut kennt. Obwohl er etwas anderes behauptet. Schnell schließe ich die Augen, so fest ich kann, weil ich hoffe, die aufkommenden Tränen damit zu verhindern.

»Und wie kriege ich sie zum Schweigen?«

Ich höre, wie er sich auf seinem Bett bewegt, dann spüre ich eine Berührung an meiner Schulter und reiße erschrocken die Augen auf. Empfangen werde ich von Gabriels Gesicht.

»Rutsch rüber.«

Statt zu widersprechen, mache ich ihm tatsächlich etwas Platz und beobachte ihn dabei, wie er sich neben mich legt. Er riecht nach Lavendel und Abenteuer.

»Egal, was diese Flachzange Matze gesagt hat, es ist nicht das, was du über dich denkst.«

Er legt den Arm um mich, und ich lasse meinen Kopf an seine Schulter rollen. Das letzte Jahr war ziemlich beschissen und einsam. Jetzt hier in Gabriels Umarmung zu liegen fühlt sich erstaunlich gut und sicher an.

»Oder was ich über dich denke.«

Ich schließe meine Augen erneut, lasse zu, dass er mich das letzte Stück an sich zieht und mir einen sanften Kuss auf die Wange drückt. Seine Stimme ist nur noch ein Flüstern, als er weiterspricht.

»Du wirst dich schon wiederfinden, Karla. Wenn ich das hinkriege, dann machst du das mit links.«

Kurz warte ich auf die fiese kleine Stimme in meinem Inneren, die ihm widersprechen will, aber es bleibt stumm. Stattdessen muss ich an den Umschlag in Lolas Handschuhfach denken. Daran, wie souverän ich Elli versorgt habe, wie weit weg ich von meinem alten Leben bin.

»Neuanfang.«

Jetzt bin ich es, die flüstert.

»Hm?«

Ich öffne die Augen und sehe zu Gabriel, dessen Gesicht meinem so nah ist.

»Und du bist morgen früh noch da?«

Auf die geringe Distanz könnte ich die Lüge in seinem Blick und seiner Antwort sofort durchschauen.

»14. Dezember.«

Doch ich durchschaue gar nichts.

»Wie bitte?«

»Mein Geburtstag. Er ist am 14. Dezember.«

KAPITEL FÜNFUNDSECHZIG

Karla

Kreisklinikum für Notfallmedizin Timişoara (Rumänien), 5. August 2017, 11:00 Uhr

Gabriel hilft Kaiser dabei, ihre Sachen zu packen, während Dr. Tatar mir eine kleine Papiertüte mit Medikamenten und eine Plastiktüte mit Ellis Schmuck in die Hand drückt. Die Tests haben keine besonderen Auffälligkeiten aufgewiesen. Also übergibt er sie in unsere Obhut, sieht mich aber ernst an.

»Wie lange hat sie denn noch vor sich?«

Die Frage erschreckt mich etwas, vor allem, weil er der Arzt ist.

»Nun, ich hoffe, noch ein paar Jahre. Sie scheint mir gut in Form und …«

Er schüttelt den Kopf.

»Ich meinte auf Ihrer Fahrt.«

»Ach so! Wir wollen nach Bukarest.«

Er wirft einen kurzen Blick zu Kaiser, die Gabriel Anweisungen gibt, wie man ein Nachthemd ordnungsgemäß zusammenfaltet.

»Ihre Großmutter ist fitter als viele in ihrem Alter, aber …«

Jetzt suchen seine dunklen Augen wieder meine. Ich ahne, was er mir sagen wird.

»… in ihrem Alter sollte man dennoch gut auf sie aufpassen. Solche Reisen bei dieser Hitze in einem Wagen ohne Klimaanlage, das kann ich nicht gutheißen.«

»Ich habe ihr einen klimatisierten Reisebus angeboten.«

»Machen Sie Pausen, achten Sie darauf, dass sie ausreichend Flüssigkeit zu sich nimmt.«

Ich nicke, lese die Namen und überfliege die Inhaltsstoffe der Medikamente, die auf der Papiertüte stehen, und stutze bei einem.

»Sie setzen die Dosis rauf?«

Dr. Tatar zieht eine Augenbraue nach oben.

»Sie sind vom Fach?«

Gabriels Worte von letzter Nacht fallen mir wieder ein. Anstatt, wie sonst immer, laut zu lachen, nicke ich diesmal.

»Ich habe eine Ausbildung als Pflegehelferin gemacht, studiere Medizin und stehe kurz vor dem praktischen Jahr.«

Falls ich die Prüfung bestanden habe.

»Wunderbar. Dann habe ich weniger Bauchschmerzen, Ihre Großmutter zu entlassen. Und was die Herzprobleme angeht, leichte Abweichungen von den in ihrem Alter zu erwartenden Werten. Allerdings konnten wir akut nichts Körperliches feststellen. Aber Sie wissen ja, manchmal ist Herzschmerz nicht mal anhand der Echokardiografie zu entdecken.«

»Sie schafft es aber doch bis nach Bukarest?«

Jetzt ist er es, der leise auflacht.

»Und zurück. Sie haben da einen ziemlich harten Brocken in Ihrer Familie.«

Weil Gabriel es nicht schafft, das Nachthemd nach Kaisers Wunsch zu falten, nimmt sie es ihm kurzerhand ab und packt es in weniger als vier Sekunden zu einem kleinen Bündel zusammen, das in ihrem Koffer verschwindet.

»Ich wünsche Ihnen noch eine gute Reise, Frau Metuschke.«

Tatars Händedruck ist fest, und so, wie er mich ansieht, ahne ich, dass er ganz genau weiß, dass wir keine Familie sind – zumindest nicht auf dem Papier. Er lässt die Tatsache aber unkommentiert im Raum stehen.

»Danke.«

Für mehr Freundlichkeiten bleibt keine Zeit, denn Elli marschiert schon entschlossenen Schrittes in Richtung Tür und winkt mich zu sich.

»Kommen Sie schon, Karla, wir müssen weiter.«

Ein knappes Kopfnicken in Richtung Tatar folgt.

»Doktor! Danke für die erstklassige Unterbringung und Versorgung.«

»Immer wieder gerne, aber ich hoffe, nicht so bald.«

»Ich tippe eher auf: nie mehr. Machen Sie es gut.«

Sie hat es so eilig, aus diesem Krankenhaus zu kommen, dass Gabriel und ich unsere Schwierigkeiten haben, ihr zu folgen.

»Kommt schon, nichts wie raus hier.«

Wenn das hier ein Film wäre, würden wir jetzt in Zeitlupe über den Krankenhausflur marschieren, mit Windmaschine und guter Musik, aber so sind wir nur drei Touristen in unterschiedlichem Alter, die fluchtartig ein Krankenhaus verlassen.

Sobald wir draußen sind, nimmt Kaiser einen tiefen Atemzug und schließt kurz die Augen.

»Alles okay?«

»Wissen Sie, woran ich letzte Nacht die ganze Zeit denken musste?«

»An Florin?«

»Daran, wie es in der *Sonnenwende* wohl sein wird. Das Zimmer wurde minütlich kleiner, und ich habe nur die Stunden gezählt, bis Sie beide mich endlich wieder abholen.«

Sie hakt sich bei mir ein, und ich reiche ihr den Schmuck, den sie einen Moment lang betrachtet, sich schließlich die Halskette mit der feinen roségoldenen Schwalbe um den Hals legt, den Ehering aber samt Tüte in der Hosentasche verschwinden lässt.

»Versprechen Sie mir, dass ich meine letzten Tage nicht in einem Sanatorium oder im Krankenhaus verbringen werde.«

»Elli. Das kann ich nicht, und das wissen Sie.«

»Versprechen Sie es mir, jetzt, Karla.«

Auch auf die Gefahr hin, dass ich dieses Versprechen eines Tages vielleicht brechen muss, nicke ich und bekomme ein erleichtertes Lächeln als Dankeschön.

»Falls nicht, komme ich als Geist zurück und mache Ihnen das Leben zur Hölle.«

Zusammen mit Gabriel erreichen wir Lola, die ich im Schatten eines großen Baumes geparkt habe, und ich öffne Kaiser die Tür.

»Also bleibt dann alles wie immer, ja?«

KAPITEL SECHSUNDSECHZIG

Elisabeth

Melbourne, 30. November 1956

»Lorraine Crapp, Australia, Ladies and Gentlemen! 1:33,1 minutes. Qualified.«

Ich höre den Namen, bevor ich außer Atem auftauche und der Applaus wie eine Welle über mich hereinbricht.

»Marrion Roe, New Zealand! 1:35,3 minutes. Qualified.«

Auch bei der Nennung des zweiten Platzes fällt nicht mein Name. Dabei habe ich einen guten Start hingelegt, unterwegs habe ich Zeit verloren, das habe ich gemerkt, aber der zweite Platz wäre keine Schande.

»Virginia Grant, Canada! 1:35,4 minutes. Qualified.«

Es wird eng. Wenn ich es nicht unter die schnellsten acht Schwimmerinnen der beiden Halbfinales geschafft habe, gibt es für mich kein Finale.

Keine Chance auf die Goldmedaille.

Keine Chance auf irgendeine Medaille. Wo ist das vertraute Lächeln? Wo ist Florin? Auch Marie ist nicht zu sehen. Dafür aber Stettner, kopfschüttelnd am Rand.

»Elisabeth Lorenz, Germany. 1:35,5 minutes. Qualified.«

Ich schlage mit der Faust auf das Wasser, und ich weiß nicht, ob aus Erleichterung oder aus Wut. Ich habe mich fürs Finale qualifiziert! Vierter Platz, mit gerade mal 1:35,5 Minuten. So schlecht wie seit den Trainingsrunden zu Olympia vor zwei Jahren nicht mehr. Meine Arme fühlen sich schwer wie Blei an, als könnte ich hier und jetzt untergehen.

Niemand würde es bemerken.

Meine Konkurrentinnen gratulieren mir, wir tauschen Floskeln, lächeln für ein Foto, das es auf die Sportseite irgendeiner Zeitung irgendwo auf dem Planeten schaffen wird, und ich hoffe, dass niemand meine Tränen vom Chlorwasser unterscheiden kann.

Die Enttäuschung brennt auf meinen Wangen, die lobenden Worte einer Lorraine Crapp über meinen erstklassigen Start lindern nicht im Geringsten das Gefühl des Versagens.

1:35,5 Minuten.

Vierter Platz.

Inakzeptabel.

Meine Augen suchen noch immer nach Florin, aber er ist nicht da. Das weiß ich, denn ich würde ihn auch in der hintersten Ecke finden. Die Enttäuschung über das schwache Halbfinale wird von der Gewissheit verdrängt, dass Florin tatsächlich nicht hier ist. Mühsam schwimme ich zum Rand, weit weg von den Augen der Weltpresse, und ziehe mich aus dem Becken, wo ich einen Moment sitzen bleibe.

Niemand bemerkt mich.

So einsam ist es auf dieser Seite der Halle.

Bejubelt und umgarnt werden die ersten drei, die als Favoriten morgen ins Finale einziehen.

Der Start war gut, die ersten zehn Meter ebenfalls. Dann kamen die Gedanken und hängten sich wie ein Anker an meine Glieder.

Er hat sich nicht noch einmal umgedreht, ist einfach davongegangen, durch die Tür – und kam nicht mehr zurück. Nicht zu meinem Rennen.

Nicht mal jetzt.

»Das war katastrophal.«

Stettners Stimme vibriert. Nach reichlichen Überlegungen hat er sich also doch dazu durchgerungen, zu mir zu kommen, reicht mir mein Handtuch und sieht mir dabei nicht mal in die Augen.

»Wir können nur beten, dass Fraser morgen mit einem Magen-Darm-Infekt aufwacht, sonst war es das mit Gold.«

Ich will mich entschuldigen, weil ich das immer tue, wenn ich die Erwartungshürde nicht ohne Berührung überspringe. Eine Hürde, die im Laufe der Jahre immer höher und höher gestellt wurde, wobei aber nie nach meinem Befinden gefragt wurde. Wieso ich heute im Becken versagt habe, weiß ich. Aber Stettner fragt nicht einmal nach. Für ihn bin ich nur ein Roboter, der heute nicht korrekt funktioniert hat.

»Vielleicht erleide ich ja besagten Infekt, und wir entgehen der großen Blamage.«

Mit einer schnippischen Antwort – und das aus meinem Mund – hat er nicht gerechnet, sein Gesichtsausdruck wechselt von überrascht zu wütend.

»Mir gefällt dein Ton nicht, junge Dame.«

So redet mein Vater zu Hause mit mir, wenn ich es mal wage, eine andere Meinung an den Tag zu legen, als von mir erwartet wird.

»Wie schade.«

Ich will gehen, aber er stellt sich mir in den Weg.

»Australien scheint dir nicht gutzutun. Möglich, dass es die Hitze ist, oder aber …«

Jetzt findet sein Blick doch noch meinen.

»… dieser Rumäne.«

Es ist ihm natürlich nicht entgangen.

»Vielleicht bin ich es auch einfach müde, immer nur zu funktionieren, keine Schwäche oder Gefühle zuzulassen.«

»Dann hast du dir jetzt einen reichlich schlechten Zeitpunkt ausgesucht, um zu rebellieren.«

Rebellieren. Ein Wort, das ich noch nie im Zusammenhang mit mir gehört habe.

Kurz schließe ich die Augen.

»Sie haben vollkommen recht, Herr Stettner. Verzeihen Sie.«

Als ich die Augen wieder öffne, hat sich ein versöhnliches

Lächeln zurück auf sein Gesicht geschlichen. Natürlich, weil er genau solche Sätze von mir gewohnt ist.

Doch er irrt sich.

»Aber nur Gold kann nicht alles sein.«

Er sieht mich verständnislos an.

»Es muss beides gehen. Bestzeiten und Glücklichsein.«

Damit lasse ich ihn stehen und verschwinde aus dem Rampenlicht, unbemerkt vom Rest der Halle.

KAPITEL SIEBENUNDSECHZIG

Karla

Transalpina kurz nach Sebeş (Rumänien),
5. August 2017, 16:00 Uhr

Nach Timişoara ist das Land zunächst noch flach, und die sommerliche Hitze hat ihre Spuren hinterlassen. Die Felder und Wiesen liegen trocken in der mittäglichen Sonne. Erst am frühen Nachmittag wird die Umgebung immer grüner, und wir sehen Berge in der Ferne, die die Karpaten erahnen lassen, und schließlich die große Walachei, die dahinter irgendwo auf uns wartet.

Kaiser studiert seit unserem letzten Boxenstopp an einer Tankstelle kurz nach Diemrich konzentriert die Landkarte. Wenige Kilometer vor dem rumänischen Sebeş erklärt sie uns, dass sie genug von der Autobahn hat. Sie will endlich was von Florins Heimat sehen, ein bisschen den Gang rausnehmen und durchatmen. Widerworte duldet sie keine, und so nehmen wir die nächste Ausfahrt auf die Nationalstraße 67C.

Dass diese landschaftlich atemberaubende, von waldigen Steilhängen und stillen Bergseen flankierte Nationalstraße auch »Transalpina« genannt wird, weil sie über die Transsilvanischen Alpen verläuft, verrät sie uns erst über eine Stunde später – und auch nur auf meine schön langsam beunruhigte Nachfrage hin, wie lange wir denn noch auf dieser sich immer mehr zu einem provisorisch asphaltierten Bergpass wandelnden Straße bleiben würden.

»Keine Sorge, bei Obârşia Lotrului fahren wir wieder auf die Nationalstraße 7A.«

»Wie weit ist es denn noch?«

»Eine knappe halbe Stunde.«

»Aber Sie wollen in diesem Leben noch in Bukarest ankommen, oder?«

»Karla, manchmal entdeckt man auf den kleinen Umwegen die schönsten Flecke.«

Als würde Lola ahnen, was noch auf sie zukommt, zögert sie mit jedem Kilometer beim Gasgeben etwas mehr und ruft mir ihre Altersschwäche in Erinnerung. Hätte ich gewusst, wohin Kaiser uns entführt, hätte ich möglicherweise meinen Vater um seinen Land Rover gebeten. Nicht, dass ich ihn bekommen hätte.

Dann ist es so weit: Lola stottert. Deutlich.

»Was sind das denn für Geräusche?«

»Klingt so, als müsse Lola Dampf ablassen.«

»Sie ist nur etwas müde. Stuttgart ist zwar hügelig, aber so lange Strecken bergauf ist sie dann doch nicht gewöhnt.«

Ich tätschle das Lenkrad und hoffe, dass ich mit meiner Vermutung von Überarbeitung richtigliege. Gabriel lässt sich von Kaiser die Straßenkarte geben und sucht einen guten Ort, wo wir eine Pause einlegen – oder eine Werkstatt finden können. Wobei seine Miene auf nichts Gutes schließen lässt.

»Tja, bis Obârşia Lotrului sind wir wohl tatsächlich auf uns alleine gestellt, und ob es da eine Werkstatt gibt, bezweifle ich.«

»Ein Mechaniker sollte trotzdem mal unter die Motorhaube schauen. Ihre Lola klingt wirklich nicht gut. Was meinen Sie?«

Es gefällt mir nicht, wie die beiden über Lola sprechen, als würde sie uns jetzt einfach so hängen lassen.

»Wozu? Ich kenne mein Baby! Es geht ihr gut! Sie muss nur ein bisschen schnaufen.«

»Ist *das* denn normal?«

Kaiser deutet durch die Scheibe nach vorne, wo Lola jetzt plötzlich Rauchzeichen unter der Motorhaube absendet.

Vermutlich nur ein bisschen überhitzt. »Nichts, was eine kleine Pause nicht richten kann.«

Das Vertrauen in meinen kleinen Renault überrascht selbst mich, aber bisher hat sie mich auch noch nie im Stich gelassen.

Gabriel stupst die Hulatänzerin an, die nur noch müde mit den Hüften wackelt.

»Eine Pause können wir alle vertragen. Elli, es wird außerdem Zeit für einen Drink.« Er reicht Kaiser eine kleine Flasche Wasser und nimmt seinen Job als Aufpasser erstaunlich ernst.

»Wenn ich so viel trinke, dann muss ich öfter pinkeln.«

»Wenn Sie weniger trinken, dann müssen Sie öfter ins Krankenhaus.«

Geschlagen greift Elli nach der Flasche und nimmt demonstrativ einen großen Schluck daraus.

»Bei der nächsten Parkmöglichkeit gönne ich uns eine Pause.«

Zunehmendes Gestotter und der Gedanke an die immer schlechter asphaltierte Straße lasten doch schwerer auf meiner Konzentration, als ich zugeben will.

Bevor ich entscheiden kann, dass wir einfach am Wegesrand halten, gibt Lola ein lautes Ächzen von sich und geht unvermittelt einfach aus. Einen Augenblick lang erwarte ich eine laute Explosion, die mir den Wagen und die Zukunft um die Ohren haut. Aber sie bleibt aus.

»Was war das?«

Ich setze den Warnblinker, obwohl keine Autos in der Nähe des Nirgendwo hier sind, und öffne die Tür.

»Ich habe keine Ahnung. Das hat sie noch nie gemacht.«

Und hat sich gerade einen selten schlechten Zeitpunkt für ihre plötzlich auftretende Altersschwäche ausgesucht. Die Tankanzeige lässt uns wissen, dass wir mit unserem Sprit auf jeden Fall noch bis zur nächsten Tankstelle gekommen wären, Öl ist laut Anzeige ebenfalls noch genug vorhanden – und damit endet mein Fachwissen über Autos auch schon.

»Vielleicht sollten Sie mal nachschauen, Karla.«

Niedlich. Elli geht also davon aus, dass ich unter der Motorhaube das Problem auf den ersten Blick erkenne. Weil ich sie aber nicht enttäuschen will, steige ich tatsächlich aus, gefolgt von Gabriel, und öffne sehr professionell die Motorhaube.

Lola hechelt wie ein Dackel, den man zu lange durch die Sonne gehetzt hat, sogar das Öl blubbert unter dem Deckel. Ich stütze die Hände in die Hüften und runzele die Stirn. Angeblich ist das die korrekte Haltung, wenn man den Motorblock eines Autos betrachtet.

»Das sieht schlecht aus.«

Gabriel, der in ähnlicher Position neben mir steht, hat hoffentlich mehr Fachkenntnisse vorzuweisen.

»Ja?«

»Total.«

»Was hat sie denn?«

»Nun, wenn du mich fragst, ich würde sagen, der Motor ist im Eimer.«

»Kennst du dich mit Autos aus?«

»Nein.«

»Woher weißt du dann …?«

»Nun, sie fährt nicht mehr, oder?«

Ein gutes Argument.

»Wir können nicht einfach hier stehen bleiben und hoffen, dass sie sich von alleine wieder fängt.«

Ich atme genervt aus.

»Sie braucht nur eine Pause.«

»Sie braucht definitiv mehr als nur eine Pause.«

Gabriel tritt gegen Lolas Vorderrad.

»Hey!«

»Was?«

»Sie ist eben eine alte Dame und kein Geländewagen.«

Gabriel sieht die Straße rauf und unter.

»Großartig. Na gut. Wie lange braucht die alte Dame denn Pause?«

»Ich weiß es nicht. Bis das Öl nicht mehr kocht?«

»Wenn die Sonne untergeht, sind wir nur drei Touristen mit

einem kaputten Auto irgendwo in den Transsilvanischen Alpen – im Dschungel der Südkarpaten. Oder, wie Serienkiller so etwas nennen: leichte Beute.«

»So weit wird es schon nicht kommen.«

Das hoffe ich zumindest, aber ehrlich gesagt kann ich mich nicht daran erinnern, wann uns zuletzt ein Auto begegnet ist. Oder ob wir überhaupt schon einem begegnet sind.

»Was schlägst du also vor?«

»Wir sollten den ADAC rufen.«

Gabriel zieht eine Augenbraue nach oben.

»Liefern die denn bis nach Rumänien?«

»Die werden doch wohl was Vergleichbares hier haben.«

Die Beifahrertür öffnet sich, und Kaiser erscheint auf der Bildfläche.

»Probleme?«

»Allerdings. Karla denkt, wir rufen einfach die Gelben Engel.«

»Gabriel übertreibt. Lolas Motor braucht nur eine Pause.«

Kaiser sieht sich um.

»Aber hier können wir nicht stehen bleiben.«

»Warum? Haben Sie Angst, einen Stau zu verursachen?«

»Sehr witzig. Nein, ich habe nur keine Lust, hier mitten auf der Straße zu übernachten. Also los. Dann schieben wir eben.«

Kaiser sieht die Sache pragmatisch, während Gabriel und ich einen Blickwechsel der allessagenden Art haben.

»Einfach für Sie, das zu sagen nach dem Krankenhausaufenthalt, wo man Sie mit Medis bis zur Schädeldecke vollgepumpt hat.«

Sie winkt ab.

»Stellt euch nicht so an. Wir schieben Lola.«

»Bis nach Bukarest?«

Kaiser verdreht die Augen.

»Bis zum Parkplatz. Es hieß vorhin, in drei Kilometern käme einer. Von dort rufen wir einen Abschleppdienst.«

»Schieben. Bergauf. Bis zum Parkplatz?«

»Gabriel, ich bitte Sie, das sind nur drei Kilometer. Und dort vorne sieht es aus, als ginge es wieder ein kleines Stück bergab.«

Kaiser marschiert zu Lolas Heck und wartet dort auf uns.

»Kommt schon.«

Gabriel und ich hoffen noch immer auf ein kleines Wunder, nämlich darauf, dass Lola einfach wieder anspringt.

»Drei Kilometer.«

»Klingt anstrengend, aber machbar.«

»Immerhin haben wir eine Spitzensportlerin am Start.«

Ich schließe die Motorhaube und geselle mich zu Kaiser, die bereits in Position steht.

»Sie gehen ans Steuer. Gabriel und ich schieben.«

»Schaffen Sie beide das denn?«

»Noch so eine Frage, und wir setzen Sie in der rumänischen Wildnis aus. Hinters Steuer mit Ihnen!«

»Ich habe keinen Führerschein.«

»Dann halten Sie sich besser ans Tempolimit.«

Kaiser hebt ergeben die Hände und marschiert zur Fahrertür, rutscht hinter Lolas Steuer und schnallt sich tatsächlich an. Ich weiß ja nicht, in welcher Geschwindigkeit sie annimmt, dass wir Lola schieben, aber ich lasse ihr den Spaß.

»Okay, Handbremse raus, dann treten Sie die Kupplung durch. Ganz links.«

Sie tut, wie ihr befohlen.

»Schalten Sie in den Leerlauf.«

Auch das schafft sie ohne Probleme.

»Ich bin so weit, meine Lieben. Schieben!«

Und so tun wir genau das, was von uns verlangt wird: Wir schieben zwei alte Damen über einen vereinsamten rumänischen Bergpass, ohne auch nur einem einzigen anderen Auto zu begegnen. Zum Glück geht es nach einigen Hundert Metern tatsächlich erst einmal etwas bergab, und Elli muss sogar ab und an bremsen.

»Hey, Karla!«

Kaiser hängt sich aus dem geöffneten Fenster und sieht zu mir, ihre Stimme überschlägt sich fast vor Aufregung.

»Was ist denn?«

»Ich fahre Auto! Nach all den Jahren fahre ich tatsächlich Auto!«

Die Tatsache, dass wir nicht mal sieben Stundenkilometer auf den Tacho kriegen und der Motor tot unter der Haube liegt, stört sie dabei nicht im Geringsten. Mich auch nicht.

»Denken Sie an das Tempolimit.«

Sie nickt und verschwindet wieder im Wagen. Gabriel sieht verwirrt zu mir.

»Medikamente oder Lebensfreude?«

»Beides.«

KAPITEL ACHTUNDSECHZIG

Elisabeth

Melbourne, 30. November 1956

Die Stimmung ist ausgelassen. Ich höre das Lachen auf dem Flur, leise Musik und die Gratulationen an die Gewinner.

Ursula hat heute Gold über 200 Meter Brust gewonnen, Eva-Marie im gleichen Rennen Bronze. Somit hat unser Schwimmteam bereits jegliche Blamage abgewendet. Das bedeutet auch, wir werden weiterhin Fördergelder bekommen, was für die Jugendteams, die eines Tages nach uns kommen werden, eine gute Nachricht und für uns ein weiterer Grund zum Feiern ist.

Nur ich sitze auf dem Bett in meinem Zimmer und starre auf die Wand vor mir. Mein ganzes Leben wollte ich bei Olympia starten, wollte gewinnen, unsterblich sein und habe unterwegs so viel verpasst: Ausgehen mit Freundinnen, Kinoabende, einfach nur am See liegen oder im Schwimmbad Spaß haben. Immer war ich auf der Jagd nach der nächsten Bestzeit. Und was mache ich jetzt, wo ich hier bin? Bei dem wahrscheinlich wichtigsten Rennen meines Lebens? Ich lasse mich ablenken.

»Störe ich?«

Marie steckt gut gelaunt ihren Kopf durch die Tür, doch ich schweige weiter vor mich hin, was sie als Ermutigung auffasst und reinkommt.

»Willst du nicht mitfeiern?«

»Ich habe morgen noch einen Wettkampf.«

Sie übrigens auch, aber das scheint sie nicht davon abzuhalten, die Feier zu genießen.

»Es gibt Coca-Cola.«

Sie weiß, dass mir die Erinnerung daran ein Lächeln aufs Gesicht zaubert – und behält wie immer recht. Obwohl mir der Sinn so gar nicht nach Feiern steht.

»Bist du immer noch am Schmollen?«

Marie hat es irgendwie geschafft, sich die Freude am Schwimmen zu bewahren, auch wenn der Druck steigt und wie jetzt, nach dem enttäuschenden vierten Platz, tonnenschwer auf meinen Schultern liegt, was jede Bewegung erschwert.

Matt lasse ich mich rückwärts auf das Bett fallen und wechsle meine Perspektive von Wand zu Zimmerdecke. Marie kommt zu mir und nimmt auf der Bettkante Platz.

»Die anderen Mädchen fragen schon, wo du bleibst.«

Ein müdes Lächeln, mehr kriege ich nicht zustande.

»Das kann ich mir nicht vorstellen.«

»Weswegen haben sie mich dann geschickt, dich zu holen?«

»Mitleid.«

»Die Einzige, die hier vor Mitleid zerfließt, bist du, Elli. Alle anderen sind der Meinung, im Finale zu schwimmen ist ein Grund zur Freude.«

Ich schließe die Augen, will mein ordentlich gemachtes, bequemes Bett aus Selbstmitleid noch nicht verlassen.

»Oder geht es gar nicht um dich, sondern um einen nicht näher zu benennenden jungen Rumänen?«

Ich kneife die Augen noch etwas fester zusammen und hoffe, damit weiter in die Dunkelheit entfliehen zu können.

»Elli, du kannst doch nicht hier drinnen schmollen, während da draußen eine Feier für Ursula und Eva-Marie stattfindet.«

Ich öffne die Augen wieder.

»Wieso? Die alte Elli konnte das doch auch.«

»Ja, aber die alte Elli ist nicht mehr da.«

»Schade. Sie hat Bestzeiten erschwommen, sich nicht in Männer mit schönen Augen und zauberhaftem Lächeln verliebt und den Fokus aus dem Blick verloren! Stettner ist enttäuscht, zu

Recht übrigens, und ich kann schon meinen Vater zu Hause reden hören …«

»Dein Vater ist aber nicht hier. Und Stettner auch nicht.«

Sie steht auf, greift nach meiner Hand und zieht mich zurück in eine sitzende Position.

»Vielleicht sind Bestzeiten nicht alles, was im Leben zählt. Vielleicht sind Freunde, Spaß und Männer mit schönen Augen ebenso wichtig!«

Marie ist hartnäckig, das muss man ihr lassen.

»Und Freundinnen!«

Ein Lächeln stiehlt sich auf meine Lippen.

»Beste Freundinnen.«

»Ja. Vor allem die, die vielleicht eine Überraschung für dich haben.«

Die Neugier, die ich für gewöhnlich immer ganz gut in Schach halten kann, überfällt mich diesmal von hinten und setzt meinen Körper in Bewegung. Gut, ich bin gerade ein leichtes Opfer, für Widerworte zu erschöpft vom Wettkampf, mit müden Muskeln und schwerem Herzen unfähig zu kämpfen, und so folge ich Marie den Gang entlang in den Aufenthaltsraum, der außer ein paar Tischen, Stühlen, einer braunen Couch und einem Radio nicht besonders viel zu bieten hat. Doch jetzt ist es eine Art Fetenraum geworden, denn einige der Mädchen tanzen, und es wird aus Pappbechern getrunken. Tatsächlich erspähe ich zwischen all den Frauen auch einige Männer. Wie sie es immer wieder schaffen, sich an den beobachtenden Blicken der Aufpasser vorbeizuschmuggeln, weiß ich nicht. Marie strahlt über das ganze Gesicht und winkt Carlo zu, der gerade mit einer belgischen Sportlerin tanzt. Eva-Maria sitzt mit ihrer Bronzemedaille neben Theo und lauscht interessiert seinen Erzählungen. Ursula kommt auf mich zu und zieht mich in eine innige Umarmung. Ich kann ihre Goldmedaille an meiner Brust spüren.

»Da bist du ja endlich. Wir dachten schon, du kommst nicht mehr.«

Sie drückt mich fest an sich, obwohl wir bisher nicht gerade Freundinnen waren. Meine guten Manieren und das Sprachzentrum werden reaktiviert.

»Herzlichen Glückwunsch zur Goldmedaille. Das war ein großartiges Rennen.«

Das war es wirklich. Fehlerfrei und geschmeidig. Neid würde mich durchfließen, wenn ich nicht ihr glückliches Lächeln vor mir hätte.

»Danke. Aus deinem Mund bedeutet mir das sehr viel.«

Sie deutet auf den Tisch, auf dem Limonade, Cola, einige Kekse und Kartoffelchips stehen.

»Bedien dich.«

»Nicht zu viel. Ich schwimme morgen das Finale.«

»Und dann holst du unsere zweite Goldmedaille.«

Sie klingt davon so überzeugt, weil es so sein soll, weil es schon vor der Abreise klar war. Ich nicke nur, während sie zu einigen Amerikanern weiterzieht, die von den Mädchen umringt werden und mit ihren perfekten Frisuren und dem dazu passenden Zahnpastalächeln alle weiblichen Teilnehmer hypnotisieren. Nur ich stehe etwas verloren dabei, bis ein großer junger Mann auf mich zukommt. Dem Lächeln nach zu urteilen ebenfalls ein Amerikaner.

»May I ask for this dance?«

Ein dance? Ein Tanz? Manieren hat er, das muss man ihm lassen. Obwohl mir wirklich nicht danach ist, zu dem neuen Elvis-Song die Hüften zu schwingen, klingt es gerade verlockender als das steife Herumstehen.

Doch noch bevor ich antworten kann, greift jemand nach meiner Hand.

»Excuse me. This dance, and this girl, are already taken.«

Florin.

Der Amerikaner hebt die Hände und entschuldigt sich flott, denn er will seinem rumänischen Kollegen doch nicht in die Quere kommen.

»Entschuldige, dass ich zu spät gekommen bin.«

Er legt die Hand um meine Taille und bringt mich in eine Tanzposition, während ich noch immer etwas neben mir stehe und die Szene als Außenstehende wahrnehme.

»Ich bin auch eben erst hier angekommen.«

Er zieht mich ein kleines Stückchen näher an sich heran.

»Ich meinte zu deinem Rennen.«

Weil ich nichts sage, spricht er weiter.

»Ich hatte Ärger mit meinem Trainer.«

»Wegen uns?«

Er muss darauf nicht antworten.

»Ich möchte nicht, dass du Ärger bekommst.«

Mein Versuch scheitert, etwas Abstand zwischen unsere Körper zu bekommen, weil Florin es nicht zulässt.

»Elli, und wenn sie mir mit Ausschluss drohen, den Teufel werde ich tun und dich dafür gehen lassen.«

Es ist so einfach zu glauben, weil er direkt vor mir steht, seine grünen Augen mit den vereinzelten goldenen Punkten mich fixieren und er mich so nah an sich hält, dass ich seine Worte nicht nur höre, sondern spüre.

»Drohen sie dir denn mit Ausschluss?«

»Sie drohen mir mit allem Möglichen.«

»Ich will nicht, dass deine Karriere deswegen kaputtgeht.«

»Es ist nur Wasser, Elli. Nur Wasser und Zeit. Es ist nicht mein Leben.«

Wasser und Zeit.

»Eines Tages wird das alles hier keine Rolle mehr spielen. Dann sehe ich mir solche Veranstaltungen vielleicht selbst nur noch vom Sofa aus im Fernseher an.«

Er spricht von der Zeit nach dem Rücktritt. Eine Zeit, die mir Angst macht. Eine Zeit ohne Schwimmen. Was bin ich, wenn meine Karriere vorbei ist? Instinktiv flüchte ich mich tiefer in seine Arme, lehne mein Gesicht an seine Schulter.

»Aber vielleicht willst du in dieser Zukunft ja neben mir sitzen.«

Bisher lag alles, was sich nach meiner Zeit im Becken abspielen würde, in einer dickflüssigen Nebelsuppe – undurchschaubar und beängstigend. Vor allem aber: weit, weit weg. Jetzt sehe ich eine Couch, einen Mann, der meine Hand hält und mich wissen lässt, dass ich nicht nur eine funktionierende Meerjungfrau sein muss.

Ich kann auch einfach nur *ich* sein.

Zu den Klängen von Elvis Presley lasse ich mich von Florin führen.

So also könnte die Zukunft aussehen. Gar nicht mehr beängstigend und nicht einsam.

»Das würde mir sehr gut gefallen.«

KAPITEL NEUNUNDSECHZIG

Karla

Transalpina (Rumänien), 5. August 2017, 19:00 Uhr

Die Sonne geht langsam unter, taucht die wenigen Wolken am Himmel in ein kräftiges Rotorange und verabschiedet einen heißen Tag in eine trotz der Höhe überraschend laue Sommernacht.

Wir liegen zu dritt nebeneinander im Gras auf dem mit WC und Notrufsäule ausgestatteten Parkplatz und warten darauf, dass sich die ersten Sterne über uns zeigen – oder der gerufene Abschleppwagen kommt. Je nachdem, was zuerst eintritt. Gabriel, das Gesicht vom Licht des Handybildschirms erleuchtet, versucht noch immer verzweifelt, Kontakt zur Außenwelt aufzunehmen.

Bisher ohne Erfolg.

Elli, das Gesicht vom Lächeln über ihre erste Autofahrt erleuchtet, hat die Arme hinter dem Kopf verschränkt und die Augen geschlossen.

Ich liege einfach nur da, hoffe, dass wir nicht von wilden Tieren angefallen werden, und lausche in die einsetzende Dunkelheit. In den zwei Stunden, die wir hier schon warten, hat sich kein anderes Fahrzeug in die Gegend verirrt.

»Wo bleibt dieser verdammte Abschleppwagen? Der müsste doch schon vor Stunden hier aufgetaucht sein.«

»Sicher, dass wir ihm die richtigen Koordinaten durchgegeben haben?«

»Was ist bitte an ›mitten im Nirgendwo bei einem Parkplatz mit WC‹ misszuverstehen?«

Ich drehe meinen Kopf minimal in Gabriels Richtung.

»So ziemlich alles?«

»Das lag dann aber am Rumänisch des Mannes am anderen Ende der Leitung. Das war nämlich sehr schwer zu verstehen. Was wohl dieses nupot...wasweißich hieß, das er immer gesagt hat?«

»Vermutlich müssen wir bis morgen warten und dann zu Fuß in Richtung Obârşia Lotrului aufbrechen.«

»Läuft bei uns.«

Gabriel rollt sich auf die Seite, sein Gesicht vom Schein des Handys angestrahlt, ein bisschen wie früher als Kind, wenn man sich im Licht der Taschenlampe Horrorgeschichten erzählt hat.

»Wie hoch stehen die Chancen, dass ein weltweit gesuchter Serienmörder uns hier findet und wir es in die Tagesthemen schaffen?«

Elli scheint darüber tatsächlich kurz nachzudenken.

»Ich würde sagen, ziemlich gering.«

»Sehr gut, ich wäre nämlich nur eine Fußnote in dieser Reportage.« Gabriel malt die Überschrift mit der Hand in den Nachthimmel.

»Olympionikin findet tragisches Ende in der rumänischen Wildnis. Ebenfalls dabei: zwei nicht weiter erwähnenswerte deutsche Touristen.«

»Schließ mal lieber nicht von dir auf andere.«

Gabriels Augenbraue schießt in die Höhe.

»Ach ja? Was würden sie über dich denn schreiben, Karla Metuschke?«

»Nun ...«

Die ernüchternde Erkenntnis, dass Gabriel mit seiner Prognose recht behalten würde, trifft mich wie ein Kater nach einer durchzechten Nacht. Nichts würde über mich im Artikel stehen. Vermutlich würden sie sogar meinen Namen falsch schreiben.

»Ja?«

Mir fällt nicht mal eine überzeugende Lüge ein. Kaiser räuspert sich kurz und bekommt prompt unsere Aufmerksamkeit.

»Sie würden schreiben, dass Karla eine liebenswürdige junge Frau war, die einer alten Dame ihren großen Wunsch erfüllt und sich rührend um sie gekümmert hat. Sie würden von den trauernden Altenheimbewohnern erzählen, die ihren Tod beweinen, weil sie dank Karla Metuschke schmerzfreier und nicht mehr ganz so einsam durch den Tag kamen. Herr Römer würde zitiert werden, wie er in seinem typischen Professorenstil so etwas doziert wie: ›Frau Metuschke war die gute Seele der *Schattigen Pinie.* Sie hatte immer ein offenes Ohr für uns Bewohner. Es gab nur wenige Altenpflegerinnen wie sie.‹«

»Pflegehelferinnen.«

»Wie auch immer. Sie würden Karla vermissen.«

Kaiser öffnet nur ein Auge und schielt zu mir.

»Ich wette, das tun sie jetzt schon.«

Keine Ahnung, woher der Kloß in meinem Hals kommt, aber ich schlucke ihn schnell wieder runter, bevor er das Sprechen erschwert.

»Das klingt doch gar nicht so übel.«

Gabriel will sich nicht anmerken lassen, dass diese Version meiner Erwähnung in einer absurden und rein hypothetischen Berichterstattung ihn überrascht.

»Und über Sie, Gabriel, würden die Menschen sicher auch etwas zu sagen haben.«

»Klar. Valentina würde mich einen Kriminellen nennen. Ana-Maria einen *gafanhoto.*«

»Und Ihre Familie?«

»Die würde sich wundern, dass ich noch lebe, nehme ich an.«

Nach unserem Gespräch im Hotel habe ich einen kleinen Wissensvorsprung gegenüber Kaiser, bleibe aber stumm.

»Vielleicht sollten Sie ihnen eine Postkarte schreiben. Damit sie wissen, dass Sie noch leben.«

»Könnte ich. Aber Postkarten? Das ist so Achtzigerjahre.«

»Manche Dinge kommen nicht aus der Mode.«

Elli sieht zum Himmel, und mir fallen Florins Postkarte und der handgeschriebene Zettel wieder ein.

»Postkarten. Eine tolle Art, jemandem zu zeigen, dass man gerade an ihn denkt, nicht wahr?«

Sie nickt, ihr Gesicht zeigt aber sonst keine Regung.

»Elli …«

»Hm?«

»Sie wissen, dass ich die Postkarte gesehen habe. Im Krankenhaus.«

Gabriel legt das Handy zur Seite, vergisst die Außenwelt und bleibt, zumindest für jetzt, ganz bei uns.

»Was habe ich schon wieder verpasst? Welche Postkarte?«

Doch Kaiser weigert sich, ihn aufzuklären.

»Ich weiß nicht, wovon Sie sprechen.«

»O doch, das wissen Sie genau.« Eine Gewitterwolke voller Emotionen zuckt durch ihre klaren Augen, bevor sie sie schließt.

»Sie haben sie also gesehen?«

»Ja.«

Gabriel sieht neugierig von mir zu Elli.

»Was hast du gesehen?«

»Eine alte Postkarte. In ihrem Koffer. Und nein, ich habe ihn nicht durchsucht. Sie ist mir in die Hände gefallen, als ich Ihnen die Klamotten im Krankenhaus …«

»Schon gut, Karla. Ich bin nicht böse.«

Sie atmet schwer aus und verheimlicht nicht, wie sehr sie mit den Emotionen kämpft.

»Von was sprecht ihr beide da?«

Gabriel ist sichtlich irritiert – bis genervt.

»Karla hat Florins Postkarte an mich gesehen. Aus Ostberlin.«

»Wow. Er war also doch da?«

»Ja. Als diese Postkarte kam, wusste ich, das zwischen uns war echt. Er wäre für mich jedes Risiko eingegangen. Ist es sogar.«

Die folgende Stille legt sich über uns wie eine Bleidecke.

»Deswegen muss ich ihn einfach besuchen, bevor wir … Es ist das Mindeste, was er verdient hat.«

»Damit Sie sich entschuldigen können?«

»Damit ich ihm sagen kann, dass ich alles, was wir uns damals in Melbourne gesagt haben, jedes Wort, auch so gemeint habe. Noch immer.«

»Und wenn er es nicht hören will?«

Gabriels Frage ist berechtigt, wenn auch etwas hart formuliert.

»Dann habe ich es trotzdem gesagt, und er weiß es.«

Die nächsten Minuten verbringen wir schweigend. Jeder hängt seinen Gedanken nach. Bis Gabriel sich zu mir dreht.

»Rauchst du eigentlich gar nicht mehr?«

»Wieso? Hast du Zigaretten?«

Ein plötzlicher Hoffnungsschimmer flammt in mir auf. Jetzt eine Zigarette …

»Nichts da, Sie sind so gut wie clean, Karla.«

Kopfschüttelnd tippe ich auf das Nikotinpflaster, das ich erst vor unserer Abfahrt aus Timişoara wieder angebracht habe.

»Nicht so clean, wie Sie es gerne hätten.«

»Wir kriegen Sie über den Berg, und dann werden Sie keinen Gedanken mehr an die Glimmstängel verschwenden.«

Ich seufze.

»Wenn Sie meinen …«

»Okay, aber gilt dein Rauchverbot nur für Nikotin, oder darf ich teilen …?«

Gabriel zieht einen der beiden Joints hervor, während man sein Grinsen auch in der Dunkelheit des Abends erkennen kann.

»Rauschgift am Wegesrand? Ist das Ihr Ernst, Gabriel?«

Kaisers entrüsteter Kommentar hält ihn nicht im Geringsten davon ab, ein Feuerzeug aus der Hosentasche zu wühlen.

»Absolut. Vielleicht überleben wir diese Nacht nicht. Also: Wann, wenn nicht jetzt?«

»Wie wäre es mit ›niemals‹?«

»Frau Kaiser, niemand zwingt Sie, mitzumachen. Kein Gruppenzwang. Aber ich hatte zwei ziemlich heftige Tage, und hier gibt es nichts, was als Unterhaltungsprogramm dient.«

»Wir könnten ein Spiel spielen.«

»Oder …«

Gabriel zündet den Joint an, nimmt einen tiefen Zug, behält den Rauch eine kleine Weile in den Lungen und atmet schließlich entspannt und genüsslich aus.

»… wir könnten den ganzen Alltag und all unsere Probleme mal kurz vergessen.«

»Mit Drogen?«

Kaiser sieht zu mir, erhofft sich offenbar Unterstützung, aber ich zucke nur die Schultern und nehme den Joint an.

»Mit was sonst?«

»Karla!«

»Ich baue das Zeug an, Elli. Das sind keine Drogen, das ist quasi Medizin. Gegen unsere Schmerzen.«

Mit einem Augenzwinkern nehme auch ich einen langen Zug, lasse ihn mir auf der Zunge zergehen und spüre Kaisers vorwurfsvollen Blick auf mir brennen.

»Ach ja? Medizin gegen welche Schmerzen genau?«

Beim Ausatmen puste ich den Rauch über unsere Köpfe in den Nachthimmel. Gabriel nimmt den Joint wieder an sich, beugt sich vor und starrt einen Moment auf die auto- und menschenleere Straße vor uns.

»Gegen das Gefühl von Einsamkeit, zum Beispiel.«

»Und gegen das Vermissen.«

»Und manchmal auch gegen diese blöden Knieschmerzen, wenn ich kein Glück mit dem Trampen hatte.«

»Und gegen den Stress, es allen recht machen zu müssen.«

»Und gegen …«

Kaiser hebt abwehrend die Hände.

»Schon gut, schon gut. Wenn man euch so reden hört, könnte man meinen, ihr hättet eine Krankenakte so dick wie die Bibel.«

»Das – oder verdammt gute Ausreden.«

Gabriel streckt sich wieder auf dem Gras aus, der Joint leuchtet wie ein Glühwürmchen in der Luft.

»Was sagt denn Ihre Krankenakte?«

»Nun, die Ärzte in Timişoara sind der Meinung, sie hätten so etwas wie Altersschwäche und so einen Quatsch festgestellt, aber ansonsten bin ich noch immer fit wie ein Turnschuh.«

Ich muss an Dr. Tatars Worte denken und betrachte ihr Profil.

»Und was macht das Herz?«

»Bis auf diesen unangenehmen Zwischenfall schwärmt mein Arzt davon, wie gut es funktioniert und …«

Dann bricht sie ab, versteht die eigentliche Frage hinter meinem Satz und sieht zu den Sternen, als müsse sie sich eine Erlaubnis einholen.

»Nun, ab und an tut es schon weh.«

»Wie äußern sich die Schmerzen?«

»Sie kommen sehr überraschend, lauern hinter Erinnerungen, die ich für vergessen hielt, packen zu und erschweren das Weiteratmen.«

»Ein Stechen oder ein Ziehen?«

»Beides. Je nach Tagesform. Und Erinnerung.«

»Wann tut es besonders weh?«

»Wenn er mir so sehr fehlt, dass ich mir nicht mehr sicher bin, ob er jemals real war oder nur die wilde Einbildung einer einsamen alten Frau ist.«

Gabriel reicht Kaiser den Joint und lächelt traurig.

»Ich denke, Sie haben sich einen Zug redlich verdient.«

KAPITEL SIEBZIG

Karla

Transalpina (Rumänien), 5. August 2017, 22:30 Uhr

»Das da ist der Große Bär.«

»Wagen.«

»Bär.«

»Wagen.«

»Also, ich finde ja, er sieht eher aus wie ein Drache.«

Kaiser kichert zwischen uns und deutet zu den Sternen, die wir gerade neu ausrichten und frisch interpretieren.

»Jemand sollte die NASA informieren, dass wir ein neues Sternbild entdeckt haben.«

»Ach, was. Es sieht wirklich aus wie einer dieser Drachen, den Daenerys Targaryen in *Game of Thrones* züchtet.«

»Ein Drache? Ja. Vielleicht, wenn man bekifft einen Handstand macht.«

Von meiner Idee angestachelt, steht Gabriel auf und legt im Dunkeln tatsächlich den perfekten Handstand hin, sieht dabei – so gut wie eben möglich – in Richtung Himmel.

»Nein. Aus dieser Position sieht es eher aus wie ein eckiger Delfin.«

»Ha! Delfin! Das nehme ich. Sternzeichen Delfin.«

Gabriel rollt sich geschickt ab und landet zu unseren Füßen, wofür er einen anerkennenden Applaus von Elli und mir kassiert.

»An Ihnen ist ein Kunstturner verloren gegangen.«

»Danke, danke. Ja, ich war richtig gut in Sport. Bodenturnen war mein Spezialgebiet. Ich war auch bei den Bundesjugendspielen immer ganz vorne mit dabei.«

»Sie hätten zu Olympia kommen können. Wir haben immer gute Sportler gesucht.«

Gabriel winkt ab.

»Nee, ich habe für so was keine Ausdauer. Ich langweile mich viel zu schnell.«

»Sind Sie deswegen auf Ihrem Roadtrip?«

»Wenn man nichts hat, was einen zu Hause hält, klingt eine lange Reise sehr verlockend.«

Gabriel spricht mit uns, sieht aber wieder zum Himmel, wo sich die Anzahl der Sterne in der Zwischenzeit verdoppelt haben muss.

»Außerdem lernt man unterwegs *leiwande* Menschen kennen.«

Ich kichere mehr, als es der Gag verdient hat, und muss genau über diese Tatsache, dass ich wie ein Schulmädchen kichere, noch mehr kichern. Die ultimative Spirale des Kicherns, wie es scheint.

»Sie haben also genau genommen nicht nur ein Zuhause, sondern viele, verteilt auf der ganzen Welt.«

Wie kann Elli selbst jetzt noch so faszinierend klare Gedanken formulieren?

»So ungefähr. Wenn es mir irgendwo zu eng wird, ziehe ich weiter. So entgehe ich unnötigem Streit und den Problemen, die irgendwann unweigerlich dazu führen, dass alles kaputtgeht. Familie, Beziehungen.« Er deutet auf uns.

»Oder Freundschaften.«

»Unsinn.«

»Tatsache, und ich diskutiere darüber auch nicht mit einer bekifften Seniorin. Punkt.«

»Hey, etwas mehr Respekt vor dem Alter!«

Mein Einwand klingt nicht ganz so energisch, wie ich es mir gewünscht habe.

Gabriel zeigt mit dem Finger auf mich.

»Oder mit einer bekifften Ärztin!«

Das Wort trifft mich wie ein glühender Pfeil.

»Ich bin keine Ärztin.«

»Ach, hör auf mit dem Mimimimi. Dein Zeugnis gibt mir recht. Natürlich bist du das. Oder zumindest fast. Du musst nur den Arsch hochkriegen und das letzte Jahr auch noch rocken, und basta.«

Es mag an meinem wattierten Hirn liegen oder daran, dass Gabriels Gequatsche so viel und gleichzeitig so wenig Sinn macht, aber ich setze mich langsam auf.

»Wie war das?«

»Du hast deine Zweite Ärztliche Prüfung mit der Note 1,33 abgeschlossen. Du musst gewusst haben, dass du bestanden hast. Also, warum hast du gekniffen?«

»Woher weißt du das?«

»Mir war langweilig, als ihr heute so ewig im Tankstellenshop gebraucht habt. Also habe ich den Umschlag aus dem Handschuhfach aufgemacht und mir dein Zeugnis angesehen. Verdammt beeindruckend.«

Dem Joint sei Dank, springe ich ihm nicht an die Gurgel.

»Du solltest echt weitermachen, Doktor Metuschke.«

»Lass das.«

»Was wird denn dein Fachgebiet?«

Kaiser sieht zwischen uns hin und her, als wäre unsere Unterhaltung ein Tischtennismatch in Höchstgeschwindigkeit.

»Wieso hast du ihn aufgemacht?«

»Ich musste doch wissen, was du da seit über einem Jahr spazieren fährst.«

Es gelingt Elli, die Puzzlestücke korrekt zusammenzusetzen. Sie dreht sich zu mir.

»Nur noch ein Jahr, Karla?!«

»Das Praktische Jahr.«

»Sie könnten inzwischen schon Ärztin sein!«

»Ich habe mich eben kurzerhand für einen anderen Karriereweg entschieden.«

»Drogenbaronin?«

»Es ist nicht ganz so einfach, wie ihr beide euch das vorstellt!«

»Doch, das ist es!«

»Können wir bitte das Thema wechseln?«

»Nein. Karla, ich meine es ernst. Machen Sie weiter. Geben Sie jetzt nicht auf.«

»Falls es Ihnen nicht aufgefallen ist: Das habe ich bereits!«

»Humbug! Sie können doch genau da weitermachen!«

»Nachdem ich eine Seniorin aus dem Altenheim entführt habe? Ja klar, das steigert sicher meine Chancen, wenn ich bei der Uni anfrage, ob ich mein Studium fortsetzen kann, obwohl ich mich nach der Prüfung kommentarlos in Luft aufgelöst habe. Prüfungsämter sind bei so was sehr gut im Vergeben und bekanntlich mehr als kulant.«

Kaiser richtet sich auf, packt mich grob an der Schulter und schüttelt mich, als müsse sie mich aus einem schrecklichen Albtraum wecken.

»Schieben Sie nicht mich als Entschuldigung vor! Sie hatten ein Jahr Zeit, bevor ich Sie mir ausgeliehen habe! Und bisher weiß niemand, welche Rolle Sie bei meinem Verschwinden spielen.«

Es wäre so einfach. Ich könnte es tatsächlich noch mal versuchen. Wäre da nicht Matzes Stimme …

»Karla ist viel zu emotional für Medizin – geschweige denn für die … Wie hieß dein Wunschfach gleich noch? Geriatrie? Kinderärztin hätte ich ja noch verstanden, aber alte Leute? Die armen Senioren.«

Gelächter, meines am lautesten, weil ich mir nicht eingestehen wollte, wie gemein solche Sätze klangen.

»Gerade in solchen Berufen, bei denen einem die Leute jeden Moment abnippeln können, sollte man sich nicht überschätzen. Außerdem verdiene ich genug für uns beide.«

Kopfnicken seiner Freunde, meiner Freunde, meiner Eltern – und von mir.

»Ich bin zu emotional für Medizin und vor allem für die Geriatrie!«

Es klingt wütend. Ich stehe auf und blicke auf meine Mitreisenden herunter.

»Ich habe fast eine Stunde am Stück im Gewächshaus geheult, nachdem Frau Zimmermann nicht mehr aufgewacht ist, dabei kannte ich sie nicht mal besonders gut. Jetzt stellt euch mal vor, was ich mache, wenn Elli eines Tages geht? Wie soll ich mich als Ärztin denn um meine Patienten kümmern, wenn ich nur noch am Heulen bin, weil mir einer nach dem anderen wegstirbt – weil es die Natur einfach so vorsieht. Ich bin wirklich schlecht im Abschiednehmen.« Der Gedanke allein zaubert bittere Tränen in meine Augen und lässt den Blick auf sie etwas verschwimmen.

»Ich bin zu emotional für …«

»Wieder nur Humbug! Wer hat Ihnen denn so einen Schwachsinn erzählt?«

Ich antworte nicht, balle stattdessen meine Hände zu Fäusten und würde am liebsten schreien. Doch kein Ton kommt über meine Lippen.

»Karla, ich habe dich doch erlebt, wie du mit Elli umgehst. Du wärst wirklich eine tolle Ärztin, gerade für alte Leute. Und wenn man nicht emotional genug ist, kann man den Job bestimmt gar nicht machen.«

Elli richtet sich auf.

»Hat *er* ihnen das alles gesagt?« Sie steht langsam auf und kommt auf mich zu, aber ich weiche ihrer Berührung aus, als könnte sie mir damit noch näherkommen.

»Ich sage Ihnen jetzt mal was, und Sie hören mir gefälligst zu.« Sie verfolgt mich, lässt sich nicht abschütteln, während ich kleine Kreise laufe. Gabriel bleibt sitzen und beobachtet als Zuschauer unser merkwürdiges Theaterstück.

»Sie sind mit Abstand die beste Pflegerin, die ich jemals hatte. Wenn ich mir vorstelle, was Sie als Ärztin leisten könnten … Ich weiß, dass Sie dafür die Richtige sind. Sie nehmen uns ernst, obwohl wir vielleicht nicht mehr viel Zeit haben. Wir wären mehr als nur eine Patientenakte für Sie. Wissen Sie, was das wert ist? Sie wissen, wie man mit uns alten Menschen umgehen muss.«

»Na ja, entweder ich verkaufe ihnen Drogen oder lasse mich von ihnen erpressen. Ob ich das in meine Bewerbung schreiben würde, weiß ich nicht.«

»Jetzt hören Sie doch mit dem Unsinn auf. Wenn Sie glauben, es wäre ein Zufall, dass ich Sie ausgesucht habe, dann sind Sie mir wirklich auf den Leim gegangen. Ich habe von Anfang an niemanden außer Ihnen auf der Liste gehabt.«

Erst jetzt bleibe ich stehen, mein Kopf dreht sich ein wenig, und mir ist schwindelig. Ob nun vom Joint oder den neuen Informationen, weiß ich nicht. Vermutlich macht es die Mischung.

»Niemanden?«

»Niemanden. Und das sicher nicht, weil Sie über den schnellsten Wagen verfügen oder leicht zu erpressen waren. Sondern weil ich wusste, auf Sie kann ich mich verlassen.«

»Aber …«

»Wieso habe ich Ihnen wohl Selena anvertraut?«

Meine Gedanken rasen zurück zu dem Tag, an dem Kaiser ihre Pflanze in meine Obhut gegeben hat. Dieses verkümmerte kleine Ding.

»Das war mein Testlauf für Sie.«

Aufgepäppelt habe ich die arme Selena, die jetzt Stettners und Ernas Grab schmückt.

»Sogar unterwegs haben Sie sich um eine lächerliche Pflanze gekümmert. Ich wusste es einfach, Sie würden mich bis zu Florin bringen, komme, was wolle. Denken Sie wirklich, ich hätte mich in der *Pinie* nicht umgehört? Die Leute dort lieben Sie, weil Sie in ihnen mehr sehen als nur Patienten, die möglichst effizient versorgt werden müssen. Sie sehen die Menschen und ihre Bedürfnisse. Und Sie helfen ihnen, mit jeder noch so kleinen freundlichen Geste.«

Ich muss mich setzen.

»Karla, wieso glauben Sie Matze mehr als uns?«

»Weil er es so oft wiederholt hat. Irgendwann setzt es sich fest.«

Kaiser geht direkt vor mir in die Hocke.

»Dann hören Sie die Wahrheit jetzt eben öfter von mir. Ich wäre mit keinem anderen Menschen in dieses Abenteuer gestartet.«

KAPITEL EINUNDSIEBZIG

Elisabeth

Melbourne, 30. November 1956

Obwohl die Musik schon lange ausgeschaltet wurde und die meisten Fetenbesucher wieder in ihre Wohnhäuser zurückgekehrt sind, tanzen Florin und ich noch immer zu unserem Herzschlag, der den schönsten Takt vorgibt. Schon drei Mal haben wir versucht, uns zu verabschieden, aber es gelingt mir einfach nicht, ihn – oder uns – loszulassen. Mit dem anstehenden Finale morgen wird mir auch bewusst, wie schnell sich unsere gemeinsame Zeit hier am anderen Ende der Welt dem Ende entgegenneigt.

»Ich muss jetzt wirklich los.«

Er flüstert es an mein Ohr, macht aber keine Anstalten, mich loszulassen, und ich schließe die Augen, schüttle unmerklich den Kopf und halte ihn nur noch fester.

»Ich will ja auch nicht, Elli. Aber …«

Er küsst meine Wange.

»… wir sehen uns doch morgen schon wieder.«

Das weiß ich, und dennoch würde ich gerade alles tun, um die Zeit anzuhalten.

»Nur noch fünf Minuten.«

Er lacht leise und küsst mich erneut, bevor er sich schweren Herzens von mir löst und mich ansieht.

»Fünf Minuten und den Rest unseres Lebens, Elli.«

Ich will ihm glauben, mich an all diese Versprechen klammern, und ertappe mich tatsächlich dabei, wie ich nicke.

»Also gut. Aber fürs Protokoll, ich lasse dich nur sehr ungern gehen.«

Er hält meine Hände sanft in seinen und führt sie an die Lippen.

»Glaub mir, wenn es nach mir geht, würde ich dich nie mehr loslassen. Nicht jetzt. Nicht morgen. Nie mehr.«

Sein Lächeln ist hoffnungsvoll und traurig zugleich, und ich schlinge meine Arme um ihn, küsse ihn und halte ihn wieder einen kurzen Moment zu lange fest.

Erst das Räuspern hinter uns holt mich zurück in die Realität. Es ist Marie, der anzumerken ist, wie ungern sie unsere Zweisamkeit stört.

»Carlo sagt, draußen patrouillieren schon die Sicherheitsleute. Du solltest langsam los, Florin.«

Er nickt, nimmt mein Gesicht in seine Hände, und da ist wieder das Lächeln, in das ich mich schon beim ersten Mal im Halbdunkel und hinter einem Baum versteckt verliebt habe.

»Bis morgen?«

Ich nicke tapfer.

»Bis morgen.«

Und dann ist er geräuschlos verschwunden, lässt mich und mein Herz bei Marie zurück, die sofort nach meiner Hand greift. Ich seufze und lehne mich an sie.

»Er fehlt mir jetzt schon.«

»Dich hat es ziemlich erwischt, Elli.«

Langsam nicke ich, weil es kein Zurück mehr gibt. Marie drückt kurz meine Hand.

»Es wird höchste Zeit, mit Heinrich zu reden.«

Und wie so oft hat Marie auch diesmal recht.

KAPITEL ZWEIUNDSIEBZIG

Karla

Transalpina (Rumänien), 5. August 2017, 23:30 Uhr

Gabriel lehnt seinen Kopf an meine Schulter, während wir wieder im Gras am Wegesrand liegen. Elli schlummert zufrieden und erschöpft neben uns auf einer Decke, die sie – zusammen mit ihrem Koffer – aus Lolas Kofferraum gefischt hat, und gibt hier und da einen leisen Schnarcher von sich. Also unterhalten wir uns flüsternd, worin wir inzwischen einige Übung haben. Nur die körperliche Nähe ist noch relativ neu. Gut, wir haben uns ein Bett geteilt – und ich habe in Gabriels Armen besser geschlafen als im ganzen letzten Jahr auch nur eine Nacht, aber das muss er ja nicht wissen. Ihn jetzt wieder so nah zu spüren fühlt sich auf eine abenteuerliche Weise gut an.

»Ach, und übrigens, Karla: Ich wäre auch in kein anderes Auto gestiegen.«

»Ach, wirklich?«

Er muss grinsen. »Doch, wäre ich. Meine Füße haben mich umgebracht. Aber für meine Verhältnisse bin ich schon saulange mit euch zusammen und noch nicht einfach so abgehauen.«

»Wage es ja nicht, du hast es versprochen!«

Gabriels Blick bleibt undurchsichtig, als er die Schultern zuckt. »Versprochen nicht direkt. Und das galt nur für die eine Nacht.«

»Das entscheide ich, nicht du.«

»Manche Dinge ändern sich nur schwer. Du weißt ja, wie das ist.«

Es klingt wie ein frecher Scherz, so wie immer bei Gabriel, doch seine Augen bleiben merkwürdig ernst – und das gefällt mir nicht. Ich rolle mich auf die Seite und stoße fast mit meiner Nase an seine, was ihn aber nicht zu irritieren scheint. Er macht zumindest keine Anstalten, Abstand zwischen uns zu bringen.

Ich übrigens auch nicht.

»Ich weiß, was du meinst. Aber wenn du einfach so in meinem Handschuhfach und meiner Zukunft herumwühlst, dann kann ich das auch bei dir.«

Er zieht fast amüsiert eine Augenbraue nach oben und lässt seinen Blick über mein Gesicht wandern.

»Ist das so?«

»Du bleibst gefälligst, bis wir Elli heil zu Florin gebracht haben.«

Er salutiert kurz, und es ist offensichtlich, dass er meine Ansprache nicht ernst nimmt.

»Aye, aye, Ma'am.«

»Und darüber hinaus auch.«

Das habe ich zumindest gerade beschlossen, und Gabriel sieht mich einen kurzen Moment lang irritiert an.

»Wie bitte?«

»Du hast mich schon verstanden.«

»Ich habe gehört, was du gesagt hast, aber ich habe nicht verstanden, was du meinst.«

»Ich meine, dass du bleibst.«

»Bei euch?«

Ich nicke entschlossen, und gerade, als Gabriel dann doch den nötigen Abstand zwischen uns schaffen will, greife ich nach seiner Hand und ziehe ihn zurück zu mir.

»Bei uns.«

»Karla …«

»Hör auf, wegzurennen, Gabriel.«

Er will es weglachen, aber es gelingt ihm diesmal nicht, da das Lachen ihm im Hals stecken bleibt.

»Ich renne doch gar nicht davon …«

Doch auch er muss hören, wie durchschaubar diese Lüge klingt, immerhin weicht er meinem Blick aus. Ich kuschele mich das letzte Stück an ihn ran, lehne mein Gesicht an seine Brust und schließe die Augen. Es ist absurd, wie wohl ich mich in seinen Armen fühle. Vor allem, wenn man bedenkt, wo wir hier sind und wie wenig ich ihn eigentlich mögen will.

»Wenn du jetzt abhaust, verpasst du das große Happy End.«

Ich blicke zu ihm hoch und werde von traurigen Augen empfangen.

»Wir haben alle ein Happy End verdient, meinst du nicht?«

Er will antworten, widersprechen, und bevor er dazu kommt, küsse ich schnell seine Wange – etwas zu nah an seinen Mundwinkeln als ursprünglich geplant.

»Lass diese Reise und uns zu deinen zwölf Prozent gehören.«

»Scheiße, Karla. Musst du es so kompliziert machen?«

Entschlossen nicke ich.

»Muss ich.«

Er hadert, und ich kann es nicht nur sehen, sondern fast spüren, so angespannt ist sein Körper.

»Es ist nur ein Roadtrip.«

»Wieso bist du dann nicht schon längst ausgestiegen?«

Darauf hat er ad hoc keine Antwort, mustert stattdessen wieder mein Gesicht, und ich kann den Anflug eines Lächelns in seinen Mundwinkeln erahnen. Schließlich zuckt er die Schultern.

»Weil ihr es mir verdammt schwer macht.«

Egal, wie viele Lügen er uns auf dem Weg hierher erzählt haben mag, das jetzt ist keine. Wenn er wüsste, wie ehrlich er mich ansieht, er würde wohl selbst erschrecken. Ich lehne mich wieder an ihn, den Arm um ihn geschlungen, und schließe die Augen.

»Nun, ich warne dich. Ich habe nicht vor, es dir zu irgendeinem Zeitpunkt leicht zu machen.«

Er lacht leise.

»Das habe ich befürchtet.«

Karla

Transalpina (Rumänien), 6. August 2017, 10:15 Uhr

Mein Kopf fühlt sich an, als wäre er mit warmem Sirup ausgegossen, und ich bin noch ganz schläfrig. Aber die Sonne, die mein Gesicht kitzelt, lässt mich erahnen, dass ein neuer Tag offiziell begonnen hat.

Langsam drehe ich mich auf die Seite und blinzle in die Helligkeit des Tages.

Ich liege im Gras, mitten in den Transsilvanischen Alpen. Meine Sporttasche dient mir als Kopfkissen und erklärt den Schmerz in meinem Nacken, der sich weiter ausbreitet, je mehr ich mich bewege. Langsam setze ich mich auf und blicke mich um. Alles sieht noch immer ein bisschen so aus wie gestern, nur sehr viel klarer.

Kaiser ist wohl schon etwas länger wach, denn sie steht in der Mitte des Parkplatzes und führt ihre morgendlichen Dehnübungen durch.

»Guten Morgen, Karla.«

Ich hebe die Hand zum Gruß, traue aber dem pelzigen Gefühl in meinem Mund nicht genug, um auch nur ein Wort über die Lippen zu bringen.

»Gut geschlafen?«

Ich stehe vorsichtig auf – der Kopf folgt mir zeitverzögert – und warte einen Augenblick, bis sich der Boden unter meinen Füßen nicht mehr ganz so weich anfühlt.

»Offensichtlich.«

»Nun, Sie haben im Schlaf auch nur von schönen Dingen gesprochen.«

Kaiser schüttelt die Beine aus und kommt schließlich auf mich zu.

»Habe ich?«

Für gewöhnlich spreche ich nicht im Schlaf. Glaube ich. Ich bin selten wach, wenn ich schlafe.

»Haben Sie.«

Ihr Lächeln wirkt irgendwie zweideutig, und ich kann nur hoffen, dass ich keinen Unsinn über Gabriel erzählt habe.

»Die Kurzfassung: Sie haben Spaß mit uns und wollen sich ein Haus in den Karpaten kaufen.«

Erleichtert atme ich aus, nur um dann zu bemerken, wie peinlich auch das ist.

»Will ich?«

»Schien so. Als ich nachgefragt habe, bekam ich eine sehr kryptische Antwort.«

»Will ich sie wissen?«

Ich strecke mich ein bisschen. Eine Nacht im Gras – mit Gras –, näher komme ich dem Gefühl eines Wildnisabenteuers wohl nicht.

»Vermutlich nicht.«

Ich nicke, finde verschwommene Erinnerungen an den gestrigen Abend in meinem Kopf, reibe mir kurz die Schläfen. Nicht an alles kann ich mich erinnern, aber an eines doch sehr deutlich. An Gabriels Arme, die sich sicher angefühlt haben – und dann bemerke ich es.

Etwas fehlt.

Oder besser: jemand.

»Wo ist Lola?«

Kaiser sieht sich ebenfalls in aller Ruhe auf dem Parkplatz um und endet dann wieder bei mir.

»Es ist Ihnen also auch aufgefallen …«

»Und wo ist Gabriel?«

»Ich habe keine Ahnung. Ich nehme an, bei Lola.«

Sie reicht mir einen kleinen Zettel, auf dem eine hastige Notiz geschrieben steht.

Ich leihe mir dein Auto. ;) Xx G.

Nein. Nein. Nein.

»Wie viel Uhr haben wir?«

»Kurz nach zehn Uhr.«

»Wie lange ist er schon weg?«

»Keine Ahnung. Als ich vor einer halben Stunde aufgewacht bin, war er schon weg – oder ist gerade aufgebrochen. Ich bin mir nicht sicher, ob ich mir die Motorengeräusche nur eingebildet habe oder nicht.«

Nickend greife ich nach der Wasserflasche, die Kaiser mir reicht und die hoffentlich den üblen Geschmack in meinem Mund vertreibt.

Das würde Gabriel nicht tun. Nicht nach allem, was wir zusammen durchgemacht haben. Nicht nach unserem Gespräch gestern Nacht.

Moment.

Genau genommen könnte es *gerade* wegen gestern Nacht gewesen sein. Habe ich ihn zu sehr unter Druck gesetzt und damit genau die Knöpfe gedrückt, die seinen Fluchtinstinkt auslösen? Natürlich. Und dann schnappt er sich auch noch Lola, die offensichtlich tatsächlich nur eine Pause gebraucht hat und sich direkt im Anschluss bereitwillig von ihm entführen hat lassen, weil sie seinem Charme ebenso erlegen ist wie ich.

»Er hat Lola geklaut.«

Bei Kaiser klingt es viel nüchterner als in meinem Kopf.

»Seien Sie nicht albern, Elli.«

»Doch. Haben Sie ihm gestern nicht zugehört? Wir kamen ihm zu nahe.«

»Vielleicht holt er nur Kaffee.«

»Glauben Sie das wirklich?«

»Ich möchte es glauben.«

Außer einigen Vögeln, die irgendwo über unseren Köpfen ihr Konzert anstimmen, ist es hier sehr ruhig.

Zu ruhig ohne Gabriel.

»So ein Mist. Wie dumm von uns. Wie konnten wir ihm auch nur eine Sekunde vertrauen? Ich meine, wir kennen ihn doch! Er hat es uns doch sogar gesagt!«

»Hat er das?«

»Möglich, dass er es nur mir gesagt hat. Ändert nichts an der Tatsache, dass wir es hätten kommen sehen müssen!«

»Tja, Karla. Ab jetzt sind es wohl wieder nur wir zwei.«

Kaiser lässt sich neben unserem Schlafplatz von gestern Nacht nieder und verschränkt die Arme vor der Brust.

»Ist das für Sie in Ordnung?«

»Natürlich. Wir schaffen es auch ohne ihn nach Bukarest. Irgendwie.«

Ich setze mich neben sie.

»Aber dass er Lola mitgenommen hat, ist echt das Letzte. Er weiß doch, was für Sie auf dem Spiel steht. Wie kann man nur so herzlos sein? Valentina und Ana-Maria hatten also doch recht.«

Mein Herz hängt deutlich zu tief in meinem Burstkorb, aber gleichzeitig versuche ich, nicht darüber nachzudenken, wieso dem so ist. Stattdessen könnte ich jetzt eine Zigarette vertragen. Oder ein Sandwich.

»Dieser Idiot hat uns nicht zufällig etwas Proviant dagelassen?«

Kaiser schüttelt den Kopf.

»Ich fürchte, meine Doxy Roxys sind noch im Auto.«

Ich atme genervt aus.

»Ich würde ihn am liebsten erwürgen und dann ganz langsam …«

»Ich bitte Sie, seien Sie keine Drama-Queen. Sie übertreiben.«

»Ich übertreibe? Wir sitzen irgendwo in den Transsilvanischen Alpen fest, ohne Auto oder Essen. Oder wollen Sie uns etwa was zum Essen erjagen?«

»Sicherlich finden wir einige Beeren, die wir essen können. Und wenn Gabriel wirklich nicht zurückkommt, laufen wir einfach bis nach Obârşia Lotrului.«

»Sie waren gestern noch im Krankenhaus. Und wo müssten wir überhaupt hinlaufen?«

Sie deutet in südliche Richtung, merkt dann aber selber, dass ihre Idee einige Löcher hat, und lässt den Arm wieder sinken.

»Wir laufen einfach mal los, irgendwo werden wir ankommen. Vielleicht findet uns ja auch jemand unterwegs.«

»Ja, der Abschleppwagen von gestern. In einer Woche. Uns oder unsere Leichen.«

Sie verpasst mir einen Schlag gegen die Schulter, der sich ziemlich nach einem von den Klitschkos zu ihrer aktiven Zeit anfühlt.

»Aua!«

»Haben Sie morgens immer so schlechte Laune?«

»Nur, wenn ich ohne mein Auto mitten in der Wildnis aufwache.«

Kaiser muss kichern und schüttelt den Kopf, streicht liebevoll über die schmerzende Stelle an meiner Schulter.

»Karla, Sie amüsieren mich immer wieder.«

»Gehört zum Premiumpaket, das Sie gebucht haben.«

»Sie haben schlechte Laune und werden fast schon panisch. Dabei sollte ich die diejenige sein, die nervös wird. Immerhin kann es Ihnen doch egal sein, ob wir wirklich in Bukarest ankommen.«

Sie lacht noch immer, aber ihre Worte treffen mich dennoch heftiger als der Schlag eben.

»Denken Sie das wirklich?«

Sie wischt sich über das Gesicht und muss ihre Augen gegen die Sonne abschirmen, als sie zu mir herübersieht.

»Ach, kommen Sie schon, Karla. Was haben Sie schon zu verlieren?«

»Meine liebste Seniorin.«

KAPITEL VIERUNDSIEBZIG

Elisabeth

Melbourne, 1. Dezember 1956

»Elisabeth? Kannst du mich hören?«

Seine Stimme kommt rauschend bei mir an, als wäre er unendlich viele Kilometer von mir entfernt. Was er tatsächlich auch ist.

»Hörst du mich?«

»Ja, Heinrich, ich kann dich hören.«

Seine Stimme kommt mir fremd vor, als würde jemand sie zwischen Deutschland und Australien verzerren.

»Ich wollte dir nur ganz viel Glück wünschen für morgen!«

»Danke, aber du meinst für heute, oder?«

Hier ist es kurz vor sieben Uhr morgens, also kurz vor neun Uhr abends in Stuttgart. Sonderbar, dass Heinrich noch im gestrigen Tag steckt.

»Stimmt, du bist ja in die Zukunft gereist.«

Es muss ihn ein Vermögen kosten, mich hier anzurufen. Das habe ich nicht erwartet und stehe jetzt zitternd in der kleinen Telefonkabine, zu der ich gerufen wurde. Ein Ferngespräch für mich, hieß es. Erstaunlich, dass er sich gerade heute, gerade jetzt meldet, wo ich doch eigentlich ihn anrufen wollte.

»Ich schaffe es nicht, den Wettkampf zu schauen. Ich habe morgen früh einen wichtigen Termin und kann nicht so lange wach bleiben, aber ich denke an dich.«

»Danke.«

Ich weiß nicht, was ich sagen soll. Ich habe die ganze Nacht darüber gegrübelt, wie ich formulieren soll, dass ich ihn nicht liebe und heiraten will, habe mir jeden Satz zurechtgelegt, aber plötzlich fallen mir nicht mehr die richtigen Worte ein, als wäre mein Gehirn wie leer gefegt.

»Geht es dir denn so weit gut?«

Ich nicke, obwohl er es nicht sehen kann.

»Elisabeth? Bist du noch dran?«

»Ja. Ja, es geht mir gut.«

»Schön.«

»Und dir?«

»Auch gut, danke.«

»Hast du mit meinen Eltern gesprochen? Wie geht es ihnen?«

Das ist mehr oder weniger ein neutrales Thema und rüttelt nicht an meinen Gefühlen, die hier gewachsen sind.

Heinrich zögert. Ich hoffe, es liegt an der schlechten Verbindung.

»Ja. Sie lassen dich grüßen.«

»Wie geht es ihnen?«

Wieder dieses Zögern, das Heinrich gar nicht ähnlich sieht.

»Ganz ordentlich.«

Aber ich weiß, was er wirklich sagt.

»Sind sie sehr enttäuscht?«

Vielleicht habe ich Glück, und sein Guthaben ist aufgebraucht, bevor er antworten kann. Dann werde ich nie erfahren, wie meine Eltern mit meinem vierten Platz im Halbfinale umgehen werden.

»Ein bisschen.«

»Schauen sie das Finale?«

»Dein Vater bestimmt.«

Toll. Großartig. Vater wird also mitten in der Nacht aufstehen, den Fernseher einschalten und mir zusehen, wie ich seinen großen Traum jage. Alleine der Gedanke daran schnallt sich wie ein Bleigürtel um meine Hüfte und wird sicher nicht dazu beitragen, dass ich schneller schwimme.

»Ich liebe dich, Elisabeth.«

Und Heinrich legt noch mal ein bisschen Blei nach.

»Wie bitte?«

So war das Gespräch, das ich mir für heute Nacht ausgemalt hatte, jedenfalls nicht verlaufen.

»Ich liebe dich, Elisabeth Lorenz. Egal, wie dein Rennen morgen ausgeht. Ich liebe dich, und ich freue mich schon darauf, wenn du zurück in Stuttgart bist.«

»Heinrich …«

»Ich komme dich am Flughafen abholen, wenn ihr landet.«

Dann ist es aber schon zu spät, weil ich mich nämlich in einen anderen Mann verliebt habe und nicht in deine Arme zurückkehren werde.

»Heinrich, ich muss dir etwas Wichtiges sagen!«

»Was denn?«

Mein Gesicht glüht, als hätte ich hohes Fieber. Ich muss es ihm sagen. Jetzt.

»Heinrich, hier in Olympia ist etwas passiert. Mit mir.«

»Was sagst du? Was ist mit Olympia? Mein Guthaben ist fast weg, und ich kann dich nur noch schlecht verstehen … gibt … Aussetzer …«

»Heinrich, ich …«

Dann ein lautes Klicken. Die Verbindung ist gekappt.

»Heinrich?«

Er ist weg.

»Ich habe mich in Florin Petrescu verliebt und werde mit ihm durchbrennen. Erst nach Ostberlin und von dort aus einfach weg. Es tut mir leid, aber ich liebe ihn so sehr, dass mein Herz aus meiner Brust ausbrechen und in seine Arme springen will. Jedes Mal, wenn ich ihn sehe. Bitte, sei mir nicht böse, ich will dir nicht wehtun, aber ich möchte glücklich werden.«

Nichts von all dem hört Heinrich.

Also werde ich es noch einmal sagen müssen. Ich bete, dass ich sowohl den Mut als auch die Kraft dafür haben werde.

»Tschüss, Heinrich.«

Erst jetzt lege auch ich auf und starre eine kleine Weile auf den Telefonhörer.

Marie wartet im Flur auf mich und kann an meinem Gesichtsausdruck ablesen, wie erfolgreich das Telefonat verlief. Statt etwas zu sagen, nimmt sie mich in den Arm und drückt mich fest.

»Ich konnte es nicht sagen. Eigentlich wollte ich ihn doch anrufen, und jetzt …«

»Es tut mir leid, Elli.«

»Warum ist das so schwer?«

»Weil Heinrich ein netter Junge ist, der dich sehr gernhat. Du willst ihm nicht wehtun.«

»Trotzdem tue ich es.«

Zusammen gehen wir über den Flur zurück zu unserem Zimmer.

»Ich habe ihn auch gern, Marie. Aber bevor Florin in mein Leben gekommen ist, wusste ich nicht, was mein Herz alles machen kann.«

»Was kann es denn alles?«

»Es springt, es rennt, und manchmal fliegt es auch. Jedes Mal, wenn wir zusammen sind. Ich wusste nicht, dass man so sehr verliebt sein kann!«

»Das weiß man erst, wenn man es ist.«

»Wird Heinrich mich hassen?«

Sie schüttelt entschlossen den Kopf.

»Heinrich liebt dich viel zu sehr, um dich jemals hassen zu können.«

»Gut, ich hasse mich gerade nämlich genug.«

Wir erreichen unser Zimmer, und ich sehe, dass Marie meine Sporttasche für später bereits gepackt hat.

»Versprich mir nur eines, Elli.«

»Was denn?«

»Wenn du mit Florin durchbrennst, vergiss mich nicht, ja?«

»Wie um alles in der Welt könnte ich jemanden wie dich vergessen? Du bist meine beste Freundin.«

Marie sieht ungläubig zu mir, dabei wird mir bewusst, dass ich das noch nie ausgesprochen habe. Weil ich angenommen habe, sie wüsste es. Aber nur, weil Menschen es wissen, bedeutet das nicht, dass wir ihnen nicht von Zeit zu Zeit mal sagen sollten, wie wichtig sie uns sind.

»Für immer und alles danach.«

»Und alles danach.«

Karla

Kurz vor Obârşia Lotrului (Rumänien),
6. August 2017, 11:30 Uhr

»Das hier sind Elisabeth und ihre Enkelin Karla. Sie werden uns ab jetzt begleiten.«

Manfred, der freundliche Reiseführer, der in seinem geblümten Hawaiihemd ein bisschen wie ein in die Jahre gekommener Tom Selleck ohne Schnauzer aussieht und dem wir unsere tränenreiche Geschichte über das vorläufige Ende unserer Reise aufgetischt haben, stellt uns den übrigen Mitreisenden vor.

In einem kleinen, klimatisierten Reisebus, der wie die sprichwörtliche letzte Rettung plötzlich hinter uns auf der Straße aufgetaucht ist und so gütig war, uns nicht zu überfahren, sondern anzuhalten.

»Ihnen wurde das Auto gestohlen. Ohne unsere Hilfe würden sie wohl in der Hitze da draußen verenden.«

Im Bus befinden sich ausschließlich Senioren, von denen uns einige misstrauisch, andere freundlich mustern. Das Ziel der Reise ist es, nach einer Panoramafahrt über die Transalpina so viele Naturparks der Gegend wie möglich abzuklappern und nach einer Übernachtung im nahe gelegenen Örtchen Haţeg morgen in Bukarest zu enden, wie uns Manfred erklärt hat, als er uns erst mal mit Wasser versorgt hatte.

Perfekter hätten wir es kaum treffen können. Am liebsten wäre es mir, wenn Kaiser mich kurz zwicken würde, damit ich auch ganz sicher sein kann, nicht in einem Traum zu hängen.

Die meisten Reisenden sind ungefähr in Ellis Alter, und ich fühle mich wie auf einer Klassenfahrt der *Schattigen Pinie,* während ich hinter Elli durch den Mittelgang watschle, um in der vorletzten Reihe Platz zu nehmen.

»Dann wollen wir sie mal herzlich willkommen heißen.«

Tatsächlich begrüßen uns alle, einige schütteln unsere Hände, andere reichen uns belegte Brote, Getränke und Energieriegel, aber ich bin einfach nur froh, nach dem einstündigen Spaziermarsch bergauf durch die Mittagshitze endlich in den bequemen Sitz des angenehm kühlen Busses sinken zu können.

»Da hatten Sie aber Glück, dass wir zufällig vorbeigekommen sind.«

Eine freundlich lächelnde Frau mit violetten Haaren, die vor uns sitzt, hat sich zu uns umgedreht und betrachtet uns neugierig zwischen den Sitzen hindurch.

»Sie sagen es. Meine Enkelin hat sich schon große Sorgen gemacht.«

Kaiser tätschelt meine Hand, während ich die Rolle der liebevollen Enkelin oscarverdächtig mitspiele.

»Und wie. Meine Oma ist nicht mehr so gut zu Fuß unterwegs. Das Alter.«

Kaiser verpasst mir einen Fußtritt, und ich grinse sie frech an.

»Sie hat wohl einen Sonnenstich erlitten, meine liebe Enkelin.«

»Nun, jetzt können Sie sich ja erst einmal etwas ausruhen. Wir sind auf dem Weg in den Defileul Jiului National Park. Der wird Ihre Lebensgeister schon wieder wecken. Ein wirklich wunderschöner Park, wurde uns im Hotel gesagt.«

»Sie haben nicht zufällig eine Zigarette?«

Ehrlich gesagt würde das meine Lebensgeister am ehesten wieder wecken. Doch ich ernte nur einen irritierten Blick, gefolgt von einem Kopfschütteln.

»Hier im Bus herrscht striktes Rauchverbot.«

Kaiser straft mich zusätzlich mit einem strengen Blick.

»Du brauchst keine Zigarette.«

Sie reicht mir einen Müsliriegel.

»Du brauchst etwas Gesundes.«

»Ja, Oma. Danke.«

»Wohin waren Sie denn unterwegs?«

»Bukarest.«

»Eine wunderbare Stadt! Ludwig und ich fahren jetzt schon zum dritten Mal hin. Besuchen Sie dort Freunde?«

»Allerdings.«

Kaiser lächelt höflich, offensichtlich eine Seniorengeheimsprache, denn die Frau vor uns versteht den Wink und wendet sich wieder in Fahrtrichtung, wo sie ihren Mann über das Ergebnis ihrer Recherche informiert.

Elli sinkt entspannt in den Sitz und sieht aus dem Fenster, als wir gerade Obârşia Lotrului passieren. Ein kleines Örtchen mitten in den Südkarpaten, das offenbar über einige Gasthäuser und sogar einen Campingplatz verfügt.

Von dort aus geht es nach Westen. Auch wenn wir eigentlich nach Osten müssten, nehmen wir die kleine Schleife zu den hiesigen Nationalparks gerne in Kauf, denn beim Gedanken an die Alternative tun mir jetzt schon die Füße weh. Außerdem bräuchten wir zu Fuß erheblich länger nach Bukarest als mit der Seniorenkutsche, die uns morgen am frühen Nachmittag an unser Ziel bringen wird. Ich habe meine Kreditkarte mit dieser ungeplanten Mitfahrgelegenheit zwar ziemlich heftig belastet, aber darum kümmere ich mich am Monatsende. Wie wir von dort aus wieder nach Hause kommen, weiß ich allerdings noch nicht. Ein Fernbus oder Zug wird uns schon sicher nach Stuttgart oder zumindest Wien zurückbringen.

Wir fahren weiterhin auf einer schmalen Straße, die sich an felsigen, mit großen Tannen bewachsenen Berghängen entlang durch diesen beeindruckend wilden südlichen Teil der Karpaten schlängelt.

»Schön ist es hier, nicht wahr?«

Tatsächlich ist es schwer, sich der Schönheit der Landschaft zu entziehen. Und so sitzen Elli und ich schweigend im Bus, sehen aus dem Fenster und hängen unseren Gedanken nach. Dabei versuche ich möglichst nicht darüber nachzudenken, wie es Lola wohl gerade geht.

Oder Gabriel. Oder darüber, wie ich gerade dabei war, ihn zu mögen. Also, richtig zu mögen. So, wie ich ihn eigentlich nicht mögen wollte.

Wie uns nach knapp einer Stunde von Manfred über das Busmikrofon erklärt wird, lautet der nächste Halt Defileul Jiului National Park. Es ist ein über elftausend Hektar großer Park, in dem man unter anderem frei lebende Bären, Falken und Wölfe sehen, ein bisschen die Natur genießen und Wildwasserrafting betreiben kann. Nach einer flotten Schätzung des Durchschnittsalters – welches ich rapide senke – frage ich mich, was die Information zum Wasserrafting soll. Niemand hier wird sich in einem kleinen Plastikschlauchboot auf einen wilden Fluss wagen – wobei Ellis Augen bei der Beschreibung dieses nassen Vergnügens kurz etwas aufgeleuchtet haben.

Momentan sitzt sie allerdings wieder ruhig da und sieht sinnierend aus dem Fenster.

»Es tut mir leid, dass wir nicht den direkten Weg nach Bukarest nehmen.«

»Einige Abenteuer gehören wohl dazu. Es ist eben die szenische Route – und auch meine eigene Schuld. Ich wollte ja von der Autobahn abfahren. Jetzt ist es nun mal so, wie es ist. Hauptsache, wir kommen irgendwann an.« Sie atmet tief durch.

»Wenigstens lerne ich so Florins Heimat noch ein bisschen besser kennen.«

Ich sehe zu Kaiser, deren Stimmung sich schlagartig gewandelt hat.

»Und genau genommen ist es ja wunderschön hier. Hättest du vor einigen Wochen geglaubt, dass du eines Tages mit deiner Oma die wilde Schönheit der Karpaten erleben würdest?«

»Du findest immer das Schöne im Chaos, oder?«

»Ich neige einfach dazu, mich weniger aufzuregen. Vor allem über die Dinge, die ich nicht ändern kann. Das geht sonst aufs Herz, und wem wäre geholfen, wenn ich einen waschechten Herzinfarkt kurz vor Bukarest erleide?«

»Bitte nicht noch so einen Schock.«

»Ich gebe mir Mühe. Du nimmst es mir nicht übel, wenn ich ein bisschen die Augen schließe?«

»Solange du sie auch wieder öffnest.«

Elli greift nach meiner Hand, verhakt unsere Finger und schließt die Augen.

»Immer.«

Wenn ich mir Kaiser jetzt mit ihrem Nackenhörnchen anschaue, wie sie unter den ganzen restlichen Senioren kaum auffällt, frage ich mich, was die Zukunft wohl für sie parat hält. Einen letzten Trip in die *Sonnenwende,* wo ich sie vielleicht alle paar Monate besuchen kann?

Wie einfach wäre es wohl, wenn ich wirklich ihre Enkelin wäre? Ein Anruf, und dann könnte sie bei mir wohnen. Meine Wohnung mag vielleicht nicht groß sein, aber momentan reicht es für jede Menge Einsamkeit.

Ein bisschen Gesellschaft würde mir sicher nicht schaden.

Und mit Elli könnte es sogar Spaß machen.

Warum also nicht?

»Wollen Sie vielleicht zu mir ziehen, wenn das alles vorbei ist, Frau Kaiser?«

Ich flüstere die Frage in ihre Richtung, ohne zu wissen, ob sie nicht schon schläft. Aber niemand hört mich. Nicht mal Elli, die bereits ins Land der Träume abgedriftet ist – und meine Hand fest umschlossen hält.

Karla

Defileul Jiului National Park (Rumänien),
6. August 2017, 13:00 Uhr

Um zum Defileul Jiului National Park zu kommen, muss man drei bis sieben Fast-Tode sterben. Zwischen einem steilen Felshang auf einer winzigen Straße, die sich wie eine Schlange um besagten Hang windet, und einem Fluss, der von meinem Sitzplatz aus sehr lebendig aussieht, hupt unser Busfahrer immer dann, wenn er in eine Kurve fährt. Man sollte annehmen, er tut das in einem annehmbaren Tempo, aber weit gefehlt.

Umso erleichterter bin ich, als wir endlich das große gelbe Schild erreichen, das den Eingang zum Nationalpark ankündigt.

Kaiser öffnet die Augen, als wäre sie eigentlich schon die ganze Zeit über wach gewesen, auch wenn ihr gleichmäßiger Atem etwas anderes hat erahnen lassen.

»Kriege ich jetzt meine Hand zurück?«

»Können wir damit warten, bis der Bus heil zum Stehen gekommen ist?«

Vielleicht halte ich ihre Hand etwas fester als nötig, und vielleicht habe ich sie ab und an auch aus Panik gedrückt, aber ich wollte Kaiser sicher nicht wecken.

Wie auf Kommando hält der Bus tatsächlich, und Manfred greift nach dem Mikrofon.

»Okay, wir sind da! Der Spaß kann beginnen. Sie kennen die Regeln: Wir hinterlassen nichts außer unseren Fußspuren und bleiben als Gruppe zusammen.«

»Das klingt machbar. Los, Karla, schauen wir uns Rumäniens bunte Natur an.«

Elli ist und bleibt ein kleines Wunder. Nach der guten Stunde Fahrt ist sie frisch und ausgeschlafen, ihre Augen leuchten voller Tatendrang. Schon folgt sie den anderen Senioren durch den engen Gang im Bus nach draußen.

»Omi, willst du deinen Koffer etwa hierlassen?«

Elli dreht sich irritiert um.

»Na, ich werde ihn sicherlich nicht spazieren tragen.«

Ich sehe sie vielsagend an.

»Ich meine auch nur wegen des ... olympischen Inhalts. Ich weiß nicht, ob er hier so sicher ist.«

Elli schüttelt nur kurz den Kopf und wendet sich dann wieder in Richtung Ausgang.

»Der kommt schon nicht weg.«

»Wie du meinst. Aber ich erinnere nur daran: Wir sind hier in Rumänien.«

»Und wurden bisher ausschließlich von einem befreundeten Deutschen beklaut.«

»Aber wenn der Koffer nachher weg ist, ist es nicht meine Schuld.«

Ich zögere kurz, schnappe mir meine Sporttasche dann aber trotzdem und mache mich ebenfalls auf den Weg.

Die Luft duftet nach Wald und ist hier etwas kühler und frischer, der Himmel über den grünen Baumwipfeln strahlt stahlblau. Das Rauschen des Flusses klingt wie in einer dieser Entspannungs-Apps, die Hochkonjunktur haben, nur viel echter.

»Mir nach!«

Manfred wedelt mit einem roten Schirm als Orientierungskennzeichen, und Elli hakt sich bei mir unter.

»Das wird ein Spaß.«

»Ich freue mich jetzt schon.«

Wie immer ignoriert sie meinen in Ironie getränkten Kommentar und deutet voller Vorfreude um sich.

»Davon werde ich Florin erzählen.«

Inzwischen ist die Möglichkeit, dass wir zu spät dran sind oder er zu früh gegangen ist, gänzlich ins Abseits geraten. Elli genießt die Reise in vollen Zügen, und ich kann nicht anders, als es ihr gleichzutun.

»Weißt du, wem das hier gefallen hätte? Gabriel.«

Sicher. Er würde mit diesem frechen Funkeln in den Augen einen Reiseführer studieren. Auf der Fahrt hierher wären sicher einige Seniorinnen seinem Charme erlegen. Ich weiß, wovon ich spreche, und schiebe den Gedanken daran, ihn zu vermissen, weit von mir.

»Ich glaube, genau deswegen ist er weg.«

»Man kann eben nicht immer planen, mit wem man die beste Zeit hat, nicht wahr?«

»Ja. Leider.« Ihre Falten wirken nicht mehr so tief, jemand hat das Grau in ihrem Blick durch ein klares Blau ersetzt – nur die Lachfalten um ihre Augen, die sind noch mehr geworden. Ich halte das für ein gutes Zeichen.

Nach wenigen Schritten stelle ich fest, dass mein Schuhwerk nicht gerade dem Terrain hier angemessen ist. Es geht einen schmalen Trampelpfad entlang, der für meinen Geschmack etwas zu steil bergauf führt. Peinlich ist aber eigentlich nicht, dass ich zweimal fast ausrutsche, sondern die Tatsache, dass ich die Einzige bin, die nach einigen Metern aus der Puste gerät.

Okay, einige der anderen haben Wanderstöcke, Wanderschuhe und eine deutlich bessere Fitness. Kaiser entgeht das Ganze natürlich trotzdem nicht.

»Sollen wir eine Pause machen?«

»Ich dachte, die fünf Stockwerke in Wien wären heftig gewesen.«

»Nur weiter, Karla, der Ausblick lohnt sich bestimmt.«

»Ich könnte mir doch unten im Souvenirshop auch eine Postkarte vom Ausblick kaufen.«

»Eine Kopie vom Original.«

Sie klammert sich fester an meinen Arm, lässt mich nicht zurückfallen und zieht mich quasi mit über den Weg. Die Frau mit violetten Haaren und Multifunktionshose tuschelt neben uns mit ihrem Mann, der noch volles Haar und vor allem einen beeindruckenden Vollbart hat, dabei sehen beide immer wieder zu uns herüber. Ich werde das Gefühl nicht los, dass sie mich auslachen.

»Wir sind das Unterhaltungsprogramm geworden.«

Unauffällig nicke ich in ihre Richtung, aber Elli winkt nur ab.

»Das will ich schwer hoffen.«

»Was, wenn wir auffliegen?«

»Genieß lieber die Aussicht, Karla. Sorgen haben wir doch schon genug.«

»Haben wir?«

»Natürlich. Oder machst du dir keine Gedanken um Gabriel und wo er wohl landen wird?«

»Nun, ehrlich gesagt …«

… versuche ich, nicht so oft an ihn zu denken, weil ich noch nicht durchschaut habe, wieso er mir mehr fehlt, als ich zugeben will.

Doch statt das zu sagen, zucke ich nur undefinierbar die Schultern, und Kaiser wechselt das Thema.

»Oder wo Lola enden wird?«

»Vermutlich verkauft Gabriel sie Stück für Stück und verschrottet die unverkäuflichen Überreste.«

Der Gedanke, dass meine geliebte Lola so ein Schicksal erleiden wird, bricht mir zusätzlich das Herz.

»Verschrotten? Das soll Gabriel lieber nicht wagen. Dann enterbe ich ihn.«

»Deinen geliebten Enkel enterben?«

»Alles für Lola.«

»Alles für Lola.«

Einen kurzen Moment fürchte ich, losweinen zu müssen.

»Matze fand das immer unfassbar albern. Autos sind schließlich keine Haustiere. Warum sollte man ihnen Namen geben oder an ihnen hängen? Sie sind fahrbares Blech.«

»Dieser Matze klingt nicht besonders nett.«

»Doch, das war er. Wenn man nicht mit ihm zusammengelebt hat.«

»Na, wunderbar.«

Durch die Buchen- und Eschenwälder, die den Weg hier umgeben, kann man den Ausblick, der uns oben erwartet, bereits erahnen.

»Karla, weißt du inzwischen, was du mit deinem Leben in Zukunft machst? Wo siehst du dich in fünf Jahren?«

Keine Ahnung, ob es die Frage oder der Anstieg ist, aber ich bleibe kurz stehen, lege den Kopf in den Nacken und starre nach oben, als ob dort irgendwo die Antwort auf ihre Frage zu finden wäre. Doch außer dem unendlichen Blau und einigen Vögeln, die ihre Flugshow perfekt durchchoreografiert haben, sehe ich nichts, was mir einen Vorgeschmack auf meine Zukunft gibt.

»Nicht an Matzes Seite. So viel steht fest.«

Ich atme tief ein und aus, schmecke die frische Luft in meinen Lungen, die mir nicht mehr so schmutzig vorkommen wie noch vor unserer Abreise.

Herzlichen Dank dafür, lebensrettendes Nikotinpflaster!

»In fünf Jahren sind alle in meinem Alter verheiratet oder erfolgreich im Job, der ihnen eine Finca auf Mallorca finanziert. Ich bin dann noch immer Assistenzärztin in der Facharztausbildung – oder in der *Pinie.*«

Komisch, aber bei der Vorstellung muss ich lächeln.

»Und wäre es so schlimm, wenn du das alles alleine meisterst und nicht den Prinzen auf dem weißen Pferd hast, der dich abends nach einem erfolgreichen Tag bei einem führenden Technikunternehmen abholt und dir ein Memo überreicht, wann du seinen Erstgeborenen entbinden sollst?«

Kaisers Frage drückt auf einen Knopf, von dem ich nicht mal wusste, dass er funktioniert. Oder welche Gedanken er auslöst. Immer und immer wieder bin ich um ihn herumgeschlichen, bis sie ihn jetzt aus heiterem Himmel bedient.

»Nicht für mich.«

Elli hakt sich wieder bei mir ein.

»Und das ist doch das, worauf es ankommt. Was *du* willst.«

Karla

Defileul Jiului National Park (Rumänien),
6. August 2017, 15:00 Uhr

Der Ausblick ist atemberaubend.

Hohe, satte, grüne Berge, Wasserfälle, die sich an graue Felsschluchten bis nach unten in einen fast türkisfarbenen Fluss ergießen, auf dem weiße Wellen rauschen, und ein strahlend blauer Himmel, an dem ein Falke mit ausgebreiteten Flügeln wie der König der Lüfte gleitet. Kaum zu glauben, dass das Rumänien sein soll.

»Sind wir hier etwa in Narnia gelandet?«

»Keine Ahnung, was Narnia ist, aber das hier könnte glatt Mittelerde sein.«

Die unterschiedlichen Generationen mögen uns trennen, aber Elli und ich sehen das Gleiche, wenn wir uns umschauen: einen magischen Ort.

»Hat sich der Anstieg jetzt etwa doch gelohnt?«

»Allerdings.«

Ich mache ein paar Schritte weiter, kann mich kaum sattsehen und atme so tief ein wie vielleicht seit Monaten nicht mehr. Egal, wie anstrengend der Weg hierher war, dieser Ausblick entschädigt tatsächlich für einiges.

»Von hier aus kann ich fast meine Zukunft sehen.«

Dabei deute ich in die Ferne, irgendwo dahinten, wo die Sonne sich bald hinter die Berggipfel verabschieden wird.

»Und was siehst du?«

»Die Eine-Million-Euro-Frage.«

»Was ist dein großer Wunsch für die Zukunft?«

Sie hat es nicht vergessen und folgt meinem Blick, als würde dort tatsächlich die eben genannte Frage auftauchen, nimmt dabei auf der Holzbank neben mir Platz, während die anderen Reisenden ihre Kameras und Snacks auspacken, sich an einen der zahlreichen Tische setzen und jeder den Moment auf seine Weise genießt.

»Ist es a) Eichenparkett, b) eine Karriere als Drogendealerin, c) die große Liebe oder d) die Geschichte mit dem endlich geöffneten Umschlag aus dem Handschuhfach zu beenden …?«

Kaiser klingt sogar ein bisschen wie Herr Jauch, während sie mir die Auswahlmöglichkeiten aufzählt. Jetzt kenne ich die Antwort.

»Es ist definitiv d)!«

Überwältigt von dem Ausblick, meiner Erkenntnis, dass ich endlich wieder weiß, was ich will, und der glasklaren Sicht auf mein zukünftiges Leben lege ich meine Sporttasche ab, lasse mich neben Elli auf die Holzbank fallen und gönne meinen strapazierten Füßen eine wohlverdiente Pause.

»Elli, ich will dich gerne etwas fragen. Ich weiß, dass du erst mal meckern und eigene Regeln fordern wirst, und vielleicht können wir darüber reden, aber …«

Mein Gedankenfluss, der einfach so aus mir heraussprudelt, wird von der Ankunft einiger Park Ranger unterbrochen, die freundlich nicken und zwei große Schäferhunde im Schlepptau haben, die neugierig und vielleicht ein bisschen bedrohlich zwischen den Tischen umherstreifen, vermutlich auf der Suche nach einem Stück Schinken, das zufällig vom belegten Brötchen des Pärchens neben uns herunterfällt.

»Aber?«

Kaiser führt mich zurück zu unserem Gespräch.

»Aber ich dachte mir, vielleicht wäre es gar keine so üble Idee, wenn wir …«

»Alle mal herhören!«

Manfred unterbricht mich, bevor ich zum Punkt kommen kann. Alle drehen ihre Köpfe zu ihm, wie er auf eine Bank geklettert ist und mit seinem geschlossenen Regenschirm wedelt. Die beiden Ranger stehen streng dreinblickend neben ihm.

»Diese Herrschaften möchten noch einmal darauf hinweisen, dass wir keinen Müll zurücklassen dürfen. Der Nationalpark bietet einer enormen Anzahl an Fauna und Flora ein geschütztes Gebiet, von den vielen seltenen Tierarten ganz zu schweigen. Ich bitte Sie also, alles, was sie auspacken und nicht verspeisen, am Ende auch wieder einzupacken. Lassen Sie uns zusammen die Schönheit dieses Ortes genießen und sie bewahren. Vielen Dank.«

Einer der Schäferhunde nimmt hechelnd neben mir Platz und sieht mich an. Leider habe ich aber nichts, was ich ihm anbieten kann, und so lasse ich ihn an meiner Hand schnüffeln und hoffe, dass er mehr Hund als Wolf ist und mich leiden kann.

»Was für eine Idee hast du denn, Karla?«

»Ach so. Ja. Seit wir so viel zusammen unterwegs sind und uns zumindest nicht total ätzend finden, dachte ich …«

Das laute Bellen des Hundes lässt mich fast rückwärts von der Bank fallen.

»Ich habe leider nichts für dich, Hundi.«

Bilde ich mir das ein oder schaut er mich jetzt etwas grimmiger an? Er beginnt gerade damit, an meiner Sporttasche, die neben meinem Fuß liegt, zu scharren. Auch wiederholt er das Bellen einige Male und zieht so die Aufmerksamkeit der gesamten Reisetruppe auf sich – und auf mich. Die Ranger tauschen einen kurzen Blick und sind mit weniger als acht Schritten bei mir.

Schäferhundi bellt noch immer und lässt nicht von meiner Sporttasche ab.

»What's in there?«

Auch wenn es sich hierbei um eine andere Uniform handelt, erinnern mich die beiden doch viel zu sehr an unseren Zwischenstopp an der Grenze.

»Nothing.«

Kaiser und ich zucken die Schultern. Ich habe nur das Nötigste hier reingepackt.

»Open it!«

Wie mir befohlen, hieve ich die Tasche auf den Tisch und öffne sie, damit die beiden Ranger sich selbst von der Harmlosigkeit des Inhalts überzeugen können. Nur Schäferhundi sieht so stolz aus, als hätte er gerade Al Capone persönlich gestellt, dabei mochte ich ihn bis eben noch.

Kaiser lässt sich von der Durchwühlaktion der Ranger nicht irritieren und sieht an ihnen vorbei zu mir.

»Was dachtest du denn nun?«

Bevor ich ein weiteres Mal unterbrochen werden kann, spreche ich es ohne Umschweife aus.

»Die Antwort auf meine Eine-Million-Euro-Frage. Du könntest darin eine Rolle spielen. Ich habe nämlich darüber nachgedacht, ob du nicht mit mir in eine WG ziehen willst. Ich könnte vielleicht deine Pflegerin oder dein Vormund oder so etwas werden. Dann müsstest du nicht in die *Sonnenwende.* Wir könnten uns die Miete teilen, und ich könnte wieder zurück an die Uni.«

»Medizin?«

»Ja.«

Ausgesprochen klingt der Plan noch etwas unausgegoren, und Ellis starrer Blick lässt mich zusätzlich an der Idee zweifeln.

»Also. Nur, wenn du willst. Du kannst natürlich auch zurück in die *Pinie.* Oder in die *Sonnenwende.* Ich dachte nur …«

»Wirklich?«

»Ja. Meine Wohnung ist viel zu leer.«

»Du könntest dir auch einfach ein weiteres Möbelstück kaufen, das wäre einfacher, als eine Seniorin bei dir aufzunehmen.«

»Ich meinte die andere Art von Leere. Außerdem wäre es nicht schlecht, wenn wir uns die Miete teilen.«

»Bist du dir sicher?«

»Es wird Zeit, dass ich aus meinem planlosen Leben aussteige und anfange, es auf die Reihe zu kriegen.«

»Wenn das so ist.«

»Allerdings habe ich nur Laminat.«

Sie lacht kurz und wischt sich über die Augen, vertuscht damit die Tränen der Rührung, die sie niemals zugeben würde, ich aber schon längst gesehen habe.

»Das würdest du machen? Für eine schräge, alte Frau?«

»Nein. Aber für dich jederzeit.«

»Das ist mit Abstand das Schönste, was jemand jemals für mich getan hat.«

Ich tue das Richtige. Nicht nur für sie, sondern auch für mich. Die ganze Welt könnte ich umarmen – angefangen bei dem Park Ranger neben mir, der meine Tasche durchsucht und mich streng ansieht.

»This is not ›nothing‹, young lady!«

Mir fällt erst jetzt wieder ein, dass nicht nur die beiden Ranger, sondern die ganze Reisetruppe mit uns hier in Narnia ist und vermutlich auch das gesamte Gespräch belauscht hat. Der Hund wedelt zufrieden mit dem Schwanz, und man könnte fast meinen, er würde stolz lächeln.

Und alles nur, weil sein Herrchen einen Joint gefunden hat.

In meiner Sporttasche.

Eine Nachricht in Gabriels Handschrift klebt daran.

»Damit es nicht heißt, ich beklaue dich. G.«

Elisabeth

Melbourne, 1. Dezember 1956

»Elisabeth, können wir kurz mit dir sprechen?«

Stettner und Hannelore, die mir eine Standpauke wegen der Feier gehalten hat und nicht meine begeistertste Anhängerin ist, tauchen in der Umkleide für uns Schwimmer auf, wo ich vor dem Rennen noch eine Sekunde für mich sein wollte. Sie sehen mich streng und ernst an. Zum Glück sind wir alleine, weil die meisten bereits draußen sind, um sich das Finale im 150 Meter Freistil der Männer anzusehen.

»Natürlich.«

Dabei ahne ich schon, was sie sagen werden. Ich trage bereits den Badeanzug und lasse meine Schultern langsam kreisen. Entweder es folgt eine Motivationsansprache oder eine erneute Standpauke, beides ist denkbar.

»Wir haben beschlossen, dass es besser ist, wenn du erst zu deinem Rennen in die Halle kommst.«

Stettner wirkt zerknirscht und hat Probleme, mir in die Augen zu sehen.

»Wieso denn?«

»Es ist besser für deine Konzentration.«

»Aber Marie schwimmt später, und …«

Florin startet gleich. Aber ich schaffe es gerade noch, seinen Namen zu verschlucken.

»Marie schafft das nachher sicher auch ohne dich. Außerdem hat sie nur Chancen auf maximal Bronze.«

»Bronze ist auch etwas wert.«

Hannelore lacht kurz auf, aber Stettner schüttelt nur langsam den Kopf, was mich wütend macht.

»Marie wäre sehr stolz auf Bronze.«

»Das kann und soll sie auch sein, aber wichtig ist, dass du wieder zu deiner Konzentration findest, und das wird da draußen nicht möglich sein.«

Stettner findet nun doch meinen Blick.

»Das wissen wir nach deinem Start gestern beide.«

Mich beschleicht das Gefühl, dass sie wissen, was zwischen mir und Florin passiert ist.

»Ich will das Finale von Marie und die 150 Meter Freistil der Männer sehen.«

»Es wird Aufzeichnungen dazu geben.«

Noch nie in meinem ganzen Leben habe ich die Stimme gegen einen Lehrer, einen Trainer oder meine Eltern erhoben und meinen eigenen Willen durchgesetzt, aber irgendwann feiert man eben doch Premieren.

»Aber ich will es mir ansehen! Jetzt! Es ist das große Finale!«

»Du wirst hierbleiben und dich auf deinen Lauf vorbereiten!«

Stettner macht klar, dass er keine Lust auf Diskussionen hat, aber ich habe es satt, immer nur das zu tun, was von mir verlangt wird, also stehe ich auf.

»Sie können mich hier nicht festhalten.«

Damit will ich an ihnen vorbeigehen, aber Hannelore stellt sich mir in den Weg. Dabei lächelt sie herablassend, und ich spüre, wie meine Hände zu zittern beginnen.

»Du willst diesen Rumänen anfeuern, nicht wahr?«

Sie weiß es. Natürlich. Mein erbärmlicher Versuch, sie vom Gegenteil zu überzeugen, hat also nicht gefruchtet.

»Ich will mir die beiden Finale ansehen.«

Bevor ich einen weiteren Schritt machen kann, greift Hannelore nach meinem Oberarm und hält mich heftiger als nötig zurück.

»Du bleibst hier bei mir.«

Stettner hält sich raus, was mir zeigt, dass er mit dieser Entscheidung nicht hundertprozentig einverstanden ist. Und sie vermutlich auch nicht alleine gefällt hat.

»Wie lange geht das schon mit dir und Petrescu?«

»Woher wissen Sie davon?«

»Ich bitte dich. Wir sind nicht blind.«

»Lassen Sie mich los.«

»Nach dem Rennen vielleicht.«

Mein Blick schießt Hilfe suchend zu Stettner, der wieder auf den gekachelten Fußboden starrt und wohl lieber woanders wäre.

»Herr Stettner, ich will doch nur das Rennen sehen.«

»Es tut mir leid, Elisabeth.«

Er kann mir nicht in die Augen sehen, nickt und geht zur Tür, will mich bei diesem Schäferhund hier alleine lassen. Die Wut in meinem Magen brodelt gewaltig, während ich meine Hände erneut zu Fäusten balle.

»Dann werde ich nicht starten.«

Wie angewurzelt bleibt Stettner in der geöffneten Tür stehen.

»Wie bitte?«

»Ich werde nicht starten. Wir werden uns heute mit maximal Bronze von Marie zufriedengeben müssen.«

Hannelore schnaubt verächtlich und denkt, ich würde bluffen, aber ich habe alles so unendlich satt, dass es plötzlich wirklich nicht mehr wichtig ist.

»Das würdest du nicht tun.«

»Das werden wir dann ja sehen, wenn Bahn vier leer bleibt.«

Ich mache mich aus dem Klammergriff los, nehme wieder auf der Bank Platz und habe keine Ahnung, was ich tun werde, wenn es hart auf hart kommt. Aber im Moment spielt das alles keine Rolle.

»Was würden deine Eltern sagen?«

»Es geht nicht um meine Eltern. Es geht darum, was ich will. Seit ich sechs bin, verbringe ich jede Minute außerhalb der

Schule im Schwimmbecken und jage Zeiten, die Sie mir vorgeben. Während meine Freundinnen zusammen etwas unternommen haben, sind mir Schwimmhäute gewachsen!«

Wie zum Beweis halte ich meine Hände in die Luft.

»Dafür hast du diese Chance bekommen, bei Olympia zu starten.«

»Und unterwegs alles andere verpasst. Ich habe alles verpasst! Nun will ich Florins Wettkampf nicht verpassen.«

Stettner sieht zwischen Hannelore und mir hin und her. Er kennt mich über mein halbes Leben und weiß genau, dass ich ein sturer Bock sein kann.

»Aber danach siehst du ihn nicht mehr, bis die Spiele vorbei sind. Verstanden?«

Nein. Nein, ich verstehe nicht, was er sagt. Wie könnte ich Florin nicht mehr sehen? Wie soll ich nicht seine Nähe suchen?

»Sonst muss ich deine Eltern informieren.«

Ich hasse es, dass er meine Schwachstelle kennt und sie gnadenlos ausnutzt. Jedes Mal, wenn meine Eltern auch nur erwähnt werden, verkrampfe ich mich und erwarte, sie kopfschüttelnd zur Tür hereinkommen zu sehen.

Andererseits ist spätestens jetzt klar, dass ich Florin so oder so nicht mehr ohne Weiteres zu Gesicht bekomme. Hannelore wird dafür sorgen. Dann möchte ich ihn wenigstens jetzt beim Start beobachten. Was danach passiert, werden wir sehen.

»Also gut.«

Ich wähle das kleinere Übel. Stettner prüft mit seinem Blick, ob ich die Wahrheit sage, und vermutlich weiß er, dass ich lüge, aber er nickt matt, als ich bereits von draußen die Aufforderung höre, die Schwimmer sollen an die Startblöcke kommen.

»ON YOUR MARKS.«

Hannelore will gerade widersprechen, da schieße ich auch schon los, rutsche dabei fast aus und drücke Stettner einen flüchtigen Kuss auf die Wange.

»Danke.«

Ich renne, so schnell es der rutschige Boden zulässt, schiebe alle aus dem Weg, muss in die erste Reihe, muss wissen, dass er mich sehen kann, und erreiche schließlich die Seite, wo die nicht startenden Schwimmer zusammenstehen und zuschauen. Florin steht auf dem Startblock, wirkt nervös und sieht sich noch immer in der Halle um, obwohl er schon in Position sein sollte. Und dann – findet er mich.

»READY!«

Augenblicklich schaltet er um, ist im Wettkampfmodus, und als der Schuss durch die Schwimmhalle donnert, ist er als Erster im Wasser. Selbst Murray Rose hat das Nachsehen, obwohl er als erstklassiger Starter gilt.

Niemand kann Florin schlagen. Er pflügt mit einer Kraft und Leichtigkeit durch das Wasser, als wäre er in diesem Element geboren. Hat er mich bisher bereits mit seiner Schnelligkeit beeindruckt, so legt er heute noch eine Schippe drauf. Selbst die Zuschauer, die einen klaren Start-Ziel-Sieg von Rose erwartet haben, erheben sich jetzt staunend und jubelnd von ihren Plätzen, da Florin nach der ersten Wende vorne liegt.

Ich brülle meine Begeisterungs- und Anfeuerungsrufe so laut, dass ich spüre, wie meine Stimmbänder es mir übel nehmen, aber für den Fall, dass dieses hier mein letzte Chance ist, Florin aus der Nähe zu sehen und ihn wissen zu lassen, dass ich an ihn glaube, werde ich mich nicht mehr verstecken.

Auch die zweite Wende gelingt ihm nahezu perfekt. Er verliert kaum Zeit, aber Murray zieht an, seine Züge werden größer, kräftiger. Er kommt an Florin heran, kann ihn aber vor der letzten Wende nicht einholen. Alles wird sich auf den letzten fünfzig Metern entscheiden. Es ist ein Kopf-an-Kopf-Rennen, und ich halte den Atem an, als die beiden auf den Beckenrand zukommen. Mein Herzschlag hallt in der Schwimmhalle wider, jeder kann ihn hören, aber es schert mich nicht.

Anschlag!

Von meiner Position sah es zeitgleich aus.

Meine Hände halte ich verschränkt vor der Brust, bete und hoffe, bis mir schwindelig wird, als wäre ich selber dort im Wasser.

Der Wertungsrichter an Bahn vier hebt die Hand.

Bahn vier.

Immer Bahn vier.

Ich springe, weil meine Freude mich dazu treibt, und falle einer ungarischen Schwimmerin spontan um den Hals.

Florin Petrescu, der neunzehnjährige Rumäne, den man vor diesen Olympischen Spielen nicht mal kannte, holt tatsächlich Gold gegen den haushohen Favoriten Murray Rose aus Australien. Die Halle, die bis eben noch ganz auf Roses Seite stand, feuert den Underdog an, der es noch immer nicht fassen kann. Seine Konkurrenten gratulieren ihm, aber er hat nur Augen für das jubelnde Mädchen an der Seite.

Sein Lächeln nach seiner ersten Medaille, das Leuchten, welches von ihm ausgeht, die Siegerfaust. Es brennt sich für immer ein, wird hundertfach von Fotografen festgehalten und sicherlich bald die Titelseiten der rumänischen Zeitungen schmücken.

Gold.

In Bestzeit.

Karla

Defileul Jiului National Park (Rumänien),
6. August 2017, 16:00 Uhr

Park Ranger ist in diesem Teil Rumäniens offensichtlich gleichzusetzen mit der Special Unit der Navy Seals oder so etwas in der Art. Zumindest haben sie eine ähnliche Ausstrahlung – und ähnlich viel Recht, mich erst einmal einzukassieren. Sergiu Nicolescu und Marius Radu, so die Namen der beiden Ranger, haben schnell deutlich gemacht, dass mit ihnen nicht besonders gut Kirschen essen ist. Oder Joints rauchen. Einer der beiden Schäferhunde sitzt neben mir in einer kleinen, überraschend gemütlich eingerichteten Blockhütte und beobachtet mich aus seinen dunklen Knopfaugen genau.

»Das hast du echt toll hingekriegt, Streber.«

Er legt den Kopf schief, und sein Blick wird vorwurfsvoll.

»Selber schuld? Das ist Medizin. Ich bin quasi Apothekerin!«

Der Hund ist wenig überzeugt und legt seine Schnauze auf meinem Fuß ab.

»Ja, ja, halt mich nur weiter als Geisel. Das ist einer der beiden Joints, die eigentlich Frau Zimmermann gehören, aber die ist verstorben. Deswegen sind sie über Umwege wieder in meinen Besitz gewandert.«

Doch mehr als ein tiefes Seufzen des Hundes bekomme ich nicht als Antwort. Die beiden Ranger unterhalten sich unterdessen vor der Tür mit Manfred und Elli, während ich sie durch das Fenster der Hütte hindurch beobachte.

Wie sich herausstellt, ist das Mitführen von Marihuana nicht nur im Nationalpark, sondern in ganz Rumänien eine ziemlich ernst zu nehmende Straftat. Meine Erklärungsversuche scheiterten bisher an meiner Nervosität und der Sprachbarriere. Manfred spricht zwar fließend Rumänisch, ist aber so schockiert, eine »Drogendealerin« an Bord gehabt zu haben, dass er nicht auf meiner Seite steht.

Von meiner Position aus sieht es auch nicht so aus, als ob ich in absehbarer Zeit aus meiner Gefangenschaft entlassen würde. Bewacht werde ich noch immer von dem Schäferhundi, der allem Anschein nach gerade in einen traumlosen Schlaf davondriftet.

»Ich nehme an, du würdest mich nicht davonschleichen lassen, wenn ich dir ein bisschen Schinken verspreche?«

Keine Reaktion.

»Habe ich mir gedacht.«

Dann öffnet sich die Tür. Der Schäferhund springt auf, wechselt von Nickerchen in den Bewachermodus und wird dafür von einem der Ranger getätschelt. Elli kommt hinter ihnen dazu, und ihr Gesicht spricht Bände.

»Brauche ich einen Anwalt?«

»Sieht ganz so aus. Die wollen dich nicht gehen lassen, bevor die Polizei hier ist und die Sache übernimmt.«

»Aber hast du ihnen erklärt, dass …«

»Ich habe ihnen alles erklärt.«

»In VHS-Rumänisch?«

»Ich habe mein Bestes gegeben. Manfred war leider keine große Hilfe. Du musst erst mal hierbleiben.«

»Das geht nicht!«

Das Knurren des Hundes, als ich aufstehe, lässt mich in meinen Bewegungen innehalten.

»Du musst nach Bukarest. Wir können jetzt nicht hier festgehalten werden.«

Elli steht zerknirscht vor mir und wirft einen kurzen Blick über die Schulter zu Manfred, der ungeduldig wartet.

»Nun, wie es scheint, werden nicht *wir* festgehalten.«

»Was?«

»Manfred hat angeboten, mich trotzdem nach Bukarest mitzunehmen, da ich schließlich nichts von deinem Drogenkonsum wusste …«

Sie hebt die Hand und wird lauter, als sie weiterspricht.

»… von dem ich schrecklich, schrecklich enttäuscht bin, Karla. Sehr enttäuscht. Wie konntest du mir das nur antun?«

Es folgt eine schallende Ohrfeige, die Manfred mit einem zustimmenden Nicken kommentiert.

»Autsch.«

Kaisers Miene wechselt zu entschuldigend. Sie greift nach meiner Hand und spricht flüsternd weiter.

»Sobald ich in Bukarest bin, hole ich dich hier raus.«

Mein Herz trommelt gegen meine Rippen, ein hektischer Beat irgendwo zwischen Panik und Freude.

»Das ist großartig, Elli. Wichtig ist, dass du nach Bukarest kommst. Irgendwie werde ich das hier schon klären.«

»Ich habe kein gutes Gefühl dabei.«

»Unsinn. Der Plan war, dich heil zu Florin zu kriegen, oder?«

Sie nickt niedergeschlagen.

»Ich schaffe das hier schon.«

Auch wenn ich nicht die geringste Ahnung von der rumänischen Gesetzgebung habe und mich bereits lebenslänglich hinter Gittern sehe. Zumindest steigen dann die Chancen, dass mein Leben verfilmt wird.

»Soll ich nicht doch lieber bei dir bleiben? Ich spreche Rumänisch.«

»Und willst du den Richter fragen, wann der nächste Zug nach Braşov geht? Du musst weiter.«

Ihre Zeit läuft davon, nicht meine.

»Versprich mir nur, dass du vielleicht eine Onlinepetition startest, falls ich im Knast lande.«

Sie lacht kurz auf, gleichzeitig sammeln sich Tränen in ihren

Augen, als sie die Arme – trotz knurrenden Widerspruchs des Hundes – um mich legt und mich festhält.

»Ich danke dir für alles, Karla.«

Endlich bekomme ich die Information, auf die ich seit dem Krankenhaus warte.

»Für jedes Schlagloch auf dem Weg hierher, für jeden Kilometer und jede Erinnerung, die ich sammeln durfte. Dafür, dass du einen sechzig Jahre alten Traum in Erfüllung gehen lässt.«

Auch wenn sie noch nicht am Ziel ist, weiß ich, dass sie es schaffen wird.

»Gern geschehen.«

Komisch, so hatte ich mir unseren Abschied gar nicht vorgestellt. Ich wollte dabei sein, wenn sie Florin wieder in die Arme schließt, wenn die beiden verliebt ihre Erinnerungen von damals zusammen aufleben lassen und Hand in Hand durch einen Park schlendern.

»Mach dir keine Sorgen um mich.«

Das soll überzeugend und selbstsicher klingen, während in Wahrheit mein Herz in meiner Brust immer tiefer rutscht, wenn ich in die grimmigen Gesichter der Park Ranger blicke, die die Körpermaße eines dreitürigen IKEA-Schranks haben.

»Wir sehen uns dann in Stuttgart.«

»Ja, in Stuttgart.«

Sie lässt mich nur sehr zögernd los, drückt meine Hand, und ihre Unterlippe zittert. Schnell gibt sie mir einen Kuss auf die Wange und dreht sich um, bevor ich ihre Tränen fließen sehen kann.

Manfred nimmt Elli in Empfang, hat nur ein enttäuschtes Kopfschütteln für mich übrig und führt sie langsam von der Hütte weg. Einen Moment sehe ich ihnen nach, wie sie sich entfernen und mich meinem Schicksal, den Park Rangern und dem Hund überlassen.

Auf dem Tisch liegt eine Tüte mit dem Beweismittel, dazu Gabriels Notiz. Da meint es der Typ einmal gut mit mir und reitet mich so tief in den Mist, dass ich wie Artax aus *Die unendliche Geschichte* in den Sümpfen der Traurigkeit verende. Wäre es nicht so ernst, würde ich jetzt am liebsten laut darüber lachen.

Aber Sergiu und Marius sehen nicht gerade so aus, als ob sie wahnsinnig viel Humor hätten, also lasse ich mich endgültig wieder in den mir zugewiesenen Stuhl sinken und fühle mich platt, erschlagen und ausgelaugt. Als würden die ganzen Strapazen der Reise jetzt alle auf einmal meine Aufmerksamkeit verlangen.

Zu meiner Überraschung lächle ich vor mich hin.

Denn Kaiser kommt trotzdem nach Bukarest.

Um alles andere kümmern wir uns später.

Karla

Defileul Jiului National Park (Rumänien),
6. August 2017, 20:00 Uhr

Die Sonne geht unter. Ich sitze noch immer in besagter Blockhütte, habe inzwischen zwei Mititei – ein rumänisches Nationalgericht, nämlich gegrillte Hackfleischröllchen – mit etwas Brot gegessen und sehe Sergiu und Marius dabei zu, wie sie Karten spielen. Beide Hunde schlafen unter dem Tisch, während ich auf mein Handy starre, welches langsam, aber sicher keinen Akku mehr hat – dafür aber drei Striche Empfang. Wer hätte gedacht, dass es hier nicht nur Wölfe, Adler und Elche, sondern auch ein gutes Handynetz gibt? Ich habe die letzten Stunden damit verbracht, herauszufinden, was mir Drogenbesitz in Rumänien einbringen kann. Nur so viel zu meiner bisherigen Recherche: nichts Gutes.

»Entschuldigung …?«

»Da?«

Inzwischen habe ich nämlich außerdem gelernt, dass Sergiu ein bisschen Deutsch spricht, was ich seither gnadenlos ausnutze.

»Kommt die Polizei heute noch?«

»Keine Ahnung.«

»Das habe ich mir nämlich schon gedacht. Ich frage … weil … Wo soll ich denn übernachten?«

Sergiu und Marius wechseln einen Blick, beide zucken mit den Schultern, und ihnen scheint langsam, aber sicher klar zu werden, dass sie mit mir ein kleines Problem bekommen könnten.

»In Dorf gibt es Hotel.«

Ein Hotel, aus dem ich abhauen könnte, bevor die Polizei aufschlägt.

»Oder Campingplatz. Günstiger.«

»Ja, aber was ist mit der Polizei?«

Wieder zucken sie die Schultern.

»Vielleicht kommt. Vielleicht kommt nicht. Vielleicht jagt echt Kriminelle.«

Aha. Ich habe also die letzten Stunden aus Spaß und reiner Freude hier gesessen und mich mental auf eine dreijährige Haftstrafe vorbereitet?

»Und in der Zwischenzeit mache ich was?«

Wieder tauschen die beiden Blicke und Karten.

»Vielleicht du gehst, wenn wir beschäftigt.«

Das ist ein Trick. Sie wollen sehen, wie viel kriminelle Energie wirklich in mir steckt. Bin ich nur eine harmlose Drogensüchtige – zum Glück wissen sie nichts von meiner Miniplantage zu Hause – oder auch bereit, wie Harrison Ford »auf der Flucht« zu leben? Ich bewege mich keinen Zentimeter, obwohl mein ganzer Körper sich anfühlt, als wäre er schon auf dem Weg nach draußen. Sergiu mischt die Karten neu, Marius deutet auf die Tüte mit dem Beweismittel.

»Der hierbleiben. Als Bezahlung.«

»Bezahlung wofür?«

»Dass wir wegsehen.«

Er teilt in aller Ruhe die Karten aus und dreht sich dann in seinem Stuhl so weit, dass er mich ansehen kann.

»Geh an Straße entlang bis zu Ausgang, nimm Taschenlampe.«

»Was, wenn mich ein Wolf überrascht?«

»Dann schnell rennen!«

Beide lachen über den bescheuerten Witz, der mir Schweiß auf die Stirn und Panik in den Brustkorb treibt.

»Ha, ha.«

Marius atmet genervt aus, und ich sehe schon kommen, wie sie es sich anders überlegen und mich hier in der Blockhütte festhalten. Doch stattdessen öffnet er nur die Schublade, fischt eine kleine Dose mit Pfefferspray heraus und wirft sie mir zu.

»Hier oben kaum Wölfe. Weiter unten mehr.«

Sergiu nickt auf die Taschenlampe, die auch als Totschläger durchgeht.

»Nimm die mit. Die haben Angst vor Licht.«

»Ich nehme an, keiner von euch wäre so nett und würde mich heil bis zum Ausgang begleiten, oder?«

»Wir sind beschäftigt mit Karten. Und wegsehen.«

Das sind sie allerdings. Ich sollte lernen, die Klappe zu halten, wenn die Gefängniswärter so nett sind und alle Augen zudrücken.

Langsam greife ich nach meiner Sporttasche und der Taschenlampe, noch immer nicht ganz sicher, ob das nur ein gemeiner Scherz ist, aber selbst als ich die Tür erreiche, machen die beiden keine Anstalten, mich aufzuhalten.

»Also, ich gehe dann jetzt.«

»Tschüss.«

»La revedere.«

Und dann bin ich draußen.

Einfach so.

Es ist nicht so dunkel, wie ich angenommen habe, dennoch schalte ich die Lampe ein und leuchte die Umgebung einmal ab. Keine Wölfe und auch sonst keine Tiere, die mich anfallen könnten. Wenn man von den lästigen Flatterinsekten mal absieht, die meine Taschenlampe magisch anzieht.

Inzwischen dürfte Elli schon im Hotel in Haţeg sein und nach heute Nacht in Bukarest. Morgen Nachmittag wird sie Florin treffen können, und genau dieser Gedanke treibt mich an, schneller zu gehen.

Das – und die Angst vor Wölfen.

Die Straße entlang, mitten in der transsilvanischen Wildnis, ohne Plan, wie es von hier aus weitergehen soll.

Irgendwo in der Ferne heult ein Wolf. Sofort zücke ich das Pfefferspray, bereit, es in die Nacht zu sprühen, egal, was aus dem Busch da vorne kommt. Vielleicht war meine Flucht doch keine so gute Idee.

Mein Handy hat noch sieben Prozent Akku und nach wie vor drei Striche Empfang.

Nur habe ich niemanden, den ich anrufen könnte. Zumindest niemanden, der mit mir reden wollen würde.

Trotzdem wähle ich eine Nummer, von der ich nicht mal sicher weiß, ob sie noch zu einer mir ehemals vertrauten Stimme gehört.

Es ist spät.

Es klingelt.

»Hallo?«

Ein Wort, das alle Erinnerungen zurück in mein Leben lässt.

»Hallo Matthias, ich bin es, Karla.«

Er wird auflegen.

»Karla?«

Er spricht meinen Namen noch immer so aus wie damals bei unserem ersten Date, als wir uns auf einem Clubkonzert seiner Lieblingsband anschreien mussten, damit wir uns verständigen konnten.

»Ja, ich bin es.«

»Was verschafft mir die Ehre?«

Seine Stimme klingt so kühl, dass ich eine Gänsehaut auf meinen Armen verspüre.

»Ich wollte dir nur sagen, dass ich weiterstudieren werde.«

»Deswegen rufst du an?«

»Auch.«

»Es kommt also noch mehr?«

Obwohl wir noch keine zwei Minuten telefonieren, klingt er jetzt schon genervt. Was ich ihm nicht verübeln kann.

»Ja. Ich wollte dir sagen, dass Lola mehr als nur ein Auto ist und Ärzte auch emotionale Menschen sein dürfen. Gabriel sieht das auch so.«

»Wer ist Gabriel?«

»Der Anhalter, den wir mitgenommen haben.«

»Wir?«

»Elli und ich.«

»Wer ist Elli?«

»Oh, Frau Kaiser, die alte Dame, die mich erpresst.«

»Karla, wo bist du?«

»In Rumänien.«

Er lacht leise, was zu meiner Überraschung weder bitter noch höhnisch klingt, sondern nach dem Matze, den ich damals kennengelernt habe.

»Bist du betrunken?«

»Nein.«

Er zögert kurz.

»Du bist also wirklich in Rumänien?«

»Ja. Alleine, mitten im Wald.«

»Wo ist diese Frau Kaiser?«

»Auf dem Weg zu ihrer großen Liebe.«

Er lacht überrascht auf.

»Du erlebst wohl richtige Abenteuer, seitdem du weg bist.«

Seitdem ich weg bin.

»Einige, ja.«

»Will ich wissen, was du genau in Rumänien machst?«

»Das ist eine lange Geschichte.«

»Willst du sie mir erzählen?«

»Nicht wirklich. Mein Akku ist gleich alle.«

Stille am anderen Ende der Leitung.

»Dann erzähle ich dir etwas. Dauert auch nicht lange. Ich wohne jetzt in Hamburg. Verrückt, oder? Dabei mochte ich den Norden nie.«

Hamburg. Eichenparkett. Er ist weg aus Stuttgart, weil die Stadt zu eng für uns beide wurde. Dafür bin ich fast dankbar, da ich ihm jetzt nicht einfach so über den Weg laufen kann. Kein Grund mehr, bis zum REWE nach Zuffenhausen zu fahren, aus Angst, an der Käsetheke plötzlich auf ihn zu treffen und nicht zu wissen, was ich sagen soll oder wie ich mich unauffällig hinter einem Einkaufswagen verschanze.

»Was hat deine Meinung geändert?«

»Daniela.«

Daniela also.

»Wir wohnen jetzt zusammen.«

Er hat eine neue Freundin. Sein Herz ist nicht kaputtgegangen. Ich sehe zum Himmel, an dem sich zwischen all den Baumwipfeln wieder Sterne tummeln, und sende einen dicken Dank an die Gottheit, die jetzt gerade Nachtschicht hat.

»Das ist schön, Matze.«

Er lacht wieder, und ich befürchte schon, jetzt platzt alles heraus, was er hinter der freundlichen Small-Talk-Fassade versteckt gehalten hat.

»Entschuldige, aber außer dir nennt mich niemand mehr Matze. Schön, das mal wieder zu hören.«

»Ich hoffe, du wirst glücklich da oben im Norden.«

»Das bin ich schon. Wie sieht es bei dir aus? Jemand Neues auf dem Schirm?«

»Ja und nein.«

Nicht jemanden, wie er es meint, aber da ist jemand, der mein Leben auf den Kopf stellt. Genau genommen sind es sogar zwei Menschen – wobei mir einer davon jetzt lieber nicht über den Weg laufen sollte.

»Aber bist du glücklich?«

»Das werde ich sein, sobald ich aus diesem Chaos hier wieder herausgefunden habe.«

Damit meine ich diesen Nationalpark, der sich bei Nacht als Labyrinth der Herzkönigin aus *Alice im Wunderland* ausgibt.

»Aber ja, insgesamt bin ich glücklich.«

Matze sagt nichts mehr. Möglich, dass er aufgelegt hat oder ich meinen guten Empfang verloren habe.

»Du hattest übrigens recht: Wir zwei waren gut für eine kleine Weile. Aber nicht für immer. Das weiß ich jetzt auch.«

Er klingt nicht mehr so enttäuscht, wie alles klang, was er mir am Hochzeitstag ins Gesicht gebrüllt hat. Ganz im Gegenteil, er hört sich zufrieden an.

»Und ich war auch nicht immer ganz fair zu dir.«

»Da kann ich dir nicht widersprechen.«

»Ich wollte nur einfach, dass alles so läuft, wie ich es geplant habe. Ich wollte, dass wir es am Ende gut haben. Ein Haus, einen Garten …«

Unwillkürlich muss ich an Heinrich denken. Daran, wie er immer nur das Beste für Elli wollte und dabei nie genau genug hingesehen hat.

»Ich weiß.«

Wir schweigen einen Moment.

»Aber es ist schon spät, Karla. Kann ich noch irgendwas für dich tun?«

In einigen Metern Entfernung taucht das beleuchtete Häuschen am Ein- und Ausgang des Parks aus. Kein Wolf hat mich angefallen, kein Elch überrannt. Alles ist gut gegangen.

Ich habe endlich zum Ausgang gefunden. Raus aus meinem Lebenslabyrinth.

»Nein, alles in Ordnung. Schlaf gut, Matze.«

Damit lege ich auf und weiß, dass Kaiser recht hat. Es geht endlich darum, was ich will.

KAPITEL EINUNDACHTZIG

Elisabeth

Melbourne, 1. Dezember 1956

Ich atme so tief ich kann in meinen Bauch, versuche, meine rasenden Gedanken in Schach zu halten und meinen Fokus auf das anstehende Rennen – das Finale – zu richten.

Doch immer wieder ertappe ich mich dabei, wie ich lächle, wenn ich an Florins Wettkampf, seinen Sieg und den tosenden Applaus der Zuschauer denke. Das Gefühl von Stolz flutet meinen Brustkorb. Weil er es geschafft hat. Er und Marie, die in ihrem Rennen nach einer nervenaufreibenden Aufholjagd tatsächlich Bronze geholt hat. So, wie sie sich gefreut hat, könnte man allerdings meinen, sie hätte Gold und einen neuen Weltrekord ergattert. Selbst Stettner hat sich von ihrer Freude über die Medaille anstecken lassen, was mich ganz besonders gefreut hat.

Nur Hannelore hatte nicht mal ein Lächeln übrig.

Ich drehe meinen Kopf nach links und erkenne sie, wie sie an der Tür zur Schwimmhalle lehnt, als wäre sie ein abgestellter Wachhund, der mich keine Sekunde aus den Augen lässt. Als sie meinen Blick bemerkt, breitet sich ein kühles Lächeln auf ihrem Gesicht aus.

In wenigen Minuten findet mein großes Rennen statt, und ich bin hier eingesperrt mit dieser Frau.

Beim Gedanken an das Finale legt mein Herzschlag einen Zwischenspurt ein, und meine Hände beginnen zu zittern. Schnell schließe ich die Augen, atme wieder tief ein, als ich höre, wie die Tür sich öffnet.

Falls Stettner mir jetzt noch ein paar Tipps geben will, kommt er zu spät. Vermutlich habe ich das Schwimmen in den letzten vier Minuten ohnehin verlernt. Weiß ich noch, wie das geht?

Doch es ist Maries Stimme, die aufgeregt mit Hannelore spricht. Ich öffne die Augen und sehe, wie sie ganz aufgelöst nach Hannelores Hand greift und nach draußen deutet.

»Eva-Marie braucht dringend Hilfe …«

Sofort will ich aufstehen und fragen, was passiert ist, aber Maries Seitenblick – mit einem frechen Augenzwinkern garniert – beruhigt mich und entgeht Hannelore, die sofort nach draußen stürzt und mich alleine lässt.

Unbeobachtet.

Unbewacht.

Bevor die Tür hinter ihnen ganz ins Schloss fallen kann, wird sie schon wieder geöffnet und Florin, im offiziellen Trainingsanzug der rumänischen Mannschaft, taucht auf. Mein Herz macht einen mir inzwischen vertrauten Hüpfer, und ich springe auf und stürze auf Florin zu, der mich mit offenen Armen empfängt.

»Gold!«

Er hält mich so fest, dass sowohl die Panik als auch die Aufregung vor dem Finale einfach so verschwinden.

»Für dich, Elli.«

Ich bedecke sein Gesicht mit Küssen, die er lachend und halbherzig abwehren will.

»Ich bin so stolz auf dich!«

»Danke.«

Fast kann ich spüren, wie viel es ihm bedeutet.

»Nicht schlecht für diesen unbekannten Rumänen, oder?«

Sanft nehme ich sein Gesicht in meine Hände.

»Die Welt wird deinen Namen kennen. Jeder Nachwuchsschwimmer wird dich anhimmeln und so sein wollen wie du.«

Ich küsse schnell seine Lippen.

»Und alle Mädchen werden sich hoffnungslos in dich verlieben.«

»Ich hoffe ja noch immer, dass sich dieses eine Mädchen in mich verliebt.«

»Das hat sie doch schon längst.«

Und er sollte es wissen. Dabei habe ich es ihm vielleicht nie deutlich genug gesagt. Weil ich auf diesen besonderen Moment gewartet habe. Auf Kerzenschein, auf Musik und auf Sternschnuppen am Himmel.

Doch jetzt, zwischen Umkleiden, Ruhebereich und Schwimmhalle ist der perfekte Moment, um das zu sagen, was mein Herz schon lange weiß.

»Ich liebe dich, Florin.«

Doch bevor er antworten kann, wird die Tür hinter uns geöffnet, und Maries Kopf taucht auf.

»Sie kommt zurück!«

Automatisch halte ich Florins Hände fester, weil ich weiß, dass er wieder verschwinden wird. Weil wir nie genug Zeit haben. Er lässt mich los, greift in die Jackentasche und zieht eine kleine Karte hervor.

»Olympic Arts Festival. Morgen.«

Dann küsst er meine Wange und lächelt zuversichtlich.

»Viel Glück da draußen. Ich glaube an dich.«

An der Tür bleibt er noch mal stehen.

»Und nicht vergessen: Zähl die Züge, Elli.«

Dann ist er verschwunden, bevor ich etwas sagen oder fragen kann. Marie zieht die Tür hinter ihnen zu, und ich bin alleine.

Nur ich, die Karte zu einem Konzert morgen Abend in der Schwimmhalle in meiner Hand, und ein aufgeregt schlagendes Herz.

KAPITEL ZWEIUNDACHTZIG

Karla

Kloster Lainici (Rumänien), 7. August 2017, 06:00 Uhr

Ein Schlafplatz in einer billigen Hütte, in der drei Backpacker aus Ungarn schlafen, ist alles, was sie mir angeboten haben, als ich nach einem stundenlangen Spaziergang durch die sternenklare rumänische Nacht gegen Mitternacht am Campingplatz neben dem Kloster Lainici angekommen bin, aber ich hätte auch eine Parkbank angenommen, so müde, wie ich war.

Die gefühlt einhundert Kilometer zu Fuß, die hinter mir liegen, bin ich das letzte Mal in einem anderen Leben gelaufen. Oder vielleicht auch noch nie. Meine Füße taten schon nach einer Stunde weh. Die sich wenig später aufgetane Blase an der Ferse verströmte einen sehr eigentümlichen Schmerz, und dieser trug schnell dazu bei, dass ich einen leicht watschelnden Gang annahm. Platz für Fußgänger gab es auf der Straße, die mich zum Campingplatz führte, übrigens nicht. Demnach musste ich irgendwo zwischen Leitplanke und Brennnesselpflanzen tapfer sein. Aber »Schlafplatz« klang einfach so unendlich verlockend, dass ich alles in Kauf nahm. Das Seitenstechen meldete sich immer mal wieder, jeder Schritt tat weh, und ich wusste genau, dass ich mich auch hier an den Straßenrand setzen und weinen könnte. Weil es, mal wieder, nicht so lief, wie von mir erhofft. Irgendwann würde schon jemand anhalten, mich mitnehmen oder im Worst-Case-Szenario meine Leiche identifizieren.

Aber ich würde diesmal nicht hinschmeißen und einfach aufgeben. Ich würde weiterkämpfen. Also machte ich einen Schritt nach dem anderen, auch wenn sie wehtaten und mein Kopf sich wie ein mit Helium gefüllter Ballon auf meinen Schultern anfühlte.

Als ich endlich am Campingplatz ankam, der direkt neben einem alten Kloster am Fluss Jiu gelegen ist, und der Nachtwächter dann auch noch Erbarmen mit mir hatte und mir ein Bett in besagter kleinen Hütte für Wanderer zuwies, konnte ich mein Glück kaum fassen. Ebenso wenig wie die Schmerzen in meinen Füßen.

Selbst jetzt, am nächsten Morgen, tun mir die Beine noch weh, als ich mich langsam in dem Hochbett ausstrecke und mir den Ellbogen an der Holzwand anschlage.

Kurz hoffe ich, alles wäre nur ein böser Albtraum, aus dem ich zu Hause in meinem eigenen Bett erwache, aber die Realität hat sich nicht verändert. Ich bin irgendwo in Rumänien gestrandet. Ohne Elli. Ohne Lola. Ohne Handschellen. Wenigstens diesem Abenteuer konnte ich entgehen.

An der Decke über mir sitzt eine fette Spinne, die sich wohl noch überlegt, ob ich einen Biss wert wäre, aber so lange werde ich nicht mehr hier sein. Meine Uhr verrät mir, dass es schon kurz nach sechs Uhr ist, und mein Magen meldet sich mit einem grimmigen Knurren, weil er nach Nachschub verlangt. Müde reibe ich mir die Augen und sehne mich nach einer Tasse Kaffee – und einem flotten Spruch von Elli.

Erstaunlich, wie schnell man sich an Menschen gewöhnt, wenn man nur genug Zeit miteinander auf einem abenteuerlichen Roadtrip voller Katastrophen verbringt.

Die Ungarn schlafen noch tief und fest. Also sammle ich mein Zeug hastig und doch so leise wie möglich zusammen und trete in die kühle Morgenluft, die noch frischer als gestern schmeckt. Bei Tageslicht bemerke ich erst, wie unglaublich schön dieser Ort ist. Mich überrascht nicht nur der Sandstrand, den ich überall, aber nicht hier erwartet hätte. Das Wasser des Flusses Jiu fließt ruhig, fast entspannt am Strand entlang, und die Bäume spenden Schatten, den ich schon jetzt dankend annehme. Diese Ruhe ist gespenstisch und beruhigend zugleich, weil so früh außer mir nur wenige Wanderer unterwegs sind. Die Sonne ist gerade erst aufgegangen, der Himmel hat sich noch nicht entschieden, ob er blau wird oder noch eine kleine Weile in diesem Morgenrot verweilen will. Ein Anblick, den ich nicht gewöhnt bin, da ich um diese Uhrzeit meist noch schlafe oder mich auf die andere Seite drehe, auf der Jagd nach dieser halben Stunde, die man sich vor dem Alltagsstress noch gönnen will.

Obwohl ich es eilig haben sollte, atme ich erst einmal tief durch und beginne damit, meine Schultern kreisen zu lassen, so wie Elli es immer macht. Ich strecke die Arme über den Kopf, verschränke die Finger und dehne mich ausgiebig, bevor ich mich vornüberbeuge und die Arme so locker wie möglich hängen lasse.

Meine Fingerkuppen streifen meine Schuhe.

Nicht übel, Karla.

Elli wäre stolz auf mich. Gut, ich kann meine Zehen nicht umklammern, aber ich berühre meine Füße!

Und das ist ein ziemlich guter Anfang, meine Liebe!

Mit einem Lächeln richte ich mich wieder auf und beobachte die Sonne, wie sie über dem letzten Berggipfel aufsteigt und die felsige Spitze orange, fast golden, eintaucht.

Gar kein schlechter Einstieg in den Tag. Ich wünschte nur, Elli wäre hier, um dieses Schauspiel ebenfalls zu sehen – und damit ich ihr stolz berichten könnte, wie nah ich meinen Füßen bei der Dehnübung komme. Am Eingang zum Kloster treffe ich auf zwei junge Engländerinnen, die mir erzählen, dass sie gleich nach Petroşani aufbrechen, eine Stadt etwas außerhalb des Nationalparks dreißig Minuten nördlich von hier.

Dort gäbe es sicherlich einen Bahnhof und – noch viel besser – Kaffee. Wer hätte gedacht, dass so etwas für mich mal nach Paradies klingen würde?

Also steige ich hungrig, aber glücklich zu zwei Wildfremden ins

Auto und lasse mich durch Narnia kutschieren, bis wir die ersten Zeichen der Zivilisation – Container und Bauarbeiten am Flussbett – sehen und langsam auch die Schluchten und Straßen wieder breiter werden.

Je weiter ich mich vom Nationalpark entferne, desto mehr drehen sich meine Gedanken um Elli. Wenn das hier eine gute Welt ist, dann ist sie jetzt schon auf dem direkten Weg zu ihrem Florin und dem verdienten Happy End.

Wer hätte ahnen können, dass sich fünf Kilometer wie fünfzig anfühlen?

Als ich in Petroşani den ersten Schluck meines Kaffees trinke und spüre, wie das Koffein sofort den Katalysator meines Körpers anwirft, geht es mir schlagartig besser.

Das kleine Café, an dem mich Dana und Lauren rausgelassen haben, ist uralt. Das verraten die Poster an den Wänden, die zu Filmen und Musikern gehören, von denen ich noch nie etwas gehört habe oder die schon längst tot sind. Über der Theke hängt ein Foto von James Dean, wie er lässig an seinem Porsche lehnt. An der Türe zu den Toiletten erkenne ich Sophia Loren – und zwar in jungen Jahren. Der ältere Besitzer, der sich mir als Ion vorstellt, spricht wenig Deutsch und kennt nur die Klassiker der unverfänglichen Unterhaltung.

»Wie geht es dir? Gut? Ja. Gut.«

Aber er hat ein freundliches Lächeln und empfiehlt mir eine Art Pfannkuchen, den man mit einem Berliner gekreuzt hat und dessen rumänische Bezeichnung *Papanaşi* ich garantiert falsch ausspreche. Doch Ion lacht und nickt.

»Papanaşi, ja. Gut! Sehr gut!« Zu meiner großen Erleichterung darf ich mein Handy an der Steckdose neben meinem Tisch laden und bekomme sogar noch eine Flasche Wasser kostenlos, weil ich so erschöpft aussehe.

Außer mir ist niemand im Café, und Ion fragt, ob er mir Gesellschaft leisten darf, was ich bejahe. Sofort nimmt er mit seinem Kaffee an meinem Tisch Platz.

»Deutschland schönes Land. Ja, ja.«

»Ja, es ist sehr schön. Rumänien aber auch.«

Er nickt, wie immer lächelnd, und ich habe keine Ahnung, ob er mich versteht oder einfach nur wahnsinnig gastfreundlich ist.

»Wie geht es dir?«

Eine Frage, die ich schon beim Betreten des Cafés beantwortet habe, der ich mich jetzt aber nach der kleinen Stärkung noch mal etwas ausführlicher widme.

»Ich bin ziemlich müde und etwas verloren, aber sonst geht es mir gut.«

»Gut. Bun. Da. Ja, ja.«

Englisch spricht er nicht, also nehme ich die App »Speaking Translator« auf meinem Handy zu Hilfe und erfahre, dass er dieses Café schon sein ganzes Leben hat, nie weg war und auch nicht wegwill. Seine Frau ist schon eine ganze Weile tot, seine Tochter lebt jetzt im etwa dreihundert Kilometer entfernten Braşov. Für ihn selbst ist das hier der schönste Fleck auf der ganzen Welt – was er natürlich nicht wissen kann, wenn er noch nie woanders war, aber er schaut Fernsehen, und was er da sieht, gefällt ihm nicht. Also bleibt er lieber in seinem friedlichen Café am Fuße der Karpaten und schenkt großzügig Kaffee nach. Er fragt, ob ich auch so einen Selbstfindungstrip mache, wie so viele, die bei ihm vorbeikommen. Obwohl ich wohl nicht in die klassische Kategorie falle, nicke ich. Es ist verrückt, dass ich mich dank dieser App mit einem Mann unterhalten kann, der mich sonst nicht verstehen würde und dessen Fragen für mich nach einer Mischung aus Italienisch und Latein klingen – natürlich immer mit den Vokabeln, die ich gerade nicht gelernt habe.

Wieso ich mich für Rumänien und nicht ein anderes Land für meinen Urlaub entschieden habe, will er wissen. Die ganze Wahrheit kann ich nicht erzählen, weil ich damit wohl die App überfordern würde und sie selbst für mich zu abenteuerlich klingt. Also sage ich nur, dass ich auf der Suche nach Florin Petrescu bin, dem ehemaligen Schwimmstar.

Bei diesen Worten nickt Ion ganz versonnen, lächelt traurig und sieht an mir vorbei.

»Florin Petrescu.«

Ich wünschte mir, wir würden doch die gleiche Sprache sprechen, weil ich ahne, dass er mir dazu einiges zu erzählen hätte, aber stattdessen sagt er nur einen einzigen Satz, den ich mir übersetzen lassen muss.

Und dieser Satz reißt mir das Herz heraus.

»Ach, Florin, was für eine Tragödie.«

KAPITEL DREIUNDACHTZIG

Karla

Petroşani (Rumänien), 7. August 2017, 08:00 Uhr

Ion hat versprochen, mich zum Bahnhof zu fahren, und dafür extra sein Café geschlossen. Etwas, das – wie er sagt – in über vierzig Jahren noch nie passiert ist. Aber für mich macht er liebend gerne eine Ausnahme.

Allerdings fährt er seinen uralten Dacia 1300, der in Deutschland entweder ein History-Kennzeichen tragen oder seit zwanzig Jahren keine Zulassung mehr bekommen würde, in der Geschwindigkeit eines alten Mannes, der es in seinem ganzen Leben noch nie eilig hatte.

Während der Fahrt erzählt er mir von seiner Frau, wie sehr er sie vermisst und wie verliebt sie damals in Florin Petrescu, den Schwimmstar der Republik, gewesen sei. Manchmal war er sogar ein bisschen eifersüchtig auf den Mann, der es auf die Titelseiten der Sportzeitungen geschafft hat. Wie zum Beweis hat er ein vergilbtes Exemplar aus dem Hinterzimmer gefischt, das seine Frau nie weggeworfen hat. Genau diese Zeitschrift blättere ich jetzt auf dem Beifahrersitz durch, während er mit gefühlten zwanzig Stundenkilometern in Richtung Bahnhof unterwegs ist. Ein Interview mit Florin aus dem Jahr 1960 füllt ganze vier Seiten, von denen ich keine einzige verstehe. Aber die Fotos sprechen Bände.

Er sieht noch immer so aus wie auf dem Bild mit Elli. Vielleicht ein bisschen kantiger, immerhin ist er hier vier Jahre älter und damit fast dreiundzwanzig Jahre. Sein Blick ist ernst, fokussiert, und ich meine, auch ein bisschen traurig. Nachdenklich blickt er in die Ferne, trägt die Mannschaftsjacke Rumäniens und, so berichtet Ion, die Hoffnungen des ganzen Landes bei den Olympischen Sommerspielen in Rom auf den Schultern.

Wenn ich mir das Gesicht des jungen Mannes so anschaue, hat er noch viel mehr als nur das mit sich getragen. Ich überfliege den Artikel, suche nach Wörtern, die ich verstehe und aus denen ich mir einen groben Zusammenhang erschließen kann, aber mein Rumänisch ist noch immer nicht wirklich existent. Doch dann stolpere ich über das Wort »Estberlin«, und mir entfährt ein leises Quietschen. Ion wirft mir einen beunruhigten Blick zu. Irgendwie gebe ich ihm zu verstehen, dass er anhalten muss, weil ich seine Hilfe brauche. Die nächste Parkbucht wird also angerollt – von »fahren« möchte ich nicht sprechen –, wo ich ihm die Zeitschrift reiche, auf diesen einen Absatz deute und ihn bitte, mir zu erklären, was Florin gesagt hat.

Ion wäre ein toller Krimiautor, denn die Geschwindigkeit, in der er seine Lesebrille auspackt und aufsetzt, lässt meine Anspannung anwachsen wie vor dem Serienfinale von *Game of Thrones*.

Dann liest er.

Langsam.

Sorgfältig.

Und schließlich kann die App übersetzen, was er sagt.

»Florin schwärmt von Ostberlin, einer Stadt, die er 1957 besucht hat und die für immer einen ganz besonderen Platz in seinem Herzen hat, weil sie ihn für immer an seine große Liebe erinnern wird.«

Große Liebe. Er hat nicht nur sein Versprechen gehalten, sondern Elli nie vergessen, sie selbst nach Jahren noch als seine große Liebe bezeichnet. Und jetzt ist er …

»Ach, Elli.«

Der Gedanke an sie macht mich traurig.

Jemand sollte heute Nachmittag in Bukarest bei ihr sein, ihre Hand halten oder sie umarmen, wenn sie Florin findet. Alleine muss es ein ziemlicher Schock sein. Auch, wenn sie unterwegs immer so getan hat, als würde sie mit allem rechnen, so war die Hoffnung, ihren Florin anzutreffen, immer spürbar. Wie sie über ihn gesprochen hat, wie sie Erinnerungen gesammelt hat, und wie sie mit jedem Kilometer mehr und mehr aufgeblüht ist. Wie sehr muss es sie treffen, was mit ihm passiert ist. Wie gerne wäre ich in dem Moment an ihrer Seite. Doch auch dafür ist es jetzt zu spät. Ich bin zu weit weg, und der Zug wäre, wie meine Google-Recherche mir verraten hat, erst um Mitternacht in Bukarest. Aber vielleicht sollte ich trotzdem dort sein, um wenigstens im Nachhinein die Scherben aufzusammeln. Wie ich Elli in der großen Stadt, in der ich niemanden kenne, finden soll, weiß ich nicht.

Ion greift nach meiner Hand.

»Warum weinst du denn, Kleines?«

»Sie hätte ein Happy End verdient. Ein Treffen in Ostberlin oder wenigstens jetzt in Bukarest. Das ist doch nicht fair. Und jetzt muss sie das alles alleine durchstehen.«

Ich nehme an, die App übersetzt es etwas zweifelhaft, denn er sieht mich noch immer unsicher an, aber ich zucke nur die Schultern und wische mir über die Wange.

»Ich hätte bei ihr sein sollen.« Auch, wenn das nichts an der Tatsache geändert hätte. Ion lässt den Wagen wieder an und lächelt.

»Astăzi?« Heute?

»Ja, heute Nachmittag.« Da, astăzi după-amiază.

»București?«

Dafür brauche ich keine App mehr.

»Ja, București.«

»No problem.«

KAPITEL VIERUNDACHTZIG

Elisabeth

Melbourne, 1. Dezember 1956

Den Start erlebe ich in einer Art Trance. Ich höre den Schuss und falle getroffen davon ins Wasser, wo mein Körper auf Autopilotmodus schaltet und das tut, was er immer tut, sobald wir im Becken sind.

Er funktioniert. Er funktioniert sogar sehr gut.

Ich bin länger als sonst nach dem Start unter Wasser, mache alles so, wie schon tausend Male zuvor. Nur diesmal besser.

Erst nach fünfzehn Metern tauche ich wieder auf, höre das Jubeln weit entfernt, bevor ich wieder untertauche. So geht das immer wieder. Ich schwimme, tauche unter, wieder auf, wieder unter und wieder auf.

Immer und immer wieder.

Jedes Mal, wenn ich auftauche, höre ich die Anfeuerungsrufe, die Begeisterung, die heute aber an mir abperlt. Ich kann Fraser aus dem Augenwinkel sehen, sie liegt mit mir gleichauf. Obwohl ich alles gebe, werde ich nicht schneller.

Mehr geht nicht. Das ist mein Maximum. Das ist der Punkt, über den ich bei jedem Training hinauswollte, für den ich Schmerzen und Niederlagen in Kauf genommen habe.

Das ist mein Maximum.

Und vielleicht reicht es nicht für Gold.

Die unausgesprochenen Drohungen meiner Trainer oder Eltern, wenn ich nicht als Siegerin aus dem Wasser steige. All das kann ich hier nicht hören.

Stattdessen höre ich plötzlich seine Stimme.

»Zähl die Züge, Elli.«

Und das tue ich jetzt. Ich quäle mich nicht, ich zwinge mich nicht kaputt, nein, ich halte mein Tempo, zähle die Züge und spüre zu meinem Erstaunen, wie die Energie zurückkommt, bevor mir die zweite Wende gelingt und ich in den Endspurt wechsle.

Zum ersten Mal seit Ewigkeiten habe ich wieder Spaß dabei.

Ich tauche auf, die Anfeuerungen höre ich diesmal so klar, und ich weiß, dass einige der Stimmen auch mir gelten. Marie ist da draußen, unsere gesamte Mannschaft – und ja, auch Florin, den ich wiedersehen werde, und keiner wird mich davon abhalten. Nicht heute Abend und auch nicht jetzt.

Denn jetzt hole ich mir Gold.

Das Wasser ist wieder mein Element, das Lächeln auf meinen Lippen teilt das Wasser vor meinem Gesicht, und ich weiß, dass es noch genau vier Züge sind.

Das weiß ich deswegen, weil Florin mir gezeigt hat, dass es mir hilft, wenn ich weiß, wie viel ich noch vor mir habe.

Ich lege alle Kraft, die in meinem Körper steckt, in diese letzten drei Züge.

Drei.

Zwei.

Eins.

Meine Fingerkuppen streifen den gekachelten Rand des Beckens, und ich tauche ein letztes Mal bei diesen Olympischen Spielen auf, hole Luft, höre Jubel, höre Begeisterung, höre das Ende.

Dawn Fraser taucht unter der Absperrung ihrer Bahn hindurch, schlingt die Arme um mich und flüstert ein »awesome« in mein Ohr.

So hätte es sich immer anfühlen müssen.

Ich blinzle das Chlorwasser aus meinen Augen, sehe Marie, die wild springt, die Fotografen, die sich um den Beckenrand drängeln und ein Foto von Fraser und mir knipsen wollen, während alle auf das offizielle Ergebnis warten.

Nur ich nicht.

Ich sehe zu Florin, der seine Hand auf sein Herz legt und mir zuzwinkert. Näher kommen wir uns nicht mehr, solange Stettner, Hannelore oder Florins Trainer in der Nähe sind. Aber es reicht, um zu wissen, dass er stolz auf mich ist. Und dass ich ihn wiedersehen werde. Nicht nur heute Abend, auch morgen und nach Olympia, in Ostberlin, wenn unsere gemeinsame Zukunft erst richtig beginnt.

»New Olympic Record for …« Überrascht sehe ich zur großen OMEGA-Uhr, die über unser aller Köpfe schwebt und die Siegerzeit angibt. Ein neuer olympischer Rekord?

»ELISABETH LORENZ!!!«

Die Welt bleibt für einen kurzen Augenblick stehen.

Alles um mich herum wird mit einem Schlag glasklar.

Die Geräusche sind mit einem Mal weit weg.

New Olympic Record.

Für Elisabeth Lorenz.

Ich habe es geschafft.

Ich habe einen olympischen Rekord aufgestellt.

Und Gold für Deutschland gewonnen, vor Australien und den USA.

Mein Name wird in den Geschichtsbüchern stehen. Ich bin unsterblich – und dennoch sind das nicht die einzigen Dinge, die mir jetzt durch den Kopf gehen.

Es sind die Gesichter der Menschen, die ich hier kennengelernt habe, die mir jetzt von der Seite aus zujubeln. Genau die Gesichter, die auch bei Silber oder Bronze stolz auf mich gewesen wären.

Aber ich habe Gold.

Und einen Rekord.

Bei Olympia.

Und ich bin glücklich.

Ein ungewohntes Gefühl, und doch schmeckt es besser als all die Siege davor.

Die Kameras wünschen sich ein Bild von den ersten drei Schwimmerinnen, also klettere auch ich, noch etwas benommen, aber winkend und strahlend, aus dem Becken, nehme in der Mitte meine Position ein und schenke den Journalisten das wohl ehrlichste Lächeln, das ich jemals empfunden habe.

Elisabeth Lorenz gewinnt die Goldmedaille über 150 Meter Freistil bei den Olympischen Spielen 1956 in Melbourne und stellt dabei einen neuen olympischen Rekord auf.

Mit diesem Satz bin ich zufrieden.

Zufrieden.

Zum ersten Mal seit Jahren zufrieden.

Sobald der Trubel um uns nachlässt, suche ich Florin, finde ihn am Rand, wo sein Trainer auf ihn einredet, er den Blick gesenkt hält und einfach nur nickt. Stettner taucht vor mir auf, ein glückliches Lächeln auf den Lippen. Ich habe das getan, was von mir erwartet wurde.

»Das war sehr ordentlich, Elisabeth.«

Ich schüttle den Kopf, was ihn überrascht.

»Nein. Ich finde, das war sogar ziemlich großartig.«

Und das war es.

Karla

Petroşani (Rumänien), 7. August 2017, 09:00 Uhr

Auf dem Weg hierher müssen wir irgendwo durch eine Zeitspalte gerutscht und in den Fünfzigerjahren aufgeschlagen sein. Zugegeben, als Ion »Tankstelle« sagte, hatte ich irgendwie etwas anderes erwartet als das hier. Zwei rostige Zapfsäulen, ein kleiner »Shop« und etwas, das wohl eine Art Werkstatt sein soll. Irgendwie wirkt es ein bisschen wie die Kulisse der osteuropäischen Version von *American Graffiti,* aber Ion ist sich sicher, dass ich hier eine Mitfahrgelegenheit nach Bucureşti finden werde. Mit dem Auto braucht man offenbar nur etwas über fünf Stunden, was bedeutet, dass ich mit etwas Glück um zwei Uhr nachmittags in Bukarest sein werde – vielleicht sogar noch vor Elli und ihrer Busladung voll Rentner. Ion lächelt mich zum Abschied aufmunternd an, wünscht mir Glück und entschuldigt sich dann, aber er muss dringend zurück zu seinem Café, das er in den letzten dreißig Jahren noch nie außerplanmäßig zugemacht hat. Die Zeitschrift dürfe ich aber behalten, wenn ich wolle. Jetzt winke ich ihm hinterher und frage mich, wo dieses Abenteuer wohl enden wird. Ich gehe zu dem kleinen Parkplatz neben der Tankstelle, wo einige Männer zusammenstehen, von denen einer sich hoffentlich als a) meine neue Mitfahrgelegenheit und b) nicht als irrer Serienkiller herausstellt. Das Problem der mir fremden Sprache hat sich in der letzten Stunde leider nicht gelöst, also versuche ich mein Glück erneut mit Englisch.

»Excuse me?«

Die Männer mustern mich neugierig, und ich denke an das Pfefferspray, das mir die Park Ranger mitgegeben haben – und das sich unvorteilhaft weit unten in meiner Sporttasche befindet.

Gabriel wüsste, wie er weiterkommt. Gabriel, an den ich jetzt nicht denken will und es dennoch tue.

Was würde er jetzt machen? Lächeln, grüßen, freundlich winken – und schon hätte er bei diesen Menschen einen Stein im Brett. Ich versuche es auf die Gabriel-Art: fröhliches Lächeln, gute Laune und pure Lebensfreude. Ich strahle sie alle der Reihe nach an, bekomme dafür jedes Mal ein Lächeln zurück.

»I need a ride.«

Sogar der lockere Singsang seiner Stimme gelingt mir ein bisschen. Ich wette, er wäre gerade irre stolz auf mich.

»Ride with car?« Offener Blick, Kopf schief halten, lächeln.

»Yes. I need to get to Bucureşti.«

Wie das bei Gabriel wohl immer funktioniert?

»Bucureşti, da?«

Machen sich diese Typen gerade über mich lustig? Vermutlich, denn sie stoßen sich gegenseitig an, deuten auf mich, dann auf den Parkplatz und lachen.

Das würde Gabriel sich nie gefallen lassen. Ich straffe die Schultern wie jemand, der seit heute Morgen bei den Dehnübungen seine Zehen berühren kann, und mache einen Schritt auf sie zu.

»Passt mal auf, wenn ihr wüsstet, was ich alles auf mich genommen habe, um Elli bis nach Bucureşti zu kriegen, ihr würdet euch wundern. Und jetzt wurde mir mein Wagen geklaut, Spürhunde haben meine Drogen gefunden, weswegen ich eine Nacht in Gefangenschaft verbringen musste …«

Ein bisschen an den richtigen Stellen überzeichnen hat noch keiner Geschichte geschadet.

»… und jetzt muss ich aus diesem Nirgendwo – auch wenn es wirklich ein ganz beeindruckendes Nirgendwo ist – irgendwie zu Elli nach Bucureşti, bevor sie rausfindet, dass …«

Applaus unterbricht meine sehr emotional vorgetragene Zusammenfassung der bisherigen Reise, und alle, inklusive mir, drehen sich um.

»Weltklasse! Wirklich Weltklasse!«

Kurz bleiben mir Spucke und Sprache weg.

Da steht er. Als wäre er nie weg gewesen, als hätte er nicht meinen Wagen geklaut und sich damit aus dem Staub gemacht. Gabriel. Strahlend, gut erholt und zufrieden.

Ich muss mich entscheiden, ob ich ihn erdrosseln oder umarmen will – und wähle schließlich spontan eine schallende Ohrfeige, die seine Wange kurzzeitig in Flammen setzt.

»Karla! Was zum Henker …«

»Du hast Lola geklaut! Du hast uns einfach ausgesetzt und bist abgehauen, du blöder Vollidiot!«

»Was?«

»Kaiser sitzt in einem Reisebus nach Bukarest, und ich …«

»Komm mal runter, Drama-Queen!« Er achtet darauf, mich auf Abstand und seine Wange in Sicherheit zu halten.

»Ich habe Lola nicht geklaut.«

»Und dein Abschiedsbrief von wegen ›Wagen geliehen‹?«

»Ich habe ihn mir *geliehen!*« Er deutet an mir vorbei in Richtung des Parkplatzes.

»Sie steht dahinten, und es geht ihr gut. Ebenso wie mir, danke der Nachfrage! Also chill mal!«

»Als wir aufgewacht sind, warst du weg. Mit Lola!«

»Ich wollte Frühstück besorgen, dafür habe ich mir den Wagen geliehen.«

»Ach so, du wolltest nur Frühstück besorgen!«

»Allerdings.«

»Von wo? Aus Wien? Wir haben eine Ewigkeit gewartet, bevor wir uns durch die Mittagshitze gekämpft haben.«

»Nein in Obârşia Lotrului. Dort hat Lola aber sofort wieder Zicken gemacht, und der Typ vom Gasthaus mit dem Frühstück hat mir gesagt, dass es hier in Petroşani eine Werkstatt gibt. Er meinte, es wäre ganz in der Nähe. Ich wusste nicht, dass er eine etwas sonderbare Vorstellung von ›ganz in der Nähe‹ hat und dass man dafür eine Stunde fährt. Ist ja auch egal. Jedenfalls bin ich zu der Werkstatt hier. Da haben sie frisches Kühlwasser eingefüllt und das Öl gewechselt – Lola wollte nicht mehr weg, also habe ich sie hier gleich auch reparieren lassen. Danken kannst du mir gerne später.«

Er grinst mich frech an.

»Wir sollten übrigens mal Nummern austauschen.«

»Und die Story soll ich dir glauben?«

Gabriel will antworten, bemerkt dann aber die Männer, die uns belustigt beobachten, und packt schließlich meinen Arm.

»Das klären wir woanders. Die Show ist vorbei.«

Ohne auf meine Antwort zu warten, zieht er mich an ihnen vorbei in Richtung des Parkplatzes, wo Lola tatsächlich unversehrt auf mich wartet. Erst als wir außer Hörweite sind, lässt Gabriel mich los.

»Ich weiß, es ist nicht ideal gelaufen, und das tut mir leid. Ich wusste einfach nicht, wie ich euch erreichen soll. Ich habe alle Gasthäuser in Obârşia Lotrului abtelefoniert, rumgefragt, wer eine alte Dame und eine hübsche Irre gesehen hat.«

Warum schafft er es nur immer, dass die Wut auf ihn so schnell verfliegt? Ich lehne mich erschöpft an Lolas Kotflügel.

»Wir waren im Nationalpark.«

Gabriel blinzelt ein paarmal ungläubig.

»Im Nationalpark? Warum wart ihr im Nationalpark? Wie hätte ich euch da denn finden sollen?«

»Wir dachten, du seist abgehauen. Schon vergessen?«

Ich reibe mir die Schläfen, unsicher, ob ich ihm seine Geschichte glauben soll oder das wieder nur eine Gabriel-Ausrede ist.

»Aber du bist nicht abgehauen.«

»Nein!«

»Wieso hast du nicht auf die Karte oder dein Handy geschaut?

Es ist kein Geheimnis, wo Petroşani liegt. Du hättest zu uns zurückfahren und uns mitnehmen sollen. Nachdem du uns Frühstück gebracht hast.«

»Ich habe erst nach eine halben Stunde aufs Handy geschaut – und ich … wollte noch etwas besorgen.«

»Was zum Teufel kann denn so wichtig gewesen sein, dass du uns an dem Parkplatz hast sitzen lassen?«

Gabriel öffnet die Autotür, taucht in meinen Wagen und holt eine einfache weiße Tüte hervor, die er mir in die Hand drückt.

»Das da.«

Ein Blick ins Innere trifft mich wie die Ohrfeige, die vorhin Gabriel erwischt hat. Ich muss schlucken und berühre den Lycrastoff mit den Fingern. Jetzt sieht Gabriel wie ein kleiner Junge aus, der den anderen nur eine kleine Freude machen wollte.

»Und ich konnte ja nicht ahnen, dass Lola-Baby hier wieder schlappmacht.«

Er nickt auf die Tüte in meiner Hand.

»Und das Teil musste einfach mit. Ich dachte, vielleicht braucht sie ja mal wieder einen.«

Ich nicke benommen und ziehe den dunkelblauen Badeanzug hervor.

»Also, wenn Elli wieder schwimmen will …«

Und dann tue ich es doch.

Ich umarme Gabriel.

Karla

200 Kilometer vor Bukarest (Rumänien),
7. August 2017, 11:30 Uhr

Wieder hinter Lolas Steuer zu sitzen fühlt sich wie nach Hause kommen an. Ein sichtlich entspannter Gabriel auf dem Beifahrersitz trägt dazu bei, dass meine Nervosität schwindet. Es fehlte nur noch Elli, dann wäre alles wieder so, wie es sein soll.

Gabriel blättert das Sportmagazin durch, das Ion mir mitgegeben hat, und lauscht meiner Erzählung, was in den letzten vierundzwanzig Stunden so alles passiert ist.

»Eines muss man Elisabeth lassen: Sie hat Geschmack. Die beiden wären sicher ein schickes Paar gewesen.«

»Allerdings.«

Gabriel wirkt so konzentriert, dass ich kurz annehme, er würde das Interview lesen und verstehen. Aber ich kenne ihn inzwischen besser, als ich angenommen habe. Irgendetwas stimmt nicht.

»Gabriel?«

»Fragst du dich nicht auch, was aus den beiden geworden wäre?« Er betrachtet das Foto von Florin mit dem traurig-nachdenklichen Blick.

»Doch, natürlich.«

»Ob sie eine Chance gehabt hätten? Sie waren Teenager damals, und es verändert sich so viel, wenn man älter wird. Vermutlich hätten sie sich nach ein paar Monaten wieder getrennt.«

»Oder sie wären verheiratet und würden irgendwo in der Sonne die Rente genießen.«

Gabriel seufzt.

»Und wie wollen wir Elli in Bukarest finden?«

Er blättert um und lässt seinen Blick weiter über die Fotos von Florin wandern.

»Keine Ahnung.«

»Hat Elli nie erwähnt, wohin genau du sie in Bukarest fahren sollst? Eine Adresse? Oder sonst etwas?«

»Nein. Leider.«

»Weißt du noch, wie die Agentur des Reisebusses hieß? Vielleicht bekommen wir da raus, wann sie wo in Bukarest ankommen.«

»Puh. Irgendwas … mit …«

Doch sosehr ich mich auch anstrenge, meine Gehirnwindungen bleiben leer.

»Mit Reise? Tut mir leid, darauf habe ich null geachtet.«

»Macht nichts. Wir finden unsere Oma schon. Vielleicht gibt es ja so etwas wie einen zentralen Busbahnhof, auf dem …«

Gabriel wird plötzlich still und starrt auf die Zeitschrift. Dann tippt er wie wild auf seinem Handy herum.

»Alles okay bei dir?«

»Ja, ja. Moment.«

Schließlich hält er inne.

»Ha.«

Ein kurzer Seitenblick zeigt einen verwundert dreinblickenden Gabriel.

»Wir könnten die Strada Traian in Bukarest ausprobieren.«

»Warum denn das? Ist das eine Adresse?«

»Ja. Dahin sollte man 1960 seine Fanpost an Florin schicken. Schau.«

Er hält mir die Zeitschrift unter die Nase und deutet auf einen gefetteten Kasten, in dem wohl eine Adresse steht.

»Es wäre einen Versuch wert. Besser als nichts.«

»Ja, besser als nichts.« Zufrieden schlägt er das Magazin zu und lässt Florins junge Version einfach verschwinden.

»Wir haben zwar den Anfang dieser Geschichte verpasst, aber beim großen Finale lassen wir Elisabeth nicht alleine.« Er nickt, sieht aus dem Fenster. Dann fällt ihm etwas ein, und er schleudert Kopf und Blick wieder in meine Richtung.

»Ich habe übrigens beim Prüfungsamt angerufen.«

»Du hast was?!«

»Ich habe gestern eh den ganzen Nachmittag telefoniert. Da dachte ich, warum nicht? Und nur nebenbei: Die Dame am Apparat war nicht begeistert, aber nachdem ich ihr deine Geschichte erzählt habe, hat sie versprochen, Milde walten zu lassen.«

»Das hat sie dir geglaubt?«

»Klar. Wie sollte sie deinem besorgten *Bruder* auch nicht glauben? Im Herbst kann es wieder losgehen, wenn du dich mit den Formalitäten ein bisschen beeilst.«

»Bruder. Enkel. Du bist ein wahres Multitalent.«

Er nickt stolz.

»Warum machst du so was, Gabriel?« Sein Glück, dass Lolas Tacho hundert Stundenkilometer anzeigt und mich davon abhält, ihm eine weitere Ohrfeige zu verpassen – oder ihn zu küssen.

»Weil ich glaube, dass es Zeit wird.«

»Du entscheidest das?«

»Okay, dann eben, weil ich dem älteren Teil der Gesellschaft einen Gefallen tun will. Alte Leute verdienen jemanden mit Herz an ihrer Seite. Und weil ich, verdammt noch mal, *irgendein* Happy End will.«

Was antwortet man darauf? Vor allem, wenn es von jemandem wie Gabriel kommt?

»Hm.«

Ein guter Anfang, wenn auch nicht aussagekräftig genug für all die Gefühle, die in meinem Brustkorb Pogo tanzen.

»Danke.«

Mein Flüstern wird von Lolas Motorengeräusch verschluckt. Gabriel lehnt sich etwas zu mir herüber.

»Entschuldige bitte, wie war das?«

»Ich sagte: danke.«

»Hast du dich gerade bei mir bedankt? Es klang nämlich so.«

»Danke!«

Ich rufe es ins Wageninnere, und er nickt zufrieden. Sein Lächeln, der freche Blick und die wilden Locken, all das hat mir unheimlich gefehlt.

»Gern geschehen.«

»Du wirst noch richtig menschlich, Gabriel.«

»Ja, ja, ich komme eben ganz nach meiner Oma.«

Wir lachen über den Running Gag der Reise, und ich werfe aus Gewohnheit einen Blick in den Rückspiegel, wo mich Ellis Augen empfangen würden.

Aber sie ist nicht da.

»Wir müssen sie finden.«

»Bevor sie Florin findet.«

Elisabeth

Melbourne, 2. Dezember 1956

Ich trage das gleiche Kleid wie schon beim Tanzball, doch diesmal fühlt es sich ganz anders an.

Das mag daran liegen, dass ich es diesmal als Goldmedaillengewinnerin bei einer Olympiade trage. In meiner Handtasche halte ich die Eintrittskarte zwischen Taschentüchern und einem Lippenstift – ein Geschenk von Marie – versteckt.

Doch am Eingang zur Schwimmhalle erkenne ich Stettner, der einen grauen, ziemlich dicken Anzug trägt und sich mit einem weißen Taschentuch über die Stirn tupft.

Verdammt.

Als er mich sieht, hellt sich seine Miene auf, und ich bleibe in sicherer Entfernung stehen. Ich lasse mir dieses Konzert und das Treffen mit Florin nicht verbieten.

»Elisabeth, da bist du ja endlich.«

»Herr Stettner, ich weiß, Sie sagten …«

Doch er bringt mich durch sein Kopfschütteln zum Schweigen und greift stattdessen nach meiner Hand.

»Ich werde dich zum Konzert begleiten.«

Nein. Das darf er nicht.

»Nicht nötig, ich …«

Doch er lässt keine Widerrede zu und deutet auf die Halle.

»Ganz offiziell und genehmigt.«

Dabei zwinkert er mir zu, bietet mir seinen Arm an, und ich hake mich etwas konsterniert unter.

»Ich befürchte, ich verstehe nicht ganz.«

Er nickt, als hätte er genau diese Reaktion erwartet, und führt mich stolz nach innen, nickt hier und da einigen Menschen zu, die ich in ihren feinen Anzügen nicht so recht erkenne. Sind es Trainer, die ich sonst nur in Sportanzügen zu Gesicht bekomme?

Und überhaupt sieht jetzt alles in dieser Schwimmhalle so anders aus. Wie ich der Eintrittskarte entnehmen konnte, spielen hier heute Abend die Sinfonieorchester von Melbourne und Sydney zusammen. Und genau hinter dem Schwimmbecken erkenne ich die Musiker, die in Abendgarderobe auf ihren Stühlen sitzen, die jeweiligen Musikinstrumente vor sich und bereit, jede Minute mit dem Konzert zu beginnen. Wann genau hat sich diese Schwimm- in eine Konzerthalle verwandelt? Stettner, der mein Schweigen nicht so recht deuten kann, wendet sich schließlich zu mir.

»Keine Sorge, Hannelore denkt, ich begleite dich zu diesem Konzert. Du stehst also nach wie vor unter strengster Beobachtung.«

Er tätschelt kurz meine Hand.

»Aber nach dieser phänomenalen Leistung heute habt ihr euch einen letzten gemeinsamen Abend verdient.«

Stettner lächelt mich verschwörerisch an und führt mich mit sicheren Schritten an weiteren Zuschauern vorbei.

»Dieser Rumäne hat eine ziemlich gute Technik im Wasser.«

Mein Herz weiß nicht, ob es ausbrechen oder ruhig bleiben soll.

»Florin. Sein Name ist Florin.«

»Petrescu, ich weiß. Den Namen wird man so schnell nicht mehr vergessen.«

Er bleibt stehen und zwingt mich dadurch, es ihm gleichzutun.

»Genieße den Abend, Elisabeth.«

Dabei deutet er an mir vorbei auf die Sitzreihe zu unserer Linken, wo ich Florin erkenne, der mir fast schüchtern zuwinkt. Er trägt den Anzug, den ich schon an ihm kenne, diesmal aber eine schwarze Krawatte dazu. Die Haare hat er mit etwas Pomade in Form gebracht, und sein Lächeln komplettiert sein stolzes Auftreten.

»Es ist mir vollkommen egal, für welches Land er startet oder welcher politischen Gesinnung er angehören mag. Das hier ist Olympia, und er ist ein Weltklasseschwimmer. Das ist alles, was mich interessiert. Und wenn er dir dieses Lächeln auf die Lippen zaubert, scheint er kein schlechter Kerl zu sein.«

Zum ersten Mal sehe ich den Mann hinter dem Trainer, über den ich mir noch nie Gedanken gemacht habe, den ich jetzt aber fest umarme.

»Danke.«

»Sei einfach pünktlich wieder im olympischen Dorf.«

Damit schubst er mich in Richtung Florin, der sofort meine Hand nimmt, sobald ich ihn erreiche.

»Hallo, Schönheit.«

Ich will ihn küssen, weiß aber nicht genau, wie sehr ich unser Glück – das ich kaum fassen kann – überstrapazieren darf, und belasse es bei einer Umarmung.

»Ich weiß nicht, wie du das gemacht hast, aber ich bin so glücklich, hier zu sein.«

»Ich habe gar nichts gemacht.«

Er deutet zu Stettner, der neben einer ungarischen Sportlerin einige Reihen vor uns Platz nimmt.

»Aber Erna hat wohl an sein gutes Herz appelliert.«

Gemeinsam nehmen wir Platz, und wieder greift er nach meiner Hand.

Die er während des Konzerts, das Sir Bernard Heinze dirigiert und das von der Sopranistin Glenda Raymond begleitet wird, nicht mehr loslässt.

»So wird es sein, Elli. Du und ich. Wir werden auf Konzerte gehen, ins Theater oder ins Kino.«

Er hat den Kopf zu mir geneigt und flüstert die Worte über die beeindruckende Musik hinweg in mein Ohr.

»Das hier ist nur ein Vorgeschmack.«

Ich lehne mich sanft gegen ihn.

»Versprich mir, dass wir auch mal einfach so auf der Couch sitzen werden.«

Er küsst meine Schläfe.

»Mir dir würde ich überall sitzen, Elli. Auch auf einer Parkbank in einem Altenheim. Irgendwann. Aber bis dahin genießen wir gemeinsam das hier.«

Und das tun wir.

Bis der letzte Applaus die Akustik dieser Halle testet und stehende Ovationen die Begeisterung des Publikums zum Ausdruck bringen. Florin drückt mir einen kleinen Zettel in die Hand, während die Bravorufe um uns herum lauter werden.

»Das ist meine Adresse. Falls du mir schreiben willst.«

Ihm schreiben. Weil ich ihn erst einmal nicht jeden Tag sehen kann. Dabei habe ich mich so sehr an ihn gewöhnt.

Unter dem lauten Applaus bricht mein Herz, wenn ich an den nahenden Abschied denke.

»Ostberlin, Elli.«

»Wo in Ostberlin?«

»Im *Café Sybille.* Das ist auf der Karl-Marx-Allee. Mein Freund sagt, das findet man leicht.«

Ich nicke unsicher, weil Ostberlin mir plötzlich so weit weg erscheint. Florin greift nach meiner Hand und zieht mich mit einem Ruck zu sich heran, während um uns herum die Zuschauer Anstalten machen, ihre Plätze zu verlassen.

»Ich liebe dich, Elli Lorenz.«

So schön das Konzert heute Abend auch gewesen sein mag, es sind diese Worte, die wie Musik in meinen Ohren klingen. Mit der Zukunft fest im Blick küsse ich Florin Petrescu und halte den kleinen Zettel fest umschlossen in meiner Hand, fast so, als könne ich damit auch Florin bei mir behalten.

KAPITEL ACHTUNDACHTZIG

Karla

Einhundert Kilometer vor Bukarest (Rumänien), 7. August 2017, 13:30 Uhr

Mit jedem Kilometer, den wir uns Bukarest nähern, steigt meine Nervosität, was Gabriel neben mir spüren kann.

»Entspann dich, wir finden sie.«

Ich nicke entschlossen, weil ich keine andere Option zulassen werde. Auch wenn das bedeutet, eine Millionenstadt auf den Kopf stellen zu müssen.

»Und es tut mir leid, dass wegen mir dieses ganze Chaos ausgebrochen ist.«

Kurz werfe ich ihm einen Seitenblick zu, aber er scheint es ernst zu meinen, so wie er auf dem Beifahrersitz hockt, die Karte entschlossen in der Hand und ein entschuldigendes Lächeln auf den Lippen.

»Entschuldigung angenommen.«

Er greift in die Tüte mit den letzten Doxy Roxys und hält mir einen der Bonbons hin.

»Der letzte mit Erdbeergeschmack, die liebst du doch so.«

»Woher weißt du das?«

Überrascht ziehe ich eine Augenbraue nach oben, was er mit einem lässigen Achselzucken quittiert.

»Vielleicht ist mir das aufgefallen.«

»Weil du mich beobachtest?«

Er wiegt nachdenklich den Kopf, befreit den Bonbon aus der Plastikverpackung und legt ihn mir in die offene Hand.

»In der Trostlosigkeit der Rumänischen Pampa warst du tatsächlich eine angenehme optische Abwechslung.«

»Soll das ein Kompliment sein?«

Wenn ich es nicht besser wüsste, könnte man annehmen, Gabriel wird fast ein bisschen rot, als er aus dem Seitenfester nach draußen schaut.

»Vielleicht.«

»An deinen Komplimenten müssen wir noch arbeiten.«

Er atmete schwer aus und lässt den Kopf gegen die Lehne sinken, schließt die Augen, und ich befürchte schon, er schläft ein. Doch er blinzelt gegen die Sonne, die gnadenlos herunterbrennt.

»Okay. Dann versuche ich es noch mal.«

Er nimmt eine aufrechte Sitzposition ein und richtet seinen Blick auf mich, wie ich mir den Bonbon in den Mund schiebe.

»Ich wollte nicht einfach nur Frühstück holen. Ich wollte abhauen.«

Obwohl ich es irgendwie geahnt hatte, trifft mich seine Offenheit jetzt doch heftiger, als sie sollte.

»War so klar, der Reiz des Neuen und so.«

Doch er schüttelt energisch den Kopf.

»Aber nicht, weil ihr … weil *du* den Reiz des Neuen verloren hast. Sondern weil ich mich viel zu wohl bei euch gefühlt habe.«

»Bei uns.«

»Bei dir.«

Ich gebe mir große Mühe, mich ausschließlich auf die Autobahn vor mir zu konzentrieren und nicht auf Gabriels Blick, den ich noch immer auf mir spüren kann.

»Und dann hat Lola schlappgemacht.«

Ich streichle das Lenkrad, als wäre mein Auto ein treuer Hund, der mich nicht einfach so zurücklassen würde.

»Gutes Mädchen.«

»Und während ich in der Werkstatt festhing, musste ich an euch denken. An dich. An die Nacht im Hotel.«

»Aha.«

»Und da wollte ich zurück.«

Er wartet, ob ich etwas sage, und ich warte, ob er weiterspricht. Was er erst tut, als ich zu ihm sehe.

»Weil ich dich mag.«

»Du magst mich?«

»Soll ich es noch mal sagen?«

»Allerdings.«

Gabriel atmet schwer aus, aber es klingt nicht so genervt, wie er es vortäuschen wollte, und beugt sich viel zu nah zu mir herüber. Instinktiv halte ich mich am Lenkrad fest und starre auf den Wagen vor mir, halte den Abstand zwischen ihm und Lola so gut wie möglich. Was gar nicht so einfach ist, wenn Gabriels Flüstern so nah an meiner Wange erklingt.

»Ich mag dich, Karla Metuschke. Ich weiß nicht, wieso und ob du mich auch magst. Aber ich mag dich so sehr, dass ich durch Transsilvanien gegurkt bin, um dich und meine Fake-Oma wiederzufinden. Ein recht hoffnungsloses Unterfangen, wie ich noch mal erwähnen möchte.«

Mein Mund fühlt sich trocken an, als ich die Worte aus meinem Kopf ausspreche.

»Aber du hast es trotzdem gemacht.«

»Allerdings.«

»Und zu was genau macht uns das jetzt?«

Er lehnt sich zurück in seinen Sitz und zuckt die Schultern.

»Da ich nicht gerade ein Experte auf diesem Gebiet bin …«

»Du, *Gafanhoto,* du.«

Er lacht leise und nickt, aber sein Lächeln verrät ihn, als er wieder zu mir sieht und bemerkt, dass auch ich lächle.

»Wie wäre es, wenn wir keinen Fünfjahresplan aufstellen und einfach sehen, was passiert?«

Mein Blick hängt viel länger bei Gabriel, als eine rumänische Autobahn und ihre Fahrer erlauben, aber ich spüre das aufgeregte Kribbeln auf meiner Haut, das ich schon viel zu lange vermisst hatte.

»Das klingt doch nach einem ganz guten Anfang.«

Damit sehe ich wieder nach vorne, stelle erschrocken fest, dass ich keinen Meter Abstand mehr zum Vordermann habe, und nehme den Fuß vom Gas.

Gabriels Hand greift nach meiner, und er verhakt unsere Finger ineinander, ein sanftes Lächeln auf den Lippen, den Blick ebenfalls nach vorne gerichtet. Ich drücke kurz seine Hand.

»26. November.«

Er nickt wissend, während sein Lächeln weiter anwächst.

»Ist notiert.«

Elisabeth

Melbourne, 8. Dezember 1956

Hausarrest trifft es am besten.

Fräulein Hannelore – wie ich sie zu nennen habe – weicht nicht von meiner Seite und hat sogar drei Briefe abgefangen, die Florin mir hat zukommen lassen wollen. Nicht mal Marie gelingt es, eine Nachricht rauszuschmuggeln. Dabei ist sie gerade meine Augen und Ohren, denn ich verpasse komplett, was außerhalb des Dorfes so geschieht. Während Marie zu den verbliebenen Wettkämpfen in den anderen Disziplinen gehen darf, bin ich dazu verdammt, mein Dasein hier zu fristen. Und selbst wenn ich mal nach draußen darf, folgt mir Fräulein Hannelore wie ein Schatten und unterbindet jeden Kontakt mit einem der fremden Sportler.

Florin habe ich seit dem Konzert einige Male von Weitem gesehen und ihm sogar gewinkt, aber jedes Mal, wenn er versucht hat, in meine Nähe zu kommen, war Fräulein Hannelore zur Stelle.

Es brauchte erst einen siebzehnjährigen Australier namens John Ian Wing, der dem australischen Vorsitzenden des olympischen Organisationskomitees, Sir Wilfred Kent Hughes, einen Brief schreibt und fordert, dass die Mannschaften nicht wie bisher üblich nach Nationen getrennt bei der heutigen Schlussfeier ins Stadion einmarschieren, sondern – ganz im Sinne des olympischen Gedankens – als eine Nation, bunt gemischt und frei.

Die Nachricht darüber verbreitete sich rasend schnell und stieß auf viel Begeisterung.

» Du kannst gleich mit Florin gehen! «

Marie fällt mir um den Hals.

»Niemand kann das verbieten.«

»Aber …«

Ich weiß, dass Hannelore nicht weit sein kann, vermutlich lungert sie vor der Tür herum, aber Marie ist viel zu aufgeregt.

»Kein aber, Elli. Du läufst mit ihm zusammen. Carlo sagt, es geht ihm so schlecht, weil er dich seit Tagen nicht gesehen hat.«

»Wirklich?«

Der Gedanke schnürt mir das Herz zu.

»Er vermisst dich so sehr, Elli. So, so sehr! Das ist so romantisch! Und gleich trefft ihr euch wieder!«

Beim Gedanken daran, ihn endlich wieder aus der Nähe zu sehen, ihn zu berühren, ihn vielleicht sogar flüchtig küssen zu dürfen, tanzt mein Herz.

Beim Anziehen zittern meine Finger, und Marie muss mir helfen. Nur das Anlegen der Goldmedaille gelingt mir. Noch immer kann ich es kaum glauben, weswegen ich sie ständig berühren muss.

»Bald hast du ihn wieder.«

Obwohl sie sich nachts immer schlafend stellt, weiß ich, dass sie mich hören kann, wie ich vor dem Einschlafen in mein Kissen weine, weil ich Angst habe, Florin vor dem Abflug morgen nicht noch ein letztes Mal zu sehen – ihn noch ein letztes Mal zu umarmen. Unbedingt.

Wieso vergeht die Zeit immer so viel schneller, wenn man sie mit allen Mitteln aufhalten will? Weshalb sind die Tage ohne ihn so unendlich zäh und die Minuten mit ihm wie im Fluge vergangen?

Hannelore folgt uns und den anderen Sportlern, wie wir uns auf dem Weg ins Melbourne Cricket Ground Stadion unweit des Stadtzentrums von Melbourne machen und auch, als wir uns im östlichen Teil des ausverkauften Stadions treffen.

Jetzt, da die Spiele in wenigen Stunden auch offiziell vorbei sein werden, fällt von allen die Anspannung ab, und die Freude über das Erreichte kann sich endlich voll ausbreiten. Ich umarme Schwimmerinnen aus Japan ebenso herzlich wie Dawn Fraser und Lorraine Crapp, die ich bisher immer genau beobachtet und analysiert habe, weil ich sie unbedingt schlagen wollte. Jetzt endlich sehe ich junge Frauen, die ausgelassen lachen und sich aufgeregt unterhalten, als wäre es das Abschlussfest einer Schule. Doch sie können meine Aufmerksamkeit nur kurz auf sich ziehen.

»Ich kann Florin nicht finden.«

Marie, die neben mir steht, folgt meinem aufgeregten Blick, der versucht, mehr als viertausend Sportler zu durchsuchen.

»Er ist bestimmt hier. Er muss hier sein.«

»Aber ich sehe ihn nicht.«

Und dann geht es los. Die Australier gehen voraus, der Rest der Welt soll ihnen folgen, aber ich finde Florin nicht, werde von Marie mitgezogen, weil ich sonst unseren Auftritt verpasse. Ich könnte weinen.

»Wo ist er?«

Aus der angenehmen Kühle des Tunnels treten wir in die brennende Sonne Australiens und werden, wie bereits so oft bei diesem Turnier, von tosendem Jubel empfangen. Über einhunderttausend Zuschauer wohnen dem Ende dieses historischen Ereignisses bei, und noch viel mehr Menschen verfolgen diese ungewöhnliche Abschlussfeier auf den Bildschirmen in den Wohnzimmern überall auf der Welt. Doch während hier im Stadion alle lachend winken und jubeln, spüre ich die Tränen in meinen Augen.

Das hier war unsere letzte Chance.

Das hier war der Moment.

»Er ist nicht hier.«

Egal, wie oft ich mir den Hals verrenke, er ist nicht in der Menge auszumachen. So langsam dämmert es auch Marie.

»Bestimmt ist er nur irgendwo aufgehalten worden ...«

Doch wir wissen beide, dass es auf keinen Fall seine freie Entscheidung war, nicht bei der Abschlusszeremonie der Olympischen Spiele teilzunehmen. Kein Sportler der Welt würde sich das jemals entgehen lassen.

»Vielleicht ...«

Marie sucht nach einer anderen Erklärung, doch selbst sie mit ihrer blühenden Fantasie kann nicht mit einer Idee aufwarten, die mich tröstet und zum Lächeln bringt.

Da schiebt sich plötzlich eine Hand in meine.

»Bin ich zu spät?«

Er ist außer Atem, die Haare hängen ihm verschwitzt in die Stirn, und sein Lächeln wirkt etwas gehetzt, aber er ist es. Er ist es ohne Zweifel.

»Es tut mir leid, aber wir Rumänen laufen ganz dahinten.«

Er zwinkert mir so frech zu, wie er es immer tut, beugt sich zu mir und küsst meine Wange, verdächtig nah an meinen Lippen.

Ich drücke seine Hand, nur um sicherzugehen, dass er sich nicht in Luft auflöst oder nur meiner Einbildung entsprungen ist.

»Du hast mir gefehlt, Elli.«

»Du mir auch.«

Marie, die bis eben noch neben mir gelaufen ist, hat sich unauffällig einige Reihe nach hinten fallen lassen und schlendert zufrieden neben Carlo, der wie ein Riese neben ihr wirkt und fröhlich lächelt.

Florin greift nach meiner Medaille und dreht sie zwischen seinen Fingern hin und her.

»Was hältst du davon, wenn wir sie tauschen?«

»Die Medaillen?«

Er nickt und nimmt seine ab, die genauso aussieht wie meine. Niemand würde den Tausch bemerken, aber so hätte ich etwas von ihm für immer bei mir. Also tue ich es ihm gleich und reiche ihm schließlich meine.

»Pass gut auf sie auf. Ich habe sie für einen neuen Rekord bekommen.«

Der Stolz in meiner Stimme ist echt, und ich weiß, dass sie an keinem Ort besser aufgehoben sein wird als bei Florin.

»Du kriegst sie in Ostberlin wieder.«

Er legt mir seine Medaille um den Hals.

»Pass gut darauf auf. Und bitte auch auf mein Herz.«

Ich nicke und greife nach seiner Hand.

»Das werde ich.«

Es fühlt sich alles so sehr nach Abschied an. Von Olympia, von dieser Zeit, von alten Träumen und von Florin. Als könnte er meine Gedanken lesen, berührt er sanft meine Wange.

»Sei nicht traurig, Elli. Das ist nicht das Ende, sondern unser Anfang.«

Und dann macht er einen Schritt auf mich zu und schließt mich fest in die Arme. Er schert sich weder darum, dass uns die ganze Welt zusieht, noch darum, dass wir den an uns vorbeiziehenden Athleten im Weg stehen. Und mir ist es auch egal. Ich genieße das Gefühl, fest von ihm gehalten zu werden, und wünsche mir, dass ich mich irgendwann nicht mehr aus dieser Umarmung lösen muss. Auch ich lege meine Arme um seinen Oberkörper und ziehe ihn an mich. Atme seinen Duft ein, versuche, mir alles ganz genau einzuprägen, damit ich nie vergesse, wie es sich anfühlt, Florin Petrescu zu umarmen. Denn es ist das schönste Gefühl der Welt.

»Bis morgen?«

Er flüstert es in mein Ohr, und meine Antwort klingt etwas erstickt, weil ich nicht weinen will.

»Bis morgen.«

Florin nimmt mein Gesicht in seine Hände, und sein Lächeln ist so hoffnungsvoll, dass es auf mich überspringt. Er beugt sich zu mir, küsst sanft meine Lippen und friert damit die Zeit um uns herum ein. Für wie lange, das weiß ich nicht, aber es spielt auch keine Rolle mehr. Ich küsse ihn zurück, halte ihn fest und weiß ganz sicher: Vollkommen egal, was mich zu Hause erwarten wird, ich werde ihn wiedersehen, wieder küssen, wieder umarmen. Egal wo, egal wann, unsere Geschichte hat gerade erst begonnen.

KAPITEL NEUNZIG

Karla

Bukarest (Rumänien), 7. August 2017, 17:10 Uhr

»Was, wenn es nicht die richtige Adresse ist?«

Gabriel steht neben mir im Aufzug, ist so nervös, wie ich ihn noch nie erlebt habe, und tritt von einem Fuß auf den anderen, als müsse er dringend noch mal die Toilette aufsuchen.

»Dann suchen wir weiter.«

»Es gibt bestimmt hunderttausend Millionen Florin Petresucs in Bukarest!«

»Ja, aber nur einen, der Olympia gewonnen hat. Das dürfte die Suche erleichtern.«

»Was, wenn …«

Der Fahrstuhl kommt im elften Stock des Hochhauses mitten in Bukarest zum Stehen, und die Türen öffnen sich. Der Flur sieht trostlos grau aus, als gehörte er mal wieder renoviert.

»Hör zu, Gabriel, du kannst gerne hierbleiben und zweifeln, aber für den Fall, dass es die richtige Adresse ist, sollten wir jetzt an dieser Tür da vorne klingeln und hoffen.«

»Okay. Okay, du hast recht.«

Meine Knie sind ebenso zittrig wie Gabriels, und meine Schritte werden unsicherer, je näher wir der Tür kommen, an deren Klingelschild groß »Petrescu« steht.

»Und was sollen wir sagen?«

Ich drücke die Klingel, mache mir um alles, was kommt, keine Gedanken, und hoffe einfach nur, dass wir noch nicht zu spät sind. Ein Unfall wenige Kilometer vor Bukarest und der dazugehörige Stau haben uns Zeit gekostet, und es ist jetzt kurz nach fünf Uhr abends.

»Das werden wir dann schon sehen. Du solltest nur nicht den Anschein machen, als ob du ihnen gleich auf den Teppich kotzt.«

Tatsächlich ist Gabriel etwas blass um die Nase, und das schon, seit wir in Bukarest sind. Eine Stadt, die mich durch ihre pure Größe einschüchtert. Vierspurige Straßen, lange, wunderschöne Alleen und eine Architektur, die es locker mit Wien oder Budapest aufnehmen kann. Doch so schön die Stadt auch ist, es gibt nur einen Grund, warum ich hier bin. In einem alten Wohnblock, zwischen zahlreichen Cafés und Geschäften, an einer viel befahrenen vierspurigen Straße, im Herzen der Stadt.

Und den hoffe ich, hinter dieser Tür zu finden.

Dort, wo jetzt Schritte zu hören sind.

Ich halte die Luft an.

Lass uns nicht zu spät sein.

»Da?«

Eine Frau mit dunklen Haaren und einem freundlichen Gesicht öffnet die Tür und wartet offensichtlich darauf, dass wir uns zu erkennen geben oder zumindest unser Anliegen vortragen. Aber ich kriege kein Wort heraus. Zu ähnlich sieht die Frau vor mir dem jungen Mann auf den Fotos, die ich in den letzten Tagen so oft gesehen habe.

Bevor das Schweigen peinlich wird, räuspere ich mich und hoffe, dass meine Stimme mich nicht im Stich lässt.

»Do you speak English? We're looking for Florin Petrescu …«

Die Frau nickt wissend und macht einen Schritt zur Seite, deutet auf die Wohnung.

»Sie müssen Karla sein.«

Überrascht über dieses Wissen nicke ich nur.

»Die bin ich.«

»Elisabeth sagte schon, dass Sie uns womöglich bald besuchen kommen. Bitte, kommen Sie doch rein.«

Ihre Aussprache mag nicht perfekt sein, aber es reicht allemal, um Bewunderung bei mir auszulösen.

Gabriel folgt als Erster ihrer Aufforderung und betritt die Wohnung, vor der ich mich ein bisschen fürchte.

»Hallo, ich bin Gabriel. Ein Freund von Karla und Elisabeth.«

Ich weiß nicht, was mich in diesen vier Wänden erwartet, meine Schritte sind schwer, als ich über die Türschwelle trete.

»Mein Name ist Nicoleta, ich bin Florins Tochter.«

Sie reicht sowohl Gabriel als auch mir die Hand und führt uns über einen schmalen Flur in Richtung Wohnzimmer. Die Spuren ihres Vaters hängen in Form von Bildern an den Wänden, zeigen ihn in verschiedenen Etappen seines Lebens. Der junge Mann aus dem Schwimmbecken ist erwachsen geworden, lächelt auf Fotos, die ihn mit seiner Tochter und seiner Frau zeigen, wie sie Badeurlaube an einem kiesigen Strand verbringen, wie er lachend Fisch grillt, die Falten zunehmen und – wie der Wechsel von Schwarz-Weiß-Bildern auf Farbfotografien verrät – die Schläfen sich grau färben.

Auf den letzten Fotos fehlt dann wieder die Farbe. Zumindest in seinen Augen. Sie zeigen ihn in einem Garten von einer Art Altenheim, im Kreise seiner Familie. Auch wenn er nicht mehr so recht dazuzugehören scheint.

Im Wohnzimmer stehen drei Tassen, eine Kaffeekanne und einige Süßspeisen, fast so, als hätte man uns erwartet.

Dann fällt mein Blick auf die beiden Goldmedaillen auf dem Tisch, die endlich wieder vereint sind. Daneben ein abgegriffenes Exemplar von Hemingways *Der alte Mann und das Meer*, zusammen mit einer kleinen leeren Colaflasche aus Glas, wie es sie inzwischen nicht mehr zu kaufen gibt.

Nicoleta deutet zum Balkon.

»Sie unterhält sich gerade mit meiner Mutter. Ich sage den beiden, dass Sie da sind.«

Gabriel sieht sich im Wohnzimmer um, bevor er sich zu mir dreht.

»Schön hier. Er hatte es schön hier, oder?«

Die Möbel sehen etwas durchgesessen aus, und die Tapete löst sich an der oberen Ecke, aber die Wohnung strahlt eine Wärme aus, die man nicht mit Möbelstücken erreichen kann. In diesem Wohnzimmer wurde gelacht und wohl auch geweint, vor allem aber wurde hier gelebt, und wenn ich den Fotos an den Wänden Glauben schenken darf, dann war es nicht das schlechteste Leben.

Und das ist ein bisschen tröstlich.

»Karla, Gabriel, da seid ihr ja endlich.«

Wir wurden also tatsächlich erwartet. Elli lächelt zufrieden, als sie uns sieht, umarmt zuerst Gabriel, mit dem sie sicher nicht gerechnet hat, und kommt dann schließlich auf mich zu.

»Ich wusste, dass du da irgendwie wieder rauskommst. Geht es dir gut?«

Obwohl wir nicht lange voneinander getrennt waren, kommt sie mir auf einmal kleiner und älter vor, vor allem aber müder.

Sie mustert mich besorgt, hat dazu aber keinen Grund. Nicht mehr.

»Ja. Jetzt geht es mir gut.«

»Gut. Wage es ja nicht noch einmal, mich mit einer Horde Rentner alleine zu lassen, die jeden Schlager von Semino Rossi auswendig mitsingen können.«

Sie legt die Hände auf meine Schultern, eine eher halbherzige Umarmung, als würde ihr für alles andere die Kraft fehlen.

»Es tut mir so leid, Elli.«

»Ach, es war alles in allem recht unterhaltsam, immerhin bin ich heil nach Bukarest gekommen.«

»Ich meine das mit Florin.«

Sie lässt mich los, und ein tapferes Lächeln empfängt mich.

»Wir wussten doch alle, dass es so kommen konnte. Die Zeit geht nicht spurlos an uns vorbei. Auch nicht an Olympiahelden.«

Sie deutet auf die alte Dame, die neben Nicoleta steht und Gabriel gerade eine Tasse Kaffee anbietet

»Das ist Rada, Florins Frau. Wir haben uns sehr nett unterhalten.«

»Sie wusste von dir?«

»Allerdings. Florin hat wohl öfter über mich gesprochen.«

Schwer zu sagen, ob sie das traurig oder stolz macht.

»Heute ist es schon zu spät, aber morgen können wir ihn besuchen, wenn wir wollen.«

Gabriel und ich tauschen einen kurzen Blick.

»Natürlich. Wenn du das willst.« Elli nickt, den Kampf gegen die Tränen verliert sie – und ich auch.

»Ich denke, es wird Zeit. Florin hat lange genug darauf gewartet, dass ich ihn besuche.«

Elisabeth

Stuttgart, Deutschland, 12. Dezember 1956

Alle schreien unsere Namen durcheinander, wollen unsere Aufmerksamkeit, während sie uns mit den Blitzlichtern blenden. Marie lächelt in die Kameras, als ob sie nicht auch einen Langstreckenflug ohne Beinfreiheit, dafür mit einigen Turbulenzen und einem zweitägigen Aufenthalt in Bangkok hinter sich hätte. Ich schleppe mich die Stufen des Flugzeuges nach unten, weiß nicht genau, welcher Teil von mir schon in Deutschland angekommen ist und welcher noch am anderen Ende der Welt verharrt, weil er noch nicht bereit ist, von Melbourne und der Zeit dort Abschied zu nehmen.

Zu dumm, dass dieses Morgen jetzt schon heute ist – ganz ohne Florin. Den ich seit der Schlussfeier nicht mehr zu Gesicht bekommen habe.

»Wie war der Flug, Fräulein Lorenz?«

Ein Journalist hält mir ein Mikrofon hin und sieht mich aufgeregt an.

»Turbulent.«

»Wie würden Sie Ihre Zeit in Australien beschreiben?«

»Als wunderschön.«

Zu viel Ehrlichkeit, als dass sie in einem Zeitungsbericht gedruckt werden sollte, aber niemand wird verstehen, wovon ich spreche. Sie waren nicht dabei, haben zu Hause mit uns mitgefiebert und erwarten nun, dass wir unverändert aus dem Flieger steigen.

Doch wir haben uns verändert. Ich habe mich verändert. Ich habe mir meinen Traum erfüllt und die Liebe meines Lebens getroffen. Auch wenn sich die Zeit mit Florin hier und jetzt sonderbar irreal anfühlt. Andererseits: Alles war so anders am anderen Ende der Welt. Wie in einem Märchen. Oder einem wunderschönen Traum, aus dem ich jetzt langsam erwache.

Doch mir kommt auch hier alles noch so fremd vor. Die Gebäude, die Kälte, die mir mit einer eisigen Faust ins Gesicht schlägt und mich unter meinem Rollkragenpullover und der Winterjacke frösteln lässt. Der Himmel ist dunkelgrau verhangen, die Sonne und der blaue Himmel, an die ich mich so sehr gewöhnt habe, halten sich versteckt, vielleicht weil sie wissen, wie ich mich fühle.

Zahlreiche Zuschauer sind zum Flughafen gekommen, um die Rückkehr ihrer Sporthelden zu feiern. Ich erkenne meinen Vater, der in seinem grauen Mantel und dem grauen Gesicht neben meiner Mutter steht und mich so anlächelt, als wäre die Goldmedaille in meiner Tasche sein alleiniges Verdienst.

Der Jetlag legt sich plötzlich tonnenschwer auf meine Schultern und verhindert ein schnelles Vorankommen.

»Wie fühlen Sie sich jetzt, da Sie einen olympischen Rekord im Gepäck haben?«

Ein Sportjournalist, der mein Großvater sein könnte, steht mit Block und Stift vor mir. Sein bohrender Blick wartet auf eine Antwort.

Wenn er wüsste, dass ich viel mehr als nur das aus Australien mitgebracht habe.

»Es hat mein Leben für immer verändert.«

Das geheimnisvolle Lächeln auf meinen Lippen weckt seine Neugier.

»Werden Sie bei den Spielen 1960 erneut antreten?«

»Das habe ich vor.«

Dann allerdings wohl nicht unter deutscher Flagge. Der Gedanke versetzt mir einen leichten Stich. Daran habe ich bisher gar nicht gedacht. Wenn ich Florin in Ostberlin treffe, werden wir sicherlich nicht nach Westdeutschland fliehen. Welcher Verband wird mich dann noch starten lassen? Oder ihn …?

Dann teilt sich die Menge vor uns. Ein aufgeregter junger Mann schiebt sich an allen Journalisten und Kameras vorbei, bis er direkt vor mir zum Stehen kommt.

»Elisabeth!«

Seine Stimme zittert wegen der Kälte, wie ich annehme.

»Heinrich.«

»Du bist ja ganz blass. Ist dir kalt? Dir ist kalt, nicht wahr?«

Mir ist aus so vielen Gründen kalt. Auf dem ganzen Flug habe ich mir überlegt, wie ich es ihm endlich erkläre, welche Worte ich wählen soll, damit ich ihm nicht das Herz herausreiße und zertrümmere. Heinrich ist ein guter Junge, ich habe ihn schrecklich gerne, aber …

»Elisabeth.«

Er holt tief Luft, die jungenhaften Züge werden mit einem Mal ernst, und mein Herz will stehen bleiben, als er vor mir in die Knie geht, meine Hände dabei aber nicht loslässt.

»Während deiner Abwesenheit ist mir eines klar geworden. Nämlich, dass ich nie mehr auch nur einen Tag von dir getrennt sein möchte.«

Mir wird mit einem Mal heiß und kalt zugleich. Das Klicken der Kameras dröhnt wie ein Schwarm Heuschrecken in meinem Kopf, der nur durch Heinrichs Frage übertönt wird.

»Elisabeth Lorenz, möchtest du meine Frau werden?«

Alle halten den Atem an, aber nur ich verlerne das Luftholen, spüre den brennenden Schmerz in meinen Lungen und die Angst in meinem Herzen. Alle Kameras richten sich auf uns, rücken Heinrich, mich und seine Frage in das Zentrum der Aufmerksamkeit.

Ich will wegrennen, so weit ich kann, so schnell wie möglich.

Ich will die Zeit zurückdrehen und Florins Angebot annehmen, mit ihm in Australien zu bleiben.

Ich will nur weg.

Doch ich bleibe stehen.

Ich muss mich entscheiden. Hier und jetzt. Dabei will ich es ihm erklären. Ich brauche mehr Zeit. Ich kann nicht … ich will nicht …

Dann sehe ich meinen Vater, der stolz lächelt und mir zuruft, ich solle den armen Jungen bei dieser eisigen Kälte nicht so lange warten lassen, wo doch alle wissen, dass ich ohnehin nicht ablehnen werde. Gelächter der Journalisten, Freudentränen bei meiner Mutter, und mit einem Mal weiß ich nicht mehr, was richtig und was falsch ist.

Das Wort, das meinen Mund verlässt, ist nicht meines.

»Ja.«

Das Leben, das ab jetzt auf mich wartet, ist ebenfalls nicht meines, aber das Herz, das unter den Jubelschreien der Anwesenden zerbricht, gehört ganz sicher mir.

Karla

Bukarest (Rumänien), 7. August 2017, 21:00 Uhr

»Also habe ich ihn geheiratet.«

Wir liegen wie die Sardinen auf dem ausgezogenen Cordsofa im Wohnzimmer der Familie Petrescu in der Dunkelheit und lauschen Ellis Erzählungen.

Rada und Nicoleta waren so freundlich und haben uns angeboten, hier zu übernachten, was sich komisch anfühlt. Und dann auch wieder nicht. Auch wenn Florin schon eine Weile nicht mehr hier ist, so kommt ihm Elli jetzt doch sehr nah.

»Es war eine andere Zeit. Damals. Wir Frauen konnten nicht freiheraus unseren Lebenswunsch aussprechen – geschweige denn alleine nach Ostberlin fahren. Mein Vater war sehr streng. Nachdem er aus dem Krieg zurückgekehrt war, durfte ihm niemand mehr widersprechen. Er wollte nur das Beste für mich, und Heinrich war ein junger Mann, dem er vertraute.«

Es ist zu dunkel, als dass ich Gabriels Gesicht sehen kann, aber ohne Zweifel denkt er dasselbe wie ich.

»Heinrich hat sich immer die größte Mühe gegeben, es mir an nichts mangeln zu lassen. Er war ein liebevoller Ehemann und ein fleißiger Arbeiter.«

»Aber er war nicht Florin.«

»Nein. Das war er nicht.«

Gabriel setzt sich auf und sucht Ellis Blick.

»Wieso sind Sie damals nicht einfach trotzdem nach Ostberlin? Sie hätten doch gehen können, Sie haben doch wissen müssen, dass er kommt.«

»Das wollte ich auch. Ich wollte es so sehr.«

»Was hat Sie davon abgehalten?«

»Es war ein halbes Jahr nach unserer Hochzeit. Ich hatte tatsächlich bereits alles gepackt, war vorbereitet und hatte sogar schon einen Brief für Heinrich geschrieben. Der Abschied würde ihm das Herz brechen, ja, aber meines vielleicht wieder zusammensetzen. Ich wollte egoistisch sein, wollte zu Florin – und nie mehr auf mein altes Leben in Deutschland zurückblicken. Einmal nur auf mich hören.«

»Aber?«

»Das Leben hat mir einen Strich durch die Rechnung gemacht. Heinrich wollte gerade in die Arbeit aufbrechen, und mein Taxi zum Bahnhof war schon bestellt, als das Telefon klingelte, und vielleicht hätte ich es klingeln lassen sollen, aber mein Gefühl sagte mir, es sei wichtig. Und das war es auch. Leider.«

Sie rollt sich auf die Seite, und ich kann ihr Gesicht erahnen.

»Heinrichs Mutter hatte am frühen Morgen einen Herzinfarkt erlitten und war im Krankenhaus gestorben. Er war ein Einzelkind, und die beiden hatten sich sehr nahegestanden. Für ihn brach eine Welt zusammen. Ich habe ihn noch nie weinen gehört, und er war immer sehr tapfer, aber damals … am Telefon … Da hat er um sie geweint wie ein kleiner Junge. Ich wusste, wenn ich jetzt gehe, macht ihn das kaputt. Für immer.«

»Sie sind also geblieben.«

Elli nickt.

»Ich habe den Koffer unter das Bett geschoben, den Brief verbrannt und bin sofort mit ihm ins Krankenhaus. Auf dem ganzen Weg dahin habe ich geweint, weil ich wusste, dass das meine letzte Chance war. Diese Entscheidung war endgültig.«

»Das ist so krass.«

Sie hat ihr Glück für seines geopfert, und er wusste nicht einmal etwas davon.

»Die Postkarte, das war wie ein Schlag in die Magengrube. Wochenlang konnte ich nicht richtig atmen, habe nachts in mein Kissen geweint, wenn Heinrich schon geschlafen hat. Dann wollte ich ihn vergessen, Florin als verblassende Erinnerung von damals akzeptieren. Aber all diese verdammten Kleinigkeiten haben mich an ihn erinnert. Es waren immer die Kleinigkeiten. Ein Lied im Radio, ein Geräusch auf der Straße, das lebendige Lachen irgendwo in einem Restaurant. Er war immer da, irgendwie. Wir waren so sehr miteinander verbunden, ohne am Leben des anderen teilzunehmen.«

Sie schließt die Augen.

»All das werde ich ihm morgen sagen.«

»Aber Elli …«

»Ich weiß, Karla. Nicoleta hat mir bereits gesagt, dass er an manchen Tagen weder sie noch ihre Mutter erkennt, aber ich möchte ihn noch ein letztes Mal sehen. Auch wenn er sich nicht mehr an mich erinnert.«

Sie tastet durch die Dunkelheit nach meiner Hand und drückt sie, will mich trösten, dabei sollte ich für sie diesen Job übernehmen.

»Ich möchte noch einmal in seine grünen Augen sehen und hoffen, dass sie mich ebenfalls sehen.«

Elisabeth

Bukarest, 8. August 2017
(sechzig Jahre später)

»Er sitzt gleich da vorne auf der Parkbank unter dem Baum im Schatten. Das ist sein liebster Ort.«

Nicoleta deutet auf einen alten Mann, dessen Haare grau sind und der uns den Rücken zuwendet. Und doch hätte ich ihn auch in einer Menschenmenge erkannt. Ich weiß, dass seine Krankheit ihm seit über zehn Jahren Tag für Tag ein bisschen mehr von seinen Erinnerungen stiehlt. Inzwischen ist nicht mehr viel davon übrig, sagt der behandelnde Arzt.

Es fing mit Kleinigkeiten wie einem verlegten Schlüssel an. Irgendwann nannte er seine Tochter beim Namen seiner Schwester. Es waren Telefonnummern, die er vergaß, dann Dinge vom Einkaufszettel zu besorgen und schließlich seine eigene Adresse. Er verfuhr sich in seiner geliebten Heimatstadt und wurde schließlich von einem Taxifahrer angesprochen, ob er Hilfe brauche. Wahrhaben wollte er es zuerst nicht, hielt es für eine Konzentrationsschwäche, aber diese Ausrede funktionierte nur noch knapp ein Jahr, dann wurde der Nebel in seinem Kopf immer dichter und erschwerte ihm den Zugang zu den einfachsten Erinnerungen. Als er eines Tages seine eigene Frau für eine Einbrecherin hielt und die Polizei rief, wurde allen klar, wie ernst die Situation tatsächlich war.

Mein Herz schlägt bis zum Hals.

So wie damals, als er mich am Zaun zum Tanzen eingeladen hat.

Ich sehe die Szene vor meinem inneren Auge, als würde ich sie gerade erst erleben.

Die Berührung unserer Finger durch die Maschen am Zaun, das nervöse Lächeln, seine grünen, klaren Augen.

Karla hält meine Hand, weil mir heute Morgen etwas schwindelig war. Doch wenn ich ganz ehrlich sein darf, ist mir schon seit Beginn der Reise etwas schwindelig. Alle möglichen Szenarien habe ich durchgespielt, als ich vor einer Weile diesen Plan gefasst habe.

Was würde ich tun, wenn er nicht mehr lebt und ich einen Grabstein besuche?

Was würde ich sagen, wenn er mich nicht sehen will, weil die Enttäuschung auch nach all den Jahren nicht vergangen ist?

Was würde ich empfinden, wenn er mich in eine Umarmung zieht, weil seine Gefühle für mich noch immer so stark sind?

Doch keines der Szenarien in meinem Kopf war wie dieses hier. Wie kann es der Himmel wagen, ihm die Erinnerung zu nehmen, wo sie doch alles ist, was ihm von uns geblieben ist?

»Bist du sicher, dass du das machen willst?«

Bis hierher bin ich gekommen.

Hunderte von Kilometern habe ich zurückgelegt, Länder durchreist und ein ganzes Leben gewartet. Jetzt trennen mich nur noch knapp fünfzehn Meter von ihm.

Von Florin.

Von meinem Florin.

»Ja.«

Karla nickt, drückt meine Hand und deutet auf die Terrasse des Altenheims, wo wir Rada und Gabriel bei einer Tasse Kaffee zurückgelassen haben.

»Ich warte gleich dort drüben. Wenn du mich brauchst …«

Damit übergibt sie mich an Nicoleta, die mich zu ihrem Vater – der Liebe meines Lebens – bringen wird.

Fünfzehn Meter. Genau so lange blieb ich nach dem Start unter Wasser.

Einmal noch atme ich tief durch und hake mich dann bei Nicoleta unter, die mich über den feinen Rasen des Altenheims am Stadtrand von Bukarest in Richtung Bank führt.

»Zähl die Züge, Elli.«

Seine Stimme ist so klar in meinem Kopf, begleitet mich bei jedem Schritt, und wieder will mein Herz aus meiner Brust springen, direkt in seine Arme. So wie damals. So wie immer.

»Tata?«

Nicoleta berührt den Mann, den ich vor Jahren mal kannte, sanft an der Schulter. Er dreht sich zu uns um.

Das Grün seiner Augen ist trüber geworden, die Falten um die Augen tiefer, das Lächeln ist unverändert verliebenswert. Die grauen Haare verleihen ihm die Würde des Alters, genau das, was die Krankheit ihm wieder genommen hat.

Es ist offensichtlich, dass er seine Tochter nicht erkennt, auch wenn er sie freundlich anstrahlt. Nicoleta wechselt ein paar Worte mit ihm auf Rumänisch.

Dann sieht er zu mir.

Die absurde Hoffnung, er würde mich erkennen, wüsste, wer ich bin, durchflutet meinen Körper und lässt meine Wangen glühen, so wie die eines siebzehnjährigen Mädchens, das ihren großen Schwarm trifft.

»Tata, das ist Elisabeth.«

Sie spricht Deutsch mit ihm, hofft, dadurch vielleicht irgendwelche verstaubten Erinnerungen in den hintersten Ecken seines Gehirns freizupusten.

Dort, wo die Alzheimer-Erkrankung noch nicht wüten konnte.

»Ich bin's, Elli.«

Meine Stimme klingt wackelig und verrät viel zu offensichtlich, wie weh es mir tut, ihn so zu sehen.

»Elli.«

Er spricht meinen Namen noch immer so aus wie damals, auch wenn die Ahnungslosigkeit in seinen Augen jegliche Hoffnung zerstört.

»Nehmen Sie Platz, reden Sie mit ihm, er hört gerne zu.«

Nicoleta streicht ihm über die Wange, wie es Mütter bei Kindern tun, und lässt uns dann alleine.

Meine Stimmbänder sind eingerostet, und ich muss mich räuspern, bevor ich spreche.

»Hallo, Florin.«

»Hallo.«

Er lächelt.

Er weiß nicht, wer ich bin.

Langsam nehme ich neben ihm Platz, streife dabei seinen Unterarm mit meinem und stelle fest, dass die Berührung seiner Haut eine Lawine von Erinnerungen lostritt. Wie gerne würde ich sie mit ihm teilen.

»Ich bin Florin.«

Das weiß er nur, weil ich ihn eben so genannt habe.

Er reicht mir die Hand, als würden wir uns das erste und nicht das letzte Mal sehen. Als hätten wir keine gemeinsame Geschichte, die mich all die letzten Jahre am Leben gehalten hat.

Natürlich nehme ich sie an. Noch immer ist sein Händedruck fest, seine Haut an den Fingerkuppen etwas rauer. Sein fragender Blick bricht mein Herz, und ich kläre ihn schnell auf.

»Ich bin Elli.«

Er nickt, sieht dann durch den Park, wo es einen kleinen Teich gibt, auf dem Enten ihre Runden drehen. Dort schlendert Nicoleta entlang, zu der er jetzt deutet.

»Sie ist eine nette Frau.«

»Das ist sie allerdings. Ganz der Vater.«

Er nickt wieder, ohne zu wissen, dass er damit gemeint ist. Ich nutze die Gelegenheit und betrachte sein Profil, noch immer markant, noch immer wunderschön. Er hat sein Versprechen von damals gehalten, auch wenn er sich daran nicht erinnert.

»Wir werden uns wiedersehen. So oder so. Und ich werde dann noch immer so aussehen.« Wir beide in einem Buchladen in Melbourne.

Zögernd strecke ich meine Hand aus, berühre sanft seine

Wange, was ihm nichts auszumachen scheint. Ganz im Gegenteil, er schließt lächelnd die Augen.

Sechzig Jahre.

»Ich war mal ein Sportler.«

Die Augen sind noch immer geschlossen, während er das sagt. Ich hoffe, er sieht die gleichen Bilder wie ich.

»Ein schneller Sportler. Silber habe ich gewonnen.«

»Nein, Gold. Du hast Gold gewonnen.«

Er dreht den Kopf zu mir und öffnet die Augen. Vermutlich bilde ich es mir nur ein, aber das Grün wirkt heller, funkelnd.

»Ja. Gold.«

Ich streiche sanft über seine Wange, weil mir sein Gesicht noch immer so vertraut vorkommt. Weil er für mich noch immer wunderschön ist.

»Und verliebt war ich. In dieses Mädchen aus Deutschland. Wunderschön war sie. Und schlau. Sie hat sehr viel gelesen.«

Mein Herz bleibt stehen – und mit ihm die Zeit.

»Eines Tages treffen wir uns wieder. In Ostberlin.«

Er nickt entschlossen, und wenn ich es nicht besser wüsste, würde ich ihm glauben. Dann blinzelt er, und sein Lächeln verändert sich. Ich habe ihn wieder an den Nebel verloren, durch den er alleine geht.

»Ich bin Florin.«

Er reicht mir erneut die Hand, und wieder nehme ich sie an.

»Ich bin Elli.«

»Hallo Elli.«

Ich greife in meine Handtasche und ziehe die beiden Medaillen hervor. Ich weiß genau, welche seine ist. Die mit der Schramme, als ich sie vor Jahren aus Versehen habe fallen lassen und es mir nie verziehen habe. Ich halte sie ihm hin.

»Gold. 150 Meter Freistil in Melbourne …«

Er lächelt, berührt die Medaille kurz und nickt, als wüsste er genau, wovon ich spreche. Doch da er es nicht tut, liefere ich ihm die Erinnerungen, die er verloren hat.

»Australien, 1956.«

Wieder nickt er so selbstverständlich, und es kostet mich all meine Kraft, nicht auf die Illusion hereinzufallen. Er weiß nicht, dass er wirklich dort war. Dennoch lege ich sie ihm jetzt langsam um.

»Ich habe versucht, gut auf sie aufzupassen. Aber jetzt hast du sie endlich wieder.«

Florin lächelt.

»Es tut mir leid, Florin. Ich wollte schon viel früher hier sein, aber ...«

All die Erklärungen, all die Ausreden, die ich mir in den Jahren zurechtgelegt habe, sie alle spielen keine Rolle mehr.

»... aber jetzt bin hier.«

»Jetzt bist du hier.«

Er weiß schon nicht mehr meinen Namen, würde mich in einer Menschenmenge nicht wiedererkennen. Es ist das unschuldige Lächeln eines alten Mannes, der nicht mehr weiß, was für Abenteuer er erlebt hat. Dennoch ist es ein Lächeln, das mir vertraut vorkommt.

Ohne ein weiteres Wort zu sprechen, sitzen wir beisammen, er betrachtet immer wieder seine funkelnde Goldmedaille, während ich meine in den Händen halte und einfach nur den Moment an seiner Seite genieße. Ein Gefühl, nach dem ich mich Jahre gesehnt habe. Ich sollte wütend sein, vielleicht auch traurig, aber ich bin nichts von all dem.

Ich bin glücklich.

Weil er gewartet hat. Und weil er sich erinnert, zumindest ein bisschen, zumindest an damals. An unsere goldenen Zeiten. Die Krankheit mag ihm die Erinnerungen nehmen, aber ich bin ihm geblieben.

Ich weiß nicht, wie lange wir wortlos dasitzen, bis Nicoleta zu uns kommt.

Ich weiß nur, dass es Zeit wird, Abschied zu nehmen.

»Tata, wir sehen uns nachher noch mal, ja?«

Er nickt, so wie er es bereits einige Male getan hat. Ich beuge mich zu ihm, drücke ihm einen Kuss auf die Wange und hoffe, dass er sich zumindest noch eine kleine Weile daran erinnern wird.

»Auf Wiedersehen, Florin.«

»Auf Wiedersehen.«

Das Loslassen fällt mir schwer, aber ich will tapfer sein. Für ihn und für mich. Nicoleta sieht mich entschuldigend an.

»Es tut mir leid, Elisabeth. Die Ärzte sagen, seine Erinnerung umfasst nur noch knapp zwölf Prozent.«

Als hätte er uns verstanden, reckt er das Kinn etwas nach vorne.

»Ich habe Gold gewonnen.«

Gold. Nicht Silber. Dabei deutet er auf die Medaille, die ihn damals unsterblich gemacht hat.

Wir nicken, und er strahlt, selig wie der junge Mann, den ich kannte. Nicoleta hakt sich bei mir ein, ahnt wohl, dass mir der Abschied schwerfällt und ich Hilfe brauchen werde. Es hat ein Leben gedauert, hierherzukommen, und es kostet so viel Kraft, von hier wegzugehen.

Nur langsam entfernen wir uns von der Bank, als Florin sich noch einmal zu uns umdreht und winkt.

»Bis morgen?«

Eine Frage, die mich im Herzen meiner Erinnerungen trifft, weil sie für immer dort verankert geblieben ist. Vielleicht erkennt er mich nicht, aber er wird mich nicht vergessen.

Lächelnd drehe auch ich mich zu ihm um – und da sitzt er auf der Bank, ist wieder neunzehn Jahre jung und so, wie ich mich damals und heute in ihn verliebt habe.

So – und nur so – werde ich ihn für immer im Gedächtnis behalten.

»Bis morgen.«

KAPITEL VIERUNDNEUNZIG

Karla

Bukarest (Rumänien), 8. August 2017, 20:00 Uhr

»Und was jetzt?«

Gabriel sitzt neben mir auf einem der Liegestühle, während wir jeder einen eiskalten Frappé Classic in der warmen Sonne genießen und auf Elli warten. Nachdem wir Nicoleta und Rada zu Hause abgesetzt haben, sind wir eine kleine Weile durch Bukarest gefahren und haben schließlich dank Google Maps genau das gefunden, was wir gesucht haben.

Ich nehme einen großen Schluck kühlen, aufgeschäumten Instantkaffee, der überraschend gut schmeckt, lasse meinen Blick zufrieden über die Wiese vor mir gleiten und nehme den Chlorgeruch wahr, der in der Luft hängt.

»Das muss Elli entscheiden. Wenn sie noch hierbleiben will, bleiben wir.«

»Ich meinte danach. Zurück nach Hause, ins Altenheim?«

»Nicht, wenn Karlas Angebot noch immer steht.«

Kaiser kommt mit vorsichtigen Schritten auf dem nassen Boden zu uns.

»Welches Angebot?«

Ellis Lächeln wird spitzbübisch, und sie reicht mir ihre Sachen, die ich neben uns auf einem dritten Liegestuhl deponiere.

»Wir gründen eine WG.«

»Ihr beide?«

»Wir beide.«

Gabriel schüttelt ungläubig den Kopf und kann sich ein Lachen schwer verkneifen.

»Die Golden Girls, ja?«

»So was in der Art. Also, vorausgesetzt, Karla ist noch immer dabei.«

»Wie könnte ich nach all dem, was wir zusammen erlebt haben, nicht mehr dabei sein?«

»Allerdings habe ich einige kleine Änderungen des Plans vorzuschlagen.«

Elli ist und bleibt Elli. Und genau so soll es sein.

»Ich höre.«

Sie reibt sich die Hände, bevor sie ihre große Rede hält, der wir gespannt lauschen.

»Wir ziehen nicht in ihre kleine Wohnung, sondern in mein Haus. Da müssen wir keine Miete zahlen. Außerdem ist es groß genug, viel zu leer und vor allem viel zu ruhig für meinen Geschmack.«

»Karla soll zu Ihnen ziehen?«

»Ganz richtig.«

»Wow, das ist echt mutig, Elli.«

»Jemand muss sich schließlich um mich kümmern, und in die *Sonnenwende* gehöre ich nicht. Da ich davon ausgehe, dass bei einer erneuten Begutachtung eine ambulante Betreuung zu Hause bei mir völlig ausreicht, kannst du dein Studium abschließen – und wenn Zeit bleibt, ab und an in der *Pinie* vorbeischauen. Wir können Römer und die anderen doch nicht alleine lassen.«

»Ist das wirklich dein Ernst?«

»Ja, das ist mein voller Ernst. Natürlich nur, wenn du willst.«

»Und ob ich das will.«

Meine Wohnung riecht in meinen Vorstellungen inzwischen schon beim Betreten nach Einsamkeit, und nach dieser Reise habe ich keine große Lust, dorthin zurückzukehren.

»Ich habe sogar ein Gewächshaus im Garten.«

Sie zwinkert mir zu und wendet sich an Gabriel.

»Und was wird aus Ihnen?«

Gabriel denkt einen Moment über die Frage nach, bis er schließlich den Kopf wiegt, als müsse er verschiedene Optionen einbeziehen.

»Ich werde mir wohl erst einmal das Schloss dieses Vampirs ansehen.«

»Du fährst nach Braşov?«

»So sieht es aus.«

»Du willst nicht mit uns nach Hause kommen?«

Nach unserem Gespräch im Auto hatte auch ich die Hoffnung, dass Gabriel noch ein bisschen bei uns bleiben will. Dass er meine Nähe ebenso genossen hat wie ich seine. Ja, ich hätte mir sogar gewünscht, dass er sich endlich dazu überreden lässt, seine ewige Reise zu beenden und mit uns nach Hause kommt. Aber Gabriel ist nun mal Gabriel.

»Noch nicht. Aber ich komme nach.«

»Versprochen?«

Diesmal weicht er keinem Blick aus, nickt entschlossen und greift wieder nach meiner Hand.

»Spätestens zu deinem Geburtstag bin ich da. Versprochen.«

Keine Ahnung, wieso, aber diesmal glaube ich ihm.

»Dann habe ich noch einen kleinen Tipp für Sie, mein lieber Enkel.«

Elli grinst verschmitzt.

»Scuzaţi-mă, della ce linie pleacă trenual pentru Braşov?«

Gabriel sieht sie verständnislos an.

»Falls Sie noch den richtigen Zug zu Ihrem Vampir suchen.«

Ziemlich stolz über die Tatsache, dass sie uns ein weiteres Mal überraschen konnte, lächelt sie zufrieden.

»Sie wissen, dass bei uns jederzeit ein Platz für Sie frei ist. Falls Ihnen die anderen auf Ihrer Reise auf den Keks gehen, bekommen Sie bei uns immer Asyl.«

Er sieht zu mir, ein sanftes Lächeln auf den Lippen.

»Darauf werde ich so was von zurückkommen.«

»Und Sie melden sich immer mal wieder bei uns, ja? Damit wir wissen, wo Sie sich rumtreiben und ob es Ihnen gut geht.«

»Ja, Oma.«

Elli verpasst ihm einen sanften Schlag gegen die Schulter und schließt ihn dann fest in ihre Arme.

»Ich melde mich. Und Sie passen mir solange auf Ihre neue Lieblingsenkelin auf, ja? Die ist mir nämlich auch ziemlich ans Herz gewachsen.«

»Das klingt nach einem Vollzeitjob, dabei bin ich Rentnerin.«

»Sie sehen aber nicht so aus, als wären Sie schon bereit für ein Museum.«

Elli nimmt wieder eine aufrechte Haltung ein.

»Noch lange nicht. Ein Finale steht mir noch bevor. Ihr stoppt die Zeit, ja?«

Sie lockert das große Handtuch, das sie bis eben noch um sich gebunden hatte, und reicht es mir, steht kurz etwas unsicher da und zupft am Träger ihres neuen dunkelblauen Badeanzugs.

»Wie sehe ich aus?«

Gabriel mustert sie, offenbar sehr zufrieden mit der Wahl seines Einkaufs, und hebt beide Daumen.

»Halb Fisch, halb Elli.«

»Davon werde ich Marie erzählen.«

Ein Strahlen macht sich auf ihrem Gesicht breit, nimmt es völlig ein und bügelt jede Falte weg.

»Was war eigentlich deine persönliche Bestzeit?«

Ellis Lächeln wird sanft, ihr Blick wandert zwischen Gabriel und mir hin und her.

»Die Zeit mit euch.«

Dann atmet sie tief durch, kreist die Schultern, dehnt die Arme nach links und rechts, betrachtet einen Moment stumm die Bahnen des Schwimmbads, die um diese Uhrzeit nicht mehr überfüllt sind, und lacht dann leise.

»Ein letztes Finale.«

Sie schreitet davon, als wäre das hier nicht einfach ein Freibad in Bukarest, sondern ein olympisches Becken kurz vor dem Finallauf. Zielstrebig und mit festen Schritten steuert sie auf ihre Bahn vier zu, erklimmt den Startblock und steht einfach nur da, den Blick konzentriert aufs Wasser gerichtet. Dann tippt sie sich kurz mit der Hand auf ihr Herz und geht in Position.

»Zähl die Züge, Elli!«

Obwohl sie meinen Tipp lieber von jemand anderem gehört hätte, erreicht er sie dennoch. Ihre Mundwinkel zucken nach oben – und kurz ist sie wieder siebzehn, auf einem anderen Kontinent, bei ihrem persönlichen großen Finale.

Unter Gabriels und meinem lauten Jubel verschwindet sie mit einem perfekten Start unter der Wasseroberfläche.

Und ist endlich wieder zu Hause.

NACHWORT

Fünfzehn Jahre und ein Drehbuch später ist dieser Roman endlich fertig. So lange habe ich mit Elli, Karla und Florin verbracht, habe sie wachsen, sich verändern und sich verlieben sehen. Immer und immer wieder, bis es endlich die Geschichte war, die ich erzählen wollte.

Nur eines blieb dabei immer gleich: das Ende.

Und Rumänien. Weil ich es meiner Familie, deren Wurzeln in Bukarest liegen, versprochen hatte. Eines Tages lasse ich meine Figuren quer durch das Land meiner Eltern und Großeltern reisen. Über einen kleinen Umweg durch Australien, wo ein Teil der Geschichte spielt und sich wahre Begebenheiten mit meiner Fantasie mischen und echte Figuren auf Elli und Florin treffen. So hat Bud Spencer damals tatsächlich an den Olympischen Spielen teilgenommen, aber nie mit Marie geflirtet – weil es sie nur in diesem Roman gibt. Auch die Disziplinen, die ich mir für Elli und Florin ausgedacht habe, gab und gibt es nicht. Aber ich schuldete ihnen schließlich einen olympischen Rekord.

Vieles, wie das gemischte Einlaufen der Athleten bei der Abschlussfeier oder das Konzert in der Schwimmhalle, ist tatsächlich so passiert, anderes ist frei erfunden und manches so verrückt wahr, dass ich es mir niemals hätte besser ausdenken können.

Vor allem aber finden sich Namen und Personen aus meinem eigenen Leben und meiner Familie in dieser Geschichte wieder, die vielleicht nie an Olympia teilgenommen, für mich aber trotzdem Medaillen verdient haben. Ob als rumänischer Arzt, Cafébesitzer oder Florins Tochter, ich hoffe, sie finden sich und wissen, wie wichtig sie für die Entstehung des Romans waren. Einigen, die nicht mehr da sind, habe ich hiermit posthum eine Guzmania ans Grab gepflanzt und hoffe, sie können das sehen.

DANKSAGUNG

Danke an Mams und Paps, vor allem aber an meine Mutter, die mir mit ihren Geschichten »von früher« und ihrem unbändigen Wissen als beste Recherchequelle zur Seite stand und ohne die der Trip durch den Osten nie so schön geworden wäre. Danke Mams, für deine Geduld und dein Vertrauen, dass dieser Roman jemals das Licht der Welt erblicken wird.

Danke an Thomas Lang, der jeden Zweifel weggebügelt, jedes Lachen geteilt und jeden Moment des Schreibens miterlebt hat! Ich salutiere, Herr General!

Danke an Notker und Sabine, die vor fünfzehn Jahren das Exposé bis spätnachts mit mir überarbeitet und schließlich in den Briefkasten geworfen haben. Danke fürs An-mich-Glauben.

Danke an Jörn Precht und Axel Melzener, die damals als Drehbuchtutoren das Beste aus meiner Idee herausgeholt und mich immer motiviert haben.

Danke dir, Marc, weil du mich mit Elli und Florin geteilt hast, wann immer ich wieder im Manuskript versunken war, und mich jedes Mal bei Skype aufs Neue fragst: Bis morgen?

Danke Anne, Kelly, Puppe, weil du dir alles zu diesem Projekt angehört hast, egal, wie wirr meine Gedanken waren, du warst überzeugt davon, dass du es eines Tages im Buchhandel sehen wirst. Hier ist es!

Marco, Joe, Tanja, Marita, Tanya, Sarika, Andrea, Steffi und allen anderen, die sich jemals eine Version dieser Geschichte angehört haben!

Ein ganz besonderer Dank gilt meiner Lektorin Julia Stolz, die sich vor Jahren in die »kiffende Krankenschwester« verliebt und mir erlaubt hat, die Geschichte neu zu schreiben. Danke für dein Vertrauen, damals wie heute.

Und an Michaela Sappler, weil sie wie Gabriel während der Reise dazukam und ein fester Teil des Trupps wurde. Danke für deinen Einsatz!